Ubú president
o
Los últimos días
de Pompeya

———

La increíble historia
del Dr. Floit & Mr. Pla

———

Daaalí

Letras Hispánicas

Albert Boadella

*Ubú president
o
Los últimos días
de Pompeya*

---

*La increíble historia
del Dr. Floit & Mr. Pla*

Daaalí

Edición de Milagros Sánchez Arnosi

SEGUNDA EDICIÓN

CÁTEDRA
LETRAS HISPÁNICAS

1.ª edición, 2006
2.ª edición, 2006

Ilustración de cubierta: Cartel de la trilogía con motivo
de los 40 años de Els Joglars.
Todas las fotografías incluidas en esta edición
han sido cedidas por cortesía de Els Joglars

© Albert Boadella, 2006
© Ediciones Cátedra (Grupo Anaya, S. A.)
Juan Ignacio Luca de Tena, 15. 28027 Madrid
Depósito legal: M. 12.094-2006
I.S.B.N.: 84-376-2281-6
Printed in Spain
Impreso en Lavel, S. A.
Humanes de Madrid (Madrid)

Índice

Introducción

A Rifaat Afté, Javier Cerame, Javier Galiana, Concha de la Rosa, Felipe Higuera, Pacita López, José Ramón Ripoll, Paloma Sánchez Arnosi, Pablito Sierra, Ana Torres.

A mis sobrinas: Andrea reina-mora, Lara-Larita y Marta miau-miau. A toda «la banda» de Els Joglars, especialmente a Cristina Fernández y a Xavier Boada. Y, cómo no, a Albert Boadella, que hizo un hueco para leer las notas a pie de página y la Introducción a esta edición.

ESBOZO DE UNA DISIDENCIA

> El Teatro Nacional de Cataluña es una
> barraca que se ha construido para un se-
> ñor y sus megalomanías.
>
> ALBERT BOADELLA

A pesar de que, como ha dicho Antoni Bartomeus, los espectáculos de Els Joglars *se han de ver, no se pueden explicar,*
intentaremos una aproximación a un teatro cuyas señas de
identidad más características son la sátira, la transgresión y
una equilibrada mezcla entre una inclinación popular y la investigación escénica.

Mucho se ha hablado de Albert Boadella (Barcelona, 1943)
y Els Joglars, pero muy poco se ha estudiado su teatro:

> En general hemos sido poco y mal analizados[1].

Afortunadamente, Boadella no ha dudado en manifestar, en
ningún momento, sus opiniones sobre política, cultura, al
igual que sobre el hecho escénico, gracias a lo cual podría es-
cribirse uno de los compendios más lúcidos sobre el teatro
español desde los últimos años de la dictadura franquista hasta
la actualidad. Sin duda, guste o no, sí hay que decir que Boadella y el teatro que realiza tienen el atractivo del transgresor
y del artista coherente, que ha invertido mucho tiempo en
buscar nuevas fórmulas y en contradecir las existentes.

---

[1] Entrevista de la autora a Albert Boadella, en Madrid, el 18 de octubre de 2004.

Els Joglars es una compañía creada en 1961 —según consta en el Acta Fundacional conservada—, no en 1962 como se señala en todos los estudios, convertida en 1983 en una cooperativa solvente que puede permitirse una dedicación estable durante el proceso de creación de cada espectáculo, explotado y rentabilizado en giras. Gracias a esta «tranquilidad económica», debida a una acertada gestión administrativa, han podido, en primer lugar, sobrevivir a lo largo de los años, pues los ingresos de ayudas oficiales —un 8 por 100 sobre su presupuesto anual— son irrisorios, y, en segundo lugar, han podido huir de la pretensión de vivir a expensas de los presupuestos del Estado. Han ido pasando del local de Barcelona, que abandonan en 1972 —curiosamente, es en esta ciudad donde sus obras tienen sólo una acogida aceptable, de fría indiferencia, debido a lo cual, para el grupo, la capital Condal es considerada «un bolo» más de la gira—, a las actuales instalaciones en Pruit, en donde se construyó la cúpula geodésica de 18 metros de diámetro, en polietileno, material importado de Alemania, de estructura desmontable, y a la adquisición, en 1983, de la finca El Llorà, una construcción de 1930, obra del arquitecto Francesc Folguera para la familia de la burguesía catalana Tecla Sala, muy cerca de la cúpula, en cuya casa se alojan los actores durante los periodos dedicados a los espectáculos que ensayan, alejados de la ciudad, el ruido y el *glamour*. Podemos decir que los socios de la cooperativa de Els Joglars son en este momento: Albert Boadella (director) y los actores: Jesús Agelet, Lluís Elías, Jordi Costa, Ramón Fontseré, Montserrat Balmes, Josep María Fontseré, Minnie Marx, Dolors Tuneu y Xavier Boada.

Esta compañía, que, a pesar del silencio administrativo, ha sabido hacer el suficiente ruido como para ser tenida en cuenta, abarca una amplia *trayectoria histórica* —desde Franco hasta la actualidad: un total de 44 años, quizás la mejor venganza de Boadella por haber conseguido mantenerse tanto tiempo en la brecha—, *literaria* y *de evolución estética* (de la base inicial de su teatro: silencio total, desnudez escenográfica y de vestuario, a la incorporación, poco a poco, de objetos, gritos, palabras, frases, texto y una escenografía cada vez más compleja que culminará en esta Trilogía, objeto de esta edición), además de ser un referente esencial de la escena española. Boadella actuando como «bufón» se permite todas las extravagancias, locuras y críticas que pasan por la mente de los burladores y rompe el tabú abierta e ingeniosamente, como en la época de Velázquez, cuando los reyes tenían un bufón que, además de ser contemplado como un ser sagrado, gozaba del privilegio de decir al monarca todo lo que quería y se le ocurría.

Els Joglars ha mostrado una solidez de equipo impresionante: han soportado tragedias —el fatídico accidente de Glòria Rognoni queda todavía en la memoria—, separaciones, rupturas, los fallecimientos de Frederic Boix, Joaquim Cardona, Marta Català, Lluisa Fandos, Esperança Fontà, Lluís David Gil, Ramón Teixidor, Carlota Soldevila y Enric Vidal, penurias económicas, ninguneo y censura por parte del gobierno de Jordi Pujol (es sabido que el ex presidente de la Generalitat pidió al director general de Televisión Española, Pío Cabanillas, que excluyera de la programación de ámbito nacional *La increíble historia del Dr. Floit & Mr. Pla*) y marginación oficial, lo cual nunca ha preocupado a su director, porque también la tuvo Josep Pla, «al que no se le quiso conceder el Premio a las Letras Catalanas por sus contenciosos con la tribu». En este sentido, recordemos que ninguna obra del grupo fue emitida en la televisión autonómica y que el Teatro Nacional de Cataluña les cerró las puertas. A estos adversarios, Boadella los considera muy importantes para la continuidad de la compañía, además de ser los que dan más sentido a su teatro, de ahí que no dude en confesarse partidario de la escuela de Hamlet, «que recuerda a Polonio la necesidad de tratar bien a los cómicos»[2], cuando aquél le dice:

> [...] Señores, acoged a los cómicos como se merecen. ¿Oís? Que reciban el mejor trato, pues son el resumen y la crónica del presente. Mejor será que tras la muerte se os asigne un mal epitafio, que una crítica suya mientras tengáis vida[3].

---

[2] Declaraciones de Albert Boadella al periódico *El País*, Madrid, 1-X-1995.
[3] William Shakespeare, *Hamlet*, Madrid, Cátedra, Letras Universales, 1992, pág. 323.

Estas dificultades no han hecho más que estimular el impulso de Boadella de llevar la contraria al sistema. A pesar de todo, y mal que les pese a muchos, el director catalán ha fundado una de las compañías más antiguas de Europa de carácter privado, y explica la larga supervivencia al afirmar que ha sido un grupo

> que no siguió todas esas vainas del trabajo artístico ni otras paridas de esa clase. Muy al contrario, a partir de cierto momento el director de la compañía soy yo y yo el que decide lo que hay que hacer y cómo vamos a hacerlo sin ninguna pretensión totalitaria[4].

Su evolución constituye uno de los acontecimientos más peculiares, importantes y significativos de la historia teatral española. Como dice Arcadi Espada:

> Han hecho el único teatro no copiado que se ha visto en los escenarios catalanes en los últimos años; el único que mantiene con su tiempo unas relaciones no escapistas; el único no doblegado por el comercio político [...]; han hecho, en suma, el teatro del «no» —un «no» cerebral, maduro, violento— pero su vida es una constante afirmación[5].

Un teatro rupturista, de lenguaje escénico perfectamente identificable que reclama la complicidad del espectador debido a la realidad social, geográfica y contemporánea que critica. Un trabajo dramático que ha conjugado un teatro de investigación, de gran popularidad, con un claro objetivo: la actualidad de su lenguaje teatral.

En conjunto, las obras de este grupo:

> Testimonian la adquisición y consolidación, por parte del colectivo, de un lenguaje escénico propio, que se apoya en la ruptura de los elementos escénicos convencionales y en unos

---

[4] Declaraciones de Albert Boadella a *El País*, Comunidad Valenciana.
[5] Els Joglars, *La guerra de los 40 años*, Madrid, Espasa-Calpe, 2001, pág. 11.

procedimientos desverbalizadores que reducen la palabra [...] a un integrante más del conjunto de códigos espectaculares[6].

Este teatro vivificador se alza como un oasis en medio de un teatro al servicio del sistema, de dudosa calidad literaria, de nula incidencia social, que esconde la mediocridad bajo carísimos montajes, un teatro para el consumo, alejado del arte, sólo interesado en un público que compre la entrada. Por ello, el teatro de Els Joglars llena ese inmenso vacío que es la escena española de la democracia, sin doblegarse a ningún imperativo. Por ser, además, un teatro independiente, surge con un claro espíritu de oposición y de crítica al ambiente cultural en el que viven:

En Catalunya no hay iniciativas artísticas, sino tiendas[7].

Lo cual hace que Boadella se sienta un tanto marginal y con la impresión de no pertenecer al territorio que le vio nacer:

Ciertamente, es poco agradable pernoctar cada día en un territorio en el que te sientes cada vez más autoexcluido. Cuando no se tienen recursos suficientes para ser emigrante en la Toscana, quizá lo más sensato sería pedirle asilo a Rodríguez Ibarra o Esperanza Aguirre. Porque de seguir aquí, al margen de «la cosa» uno debe imponerse terapias de distanciamiento, de oxigenación, de sarcasmo...[8].

Esta evolución y disidencia que hemos mencionado hay que entenderla desde los presupuestos de Boadella sobre la creación teatral y la investigación formal de nuevos lenguajes en la búsqueda, siempre, de la mayor eficacia comunicativa, así como en la capacidad de emocionar al receptor, como señala Óscar Cornago Bernal. Esta preocupación implica una cuidadosa atención a las reacciones del espectador:

---

[6] Ángel Berenguer y Manuel Pérez, *Historia del teatro español del siglo XX*, vol. IV *(Tendencias del teatro español durante la transición política 1975-1982)*, Madrid, Biblioteca Nueva, 1998, pág. 146.

[7] Lluís Racionero y Antoni Bartomeus, *Mester de juglaría: Els Joglars, 25 años*, Barcelona, Península, 1987, pág. 11.

[8] Albert Boadella, «Traidor a la patria», *El Mundo*, Madrid, 10-III-2005.

A partir de que se estrena se produce el clásico movimiento que yo llamo de espectadores, que mueve la obra y hay que ver si el movimiento que da a la obra es positivo, lo acepto y vuelvo a apretar las tuercas, o si el movimiento que da a la obra es negativo y me la mueve en un sentido que yo tengo que forzar al espectador buscando nuevas salidas. Es decir, si la obra tiene una expresión más bien cómica que incluye mucha reacción del espectador, muchas risas... su expresión directa me puede mover la obra en los tiempos y en la retención de esos tiempos. A veces tengo que cortar para que la reacción no sea tan fuerte. Digamos que tengo que especular los 15 primeros días con el espectador[9].

El hecho de que hubieran trabajado el mimo les ofrecía como actores, de un lado, la posibilidad de expresarse a sí mismos, en lugar de servir de instrumento a un texto ajeno, y, de otro, un aprendizaje del arte teatral partiendo de una base mínima: la expresión corporal. Estos primeros presupuestos teóricos instalarán los cimientos sobre los que, posteriormente, se desarrollará la extraordinaria maquinaria de creación escénica que ha sido y es Els Joglars. Como señala el mencionado crítico:

> Si, por un lado, el grupo buscaba un teatro popular, un modo de comunicación eficaz, ingenioso y mayoritario, por otro, se situaba dentro de la fuerte tradición de teatros laboratorio impulsada en los años sesenta[10].

Cada espectáculo de Els Joglars supone una nueva indagación formal, un uso diferente de los signos escénicos. Boadella sostiene que cuando se va al teatro hay que salir con la impresión de que ha pasado algo y defiende el valor del teatro como elemento corrector del sistema:

> La transgresión que supone poner en escena *Ubú president,* tanto en el 81 como ahora, requiere un golpe de audacia. El

[9] VV.AA., *Sesiones de trabajo con los dramaturgos de hoy, Boadella, Onetti, Sanchis, Solano,* Ciudad Real, Ñaque, 1999, pág. 37.
[10] Óscar Cornago Bernal, *La vanguardia teatral en España (1965-1975). Del ritual al juego,* Madrid, Visor, 2000, pág. 182.

político que está acostumbrado a opinar de todo, queda desarmado y en silencio[11].

Su desdén por el teatro oficial es más que evidente, siempre ha desconfiado de las subvenciones estatales y no ha dudado en pronunciarse en torno al vasallaje a que está sometido gran parte del teatro español contemporáneo:

> [...] la prueba es que el teatro ha dejado de ser combativo en toda Europa, como fue años atrás, para convertirse en un teatro domesticado por esa intervención del estado[12].

Recordemos, en este sentido, que el mecenazgo institucional comienza a ejercerse, sobre todo, a partir de 1982, lo cual, como ha señalado Boadella, ha provocado que el teatro se haya vuelto blando y los comediantes se hayan ido integrando, poco a poco, debido a lo cual han perdido el desarraigo que permite *un distanciamiento crítico*. El director catalán es claro y contundente en este aspecto:

> Estoy harto de muchas cosas y trato de hacerles frente con la única arma que tengo: el teatro. Creo que otras compañías podían sumarse a esta actitud combativa y recordar que el teatro es una cosa viva que guarda relación con lo que sucede en la calle. Supongo que nadie dice nada porque todos dependen de la subvención [...]. Así tenemos el teatro que tenemos: inocuo, cortesano, seudorrespetable[13].

Por esa razón se ha negado a entrar en el juego del mercado, porque eso significa producir siempre lo mismo, de ahí que haya rechazado trabajar para el Teatro Real y el Liceo. Detesta ser esclavo de la moda, seguir mecánicamente lo que hace todo el mundo, prefiriendo manifestar una voluntad explícita de llevar la contraria.

---

[11] José Romera Castillo y Francisco Gutiérrez Carbajo (eds.), *Teatro histórico (1975-1998). Textos y representaciones,* Madrid, Visor, 1999, pág. 79.

[12] Declaraciones de Albert Boadella al periódico *El Mundo,* Madrid, 9-XII-2003.

[13] Ramón de España, «La nueva locura de Boadella», *El País Semanal,* Madrid, 22-X-1995.

Albert Boadella se nutre de las esencias de la catalanidad y en primer lugar de la lengua. No duda en caricaturizar, como veremos más adelante, la obsesión nacionalista por la búsqueda de las raíces y la identidad propias, pero aunque aborrece el nacionalismo no reniega de su condición de catalán:

> En un país como Cataluña, que vive con una cierta paranoia, tiene que haber individuos, artistas, periodistas, escritores, que ejerzan una terapia de curación aunque sea como abogados del diablo[14].

Y de su compañía afirma:

> Els Joglars es una compañía muy catalana y nuestro teatro es muy catalán. Lo es por la forma de enfocar las temáticas, por aquellos procedimientos de ironía, de humor y de cinismo tan importantes en la base de nuestro país y por la fórmula de trabajo[15].

Y, habría que añadir que, también, lo es porque una mayoría de sus espectáculos muestran lo que sucede en Cataluña. Por ello, como analizaremos más tarde, para entender este teatro hay que tener en cuenta el contexto en el que se produce, ya que, de lo contrario, determinadas expresiones y perspectivas adolecerían de ambigüedad, resultando, en algunos casos, incomprensibles. Boadella sostiene que vive en un territorio que ha establecido mecanismos político-tribales y nuevos tabúes al sacralizar personas, objetos e instituciones, en definitiva

> un camino hacia el fundamentalismo folclórico. El gran jefe posee ideas concretas de cómo tiene que ser la tribu y todo aquel que no se ajusta al esquema sufre marginación, es decir: se convierte matemáticamente en enemigo de Cataluña[16].

---

[14] Declaraciones de Albert Boadella al periódico *El País,* edición de Cataluña, 28-XII-1997.
[15] Lluís Racionero y Antoni Bartomeus, *Mester de juglaría,* ed. cit., pág. 170.
[16] Declaraciones de Albert Boadella al periódico *El País,* Madrid, 26-VIII-1994.

Tampoco acepta la versión victimista de la historia de Cataluña y embiste contra el nacionalismo montserratino. Podríamos decir que, para el dramaturgo, el patriotismo es el último refugio de los truhanes y la identidad, una invención.

Hay que destacar las contradicciones que este grupo ha generado en su peculiar relación con el poder: el franquismo fue indiferente con ellos cuando hacían mimo, quizás porque los responsables de cultura pensaban que al no hablar no podían ser antifranquistas; el PSOE no les hizo caso: «Nunca nos ha echado un cable, ni en las situaciones más difíciles» —comenta el grupo en el libro *La guerra de los 40 años*—; Pujol los censuró y el Partido Popular los envió por el mundo en representación del teatro español, incluso Esperanza Aguirre encarga a Boadella, para el año 2005, un espectáculo sobre el *Quijote*. Todo lo cual demuestra la independencia ideológica que se permite este «ácrata conservador»:

> He conservado una compañía durante 39 años, he conservado una mujer durante 28 años, vivo en una casa del siglo XII, llevo ya plantados 1.500 árboles y conservo un oficio que tiene 2.000 años[17].

Y es que, para este dramaturgo, «la tradición es algo que no puede destruirse, sin ella se descodifica todo». Ello no supone faltar a la coherencia, sobradamente demostrada, de un hombre que con su grupo, también, ha renunciado a diferentes premios como, por mencionar dos, el Nacional de Teatro en 1994, al considerar que el reconocimiento llegaba demasiado tarde, y la Cruz de Sant Jordi otorgada por Pascual Maragall en 2004. Para acentuar más el despiste de muchos, Boadella se mueve en un campo dual y paradójico, pues su obra, en el caso de La Trilogía, es regional pero goza de proyección internacional; hace un teatro clásico pero expresado con modernidad; combina humor y seriedad; es amado y odiado; rechazado y consagrado; quiere y detesta su tierra; enfrenta diferentes niveles de experiencia: lo social y lo personal, lo

---

[17] Declaraciones de Albert Boadella al periódico *La Vanguardia*, Barcelona, 20-IX-1995.

religioso y lo pagano, el respeto a la tradición y la iconoclasia más feroz. Pero la paradoja afecta, también, al público, pues el teatro de Els Joglars cuenta con una amplia audiencia que incluye a un auditorio que no asiste habitualmente al teatro, pero que no duda en hacerlo masivamente cuando de ellos se trata.

Boadella protege con mimo y atención su autonomía e integridad. No ha cedido ante nadie: ha lidiado con la Iglesia, la censura, el ejército, la ultraderecha, el franquismo, el postfranquismo, los intelectuales, los *progres,* los nacionalistas... Esto demuestra, una vez más, como ya hemos dicho, la independencia vital de este creador interesado en todas las luchas por la libertad, así como en aquellas que vayan en contra de la autoridad y del dogma, convencido de que la sumisión es un instrumento infalible de dominio.

Nos parece oportuno, en este sentido, transcribir la respuesta dada por Boadella a Eduardo Bautista, con motivo de la invitación que éste hizo al director catalán, para participar en febrero de 2005 en una convocatoria de la Sociedad General de Autores con motivo del mes de los 100.000 creadores existentes en nuestro país, y que contaría con la presencia, entre otros, de Gabriel García Márquez, José Saramago, Felipe González y Mariano Rajoy. Hay que decir que la carta, también, podría ser considerada como un resumen del espíritu que anima a la compañía:

Jafre, 8 de enero de 2005

Estimado Eduardo:

Después de recibir su amable invitación para participar en una mesa redonda, confieso que algunos términos del contenido de la carta me han sumido en un estado de inquietud: ¿de verás hay cien mil creadores? Entonces, resulta obvio que nos hallamos frente a una hecatombe sin precedentes. Sólo cabe imaginarse la que montó el primero y auténtico creador para deducir lo que puede suceder ahora con tal cantidad de vocaciones divinas entre nosotros.

En otro párrafo de su carta aparecen los nombres de Felipe González, Ruiz Gallardón, Carmen Calvo, Mariano Rajoy, Manuel Chávez, etc. Ante ello me atrevo a sugerirle que sería prudente poner a disposición judicial los cien mil creadores para su inmediato aislamiento, pues bajo semejantes advocaciones, estamos frente un peligro mucho mayor que los cien mil hijos de San Luis.

Estimado amigo, vista la gravedad del asunto, le ruego que no cuente conmigo para la mesa «Diversitat cultural i arts escèniques» que me propone. Durante las fechas que se celebra este aquelarre creacional, me hallaré escondido en lugar seguro a fin de intentar sobrevivir al nuevo Big Bang del siglo XXI.

Atentamente.

Albert Boadella[18].

ETAPAS Y OBRA

> La política es la anécdota de la historia,
> a nosotros nos interesa la historia.
>
> ALBERT BOADELLA

Como hemos dicho al comienzo de estas páginas, Els Joglars es una compañía que abarca una dilatada época atravesada por diferentes dificultades que configuran un trabajo que podríamos sistematizar, brevemente, en función de su evolución estilística, en los siguientes periodos:

De 1961 a 1967: Antoni Font, Carlota Soldevila y Albert Boadella constituyen el grupo y deciden presentarlo, darlo a conocer públicamente en el Palacio de las Naciones de Montjuïc, con su primer espectáculo titulado *Mimodrames* (1962), al que seguirán: *El arte del mimo* (1963), *Els deixebles del silenci* —*Los discípulos del silencio*— (1965), *Pantomimas del music hall* (1965), *Mimetismes* (1966) y *Caleidoscopio* (1967). Es ésta una etapa muy influida por Étienne Décroux (París, 1898-1991) y la escuela de mimo francés, cuyo representante más significativo será Marcel Marceau (Estrasburgo, 1923). Se copia del original galo.

De 1968 a 1971: en estos años, el grupo se ha vuelto anti-Marceau; los números surgen de las improvisaciones; Boadella

---

[18] Extraído de la página web de Arcadi Espada (www.arcadi.espasa.com).

propone a Els Joglars la profesionalización, ya que, a raíz de su participación en el Festival de Mimo de Zúrich en 1967, se han dado a conocer internacionalmente. No hay que olvidar que, posteriormente y a lo largo de los años, la gira internacional los ha llevado a Alemania, Argentina, Brasil, Colombia, México, Venezuela, Perú, Austria, Bélgica, Estados Unidos, Francia, Holanda, Italia, Yugoslavia, Polonia, Portugal, Reino Unido y Suiza, y que algunas de sus obras como *Laetius, M-7 Catalònia...* han sido montadas por compañías como la Newescene de Amberes, entre otras. La propuesta no es aceptada por todos, algunos se van y se forma el grupo con: Marta Català, Esperança Fontà, Glòria Rognoni, Enric Roig, Jaume Sorribas, Montserrat Torres y Enric Vidal, dirigidos por Boadella. Esto significará vivir sólo para y del teatro.

El estreno en 1968 de *El diari* supuso una ruptura con los espectáculos anteriores: ya el vocabulario mímico es insuficiente y se propone la voz, la música, efectos sonoros, presencia de objetos, por primera vez hay un argumento completo. Ahora la participación del actor es fundamental. Siguen conservándose de la etapa anterior el maquillaje blanco de la cara, los ojos pintados de negro y el maillot, encima del cual se colocarán accesorios. Además, la sala de ensayo se convierte en un núcleo creativo. En *El joc* (1970) ya no queda nada del mimo; hay una buena dosis de ironía, característica de todos sus espectáculos posteriores, a la vez que se intenta una aproximación entre teatro y música, ingrediente decisivo en el teatro de Els Joglars. Como ha dicho Antoni Bartomeus:

> *El joc* es el espectáculo que marca la etapa absolutamente propia de Els Joglars[19].

Pero, también, algunos rasgos recurrentes de la compañía surgen de esta obra: no hay ideas preconcebidas, se aprovechan las dificultades, se consolida el sistema de trabajo y la estructura organizativa.

Cruel Ubris (1971) ya denuncia aspectos políticos y sociales tratados en clave de parodia, una nota que se mantendrá en todo su teatro.

---

[19] Lluís Racionero y Antoni Bartomeus, *Mester de juglaría*, ed. cit., pág. 64.

De 1972 a 1976: periodo muy significativo, pues implica marcharse de Barcelona y trasladarse al campo, a Pruit, ya que Boadella no sólo está convencido de que así se favorecerá la concentración y la intensidad del trabajo, sino que ayudará a romper con la centralización del mismo. Es el momento en que está de moda Grotowsky y lo parodian: «El teatro de Grotowsky me pareció pura tramoya», confiesa Boadella en sus Memorias. Siguen las novedades con *Mary D'Ous* (1972) y *Àlias Serrallonga* (1974) que suponen, además de la incorporación del texto en su dramaturgia, partir de un tema específicamente catalán, la historia del XVII, así como la tendencia de Boadella a beber de otros textos: Góngora y Joan Maragall, en este caso. Surge, también, la crítica política y alguna nota iconoclasta. El grupo se ha consolidado y Boadella decide abandonar sus incursiones como actor para dedicarse exclusivamente a la dirección.

De 1977 a 1981: *La torna* (1977) es el texto que marca un punto de inflexión en el grupo: afloran discusiones entre el director y algunos actores, que se acentúan con la prohibición de la obra por parte de la autoridad militar y todos los acontecimientos, sobradamente conocidos, que se derivan a raíz del encarcelamiento del director y cuando éste se fuga de la cárcel, huye a Francia y se decreta prisión para los componentes del grupo que se habían presentado al consejo de guerra. Desde Francia, renueva el equipo de actores y se crea *M-7 Catalònia* (1978) en Perpignan, primer espectáculo que rompe la cuarta pared y en donde Boadella, por primera vez, expresa en escena sus sentimientos hacia Cataluña. Esta obra supone la creación de una estructura dramatúrgica previa, una ruptura de las convenciones y de la distancia entre público y actor. Siguen *Laetius* (1980) y *Olympic Man Movement* (1981). Ellos mismos confiesan que estos tres montajes forman un tríptico que

> no siguen una convención teatral. Son tres formas no tradicionales de lo que se ha llamado «la cuarta pared abierta» del teatro. [...] Uno es una conferencia, el otro, un reportaje y el tercero es un mitin[20].

---

[20] Lluís Racionero y Antoni Bartomeus, *Mester de juglaría*, ed. cit., pág. 125.

Hay que mencionar en esta etapa un montaje dirigido por Boadella para el Teatre Lliure: *Operación Ubú* (1981).

De 1982 a 1987: el grupo ya tiene solvencia económica, tranquilidad y consolidación profesional, gracias, como hemos comentado, a la adquisición de la finca El Llorà, en Collsacabra, con el fin de que puedan alojarse los actores. Aparece la crítica religiosa en *Teledeum* (1983) —con esta obra es con la que se inicia el equipo actual— y los peligros que conlleva el europeísmo, centrado en Francia por su antimediterraneísmo, en *Virtuosos de Fontainebleau* (1985), obras que, juntamente con *Bye, bye Beethoven* (1987), consagran y reafirman el talante provocador del grupo. Son ya espectáculos de mayor complejidad técnica y más costosos. También, hay dos montajes dirigidos por Boadella pero producidos, uno por el Centro Nacional de Nuevas Tendencias Escénicas: *Gabinete Libermann* (1984), y el otro: *Visanteta de Favara* (1986), coproducido por el Teatre Estable del País Valencià, el Centre Dramàtic de la Generalitat Valenciana y la Diputación Provincial de Valencia.

De 1990 a 1993: el grupo realiza espectáculos muy críticos, la sátira será un ingrediente fundamental. Blancos preferidos: la religión, la celebración del descubrimiento de América y el peligro de la oficialización y funcionarización de la cultura. Nos referimos a: *Columbi lapsus* (1989), *Yo tengo un tío en América* (1991) y *El Nacional* (1993).

De 1994 a 1999: lo constituyen: *Ubú president* (1995), *La increíble historia del Dr. Floit & Mr. Pla* (1997) y *Daaalí* (1999). La primera de estas obras se presentará con posterioridad con el título de *Ubú president o Los últimos días de Pompeya* y configura, con las otras dos, La Trilogía catalana que estudiamos en esta edición. A pesar de que la palabra ha ganado terreno y son tres textos lingüísticamente complejos, como veremos, Boadella continuará prefiriendo los valores plásticos.

De 2000 a 2005: el referente será Cervantes para hablar de temas recurrentes como la hipocresía, el poder, el arte, la religión, la gastronomía...: *El retablo de las maravillas. Cinco variaciones sobre un tema de Cervantes* (2004), en donde, además de reaparecer personajes de la *commedia dell'arte*, Boadella parte de nuevo de una referencia literaria, la novela de Jerzy

Kosinski (Lodz, Polonia, 1933-1991) *Desde el jardín* (1970), de la que rescató la influencia de los medios de comunicación a los que Boadella considera instrumentos «capaces de una cretinización colectiva sin precedentes»; y *En un lugar de Manhattan,* su visión particular de el *Quijote,* con motivo de los actos de conmemoración del cuarto centenario de su publicación.

De nuevo, la vuelta a los clásicos, de los que no estamos tan lejos, y la mirada cómplice de Boadella hacia ellos. Lo mismo que Aristófanes, uno de los autores más admirados por el director, hubiera sido encarcelado hoy en día por su sátira política, para Boadella, Cervantes «no hubiera dado abasto en satirizar tanta estupidez sacralizada y pagada por el contribuyente».

IDEARIO ESTÉTICO

> La simplicidad simbólica nos acerca más
> a la veracidad.
>
> ALBERT BOADELLA

Podríamos decir que Boadella opera con una *estética de oposición,* según terminología de Iuri Lotman, lo cual nos permite definir su actitud como la de un autor que lucha contra lo rutinario y prejuicioso. Ha confesado que su comprensión de lo estético le viene de su relación con el ritual religioso:

> Fue una escuela teatral formidable porque comprendí cómo se transformaba una persona y se convertía en personaje sólo con cambiarse de ropa y meterse dentro del personaje. Toda mi vida es un intento de reproducir aspectos de mi vida infantil: el ritual religioso aprendido en mi etapa de acólito [...] y el placer de hacer cosas en grupo [...] Yo creo que formé Els Joglars [...] precisamente para recrear una banda, una cuadrilla, una familia[21].

---

[21] Declaraciones de Albert Boadella a *Futuro*, Comunidad de Madrid, Consejería de las Artes, 28-II-2002.

La inventiva formal, el interés de su contenido, ese conjunto de ética y estética es para Joan Abellán lo que ha originado un estilo tan personal y propio, lo que nos permite afirmar que los principios básicos en los que se asienta su teatro son: el espacial, la precisión formal, la sobriedad escenográfica y la claridad ideológica. Un teatro que, en definitiva, transmite posiciones y actitudes éticas frente al teatro comercial. El vídeo *Making of Dalí* documenta perfectamente el complejo entramado de roles artísticos que intervienen en el proceso de creación de este grupo.

Teniendo en cuenta el riesgo que implica aventurar la síntesis de una estética que siempre será incompleta porque su director —que, como Shakespeare o Molière, por tener compañía fija, puede dirigir la obra construida conjuntamente— no cesa de renovarla y de renegar de tener un «método» con el fin de evitar un actor acomodaticio, nos atrevemos a establecer algunos de los principios artísticos esenciales «boadellianos»:

—Prioridad de códigos no textuales poniendo de relieve la eficacia de los elementos plásticos y gestuales, incluso en la última etapa caracterizada por una mayor complejidad textual.

—La desverbalización de su teatro inicial es una consecuencia del cuestionamiento y desconfianza del valor de la palabra, de la certeza de que rompe la magia del silencio, así como de los límites de la misma. Para Boadella, el teatro no es un arte literario, es una visión antiliteraria de la relación entre el hombre y el mundo. La palabra debe actuar como índice, como descripción del lugar, época o personaje, para orientar al espectador, pero lo que debe entrar con más fuerza que el verbo es el resto de los lenguajes plásticos: sonidos, imágenes, música, color, sombras... Boadella siempre ha preferido explicar una historia sin ser demasiado explícito.

Pérez Coterillo ha señalado el dominio que tiene Boadella del espacio escénico:

> Como un instrumento de precisión, de adiestramiento y la maleabilidad de los actores, la versatilidad de los objetos y su utilización hasta el agotamiento poético, la extraordinaria ca-

pacidad de fabulación, la habilidad para combinar temas, lenguaje y géneros aparentemente irreconciliables[22].

—Uso del teatro como revulsivo social que debe hacer reflexionar sobre aspectos de la vida: el poder, los tópicos que ese poder ha creado, hábitos sociales y culturales convertidos en mitos sacralizados y, por tanto, incuestionables por intocables. Lo mismo que el objetivo de Josep Pla, como dice Arcadi Espada, fue escribir *desde un punto de vista memorialístico*, Boadella, también, se nutre de esa inquietud y reconoce la implicación social de su teatro en el sentido de que refleja una parte de la historia de Cataluña, así como el hecho de que la memoria histórica es un espacio de aprendizaje.

—Concepción del teatro como oficio artesanal en el que lo fundamental no es siempre la gran idea, sino lo más sencillo. El propio director ha señalado que su «método» de trabajo es como el del campesino con la tierra *paciente y laborioso, aunque algo más divertido.* Boadella denomina el sistema de trabajo con Els Joglars *artesanía colectiva,* en cuanto son un grupo de personas que, a partir de una idea, van elaborando con improvisaciones la dramaturgia, la actuación, el diseño espacial, la precisión formal y la claridad ideológica. Hay que destacar, por tanto, la facilidad de Boadella para exponer con sencillez ideas complejas.

—Uso de mínimos elementos para llegar a una máxima funcionalidad comunicativa. Ello implica austeridad de medios con el fin de conseguir profundidad emocional:

> Lo que se puede expresar con un gesto no debe hacerse con un movimiento; lo que se puede expresar con una actitud no hacerlo con un gesto; lo que puede decir un silencio, no ponerle palabra[23].

[22] Moisés Pérez Coterillo, «Una metáfora audaz y solidaria», *El Público*, núm. 49, Madrid, 1987, pág. 23.
[23] VV.AA., *Reflexiones sobre José Tomás,* Madrid, Espasa-Calpe, 2002, páginas 49-50.

—No se parte de un texto previamente fijado. Se improvisa a partir de una palabra elegida al azar, se buscan fuentes documentales... hasta llegar a la realización definitiva del espectáculo. Las improvisaciones sirven para elaborar el material dramático, visual y auditivo. El texto surge no en solitario ante un papel o la pantalla del ordenador, sino a partir de la mezcla de los ingredientes en vivo y de las tesis iniciales de Boadella que los actores irán ampliando o recortando:

> Podríamos, incluso, afirmar que al igual como ocurre en la música con la partitura, es teatro puro lo que no está en el texto[24].

Boadella no lleva *la partitura previa,* lo cual quiere decir que nunca proporciona, el primer día de ensayo, «una obra dividida en sus correspondientes actos, con sus acotaciones y diálogos». Lo que aporta, como él mismo confiesa, es información exhaustiva «para encontrar junto con los actores vías de penetración profunda del tema». La clave para que el sistema le funcione nos la da el propio autor:

> Al trabajar con una compañía fija con la que durante un año o año y medio llevaré en gira la obra, yo ya empiezo el tema siguiente y entro en contacto con ellos en relación al estudio del tema, realizando pequeñas pruebas [...], por eso cuando ellos entran en la sala de ensayos el primer día, antes de empezar la obra, ya entran con un bagaje de conocimiento muy grande y prácticamente, incluso, en el mismo nivel que yo, en cuanto a los avances obtenidos en relación al tema[25].

En este sentido, hay que hacer constar que Boadella suele acabar el texto un mes y medio antes del estreno.

—El teatro es un estímulo sensorial que debe tener gran poder de evocación y debe desencadenar reacciones, «comunicar rápidamente».

---

[24] Entrevista de la autora a Albert Boadella, en Madrid, el 18 de octubre de 2004.

[25] VV.AA., *Sesiones de trabajo con los dramaturgos de hoy, Boadella, Onetti, Sanchis, Solano,* ed. cit., pág. 31.

—La evolución estética de este dramaturgo y su compañía va unida a tres espacios: uno urbano y dos rurales, vinculados a la creación de Els Joglars:

- La nave del Carrer Aribau, en Barcelona.
- Pruit, en donde se construye en 1967 la cúpula geodésica, mencionada anteriormente, como espacio de trabajo adaptado a las necesidades artísticas del grupo y sala de ensayo. *La torna* será la primera obra que se produzca aquí.
- El Llorà: situado en el mismo municipio de Pruit y que forma parte de Collsacabra, un altiplano suave y de amable geografía, *jardín inglés,* según Pla, perteneciente a la Cataluña húmeda, es donde se instala la compañía durante los periodos de preparación del espectáculo, pero, también, lugar de ocio y en el que se imparten cursos y seminarios. En 1982, coincidiendo con la adquisición de esta finca, Boadella prescindirá de la mayoría de los actores y buscará otros en el mundo rural. Recorrerá Cataluña y seleccionará a quince aspirantes a los que dará un curso intensivo durante un mes. Una vez finalizado, escogerá a los ocho que le parecieron más susceptibles de adaptarse al medio y al sistema de trabajo, como cuenta en sus Memorias.

Como se ve, Els Joglars no actúa en un decorado, sino en un espacio escénico funcional. Como dice Boadella en la obra mencionada: «No hay duda de que hay locales en los que todo parece pensado para hundir la obra, como es el caso del Mercat de las Flors de Barcelona o el Teatre Nacional de Catalunya.»

—Boadella mantiene una concepción musical de la escena como principio y fundamento del teatro y, como sostiene en sus Memorias, para él es tan importante Beethoven como Shakespeare:

> [...] he tenido siempre por mejor aliada a la música que no a la literatura. La prosa es un material refractario a transformar en arte las acciones humanas[26].

Confiesa, además, que las charlas que mantuvo con su primo violonchelista Ricard fueron más decisivas que las escue-

---

26 Albert Boadella, *Memorias de un bufón*, ed. cit., pág. 26.

las de arte dramático. En este sentido, hay que decir que, para Boadella, el ritmo es el núcleo esencial de la comunicación escénica, y que utiliza la música como elemento irremplazable del discurso poético y porque transmite un contenido, unas ideas, una manera de percibir el mundo. Podríamos afirmar que, para el dramaturgo, la música es un arte muy poderoso para representar los más diversos sentimientos y sensaciones. Para Boadella, como dijo Beethoven:

> La música es una revelación más sublime que toda sabiduría y filosofía[27].

Esta importancia de la música aparece clarísimamente en La Trilogía, pues se usan partituras de Wagner, Beethoven, Brahms, Strauss, Chaikovski, Händel, Pachelbel, Vivaldi, Joplin, sardanas, canciones populares catalanas, el Virolai, los Beatles...

—Es el humor, juntamente con la desmitificación y la parodia, la base estilística de su trabajo. Le sirve, además, para contraponerlo a la seriedad oficial:

> El humor es una actitud excepcional en el funcionamiento de cualquier sociedad; la seriedad, en cambio, podríamos decir que es el estilo de toda la narrativa oficial[28].

Boadella está convencido de que el humor «es el oxígeno necesario para enfocar la tragedia» y requiere, además, perversidad y dosis de cinismo. De ahí las bromas sobre las tradiciones, mitos y símbolos catalanes: la Moreneta, el Barça, la bandera... llenos de sentido para la sociedad, pero que los actores deben desmontar:

> Si la sociedad tiene tendencia a imponerse mitos, debe ser ecológicamente importante que los comediantes demuestren que no hay nada sagrado del todo[29].

---

[27] Bernd Feuchtner, *Shostakóvich. El arte amordazado,* Madrid, Turner, 2004, pág. 96.
[28] Albert Boadella, *Memorias de un bufón,* ed. cit., pág. 42.
[29] Lluís Racionero y Antoni Bartomeus, *Mester de juglaría,* ed. cit., pág. 111.

Dado que Boadella, como hemos dicho anteriormente, defiende el valor del teatro como elemento corrector del sistema, hay que tener en cuenta que cuando critica la sociedad tradicional catalana lo hace porque piensa que está llena de emblemas que se han producido por necesidades del poder.

El director catalán recurre al humor para representar las adversidades y lo que le disgusta. Es una vía de distanciamiento que ayuda al espectador a implicarse en lo que está viendo, convirtiéndole en cómplice. Para Boadella, la práctica de la risa representa el mejor antídoto contra el fanatismo y la intolerancia, siendo el enemigo más acérrimo de todos los fundamentalismos porque contribuye a la desacralización de determinados valores, de ahí su feroz visión de los políticos, a los que ridiculiza haciéndoles perder la dignidad, de las megalomanías e hipocresía de algunos personajes públicos. Es una concepción del teatro como revulsivo, como burla del poder y antídoto contra la indiferencia, como él mismo ha dicho: «como profilaxis de las neurosis públicas». Joan Abellán insiste en la idea de que el humor de Els Joglars tiene muchas facetas y matices, ya que va de la práctica del puro *gag*, a la caricatura, al realismo hiperbólico y provocativo, pasando por la violación de los códigos culturales. Alternan lo grotesco y chabacano con el lirismo. El humor, por tanto, ayuda a que se cumpla la función primordial del teatro, que es catártica y no estética o intelectual.

De todas las transgresiones del humor, las preferidas serán: la parodia política, la sátira y la ironía, cultural e intelectual, que estudiaremos en otro apartado. El objetivo de la ironía es batir al adversario en su propio terreno fingiendo, a veces, estar de acuerdo con sus premisas, con sus valores, con sus maneras de razonar, con el fin de exponer que son absurdos. El uso de la sátira le servirá para provocar risa y para criticar, como hizo en su día Aristófanes, a la sociedad actual. Cultiva, como ya hemos dicho, la comedia política —recuperando la tradición perdida de burlarse del poder.

—En cuanto al sistema de trabajo, la cita que damos a continuación lo clarifica sobradamente:

> Cuando comienzo a preparar un montaje primeramente me invade un caos de imágenes, palabras, sensaciones y emo-

ciones imprecisas. En los ensayos intento ordenar ese universo caótico con un enorme esfuerzo de precisión, distribuyendo tiempo y espacio, para establecer posibles referencias en relación con el público. Después durante la representación, [...] el público lo recibirá volviendo a la forma primitiva, o sea, al caos [...]. Mi oficio no consiste en encontrar la belleza, ni en hacer crítica social, ni en transgredir, sino sólo en describir la manera más precisa de hacer penetrar en los espectadores un conjunto de impresiones confusas[30].

Podemos decir que Els Joglars parte de una idea vaga, no hay nada descrito en forma convencional, ni demasiado precisa, ya que, como sostiene Boadella: «El texto es una trampa para el teatro.» Sólo cuentan con sensaciones. Trabajan con todo ello en un proceso lento: tardan unos seis meses desde que comienzan a ensayar hasta el estreno de las obras, van materializando el montaje y la obra emerge del propio proceso de los ensayos. El producto final está perfectamente milimetrado. Podríamos decir que la ecuación que resume este sistema de trabajo es una combinación proporcional de espontaneidad, muy trabajada, disciplina y orden. Al final, todo está tan controlado y ajustado que la diferencia de tiempo en las representaciones oscila sólo unos segundos.

—En cuanto a la autoría de los textos, Boadella es muy explícito:

Yo soy el responsable final. Sin embargo, hay textos que aparecen muchas veces en los ensayos a través de las improvisaciones de los actores y quedan definidos con pocos retoques. Bajo nuestra forma de trabajo, la participación del actor en la construcción de la obra es muy relevante porque no se parte de un texto previo completamente cerrado. En resumen, yo preparo un tema en solitario hasta donde me veo capaz en función de nuestra forma de construir la obra. Una vez empiezan los ensayos, se pone en tela de juicio todo aquello que yo he preparado y se rellenan los muchos vacíos. Después, una vez que la obra se halla en pie —pero sólo aguantada con pinzas—, yo voy corrigiendo el lenguaje, dejando

---

[30] Albert Boadella, *Memorias de un bufón*, ed cit., pág. 401.

algunas expresiones o frases, en su forma espontánea inicial, a pesar de su posible imperfección, para dar mayor sensación de autenticidad. En definitiva, si se trata de escoger, prefiero la sensación de espontaneidad a la perfecta construcción literaria. Sin embargo, para que tengas más claro el concepto de autoría que siempre he defendido, hay un dato determinante: los derechos de autor son repartidos con el 51 por 100 para mí y el resto entre actores y escenógrafo. Creo que con esta declaración queda clara mi idea de que la autoría del teatro no corresponde únicamente al texto[31].

Boadella abunda en esta idea en sus Memorias al sostener que el dramaturgo es el responsable técnico de la obra, no su creador, y que la obra surge gracias a la habilidad técnica de un individuo dotado para interpretar la realidad.

Podemos decir que la obra va escribiéndose a pie de escenario, recogiendo lo que más interesa de las improvisaciones. En ellas, los actores dicen lo que se les ocurre o lo que se les sugiere. Todo se va anotando. Las escenas se irán hilvanando en razón de la historia que se quiera contar.

—Intento de evitar el exceso de ideas preconcebidas.

—Boadella aplica, como hemos visto, la fórmula de creación musical al teatro, pero puntualizando que éste hay que elaborarlo con la voz y el cuerpo.

—Muy a menudo, se piensa el espacio escénico antes que la estructura del espectáculo, y después lo vinculan a las improvisaciones.

—Uno de los objetivos del teatro de Els Joglars es mostrar la realidad:

> Si uno consigue penetrar en la verdad, histórica o contemporánea, tiene en sus manos el material más eficaz desde el punto de vista ético, pero, también, estético. Lo que ocurre es que para que esta verdad resulte creíble y comprensible hay que evolucionar más allá del simple concepto erudito. Es necesario conocer profundamente el lenguaje y los signos para que todo tenga otra dimensión. Hacer teatro no es sólo contar, hay que demostrar. Se trata de no distraerse en detalles y

---

[31] Entrevista de la autora a Albert Boadella, en Madrid, el 18 de octubre de 2004.

buscar lo esencial para presentar bajo una nueva óptica capaz de modificar, si cabe, la moral preconcebida sobre los acontecimientos[32].

—Adecuada elección de actores:

> Para mí los actores son como el alfabeto de una escritura y ellos intuyen fácilmente mi objetivo aunque oralmente no lo exprese con claridad. Diría que nos entendemos, casi, por telepatía, y eso sólo es posible con un grupo de actores con los que llevas mucho tiempo y entre los que no hay ningún afán de protagonismo[33].

Opina, además, Boadella, que la inspiración del actor debe basarse en algo concreto, lo más aproximado a la verdad, ya que:

> Si no es así, el espectador, al no llegarle referencias perceptibles sobre la circunstancia del personaje, no puede penetrar en sus intenciones[34].

Para Boadella, es fundamental que el actor se documente, con el fin de absorber la personalidad del personaje y trabajar. Hay que destacar, por otro lado, que son actores que representan a más de un personaje en una misma obra. La Trilogía es un buen ejemplo de ello: en *Ubú president o Los últimos días de Pompeya*, 11 actores dan vida a 69 personajes; en *La increíble historia del Dr. Floit & Mr. Pla*, 9 actores interpretan 45 personajes, y en *Daaalí*, 9 actores a 62, lo cual impide el amaneramiento. A ello hay que añadir que la excelente comunicación que Boadella mantiene con ellos, definida por él como *telepática*, se debe, sobre todo, a que están en sintonía con el ideario del director:

> [...] mi instinto para la diplomacia es el que ha conseguido mantener el clima suficiente, la pasión constante suficiente

---

[32] Entrevista de la autora a Albert Boadella, en Madrid, el 18 de octubre de 2004.

[33] Santiago Fondevila, «Un descubrimiento de locos», *El Público*, núm. 89, Madrid, 1991.

[34] Albert Boadella, *Memorias de un bufón*, ed. cit., pág. 387.

para que un conjunto de gente en el momento de trabajar se entreguen sin importarles el tiempo dedicado[35].

—Uso de máscaras porque ayudan a fijar y determinar las características psicológicas del personaje, pero exige más precisión de movimiento:

> La máscara traduce la alegría de las alternancias y de las reencarnaciones, la alegre relatividad, la alegre negación de la identidad y del sentido único [...]; la máscara es la expresión de las transferencias, de las metamorfosis, de las violaciones de las fronteras naturales, de la ridiculización [...]; la máscara encarna el principio del juego de la vida...[36].

—Entre los temas tratados por Els Joglars están: el bandolerismo, la conquista de América, la destrucción del planeta, la competitividad, los mitos mediterráneos, el arte, la religión, el nacionalismo catalán...; quizás sea este último el que más inquieta al director barcelonés y sobre el que no ha dejado de pronunciarse:

> El nacionalismo básicamente es una nostalgia de la tribu. En el caso del catalán es también una nostalgia del feudalismo[37].

En cualquier caso, podemos decir que todos los temas mencionados son variantes de una gran obsesión personal: el poder en todas sus mutaciones, pero mostrándolo, sobre todo, en términos de fraude irrisorio, como señala Joan Abellán. Curiosamente, siendo el teatro de Boadella socialmente activo, sorprende su negativa a tratar el tema del terrorismo:

---

[35] VV.AA., *Sesiones de trabajo con los dramaturgos Boadella, Onetti, Sanchis, Solano,* ed. cit., pág. 45.
[36] M. Bajtin, *L'œuvre de F. Rabelais et la culture au Moyen Age et sous la Renaissance,* París, Gallimard, 1970, pág. 49. Traducción de la autora.
[37] Declaraciones de Albert Boadella al periódico *El Mundo*, Madrid, 9-XII-2003.

Estoy convencido de que mi posible obra sobre el terrorismo hubiera desatado las iras de los protagonistas reales. Obviamente, yo no puedo poner en riesgo la seguridad de mis compañeros que actúan cada noche ante el público. Eso hubiera significado una posibilidad fácil y continuada ante cualquier forma de represalia, mientras yo, como máximo responsable, permanecía seguro en casa. Una cosa es el cine o un libro y otra muy distinta es anunciar a los terroristas nuestra gira con un año de antelación. El teatro, en este sentido, presenta un blanco demasiado fácil[38].

—En cuanto al lenguaje, hay que decir que Boadella lo somete a vaivenes de matices: grotesco, escatológico, poético, coloquial... Por ejemplo, en La Trilogía podemos observar, como veremos, el estilo burocrático en *Ubú president o Los últimos días de Pompeya,* el hiperbólico en *Daaalí* y el sobrio y contenido en *La increíble historia del Dr. Floit & Mr. Pla.*

Hay que decir que Boadella, asimismo, usa el lenguaje para ridiculizar, zaherir y burlarse o para dignificar. Incluso, utiliza determinadas formas de expresión para subrayar la psicología de los personajes, como el castellano que utiliza Jordi Pujol, o el origen social y geográfico, como el andaluz del pintor Velázquez o el catalán de Pla.

—Imitación gestual y lingüística de personajes reales. Por ejemplo, por centrarnos en La Trilogía: la oscuridad y el enrevesamiento con los que se expresa Jordi Pujol, acompañados por los visajes y ademanes del mencionado. En este caso, lo que persigue Boadella es un fin destructivo, mientras que al imitar a Pla y a Dalí lo que se consigue es un efecto admirativo.

—Riqueza de matices en la entonación para especificar, potenciar o subrayar una idea.

—Contraposición de elementos y de ideas: Pla/Marull; campo/ciudad, cada día más inhabitable; literatura/mundo empresarial; modernidad/clasicismo...

—Valoración de la contradicción como camino hacia la libertad e independencia.

---

[38] Entrevista de la autora a Albert Boadella, en Madrid, el 18 de octubre de 2004.

> Un artista no puede satirizar lo que no
> existe. Es lógico que se inspire en lo que le ro-
> dea. [...]: ni la gente de teatro ni la de otras
> profesiones critica a nuestros dirigentes.
>
> ALBERT BOADELLA

Para Boadella, la ironía, además de ser un procedimiento co-
municativo muy eficaz, es el elemento básico de su creación teatral que marcará toda la trayectoria del grupo. Para este dramaturgo, ironizar es burlarse y desacralizar produciendo risa, es
una forma alegre de análisis que sustituye a la cólera.

No hay que olvidar que Boadella hunde sus raíces en el Sur,
donde el impulso a la sátira y a la ironía es la expresión más
característica. Incluso afirma que le gustaría vivir no «norte
allá, sino debajo del Ebro donde los artistas son aún artesa-
nos». Boadella se identifica, por tanto, con el espíritu latino,
mediterráneo, de ahí que busque el escarnio, sobre todo la
burla de lo sagrado.

Ya desde los títulos de La Trilogía, Boadella nos está advirtiendo que será irónico. Sí podemos decir que la efectividad se
consigue porque se implica al máximo el aspecto emocional
del receptor, al que, de nuevo, se le exige su colaboración, pues
la ironía conlleva un significado extra, un significado que no
está presente explícitamente y que debe inferirse invirtiendo
el sentido literal de lo expresado (no hay que olvidar que el
eiron en la comedia griega era el que disimulaba). Boadella,
mediante este mecanismo, dice sin formular abiertamente, en-
cubre el verdadero sentido que corresponde a sus reales intenciones comunicativas, lo cual no impide que se produzca
un efecto cómico. Si la sátira funciona eficaz y expresivamen-
te en La Trilogía se debe a que hay una situación política, social
y cultural tan única y especial «como lo fue la Atenas de Aristófanes»[39], lo cual se produce en el contexto catalán en que se cen-

---

[39] Francisco Íñiguez Barrena, *La parodia dramática, naturaleza y técnica*, Universidad de Sevilla, 1995, pág. 74.

tra La Trilogía, pero, también, funciona porque Boadella se ha fijado en la grandeza de Pla y Dalí, a la que contrapone la indignidad de Jordi Pujol. Por otro lado, no hay que olvidar que Boadella no sólo se siente muy cercano al teatro satírico de Aristófanes, sino muy identificado, ya que, como éste, conoció el fracaso y el éxito. Aristófanes fue testigo de la desaparición de la tragedia como género dramático y de la comedia antigua, mientras que Boadella lo ha sido de la pérdida del teatro satírico en sustitución de un teatro tedioso, lo cual le ha llevado a maldecir a muchos *colegas* por el aburrimiento con el que han contaminado la escena contemporánea convirtiéndola en *una expresión endogámica para masoquistas de élite.*

Lo mismo que Aristófanes, utiliza la sátira y la ironía para provocar *un jeu de massacre,* por emplear la acertada expresión que S. Byl aplica al teatro del dramaturgo griego. Boadella añade la utilización del humor y no titubea en ser sarcástico con sus adversarios, algo que, por otro lado, forma parte de la tradición escénica. Mediante la sátira, Boadella efectúa su particular ajuste de cuentas, que, en el caso de *Ubú president o Los últimos días de Pompeya,* al llevarse hasta sus últimas consecuencias, producirá una catarsis liberadora, que no excluye la carcajada refrescante ni una visión optimista de la vida. Sátira desenmascaradora que casi nos obliga a odiar el insultante y falso mundo de la política, el arte y los medios de comunicación. Gestos, movimientos, entonación, escenografía y vestuario auxiliarán y potenciarán el mensaje irónico-satírico enmarcando, silueteando la frase y aclarando o subrayando el significado que quiere transmitirse. Mediante la ironía, Boadella se pregunta por la verdad de las cosas, a la vez que quiere mostrar su opinión de estima o de rechazo.

En definitiva, la ironía funciona como un arma sutil, ya que exige un esfuerzo interpretativo que es una manera de rechazar el sentido literal, y un modo de distanciamiento intelectual que no sólo, como ya hemos señalado, exige un suplemento de sentido, sino que implica, a pesar de referirse a un contexto cercano —el ámbito catalán— y a unos protagonistas reales —Dalí, Pla y Pujol—, una participación activa y cómplice del espectador, en cuanto implica un discurso lleno de doble sentido, a la vez que trabaja con la ingenuidad fingida.

> Hay una actitud personal de la gente
> de volver al teatro por una cuestión lógi-
> ca: la saturación de los medios audiovi-
> suales [...] Otra cuestión es si el teatro que
> ofrecemos cubre las expectativas y las ne-
> cesidades de esa gente.
>
> Albert Boadella

No es la única vez que Albert Boadella engloba sus obras en una trilogía. La primera está configurada por: *El joc* (1970), *Cruel Ubris* (1971) y *Mary D'Ous* (1972); y la segunda por: *M-7 Catalònia* (1978), *Laetius* (1980) y *Olympic Man Movement* (1981).

Como cuenta el grupo en el libro *La guerra de los 40 años,* la idea nació cuando trabajaban en la obra sobre Pla —ya habían estrenado *Ubú president.* Había diferencias entre los tres personajes objeto de La Trilogía, pero, también, puntos de contacto, como veremos.

Ubú president o Los últimos días de Pompeya, La increíble historia del Dr. Floit & Mr. Pla y *Daaalí* son tres textos ligados a la memoria histórica catalana —curiosamente, Pla, uno de los protagonistas, declaraba que ésta era para él tan real como la actualidad misma— en los aspectos político, literario y artístico. A través de estos tres complejos, *delirantes e impertinentes* personajes reales, Boadella ofrece una visión sintetizada de la historia contemporánea de Cataluña, sin olvidar que alrededor de ellos hay tres concepciones del mundo, del territorio, de la muerte, del amor, de la vida... que permitirán que el público se haga una idea tanto de las gentes que viven en Cataluña como del arte teatral del grupo. Podríamos decir que La Trilogía está constituida por tres biografías en torno a tres personajes inconfundibles, que ha supuesto un exhaustivo trabajo de documentación, no sólo bibliográfica, sino también pictórica, oral (testimonios de amigos, conocidos...), audiovisual..., que, a su vez, ha permitido elaborar una atípica visión en torno a los tres personajes mencionados y esta-

41

blecer conclusiones, en muchos casos, contrarias a las sostenidas por investigadores, especialistas y conocedores de los biografiados, que persigue la eliminación del estereotipo: Boadella rompe, entre otros aspectos, con la imagen de un Pla solitario, un Pujol salvador y un Dalí fascista. Para ello, ha utilizado tres recursos formales diferentes: en *La increíble historia del Dr. Floit & Mr. Pla,* un escritor narra la historia; en *Ubú president o Los últimos días de Pompeya,* el psicodrama; y en *Daaalí,* el juego con el tiempo, mediante la ampliación a dos horas de sólo unos segundos que dura la agonía, los sueños y el delirio del pintor. Asimismo, las tres obras coinciden en el tema de la muerte, bien sea real o metafórica, de sus personajes. La diferencia estriba en que la de Dalí y Pla está cargada de nostalgia, mientras que la de Pujol no, porque es necesaria para la buena salud del país.

Otra característica en común es que en las tres obras el texto es necesario, es imprescindible porque son personajes que necesitan ser explicados y porque en *La increíble historia del Dr. Floit & Mr. Pla,* éste fue un escritor; en *Ubú president,* Pujol es un político conocido por su incontinencia verbal, y en *Daaalí,* un pintor que teorizó mucho sobre su pintura, además de un interesante escritor. Por tanto, en este sentido el texto contribuye a aclarar y a ofrecer una imagen que, en el caso de Dalí y Pla, ha destruido el cliché que de ellos se ha ofrecido. De todas maneras, a pesar de lo dicho y de que, ahora, el texto es fundamental, hay que decir que al director barcelonés lo que más le sigue gustando, por ejemplo de *Daaalí,* son:

> [...] los dos minutos y medio iniciales, en los que no se dice nada. Dalí se levanta, dice «kikirikí» junto al Dalí niño y entonces cambio de tesitura. En estos dos minutos iniciales es donde hay un mundo que no es exactamente un mundo de la realidad cotidiana. Todo está en armonía con la emoción del espectador[40].

---

[40] VV.AA., *Sesiones de trabajo con los dramaturgos de hoy, Boadella, Onetti, Sanchis, Solano,* ed. cit., pág. 33.

Los tres personajes son atemporales, pues han ingresado en otra temporalidad que podríamos llamar la de la memoria histórica, ya que son seres no sólo para el recuerdo, sino que, también, pertenecen al teatro ejemplar, en el sentido de que ayudan al espectador a reflexionar sobre los peligros de la manipulación histórica de la realidad y sobre las consecuencias que acarrea la práctica de un determinado tipo de política.

La Trilogía resume un trabajo de 40 años. Como dice Boadella: «es una suerte de síntesis dramática y sociológica», crítica del nacionalismo y de la esquizofrenia catalanes que, para el dramaturgo, está fundamentada en el bilingüismo:

> Como la mayoría de los catalanes, soy bilingüe. Paso de una lengua a otra sin apenas percibirlo. Ciertamente, por pura práctica del entorno tengo mayor capacidad de matización en catalán, pero, paradójicamente, me gusta más la lengua castellana. Esta dualidad me ha permitido jugar con los dos idiomas ante mis conciudadanos catalanes y manipular la sintaxis o el acento ante el público castellano. Con toda franqueza, me gustaría ser más hábil con el castellano, pero me consuelo pensando que esta capacidad, quizá, no me habría facilitado ciertas manipulaciones del lenguaje. En muchos casos, las limitaciones son el mayor incentivo de cualquier forma de arte[41].

En las tres obras, lo visual es un factor determinante, en el sentido de que Boadella ha preferido trabajar a partir de las posibilidades mágicas que ofrece la imagen. Es decir, elaborar la esencialidad dramática de los signos visuales, hecho que ha convertido estos tres textos en espectáculos formalmente complejos en los que, además, la música tiene un papel decisivo. Así, por ejemplo, en *Ubú president o Los últimos días de Pompeya,* cada escena de guiñol es introducida con canciones populares catalanas con una clara función satírica y paródica; en *La increíble historia del Dr. Floit & Mr. Pla,* la música está ligada a la capacidad de producir sensaciones iconoclastas, como

---

[41] Entrevista de la autora a Albert Boadella, en Madrid, el 18 de octubre de 2004.

sucede con la sardana que ambienta la escena de la masía y los payeses, o cuando Pla, agonizante, pide, sorprendentemente, escuchar *la música de aquellos melenudos*, en clara referencia a los Beatles, en lugar de música catalana. La Trilogía es, también, el camino de la densidad y elaboración textual, de la construcción de unos textos que tienen muy en cuenta la peculiar forma de hablar y de pensar de los tres protagonistas.

Estas tres obras también tienen en común que se nutren de otras. Es decir: Boadella integra en el tejido textual otras voces, preñando su escritura de ecos, citas y referencias explícitas e implícitas. El director no duda en introducir en los títulos mencionados discursos que son de otro, bien reproduciéndolos exactamente, o sintetizándolos, o reelaborándolos con sus palabras. Hay que destacar la familiaridad de Boadella con los textos citados en Dalí, Pla y Pujol, que, en algunos casos, concretamente en el referido al ex presidente de la Generalitat, metamorfosea con una clara intención paródica. El aparato erudito es evidente: hay fuentes concretas que no se mencionan y que, en ningún caso, condicionarán la libertad e independencia de Boadella para utilizarlas según le convenga, ya sea para ampliar, contradecir o copiar al pie de la letra sin entrecomillar, combinando imitación y originalidad. Ello, quizás, puede producir un problema de recepción por parte del espectador y del lector, ya que exige un receptor competente, capaz de identificar las referencias para dar más sentido. Así, el título *Ubú president o Los últimos días de Pompeya* sólo cobra relieve teniendo en cuenta la obra de Alfred Jarry *Ubú rey; Daaalí*, porque era la forma peculiar con la que el pintor pronunciaba su nombre, y *La increíble historia del Dr. Floit & Mr. Pla*, sobre otro título literario: *Doctor Jekyll y Señor Hyde*, guiños que requieren un lector culto para que la recepción del texto sea adecuada. Además, aquél tiene que darse cuenta de que los textos que Boadella traslada a La Trilogía contienen, a su vez, otros contextos de comunicación, cada uno con su locutor e interlocutor, sus circunstancias de lugar y tiempo y sus normas lingüísticas. Boadella habla a través de otras voces con total libertad produciendo lo que Genette denomina *transfusión perpetua* de textos. No sólo bebe Boadella de textos literarios, sino también de los administrativos y de los discursos políticos, sin perder su voz propia. La Trilogía se configura como un texto polifónico, en cuyas páginas hay que reconocer las voces de Dalí, Pla, Pujol, Quevedo, Lorca, los místicos, Verdaguer... Si Boadella, por tanto, traspasa su escritura con otros textos, es porque ello le ayuda a la recreación del personaje y su mundo.

Como ya hemos señalado, Boadella incorpora, con total libertad, todo el material bibliográfico del que dispone, no sólo para dar un perfil de los personajes en que se centra La Trilogía, sino, también, para exponer cuestiones que le preocupan: el poder, el arte contemporáneo, etc. Podemos decir, por tanto, que Boadella recurre a otros textos con afán documentalista, pero, asimismo, como un estímulo ante el que reacciona con propia voz, manifestando sus odios y admiraciones dentro de un amplio abanico estético que va de la distorsión burlesca, a la farsa, a la imitación homenajeadora, a la parodia, a la caricatura, a la ironía... No duda en reproducir, incluso, la peculiar forma de hablar de los personajes de La Trilogía, imitando actos de habla reales. Boadella se ha quedado con lo que le interesaba y lo ha puesto al servicio de una clarificación y proximidad.

La Trilogía ofrece un catálogo fascinante de referencias bibliográficas, musicales, pictóricas, políticas... —como puede comprobarse en las notas que damos a pie de página— que permiten, a su vez, averiguar o sospechar las propias preferencias del director catalán. Con el fin de que el lector se haga una idea de lo que acabamos de exponer, damos algunas de esas referencias: textos extraídos del *Cuaderno gris* de Josep Pla, del *Manifiesto místico* de Dalí, del *Diario de un genio,* del epistolario mantenido entre Lorca y Dalí, declaraciones en prensa, en televisión, en radio, de canciones populares, de sardanas, del himno de la legión, de la Falange, del Barça, del himno catalán, del Virolai, de refranes catalanes, de juegos infantiles, discursos de Pujol, declaraciones de su familia, lemas coreados en las elecciones, declaraciones de Unamuno, del obispo de Vich, frases del emperador Carlos V, versos de García Lorca, del *Quijote,* de Quevedo, expresiones propias de los personajes centrales (por poner un ejemplo: «collonades» de

Pla), frases dichas por Gala, textos de la obra de Stevenson *El extraño caso del Doctor Jekyll y Señor Hyde,* de *Ubú rey,* de *La cantante calva,* de entrevistas, cuadros de Dalí, periódicos catalanes e internacionales... sin olvidarnos de citas de personajes del mundo de la cultura y de la política tanto españolas como internacionales: Ricardo Bofill, Tàpies, Calder, Kandinsky, Breton, Miró, Picasso, Monet, Flotats, Nuria Espert, Brecht, Llimona, Gaudí, Espriu, Subirachs, Gimeno, Chaplin, Mendiluce, diferentes partidos políticos, Artur Mas, Pascual Maragall, Cambó, Montserrat Caballé, el Papa Luna, Atila, Leonardo da Vinci, Vermeer, Ingres, Miguel Ángel, El Bosco, Millet y un larguísimo etcétera. Como se verificará en las notas a pie de página, las alusiones revisten diferente grado de dificultad, pero serán siempre significativas de una información subyacente que conviene desvelar.

Otra nota en común, que conviene señalar, es que los títulos que engloban La Trilogía constituyen una información condensada de lo que será el texto íntegro. No son títulos inocentes e inocuos, y la prueba de ello es que llevan una marca: bien sea el alargamiento de la vocal «a» en *Daaalí,* o las referencias literarias, ya señaladas, en *La increíble historia del Dr. Floit & Mr. Pla* y *Ubú president o Los últimos días de Pompeya,* guiños que servirán para enmarcar los textos y preparar al espectador.

La elección de los personajes ha partido de la empatía que Boadella siente hacia Dalí y Pla (personajes sobre los que tenemos demasiadas ideas preconcebidas y que, quizás, hubieran perdido su poder de fascinación si su obra hubiera permitido una interpretación unívoca) y del rechazo que le provoca Pujol. De ellos ha dicho, entre otras cosas:

> Josep Pla es un auténtico filósofo de nuestro país [...], es un hombre que miraba la vida de una manera absolutamente extraordinaria. Es uno de los hombres que mejor nos ha representado y yo me siento como un auténtico discípulo suyo [...].
> En el caso de Salvador Dalí me gustaba su sentido de la libertad. Dalí dijo e hizo lo que se le ocurrió en cada momento. Contra todo y contra todos, y eso es de un mérito extraordinario, en cualquier época [...]

> De Pujol no me gusta ni la política que hace, ni él como persona; digamos que soy químicamente refractario al personaje[42].

De esta legítima e interesante ecuación, destacamos la naturalidad y la sinceridad con las que Boadella habla de la animadversión que le produce el ex presidente de la Generalitat, así como lo higiénico que es burlarse de él. El dramaturgo podría suscribir estas palabras de Januchiro Tanikazi: «Hay un sentimiento que adoro y éste es el odio. Ningún otro es tan radical, tan entero, tan agradable, odiar a alguien, odiarlo de todo corazón, ¡qué gozada!». Parte La Trilogía de las afinidades de Boadella con Pla y Dalí: como el director, fueron críticos con su tierra, a la vez que profundos catalanes; fueron extremos: Pla *practicaba compulsivamente la libertad* y Dalí decidió dejar todo al Estado español, no a la Generalitat; eran localistas: tanto Dalí como Pla manifestaron opiniones muy semejantes en torno a su tierra. Así, el escritor sostenía que sólo un pueblo con enorme determinación podía haber domesticado un entorno tan hostil y hacerlo productivo; mientras que el pintor afirmaba que los cadaquenses eran los paranoicos más grandes producidos por el Mediterráneo. Declaraciones que manifiestan la empatía hacia una naturaleza de la que dejaron constancia en sus escritos y pintura. Además, Boadella tiene muy en cuenta el lugar de origen de los personajes; irónicos; individualistas con proyección cosmopolita e internacional: en el caso de Pla, por su trabajo como corresponsal en el extranjero, hecho que le permitió recorrer el mundo; en el de Dalí, por el alcance de su pintura, y en el de Boadella, desde 1967 con la participación de Els Joglars en Zúrich y en 1970 en Fráncfort; inadaptados —en este sentido, Boadella sostiene que, si no lo eres, «no se puede mirar la sociedad de una forma crítica, si estás adaptado lo que quieres es quedar bien»—; vivían aislados en el campo; libres en sus planteamientos estéticos y en sus juicios; defensores del clasicismo; han practicado un trabajo artesano; han construido una prolífica obra

---

[42] Declaraciones de Albert Boadella a *Futuro*, Comunidad de Madrid, Consejería de las Artes, 28-II-2002.

que refleja su constante afán de búsqueda; con un agudo sentido del humor; pensaban que en la sociedad actual las cosas funcionan al por mayor y que los matices no tenían la menor consideración; hombres libres alejados de la hipocresía social; unidos por el mundo del Ampurdán; «con un gusto muy higiénico por llevar la contraria al sistema»; Dalí y Pla manifestaron mutua admiración; atracción por lo escatológico; indómita personalidad; despreciados y calumniados en Cataluña. Y del rechazo que le produce Jordi Pujol, Boadella declara:

> La animosidad que me despierta surge, fundamentalmente, de que lo identifico con una mayoría de ciudadanos que no soporto. Me refiero a esa Cataluña sólo interesada por ella misma...[43].

Además, la elección de la figura Ubú-Pujol simboliza las relaciones que Els Joglars tiene con el poder, a la vez que explicita su postura respecto al nacionalismo, el cual, para el grupo, es una peligrosa forma de estupidez que incita a la bravuconería y nubla la mente. Y es que, para Els Joglars, el alarde con los valores culturales nacionales obnubila el sentido común.

«UBÚ PRESIDENT O LOS ÚLTIMOS DÍAS DE POMPEYA»

> Jordi Pujol tiene muy pocas posibilidades constitucionales para coaccionarme, para neutralizarme porque he renunciado a las subvenciones de la Generalitat, a la TV autonómica y a actuar en la mayoría de los Ayuntamientos que controla CIU. Por eso soy tan libre para meterme con él.
>
> ALBERT BOADELLA

La obsesión de Pujol por Els Joglars se remonta a los años 60, cuando aquél era directivo en Banca Catalana:

---

[43] Albert Boadella, *Memorias de un bufón*, ed. cit., pág. 392.

Apareció entonces un milhombres[44] bajito y cabezudo cuyas maneras taimadas culminaban en la más genuina sonrisita diferencial [...] Sin mayores preámbulos, acercó su enorme testa al dictáfono, y pasando de todo recato, ordenó a su secretaria que le trajera «el dossier Joglars»...[45].

Lo asombroso, como sigue relatando Boadella, es que el «dossier» estaba formado por dos recortes de prensa sobre las actuaciones de mimo del grupo en un barrio de Barcelona.

Es el texto que menos sorprende porque la perspectiva y visión que se nos da del personaje se espera y, además, porque la opinión y el rechazo que Boadella siente por el político son conocidos. Pujol participa, en otro nivel, de la intensidad de Dalí y Pla, ya que ha sido durante seis mandatos, de 1980 a 2003, presidente de la Generalitat, lo que significa 23 años en el poder. No en vano, Vargas Llosa dijo de esta obra que era una llamada de atención, de corte libertario, sobre los peligros del poder y los cataclismos que puede provocar si no se le mantiene siempre circunscrito y vigilado. Hay que recordar que Pujol ya aparecía en *Virtuosos de Fontainebleau*, *Laetius* y *Ya semos europeos*.

No hay duda de que es un personaje muy teatral por sus movimientos y gestos, con una importante vis cómica. Ramón Pedrós comenta, en su biografía sobre el político, las dotes escénicas y señala que el ex presidente trataba de imitar al cómico catalán Joan Capri (1916-1999) y que la típica interjección del actor: *¡Ay, caray!*, era usada con la misma entonación por Jordi Pujol, llegando a confesar a Valentí Puig que tenía un habla más planiana que la mayoría de la gente. Ello unido a sus tics faciales, guiños, carraspeos, a que va despeinado, a que corta al interlocutor, a que sorbe el agua ruidosamente, a que aspira escandalosamente por la nariz... hace de él un blanco fácil para la caricatura. Curiosamente, esto que hemos señalado como «defectos» parece ser que fue lo que le ayudó a triunfar porque le daban un aire de naturalidad, y,

---

[44] Véase la cita que damos en el análisis de *La increíble historia del Dr. Floit & Mr. Pla*, con el fin de verificar que el término usado por Boadella es de Pla.
[45] Albert Boadella, «Traidor a la patria», *El Mundo*, Madrid, 10-III-2005.

como recoge el mencionado biógrafo, el mismo Pujol sostenía que el día que saliera bien peinado en televisión perdería las elecciones.

Esta obra es una remodelación de *Operación Ubú* (1981), estrenada por el Teatre Lliure, que suponía una burla del primer mandato de Pujol. Concretamente, cuando CIU se iniciaba en el gobierno de la Generalitat. Recordemos que Pujol fue nombrado presidente de la misma en 1980 y Boadella comenzó a preparar la obra en septiembre. Cuando se estrenó, Pujol llevaba en el poder seis meses. El dramaturgo decide en 1995 volver a montarla con el título de *Ubú president*, incorporando los cambios pertinentes que han ido produciéndose durante los 14 años que separan una versión de otra. En la tercera aparecen nuevos personajes: Maragall más ampliamente, Artur Mas... De ellos dice Boadella:

> Artur Mas es un figurín, un yupi, no le veo muchísimo futuro. Maragall es un hombre con más personalidad, pero también en el mismo meollo nacionalista[46].

También aparecerán los Excelsitos, y el personal de servicio será inmigrante y no andaluz; nuevos temas (el nepotismo de su mujer e hijos); nuevas perspectivas (si Pujol visitaba en *Operación Ubú* a un psiquiatra por un problema de tics incontrolados, ahora lo hará porque no se le entiende cuando habla); en la versión anterior había tres sesiones de psicodrama; frente al Ubú contento y pletórico, convencido de que todos dependen de él, nos encontramos, ahora, con un Excels decadente; en esta versión, no es Pujol el que la cierra exultante columpiándose y echando un discurso; como, mientras estaban de gira murió la Reina Madre, para hacer creer a Pujol que recibe visitas, se sustituye con una argucia: Boadella inventa una escena en la que una actriz se disfraza de Reina Madre para hacer ver al espectador que Pujol está tan mal que no se entera que la Reina británica ha muerto; en la actual, aparecen partidos políticos nuevos; en la versión de La Trilogía

---

[46] Declaraciones de Albert Boadella a *De verdad*, enero de 2000.

tienen mucha más importancia las acotaciones escénicas, en la de 1995 no había...; además de añadir al título inicial: *o Los últimos días de Pompeya,* cuando Pujol confirmó que no se presentaría a las elecciones, tras designar a su sucesor Artur Mas, con lo que se aludía a los últimos días de su mandato y, metafóricamente, a su muerte política. Es de todas las obras de La Trilogía la que más cambios lleva debido a la inmediatez y actualidad del personaje. Esta nueva versión dura 15 minutos más y tiene más de cien páginas nuevas. Es, por tanto, una versión actualizada para La Trilogía.

En el programa de mano de *Ubú president* se leía:

> En el año 1981 *Operación Ubú* era recibida como un fenómeno excepcional dentro del moderado panorama teatral de aquellos tiempos. Posiblemente los ingredientes de sátira política directa, así como el sarcasmo implacable sobre las megalomanías de nuestros dirigentes, encendieron las opiniones adversas de quienes creían que la joven democracia y el floreciente nacionalismo no debían ser materia de farsa. Quince años después esta excepcionalidad sigue estando vigente y no sólo por el entorno político-social, sino porque de nuestros escenarios ha desaparecido todo rastro de parodias, sátiras o comedias basadas en el poder real, próximo y contemporáneo. Sorprende que un acto higiénico tan esencial a lo largo de la historia del teatro desaparezca, sin más, de nuestra escena, dedicada hoy, fundamentalmente, al humor blanco, el musical y la metafísica.

Palabras que dejan claro el camino que eligirá Boadella para meterse con su personaje. Pero el retorno se impone debido a la ubicuidad del político. Como dice Boadella, el Ubú-Excels: «penetra diariamente en nuestra intimidad y, amparado por su cargo, reprende, aconseja, amenaza, moraliza y pontifica».

Boadella parte de un texto literario de Alfred Jarry, *Ubú rey,* estrenado en París en 1896, del que mantiene la misma estructura sintáctica del título. Dato interesante, en cuanto que, primero: según el escritor francés, el nombre de «Ubú» podría venir de «Ybex», que significa «buitre», muy elocuente y revelador, ya que de ese modo queda patente la condición carroñera y miserable del personaje en cuestión —significado al que habría que añadir el aplicado por el diccionario *Petit Robert* al término «ubuesco»: «semejante al personaje de Ubú rey por su carácter cómicamente cruel y cobarde»—; y segundo: Boadella realiza una parodia de Pujol y su esposa, que se esconderán cuando realicen el psicodrama bajo los nombres de los personajes de la obra de Jarry: Padre Ubú y Madre Ubú. Por tanto, Pujol-Ubú funciona como una máscara que oculta y desvela al mismo tiempo. Pujol se esconde tras el monstruoso Ubú con el fin de curarse y lo que sucederá es que la ambición se le acentúa, lo domina y lo descontrola, por ello, resulta una marioneta grotesca encadenada obsesivamente al deseo irrefrenable de conseguir más poder.

Ubú president o Los últimos días de Pompeya es una burla del poder y una reflexión en torno a cómo se ha escrito la historia. Es un conjunto de escenas que caricaturizan al matrimonio Pujol, así como una descripción de la perversión humana que se agazapa en el afán de poder, propio de la mediocridad de la clase política. *Ubú* simboliza la ambición desmedida, la más desatada avidez de poder. Boadella explica:

> *Ubú president* es la consecuencia de 25.000 apariciones en TV3 de nuestro querido Ubú-Pujol. Se ha convertido en un personaje casi de la familia. *Operación Ubú* fue una premonición, mucha gente me acusaba de que apenas a los seis meses de ocupar la presidencia de la Generalitat, lo atacara con una obra. *Ubú president* es una realidad tangible. ¿Cuál ha sido el cambio? Pues que ha adquirido una importancia que no tenía, se ha convertido en un personaje catártico y casi, diría, clásico[47].

A la pregunta de por qué una nueva vuelta a Pujol, contesta:

> Lo hago por saturación, porque estoy harto del mundo de empalagosa autocomplacencia y mitificación que ha creado

---

[47] Declaraciones de Albert Boadella a *En portada*, núm. 16, Madrid, 15-II-1996, pág. 6.

el pujolismo. Cuando [...] tienes siempre encima a esa especie de rector de pueblo que te sermonea, revolverte es una cuestión higiénica[48].

Boadella presenta a un Pujol en decadencia, enfermo, deprimido, taciturno, más encerrado en sí mismo, más solo, más desconfiado, perseguido por sus fantasmas y angustiado por la pérdida de poder hacia el que siente una adicción enfermiza, no trabaja tanto en comparación con la versión anterior, en la que se decía que no tenía tiempo ni para hacer sus necesidades, incluso, ahora, ya no dispone de varias líneas telefónicas, no está ocupado, no tiene nada que hacer. El declive del personaje se potencia con el desaliño físico, ya que siempre que está en escena aparece en pijama. A pesar de ello, no le impedirá ejercer su capricho y voluntad, movido por un apetito insaciable de dominación. Para compensar tanta prepotencia, Boadella se ampara en la tradición liberadora de la sátira y del humor. Por eso, irónicamente, el dramaturgo presenta a un personaje —que por ser un fetiche de la sociedad catalana es *un personaje excepcional para la sátira*— al que tantos años en la Generalitat le han deprimido. Ahora nadie le entiende cuando habla y el director barcelonés *se toma a pitorreo a alguien a quien pretenden sacralizar,* y, lo mismo que Aristófanes, se ríe de los políticos para evitar el endiosamiento, de ahí que podamos encuadrar esta obra dentro de la sátira más mordaz, una sátira que sobrepasa tanto su objeto que lo destruye. En este sentido, será una válvula de escape a los quince años de hegemonía de Jordi Pujol, porque como afirma Boadella: «me he tirado media vida esperando a que se acabara el señor Franco y otra media a que se acabe el señor Pujol».

Boadella, al estructurar la obra como una serie de *secuencias de la vida del Presidente,* construye el retrato de un hombre tenaz, ambicioso, avaro, miserable, tirano, *Gran Dictador chaplinesco, Padre Ubú despótico* y *Papa divinizado* que llegará a envolverse en la bandera catalana creyéndose ser el propio país que él mismo oprime con sus megalomanías. A través del psi-

---

[48] Declaraciones de Albert Boadella al periódico *El País,* Madrid, 1-X-1995.

codrama —usado como pretexto para la caricatura y fundamentado en escenas entresacadas del texto de Alfred Jarry— al que se somete, Ubú-Pujol lo que consigue es desinhibirse completamente y manifestar su desvarío, lo cual le conducirá a creerse Dios, tras una etapa en la que se ha conformado con ser Papa para poder hablar al mundo en catalán. Con el psicodrama aflora, por tanto, su verdadera personalidad: tendencias homicidas, delirios de grandeza, mercantilismo, ambición ilimitada, discurso político de doble moral... y el hecho evidente de que el poder puede ser ejercido desde la mediocridad. Como es fácil deducir, y como ya hemos comentado, esta obra evidenció la posición del grupo y de Boadella ante Cataluña y el nacionalismo. También, a partir de ella, comenzó el rechazo de un sector de la sociedad catalana hacia el grupo:

> Escribí esta obra porque ya no puedo más con el nacionalismo del señor Pujol. Estoy harto de que la palabra Cataluña se pronuncie tres mil veces en nuestra televisión autonómica. Estoy harto de que en esa misma Televisión salga Pujol cada diez minutos para reñirnos porque no somos todo lo buenos catalanes que deberíamos ser [...]. Estoy harto de vivir en un estado de excepción permanente del que, supuestamente, tiene la culpa el enemigo español, los españoles. Estoy harto de que me recuerden la suerte que tengo de ser catalán, porque los catalanes somos los mejores del mundo. Estoy harto de que los intelectuales en nómina de Convergencia, como el profesor Joan B. Culla y otros cerebros privilegiados, reinventen la historia de este país como mejor conviene a quien les paga[49].

No es casual que la obra finalice en Montserrat, que es en donde se funda Convergencia, por lo que el autor de *El rapto de Talía* matiza:

> De ahí sale el virus pujolista que inunda Cataluña y Pujol convence a los catalanes de ser algo así como un pueblo elegido[50].

---

[49] Ramón de España, «La nueva locura de Boadella», *El País Semanal,* Madrid, 22-X-1995.
[50] *Ibídem.*

Para Boadella, la endogamia nacionalista es peligrosísima y *lo del catalán trabajador un cuento.* En esta obra desafía al nacionalismo catalán, mofándose de todos sus símbolos.

En cuanto al espacio, Boadella sostiene que no hubiera sido adecuado repetir el mismo que creó para el Teatre Lliure, por tres razones recogidas por Joan Abellán:

> Porque la escenografía estaba pensada como un espacio de proximidad con el espectador.
> Porque quería un diseño funcional.
> Y porque el nuevo texto se presentaría en gira en teatros grandes.

Parte, como en la versión anterior, de la funcionalidad. De hecho, habrá 25 lugares diferentes y no se moverá ningún elemento:

> La idea inicial va a ser un conjunto de tarimas a diferente altura que permitirán simular los diferentes lugares en los que sucederá la obra[51].

El dispositivo escalonado en forma piramidal, por otro lado, era accesible en muchos puntos y gracias a un mecanismo se facilitaría la aparición de la Moreneta. Hay que destacar la simetría y armonía volumétrica, así como la pulcritud del acabado, la funcionalidad y simplicidad con la que van surgiendo los diferentes espacios propios de cada escena: salón presidencial, Palacio de la Generalitat, el cementerio, la sala del psicodrama, el despacho del presidente, el dormitorio del matrimonio Pujol... Además, como señala Joan Abellán, el mejor estudioso de la escenografía de Els Joglars, este concepto espacial permitirá potenciar aspectos muy significativos como la distancia jerárquica, la plasticidad y el ritmo de la composición coreográfica.

Al principio de esta Introducción, señalábamos las afinidades entre Dalí y Pla con Boadella; quizás resulte oportuno señalar ahora lo que Pla opinaba sobre el ex presidente, porque sus palabras reflejan el pensamiento del director:

---

[51] Joan Abellán, *Els Joglars. Espais,* Barcelona, Institut del Teatre, 2002.

> Josep Vergés [...] vendió *Destino* a un milhombres, con gran ambición política, llamado Jordi Pujol, de Banca Catalana. Este señor, riquísimo, [...] ha demostrado tener una ambición desmesurada y pública, propia del típico político ignorante, prohibió la publicación de un artículo mío sobre Portugal...[52].

Conviene recordar, en el colmo de la ironía, la carta que Els Joglars envió a Jordi Pujol, porque es un testimonio del espíritu que anima al grupo; en ella le ofrecían hacer de sustituto del actor Ramón Fontseré en el personaje de Ubú, apelando a las nuevas circunstancias de disponibilidad profesional del ex presidente, «conscientes de las dificultades económicas que eso puede suponer para usted y su numerosa familia, que ha dedicado una vida de sacrificio para Cataluña». Tras señalar que: «nos place ofrecerle un puesto de trabajo en nuestra compañía», el grupo indicaba que se trataría de empezar para cubrir el papel de Ramón Fontseré, «al que, sin duda, usted le sabría conferir el realismo necesario en caso de indisposición del insigne actor. Desgraciadamente no podemos ofrecerle unos honorarios a su altura», y recuerdan a Pujol que tienen «serias dificultades de desarrollo en Cataluña debido a las actitudes de censura institucional, muy especialmente por parte del Teatro Nacional y de TV3». La carta termina diciendo que esperan que el nuevo gobierno catalán se comporte «por fin democráticamente con ellos y no les discrimine por su incorporación [la de Pujol] a la plantilla de Els Joglars».

«LA INCREÍBLE HISTORIA DEL DR. FLOIT & MR. PLA»

> Yo siempre estoy a favor del creador, del pensador, y Pla lo era.
>
> ALBERT BOADELLA

Hay suficientes motivos, que tienen mucho que ver con la peripecia vital de Boadella, pero, también, con sus afinidades electivas, que explican la inclusión de Pla en esta obra.

---

[52] Josep Pla, *Dietarios II*, Barcelona, Espasa-Calpe, 2001, pág. 605.

La pasión por la escritura marca su biografía, así como la independencia personal y su espíritu crítico no sólo con la manera de ser de los catalanes, sino también con algunos políticos. Críticas que le dieron disgustos como, por mencionar solamente un ejemplo, cuando la jurisdicción militar le procesa por un artículo que publicó en *El Diario de Mallorca* el 29 de junio de 1924 en el que censuraba a Primo de Rivera por su política en Marruecos. Pla era un hombre anticonvencional con una curiosidad insaciable que le llevó a viajar por todo el mundo, sin olvidarse de la autenticidad y verdad de lo local. Localismo que le vinculará siempre al Ampurdán y al Mediterráneo. En este sentido, queremos recordar al lector que Els Joglars produce sus obras en un entorno rural muy cercano al lugar en el que vivió Pla. Además, su sentido de la conservación siempre fue muy acusado, fue *un sentimiento silvestre, tosco y primario.*

Para este escritor, viajar fue, también, escapar de la rutina, la melancolía, de su entorno, de los otros; una forma de no acomodarse, de vivir otros ámbitos y conflictos, aunque hay que señalar que en algunos casos Pla consideraba el viaje como un destierro.

Pla revivió la memoria de la Cataluña contemporánea y de la época que le tocó vivir, no dudando en constatar la mediocridad general con su aguda sátira e ironía. Su obra es una crónica sentimental de su tiempo —a pesar de que dijera que era imposible hablar de los sentimientos y confesara que a los setenta y un años había descubierto que era un hombre sin corazón y que tenía una tendencia al racionalismo matizada por la ironía— y un retablo de la vida cotidiana y de la geografía del pequeño Ampurdán —siempre se sentirá arraigado a su tierra— desde la óptica del que está convencido de que la humanidad vale muy poco. Su concepción del hombre, sorprendentemente, era muy parecida a la de Dalí:

> El hombre es un animal cerrado en sí mismo, impenetrable, inflexible, incapaz de ser expresado de fuera adentro ni de expresarse de dentro afuera[53].

---

[53] Josep Pla, *El cuaderno gris*, Barcelona, Destino, 1975, pág. 102.

Como dirá Manuel Vázquez Montalbán: «Pla es un punto de vista ambulante con boina.» Huyó del cosmopolitismo y de la sofisticación (iba bastante desaliñado). Mantuvo relaciones difíciles con la gente debido a su talante provocador —cualquiera que cuestione del modo en que él lo hacía, automáticamente, tiene que serlo—, corrosivo, cínico, por su independencia intelectual y existencial, por su especial temperamento, que él achacaba a su origen geográfico al señalar, como Dalí, que el Ampurdán es un lugar de alocados y lunáticos, que sufren la influencia de la tramontana, y por su lúcido escepticismo:

> [...] sospecho que la época de los pañales es la más feliz de la existencia terrenal[54].

También en Pla conviven lo rural y lo culto, lo arcaico y lo nuevo, como dice el actor Ramón Fontseré: «él es al mismo tiempo el exabrupto y la filigrana delicada y sensible». En Pla se oponen la ciudad —que no tiene salvación— y el campo, sobre el que escribe de manera gozosa, vitalista y ecologista, a pesar de que piense, como Boadella, que el siglo XX fue el más sanguinario de la historia.

Como Boadella, es un hombre que ha desatado polémica, como cuando, reiteradamente, se le negó el Premio de Honor de las Letras Catalanas. Recordemos que, como Els Joglars, fue un hombre cuestionado por la sociedad y muy incómodo para el poder, y que, tanto hacia el escritor como hacia el dramaturgo, las instituciones culturales y oficiales han manifestado su desprecio. Usaba la ironía porque era un mecanismo que tendía a convertir a la persona que supuestamente la posee en un ser misterioso y molesto. Su obra, como la de Boadella, es realista, en cuanto describe la sociedad que le rodea y se centra en el entorno personal y su cinismo, como en el director, se debe a su origen mediterráneo.

Las opiniones de Pla sobre arte constituyen otro punto de afinidad con el dramaturgo. Dijo de Miró:

---

[54] Josep Pla, *El cuaderno gris*, ed. cit., pág. 19.

Su pintura es exclusivamente decorativa, es la de un pasmarote que emerge de vez en cuando de una momificación espontánea. Miró nunca ha sabido dibujar[55].

Y de Tàpies, otra de las fobias de Boadella, comentó:

Se ha dedicado a la pintura abstracta —que nadie sabe lo que es— sospecho que por un motivo: para ganar dinero[56].

Con tanto puntos en común, Boadella se adentra en la compleja biografía del escritor para rehabilitarla porque:

Lo que se ha hecho con Pla es canallesco. Quererle quitar sus méritos porque no coincide con las razones políticas de la gente que controla el cotarro, es indecente[57].

Y Vázquez Montalbán señala:

A Pla no se le homenajea [...] ni por haber entrado en Catalunya con las tropas de ocupación, ni por haber destilado siempre la ideología más reaccionaria [...], tampoco por no haber movido el dedo, la pluma o la lengua para pedir una vez, aunque sólo fuera una vez, amnistía y libertad durante cuarenta años de franquismo. A Pla se le homenajea porque es un gran escritor. Entiendo que los catalanes bombardeados por la aviación del bando de Josep Pla sobrepongan el retrato histórico del escritor al retrato literario. A los que nacimos después de la guerra nos ha sido más fácil combatir el analfabetismo civil y político de Pla con sus inmensas dotes y sabiduría literarias[58].

Para Boadella, Pla pagó su doble mancha de tomar el bando nacional en la guerra y no reconvertirse al nacionalismo montserratino. No obstante, hay que decir que en su juventud fue un hombre de Cambó, y él mismo ha explicado por qué simpatizaba con la causa catalanista:

[55] Josep Pla, *Notas para Silvia*, en *Dietarios II*, ed. cit., pág. 323.
[56] *Ibídem.*
[57] Declaraciones de Albert Boadella a *Tiempo*, 2-II-1998, pág. 124.
[58] Declaraciones de Manuel Vázquez Montalbán a *El Periódico,* 14-IX-1979.

[...] mientras, claro está, no hayamos resuelto nuestro problema ni tengamos la libertad asegurada. Cuando todo esto esté resuelto pediré que me borren del nacionalismo[59].

Para Boadella, que no ha dudado en criticar el nacionalismo —«Si hay una cosa que es contradictoria con una política de izquierdas es el nacionalismo», dirá el dramaturgo— porque hace política de los sentimientos en vez de política de la razón, el escritor catalán, con su escepticismo positivo, «proporcionó las claves para vivir y hacer más agradable la vida de los demás». Pla opinará sobre el tema y no será partidario de aventuras separatistas y, aunque escribió en catalán, está convencido de que en España hay que entenderse. El nacionalismo sí estará representado en el empresario Marull, que siempre se referirá a Cataluña como un lugar distinto del resto de España. Pero, además, Pla transforma la narración localista en universal, a la vez que nos da las claves para vivir con la contradicción. Quizás por todo lo dicho, Boadella le perdona y reivindica una figura que tan pocas simpatías despierta en Cataluña.

De nuevo, Boadella parte de una referencia literaria evidente, *El extraño caso del Dr. Jekyll y Señor Hyde* de Stevenson. Modifica el título original, pero mantiene la misma estructura sintáctica: determinante-adjetivo-nombre-preposición-determinante-nombre-nombre propio-conjunción-nombre-nombre propio. Como en *Ubú president o Los últimos días de Pompeya,* nos encontramos ante un título que no es anodino, pues no sólo quiere transmitir más de lo que dice, sino que, además, quiere hacerlo con ironía. Efectivamente, el adjetivo «increíble» y la mención de dos nombres propios, «Floit» y «Pla», conjuntamente, resultan incompatibles por ser dos personas opuestas. Los ecos de la obra de Stevenson se hacen presentes: el receptor intuirá que Floit se convertirá en su antónimo, el escritor Pla, al que por otro lado odia, pretexto para hablar de la esquizofrenia de la sociedad catalana.

---

[59] Cristina Badosa, *Josep Pla, biografía de un solitario,* Madrid, Alfaguara, 1997, pág. 61.

Como en *Ubú president o Los últimos días de Pompeya,* Boadella opera estilísticamente mediante la parodia y la caricatura, contraponiendo dos personajes catalanes que simbolizan dos concepciones del mundo opuestas e irreconciliables: el industrial Marull y la emotiva figura de Pla, del que, como veremos con Dalí, Boadella no cuestiona nada. Como en *El extraño caso del Dr. Jekyll y Señor Hyde,* gracias a la ingestión de una bebida, en el caso que nos ocupa de la loción *Floit,* referencia real al masaje Floïd creado por J. B. Cendrós, empresario separatista y presidente de Omnium Cultural, institución que vetó siempre a Pla para el Premio de Honor de las Letras Catalanas organizado por la mencionada entidad catalanista. En la obra, el empresario se transformará en Pla, dando lugar a una visión muy representativa de Cataluña: la económica, por un lado, y la creativa y cultural, por otro. Perspectiva que lleva aparejada toda una asociación de símbolos catalanes —interpretados en las correspondientes notas a pie de página de esta edición. Mientras que Stevenson en su novela incide en el terror y en la indignidad que hay en el hombre y con absoluto pesimismo nos presenta los dos extremos del bien y del mal, lo demoníaco y monstruoso, el hombre y la bestia juntos, Boadella, que ha calificado su obra de *tragedia humorística,* nos conduce a una sátira feroz a través del humor y a una visión más sosegada de la existencia que no ahorra crítica corrosiva cuando es necesario.

Boadella nos habla del mundo del payés en contraposición al materialismo de la ciudad, en un saludable juego de menosprecio de corte y alabanza de aldea. Esta vuelta a la naturaleza —no olvidemos que Boadella vive muy cerca del Mas de Pla— representada por el escritor nos alerta de la necesidad de un nuevo humanismo que permita tener más tiempo para comer, escuchar, conversar..., que nos ayude a considerar el apego que mantenemos a lo tangible como valor absoluto.

Será un escritor quien se imagine la historia en la que un típico industrial catalán, que detesta a Pla, se transforma en el autor del *Cuaderno gris,* asumiendo su personalidad, asunción que sirve al dramaturgo para contraponerla a la del empresario. En el siguiente esquema podemos verlo:

Ramón Marull	Josep Pla
Casado con hijos.	Soltero y amante de las mujeres.
No tiene amigos.	Con amigos.
Vida ordenada.	Vida desordenada, sin horarios.
Beato burgués.	Epicúreo y antiburgués absoluto.
Empresario de productos basura.	Autor de libros que han perdurado.
Típico.	Original.
Defensor de valores tradicionales.	Escéptico vitalista.
Preocupado por la muerte, se construye un mausoleo en Montserrat.	Espera la muerte con tranquilidad en su casa y cuando la presiente quiere oír *Yesterday*.
Habla de aspectos materiales.	Habla de la naturaleza.
No siente curiosidad.	Viajero impenitente.
Vende *fast food*.	Amante de la buena cocina local.
Se fija en las grandes cosas.	Se fija en las pequeñas cosas.
Defensa de la rapidez como rasgo de eficacia en el trabajo.	Defensa del detalle y del trabajo artesano.
Filántropo del partido.	Independencia intelectual.

La obra mantiene una estructura circular: al final nos encontramos en el punto inicial, ya que todas las ficciones representadas (los empleados de Ramón Marull hacen de personajes de la vida de Pla y se transforman en monjes, notarios...) son fruto de la imaginación de un escritor y la obra finaliza cuando éste interrumpe su creación. El texto es un homenaje al autor del *Cuaderno gris,* un hombre que, para Boadella, baja los humos a tanto pensamiento progresista, además de ser *el notario de la sociedad que nos ha creado,* y una crítica, como hemos señalado, al contexto político, cultural y económico catalán.

Hay un trabajo inicial, como en todas las obras del grupo, de recopilación y vaciado de opiniones, ideas y sentencias de Pla, de paseos por los lugares que frecuentó el escritor, de conversaciones con amigos que le sobrevivieron, que conducen a una reflexión muy personal de la historia más reciente catalana. Una historia dual, como señala Boadella: dos lenguas, dos culturas, dos modos de vida (la industrial y la simbolizada por este payés escritor que no produce cosas materiales y que desconfiaba de la literatura que daba demasiado dinero) y dos personalidades: «un hombre y dos personalidades o un país y dos maneras de entenderlo».

Hay que señalar un cambio esencial que Boadella introduce en esta versión: en la primera es un trabajador de la empresa de Marull con veleidades literarias el que escribe en el almacén la obra, contribuyendo a confundir al industrial, es un empleado que desempeña más papeles: arquitecto, monje de Montserrat...; está, por tanto, integrado en la obra. Pero en la versión de La Trilogía sólo será un escritor que escribirá en su casa.

Del espacio de la obra, Boadella piensa que la escenografía de la misma peca de un exceso de ilustración que dificulta la idea de contraste buscada desde el principio:

> Queríamos que dentro de la brutalidad de un almacén o fábrica apareciera el frescor del teatro, de los decorados que ilustrarían las escenas de Pla [...], pero el hecho de haber precisado en exceso el almacén, de haberlo hecho extremadamente realista, da un punto incoherente a la idea de la ficción del teatro. Tendría que haberme limitado a insinuar aquel espacio [...]. La idea poética inicial queda reducida a pura ilustración[60].

Reafirmamos lo dicho con la cita de unas líneas del programa de mano que se entregó cuando se estrenó la obra en el Teatro María Guerrero de Madrid:

> En un rincón del Mediterráneo donde la mayoría de sus habitantes practican la transformación inmediata como el Dr. Jekyll y pueden pasar de sublimes a groseros, de reprimidos a libidinosos, de introvertidos a pedantes, de creativos a mezquinos o de colaboracionistas a patriotas.

Estilísticamente, Boadella impregna el texto de la luz, el ritmo, la topografía, el olfato, la observación, el detalle, el humor y la expresividad de Pla, llenándolo, como éste, de considera-

---

[60] Joan Abellán, *Els Joglars. Espais*, ed. cit., pág. 200.

ciones intelectuales, juicios políticos, artísticos, literarios y gastronómicos, rememoración de paisajes, casi física, en una simbiosis admirativa hacia el autor de *Viaje en autobús*. Habla de la vida inmediata, sin retórica, casi en un tono coloquial, con concreción, matizado pero sin renunciar a la sensualidad. Como Pla —escritor de *pluma rasposa y pluma irredenta*, como dice Maruja Torres—, Boadella piensa que escribir es una tarea compleja, ya que hay que hacerse entender partiendo de «una realidad densa, confusa y espesa que hay que concretar y limitar», como sostenía el escritor. En definitiva, a Boadella le entusiasma de su *alter ego* «su atípico conservadurismo, su escritura y su antiintelectualismo», del que, además, suscribiría sin lugar a dudas estas palabras:

> Ahora todo el mundo es original porque nadie sabe nada de nada, ni papa[61].

«DAAALÍ»

> Difícilmente haría una obra sobre Pollock o Kandinsky, en pintura, no llegaría más allá de Cézanne.
>
> ALBERT BOADELLA

Este tercer personaje de La Trilogía, también con muchos puntos en común con Boadella, demostró en su libro *La vida secreta de Salvador Dalí* cómo se puede reinventar una vida y manipularla teatralmente, lo cual nos avisa de que estamos ante otro artista histriónico y camaleónico, que, precisamente, por serlo, ocultará su verdadera personalidad, dato que Boadella tiene muy en cuenta, pues lo que hará en su obra es presentarnos a un Dalí que no aparece en las biografías —incluida la de Ian Gibson— y tratados que sobre el pintor se han escrito. Nadie duda que Dalí supo venderse como loco, exhibicionista, insolente y rebelde, que supo interpretar a las mil maravillas el papel de excéntrico, era capaz de gritar

---

[61] Josep Pla, *Notas dispersas*, en *Dietarios*, ed. cit., pág. 529.

frases reaccionarias con el fin de irritar, y, sobre todo, que supo preparar metódicamente un cóctel para ofrecérselo, irónicamente, a los medios de comunicación:

> [...] la introspección y el exhibicionismo, la perversión y el amor, el narcisismo onanista, la simbología freudiana, las imágenes múltiples, la paranoia, el complejo de castración y el edípico, el simulacro, la profanación de lo sagrado y lo moral, lo duro y lo blando, la ambigüedad sexual y el hermafroditismo [...], la mitología y el clasicismo y hasta el paisaje y el «seny» ampurdanés[62].

Es Dalí un personaje que tiende tanto a la metamorfosis continua —quizás porque no coartó su fantasía ni en la más pequeña manifestación— como al espectáculo, por ser un hombre plural, polifacético, amplio, muy complejo y que, como dice Luis Racionero, se hizo el loco porque se aburría. Se tomó la vida en broma y la pintura en serio y, a pesar de su inseguridad emocional, no titubeó en el arte. Para Boadella, fue un innovador y un renovador que enlazó con la gran tradición pictórica, yendo de lo más moderno a lo más clásico, aunque, quizás, sería más acertado decir: manteniendo lo clásico. Dalí es una de las personas que más ha escandalizado, asombrado y apasionado. Era un gran actor al que le encantaba disfrazarse y escogía qué ponerse en función del acto que fuera a protagonizar, presentándose ante su público como el personaje que aparentaba ser. Como vemos, nada será casual en Dalí. Gibson trata de explicar esta tendencia a la teatralización:

> Dalí era un personaje dominado en lo más hondo de su ser, por sentimientos de vergüenza tan agudos y tenaces que casi, literalmente, le hacían la vida imposible, y que sólo pudo sobrellevarlos expresándolos en su obra, creando una máscara exhibicionista para tratar de ocultarlos y comportándose, a veces, de manera vergonzante[63].

---

[62] Jesús Lázaro Docio, «El secreto creador de Dalí», *Cuadernos Hispanoamericanos*, núm. 649-650, Madrid, julio-agosto de 2004, pág. 118.

[63] Ian Gibson, *La vida desaforada de Salvador Dalí*, Barcelona, Anagrama, Compactos, 2003, pág. 31.

Como señala el mencionado hispanista, el pintor hará todo lo posible por torcer, tergiversar o silenciar hechos cruciales de su vida. Boadella se encuentra ante una personalidad polimórfica, egocentrista, con una imagen pública construida a su medida, que se camuflaba para ocultarse, lo cual conduce al director a enfrentarse con mucha prevención ante el ingente material bibliográfico sobre el artista y buscará una visión más aproximada a ese Dalí oculto y, por ello, desconocido.

En *Daaalí*, Boadella quiere dar la imagen de un pintor que detestaba el gusto burgués y la arrogancia de las élites intelectuales. Para el dramaturgo, Dalí quiso prolongar su infancia y, por ello, nos ofrece una biografía que tiene muy en cuenta la multiplicidad del sujeto, su dimensión internacional y la complejidad del siglo en que vivió. Hay, de nuevo, una mirada cómplice con el artista y no hay duda de que Boadella se identifica con la iconoclasia y provocación del personaje retratado:

> Dalí es el hombre que opta por mantenerse justo antes de su pubertad. Congela su vida en el momento más delirante y la congela desde el punto de vista sexual y estético[64].

Boadella hace a Dalí víctima de unos mecanismos mercantiles que afectaron a la propia compañía, ya que ésta tuvo que pagar casi tres millones de pesetas a la Fundación Gala-Dalí en concepto de derechos de imagen por su espectáculo, y muestra a un hombre cargado de defectos y de humanidad. Describe al artista en el programa de mano como *libertario* y *provocador*.

Varias líneas temáticas confluyen en esta obra, tachada, erróneamente, por algún escritor de *espléndida falsificación:* por un lado, el personaje —su personalidad, su delirio, su obra, su evolución pictórica, su relación con la prensa, con Gala...—, y, por otro, la historia europea del siglo XX —la Primera Guerra Mundial vista como un grotesco teatro de guiñol en el que se libra la batalla con títeres de cachiporra,

---

[64] Entrevista a Albert Boadella en *Blanco y Negro*, Madrid, 15-VIII-1999, pág. 18.

Hitler y Mussolini repartiéndose Europa—, aspecto que dará pie a Boadella a que aparezcan políticos y artistas sobre los que descargue su carga satírica y caricaturesca: además de los ya mencionados Mussolini y Hitler, aparecen Kandinsky, Tàpies, Picasso, Calder, Mondrian, Chillida...

Un Dalí agonizante e íntimo, solo en su delirio —soledad que no hace más que confirmar la advertencia paterna—, asistido, únicamente, por una enfermera en la Torre Galatea, repasa su vida. Dos tiempos encuadran la acción: el presente de una muerte irremediable, en un tempo moroso, marcado por la lentitud de los movimientos de la enfermera, muy apropiado para la agonía, e intensificado por el bip del electrocardiograma que recordará lo inexorable del momento, y el pasado del artista, en el que destaca un Dalí vitalista, imprevisible, ingenioso, creativo, que nos ofrece un banquete de su mejor pintura. El tempo será rápido y el espectador se dará cuenta de la importancia de determinadas vivencias del artista: Gala, su relación con Lorca y la vanguardia, su concepción del arte, la infancia, el sexo... La presencia de Dalí niño nos recordará que todo está sucediendo en la cabeza del pintor, que todo es un delirio. Boadella explica esta constante aparición infantil diciendo que Dalí nunca quiso crecer para *no dejarse domesticar por el mundo adulto.* Una especie de *Peter Pan* con mucho miedo al mundo de los mayores y que se niega a crecer, en un afán de prolongar la infancia hasta su muerte. Podemos decir, por tanto, que el tiempo se distribuye entre el presente escénico del momento de la muerte de Dalí, el pasado de los recuerdos del artista, el ficticio correspondiente a las situaciones que el pintor evoca en su agonía y el onírico con sus imágenes surreales, gracias a las cuales se realizarán en escena todos los deseos de Dalí.

Un Dalí alucinado y conmovedor el que aparece en esta obra, que molestó a muchos, porque Boadella no hablaba del catolicismo interesado del pintor, de su monarquismo y de su, no tan clara, adhesión al franquismo, que han olvidado las palabras de Dalí pronunciadas en 1941 al describir la guerra civil española como *el mayor canibalismo armado de nuestra historia*—, ni de su codicia —cuando el dinero le interesaba para hacer lo que le apetecía; de hecho, cuando le preguntaron si pintaba para ganar dinero, respondió: «No, yo gano dinero para pintar»—, pero al que el dramaturgo no duda en rescatar, como hiciera antes con Josep Pla. Partiendo de un texto tan poco fiable como *La vida secreta de Salvador Dalí,* ofrece una visión elogiosa, de nuevo cómplice, de un hombre rodeado de corruptos y depredadores al que no le importó evitar el malentendido. Sorprende más que Boadella no se haya fijado en la relación que Dalí mantuvo con otro complejo personaje: el director de cine Luis Buñuel —quien, además, odiaba a Gala—, con el que el pintor colaboró en dos guiones de cine y con quien ingresó en las filas del surrealismo en 1929. Boadella presenta una imagen entrañable de un hombre incomprendido y que, tanto por su obra como por sus gestos, actitudes y obsesiones, es un compendio del siglo XX. No hay que olvidar que pasó por el puntillismo, el impresionismo, el futurismo, el cubismo, el objetivismo, el realismo metafísico, la abstracción ideográfica, el surrealismo, el pop-art, la holografía... Al mismo tiempo, Boadella aprovecha para contraponer la perfección y el clasicismo dalinianos a la vanguardia:

> Las vanguardias, salvo algunas excepciones en los principios históricos de estas vanguardias, son un fraude total y absoluto [...] Se han convertido en el arte oficial de los gobiernos, de los bancos, de un lado, y de las grandes instituciones económicas que han promocionado este tipo de arte. [...] Si Bin Laden destruyera todo lo que hay en Arco, yo creo que haría un favor a la humanidad[65].

Boadella distingue entre decorativismo y Arte, pues está convencido de que los nombres más importantes de las artes plásticas no son pintores o escultores, sino decoradores, de ahí la caricatura de los pintores contemporáneos y de los medios de comunicación en cuanto que tienen responsabilidad sobre el gusto y son, para Boadella, la expresión de la voluntad del poder político.

Y en otro lugar comenta el dramaturgo:

---

[65] Declaraciones de Albert Boadella a *De verdad,* enero de 2002.

Dalí hizo una operación extraordinaria: expresar su delirio interno no a base de manchas y garabatos, sino de un elemento hiperrealista[66].

Por eso, Boadella convierte a los pintores en payasos.

El espacio escénico está organizado en tres planos, como señala Virtudes Serrano:

—El ocupado por el piano sobre el que agoniza el protagonista. Lugar desde el que emerge el recuerdo y se evoca su pintura.

—La zona del escenario más próxima al proscenio, en donde se dan cita los recuerdos de infancia, las apariciones de personajes reales y las escenas imposibles en las que se fustiga el arte y la historia.

—La pantalla electrónica, que refleja el despertar de la conciencia artística de un Dalí niño y aspectos de la vida y de la obra del pintor, de ahí que se reproduzcan algunos de sus cuadros.

Por otro lado, el piano permitirá situar a los actores en diferentes planos, a la vez que contribuirá a potenciar la presencia del pintor, pues es un motivo daliniano presente en su biografía y en su pintura. Además, el piano transformado en una roca de piedra erosionada por la tramontana ampurdanesa y por la acción del mar recordará Port Lligat, el espacio geográfico vital del pintor al que estaba tan apegado y protagonista en su pintura. Como se ve, el dramaturgo juega con la técnica, muy daliniana, de la apariencia engañosa de los objetos.

Boadella, también, traduce en el montaje la teoría daliniana de que el hombre debería ser duro por fuera y blando por dentro. Recordemos que el artista odiaba lo blando, concretamente las espinacas, y que le gustaba comer cosas duras como el marisco, por eso, en la escena final Dalí y Gala aparecen vestidos con armaduras que se pondrán y arrancarán pieza a pieza para dar la sensación de las diferentes partes del

---

[66] Declaraciones de Albert Boadella al periódico *El País*, Madrid, 11-IX- 1999.

cuerpo humano, con lo que también se está aludiendo a la idea muy daliniana del canibalismo.

El surrealismo, presente en muchas de las escenas, evidencia el contenido visionario de su pintura, así como el concepto de la doble imagen: periodistas-cuervos; pintores- payasos; Gala-tricornio-guardia civil; manolas fusilando con cruces un poema de García Lorca... La doble imagen, además, establece un juego de asociaciones que producirán en el espectador una alteración de los sentidos. Hay que tener en cuenta que Dalí rechazó la percepción mecánica basada en el patrón de la regularidad:

> El método paranoico-crítico ofrece la posibilidad de romper con la imagen predeterminada y visualizar la complejidad con sus incertidumbres [...], poniendo en evidencia lo que hoy es indiscutible para la ciencia: que lo racional no se identifica con lo real[67].

En este sentido, hay que decir que Dalí significa la sustitución del concepto de la realidad aparente por otro de realidad auténtica a través del lenguaje del delirio. Es decir, las imágenes y situaciones que nos rodean tendrán siempre un sentido distinto de aquel que la sociedad quiere imponernos. Boadella, como en los textos anteriores, caracteriza lingüísticamente a su personaje con la vehemencia, brillantez retórica y afirmaciones inesperadas del pintor, que son un sistema de expresión encubierta, una especie de código cifrado para decir justo lo contrario de lo que parecía escucharse en primera instancia.

No faltan tampoco las referencias literarias que contribuyen a poner de manifiesto el surrealismo, como la utilización de la escena IV de la obra de E. Ionesco *La cantante calva,* diálogo en el que las verdades obvias y evidentes que se dicen Dalí y Gala acaban por ser absurdas y por no comunicar ni significar nada.

---

[67] Tonia Requejo, «Relación entre el método paranoico-crítico y la ciencia moderna», *Cuadernos Hispanoamericanos,* núm. 649-650, Madrid, julio-agosto de 2004, pág. 108.

Daaalí, primer espectáculo creado y ensayado en castellano, posteriormente adaptado al catalán, lo mismo que *El retablo de las maravillas,* cierra La Trilogía más cómplice que nunca con Boadella porque, como dice el dramaturgo, es un ser *ecológicamente imprescindible.*

LENGUAJE Y ACOTACIONES

> Nosotros no hacemos una experimentación para complicar las cosas [...] Es decir, que todo trabajo de experimentación está para facilitar al espectador la posibilidad de conexión con una idea compleja.
>
> ALBERT BOADELLA

Dado que, como ya hemos dicho, los tres personajes centrales de La Trilogía representan tres maneras de concebir el mundo, veremos que, también, delatarán tres modos lingüísticos de expresar su visión:

—El lenguaje seco, administrativo, barroco, de verbosidad infinita y, a veces, incomprensible del político que, en este caso, opera por inflación verbal, en *Ubú president o Los últimos días de Pompeya.*

—El literario, plástico y matizado del escritor en *La increíble historia del Dr. Floit & Mr. Pla.*

—El hiperbólico, desmesurado y visual del pintor en *Daaalí.* Sin olvidarnos del paródico presente a lo largo de las páginas de esta Trilogía. Muchos son los recursos usados por Boadella para conseguir su finalidad expresiva. Nos limitaremos a señalar los más importantes, sin dar la obra de referencia, ya que son de uso común en los tres textos. Omitimos, igualmente, tanto aquellos que ya están señalados en las notas a pie de página como los referentes a la ironía y el humor.

—Locuciones oracionales de valor coloquial, refranes y frases hechas: *déjalo correr, me doy miedo a mí mismo, por su marido no pasan los años, al grano, no me haga la pelota, estar al pie del cañón, como Dios manda, dar abasto, ser el malo de la película, todos*

71

los políticos son iguales, engañarle como a un chino, llevar el agua a su molino, ya que la montaña no viene..., alegrarle las pajaritas, aquí pintan bastos, el mismo que viste y calza...

—Vulgarismos e interjecciones: *me se, mandao, costao, pa, pervertíos, tos, cuidao, más malo, madama, demasiao, ¡ay!, ¡ja!, ¡ah!, ¡viva!, ¡olé!, ¡huy!, ¡pardiez!, ¡qué caray!...*

—Fórmulas humorísticas como: el *gag* encadenado y tics catalanes: esos gestos que se disparan a pesar de uno mismo.

—Adjetivos valorativos irónicos: *el Excels.*

—Repeticiones: que manifiestan la cortedad del personaje o su incapacidad para la comunicación.

—Extranjerismos mal escritos con un claro propósito paródico: en *Ubú president o Los últimos días de Pompeya*, las respuestas incorrectas en inglés que dan los guardaespaldas cuando va a llegar la reina Isabel II de Inglaterra, o cuando el Excels, en la misma obra, se cree Papa y se recurre a una lengua tan solemne como el latín...

—Diminutivos con diferentes valores: eufemístico: *pipí;* despectivo: *morito, Ricardito, mujerzuela;* irónico: *parejita, trocito, papelito, estrellita;* afectivo: *japonesito, Salvadorito, torito...*

—Antónimos: *complejo-simple; real-apariencia; víctima-verdugo; blando-duro...*

—Metáforas: *los empresarios son las columnas de un país, paladar de hormigón, el pipí es una larga cinta amarilla, esferas de plomo, torito de charol...*

—Onomatopeyas: *plis-plas, ña-ña-ña, ta-ta-ta, kikirikí...*

—Rupturas de sentido inesperadas: en vez de «quitarse el sombrero» se dirá *quitarse la boina;* Marull comenta que se casó «porque estaba enamorado» y más adelante especifica que *de Suiza;* o todo el diálogo entre Dalí niño y sus profesores en el colegio:

> ¿Qué es la eternidad?
> Leonardo.
> ¿Quién fue el padre de nuestro monarca Alfonso XIII?
> El Bosco.

—Asociaciones lingüísticas surrealistas: *sinfonía de pedos, panecillo de Viena metafísico...*

—Eufemismos: *defecar, pechos, nalgas, fornicar, ventosidad...*

—Juegos fónicos con el fin de dar alguna peculiaridad del personaje: el alargamiento de consonantes en Dalí, *bonjourrrrrrr*, el tartamudeo del Excels...

—Comparaciones: *terca como una mula, blanda como un flan, como una momia, como vampiros, como un volcán...*

—Juegos de palabras: *martin-gala, sin pescado corrompida, alambrado sea Dios, plapanatas...*

—Palabras con doble sentido: *Papa-papá; pet* (pedo)-*Pet* (nombre propio de Mondrian).

—Tacos, expresiones mal sonantes e insultos: *jodido, puta, coño, soplapollas, mala leche, chocho, culo, hostia, me cago en Dios, cojones, mierda, cabrón, maricón, follar, mentecato, chupóptero, pasmarote, gandul, insensato, comunista, feminista, larva, parásito, guarra, mamona, pelandrusca, imbécil, mercenario, mamarracho, cretino...*

—Dialectalismos: *butifarra, payés, collons...*

—Hipérboles: cuando se dice que Picasso medía un metro.

—Hipocorísticos: *Paquita, Pilarín...*

—Muñequización y animalización de personajes: por ejemplo, Picasso apareciendo como un muñeco rodeado de aduladores o los periodistas convertidos en cuervos.

—Onomástica: La Trilogía ofrece mucha variedad en cuanto a su uso:

• Personajes sin nombre y que se designan por su oficio o profesión: *delegado, secretario, trabajador 1, arquitecto, mosén, escritor, enfermera, periodista 3, trombón...*

• Personajes que llevan un apodo irónico: *Excels, Excelsito, Dinamita...*

• Personajes que llevan sólo nombre propio o nombre y apellidos: *Ladislaso, Ulrike, Ramón Marull i Ticó...*

• Personajes que encarnan nombres propios reales: *Josep Pla, Dalí, Montserrat Caballé, Francesc Puigpelat, Gimeno, Nuria Espert, Hitler, Mussolini...* pero, también, nombres de protagonistas de obras literarias: *Ubú*, por ejemplo.

• Deformaciones nominales intencionadamente sarcásticas: *Telestrés* (para designar a TV3), *Oriol, Ricardito Perfil...*

—Respecto a las acotaciones, señalaremos sólo que son muy pocas y breves en *Ubú president o Los últimos días de Pom-*

peya y en *La increíble historia del Dr. Floit & Mr. Pla,* en donde se reducen a pinceladas breves y sencillas, no sólo porque, quizás, estas dos obras tienen un marco muy concreto y delimitado, sino porque a Boadella no le importa que se deduzca la didascalia implícita; mientras que en *Daaalí* son muy amplias —algunas ocupan un folio—, detalladas y frecuentes debido a la complejidad estructural de la obra, así como a su componente visionario y surrealista.

Esta edición

Reproducimos los textos de la versión al castellano realizada por Albert Boadella para esta edición de *Ubú president o Los últimos días de Pompeya* y *La increíble historia del Dr. Floit & Mr. Pla*. En el caso de este último título ha colaborado también en la versión castellana Arcadi Espada. Ambas obras, como ya hemos señalado, presentan significativas diferencias respecto a las versiones de su estreno inicial, independientes de La Trilogía. Divergencias debidas, sobre todo, a la convicción del dramaturgo de que el texto literario tiene algo de provisional en cuanto está subordinado a la inmediata actualidad, no sólo hasta el momento de la representación y su confrontación con el público, sino, incluso, durante ella, ya que, a veces, Boadella ha modificado ligeramente el texto «definitivo», añadiendo algún dato que ha impuesto la actualidad a la que su teatro está tan apegado.

En el caso de *Daaalí*, al ser una obra trabajada desde el principio en castellano, se ha utilizado la versión tal cual con un solo cambio: la agonía de Dalí se ha unificado en un único espacio, una habitación de la Torre Galatea. Boadella estuvo de acuerdo en que la inclusión del hospital en determinadas escenas en que se presentaba la agonía del pintor, debido a su ambigüedad, podría confundir y desorientar al lector.

Dadas las características de la presente edición y de los propios textos de La Trilogía, hemos procurado que nuestras anotaciones aclaren aspectos de carácter dramatúrgico, orienten sobre las múltiples referencias textuales que da Boadella, aclaren citas de la realidad catalana, comenten aspectos lingüísticos sobre la traducción al castellano por la que se ha decidido su autor y expliquen determinados referentes musicales, pictóricos y artísticos, así como aquellos guiños personales para la correcta percepción de los textos.

Respecto a la traducción del inglés, italiano, alemán y francés, hemos optado, de acuerdo con Albert Boadella, por dar sólo la de los textos que resulten de difícil comprensión, omitiendo la de aquellos cuya facilidad y obviedad de sentido no impidan su alcance significativo.

Las traducciones del inglés, italiano y alemán han sido hechas por Albert Boadella, las del francés son mías.

Esta edición ha sido revisada por el propio Albert Boadella. Mi agradecimiento por ello.

Bibliografía

De Albert Boadella

Teatro

Mimodrames (1962), estrenada en el Palacio de las Naciones de Montjuïc de Barcelona. Inédita.
El arte del mimo (1963), presentada en Terrassa. Inédita.
Els deixebles del silenci (1965) *(Los discípulos del silencio),* estrenada en el Teatro Candilejas. Inédita.
Pantomimas del music hall (1965), estrenada en el III Ciclo de Teatro Medieval en el Salón del Tinell en Barcelona. Inédita.
Mimetismes (1966), estrenada en el Teatro Windsor de Barcelona. Inédita.
Doble programa infantil (1966), estrenada en el Teatro Romea de Barcelona. Inédita.
Caleidoscopio (1967), estrenada en el Teatro Romea de Barcelona. Inédita.
El diari (1968), estrenada en el Teatro de la Alianza del Poble Nou (Barcelona). Medalla de Plata del Festival Internacional de Teatro de Arezzo (Italia). Inédita.
El joc (1970), estrenada en el Teatro Capsa de Barcelona. Premio al mejor espectáculo del Festival de Mimo de Fráncfort. Inédita.
Cruel Ubris (1971), estrenada en el Teatro Salesiano de Huesca. Inédita.
Mary D'Ous (1972), estrenada en el Teatro de la Asociación Cultural de Granollers. Premio Crítica Serra D'Or y Fotogramas de Plata a la mejor interpretación teatral de 1973. Inédita.
Àlias Serrallonga (1974), estrenada en el Polideportivo de Anoeta de San Sebastián. Gana el Premio Crítica Serra D'Or en 1975, Premio al mejor espectáculo extranjero concedido por el Círculo de

Teatro de Venezuela y Medalla de Plata del Festival de la Bienal de Venecia. Inédita.

La torna (1977), estrenada en el Teatro Argensola de Barbastro. Recibe en 1978 el Premio Crítica Serra D'Or. Publicada por *Pipirijaina* (núm. 8 y 9, Madrid, 1978), y conjuntamente con *M-7 Catalònia, Teledeum, Columbi lapsus, Yo tengo un tío en América* y *El Nacional*, por el Institut del Teatre de la Diputació de Barcelona (2002). En el año 2005, Albert Boadella ha realizado una nueva puesta en escena con el título *La torna de la torna,* en la que ha introducido cambios, como es habitual en él, debido al paso del tiempo. El estreno se produjo en septiembre de 2005, en el Teatro Romea de Barcelona, a cargo del alumnado del Instituto del Teatro de Barcelona.

M-7 Catalònia (1978), estrenada en el Teatro Municipal de Perpignan. Premio de la Crítica del diario *Abendzeitung* del Festival Internacional de Teatro de Múnich, Premio de la Crítica del diario *Dietz* del Festival Internacional de Múnich y Premio de la Asociación Independiente de Teatro de Alicante. En ese año, el presidente Tarradellas concedió a Els Joglars el Premio Josep Maria de Sagarra por su trabajo artístico. Inédita.

L'Odissea (1979), estrenada en el Auditorio de Palma de Mallorca. Inédita.

Laetius (1980), estrenada en el Cine Guridi de Baracaldo. Premio Ciudad de Barcelona a la mejor obra de creación teatral, compartido con Els Comediants por su espectáculo *Sol Solet*. Inédita.

Operación Ubú (1981), cooperación con el Teatre Lliure (Barcelona). Publicada por Edicions 62 (Barcelona, 1985). Premio Ciudad de Barcelona al actor Joaquim Cardona por su interpretación.

Olympic Man Movement (1981), estrenada en el Aula de Cultura de Alicante. Recibe en 1983 el Premio Crítica Serra D'Or al mejor montaje. Inédita.

Teledeum (1983), estrenada en el Aula de Cultura de Alicante. Publicada por la SGAE (Madrid, 1994).

Gabinete Libermann (1984), producción del Centro Nacional de Nuevas Tendencias Escénicas con Els Joglars estrenada en el Teatro Cirviànum de Torelló (Barcelona). La Asociación Independiente de Teatro premia a Antoni Valero como mejor actor por su interpretación en esta obra y Els Joglars recibe el Premio Club de Vanguardia (Barcelona) por su trayectoria profesional y sus montajes. Inédita.

Virtuosos de Fontainebleau (1985), estrenada en el Aula de Cultura de Alicante. Inédita.

Visanteta de Favara (1986), estrenada en el Teatro Echegaray de On- tinyent (Valencia). Coproducción con el Teatre Estable del País Valencià, el Centre Damàtic de la Generalitat Valenciana y la Di- putación Provincial de Valencia. Inédita.

Bye, bye Beethoven (1987), estrenada en el Teatro Municipal de Palma de Mallorca. Inédita.

Columbi lapsus (1989), estrenada en el Teatro Municipal de Girona. Publicada por la SGAE (Madrid, 1993). Premio Crítica Serra D'Or al mejor espectáculo teatral de 1989.

Yo tengo un tío en América (1991), estrenada en el Teatro Municipal de Girona. Publicada por la SGAE (Madrid, 1999). Recibe el Premio de la Crítica del Certamen del Festival Europeo de las Artes de Edimburgo, Premio Fundación HAMADA de Edimburgo. Tam- bién recibe I Premios Turia (Valencia), mención especial a Albert Boadella, y el Premio de Teatro a Albert Boadella que concede la revista *Cambio 16*.

El Nacional (1993), estrenada en el Teatro Municipal de Girona. Pu- blicada en *Escena* (núm. 9, marzo de 1994) y por la SGAE (Ma- drid, 1999). Recibe en 1994 el Premio Nacional de Teatro, al que renuncian por considerar que el reconocimiento llega demasiado tarde. En 1995 gana el Premio Ercilla de Teatro (Bilbao) a la me- jor creación dramática, compartido con el Teatre Lliure por su obra *Las bodas de Fígaro*.

Ubú president (1995), estrenada en el Teatro Municipal de Girona, y en el año 2001 con el título de *Ubú president o Los últimos días de Pompeya* estrenada en el Teatro Poliorama de Barcelona junto con *La increíble historia del Dr. Floit & Mr. Pla* y *Daaalí*. Ramón Fontseré recibe el Premio Crítica de Barcelona a la mejor interpretación de la temporada; en 1996, VI Premios Turia (Valencia), Premio al mejor montaje teatral no valencia- no y el Premio Miguel Mihura a Pilar Sáenz a la mejor inter- pretación femenina. Textos que se estudian y publican en esta edición.

La increíble historia del Dr. Floit & Mr. Pla (1997), estrenada en el Tea- tro Romea de Barcelona. Ramón Fontseré gana el Premio Max de interpretación en 1998. A la obra se le conceden también: el Premio de la Crítica Teatral de Barcelona temporada 1997-1998, Premio al mejor espectáculo, Premio Max de las Artes Escénicas de la Sociedad General de Autores (SGAE), Premio Max de las Artes Escénicas 1998 a Albert Boadella como mejor autor teatral por la creación de *Ubú president*.

Daaalí (1999), estrenada en el Teatro Jardí de Figueres (Girona). A Ra- món Fontseré se le otorga en el año 2000 el Premio Nacional de

Teatro por su interpretación en esta obra y el Premio Saulo Benavente al mejor espectáculo internacional en Argentina. Ese mismo año, Els Joglars recibe la Medalla de Oro al Mérito de las Bellas Artes y acumulan los siguientes premios: el Joan Planas a Albert Boadella por su labor empresarial y creativa, el del Público *Los mejores del 2000* concedido por el Teatro Metropol de Tarragona, X Premios Turia (Valencia) a la mejor contribución teatral, Premio del Colegio de Periodistas de Girona. En 2002, Albert Boadella recibe el premio especial otorgado por la Escuela Superior de Relaciones Públicas de la Universidad de Girona por la trayectoria profesional como director teatral y el Premio a la Tolerancia.

El retablo de las maravillas (2004), estrenada en el Teatro Lope de Vega de Sevilla. Publicada por el Teatre Lliure (Barcelona, 2004).

Ensayo y autobiografía

El rapto de Talía, Barcelona, Plaza y Janés, 2000.
Memorias de un bufón, Madrid, Espasa-Calpe, 2001.

Series de televisión como Director

Hablamos español, 1970, serie de 39 capítulos, NDR-TV (Alemania).
La Odisea, emitida por TVE en 1976. Serie de 5 capítulos.
Terra d'escudella, emitida en 1977. Serie de 6 capítulos, grabada por TVE (Cataluña), circuito regional.
F.L.F, 1982, docudrama, TVE.
Som una meravella, emitida en 1988. Serie de 6 capítulos, grabada por TVE (Cataluña).
Ya semos europeos, emitida en 1989. Serie de 7 capítulos, grabada por TVE-2.
Orden especial, 1991, serie de 40 capítulos, TVE.
¡Vaya día!, emitida en 1995. Serie de 52 capítulos, grabada por Canal Plus.

Participación en cortometrajes

Aullidos, dirigido por Jordi Lladó, 1972. Interpretado por Els Joglars.
La festa dels bojos (La fiesta de los locos), de Lluís Racionero, 1979. Premio especial del jurado: ficción-Festival de Cannes, 1979.

Colaboraciones en cine documental y largometrajes

Un invierno en Mallorca, dirección Jaime Camino, 1969. Interpretada por Els Joglars.
La portentosa vida del padre Vicente, dirección Carles Mira, 1978, protagonizada por Albert Boadella.
Vidas y muertes de Buenaventura Durruti, anarquista, dirección Jean Louis Comolli, 1999. Interpretada por Els Joglars.

Películas

Buen viaje, Excelencia (2003). Duración: 90 minutos. Director: Albert Boadella. Actores: Els Joglars.

DE RAMÓN FONTSERÉ

Tres pies al gato. Diario de un actor, Barcelona, Muchnik, 2002.

DE ELS JOGLARS

La guerra de los 40 años, Madrid, Espasa-Calpe, 2001.

OBRAS GRABADAS EN VÍDEO

El joc, SWF, Alemania.
Cruel Ubris, TVE, 1975.
Àllias Serrallonga, TVE, 1976.
Virtuosos de Fontainebleau, TVE, 1985.
Bye, bye Beethoven, TVE, 1989.
Columbi lapsus, TVE, 1991.
Yo tengo un tío en América, Granada TV (Reino Unido), 1993.
El Nacional, TVE y ARTE (Alemania), 1994.
Ubú president, Canal Plus, 1996.
La increíble historia del Dr. Floit & Mr. Pla, TVE, 1998.
Daaalí, TVE, 2000.
La Trilogía:
— *Ubú president o Los últimos días de Pompeya,* CDT (Centro de Documentación Teatral), 2001.

— *Ubú president o Els últims dies de Pompeia* y *La increïble història del Dr. Floit & Mr. Pla* (versiones en catalán), BTV, Barcelona televisión, 2001.

Bibliografía general

Omitimos algunas de las referencias bibliográficas dadas a pie de página, así como artículos y revistas consultados en el impresionante archivo de Els Joglars, debido a un problema de espacio.

ABELLÁN, Joan, *Els Joglars. Espais,* Barcelona, Institut del Teatre, 2002.

AYESA, Guillermo, *Joglars. Una historia,* Barcelona, La Gaya Ciencia, 1978.

BERENGUER, Ángel y PÉREZ, Manuel, *Historia del teatro español del siglo xx,* vol. IV, Madrid, Biblioteca Nueva, 1998.

BOOTH, W. C., *Retórica de la ironía,* Madrid, Taurus, 1986.

CORNAGO BERNAL, Óscar, *La vanguardia teatral en España (1965-1975). Del ritual al juego,* Madrid, Visor, 2000.

ESPADA, Arcadi, *Contra Catalunya,* Barcelona, Flor del Viento, 1997.

FÁBREGAS, Xavier, *Història del teatre catalá,* Barcelona, Millá, 1978.

— «Teatro catalán: a la búsqueda de unas estructuras estables», en VV.AA., *El año literario español,* Madrid, Castalia, 1978, páginas 149-156.

FERNÁNDEZ TORRES, Alberto (ed.), *Documentos sobre el teatro independiente español,* Madrid, Centro Nacional de Nuevas Tendencias Escénicas, 1987.

GARCÍA TEMPLADO, José, *El teatro español actual,* Madrid, Anaya, 1992.

GUTIÉRREZ ORDÓÑEZ, S., *Comentario pragmático de textos polifónicos,* Madrid, Arco/Libros, 1997.

HUERTA CALVO, Javier (dir.), *Historia del teatro español,* 2 vols., Madrid, Gredos, 2003.

JAUSS, H. R., *La literatura como provocación,* Barcelona, Península, 1976.

LLOVET, J., *Por una estética egoísta,* Barcelona, Anagrama, 1978.

MARTÍNEZ FERNÁNDEZ, José Enrique, *La intertextualidad literaria,* Madrid, Cátedra, 2001.

MENDOZA FILLOLA, A., *Literatura comparada e intertextualidad,* Madrid, La Muralla, 1994.

MOREIRO PRIETO, Julián, *El teatro español contemporáneo (1939-1989),* Madrid, Akal, 1990.

OLIVA, César, *La última escena (Teatro español de 1975 a nuestros días),* Madrid, Cátedra, 2004.

Pipirijaina, núm. 8 y 9, Madrid, 9 de septiembre de 1978.

PUEO, Juan Carlos, *Los reflejos en juego: una teoría de la parodia,* Valencia, Tirant lo Blanch, 2002.

Racionero, Lluís y Bartomeus, Antoni, *Mester de juglaría: Els Joglars, 25 años,* Barcelona, Península, 1987.

Reyes, Graciela, *Polifonía textual: la citación en el relato literario,* Madrid, Gredos, 1984.

Romera Castillo, José y Gutiérrez Carbajo, Francisco (eds.), *Teatro histórico (1975-1998). Textos y representaciones,* Madrid, Visor, 1999.

Ruiz Ramón, Francisco, *Historia del teatro español: siglo XX,* Madrid, Cátedra, 1984.

— *Celebración y catarsis (Leer el teatro español),* Murcia, Universidad de Murcia, 1988.

Sánchez, José A., *Dramaturgias de la imagen,* Cuenca, Ediciones de la Universidad de Castilla-La Mancha, 1999.

Schoentjes, Pierre, *La poética de la ironía,* Madrid, Cátedra, 2003.

Spang, Kurt (ed.), *El drama histórico. Teoría y comentarios,* Pamplona, Eunsa, 1997.

VV.AA., *Historia y crítica de la literatura española,* Francisco Rico (dir.), vol. 9, Barcelona, Crítica, 1992.

VV.AA., *Sesiones de trabajo con los dramaturgos de hoy,* Ciudad Real, Naque, 1999.

Warning, R. (ed.), *Estética de la recepción,* Madrid, Visor, 1989.

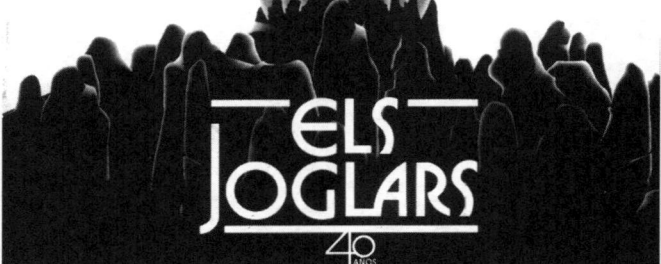

Ubú president
o
Los últimos días de Pompeya[1]

Estrenada el 21 de noviembre de 2001
en el Teatro Poliorama de Barcelona[*]

PERSONAJES

(Por orden alfabético.)

JESÚS AGELET:	Puigpelat, realizador de Telestrés.
	Dinamita, guardaespaldas.
	Actor 1.
	Literato.
	Trombón 5.
	Gaspar Husa, empresario.
	Bonet, Consejero.
	Fraile de Montserrat, autómata.
XAVIER BOADA:	Trombón 3.
	Dr. Oriol.
	Pasqual Maramágnum.
	Morales, jefe de los guardaespaldas.
JORDI COSTA:	Trombón 1.
	Actor 6.
	Ladislaso, guardaespaldas.
	Autoridad 1.
	Consejero 2.
	«Caganer», autómata.
RAMÓN FONTSERÉ:	Excels.
MINNIE MARX:	Claudia, cámara de Telestrés.
	Mirca, criada de los Excelsos.
	Periodista.
	Actriz 4.
	Viuda.
	Reina Madre de Inglaterra.
	Catalina Vichy, empresaria.
	Consejera 2.
	«Moreneta».
ROSA NONELL:	Paquita, criada de los Excelsos.
	Montserrat Diva.
MONTSE PUIG:	Excelsito menor (–).
	Actriz 5.

86

	Familiar 1.
	Monaguillo.
	Excels, máscara.
	Monaguillo, autómata.
JORDI RICO:	Cesc, técnico sonido de Telestrés.
	Ramírez, guardaespaldas.
	Actor 2.
	Sepulturero 1, Evaristo.
	Autoridad 3.
	Policía Academia.
	Traductor.
	Guardaespaldas 1.
	Titán Satinado, empresario.
	Técnico lámpara.
	Mas Cardat, Consejero.
	Futbolista Barça, autómata.
PILAR SÁENZ:	Eulalia, secretaria personal del Excels.
	Excelsa.
	Reina Isabel ll de Inglaterra.
DOLORS TUNEU:	Excelsito mayor (+).
	Pilarín, funcionaria de la Institución.
	Jacqueline, ayudante del Dr. Oriol.
	Autoridad 3.
	Fátima, emigrante. Empleada de la limpieza.
	Actriz 7. Cardenal.
	Consejera 1.
	«Pubilla», autómata.
PEP VILA:	Trombón 2.
	Comerma, chófer del Excels.
	Tonet, ujier.
	Pelayo, guardaespaldas.
	Actor 3.
	Sepulturero 2.
	Autoridad 2.
	Presidente de La Caixa.
	Consejero 1.
	Pau Casals, autómata.

Escenografía

En el centro de la escena, una gran mesa ligeramente inclinada.

Detrás de la mesa, una pirámide con nueve peldaños.

Cada dos peldaños, excepto el último, conforman un bloque que se va estrechando progresivamente en forma piramidal.

El peldaño tiene una anchura suficiente para permitir que una persona pueda desplazarse por él.

Cada uno de los bloques tiene un ángulo, a derecha e izquierda de la estructura, de anchura idéntica a los peldaños, donde puede situarse un actor.

Una sección en la parte central de la estructura, accionada por un motor, puede allanar la escalera hasta convertirla en un corredor.

La pirámide descansa sobre una ancha base, a ras de la mesa, que también puede utilizarse como corredor.

Dicho paso, generado por la holgura de la base, termina en un ángulo a cada lado por donde pueden entrar y hacer mutis, entre cajas, los actores.

Entre la gran mesa y la base de la pirámide hay un metro de separación.

A ambos lados de la base de la pirámide descienden dos escalones que permiten a los actores situarse a ras del espacio escénico.

El suelo del espacio escénico es de madera.

Las entradas y salidas de los actores se realizan por la izquierda y la derecha del espacio y por el fondo.

Primer acto

Escena 1
ENTREVISTA CON EL EXCELS[2]

En los extremos laterales de la base de la pirámide, dos trombonistas,
vestidos de «mossos d'esquadra»[3], tocan un compás de «Cançó d'amor
i de guerra»[4].
  Una vez terminado el fragmento, hacen mutis por el fondo.
  Inmediatamente suena una música tribal.
  La escena se ilumina.
  Nos encontramos en el despacho del EXCELS.
  La gran mesa, absolutamente desnuda, ocupa el espacio escénico.
  Por la derecha aparece EULALIA, *la secretaria personal del*
EXCELS. *Camina encorvada, lenta, con la parsimonia de la funcio-*
naria que ha envejecido trabajando al servicio de la Institución, al
servicio de su país y siempre al lado del EXCELS.
  Se dirige al proscenio y cierra lentamente una ventana imaginaria
por la que se cuela el sonido de los tambores.

---

  [2] *Excelso.* Nombre irónico utilizado para referirse a Jordi Pujol. Se dice de
la persona suprema, eminente.
  [3] Sus orígenes se remontan a 1719. Surgieron con el fin de perseguir a los
bandoleros y anti-Borbones. El Parlamento catalán aprobó en 1983 la ley de
creación de la policía autonómica, que se organizó tomando como núcleo los
mozos de escuadra.
  [4] Zarzuela escrita en 1926 por el dramaturgo español Lluís Capdevila
(1895-1946), en colaboración con Víctor Mora, y musicada por el compositor
español Rafael Martínez Valls (1887-1946). Todas las referencias a sardanas,
canciones populares... sirven para potenciar irónicamente el lado nacionalista
del entorno catalanista *convergente.*

A medida que va cerrando el ventanal la música tribal va perdiendo potencia y se desvanece totalmente cuando la funcionaria termina su acción.

EULALIA.—*(Haciendo mutis por la derecha y refiriéndose a los emigrantes responsables de la reivindicativa percusión.)* ... Menuda miseria. De fuera vendrán y de tu casa te echarán...[5].

(Suena el teléfono. Camina por detrás de la mesa hacia su extremo izquierdo. Contesta la llamada figurando sostener un auricular.)

... Sí..., sí..., pues hágales pasar, eh...

(Cuelga el teléfono imaginario y espera las visitas detrás de la gran mesa.
Por la izquierda entra un equipo de Telestrés[6]. El realizador: PUIGPELAT, *la cámara:* CLAUDIA, *el técnico de sonido:* CESC. PUIGPELAT *y* CLAUDIA *visten muy elegantemente, por el contrario* CESC: *vaqueros, cazadora tejana y camiseta. Lleva el pelo largo atado en una larga coleta.)*

PUIGPELAT.—*(Alargándole su mano.)* Buenas tardes.
EULALIA.—*(Ofreciéndole mecánicamente la suya.)* Buenas tardes.
PUIGPELAT.—La señorita Eulalia supongo..., Francesc Puigpelat[7].

---

[5] Lema xenófobo, racista y fascista en contra de la inmigración. Hay que recordar que Pujol hizo unas polémicas declaraciones sobre los inmigrantes en las que alertaba a los catalanes del peligro que suponía el mestizaje con la llegada masiva de inmigrantes. Además, su esposa los criticó por vivir en Cataluña y los acusó de imponer sus costumbres y religión.

[6] Referencia a TV3, Televisión Autonómica Catalana, inaugurada en 1984, gestionada y financiada por el gobierno de la Generalitat de Cataluña. Es un canal favorable a los nacionalistas y en el que Pujol apareció constantemente durante doce años.

[7] Francesc Puigpelat: novelista español (1959) que, obsesionado por las sátiras nacionalistas de Boadella, escribió un artículo contra el dramaturgo en el periódico *La Mañana de Lérida* titulado: «Boadella, Pla y el bilingüismo» (4-IX-2001). F. Puigpelat, curiosamente, obtuvo el premio Josep Pla en 1999 por su novela *Apocalipsis blanc*. Asimismo, ha escrito para las páginas de *Avui*, que se menciona más adelante.

(Presentando.) La Claudia y el Cesc...[8], somos de Telestrés...

EULALIA.—... ¿Usted no era del diario *Avui?*[9].

PUIGPELAT.—... No, es que..., verá, yo mamo de Telestrés, mamo del diario *Avui*, y mamo también del diario *La Mañana* de Lérida...[10].

EULALIA.—... Bien, ya saben lo pactado, el Excels sólo dispone de seis minutos...

PUIGPELAT.—Sí, ya tengo las instrucciones de la señorita Pelao..., la amiga del señor Raposo el director..., si le parece, lo vamos preparando todo, eh...

EULALIA.—*(Iniciando el mutis por las escaleras de la derecha.)* ... Bien, ... muy bien...

PUIGPELAT.—*(*PUIGPELAT *empieza a dirigir la grabación.)* A ver, Claudia, prueba este rincón, hacia la mesa... (PUIGPELAT *se sitúa detrás de la mesa mientras* CLAUDIA *prepara su cámara),* veamos, esta mesa es un poco pobre... *(descubriendo un portarretratos imaginario),* ¡ah, mira!, fotos de la familia, las pondremos encima...

EULALIA.—¡Les rogaría que no tocaran ningún objeto!...

PUIGPELAT.—*(Dejando de nuevo el portarretratos en su sitio.)* ... ¡Claro! ¡Perdone, perdone!... (EULALIA *sube las escaleras y desaparece por el fondo),* veamos, veamos, ... ah sí, la bandera, la senyera...[11] *(indica a* CLAUDIA *que encuadre con su cámara una «señera» imaginaria),* que le salga por el lado de la oreja..., ten en cuenta que él es mucho más bajito... *(se agacha detrás de la mesa para indicar a* CLAUDIA *la altura real del* EXCELS *cuando está sentado),* una cosa así, más o menos eh. (CESC *deja un micrófono con el distintivo de Telestrés en el centro de la mesa.)* Si acaso empiezas primero por la lámpara del Gau-

---

[8] El uso del artículo delante de los nombres propios es de uso normal en el catalán coloquial.

[9] Creado en 1976, fue el primer diario autorizado a publicar en catalán después de la muerte de Franco. Estuvo subvencionado por el gobierno de Pujol y actualmente por la Generalitat, que cubre sus enormes déficits.

[10] Diario que apareció en agosto de 1936, dirigido por Miquel Martí.

[11] Así se llama popularmente a la bandera nacional catalana, aunque, también, se la conoce por el nombre de *Las cuatro barras,* por reproducir cuatro de color rojo, sobre fondo amarillo, del antiguo escudo del reino de Aragón.

dí[12] *(señala en el techo una lámpara que no vemos),* y después bajas hasta enfocármelo en un primer plano, ¿de acuerdo?

> *(CLAUDIA camina hacia la derecha, por delante de la gran mesa, y ensaya el movimiento de cámara que PUIGPELAT le ha indicado.*
> *CESC se ha situado en el ángulo izquierdo de la mesa con sus instrumentos de sonido: una pequeña mesa de mezclas, que cuelga de su cuello, y unos auriculares.)*

CESC.—*(Poniéndoselos)* ... ¿Puedo hacer una prueba?...

PUIGPELAT.—... Claro, claro... *(habla por el micro con gran excitación),* un dos tres, Telestrés des del meollo desde donde se toman las decisiones más importantes...[13].

CESC.—¡Vale!... ¡Vale!...

PUIGPELAT.—*(Muy excitado.)* ... de este país...

CESC.—*(Indicándole que se calle.)* ... Vale, vale...

PUIGPELAT.—... *¡Visca Cataluña!*

CESC.—¡Vale! ¡Vale!

> *(Por las escaleras de la derecha bajan EULALIA y el EXCELS. CLAUDIA se dirige a la izquierda hacia CESC. PUIGPELAT se abrocha la chaqueta y se arregla el pelo. Está muy nervioso y se abre paso, a empujones, para saludar al EXCELS. Utiliza un pañuelito para secarse el sudor.)*

EXCELS.—... ¿Son allá?[14], ... ¡bien, bien!

PUIGPELAT.—*(Ofreciendo su mano al EXCELS.)* Hola, ¿qué tal?

---

[12] Antoni Plácid Gaudí: arquitecto español (1852-1926), representante del modernismo catalán, véase nota 8. A Boadella no le gusta el arte de este artista: «No me siento vinculado con él, ni siento ningún placer en la visión de las cosas que hizo» (en *Futuro,* Comunidad de Madrid, Consejería de las Artes, 28-II-02, pág. 28); en contraste, para Pujol, Gaudí por su arte y espiritualidad es el mejor artista que podía simbolizar Cataluña, como cuenta Ramón Pedrós en su biografía sobre el político.

Usar «del» en lugar de «de» es un traslado literal del catalán que da un tono de condescendencia y superioridad muy acorde con la opinión que tiene el Excels de sí mismo.

[13] Es decir, desde el centro neurálgico, que es el despacho del Excels en el Palacio de la Generalitat.

[14] Forma peculiar de hablar el personaje y que hemos preferido respetar.

(Puigpelat *queda perplejo cuando ve la indumentaria que viste el* Excels: *zapatillas de andar por casa y un pijama a rayas azules. Sobre la parte superior del pijama lleva puesta una chaqueta. Va muy despeinado y tiene muy mal aspecto.*)

Excels.—*(Dándole la mano.)* Qué tal, qué tal...

Puigpelat.—*(Desconcertado.)* Francesc Puigpelat de Telestrés...

Excels.—*(Con la cabeza inclinada ligeramente hacia la izquierda y mirando siempre hacia el suelo, da la sensación de que no ve nada pero está pendiente de todo.)* ¡Telestrés!, bueno, bueno, bueno..., nos costáis mucho dinero, eh..., pero no, vale la pena, vale la pena, vale la pena... ¿Qué queréis, que me ponga detrás de la mesa, quizás?

Puigpelat.—*(Nervioso.)* ... ¿Si le parece bien?

Excels.—*(Va hacia la parte posterior de la mesa, donde* Eulalia *se halla inspeccionando el micrófono. Tiene una forma de hablar monologante que no invita a la conversación.)* ... Muy bien hombre..., Telestrés...

Puigpelat.—A su servicio...

Excels.—... El satélite, ¿eh? Ya nos ven desde todo el planeta... *(Dirigiéndose a* Cesc.*)* Por eso joven, para venir aquí nos tenemos que arreglar un poco, eh, no tengo nada en contra de las vestimentas[15], entiéndame bien, pero primero: esto no es una discoteca, eh... ¿Verdad que no es una discoteca esto?, es una institución, y segundo: nuestra televisión ha de dar siempre ejemplo... eh no, eh no, eh no, no nos podemos relajar, ¿eh?..., Cataluña está rodeada de enemigos muy poderosos y taimados, muy ladinos, muy ladinos...

(Eulalia *ha dejado encima de la mesa un folio que contiene las preguntas pactadas para la entrevista.*)

Puigpelat.—Lo siento mucho, lo siento mucho, lo siento mucho...

---

[15] Contrasta esta recomendación con el inadecuado aspecto que presenta el Excels. Recordemos que en la Introducción comentamos la tendencia de Pujol a reñir a los periodistas. Varios biógrafos de Pujol coinciden en señalar la desconsideración con la que trataba a la prensa, y Arcadi Espada ha señalado la subordinación de la prensa catalana al sistema pujolista en su libro *Contra Catalunya*, Barcelona, Flor del Viento, 1997.

EXCELS.—*(Dirigiéndose a* PUIGPELAT.) ¡Usted!, ya sé que quería poner esta fotografía encima de la mesa... ¿Qué daño le hace esta fotografía aquí detrás? ¿Por qué la ha tocado?, a más a más[16] *(habla en tono de reproche y, a medida que va excitándose, su discurso se vuelve más incomprensible)* ... ¿Distraería no?... distraería. Eulalia, ¿dónde está mi sillón?

EULALIA.—Ah, Arturito Mas[17] lo ha de menester, Excels...[18].

EXCELS.—Oiga, dígale al Arturito Mas que me devuelva mi sillón. *(Dirigiéndose al equipo de Telestrés.)* Creo que todavía no soy un cadáver político, yo...

EQUIPO T.—No, no, no...

EXCELS.—¿Verdad que no?..., es igual ya podemos empezar, haré ver que me siento, ya me sacrificaré...

> *(El* EXCELS *simula que está sentado detrás de la gran mesa. Tiene ante sí el micrófono y se pone las gafas.*
> *Tiene multitud de tics faciales y en un gesto compulsivo va poniéndose y quitándose las gafas continuamente.*
> EULALIA *hace mutis por la salida de la derecha pero volverá a aparecer, en pocos segundos, para seguir atentamente la entrevista.*
> PUIGPELAT *da la orden de iniciar la grabación.)*

CLAUDIA.—*(A* PUIGPELAT, *con un marcado acento extranjero.)* ... Es que si me pongo más para aquí, corto al Rey...

EXCELS.—¿Qué pasa?

PUIGPELAT.—Verá, es que si le hacemos un plano corto, el retrato del Rey quedará cortado por la cabeza.

---

[16] Hemos respetado los giros especiales que utiliza el personaje cuando habla en castellano, ya que contribuyen a definirlo mejor.

[17] Diminutivo irónico para referirse al político español (1956) que basó su campaña electoral en el lema: *Cataluña no puede ser gobernada por gente no nacionalista que anteponga otros intereses a los del país.* Heredero de Jordi Pujol en CIU (Convergència i Unió) y en su gobierno de la Generalitat, nombrado el 17 de enero de 2001 Conseller en Cap (Consejero jefe) con el último gobierno de Pujol, y Candidato a la Presidencia del gobierno catalán en las elecciones de 2003, en las que salió elegido el socialista Pascual Maragall.

[18] De nuevo se reproduce la peculiar manera de hablar de otro personaje. Lo mismo que se hace con la del Excels. Un ejemplo es el uso de la partícula «que» como intensificativo.

EXCELS.—... ¿Que corta la cabeza al Rey?

PUIGPELAT.—Sí...

EXCELS.—¡No pasa nada! Mañana nos levantaremos con la República, que decía aquél, ¿eh? *(A* CLAUDIA.) ... Usted no es de aquí, ¿verdad?

CLAUDIA.—¿Yo?

EXCELS.—Usted, usted...

CLAUDIA.—Ya llevo quince años en Cataluña. Soy de Heildelberg, Alemania...

EXCELS.—Heildelberg, Alemania..., usted no se preocupe..., usted no tema, usted es tan catalana como yo, como este señor, como la señorita Eulalia, en fin *(señalando a* CESC), ... como esto, Cataluña es tierra de acogida[19], ¿eh? Es catalán todo el que vive, trabaja e invierte... e invierte... bueno en *(larga pausa que termina en una tos seca),* ... Cataluña.

CLAUDIA.—Ya puede hablarme en catalán, lo entiendo perfectamente.

EXCELS.—Muy bien, de eso se trata. La felicito, la felicito, bien, ya podemos empezar eh...

(Por la izquierda entran los dos hijos del EXCELS. *Visten bata escolar, a rayas, gorras de béisbol y llevan sendos maletines de ejecutivo.*
Caminan por delante de la gran mesa en dirección al mutis de la derecha.)

EXCELSITOS.—¡Hola papá!

EXCELS.—*(Dirigiéndose a sus hijos.)* Bueno, bueno, ¿dónde va esta tropa? ¿Dónde vais?

(Los EXCELSITOS *se detienen en el ángulo derecho de la mesa.)*

EXCELSITOS.—*(Van a abrir sus maletines.)* ¡Mira!

EXCELS.—¡No aquí no! *(Corre hacia ellos para impedir que abran sus maletines.)* ¡No abrid!, ¡no abrid!

---

[19] Idea reiterada por Pujol, en clara contradicción con sus actitudes hacia los inmigrantes y extranjeros en general.

(Los Excelsitos *desoyen al* Excels *y abren los maletines. Están repletos de euros que se esparcen por el suelo.)*

Excelsitos.—*(Peleándose por el dinero.)* ... ¡Éstos son míos! ¡No, míos! ¡Dámelos!

Excels.—*(Intentando justificarse ante el equipo de televisión.)* ... Bueno los hijos, ¿eh?... Bueno esto es muy aparatoso pero en euros no es nada esto, ¿eh?, nada[20]... *(A* Claudia, *que se hallaba grabando la situación.)* Enfoque la lámpara del Gaudí. *(A los* Excelsitos.) Escuchad: no os peleéis por el dinero que hay cosas más importantes en la vida, ¿eh?... Bueno, los hijos ya se sabe, si no se vigilan, ¿eh? *(A* Claudia.) ... ¡Enfoque la lámpara del Gaudí!, ¡enfoque la lámpara del Gaudí![21]. *(Los* Excelsitos *han recogido el dinero, cerrado los maletines, y han hecho mutis por la derecha. Algunos billetes han quedado esparcidos por el suelo.)* Pues esto, ya lo ven, esto es una institución, muy familiar, ¿eh?, muy familiar. *(El* Excels *recoge los billetes que han olvidado sus hijos y se los mete en el bolsillo de la chaqueta.)* Porque finalmente, un país, es una gran familia, ¿no?, es una gran familia... *(Simula que se sienta.)* Ya podemos empezar, ¿eh?, ya podemos empezar...

(El Excels *se coloca las gafas y repasa el folio con las preguntas acordadas.)*

Puigpelat.—Excels, ¿el hecho de que no vuelva a presentarse como candidato, quiere decir, aceptar de manera implícita que este despacho puede ser ocupado por el señor Pascual Maramágnum?[22].

---

[20] Referencia al enriquecimiento de la familia Pujol-Ferrusola con los gobiernos de CIU en negocios oscuros. Así, Marta Ferrusola fundó la empresa de jardinería Hidroplant, que trabajó para la Generalitat, e importantes empresas públicas e instituciones como el Fútbol Club Barcelona. Los hijos también han participado en sociedades vinculadas al entorno de Pujol y en las que la administración pública generó buena parte de sus ingresos. El hecho de que Boadella los llame con el diminutivo «Excelsitos» supone no sólo una intención caricaturesca, sino advertir al lector de que los hijos del ex presidente se aprovecharán de su privilegiada situación.

[21] Véase nota 8.

[22] Alusión al actual presidente socialista de la Generalitat Pascual Maragall (1941), pesadilla de Jordi Pujol.

(Silencio tenso.)

EXCELS.—*(Quitándose las gafas.)* Oiga, esta pregunta no la tengo en el dossier, Eulalia, ¿qué pasa aquí?

EULALIA.—... Puigpelat.

EXCELS.—... Usted, Puigpelat...

PUIGPELAT.—*(Muy nervioso, intentando salir de la embarazosa situación.)* ... Es que improvisaba una pregunta... para entrar en materia... y luego...

EXCELS.—Óigame Puigpelat... ¿Usted vamos a ver? ¿Usted es de los nuestros, verdad?

PUIGPELAT.—*(Muy sumiso.)* Sí, tengo carnet y todo...

EXCELS.—Pues en mi televisión no se improvisa.

PUIGPELAT.—No, no... me ceñiré al guión Excels, me ceñiré al guión. *(Se pone las gafas, repasa el dossier con las preguntas pactadas y lee.)* Excels, ¿qué opina del último camino de la señora Pilar Rahola[23] que empezando por el catalanismo, pasó al independentismo, al republicanismo, más tarde por el españolismo, después se hizo del Opus y ahora es del Betis?[24].

(Por la derecha aparece el «mosso 2» con una silla de camping. Se acerca al EXCELS y se la ofrece.)

EXCELS.—*(Levantándose y dirigiéndose al «mosso».)* Oiga..., haga el favor de traerme mi sillón que esto no es un despacho de IKEA. *(El mosso hace mutis por la derecha con la silla. El EXCELS se dirige hacia donde se halla la señorita EULALIA.)* ¡Eulalia! *(para el equipo de televisión)*, y ahora les contesto a ustedes, eh... Eulalia *(señalando el techo de la habitación)*, la lám-

---

[23] Pilar Rahola (1958): ex parlamentaria y ex concejala de Barcelona (ocupó el cargo de 1994 a 2000). Formó parte de Izquierda Republicana y, posteriormente, fue fundadora del Partido de la Independencia. Abandonó en el año 2001 la escena política para dedicarse a escribir, dar conferencias y participar, frecuentemente, en programas de televisión basura. La referencia al Betis trata de hacer ver la facilidad de la mencionada para cambiar de bando con tal de destacar.

[24] Equipo de fútbol de Sevilla, creado en 1909. En 1914, Alfonso XIII le otorgó el título de «Real» y pasó a llamarse Real Betis F. C.

para del Gaudí[25], ¿por qué ha de estar siempre con las bombillas fundidas?

EULALIA.—*(Iniciando el mutis por la derecha.)* Ahora mismo hago una gestión y llamo a la Dirección General de lámparas catalanas, Excels...

EXCELS.—... A ver si hacemos el trabajo bien hecho, a ver si hacemos el trabajo bien hecho... *(Volviendo a la mesa y simulando nuevamente que se sienta.)* Bueno, vamos a ver, vamos a ver... *(Los* EXCELSITOS *cruzan la escena de derecha a izquierda sin los maletines.) (Contestando finalmente a la pregunta de* PUIGPELAT.*)* En España, España, y ahora cuando digo España quiero decir, fuera de Cataluña, se han de plantear, los españoles no catalanes, se han de plantear, qué quieren hacer con Cataluña, cómo la quieren considerar y para qué la quieren hacer servir Cataluña, ¿no?..., porque fíjese bien en algo de lo que ha pasado, resulta que yo, ahora hace unos años, me decían aquello: «Excels enano, habla en castellano»[26].

(CESC, *que está siguiendo la entrevista por los auriculares, se ríe abiertamente de la frase. El* EXCELS *lo funde con la mirada.)*

..., y ahora, ahora..., porque me necesitan, me dicen aquello: «Excels, guaperas, habla como quieras»[27]. (CESC *vuelve a reírse, pero esta vez de forma contenida y disimulada.)* ... Ahora resulta que soy guapo, ¿no?, que soy el Paul Newman[28] catalán, ¿no?, incluso me ofrecen cuatro ministerios para ir a picotear como las gallinas, ¿eh?..., las mismas personas, y no voy a decir sus nombres... Al revés. Hombre *(sonriendo con prepotencia),* los del Partido Socialista y los del Partido Popular también se han portado muy mal.

---

[25] Véase nota 8.

[26] Lema que coreaban los seguidores del Partido Popular en la noche electoral del 3 de marzo de 1996.

[27] Se cambió el lema mencionado anteriormente por éste cuando Aznar necesitó la colaboración de Pujol.

[28] Actor americano (1925). Es curiosa la identificación teniendo en cuenta que, además de haber sido un *sex symbol,* es un actor que ha luchado contra el racismo y la guerra.

Y han intentado una destrucción muy a fondo de nosotros. *(Su respuesta va adquiriendo los tintes de un largo monólogo.)* Y el trato que ha recibido Cataluña por parte del Partido Socialista y del Partido Popular... *(Sus ideas fluyen más rápidas que sus palabras y empieza a hablar de forma atropellada.)* ..., y los improperios, los insultos, las calumnias..., muy mal...

> (CESC *comprueba su equipo porque las palabras del* EXCELS *le llegan atropelladas. Ofrece sus auriculares a* PUIGPELAT *para que los compruebe.* CESC, *ajeno a que el discurso es incomprensible en su origen, intenta arreglar el micrófono del* EXCELS.)

... eeee. La, la?????? El????... el otro día...

> (PUIGPELAT, *a distancia, intenta indicarle a* EULALIA *que no entiende nada de lo que dice el* EXCELS. EULALIA, *percatada de la situación, con un gesto de su mano, indica al equipo que abandone la sala. La entrevista ha terminado, aunque el* EXCELS *sigue balbuceando una respuesta inacabable e incomprensible. El equipo de Telestrés recoge sus instrumentos apresuradamente y hace mutis por la izquierda.)

... Y bueno, se tendrían que preguntar claramente, oiga ¿esto de Cataluña qué es?

> (Los EXCELSITOS *vuelven a cruzar la escena, de izquierda a derecha, con dos nuevos maletines.)

(El EXCELS *continúa con su discurso indescifrable.)* ... Es una cosa que eeeeee... o es una cosa que ¿????????)

> *(De pronto el* EXCELS *enmudece. Mira a izquierda y derecha y no ve a nadie. Por unos momentos se da cuenta de la ridícula situación que ha generado y en la que se halla inmerso y, como si fuera un niño, rompe a llorar.)*
> *Por la izquierda aparece* EULALIA, *que había salido a acompañar al equipo de televisión. Lleva una cinta de vídeo en la mano.)*

EULALIA.—Ya estamos otra vez. *(Últimamente se ve obligada a animarlo muy a menudo.)* ... Usted es el mejor. No hay nadie como usted Excels, ¿eh? En el 2020 todavía correrá usted por aquí. *(El* EXCELS *va recuperándose lentamente de su llanto.)* La oposición no pisará nunca esta institución. El Arturito Mas no le llega ni a la suela de los zapatos...

EXCELS.—*(Recuperado ya de sus penas.)* ¡Claro que no hombre! ¡Claro que no!... El Arturito Mas..., muy guapo, muy fotogénico..., muy americano, pero «un florero», oiga..., como un florero, Eulalia, ¿esto me lo ha dicho para darme coba o porque realmente lo piensa así?

EULALIA.—No me ofenda, Excels.

EXCELS.—Es decir, usted cree que yo soy el mejor, ¿no?

EULALIA.—Sí, ya lo he dicho, el mejor.

EXCELS.—*(Muy animado, sube sobre la mesa y ensaya piruetas.)* The best, number one, soy el mejor... soy el mejor...

EULALIA.—Bien, bien.

EXCELS.—*(Salta juvenil sobre la mesa como en sus mejores momentos de campaña electoral.)* Bote, bote, bote, español el que no vote, ¿no? Soy el mejor..., ole, ole, soy el mejor.

EULALIA.—*(Intentando frenar su euforia.)* Quizá que tocáramos de pies en el suelo[29], ¿no?

EXCELS.—*(Se dirige a un extremo de la mesa para bajar.)* Quizá sí, quizá sí... *(Bajando lentamente de la mesa para no lesionarse.)* Pero me ha animado, ¿eh?, me ha animado usted. Bueno, bueno, bueno, me ha dado más bríos ahora. Hable con el Puig Raposo para recuperar la cinta de la entrevista.

EULALIA.—*(Mostrándole la cinta de vídeo.)* ¿Y qué hago con ésta?

EXCELS.—Ah, ¿veo que ya la tiene? La felicito, la felicito. Destrúyala, destrúyala. (EULALIA *inicia el mutis por las escaleras de la izquierda.)* De todas maneras, hable con el Puig Raposo y dígale a ver[30] si en mi televisión no tenemos cámaras catalanes, que me los tienen que traer todos de Lepe, de

---

[29] De nuevo, una traducción literal del catalán que se mantiene porque caracteriza al personaje. Quiere decir: *seamos razonables*.

[30] Traducción literal que se conserva por lo ya dicho.

Alemania o de Torre Don Gimeno, provincia de Jaén, concretamente, ¿no? Pídame el coche que quiero salir.

(EULALIA *sale por las escaleras de la izquierda y el* EXCELS *se queda solo en su despacho. Se siente totalmente recuperado.*)

(Insinuando quites toreros.) Soy el mejor, soy el mejor... ole, ole...

(*En su euforia, el* EXCELS *realiza un gesto arriesgado con una de sus piernas y sufre un fuerte tirón. No puede moverse. Por la izquierda entra* COMERMA, *el chófer. Lleva el batín del* EXCELS *colgado de su brazo.*)

COMERMA.—*(Desde el rellano.)* Excels, cuando quiera podemos salir. ¿Sabe el último que se cuenta de usted? *(Se ríe abiertamente.)*

EXCELS.—¡Calle! Comerma, baje y sáqueme la pierna de aquí que he quedao clavao. (COMERMA *se coloca la gorra, baja las escaleras y se dirige hacia el* EXCELS. *Le ayuda a recolocar su pierna.*) ¡Con cuidado!, ¡que le coñozco! Bien, bien, bien, bien. Poco a poco, que es delicado esto. Bueno, bueno, bueno...

(*El* EXCELS *anda sensiblemente cojo hacia las escaleras de la izquierda. Las sube con dificultad.*)

COMERMA.—*(Que continúa con su chiste.)* Pues se ve que el Excels llega a casa de la viuda para consolarla... *(sube las escaleras riendo),* y de pronto se oye un ruido, es el muerto que resucita... *(Ríe estrepitosamente.)*

EXCELS.—*(De pie en el corredor principal.)* ¡Calle! *(El* EXCELS *vuelve a recaer en su tirón muscular.)* Acabe de hacer el trabajo bien hecho, ¿no? (COMERMA *recoloca de nuevo la rodilla del* EXCELS, *que siente un gran alivio.*)

COMERMA.—*(Mientras le ayuda a ponerse el batín.)* Hoy tendremos que ir en taxi.

EXCELS.—¿En taxi? Pero vamos a ver, que no tengo el coche oficial yo.

COMERMA.—Es que su coche lo tiene Arturito Mas.

(Al oír este nombre, el EXCELS *sufre otra tensión muscular en su pierna que* COMERMA *se encarga de arreglar.)*

EXCELS.—*(Ya recuperado y atándose el cinturón del batín.)* ¿Arturito Mas? ¿Pero que no tiene el coche oficial suyo el Arturito Mas?

COMERMA.—Sí. Pero hoy lo tiene su esposa.

(El EXCELS *recae en su lesión. Los tics de su rostro se aceleran.* COMERMA *tiene que intervenir de nuevo.)*

EXCELS.—¿Su esposa? *(Nuevamente recuperado, inicia el mutis por el corredor de la derecha.)* ¿Tiene coche usted?

COMERMA.—Sí señor. Un SEAT Panda.

(En el rellano de la derecha DINAMITA, *un guardaespaldas, le saluda militarmente. El* EXCELS *y* COMERMA *bajan las escaleras.)*

EXCELS.—Cogeremos un taxi. *(Han salido del despacho y ahora se encuentran en un corredor de la institución.* DINAMITA *les sigue.)* ¿Lleva calderilla?

COMERMA.—Siempre llevo lo justo para el desayuno y hoy ya he desayunado.

(Por la derecha aparece RAMÍREZ, *otro guardaespaldas.)*

EXCELS.—*(A* COMERMA.*)* Pues vaya al cajero. *(Dirigiéndose a los guardaespaldas.)* Ustedes dos, cojan los Ferrocarriles Catalanes.

COMERMA.—*(Continúa con su chiste al tiempo que sigue precipitadamente al* EXCELS, *el cual inicia su mutis por la izquierda.)* ... Entonces se mete dentro del armario y...

EXCELS.—*(Desapareciendo por el fondo.)* ¡Calle!

(Por los rellanos izquierdo y derecho, han aparecido los «mossos» 3 y 1 con sendos trombones.)

DINAMITA.—*(Saliendo por la derecha seguido de* RAMÍREZ.*)* En esta casa vamos de mal en peor. ¿Tú tienes abono?

104

RAMÍREZ.—No.
DINAMITA.—Pues nos colaremos.
RAMÍREZ.—Vale.

(Los guardaespaldas hacen mutis por la derecha.)

ESCENA 2
EN CASA DE LOS EXCELSOS

Los TROMBONISTAS 3 *y* 1, *vestidos de «mossos d'esquadra»*[31] *con sendos trombones. Tocan un compás de «La Dansa de Castellterçol»*[32].

La EXCELSA *entra por la derecha y se sienta sobre una barra de hierro cromado que extrae del ángulo derecho de la gran mesa. Deja una revista encima de la mesa. Por la izquierda aparecen los* EXCELSITOS. *Extraen también dos barras de hierro cromado del ángulo izquierdo de la mesa y se sientan sobre ellas.*

A su vez, por la izquierda, entra MIRCA, *la criada de los* EXCELSOS. *Se trata de una emigrante recién llegada de los países del este europeo.* MIRCA *se dirige hacia la* EXCELSA *y se planta ante ella.*

Los trombonistas dejan de tocar y hacen mutis por el fondo.

Nos encontramos en el salón de la casa de los EXCELSOS.

MIRCA.—*(Con fuerte acento extranjero.)* ¿Pongo la mesa?
EXCELSA.—Sí, ponla.
MIRCA.—¿Cenarán ya?, porque así calentaría el menú...
EXCELSA.—*(Corrigiéndola.)* ¿Qué menú? ¿Será la cena, no?
MIRCA.—La cena, eso.
EXCELSA.—Ya te avisaré. *(A* MIRCA, *que se ha quedado inmóvil mirando a los niños.)* ¿Qué pasa Mirca?
MIRCA.—*(A la* EXCELSA, *con gran respeto.)* Perdone señora, ... es que me parece que los niños me han robado el monedero.

---

[31] Véase nota 3.
[32] Danza popular catalana que se baila en el pueblo del mismo nombre. Su autor fue Josep Font i Sabaté: compositor español (1903-1964).

Excelsa.—¿Robado? ¿Será cogido, no? ¿Y dónde habías dejado el monedero, a ver?

Mirca.—Debajo del colchón.

Excelsa.—No se puede ser tan dejada, ¿eh?... Anda vete, ya lo arreglaremos esto.

Mirca.—Gracias señora.

Excelsa.—No me digas señora.

Mirca.—*(Haciendo mutis por la izquierda.)* Excelsa.

Excelsa.—Bien.

Excelsito +.—*(Gritando.)* ¡No, no, no! ¡Yo compro por doce mil euros!

Excelsito −.—*(Gritando.)* ¡Pues yo te vendo la Torre Mafre!

Excelsito +.—¡Pues yo la vuelvo a comprar!

Excelsa.—¡Niños! ¡Bajad el volumen que «atabaláis»![33]. *(Dirigiéndose al* Excels, *que está en el baño.)* ¿Papá?

(La Excelsa *está respondiendo el cuestionario de una revista.)*

Off Excels.—¿Qué?

Excelsa.—Que Puigpelat me ha enviado un cuestionario del diario *Avui.* ¿Qué hago? ¿Les contesto, no?

Off Excels.—Sí.

Excelsa.—Porque a estos les pagamos nosotros, ¿verdad?

Off Excels.—Claro. El dinero que me cuestan.

Excelsa.—Bien. Aquí donde pone heroínas de ficción, he puesto la Antígona..., de Salvador Espriu[34], ¿eh?

Off Excels.—Bien.

Excelsa.—Héroes de la vida real, pongo la Madame Courie[35], eh, inventora de la Radio[36].

Excelsito −.—Mamá, ¡del Radium!

Excelsa.—¿Qué Radium?

---

[33] De «tabal», «tambor», *me dais dolor de cabeza.*

[34] Salvador Espriu: poeta y dramaturgo español (1913-1985).

[35] Científica polaca (1867-1934) cuyo verdadero nombre era Marie Sklodowska. Cuando se casó con Pierre Courie (1867-1934) adoptó el apellido de su marido, también investigador. Fue famosa por sus trabajos con los rayos X. Además, sugirió el término «radiactividad».

[36] Humorística confusión para caricaturizar al personaje.

Excelsito +.—Yo compro el lago de Bañolas[37].

Excelsito –.—Pues yo te lo vuelvo a comprar...

Excelsa.—¿Pieza musical que prefiere?..., pongo «Las Masías» de Haendel[38], hmmm? ¿Papá?, aquí me piden que ponga mi lema. No se me ocurre nada. ¿Qué pondrías, tú?

Off Excels.—A...???????? *(Hablando de modo incomprensible.)*

Excelsa.—Ah sí, mira..., «Todo por la patria»[39]. Muy bien.

(Entra por la izquierda el Excels. Va a medio afeitar y con una toalla en la mano. Viste su pijama habitual y lleva un casposo batín en la mano.)

Excels.—Pero..., pero, ... ¿pero qué dices ahora?

Excelsa.—*(Molesta.)* No te había entendido.

Excels.—¿Qué tonterías dices?

Excelsa.—Bueno. Vale.

Excels.—A ver si pensamos un poco las cosas antes de contestar, ¿no? *(En referencia a los cuarteles de la Guardia Civil.)* «Todo por la patria.» Aquellos letreros encima de aquellas casas, ¡hombre!

Excelsa.—Pues pondré *(escribe)* «Barcelona és bona si la *bolsa* sona»[40]. También es muy nuestro, ¿eh?

Excels.—Muy nuestro y muy bonito. *(A Mirca.)* ¡Usted!

(Mirca entra por la izquierda. Se dirige hacia donde está el Excels. Éste le da los instrumentos del afeitado. Mirca se retira por la izquierda. Simultáneamente los Excelsitos continúan con sus juegos de compraventa.)

---

[37] Lago español muy frecuentado por aficionados a los deportes náuticos, localizado junto a la población homónima y a 17 km de Girona.

[38] G. F. Händel: compositor alemán (1685-1759), autor del *Mesías* (1741). Nueva ridiculización del personaje, de ahí que se mantenga el nombre mal escrito.

[39] Lema que se leía en el frontispicio de las casas-cuartel de la Guardia Civil.

[40] Expresión de contenido económico que describe a los catalanes como usureros y tacaños.

EXCELSITO +.—¡Compro Paseo de Gracia, compro Diputación...![41].

EXCELSITO −.—¡Pues yo me quedo con las hidroeléctricas!

EXCELSITO +.—¡Yo con las comisiones de la petroquímica![42].

EXCELSITO −.—¡Yo compro el peaje de Martorell![43].

EXCELSITO +.—Pero las comisiones las pasas a cobrar tú[44].

EXCELSITO −.—¡Vale!

EXCELS.—*(Intrigado, a la* EXCELSA.) ¿A qué juegan, al Monopoli?

EXCELSA.—¡Preparan la agenda para mañana!

EXCELS.—¡Ah! ¿Preparan la agenda? *(A los* EXCELSITOS.) Bueno, va, parad, parad, parad. Id a dormir, que mañana tendréis mucho trabajo. Venga va, a dormir...

EXCELSITOS.—*(Levantándose y marchándose por la izquierda.)* Buenas noches papá.

EXCELS.—Buenas noches, buenas noches. *(A la* EXCELSA.) ¡Hombre!..., con estos chavales tendremos una buena jubilación, ¿eh?, tendremos una buena jubilación.

(De nuevo, MIRCA *ha entrado por la izquierda. Quita el polvo de la gran mesa e introduce en su base los hierros cromados que servían de asiento a los* EXCELSITOS.)*

EXCELSA.—*(Al* EXCELS.) Oye, aquí en los héroes de la vida real, también podría poner un chico que siempre me ha caído muy simpático...

EXCELS.—Sí.

EXCELSA.—¡El Tamborilero del Bruc![45].

EXCELS.—¡No! ¡Éste no!, éste es polémico[46], ¿eh?

---

[41] Calles de Barcelona en donde están las casas y locales más caros de la ciudad.

[42] Se refiere a Petroquímicas de Tarragona.

[43] Peaje absurdo y odiado por los catalanes debido a los atascos que genera y por el sinsentido de haber hecho un peaje a 20 km de Barcelona.

[44] Nueva alusión a los turbios negocios de los hijos de Pujol.

[45] Legendario personaje que ahuyentó a las tropas napoleónicas, intimidadas por los ecos que producían los redobles de su tambor en las montañas de Montserrat simulando un ejército.

[46] La razón de que sea polémico es que los catalanes presumen de un héroe del que se decía que era mongólico.

EXCELSA.—*(Incrédula.)* ¿El Tamborilero?

EXCELS.—Bueno, aquel... el historiador oficial de nuestro partido, J. B. Pulla[47], dice que este chico era... mongólico, ¿eh?, mongólico.

EXCELSA.—*(Escandalizada.)* ¿El Pulla?

EXCELS.—*(Desconcertado.)* ¡El Pulla creo que no!

EXCELS.—*(Reconfortada.)* ¡Ah!

EXCELS.—Me refiero al Tamborilero..., al Tamborilero, Tamborilero...

EXCELSA.—Pues..., ¿qué pongo?

EXCELS.—*(Sentándose al lado de su esposa.)* No sé...

EXCELSA.—En «Los héroes de la vida real».

EXCELS.—No sé. Déjame pensar...

MIRCA.—*(Que estaba escuchando la conversación.)* Podría poner al José María Aznar, que nos ha regalado la ley de extranjería.

(El EXCELS, *cual si lo hubieran pinchado, se levanta y encara a* MIRCA. *Los tics de su rostro se han acentuado notablemente.)*

EXCELSA.—Mirca..., ¿ya has puesto la mesa?

MIRCA.—Ya..., ya voy.

EXCELSA.—*(En tono de reproche.)* ¡Ah, ah!

*(*MIRCA *sale corriendo por la izquierda.)*

EXCELS.—*(Refiriéndose a* MIRCA.) ¿Qué hemos de hacer? ¿Qué hemos de hacer con esta serbia?

EXCELSA.—Mira, ten paciencia que nos sale baratita. Es un poco corta...

EXCELS.—¿Corta? También era corto el Tamborilero del Bruc y los gabachos[48] aún corren..., ¡corta!... *(Sentándose de nuevo*

---

[47] J. B. Culla: catedrático de historia contemporánea que forma parte de aquellos historiadores dedicados a la búsqueda de razones científicas que justifiquen el catalanismo nacionalista.

[48] Corominas en su *Diccionario etimológico* dice de este vocablo: «Nombre despectivo que se aplica a los franceses desde 1530. Del occitano «gavach», montañés grosero, persona procedente de una región septentrional y que habla mal el lenguaje de un país.» Véase nota 93 en *Daaalí.*

al lado de su esposa.) Ya lo ves. Cada día estoy peor. A más a más[49] de estas dificultades del habla, tengo este estado de pena, de tristeza, de... congoja.

EXCELSA.—Bueno, si estás así, es porque has dicho que lo dejabas, ¿eh?

EXCELS.—¡Eso mismo! ¡Acaba de arreglarlo, ahora!

EXCELSA.—Bien podrías haber aguantado quince años más. ¿Que ha dicho Juan Carlos que lo dejaba?, ¿y Wojtila?[50], ... y Samaranch[51] cuántos años ha tardado a dejar[52] el cargo?

EXCELS.—¡Bueno! ¿Qué quieres que haga?

EXCELSA.—Oh, ¿por qué no llamas al Doctor Oriol?[53].

EXCELS.—¿El psiquiatra?

EXCELSA.—Te quitó muy bien lo de los tics.

EXCELS.—¿Los tics dices? ¿Que no tienes ojos en la cara? No, no, no estoy para psiquiatras yo. No estoy para psiquiatras.

EXCELSA.—... Pero si más que psiquiatra, es amigo.

EXCELS.—¿Amigo?... *(Haciendo, con los dedos, el signo del dinero.)* ¡Amigo de esto es!, ¡de eso!, ¡de eso!...

(Entra MIRCA por la izquierda.)

---

[49] Véase nota 16.

[50] Karol Józef Wojtila: Papa polaco (1920-2005) que fue elegido en 1978 con el nombre de Juan Pablo II y primer Papa no italiano. La referencia es irónica porque su pontificado duró veintisiete años. Le sucederá Joseph Ratzinger (Marktl am Inn, 1927) como Benedicto XVI.

[51] Juan Antonio Samaranch (Barcelona, 1920): empresario español, político, Procurador en Cortes durante el régimen franquista, Concejal de Deportes en el Ayuntamiento de Barcelona (1955-1962), Delegado Nacional de Deportes (1967), Presidente de la Diputación de Barcelona (1973), Embajador en la Unión Soviética (1977), Vicepresidente del Comité Olímpico Internacional y, posteriormente, Presidente de dicho Comité, Premio Príncipe de Asturias del Deporte en 1998. En 1999 tuvo que hacer frente a la crisis originada en el COI debido a los escándalos de soborno a miembros de la Junta Directiva en las últimas ediciones de los Juegos Olímpicos.

[52] Se mantiene la expresión por lo ya dicho anteriormente.

[53] Alusión al psiquiatra catalán Joan Obiols i Vié (1919-1980), que practicaba el psicodrama con sus pacientes. Boadella colaboró con él como actor en diversos psicodramas en un frenopático de Barcelona en los años 70. Recordemos que este recurso será utilizado también en *Yo tengo un tío en América*. Como dato curioso señalamos que este médico, un día que fue a visitar a Dalí, sufrió un infarto y murió en la casa del pintor.

MIRCA.—Perdone, para cenar, ¿qué vino meto?[54], ¿blanco?, ¿rosado?...

EXCELS.—A granel, ¿eh?, a granel.

(Suena el timbre de la puerta principal que reproduce el primer compás del Virolai. MIRCA sube por las escaleras de la izquierda con la intención de abrir la puerta.)

EXCELSA.—Pero ¿quién puede ser a estas horas?

EXCELS.—No sé. Oye mamá, ¿tú crees que por este estado en que me encuentro, merece la pena que me ponga en manos de un psiquiatra?

EXCELSA.—¡Claro que te irá bien! Te irá bien para eso que tienes y para otras cosas que..., ya sabemos... Además, últimamente estás muy nervioso, muy crispado, no, me das miedo, papá.

MIRCA.—(MIRCA *baja las escaleras acompañada de dos guardaespaldas.*) Perdonen, están aquí estos dos chicos de seguridad.

EXCELS.—*(Muy alterado, dirigiéndose a los guardias.)* ¿Qué pasa?, ¿qué pasa?

RAMÍREZ.—*(En una permanente primera posición de saludo militar.)* No, no, no, no pasa nada. Sólo veníamos a comunicarle el cambio de turno, ¿eh?...

EXCELS.—... Vamos a ver, ¿por qué me lo vienen a decir esto, ahora?

DINAMITA.—Oh..., para que esté al corriente y nos pueda identificar, aquí afuera, en el rellano.

EXCELS.—Pero... ¿quién les ha dicho que me lo vinieran a comunicar?

RAMÍREZ.—Perdone..., pero es que son órdenes de Mas.

(Al oír este nombre, el EXCELS sufre un fuerte tirón muscular en su rodilla.)

EXCELSA.—¡Qué barra![55]

---

[54] Mirca se contagia de la peculiar manera de hablar de sus señores. El término correcto sería: *sirvo*.

[55] *¡Qué cara dura!*

EXCELS.—*(Recuperándose de su percance muscular.)* Oiga..., a ver si resultará que vendrán[56] a despertarme a las cinco de la mañana, ¿eh?, a las cinco de la mañana, ¡para decirme que ha habido un cambio de turno! ¡Hagan el favor! ¡Váyanse y ya hablaré mañana con sus superiores! Buenas noches.

RAMÍREZ.—A sus órdenes.

DINAMITA.—... Si necesita cualquier cosa pegue un grito.

EXCELS.—*(Empieza a perder la paciencia.)* ¡No les necesito para nada! ¡No les necesito para nada!

EXCELSA.—Ya les acompaño, ¿eh?

DINAMITA.—No hace falta, no. Ya conocemos el camino.

EXCELSA.—Y la próxima vez que tengan que comunicar alguna cosa más, lo hacen por la puerta de servicio, ¿hmm?

RAMÍREZ.—A sus órdenes, sí.

EXCELSA.—Por aquí...

DINAMITA.—A sus órdenes señora Excelsa.

EXCELSA.—... Por aquí.

(Los guardaespaldas se van por la escalera de la izquierda acompañados de la EXCELSA.)

EXCELS.—*(Leyendo el cuestionario que ha contestado la EXCELSA.)* Música que prefiere, «las Masías de Haendel». Madre mía, madre mía, madre mía...

EXCELSA.—*(Volviendo del fondo y sentándose de nuevo.)* ¡No sé por qué te tienes que tomar las cosas de esta manera! ¡Claro que te cogen[57] estas cosas... y todavía te van a coger más! Ven, siéntate. *(El EXCELS se sienta sobre la mesa.)* Te decía esto del Doctor Oriol...

EXCELS.—Sí.

EXCELSA.—... porque me han dicho que está haciendo un tratamiento con unas terapéuticas muy buenas.

EXCELS.—*(Corrigiéndola.)* Terapias...

EXCELSA.—Terapias. Terapias muy buenas. Y se ve que también está haciendo una especie de crucigramas... o...

---

[56] Traducción literal.
[57] Traducción literal.

EXCELS.—Psicodramas.

EXCELSA.—Psicodramas, sí.

EXCELS.—Psicodramas. Bueno, es aquello que utilizan el teatro como terapia.

EXCELSA.—¡Eso mismo! Pues se ve que está dando unos resultados espectaculares.

EXCELS.—Tal vez llamaré, mamá. Quizás llamaré...

(Regresan los guardaespaldas.)

RAMÍREZ.—Perdonen, perdonen, perdonen.

EXCELSA.—¿Otra vez?

EXCELS.—*(Enojado.)* ¿Pero qué pasa ahora?, ¿qué pasa?

RAMÍREZ.—No nada. *(Nervioso.)* Es que la puerta, al tener tantas cerraduras, pues..., que no hay manera...

DINAMITA.—*(Con risa nerviosa.)* Es que no sabemos abrir[58].

EXCELS.—Ustedes dos... ¡Hagan el favor!, ¡hagan el favor!

EXCELSA.—Ahora salgan por la puerta de servicio.

EXCELS.—... ¡Hagan el favor!, ¡hagan el favor!

(Por la izquierda entra MIRCA.*)*

EXCELSA.—Mirca.

OFF MIRCA.—Sí.

EXCELS.—... ¡Hagan el favor!, ¡hagan el favor!

EXCELSA.—Acompáñales y ofréceles una copita a estos señores, que tendrán sed, ¿no?

(Los dos guardaespaldas inician el mutis por la derecha.)

EXCELS.—... ¡Hagan el favor!, ¡hagan el favor!

RAMÍREZ.—*(Saludando militarmente.)* No. No señora, no, que estamos de servicio, ¿eh? Estamos de servicio.

EXCELS.—*(Muy crispado.)* ... ¡¡¡Hagan el favor!!![59].

---

[58] Caricatura de los guardaespaldas.

[59] La excesiva repetición de esta frase indica que el personaje está lleno de tics lingüísticos.

(Los guardaespaldas salen por la derecha acompañados de
MIRCA.
Silencio grave.)

EXCELSA.—¿¡Pero qué te pasa, ahora!?... ¡Cómo estás tú!, ¿eh?, ¡cómo estamos!...

EXCELS.—Es que me meten un personal, que aquello... ¡La flor y nata, eh!..., me los escogen, ¿eh?, me los escogen.

EXCELSA.—Yo los encuentro muy amables y simpáticos.

EXCELS.—¿Amables?..., porque no los tienes que aguantar cada día, eh...

EXCELSA.—Bien, deberíamos hablar de esto del Doctor Oriol, ¿eh, papá?...

EXCELS.—Hablemos, hablemos, hablemos...

(Entra de nuevo MIRCA *por la derecha.)*

MIRCA.—Cuando quieran, el menú está en la mesa.

EXCELSA.—*(Corrigiéndola.)* ¡Y dale con el menú!.. ¿Será la cena, no Mirca?

MIRCA.—*(Rectificando.)* La cena..., eso.

EXCELS.—*(Levantándose.)* ¡Usted!, ¡Marica!, ¡aquí!

MIRCA.—¡Mirca!

EXCELSA.—*(Corrigiéndole.)* ¡Mirca!

EXCELS.—Bueno, eso..., a ver, en Cataluña, en Cataluña... *(Empieza un discurso que va haciéndose ininteligible a medida que evoluciona.)* ¿???????????????

MIRCA.—*(Con respeto.)* Perdone, últimamente no le pillo ni una.

EXCELSA.—Sólo faltabas tú, ahora, ¿eh?

MIRCA.—¿He vuelto a meter la pata?

(Suena el timbre de la puerta de servicio.)

EXCELS.—¡Ahora la puerta de servicio! ¡Viva la Pepa![60].

---

[60] Expresión que surgió cuando Fernando VII abolió la primera Constitución española en Cádiz en 1812. También prohibió la mención de su nombre. Los liberales y partidarios de la misma se inventaron uno para referirse

EXCELSA.—*(A* MIRCA.) Anda, ve a abrir.

(MIRCA *corre apresuradamente hacia la derecha.)*

EXCELSA.—¡Tranquilízate!
EXCELS.—¿Qué te juegas que son aquel par de gorilones?

(Entran de nuevo los dos guardaespaldas.)

EXCELSA.—*(A los guardaespaldas.)* A ver qué pasará[61] ahora...
EXCELS.—*(Irónico.)* Adelante hombre, adelante...
RAMÍREZ.—*(Saludando militarmente y con una risa nerviosa.)* ... Es que antes de abrir la puerta que..., se ha escapado el perrito...

(MIRCA *sostiene la correa de un perro que no existe.)*

EXCELSA.—¡Ah!..., ¿qué amables, no?
EXCELS.—No. No. No.
RAMÍREZ.—Lo hemos traído aquí...
DINAMITA.—Lo hemos detenido en la portería.
EXCELSA.—Es que a este perrito, ¡lo quiero con locura!

(El perrito figurado se escapa ladrando. MIRCA *y los guardaespaldas lo siguen hacia la izquierda. Gritos.)*

EXCELSA.—¡Pascual!, ¡Pascual![62]. Ven aquí...
MIRCA.—¡Pascual..., Pascual!
EXCELS.—*(Muy enervado.)* ¡Me voy a cenar fuera!
EXCELSA.—¡Pero si vas en batín! ¡Al menos cámbiate el pijama!... Y saliendo por la puerta de servicio..., ¡eso sí que no!

---

a ella sin nombrarla. Como había sido promulgada el 19 de marzo, fiesta de San José, la bautizaron con el hipocorístico de La Pepa. Surgió el grito *¡Viva la Pepa!* para reemplazar al de *¡Viva la Constitución!,* considerado subversivo. La expresión ha perdido su intención política y ha pasado a significar «desenfado», «regocijo» y «alboroto», o para dar a entender que hay un desorden completo.

[61] Traducción literal.
[62] Repárese en la comicidad de la situación, ya que el perro se llama como el jefe de la oposición.

EXCELS.—*(Se quita el batín y lo lanza a su mujer.)* ... ¿Todo por la patria, no?

(El EXCELS *hace mutis por la derecha.)*

EXCELSA.—¿A qué viene esto, ahora?

(Por la izquierda entra MIRCA *muy alterada.)*

MIRCA.—¡Oiga, oiga, oiga...!, ¡la señora[63] se ha caído por el balcón!
EXCELSA.—¿Qué señora?
MIRCA.—*(Nerviosa.)* ... ¡La bandera, el banderín, el pendón ese!...
EXCELSA.—*(Corrigiéndola indignada.)* ¡La señera, Mirca! ¡La señera![64]
MIRCA.—*(Corrigiéndose a sí misma con malhumor.)* ¡La señera, leche!

(Por los extremos laterales del primer piso de la pirámide aparecen los «mossos» 1 y 2 con sus respectivos trombones. MIRCA *hace mutis por la izquierda.)*

ESCENA 3
ENCUENTRO DEL EXCELS CON EL DR. ORIOL

Mientras los «mossos» 1 y 2 tocan un compás de «El cavaller enamorat»[65], el DR. ORIOL *entra por el rellano de la izquierda.* DINAMITA *lo hace por el de la derecha. El* DR. ORIOL, *ya entrado en años, tiene el pelo y el bigote blancos. Lleva gafas oscuras. Ambos pasean por el corredor principal y se mantienen a cierta distancia.*
Estamos en una sala de espera de la institución.

DINAMITA.—*(Al* DR. ORIOL, *ofreciéndole un cigarrillo.)* ¿Que, fuma?

---

[63] Otra comicidad de situación debido a la confusión nominal.
[64] Así es como se pronuncia en catalán.
[65] Sardana musicada por Joan Manén (1883-1971).

DR. ORIOL.—No, no, no... gracias, no.
DINAMITA.—Que le molesta, si...
DR. ORIOL.—No, no, no, adelante...

(DINAMITA *extrae un cigarrillo de su pitillera. El* DR. ORIOL *está impaciente y consulta frenéticamente la hora en su reloj de pulsera.*)

DINAMITA.—¿Qué?..., ¿lleva ya mucho rato esperando?
DR. ORIOL.—Pues sí, hace ya más de media hora que espero, sí.
DINAMITA.—Es que en esta casa..., las cosas de palacio van despacio que dicen, ¿no?...
DR. ORIOL.—Perdone, ¿usted es de aquí, de la casa, no?
DINAMITA.—Sííí.
DR. ORIOL.—Es que mire, yo soy el Doctor Oriol y tendría que...
DINAMITA.—... Alto, alto, soy de la casa, sí..., pero soy un «mosso», yo.
DR. ORIOL.—¿Mozo de carga?
DINAMITA.—No, hombre, no, un «mozo de cuadra». Mire, mire...

(DINAMITA *abre la pechera de su chaqueta y muestra una cartuchera con pistola.*)

DR. ORIOL.—Ah, ... claro, claro..., no, es que mire, tengo que ver al Doctor Corbella[66] de Sanidad, y hace media hora que me han dicho que me esperara un momentito y, este momentito va pasando, pasando, y al final me crecerá barba, ¿sabe usted?

(*Por el rellano de la izquierda aparece* TONET, *un ujier de la institución. Sufre una cojera en su pierna izquierda y es un poco limitado intelectualmente. Sostiene una bandeja en su mano y se dirige hacia el despacho del* DR. CORBELLA, *situado a la derecha.*)

---

[66] Joan Corbella i Roig: popular psiquiatra español (1945), cuyas apariciones en TV3 se cuentan por cientos.

DINAMITA.—Ah, mire, precisamente..., ¡Tonet!, ¿es para la Pilarín, esto?

TONET.—*(Vocalizando defectuosamente.)* Í...

DINAMITA.—... ya me lo parecía. Pues mira, de paso, le dices que el Doctor... *(Al DR. ORIOL.)* ¿Qué nombre me ha dicho?

DR. ORIOL.—Doctor Oriol, psiquiatra.

DINAMITA.—¿... Psiquiatra de los...? *(Hace el gesto del loco con la mano.)*

DR. ORIOL.—Psiquiatra, ¿eh?... psiquiatra...

DINAMITA.—*(A TONET.)* Que el Doctor Oriol, psiquiatra...

TONET.—Í...

DINAMITA.—... que lleva una hora esperando...

TONET.—Í...

DINAMITA.—... que a lo mejor no se acuerdan, o algo así...

TONET.—Í...

DINAMITA.—... Tú se lo comentas a la Pilarín...

TONET.—*(Asintiendo.)* Ale.

TONET.—*(Parándose para confirmar el recado.)* ¿Doctor Oriol?

DR. ORIOL.—Sí, sí.

TONET.—¡Psicodélico!

DR. ORIOL.—¡No! Psiquiatra, ¿eh? Psiquiatra.

DINAMITA.—¡Psiquiatra, hombre, psiquiatra!

TONET.—*(Saliendo por el rellano de la derecha.)* Ale, ale, ale, ale ...

DINAMITA.—Oiga, ahora que dice esto de psiquiatra..., yo tengo un pariente que... *(se sienta en el segundo peldaño de la pirámide)*, bueno, de hecho no es que esté loco, ¿eh?..., es que tiene mucha psiquiatría en la cabeza, sí...

DR. ORIOL.—*(Dándole coba.)* ... Ya, ya...

DINAMITA.—Sí. ¡Está psicólogo perdido, el pobre!

DR. ORIOL.—... Ya, ya...

DINAMITA.—*(Con exigencia.)* Siéntese, hombre, siéntese... *(El DR. ORIOL se sienta lejos de DINAMITA.)* Acérquese, ¡véngase para aquí, hombre!, ¡no tenga vergüenza!...

DR. ORIOL.—*(Acercándose a DINAMITA.)* ¡Diga, diga!

DINAMITA.—Ahora le voy a contar con una anécdota cómo le empezó a venir todo y verá cómo lo entenderá enseguida. Resulta que, una noche, que estaban allí con toda la familia, repantingados en el sofá, mirando la tele, él, que

118

coge el mando a distancia y en vez de disparar contra la tele, apuntaba a la familia..., al abuelo, a la abuelita, a...
(Por el rellano de la derecha aparece nuevamente TONET. *Se dirige hacia el mutis de la izquierda.)* Adéu, Tonet, que vaya bien...

TONET.—Í, í... Aeu, aeu...

DINAMITA.—*(Mostrando complicidad.)* ... ¡Y «visca el Barça»![67].

TONET.—*(Con gran énfasis y magnífica vocalización.)* «¡Visca el Barça!»

DINAMITA.—*(Riéndose.)* Es que es culé[68].

TONET.—*(Intentando recordar la profesión del* DR. ORIOL.*)* ¡Psicológico!

> *(*TONET *hace mutis musitando palabras incomprensibles. El* DR. ORIOL *empieza a perder la paciencia.)*

DINAMITA.—No le haga caso. Aquí donde lo ve, esto es lo más honrado que corre por esta casa. Bueno, esto de correr es un decir, ¿no?, porque el pobrecito, con esta pierna...

DR. ORIOL.—*(Consultando la hora en su reloj de pulsera.)* Ya, ya...

DINAMITA.—... pero es una cosa de nacimiento, y los médicos dicen que no se la pueden alargar de ninguna manera...

DR. ORIOL.—Claro, pobre...

DINAMITA.—Pero, todo y esto[69], es lo más honrado que hay por aquí, ¿eh? *(En tono de confesión íntima.)* Porque aquí, ... aquí hay cada mangante...

DR. ORIOL.—¿Sí?

> *(Por el rellano de la derecha ha aparecido* PILARÍN, *la secretaria del* DR. CORBELLA. *Está ingiriendo un croissant mientras se acerca al* DR. ORIOL.*)*

---

[67] Al Barça se le atribuye el sentir de la sociedad catalana a lo largo de sus cien años de historia.

[68] Expresión con la que se identifican los partidarios del Barça, llamados así porque la gente que pasaba por el lugar en que jugaban y miraban a lo alto veían los traseros de los espectadores que estaban sentados y que sobresalían.

[69] Dinamita puede representar el prototipo del «normalizado lingüísticamente». Un policía de origen andaluz que chapurrea el catalán.

DINAMITA.—Uno, por aquí, el otro por allá, Cataluña para arriba, Cataluña para abajo..., a la que te descuidas, te han birlado la «gescartera»[70] aquí... Aquí todos se hacen ricos menos yo, collons. ¡Ah, mire!, ésta es la secretaria del Dr. Corbella.

DR. ORIOL.—Muy bien, gracias, gracias...

DINAMITA.—*(Desplazándose hacia la derecha.)* Nada hombre, a mandar...

(PILARÍN *está masticando el croissant. Se acerca al* DR. ORIOL *sin respetar la mínima distancia de intimidad. Mientras habla, proyecta restos de su desayuno sobre la chaqueta del doctor.)*

PILARÍN.—¿Me han dicho que todavía no le han dicho[71] nada?

DR. ORIOL.—No, no. Todavía no me han dicho nada, no.

PILARÍN.—Oh, ¿usted debe ser el Doctor Oriol?

DR. ORIOL.—Sí, psiquiatra.

PILARÍN.—*(Masticando su bollería.)* Ah, sí claro, como el Doctor Corbella.

DR. ORIOL.—Exacto, como el Doctor Corbella.

PILARÍN.—*(Con una franqueza inadecuada.)* Pues mire, en mi casa tenemos un pariente que es carne de frenopático, ¿eh?...

DR. ORIOL.—*(Muy paciente.)* ¡Caray!

(PILARÍN *se acerca excesivamente al* DR. ORIOL, *que se ve obligado a retroceder.)*

PILARÍN.—Oh, estamos muy preocupados, ¿eh?

DR. ORIOL.—Me lo imagino.

---

[70] El 15 de junio de 2001, la Comisión Nacional del Mercado de Valores intervino Gescartera. Un nutrido grupo de empresarios, políticos y funcionarios, pasando por congregaciones religiosas, fundaciones y cuerpos de seguridad del Estado, se vieron implicados en el escándalo por la volatización de unos 20.000 millones de pesetas pertenecientes a 1.383 inversores.

[71] La repetición del vocablo informa de los escasos recursos mentales del personaje.

PILARÍN.—Mire, nos iría muy bien su opinión.

DR. ORIOL.—Perdone, pero si usted tiene aquí al Doctor Corbella, ¿no?...

PILARÍN.—No. Del Doctor Corbella no me fío un pelo, ¿sabe?..., porque aún lo explicaría todo por la Telestrés. Bueno, ahora no quiero entretenerlo con mis asuntos. Más tarde, cuando acabe de hablar con el Doctor Corbella, si le parece bien, le cojo un momentito y hablamos usted y yo de todo esto, ¿no le parece?

DR. ORIOL.—*(Estoico.)* Muy bien.

PILARÍN.—De acuerdo. *(Parándose para confirmar la información.)* Doctor Oriol, psiquiatra...

DR. ORIOL.—Sí. Y que aproveche...

PILARÍN.—*(Haciendo mutis por el rellano de la derecha.)* Gracias.

DINAMITA.—¡Collons!, ya es casual, ya, que los dos tengamos un pariente psicológico.

DR. ORIOL.—Sí, no está nada mal, no...

DINAMITA.—Bueno, de hecho, el mío es un pariente lejano, ¿eh?, a mí no me toca de nada, yo estoy bien, ¿eh?...

DR. ORIOL.—Ya me lo imagino, ya me lo imagino...

DINAMITA.—*(Sentándose.)* Siéntese, hombre, siéntese. *(El* DR. ORIOL *obedece y se sienta manteniéndose a una considerable distancia de su interlocutor.)* Acérquese, venga por aquí, que no muerdo... *(El* DOCTOR *lo hace.)* Bueno, pues esto que le decía, ¿no?, la pobre familia delante de aquel cuadro, al final, no tuvieron más remedio que encerrarlo, en un sitio de esos que los tienen encerrados, pero que los cuidan la mar de bien. Pero no es un manicomio, ¿eh?...

DR. ORIOL.—¿Ah, no?

DINAMITA.—No. Porque él no está loco del todo. Es un... tanatorio de día, que le llaman.

(El EXCELS *entra por el rellano de la izquierda seguido de dos guardaespaldas.)*

DR. ORIOL.—No, hombre, no, un tanatorio, no...

DINAMITA.—*(Dándose cuenta de la llegada del* EXCELS *y saliendo por la derecha.)* ¡Hostia!

(Los guardaespaldas del EXCELS, PELAYO *y* RAMÍREZ, *bajan las escaleras de la izquierda y se sitúan detrás de la gran mesa. Se ponen en cuclillas, por lo cual, únicamente distinguimos sus cabezas. Llevan gafas oscuras y sus cabezas se desplazan sincrónicamente por la horizontal de la mesa.*
Nos hallamos en el «Pati dels Tarongers»[72].*)*

EXCELS.—¡Oriol!, ¡Oriol!, ¿qué tal?, ¿qué haces?...

DR. ORIOL.—Hola Excels, ¿qué tal?...

EXCELS.—¿Qué haces por aquí? ¿Qué haces?...

DR. ORIOL.—Pues mira, he venido a ver a Corbella...

EXCELS.—Ah, está bien, hombre, está bien...

DR. ORIOL.—*(Al ver que viste pijama.)* Oye, ¿que estabas haciendo la siesta?

EXCELS.—No, no, no... Ahora mismo acabo de tener audiencia con el sacristán de Santa María del Mar. Bueno, bueno..., oye, estos días te he estado llamando a casa y no me ha contestado nadie.

DR. ORIOL.—Ah, no, no, claro, es que estaba en Ginebra.

EXCELS.—Ah, caray..., siempre viajando, ¿eh?

DR. ORIOL.—Más o menos...

EXCELS.—Reciclaje. Muy importante, eso... Oye Oriol, ahora que te veo, quisiera hablar contigo. ¿Tienes un momentito de nada?

DR. ORIOL.—¡Hombre, claro...!

EXCELS.—¿Te va bien, ahora?

DR. ORIOL.—... Sí, ahora mismo...

EXCELS.—*(Dirigiéndose al proscenio.)* Mira..., salgamos aquí afuera, al Patio de los naranjos, que estaremos más tranquilos... ¡Pelayo! *(Los guardaespaldas se levantan saludando militarmente.)* Diga que bajen el hilo musical que parece una discoteca esto... (PELAYO *hace mutis por la derecha y* RAMÍ-

---

[72] Referencia al *Patio de los naranjos,* perteneciente al Palacio de la Generalitat y así llamado por sus árboles. Fue construido por Pau Mateu y Tomás Barsa. Posteriormente, Pere Ferrer (1570-1591) se hizo cargo de la ampliación. Consta de una galería gótica alrededor de la cual se encuentran edificios de los siglos XVI y XVII. A través de él se accede a una serie de dependencias. En el centro del Patio hay una escultura de San Jorge del escultor Frederic Galcerá, realizada en 1926.

REZ *sigue al* EXCELS *en actitud vigilante.)* Salgamos aquí al Patio de los naranjos que estaremos más relajados, más tranquilos, ¿no?... *(A* RAMÍREZ, *que saluda militarmente.)* Retírese, retírese... (RAMÍREZ *se sitúa en el primer peldaño de las escaleras, controlando la situación.)*

DR. ORIOL.—*(Refiriéndose a la vestimenta poco apropiada del* EXCELS.) Oye, ¿no tendrás frío, así?

EXCELS.—No, nada..., a estas alturas de mi vida ya no hay nada que me haga ni frío ni calor[73].

> *(Ambos se sientan en la parte frontal de la gran mesa, como si estuvieran conversando en un banco del patio dels «Tarongers».)*

DR. ORIOL.—Bien, pues, tú dirás...

> *(Silencio. El* EXCELS *respira profundamente.)*

EXCELS.—Qué pasa, qué pasa... Bueno. Resulta que últimamente, y de una manera coyuntural, a más a más[74] de estas dificultades del habla, estoy en un estado de pena, de tristeza..., en fin, lo que antes era un mundo feliz ahora es un valle de lágrimas, ¿no?..., y estoy preocupado, estoy preocupado, estoy preocupado...

DR. ORIOL.—Oye, yo te veo bien, tal vez un poco relajado, ¿no?..., pero bien.

EXCELS.—Bueno sí, relajado, lo que tú quieras, pero el hábito no hace al monje, ¿no?...

> *(Por la izquierda aparece una periodista que realiza dos fotografías con flash al* EXCELS. *El* EXCELS, *con un gesto preciso, da una orden a* RAMÍREZ, *el cual se dirige raudo hacia la fotógrafa y, sin contemplaciones, le confisca la cámara. Por la derecha aparece* PELAYO. RAMÍREZ, *con un gesto chulesco, le lanza la cámara. El* DR. ORIOL *observa desconcerta-*

---

[73] Traducción del catalán que mantiene la peculiar forma de hablar del personaje.
[74] Véase nota 16.

do toda esta demostración de efectividad policial. RAMÍREZ,
*con impúdicos golpes de pelvis, expulsa a la intrusa del
lugar.)*

DR. ORIOL.—Hombre, yo, de una forma genérica podría de-
cirte que estas crisis denotan un estado de estrés, una ansiedad..., oye, no son cosas inocuas, ¿eh? Esto es complejo.
Lo más grave, es que podrías llegar a una situación en la
que no se entendiera nada de lo que dices, ¿no? Mira, un
poco como si tú, comunicándote contigo mismo, pues, ya
tuvieras suficiente... me sigues, ¿no?... *(El* EXCELS *sigue atentamente el diagnóstico del* DR. ORIOL *y observa aterrorizado
cómo el psiquiatra va adquiriendo los rasgos físicos y el tono de voz
de su más directo rival político:* PASCUAL MARAMÁGNUM*),* y
en cierta manera es una cosa que es... lógica, ¿no? *(El* DOCTOR
se levanta y cuando se quita las gafas es la viva estampa de
MARAMÁGNUM*.)* Has anunciado que dejas el cargo y tu
subconsciente se resiste a ello. Seguramente, seguramente,
tienes unas frustraciones porque no has llegado a determinadas cotas, a consolidar tus expectativas. Y es que durante veinte años has practicado una política de tendero. Te
has comportado como un virrey. Y no negaré que algo has
hecho bien. ¡Hombre!, has aumentado los márgenes de au-
togobierno, ¡faltaría más!, pero..., son veinte años, ha llegado el momento del cambio, y tienes que sacar el culo de la
silla, ¿no? *(El* EXCELS *se cubre el rostro, aterrorizado, mientras el*
DOCTOR *se coloca de nuevo las gafas y recupera lentamente su
tono de voz y actitud normal.)* ... Mira, yo creo que tendrías
que tomártelo con mucha filosofía, irte acostumbrando a
la nueva situación..., mira, yo, más que un tratamiento far-
macológico, lo que aconsejaría serían unas soluciones más
naturales, ¿no?..., por ejemplo, terapias de grupo... *(el* EXCELS
*no da crédito a lo que ha visto y permanece anonadado, en un lar-
go silencio),* oye, ¿qué te pasa?

(Silencio tenso.)

EXCELS.—Oriol, estoy muy mal. Estoy muy mal, Oriol. Estoy hecho polvo. Ahora mismo, esto que me acabas de de-

cir..., y no te lo tomes a mal, te lo ruego, es como si me lo hubiera dicho ¡el[75] Pascual Maramágnum!

DR. ORIOL.—Oye *(contundente)*, esto no son más que alucinaciones y fantasías.

EXCELS.—Ha sido una alucinación muy traumática, Oriol. Lo tenía aquí delante, y me decía con aquella voz de chulo piscinas: *(imitando la voz de* MARAMÁGNUM*)* «tienes que sacar el culo de la silla...». Oriol, ¡ha sido muy traumático! ¡Muy traumático!

DR. ORIOL.—No, no, no... Oye, esto son paranoias provocadas por el estrés...

EXCELS.—No, no, no.

DR. ORIOL.—*(Intentando reconducir la terapia improvisada.)* Yo lo que quiero saber es cuáles son las circunstancias que te llevan a este estado depresivo. Oye, me interesa mucho esto del lloriqueo. ¿Te pasa a menudo o es esporádico?

EXCELS.—No, no... Precisamente ahora que me tendría que pasar para que tú lo vieras, ahora no me pasa... ¡Mira qué mala suerte!

DR. ORIOL.—Pero ¿cuándo te pasa?

EXCELS.—*(Con dificultades para expresarse.)* No sé, no sé, cuando..., me atacan, cuando..., cuando..., la, la, la, no sé, si ahora tú, por ejemplo, me dijeras alguna cosa desagradable, o me hicieras, o me hicieras poner nervioso, pues seguro que me vendría esto. Porque esto lo hacéis, los psiquiatras, esto lo hacéis...

DR. ORIOL.—Bueno, me parece que tú te tomas la psiquiatría un poco a la brava, ¿eh?...

EXCELS.—No, esto lo hacéis, esto lo hacéis, esto lo hacéis...

DR. ORIOL.—Bueno, en determinados casos...

EXCELS.—*(Contundente.)* No. Esto lo hacéis...

DR. ORIOL.—*(Claudicando.)* Bueno. Lo hacemos.

EXCELS.—Verás, dime alguna cosa desagradable...

DR. ORIOL.—Pero qué quieres que te diga, hombre, si no se me ocurre nada...

---

[75] Véase nota 8.

Excels.—¡Madre mía! ¡Me dicen de tantas![76]. No sé..., aquello de... *(simulando desprecio)* ¡bandido catalán!

Dr. Oriol.—Oye tú, esto no es serio, eh..., además la psiquiatría es otra cosa...

Excels.—Oriol, Oriol... *(Resabiado.)* Bandido catalán, ¡catalán!...

Dr. Oriol.—Bueno..., pues si no hay más remedio, allá va: ¡bandido catalán!

Excels.—Muy bien, otra. Con esto no tengo ni para empezar.

Dr. Oriol.—*(Incómodo.)* Tienes muy mal aspecto... *(autoritario)*, oye tú, ¿... y si lo dejamos?

Excels.—Oriol, Oriol, por el amor de Dios..., con toda la confianza..., adelante, carta blanca, esto es un servicio al país. Es que quisiera que me vieras cómo reacciono..., ¡adelante!

Dr. Oriol.—Bien..., tú lo has querido...

Excels.—¡Adelante!, ¡adelante!, ¡sin miedo!

Dr. Oriol.—Vas hecho un asco... *(el* Excels *no reacciona)*, tontaina *(el* Excels, *con un gesto, le indica que suba el tono de los insultos)*, milhombres, maleducado, papanatas, payaso, carca, facha..., ¡madrileño!...

Excels.—*(Empezando a reaccionar.)* Eh..., eh..., eh...

(Ramírez, *que ha oído los insultos que profiere el* Dr. Oriol, *desciende las escaleras con gesto amenazante.)*

Dr. Oriol.—Mamarracho.

Excels.—*(Nervioso.)* ¿¡Mamarracho!?...

Dr. Oriol.—¡Mangante!

Excels.—*(Enervado.)* ¿¡¡¡Mangante!!!?

Dr. Oriol.—¡Enano!

Excels.—*(Herido en su amor propio.)* ¡Enano!, yo...?, ¿enano?...

Dr. Oriol.—¡Bonsái!

Excels.—*(Con gran enfado.)* ¿¡Bonsái!?...

Dr. Oriol.—¡Cabezudo!

Excels.—*(Agresivo.)* ¿¿¡¡Cabezudo!!??

Dr. Oriol.—¡Karaoke!

---

[76] Traducción literal.

EXCELS.—*(Fuera de sí.)* ¿¡¡¡Karaoke, no!!!?

DR. ORIOL.—¡Gitano!

EXCELS.—*(Levantándose de su asiento y perdiendo el control.)* ¿... Gitano...?

DR. ORIOL.—¡Polaco![77].

EXCELS.—*(Llorando desconsoladamente.)* ¿¿¡¡Polaco!!??

DR. ORIOL.—*(El DR. ORIOL se levanta de su asiento, se quita las gafas y adopta de nuevo la actitud y el tono de voz de PASCUAL MARAMÁGNUM.)* Sí, polaco..., porque Cataluña será mestiza o no será, ¿no?..., nosotros venimos a hacer limpieza de las actitudes racistas. Somos tolerantes y solidarios. Y esta nueva Cataluña, esta nueva Cataluña..., la vamos a construir desde los barrios. ¿Y los protagonistas quiénes serán?..., en primer lugar los catalanes, después los castellanos *(el EXCELS llora como un niño sobre el pecho de RAMÍREZ)*, los franceses, los árabes..., la lengua no tiene por qué ser un impedimento..., eso, sí..., que nos devuelvan los archivos de Salamanca...[78].

EXCELS.—*(Da una orden, colérico.)* ¡A mí, la legión[79] de «mossos»!

RAMÍREZ.—*(Actuando con la contundencia de un antidisturbios.)* ¡Qué «collons pasa aquí»!

(Por la derecha aparecen PELAYO y DINAMITA apuntando al DR. ORIOL con sus respectivas pistolas.)

---

[77] Expresión aplicada a todo aquel que no hablaba castellano habitualmente y, más concretamente, a los que lo hacían en catalán, mallorquín y valenciano. «Hablar en polaco» era una expresión despectiva hacia quienes siendo españoles ponían de manifiesto una personalidad diferenciada.

[78] Cataluña ha reclamado el retorno de estos archivos, conocidos como «los archivos rojos» y que fueron incautados después de la guerra civil cuando las tropas franquistas entraron en Barcelona en 1939. Los fondos que interesan a Cataluña constituyen, aproximadamente, un 2,5 por 100 de la documentación almacenada en Salamanca dentro del Archivo General de la Guerra Civil. Un comité de expertos aconsejó el 24 de diciembre de 2004 la devolución. Gonzalo Anes, Director de la Real Academia de la Historia, se manifestó en contra porque «Toda disgregación daña la unidad del fondo.» El Consejo de Ministros aprobó el 15 de abril de 2005 el proyecto de ley para la restitución a la Generalitat de los documentos incautados durante la guerra civil y depositados en el Archivo de Salamanca.

[79] Grito inventado por Millán Astray (1879-1954) ante el que cualquier legionario que lo oyera debería acudir en defensa del compañero que lo gritara.

DINAMITA.—¡Díselo ahora si tienes cojones...!

DR. ORIOL.—*(Poniéndose de nuevo las gafas y adoptando la tesitura del* DOCTOR.) ¡Pero déjenme! ¡Pero qué es esto!

EXCELS.—*(A los guardaespaldas.)* ¡Fuera de aquí!, ¡fuera de aquí, caray!

(RAMÍREZ *vuelve a su posición de guardia.* PELAYO *y* DINAMITA *salen por la derecha.*)

DR. ORIOL.—¡Pero, qué bestias tienes aquí!

EXCELS.—¡Perdona Oriol!, ¡perdona Oriol! ¿Te han tocado? ¿Te han hecho daño?

DR. ORIOL.—No, no..., pero me han pegado un susto de muerte...

EXCELS.—Perdona, se me ha ido la cabeza...

DR. ORIOL.—¡Por favor!

EXCELS.—Claro..., es que éstos han venido aquí a sacarte, porque han visto a Pascual Maramágnum...

DR. ORIOL.—... ¡Y dale con Maramágnum! ¡Hombre, por favor!

(El EXCELS, *muy desconfiado, observa atentamente al* DR. ORIOL.)

EXCELS.—¿Eres Oriol, verdad?

DR. ORIOL.—¡Pues claro que soy Oriol!

EXCELS.—*(Para comprobar que efectivamente tiene ante sí al* DOCTOR.) ¡Oriol!

DR. ORIOL.—Sí.

EXCELS.—*(Acercándose al* DOCTOR.) ... Bueno, los tienes que disculpar porque, esta gente, darían la vida por mí...

DR. ORIOL.—... Ya, ya, ya lo he visto...

EXCELS.—Éstos, son como dobermans catalanes...

(Ambos vuelven a sentarse en la parte frontal de la gran mesa.)

EXCELS.—¿... Qué?

DR. ORIOL.—Oye, pues, tenías toda la razón..., te veo muy mal...

EXCELS.—Bueno, y qué...

DR. ORIOL.—Mira, estas crisis, este estado de ansiedad, esto tiene un nombre. Se le llama síndrome de inmortalidad..., y acostumbra a sucederles a grandes personajes de la historia...

(Por la derecha entra DINAMITA. Se dirige hacia donde está RAMÍREZ y se provocan mutuamente, como en un juego de adolescentes.)

EXCELS.—Ya...

DR. ORIOL.—Mira, cuando Napoleón estaba en la isla de Santa Helena[80], dicen que le sucedía exactamente lo mismo.

EXCELS.—*(Dándose cuenta de los jueguecitos de patio de colegio que practican sus guardaespaldas.)* Un momento, Oriol. Un momento. *(Dirigiéndose con autoridad hacia ellos.)* ¡Usted y usted!... *(Los guardias saludan militarmente.)* Así que tú crees que esto es complejo, es complicado...

(DINAMITA sale por la izquierda.)

DR. ORIOL.—Sí, sí..., tengo la impresión de que en este asunto deberás invertir tiempo, ¿eh?, ... tiempo.

(Por el rellano de la derecha aparece PILARÍN. Baja las escaleras y se sitúa a cierta distancia de la mesa. No se apercibe de la presencia del EXCELS e interrumpe sin contemplaciones la conversación.)

PILARÍN.—¿Doctor Oriol?

DR. ORIOL.—*(Levantándose.)* Sí.

PILARÍN.—Es que estaba buscándole por los pasillos y no le encontraba. El Doctor Corbella me ha dicho que cuando quiera ya puede pasar, que lo va a atender...

---

[80] Isla a la que fue deportado Napoleón. Allí fue encarcelado en 1815 y murió en 1821.

EXCELS.—*(Con autoridad.)* ¡Oiga!
PILARÍN.—*(Asustada.)* ¡Ay, Excels!
EXCELS.—Que se espere Corbella, que se espere Corbella...
PILARÍN.—¡... Oh, claro que va a esperarse...!

(El EXCELS *y el* DR. ORIOL *retoman su conversación.)*

EXCELS.—Así, grosso modo, qué crees que me pasa...

*(La conversación de los dos hombres queda diluida por la ver-
borrea de* PILARÍN, *que habla sin respiro y en un tono de voz
estridente.)*

PILARÍN.—Oh, claro que va a esperarse el Doctor Corbella.
Y ustedes no se preocupen, que yo ya se lo haré saber personalmente que ustedes tienen asuntos mucho más importantes de que hablar...
EXCELS.—Grosso modo, grosso modo...
PILARÍN.—Yo ya se lo diré personalmente, para que no haya
ningún malentendido. Y si encuentro, no sé..., a Tonet, le
diré que les lleve alguna cosa para comer...
Para entretener un poco el apetito mientras esperan la hora
de comer...
Un café con leche, un croissant...

(El EXCELS *da una orden precisa a* RAMÍREZ *para que ex-
pulse a* PILARÍN *del lugar. El guardaespaldas la cumple a
rajatabla y sin contemplaciones. Cumplido el cometido,*
RAMÍREZ *regresa a su puesto de guardia y manosea sus
atributos masculinos con la satisfacción del trabajo bien
hecho.)*

EXCELS.—Y, oye Oriol..., ¿qué me has dicho?..., siéntate
Oriol, siéntate, siéntate... (RAMÍREZ *interpreta que esta orden
se refiere a él y va a sentarse, tímidamente, a la derecha del*
EXCELS.) ¿Qué me has dicho antes?... Que tendría que in-
vertir... ¿dinero?...
DR. ORIOL.—No, no, no..., dinero no, tiempo, tiempo...

(RAMÍREZ sigue atentamente la conversación y se siente uno más en el grupo.)

EXCELS.—¡Aaaaah, tiempo, tiempo, tiempo!, ¡ya me asustaba!, ¡ya me asustaba!, ¡ya me asustaba!...

DR. ORIOL.—Mira... este cuadro que presentas tiene unas causas subconscientes, ¿no?...

EXCELS.—Sí, sí...

DR. ORIOL.—... Y esto tiene que aflorar. Y la mejor forma de hacerlo es a través de un psicodrama... *(el EXCELS, en uno de sus gestos histriónicos, deja reposar su mano en la entrepierna de RAMÍREZ. Ambos se miran desconcertados)* ... donde tú puedas representar...

EXCELS.—*(A RAMÍREZ, retirando rápidamente la mano.)* ¿Qué? ¿De campo y playa, no?... ¡Vaya a su sitio, «flasco»[81]!... *(RAMÍREZ regresa rápidamente a su lugar de guardia.)* Sigue, sigue, Oriol...

DR. ORIOL.—No..., decía que todo esto que te pasa tiene unas causas subconscientes que tienen que aflorar, ¿no?...

EXCELS.—Sí.

DR. ORIOL.—... y la mejor forma de hacerlo es a través de un psicodrama, donde tu puedas representar, al menos en el terreno de la ficción, pues todas tus frustraciones. Tienen que salir los fantasmas, los demonios, tienes que vaciarte, ¿eh?...

EXCELS.—O sea, que tú crees que para curarme de esto, tendré que hacer..., esto de los psicodramas, ahora tendré que hacer... *(con desprecio incontenido)* teatro...

DR. ORIOL.—Oye, ¿por qué no hacemos una cosa?, pasas por mi consultorio y acabamos de hablar y de atar todos los cabos.

EXCELS.—Bien.

(Por el rellano de la izquierda aparece EULALIA. Da un empujón a RAMÍREZ, que le obstaculizaba el paso. Baja las escaleras con el batín colgado de su brazo y se dirige hacia donde está el EXCELS.)

---

[81] Argot: *no seas calzonazos.*

DR. ORIOL.—Por cierto..., ¿el nombre de Ubú, te sugiere algo?[82].

EXCELS.—¿Ubú?, ¿Ubú?..., no. Pero cada vez que oigo esta palabra tengo una pequeña crispación..., pero no, no.

DR. ORIOL.—... Es un personaje de teatro, eh..., pero es una idea que me ha parecido interesante para el caso, podríamos empezar desde aquí...

EXCELS.—*(Apercibiéndose de la presencia de* EULALIA.) ¿Qué pasa?

EULALIA.—... El alcalde de Mataró ha llegado... *(Le da el batín.)*

EXCELS.—*(Al* DR. ORIOL.) ¡Ah, hombre, el alcalde de Mataró![83]... Es muy inteligente, porque tiene una cabeza más grande que la mía.

EULALIA.—Sería conveniente no hacerlo esperar...

(EULALIA *se dirige hacia las escaleras de la izquierda.)*

EXCELS.—*(A* EULALIA.) ¿Eh?

DR. ORIOL.—Oye..., no quiero estorbar...

EXCELS.—Ah, bueno, no caray, tú, déjame ir, déjame ir, porque esta mujer es un sargento con faldas, es de armas tomar, ¿eh?...

DR. ORIOL.—¿Sí?

EXCELS.—Bueno..., esta mujer... *(puntualizando)* es la hija del Obispo de Gerona..., ¡una mujer!...

(Silencio.)

(El DR. ORIOL *ha quedado perplejo ante la afirmación del* EXCELS.)

DR. ORIOL.—*(Incrédulo.)* ¿¡Perdona!?, ¿cómo has dicho?, ¿la hija del Obispo de Gerona...?

EXCELS.—No. ¿Quién? *(Rectificando con gran vehemencia.)* ¿Qué he dicho? ¡Ah, no!, ¡la sobrina!, ¡la sobrina!

---

[82] Personaje de la obra del escritor francés Alfred Jarry (1873-1907), grotesca marioneta que conquista el poder por la violencia y la traición. Es un personaje que está movido por un desmesurado apetito de dominación.

[83] Los habitantes de Mataró poseen fama de tener la cabeza grande. El Excels lo repite en el sentido de que hay alguien que tiene una cabeza más grande que la suya.

Dr. Oriol.—*(Divertido.)* Ah, esto es otra cosa...

Excels.—No hombre no, ¡santo varón el Obispo! Bueno, es la Benplantada[84], ¿eh?..., bien Oriol, adiós...

Dr. Oriol.—Muy bien Excels, quedamos de acuerdo.

(Se dan la mano.)

Excels.—... Adiós.

Dr. Oriol.—... Adiós.

(El Dr. Oriol *inicia el mutis por la derecha y el* Excels *por la izquierda. Antes de salir, el* Excels *se vuelve hacia el* Doctor.*)*

Excels.—Oriol, Oriol, Oriol..., perdona..., bueno, supongo que toda aquella letanía de palabras, un poco..., desagradables, era una cuestión de terapéutica, ¿no?, que no había nada personal, ¿verdad...?

Dr. Oriol.—*(Quitándose las gafas y adoptando de nuevo la personalidad de* Pascual Maramágnum.*)* Por favor Excels, ¿a ti qué te parece...? Hasta luego, Excels, hasta luego...

(El Excels *ha quedado aturdido, con el rostro desencajado. Los tics afloran de nuevo en su rostro. Se dirige hacia la posición de* Ramírez.*)*

Excels.—*(A* Ramírez.*)* ¿Cómo se llama, usted?

Ramírez.—*(Saludando militarmente.)* Ramírez.

Excels.—*(Recogiendo el batín e iniciando el mutis por la izquierda.)* Ramírez, se le va a caer el pelo.

*(*Ramírez *le sigue. Por la derecha han hecho aparición los «mossos» 1 y 2 con sus respectivos trombones. Se sitúan en los rellanos izquierdo y derecho de la pirámide.)*

---

[84] Obra de Eugenio d'Ors, escritor español (1881-1954), que data de 1912, la cual se inscribe en la línea iniciada por los románticos en la identificación sublimada entre la patria y la mujer como encarnación de una nueva Cataluña. En esta novela, D'Ors instauró las bases de su pensamiento político. Pla dijo de él que quien quería llamarse Xénius era *un hombre dominado por su máscara.*

EL PSICODRAMA

Los «mossos» 1 y 2 tocan un compás de «Ball de nans»[85]*. Mientras se escucha la sardana, se ilumina el pasillo central de la pirámide. Son las escaleras que conducen a la sala de terapia del* Dr. Oriol.

Por el rellano de la izquierda, en la penumbra, aparecen dos mujeres: las Actrices 5 *y 4. Se dirigen hacia la gran mesa, transformada ahora en la sala donde tendrá lugar el psicodrama.*

Los Actores 2 *y 1 también se incorporan a la acción.*

Los «mossos» han dejado de tocar y se retiran por el fondo.

Los actores visten unas largas batas.

Actor 2.—*(Al* Actor 1, *mientras descienden por las escaleras.)* Sí, sí..., todo lo que tú quieras, pero la verdad es que a mí, me jode trabajar con un tío así, qué quieres que te diga...

Actor 1.—Hombre..., dicen que en privado es bastante normal..., claro que aquí, con estas sesiones, vete a saber lo que puede pasar...

Actor 2.—No, mira, si se cura, ningún problema. Pero si después de las sesiones continúa igual..., se jodió la marrana, ¿eh?, porque éste nos pone en la lista negra y aquí no trabaja ni Dios. Como mínimo, nos tendríamos que ir a Madrid..., ¡como mínimo!

> *(Por el rellano de la izquierda ha aparecido el* Dr. Oriol. *Se dirige también al lugar donde se realizará la terapia. Viste una bata blanca de médico.)*

---

[85] Fragmento de *La Patum de Berga,* fiesta popular que en noviembre de 2005 ha sido declarada por la UNESCO patrimonio inmaterial de la humanidad, que se representa en Berga todos los años en el Corpus y deja de lado la ponderación de la Eucaristía. Constituye un entremés con gigantes y cabezudos, juegos artificiales y comparsas. La Patum es una especie de monstruo similar a un dragón, que lanza fuego y petardos a los asistentes. Tiene un sentido festivo y procede del teatro popular religioso medieval. El historiador de teatro catalán Francesc Curet sitúa su origen al lado de las representaciones de la pasión, muerte y resurrección de Jesucristo, el misterio del Tránsito y la Anunciación de la Virgen María que se representa en Elche.

ACTOR 1.—Ah, pues, mejor, tú...

ACTOR 2.—¿Por qué?

(El ACTOR 3, *que llega con retraso, se incorpora apresuradamente a la sesión que aún no ha comenzado.)*

ACTOR 1.—Hay más oportunidades, hombre. Yo tengo un amigo que tiene un primo que trabaja en un bar y a veces...

DR. ORIOL.—*(Situándose en el centro de la gran mesa.)* Hola. Tened en cuenta que esta terapia la realizará conjuntamente con su mujer, ¿eh?

ACTOR 3.—¡Hostia, ésa!, ¡estamos apañaos!

DR. ORIOL.—Oye Ferrán, o sea que llegas tarde y encima te quejas...

ACTOR 3.—Aquella tía es marciana...

DR. ORIOL.—No, no, oye. Es obligado, ¿eh? Este tipo de terapia necesita de la colaboración de la persona más próxima al paciente, ¿eh?, ¿ya lo sabes? *(Dirigiéndose a todos los actores.)* Bien, me parece que ha quedado todo claro, ¿no?..., ¿si hay alguna pregunta, antes de empezar...?

ACTOR 1.—Sí, Oriol, tú dijiste que con estas sesiones hay que estimular su violencia, su agresividad..., si él se cierra en banda, ¿qué hacemos?

DR. ORIOL.—Sí. Recordad que escogí el Ubú[86] porque tanto el Arturo Ui[87] como..., ¿cuál era el otro...?

ACTRIZ 4.—Macbeth[88].

DR. ORIOL.—¡El Macbeth![89]. ¡Exactamente! No me daban el suficiente nivel de agresividad, de violencia, de megalomanía y, sobre todo, de brutalidad, ¿eh?

---

[86] Véase nota 82.

[87] Personaje de la obra de Bertolt Brecht, dramaturgo alemán (1898-1956), *La increíble historia de Arturo Ui* (1941), que muestra los mecanismos sociales que permiten la transformación de un personaje pusilánime y neurótico (Hitler) en un autócrata asesino.

[88] Obra del dramaturgo inglés Shakespeare (1564-1616) en la que Macbeth, tentado por la ambición, decide hacer lo que Lady Macbeth le indica: envenenar al rey Duncan para conseguir ser coronado.

[89] Véase nota 8.

(Por el rellano de la izquierda entra JACQUELINE, *ayudante del* DR. ORIOL. *Viste también de blanco.)*

JACQUELINE.—*(Desde las escaleras y con un notable acento francés.)* Oriol..., ya han llegado, ¿eh?...

DR. ORIOL.—Muy bien. Diles que bajen, ¿eh? (JACQUELINE *desaparece por la izquierda.) (A los actores.)* Bien, ya sé que quizás me pongo un poco pesado y que no es el momento adecuado, pero insisto que dado el carisma público de este hombre, cualquier precaución es poca. Pensad que cualquier filtración sobre su identidad podría tener repercusiones dramáticas para él, para mí, e incluso para vosotros, ¿eh?... *(Los actores intentan tranquilizarle.)* No, no, no. Ya lo sé, todo irá como una seda. Estoy muy tranquilo. No pasa absolutamente nada...

(Por la vertical de la pirámide entra el EXCELS *acompañado de su esposa. La* EXCELSA *viste una elegante gabardina y el* EXCELS, *como es habitual en él, una chaqueta sobre su pijama. Calza unas zapatillas de cama. Ambos sostienen sus guiones respectivos de la obra de Alfred Jarry: «Ubú rey».)*

EXCELSA.—*(Descendiendo por las escaleras.)* ¡Buenas noches...!

DR. ORIOL.—¡Buenas noches! ¿Qué tal?

EXCELSA.—*(Situándose al lado del* DOCTOR.) Oriol...

DR. ORIOL.—*(Al* EXCELS.) Adelante, buenas noches.

(El EXCELS *entra en la sala de terapia. Silencio. No saluda a nadie. Observa atentamente a los actores y tose secamente.* JACQUELINE *también se incorpora a la sesión. Se ha creado una especie de semicírculo protocolario.)*

EXCELS.—¿Quiénes son éstos, Oriol?, ¿quiénes son?

DR. ORIOL.—Pues mira *(refiriéndose a los actores),* el equipo de actores con el que trabajaremos... Bueno, no creo que hagan falta presentaciones, ¿verdad?

(Los actores se sonríen.)

EXCELS.—*(Refiriéndose a* JACQUELINE.) ¿Quién es ésta Oriol?, ¿quién es?

DR. ORIOL.—Sí, mira, os presento, es Jacqueline, mi colaboradora.

JACQUELINE.—Tengo mucho gusto en conocerle personalmente.

EXCELS.—*(A* JACQUELINE.) Perdone, usted no es de aquí, ¿verdad?

JACQUELINE.—No, yo soy de Perpignan.

EXCELS.—¡Perpignan! ¡Cataluña norte! ¡Capital del Rosellón! ¡Vino y hortaliza! ¡Pirineo Oriental! Le Village catalán. Usted no tema. Usted es tan catalana como yo, como mi esposa, como el Doctor Oriol, en fin, como estos... Cataluña, Cataluña, Cataluña, es tierra de acogida...

JACQUELINE.—Sí que es cierto, sí. Mire, quería aprovechar la ocasión para decirle que estoy totalmente de acuerdo con sus gestiones... anatómicas...

EXCELS.—Anatómicas no. ¡Autonómicas!, ¡autonómicas! Muy bien, muy bien..., la felicito. Por escrito, por escrito. Esto dígamelo por escrito. Envíe una carta al director de *La Vanguardia*[90], que esto conviene que se sepa, ¿no?... *(Cambiando de tema bruscamente.)* Bien, Oriol, ¿qué tengo que hacer?..., no dispongo de mucho tiempo yo, porque tengo cosas más importantes que hacer, ¿no?

DR. ORIOL.—Me lo imagino, sí.

EXCELSA.—... Y el resto, todos..., todos son actores, ¿eh?

(Los actores asienten.)

DR. ORIOL.—Pues, sí, todos, todos, todos...

EXCELSA.—*(Al* ACTOR 3.) ... A usted le conozco. De Telestrés...[91].

EXCELS.—¿Quién?, ¿quién?... ¿de Telestrés?

EXCELSA.—... Usted hace de poli en el comisario catalán. ¿Sí o no?

---

[90] El diario de mayor difusión en Cataluña, es propiedad de la familia Godó desde que se fundó el 1 de febrero de 1881.

[91] Véase nota 6.

(El Actor 3 *le da la razón.)*

Excels.—¡Ah, sí! ¡Sí que es él!... A usted ya le conozco. Lluís Soler[92]. Éste es el bueno. Si es catalán es bueno. *(Dirigiéndose al* Actor 2.) A éste también le conozco. Éste es..., «dels Joglars»[93], ¿verdad?

Actor 2.—*(Extrañado.)* ¿Quién?, yo, de «Els Joglars»..., ¡jamás!

Dr. Oriol.—Oye, te aseguro que no, ¿eh? Te he buscado a gente de confianza, ¿eh?, ¡por favor!...

(Los actores quedan desconcertados.
El Excels *se pone las gafas.)*

Excelsa.—Oriol, nos hemos estado mirando esto del guión, pero estas cosas del Ubú, cuesta de[94] recordarlas, ¿eh?, no sé si estaremos a la altura de estos señores...

Dr. Oriol.—Mira, si os sabéis un poco el esquema, es más que suficiente. *(El* Doctor *se quita la bata blanca y la entrega a su ayudante.)* Bien, pongámonos en acción. Si nos permites la chaqueta... (Jacqueline *le entrega al* Dr. Oriol *la bata de actor.)* Jacqueline, ve a por los vestidos... *(ésta hace mutis por la derecha llevándose la chaqueta del* Excels*)* tal vez para ellos sería interesante ver un poco el funcionamiento de las máscaras, ¿no? ¿Queréis hacerles una pequeña demostración?..., tú, Jesús, ¿y tú?, ¡venga!...

(El Actor 1 *y la* Actriz 4 *extraen del bolsillo de las batas sus respectivas medias-máscaras de piel y se las ponen.*
El resto del grupo se retira hacia el pasillo principal para seguir la representación.)

Actriz 4.—*(Interpretando con la máscara.)* ¡Ay, ay, ay, doctor!, me duele mucho aquí, porque este hijo de puta me pega todos los días..., aquí, aquí, aquí...

---

[92] Actor catalán (14 de marzo de 1954).
[93] Inclusión irónica y que refleja la obsesión que tuvo Pujol por el grupo.
[94] Dequeísmo incorrecto que se mantiene porque informa sobre el personaje.

ACTOR 1.—*(Interpretando también con la máscara.)* No, no, no, no..., ¡de ninguna manera doctor! ¿Sabe lo que pasa?, que esta estrecha no quiere tocarme la mecha, y claro, de vez en cuando tengo que atizarla un poco..., pero el otro día, ¡huy, el otro día!, el otro día me la devolvió, y me endiñó una patada en los huevos que cuando me acuerdo todavía me duele..., ¡cúreme doctor, cúreme doctor...!

DR. ORIOL.—*(Interrumpiendo la improvisación.)* Bien, bien, ya es suficiente..., lo hacéis muy bien.

(Los actores que han representado dicha situación, se quitan las máscaras y se unen al grupo.)

EXCELSA.—*(Avanzando hacia el centro de la mesa.)* No sabía que se tuviera que exagerar tanto la voz. *(Refiriéndose a los actores.)* Pero muy bien, ¿eh?...

EXCELS.—*(Avanzando también hacia el centro de la mesa.)* ¿Este vocabulario tan selecto también lo hemos de utilizar, nosotros?

DR. ORIOL.—Mirad, para llevar a cabo esta terapia, tenéis que dejar de lado todos los conceptos morales... (JACQUELINE *regresa por la derecha. Lleva el vestido de Padre Ubú para el* EXCELS.) Mira, por aquí llega el vestido que corresponde al Padre Ubú... *(El* DR. ORIOL *ayuda al* EXCELS *para que se ponga el vestido.)*

EXCELSA.—*(Viendo a su marido vestido con el grotesco disfraz de Padre Ubú.)* ¿Esto, Oriol?

DR. ORIOL.—Sí. Jacqueline, acompáñala al vestuario, por favor...

JACQUELINE.—*(A la* EXCELSA.) Venga conmigo a los vestuarios que yo se lo mostraré...

(JACQUELINE y la EXCELSA *desaparecen por el rellano de la derecha.)*

DR. ORIOL.—*(Al* EXCELS.) ... Y bueno, ¿qué te parece?

(El EXCELS *anda hacia un extremo de la gran mesa y le hace una señal al* DOCTOR *para que le siga.)*

EXCELS.—¡Oriol!, ¡esto es ridículo!

DR. ORIOL.—No. Esto te ayudará mucho.

EXCELS.—¡Esto no me ayuda nada!

DR. ORIOL.—¡Que sí, hombre, que sí que te ayudará! Al ser un vestido así, ancho, te aísla un poco de la imagen que tienes de ti mismo.

EXCELS.—¡Esto no me aísla nada, me aprieta la corbata y me da calor!

DR. ORIOL.—Perdona, pero el psiquiatra soy yo, ¿eh?

EXCELS.—¡Es igual! ¡Aunque tú seas el psiquiatra...! *(Hablando de forma incomprensible.)* ¿??????????????

DR. ORIOL.—... De acuerdo.

(El DOCTOR hace una señal a los actores para que constaten el grave problema de dicción del EXCELS.)

EXCELS.—¿??????... Y si lo hago, lo hago por el país. ¡Lo hago por Cataluña!, ¡por Cataluña!...

DR. ORIOL.—Muy bien, hombre, muy bien.

(Por el corredor de la derecha regresa la EXCELSA vestida con el disfraz de Madre Ubú.)

EXCELSA.—*(Llegando indignada al centro de la gran mesa.)* ¡Oye Oriol! ¡Por el amor de Dios!, ¿tú crees que es necesario esto...?

EXCELS.—¿Pero cómo la habéis adornado[95] a ésta?

DR. ORIOL.—Mirad, es terapéuticamente imprescindible que adoptéis una actitud lúdica. ¡Venga, hombre, venga! ¡Poned un poco de juego en vuestras vidas! ¡No todo van a ser los negocios...!

EXCELS.—*(Corrigiéndole.)* La política.

DR. ORIOL.—*(Extrañado.)* Bueno sí..., esto, la política... (JACQUELINE *aparece por la derecha con dos máscaras.)* Y por aquí llegan las máscaras... (JACQUELINE *entrega al EXCELS y a la EXCELSA las respectivas máscaras de Padre y Madre Ubú.)*

---

[95] Se mantiene la traducción literal.

142

EXCELS.—¿También son lúdicas?

DR. ORIOL.—Son especiales y hechas a medida para vosotros.

JACQUELINE.—No tienen ningún misterio. Se ponen como si fuera un pasamontañas.

EXCELS.—*(A* JACQUELINE *mientras se coloca la máscara al revés.)* Esto ya lo vemos, ¿eh, señorita?..., esto ya lo vemos.

EXCELSA.—*(Oliendo la máscara.)* Son de piel, ¿eh, Oriol?

DR. ORIOL.—Sí, mira. Es cuestión de ponerse, de entrar, de dejar que las cosas salgan..., y las cosas saldrán por sí solas.

EXCELS.—No es tan fácil esto, Oriol. No es tan fácil. Porque estos cómicos se deben ganar la vida haciendo estas mamarrachadas. En cambio yo, tengo poca práctica en hacer payasadas.

(JACQUELINE *y la* EXCELSA *comentan que el* EXCELS *se ha colocado la máscara al revés.)*

EXCELSA.—*(Al* DR. ORIOL.) ¿Verdad que no debe de ir así, esto?

DR. ORIOL.—*(Al* EXCELS.) No, así no va.

EXCELSA.—Al revés..., al revés.

EXCELS.—*(Girando su máscara.)* Ahora no veo nada...

DR. ORIOL.—¡Un poco más abajo, hombre!

EXCELSA.—Nena, que no me pasa, esto...

JACQUELINE.—Sí, son de piel y se ve por estos agujeritos.

EXCELSA.—Gracias.

(El DR. ORIOL *da una palmada al aire para indicar que empiece el psicodrama.*
Los ACTORES 2 *y* 3 *se sitúan detrás de la* EXCELSA *y el* EXCELS, *respectivamente. El* DR. ORIOL *y el resto de actores se arrodillan parapetados detrás de la gran mesa.*
JACQUELINE *se sitúa en un extremo de la mesa.*
Los actores, el DR. ORIOL *y* JACQUELINE *golpean rítmicamente la mesa, como si se tratara de un gran tambor.*
El ACTOR 2 *mueve los brazos de la* EXCELSA *y hablará con voz aflautada. El* ACTOR 3 *sostiene los brazos del* EXCELS *y hablará con voz grave.*
Empieza el psicodrama basado en el «Ubú rey» de Alfred Jarry.)

ACTOR 2.—¿Cómo es posible, que habiendo sido rey de las finanzas, te conformes con llevar a desfilar a cincuenta miserables «mossos» con «espardenyes»[96]?

ACTOR 3.—¡Me ofendes, Madre Ubú[97]!, ¡tendré que aplicarte un escarmiento!

(El Excels, molesto, se separa del Actor 3.)

ACTOR 2.—¡Pobre desgraciado!, ¿si me atizas, quién te cambiará los calzoncillos?

ACTOR 3.—*(Moviéndole los brazos.)* ¡Mierda! Yo soy capitán de dragones, oficial de confianza del rey Juan de Polonia. ¿Qué más quieres?

EXCELS.—*(Al Actor 3 interrumpiendo secamente la escena.)* ¡Déjeme estar, hombre, caray!, ¡no me toque!

EXCELSA.—*(Al Excels.)* ¡Oh!, que has dicho alguna cosa.

EXCELS.—Sí. Este cómico, que me toca.

EXCELSA.—¡Ah!

*(El Dr. Oriol recomienda al Actor 3 que tenga cuidado con el paciente. Que no le toque. Da la orden de seguir.
Los actores tamborilean de nuevo en la gran mesa. Continúa la escena.)*

ACTOR 2.—Mira que eres tarugo...

ACTOR 3.—*(Moviendo sus brazos sin tocar al Excels.)* El rey aún vive, y en el caso de que muera, la corona pasará a la cabeza de su hijo.

EXCELSA.—*(Muerta de risa.)* Ay, perdonad, es que no me lo puedo ni mirar[98]. ¡Con esta pinta que le habéis puesto, hombre!

---

[96] *Alpargatas.* Es el calzado oficial de los mossos d'esquadra, y se han hecho muy populares desde que el modisto Antonio Miró (1947) las incluyó en el uniforme del Fórum.

[97] Personaje de la obra de Alfred Jarry, véase nota 82.

[98] Traducción directa.

EXCELS.—*(En aparte, a la* EXCELSA.*)* Oye mamá, mamá, con lo que me cuesta hacer todo esto, ¿eh?, sólo me falta tu pitorreo, ahora, ¿no?...

SR. ORIOL.—*(Al* EXCELS.*)* ... Bueno, bueno, bueno..., pero continuemos. *(A la* EXCELSA.*)* A ver, tú dile, por ejemplo..., ¿quién te impide acabar con toda la familia real y ocupar su lugar?

EXCELSA.—*(Repitiendo la frase para memorizarla bien.)* ¿Quién te impide acabar con toda la familia real y ocupar su lugar?

ACTOR 3.—¿Yo, capitán de dragones, acabar con el rey de Polonia?

EXCELS.—*(Repite monótonamente la última palabra que pronuncia el actor.)* ¡... Polonia!

ACTOR 3.—¡Antes, morir!

EXCELS.—¡... Morir!

ACTOR 2.—¿... Y el mantel?, ¿... y el paraguas?, ¿... y el gran chubasquero?

EXCELSA.—*(Imitando la voz del* ACTOR 2.*)* ¡... Quero!

ACTOR 2.—¡Prefiero comer de un plato, que comer de cuatro!

(El EXCELS *ha interrumpido secamente la acción.)*

EXCELSA.—¿... Que te ha vuelto a tocar?

EXCELS.—¡Hala, vamos! *(Iniciando el mutis por el corredor principal.)* Oriol, esto es una charlotada. ¡Hala..., vamos!

DR. ORIOL.—*(Subiendo rápidamente sobre la gran mesa.)* ¡Oye, oye, oye, relajémonos!, ¡no hagamos de esto una montaña, ahora!

EXCELS.—*(Nervioso.)* Lo siento pero no puedo. ¡Esto no me sale!

ACTORES.—*(Los actores, ajenos al problema, continúan con su acción.)* ¡Somos los mensajeros del rey de Polonia!

DR. ORIOL.—¡Parad!, ¡parad! Ya os avisaré, ¿eh?

(El psicodrama queda interrumpido.)

DR. ORIOL.—Mira, no entiendo cómo puedes naufragar en una pequeñez como ésta, cuando en la realidad estás acostumbrado a resolver situaciones de mucha más responsabilidad.

EXCELS.—*(Sosteniendo la máscara.)* Muy bien, pero, aquello es aquello, y esto es esto, concretamente...

EXCELSA.—*(A los actores, que también se han quitado la máscara.)* Escuchad, no es culpa vuestra, no. Es que está nervioso, se «atabala»[99]..., tiene emociones, emociones[100] de censura..., y como hoy es el primer día...

EXCELS.—No, no. No es necesario que des explicaciones tú, ahora. *(A la* EXCELSA.*)* Hala, vamos... *(A* JACQUELINE.*)* ¡Señorita!, illéveme[101] la americana!, ¿Oriol? *(Refiriéndose a su vestido.)* ¿Cómo se quita, esto?

DR. ORIOL.—Bien, bien. Si quieres... lo dejamos. Ahora bien, no te quedan muchas soluciones. Tal vez..., la medicina alternativa...

EXCELS.—¿La homeopatía?

DR. ORIOL.—Sí.

EXCELS.—... Yo no creo en esto.

DR. ORIOL.—Ah, yo tampoco...

EXCELS.—Oriol, Oriol, Oriol, vamos a ver si nos entendemos, no es que no quiera hacerlo..., ¡es que no puedo! A más a más[102], a mí, esto del teatro y la comedia siempre me ha parecido una memez, una memez.

EXCELSA.—¿Tú crees que es necesario esto, Oriol?

DR. ORIOL.—Mira, solamente tú, ¿eh?, solamente tú tienes la solución. Ahora, piensa bien que con tu estrés, estas cosas suelen ir a más...

EXCELS.—¿... A Mas?

DR. ORIOL.—i... No, hombre, en aumento! Quizá sea de mal gusto decírtelo, pero este problema está terminando día a día con tu imagen pública... *(Quitándose las gafas y adquiriendo el tono y actitudes de* PASCUAL MARAMÁGNUM.*)* ... Acabarás siendo el payaso del país... Has dejado a Cataluña exhausta, la has convertido en una Cataluña de tercera regio-

---

[99] Uso coloquial: *se bloquea.*
[100] Nueva confusión ridiculizadora por «mociones».
[101] En lugar de «tráigame». Se respeta la forma de hablar de Pujol.
[102] Véase nota 16.

146

nal y te has doblegado a las imposiciones de las derechas españolistas... *(Poniéndose las gafas y recuperando el tono del* DR. ORIOL.) No sé tú..., pero yo lo veo así.

(El EXCELS *queda desconcertado ante la visión. Silencio.)*

EXCELS.—*(A la* EXCELSA.) Mamá..., ¿tú has visto lo que yo he visto?

EXCELSA.—¿Qué?

EXCELS.—... ¡Es el Pascual Maramágnum!..., ¿lo has visto?

EXCELSA.—Oriol..., que dice que ha visto a Maramágnum, ¿eh?...

DR. ORIOL.—Mira *(al* EXCELS) ... tú decides. Si quieres digo a esta gente que hemos terminado.

EXCELS.—*(Para comprobar que realmente se trata del* DOCTOR.) ¡Oriol!, ¡carta blanca!, ¿qué se tiene que hacer?, estoy muy mal..., muy mal...

DR. ORIOL.—Jacqueline, relájalo un poco, ¿quieres?

*(*JACQUELINE *intenta hacerle un masaje.)*

EXCELS.—No, no. Ya estoy relajado, señorita..., ya estoy relajado.

(El DR. ORIOL *indica a los actores que vuelvan a colocarse las máscaras para proseguir con el psicodrama.)*

DR. ORIOL.—Déjalo Jacqueline. *(A los actores.)* ¡Venga, va, moscas, moscas, moscas...! *(Al* EXCELS.) ¡Ponte la máscara!, ¡exprésate con la máscara!

(Los actores revolotean como moscas por delante de la gran mesa.)

EXCELSA.—*(Desconcertada.)* ¿Qué hacemos, ahora, Oriol?

*(*JACQUELINE *ha proporcionado unos zorros al* EXCELS *para que se sacuda las moscas de encima. El* EXCELS, *muy animado, empieza a sacudir a los actores-mosca.)*

147

DR. ORIOL.—Matad moscas. Tú también. Ponte la máscara y ayúdale.

EXCELS.—*(Muy excitado.)* ¡... Asquerosas!, ..., ¡indignas, vulgares! ¡Fuera moscas! ¡Fuera!, ¡fuera!, ¡fuera!

DR. ORIOL.—Muy bien. Perfecto, hombre. Perfecto, perfecto... *(Los actores-mosca se han retirado. Ante la falta de presas, el* EXCELS *sacude con los zorros al* DR. ORIOL.*)* ¡Para hombre, para! *(El* DOCTOR *le quita los zorros y se los entrega a* JACQUELINE, *que hará mutis por la derecha.)* Recuerda la historia: eres el hombre de confianza del rey de Polonia y quieres matarlo porque eres tú quien quiere ser el rey.

(A la EXCELSA.*)* Ah..., y tú lo ayudas, ¿eh?..., hombre claro, lo animas, lo incitas como..., Lady Macbeth[103], por ejemplo, ¿eh?...

EXCELSA.—Oriol.

DR. ORIOL.—¿Sí?

EXCELSA.—Y... ¿qué hacía esta... señorita?

DR. ORIOL.—¿Quién?, ¿Lady Macbeth?

EXCELSA.—Claro.

DR. ORIOL.—Conspiraba, ¿eh?..., conspiraba mucho...

EXCELS.—Sí, esto ya lo hará bien, ésta..., ya lo hará bien...

DR. ORIOL.—*(Al* EXCELS.*)* Ahora tú, deberías tratar de alimentar tus deseos de matar al rey, con la ayuda de los militares y usurpar su lugar, esto te ayudará a limpiar los rincones de violencia que te quedan por ahí dentro.

EXCELS.—Bien. Bien.

(Por el segundo corredor entran los ACTORES 2 *y* 3 *con las máscaras de militares. Llevan un palio: una tela cosida a dos listones laterales.*
Por el primer corredor entra la familia real. El ACTOR 1 *lleva puesta la máscara del rey. La* ACTRIZ 4, *la de reina. La* ACTRIZ 5, *la de príncipe. La familia real se sitúa bajo el palio.)*

ORIOL MILITAR.—*(Poniéndose su máscara y actuando de militar.)* ¡Os presento a la familia real de Polonia! ¡El rey Juan Car-

---

[103] Véase nota 88.

naval[104] de Polonia! *(Él saluda y los actores imitan una multitud exaltada.)* ¡La reina Sofea[105] de Polonia! *(La* REINA *se sitúa al lado derecho del* REY.) ¡El príncipe Feliz[106] de Polonia! *(El* PRÍNCIPE *se sitúa a la derecha de la* REINA.) *(Aclamaciones.)* ¡Viva el rey!

ACTORES.—¡Psssse!

(El PRÍNCIPE *se divierte manoseando los pechos espectaculares cosidos al vestido de la* MADRE UBÚ.)

ACTOR 1 REY.—¡Hola polacos![107]. ¡Buenos días Padre Ubú!

EXCELS PADRE UBÚ.—¡Buenos días!

ACTOR 1 REY.—¿Sabéis cuál es el hecho diferencial de Polonia?

EXCELS PADRE UBÚ.—Voluntad de ser y espíritu de afirmación nacional.

ACTOR 1 REY.—¡No, hombre, no! ¡Es el masoquismo! Por eso hoy celebramos la última derrota de Polonia. Y como es costumbre, la reina y yo[108] os convidamos a presidir el desfile desde la tribuna.

ACTRIZ 4 REINA.—*(Al* REY.) ¡Santa inocencia! Pagaremos muy cara esta confianza que le tenemos al Padre Ubú. Nos va a romper la unidad de Polonia y nos va a destronar.

ACTOR 1 REY.—*(Al* DR. ORIOL.) ¡Ay!, es una maníaca depresiva, ¿eh, doctor? ¿Tiene un prozac para ella?

ACTRIZ 5 REINA.—¿Yo?

EXCELSA.—*(Refiriéndose al actor que interpreta al* PRÍNCIPE.) Oriol. ¡Este niño, que no para, tú!

ACTOR 1 REY.—*(Al* PRÍNCIPE.) ¡Niño!, no le toques las tetas a la Madre Ubú, que ahora no le va bien. *(La* MADRE UBÚ *sube hasta el pasillo principal y desaparece por la derecha.)* ¿Qué, Padre Ubú, vamos a la tribuna?

---

[104] Alusión al rey Juan Carlos.
[105] Referencia a la reina Sofía.
[106] Alusión al príncipe Felipe.
[107] Véase nota 77. Añadimos que se juega con la acepción de los así denominados habitantes de Polonia.
[108] Fórmula utilizada por el rey Juan Carlos en sus discursos.

EXCELS PADRE UBÚ.—¡Hala, vamos!
ACTOR 1 REY.—¡Hala, vamos!

> *(Los militares que sostienen el palio se dirigen hacia el extremo frontal de la gran mesa.)*

TODOS.—*(Simulando el paso de un desfile militar.)* ¡Ein, zwai!, ¡Ein, zwai!

> *(Los militares sitúan el palio ante la familia real, a modo de tribuna. El palio luce el escudo de Polonia: un águila con las alas abiertas. Tras el palio se sitúan la REINA, el PRÍNCIPE, el REY y el PADRE UBÚ.)*

EXCELS PADRE UBÚ.—¡Quiero ser rey!, ¡quiero ser rey! *(Muy animado, dando saltos de impaciencia.)* ¡Quiero ser rey!...
DR. ORIOL.—*(Quitándose la máscara y calmando al EXCELS.)* ¡Espera, hombre, espera! Deja que la situación siga su curso normal, ¿no? ¡Debes reprimir estas ansias de matar al rey!
EXCELS.—¿Quizá me he precipitado un poco, ahora?
DR. ORIOL.—*(Comprobando el guión.)* Poco a poco, que creo que te has saltado dos páginas, ¿eh?
EXCELS.—Bien, bien...
ACTOR 2 MILITAR.—¡Señores!, ¡el himno nacional de Polonia!

> *(Todos cantan una versión del himno del Barça.)*

TODOS.—«Tot el camp..., camp, camp, camp. *(Todos al unísono, en un saludo fascista.)* És un clam..., clam, clam, clam. Som la gent polaca. Plam, plam i plam»[109].
ACTOR 3 MILITAR.—¡Embriagados por un clima de expectación y fervor patriótico, desfila nuestro glorioso ejército colonial!

---

[109] Versos del himno del Barça con una variante. En el original se dice: *Som la gent blau grana,* Boadella lo sustituye por: *Som la gent polaca.* La comisión del 75° aniversario convocó un concurso para decidir un himno. Josep Maria Espinas y Jaume Picas presentaron dos textos que, a petición de la comisión, se consensuaron en una versión única. La música es de Manuel Valls, y se oyó por primera vez en el Camp Nou en 1974.

(Los actores, con un sonido gutural, imitan el fragor de un desfile militar.
Por la izquierda entra JACQUELINE *ataviada con una bata como la de los actores. Marca el paso de la oca y lleva en la mano una bandeja con dulces de repostería, conocidos como «negritos». Los dulces perfectamente alineados recuerdan a un batallón desfilando.)*

EXCELS.—¡Oh, pero si son negritos!
ACTOR 2 MILITAR.—¡Calla racista!

(Cuando JACQUELINE *pasa por la tribuna todos los congregados saludan militarmente.* JACQUELINE *sale por la derecha. Por la izquierda aparece otro actor con una nueva bandeja de dulces.)*

ACTOR 3 MILITAR.—¡Los «biscuits» de la reina!
TODOS.—¿Qué?
ACTOR 3 MILITAR.—Ay, perdón..., quiero decir los cadetes de la reina.

(El actor desaparece por la derecha.
Por la izquierda aparece la MADRE UBÚ *con una botella de agua en la mano.)*

ACTOR 1 REY.—¡Ah!
ACTOR 3 MILITAR.—¡La Madre Ubú!
ACTOR 1 REY.—Hola. Es muy simpática, ¿eh, doctor?
EXCELSA.—*(Al* PADRE UBÚ.) ¿Estás bien aquí arriba?
EXCELS.—Muy bien.
EXCELSA.—Toma. No es agua, son aromas de Montserrat[110].
EXCELS.—*(Coge la botella.)* Gracias.
DR. ORIOL.—*(Quitándole la botella.)* Oye, dejad de lado las cosas personales, va, y meteos en el personaje, venga.

---

[110] Licor de hierbas elaborado por los monjes del monasterio del mismo nombre.

Excelsa Madre Ubú.—(Al Padre Ubú.) Despúes de matar al rey, no te olvides de mangarle la corona, el cetro y el chubasquero.

Excels Padre Ubú.—Muy bien. ¡Venga, vamos!, ¡continuemos!

(La Madre Ubú *desaparece por la derecha al tiempo que el* Actor 6 *entra por la izquierda, con otra bandeja de pastelitos. Dichos pastelitos son conocidos como «borrachos».*)

Actor 3 Militar.—¡La legión!

(El actor se va por la derecha haciendo eses. Parece que va bebido.)

Todos.—¡Ay, ay, ay, ay...!

Excels.—¡Oriol, muy buena esta metáfora! ¡Los pastelillos borrachos, la legión! ¡Muy logrado!

(Jacqueline *entra por la izquierda sosteniendo una bandeja repleta de «tocinillos de cielo».*)

Actor 3 Soldado.—¡El Estado Mayor!

Actor 1 Rey.—Tengo un ejército limpio y disciplinado, ¿verdad Padre Ubú?

Excels Padre Ubú.—¿Lo decís en serio, majestad?, pero si van sucios como gorrinos. (Toma un dulce de la bandeja.) Mirad este tocinillo.

(Jacqueline *se va por la derecha.*)

Actor 1 Rey.—¿Pero qué hacéis?, ¡si es el Jefe del Estado Mayor!

Excels Padre Ubú.—¿Ah sí?, pues es un grandísimo cerdo, que no se lava, huele que apesta y no utiliza el jabón. Y a más a más[111], es un embustero, putero y «mocopelotillero».

---

[111] Véase nota 16.

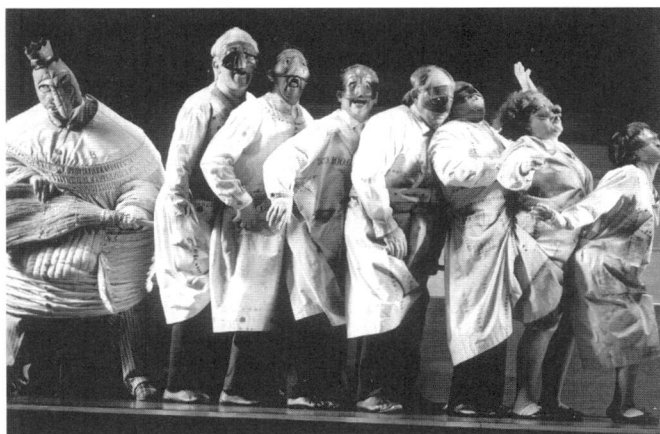

ACTOR 1 REY.—¿Pero, qué os pasa Padre Ubú?

EXCELS PADRE UBÚ.—¿Qué me pasa?, ¡esto me pasa! *(Le estampa un tocinillo en la cara.)* ¡Fuera!, ¡fuera!, ¡fuera! ¡Al exilio! ¡Fuera todo el mundo! ¡Al exilio! ¡Hacia Estoril![112].

> *(El REY, la REINA y el PRÍNCIPE desaparecen con grandes lamentos por el fondo.*
> *Mientras, los MILITARES 2 y 3 cubren la espalda del PADRE UBÚ con la tela del palio.)*

DR. ORIOL MILITAR.—¡Viva el Padre Ubú!

ACTOR 2 MILITAR.—¡Viva!

EXCELSA MADRE UBÚ.—*(Entrando por el rellano de la izquierda con una corona de piel en sus manos.)* ¡Viva el rey!... ¡Ubú!

> *(Ciñe la corona al PADRE UBÚ.)*

DR. ORIOL.—Muy bien esta entrada, ¿eh? Perfecto, perfecto, perfecto.

EXCELSA.—... Y ahora que eres el rey, mira de encontrar[113] unos buenos negocios para nuestros hijos, ¿eh?

DR. ORIOL.—... Oye..., esto no estaba en el guión, ¿verdad?

EXCELSA.—Bueno..., no nos dijiste que improvisáramos...

> *(La EXCELSA hace mutis por la izquierda.)*

EXCELS PADRE UBÚ.—¡Venga va!..., escuchad, ¿ahora ya soy el rey?

LOS TRES MILITARES.—¡Sí!

EXCELS PADRE UBÚ.—... ¿Y mando a los militares?

LOS TRES MILITARES.—¡Sí!

EXCELS PADRE UBÚ.—Bien. A partir de ahora no quiero ningún militar delante mío[114]. Y detrás tampoco por miedo a un atentado, ¿no? ¡Ni nadie más alto que yo!

---

[112] Referencia al exilio del monarca español Alfonso XIII (1886-1941) el 14 de abril de 1932.

[113] Traducción literal.

[114] Forma incorrecta de hablar de Pujol.

154

ACTOR 2 MILITAR.—*(Saliendo involuntariamente de su personaje.)* ... Hombre, esto con el Excels será difícil, difícil, ¿eh?

DR. ORIOL.—*(Molesto.)* ¡... Oye, tú!

ACTOR 2.—*(Dándose cuenta de su error.)* ¡Hostia!...

DR. ORIOL.—¡No me jodas!

ACTOR 2.—*(Aparte al DR. ORIOL.)* Lo siento. Me he despistado...

EXCELS.—*(Dejando momentáneamente su personaje.)* ¿Esto le ha salido de él, de dentro, o ha sido un lapsus, Oriol?

DR. ORIOL.—No. Sabes que pasa..., que a veces..., los actores, en las improvisaciones, se despistan un poco...

EXCELS.—*(Molesto.)* ... ¡Oh los actores!..., ¡pues que no se despisten. Que se aprendan el programa, que se lean el plano...!

(Los actores desaparecen por el fondo llevándose la tela.)

DR. ORIOL.—Bien. Prosigamos. Ahora para terminar de descargar toda la represión que llevas dentro de ti, tendrías que exterminar a la familia real.

EXCELS.—Yo con tal de curarme soy capaz de hacer lo que sea.

DR. ORIOL MILITAR.—*(Recuperando su personaje.)* ¿De qué forma quieres ejecutarlos?

EXCELS PADRE UBÚ.—*(Bajando de la mesa.)* ¡Hombre!... siempre me pedís cosas raras, ¿eh?..., no sé, ¡la silla eléctrica! No espera..., como en el Oeste, la horca. No, espera, espera..., como en la guerra civil. Fusilados... *(Figurando que dispara.)* Piñau, piñau, piñau...

(Por la derecha entra JACQUELINE con una escopeta de caza y una caja de música.)

EXCELS.—*(Cogiendo el arma.)* ¡Caray!, ¡dicho y hecho! *(La escopeta se dispara accidentalmente.)* ¡Ay! Suerte que he sido alférez de complemento.

(JACQUELINE deja la caja de música sobre la tarima. Al abrirla se acciona el mecanismo y suena música.)

DR. ORIOL MILITAR.—¡Ahí tienes a la familia real!

(La luz de la sala de terapia va desvaneciéndose. Únicamente queda iluminado el espacio entre el corredor principal y la gran mesa. El REY, *la* REINA *y el* PRÍNCIPE *aparecen detrás de la mesa. Sus movimientos son mecánicos cual si se tratara de muñecos de feria. Andan de derecha a izquierda como si se movieran en un teatro de marionetas.)*

EXCELS PADRE UBÚ.—A ver si me acuerdo... *(El* PADRE UBÚ *dispara a los muñecos y los tumba.)* ¡Bieeen!, ¡los he tocado!, ¡los he tocado!, ¡los he tocado!..., ¡quiero el premio!, ¡quiero el premio!... (JACQUELINE *retira la caja de música.)* ¡En metálico!, ¡a tocateja!

(Por el rellano de la derecha entran los guardaespaldas PELAYO *y* LADISLASO. *Se acercan al* EXCELS.)*

PELAYO.—*(Apuntando con su pistola al* EXCELS.) ¿Qué cojones pasa aquí?
LADISLASO.—*(Avisándolo del error que comete.)* ¡Que te equivocas!
PELAYO.—*(Dando un empujón al* EXCELS.) ¡Tú, payaso, tira patrás!, ¡me cagüen la leche!, ¡te voy a...!
LADISLASO.—¡Que te equivocas!

(El EXCELS *se quita la máscara.* PELAYO *y* LADISLASO *se cuadran.)*

PELAYO.—*(Saludando con la pistola en la sien.)* ¡Hostia, el Excels!
EXCELS.—Ya he dicho que no tenían que entrar aquí bajo ningún concepto. ¡Y usted Pelayo, ya lo sabía, esto!
PELAYO.—Sí señor, pero es que hemos oído como unos disparos y no nos podíamos quedar afuera, con los brazos cruzados...
EXCELS.—¡Ni disparos, ni nada! ¡Vuelvan arriba a la sala de espera, venga!

(Los guardaespaldas han iniciado el mutis hacia la derecha. Sin embargo, PELAYO *intenta excusarse de nuevo antes de salir.)*

156

Pelayo.—¡A sus órdenes!..., y usted perdone que no sabíamos que usted participara en este carnaval.

Excels.—¡Cómo que carnaval!, ¡cómo que carnaval! *(El Excels dispara repetidamente su arma. Los guardaespaldas huyen por la derecha.)* ¡Fuera!, ¡fuera!... *(El Dr. Oriol se acerca al Excels para calmarlo.)* Bien Oriol, dejémoslo estar, ¿eh? La entrada de estos individuos me ha desconcertado.

> *(Por la derecha entra* Jacqueline, *recoge la escopeta y sale por la izquierda.*
> *Por el rellano de la izquierda aparece la* Excelsa. *Se dirige hacia la gran mesa. Lleva la máscara en sus manos.)*

Dr. Oriol.—Sí, ya me he dado cuenta. *(El Excels se quita la máscara y el vestido de Padre Ubú.)* ¿Eh?... Excelsa, Excels..., me habéis dejado pasmado... La teníais muy escondida esta faceta de comediantes.

Excels.—¡Qué va!

Excelsa.—*(Refiriéndose al Excels.)* ¡Él!..., ¡él sí!

Excels.—*(Entregando el vestido y la máscara a su esposa.)* ¡Qué va!..., ahora, tú, puñetero, tú sí que lo haces bien, esto, ¿eh? *(Por el rellano de la derecha entra Jacqueline.)* ¡Caray, sí! Me da la impresión de que si algún día dejas de ser psicópata... eeee... psiquiatra, te ganarías muy bien la vida haciendo de cómico, ¿eh?

> *(La* Excelsa *entrega el vestido y la máscara de* Padre Ubú *a* Jacqueline. *La ayudante del* Doctor *hace mutis por la derecha.)*

Dr. Oriol.—¡Sólo me faltaría eso...!

Excels.—Ahora bien..., este estado de pena, de congoja..., no me pasa.

Excelsa.—*(Al Dr. Oriol.)* Sí..., ¿qué?

Dr. Oriol.—Pero vamos a ver..., ¿qué crees?, ¿que es como un Gelocatil, esto? Ya te dije que esto es complejo, es largo...

Excelsa.—... Es impaciente, ¿eh?

Dr. Oriol.—Pues, sí...

EXCELSA.—... Es que es impaciente.

EXCELS.—Esta pesadumbre, ¿no?...

(Por el rellano de la izquierda aparece JACQUELINE *con la chaqueta del* EXCELS.)

EXCELSA.—Papá, me voy a cambiar...

EXCELS.—¡Vaya!, ¡vaya!...

EXCELSA.—¿Me esperas, eh, papá?

EXCELS.—*(A la* EXCELSA.*)* ¡Vaya!, ¡vaya!... *(La* EXCELSA *hace mutis por la derecha)* *(A* JACQUELINE.*)* Señorita, please, give me my jacket, please...

DR. ORIOL.—... Excels, Jacqueline es de Perpignan, ¿eh?... habla catalán...

EXCELS.—¡Ah, es de Perpignan usted! Usted no tema, no padezca. Usted es tan catalana como yo, como el Doctor Oriol..., en fin..., como mi esposa... Cataluña es tierra de acogida, ¿eh?..., de acogida, de acogida[115].

JACQUELINE.—Gracias Excels, pero esto, ya me lo ha dicho hace un momentito...

EXCELS.—... Quizá sí, quizá sí..., a veces tengo tantas cosas en la cabeza que me despisto. Perdone, perdone, pero, por su fisonomía exterior, a usted, la habría hecho vasca, vasca..., esta mandíbula prominente, esos pelos en el pecho..., esa voz..., Zumalacárregui[116]..., Sabino Arana...[117].

DR. ORIOL.—Oye... ¿te encuentras bien, verdad?

---

[115] Véase nota 19. Como se observa, el personaje tiende a lo largo de la obra a la repetición.

[116] Tomás Zumalacárregui: militar español (1788-1835) que dirigió el ejército carlista. Durante el reinado de Fernando VII se significó por su postura antiliberal. Cuando murió el monarca y se planteó el pleito sucesorio, apoyó a los partidarios de Carlos María Isidro (1788-1855).

[117] Político español (1865-1903), fundador en 1895 del Partido Nacionalista Vasco. Obsesionado por la identidad del pueblo vasco, se dedicó a la investigación histórica y filológica. De ideología reaccionaria y racista, su integrismo queda reflejado en su lema: *Dios y leyes viejas*. Es decir, reclamación de los fueros como la Constitución propia del país y de confesionalismo católico. Proponía la independencia de Vizcaya como vía de recuperación de su identidad. Inventó un nombre para el país que proyectaba (Euzkadi), así como una bandera (Ikurriña), inspirada en la de Inglaterra.

Excels.—Sí, sí. Muy bien.

Jacqueline.—*(Ayudándole con la chaqueta.)* Si me permite...

Excels.—Lo siento, ¿eh?, lo siento. Eeeh..., Oriol. Te acuerdas que me dijiste que..., te fuera diciendo todas las reacciones íntimas que tuviera durante las..., terapéuticas...

Dr. Oriol.—Sí. Jacqueline, déjanos solos, por favor.

(Jacqueline *sale por la derecha del pasillo principal.)*

Excels.—¿... Te acuerdas, no?

Dr. Oriol.—Me acuerdo perfectamente.

Excels.—¿... Te acuerdas, no?... *(A* Jacqueline, *que está a punto de desaparecer por la derecha.)* Eskarri kasku, señorita..., eskarri kasku... Pues..., cuando pasaba a la familia real por las armas...

Dr. Oriol.—Sí.

Excels.—O sea..., aquello..., mirando, mirando..., imaginándomelo..., ¿no?... Es que es difícil, Oriol, es difícil...

Dr. Oriol.—Oye, oye..., exprésate con total confianza, ¿eh?... Libera tu intimidad.

Excels.—... Me ha venido un empalme.

Dr. Oriol.—¿Cómo?

Excels.—He tenido una erección.

(El Excels *sube las escaleras de la izquierda y anda por el corredor principal.)*

Dr. Oriol.—*(Acompañando al* Excels.) ¡Ah!, ¡muy bien, hombre! No tienes por qué extrañarte, mira, todos los aspectos sadomasoquistas pueden resultar estimulantes de la libido. No tiene ninguna importancia. Mejor dicho: es bueno que te haya pasado. Es bueno para ti y para Cataluña.

Excels.—Bueno..., es que lo que es bueno para mí, es bueno para Cataluña. Y de rebote, para los españoles.

Dr. Oriol.—¡Claro!

Excels.—... Aunque los españoles que se jodan que bastante nos han puteado...

(El Excels *y el* Dr. Oriol *desaparecen por la izquierda.)*

(Oscuro progresivo.
Lentamente se ilumina el rellano de la derecha. El «mosso» 1
toca un compás de «Els Segadors»[118] con su trombón.)

ESCENA 5
ENTIERRO

Se iluminan las escaleras del centro de la pirámide. A derecha e iz-
quierda de dicho espacio hay oscuridad absoluta.
Por la izquierda del corredor principal aparecen dos sepultureros.
Llevan sendas cuerdas, de las que se utilizan para bajar los ataúdes a
la fosa. Se sitúan ante las escaleras centrales. Con un pie en el corre-
dor central y otro en la mesa, se disponen a bajar un ataúd (que no
vemos), por la abertura que se abre entre la pirámide y la gran mesa.
Llueve.

SEPULTURERO 1.—*(Tensando las cuerdas por el peso del ataúd y*
con fuerte acento gallego.) Iba bien cebado el tío, ¿eh?
SEPULTURERO 2.—Esto y la caja, que se ha mojao con la lluvia, y por eso pesa más, ¿comprendes?
SEPULTURERO 1.—Claro, pues claro.

(El ataúd empieza a ceder y ambos intentan evitar un desca-
labro.)

SEPULTURERO 2.—Cuidao, cuidao que sueltas demasiao.
¡Cuidao!

(El ataúd se precipita hasta el fondo de la fosa con gran estré-
pito.)

SEPULTURERO 2.—¡Joder Evaristo!
SEPULTURERO 1.—¡Coño que me se ha resbalado!

---

[118] Himno de Cataluña desde el XIX. La música es de una canción popular
catalana armonizada por Morera (1865-1942) y Lluís Millet (1867-1941). El
texto actual es de 1899 y su autor fue el poeta modernista Emili Guanyavents
(1860-1941). La música corresponde a Francesc Alió.

(Los sepultureros se sitúan en el pasillo principal y recogen las cuerdas.)

SEPULTURERO 2.—*(Fijándose en el ataúd.)* ¡Me cago en la leche! Se me ha quedao boca pa bajo, macho.

SEPULTURERO 1.—Bueno, ¿qué?, lo dejamos así y tapamos, ¿no?

SEPULTURERO 2.—¡Pero cómo vamos a dejal·lo así y tapal·lo!, no ves que tienen que venir las autoridades y los familiares... Venga, bájate pa bajo y arréglamelo.

SEPULTURERO 1.—Pero cómo quieres que baje pa bajo si no cabo, joder. Es que también...

SEPULTURERO 2.—No vas a cabé tú, y ha cabío éste con el traje madera pino, y encima del revé. ¡Venga tira pa bajo y vete pensando algo que todo lo tengo que pensar yo, Evaristo!

SEPULTURERO 1.—Sí, claro, tú lo piensas, pero yo lo hago, ¿eh?

SEPULTURERO 2.—Tira ya Evaristo, venga... Venga, a ver...

(El SEPULTURERO 1 deja la cuerda en el suelo y se dispone a bajar a la fosa.)

SEPULTURERO 1.—Ya me vas a joder la marrana.

(El SEPULTURERO 1 tiene enormes dificultades para sostenerse con los codos clavados en los extremos de la fosa.)

SEPULTURERO 2.—A ver, Evaristo. A ver si sabrías tú decirme... Oye, Evaristo...

SEPULTURERO 1.—¡Qué!

SEPULTURERO 2.—... ¡Mírame cuando te hablo!

SEPULTURERO 1.—*(Temblando por el esfuerzo.)* ¡Venga, hombre, va! ¡Qué!

SEPULTURERO 2.—¿Qué diferencia hay entre la parte d'arriba y la d'abajo de un ataúd?

SEPULTURERO 1.—¡Venga, hombre, que yo aquí no estoy pa adivinanzas, eh!

SEPULTURERO 2.—*(Mostrándole una cruz que lleva en su capazo.)* ¡La crú, chaval, la crú!

SEPULTURERO 1.—¡Pues en esta caja yo no veo ninguna, tú!

SEPULTURERO 2.—¡Coño Evaristo, como que está del revé!

SEPULTURERO 1.—¡Hostia, es verdá!

SEPULTURERO 2.—O sea, que le ponemos ésta encima, y así da el pego, ¿comprendes?

SEPULTURERO 1.—¿Cuál?

SEPULTURERO 2.—Ésta, Evaristo, ésta. Toma, hijo, toma.

SEPULTURERO 1.—*(Cogiendo la cruz como buenamente puede.)* Es bonita, ¿eh?

SEPULTURERO 2.—Sí.

(El SEPULTURERO 1 *pierde el equilibrio y cae en la fosa.)*

SEPULTURERO 2.—¡Cuidao! Cuidao, Evaristo, ¡que vas a rayar la caja! *(Dándole órdenes para que coloque la cruz en el lugar adecuado.)* A ver, tira un poco más pa... Oye.

SEPULTURERO 1.—¡Qué!

SEPULTURERO 2.—Evaristo, quítale la etiqueta. ¡El precio, que tapa el INRI!

SEPULTURERO 1.—¡Bueno, qué!, ¿la dejo aquí?

SEPULTURERO 2.—Tira un poco más, un poquitín más. Aaaaaara. Quieto ahí. Ahí está bien.

SEPULTURERO 1.—¿La dejo aquí, sin clavar ni nada?

SEPULTURERO 2.—Sin clavá. Total, ¿pa qué? A ver quién va a bajá aquí abajo a comprobal·lo.

SEPULTURERO 1.—Bueno, hombre.

SEPULTURERO 2.—Venga, súbete p'arriba que nos vamos, Evaristo. Que son muchos los que llevo yo en el tema este de los fiambres.

(El SEPULTURERO 1 *intenta subir a la superficie con gran esfuerzo.*
Por las escaleras centrales desciende un LITERATO: *lleva un paraguas abierto.)*

LITERATO.—*(Con fuerte acento catalán.)* Que se ha caído, el muchacho.

162

(El SEPULTURERO 1, finalmente, ha conseguido salir de la fosa y hace mutis por la derecha con sus utensilios.)

SEPULTURERO 2.—No, mire, jefe, no. Que íbamos ya a por las palas pa taparlo, porque con esta lluvia esto dentro de ná, una bañera.

LITERATO.—Es que tendrían que esperar un poco. Es que, ¿sabe lo que pasa?, que las autoridades y los familiares todavía no han arribado[119], que no sé si les ha pasado algo.

SEPULTURERO 2.—*(Yéndose.)* Usted verá jefe, pero con esta lluvia, no lo veo yo muy claro.

(El SEPULTURERO 2 hace mutis por el rellano de la derecha.)

LITERATO.—Diez o quince minutos, hombre... *(Por las escaleras baja una autoridad. Se protege de la lluvia con un periódico.)* ¡No me haga esto!, ¡no me sea así!... *(A la autoridad.)* ¿Qué te han dicho?

AUTORIDAD.—Los del protocolo me han dicho que se han equivocado y que los han mandado al cementerio nuevo.

LITERATO.—... ¡La madre que los parió...!

AUTORIDAD.—... Dicen que esperemos un poco, que ya han llamado y que están llegando los primeros coches.

LITERATO.—¡Ah!..., pues mira, ¿sabes qué?, yo mientras comenzaré, porque ahora, los empleados vendrán a taparlo, me han dicho... *(Inicia su panegírico.)* ¡Y ahora que todos los amigos nos hemos reunido aquí, para decir el último adiós a nuestro compañero Miquel[120]...!

AUTORIDAD.—... Pero espera cinco minutos, hombre..., ¿qué te cuesta?

LITERATO.—Que no hombre..., que con esta lluvia, esto se está llenando de agua. Aún saldrá la caja flotando... *(Continúa el panegírico.)* ... ¡A pesar de que nos ha dejado, su recuerdo quedará siempre entre todos nosotros!... *(Van llegando familiares y autoridades. Descienden por las escaleras, siempre entre los límites que*

---

[119] El término define al clásico prohombre catalanista.
[120] No hay ninguna referencia a ningún personaje de la realidad catalana.

genera el rayo de luz. Se sitúan en los diferentes peldaños de la pirá-
mide. Llevan paraguas, chubasqueros improvisados... La viuda y el
EXCELS *se abren paso entre la multitud.) ...* Y su espíritu también
nos acompañará. Este espíritu que le había llevado hasta los
confines más altos, no solamente en el largo exilio que sufrió,
como muchos de nosotros, sino que también aquí, en nuestra tierra catalana. Y ahora, amigos, os quisiera proponer unos
instantes de rememoración para el que fue, sencillamente, un
hombre al servicio de este pueblo. Servicio que nunca le será
suficientemente agradecido...

> *(El* EXCELS *ha llegado a la primera línea y desplaza al* LITE-
> RATO, *que se ve obligado a subir un peldaño. La* EXCELSA *si-*
> *gue a su marido dando empujones cuando es necesario. La*
> *viuda está situada detrás del* EXCELS.)

... Os pido, pues, unos momentos de meditación antes que
la pesada losa, cubra para siempre tantos años de lucha y
reivindicaciones por nuestras libertades nacionales.

EXCELSA.—*(Susurrando al* EXCELS.) ... Está Oriol. ¿No querías
hablarle?
EXCELS.—¿Dónde?
EXCELSA.—... Me parece que lo he visto por allí detrás. *(Gira*
su cabeza para comprobarlo.)
EXCELS.—Dile que venga.
EXCELSA.—¿Yo?
EXCELS.—Hombre, mujer, lo he de ver sin falta, y ahora yo
no me puedo mover de aquí, ¿no?

> *(Algunos, molestos por el susurro de los* EXCELSOS, *exigen*
> *silencio.)*

EXCELSA.—... ¡Mira que eres pesado, eh!

> *(La* EXCELSA *se abre paso, como puede, para ir a buscar al*
> DR. ORIOL. *Genera un desequilibrio entre las autoridades*
> *que hace tambalearse al* EXCELS.)

LITERATO.—... Recuerdo un día, en uno de los largos paseos que dábamos, por la Plaza Mercadal de Balaguer[121], ... *(el* EXCELS, *para no caer en la fosa, se ase a lo primero que encuentra, en este caso, la braqueta de la* AUTORIDAD 1. *El* EXCELS *pide disculpas. Los continuos movimientos del grupo de autoridades hacen perder de nuevo el equilibrio al* EXCELS) ... el amigo Miquel se lamentaba de este país, ... de este país que en los troncos topaba de cabeza, de este país... *(el* EXCELS *se agarra a los atributos masculinos del* LITERATO *para no caer en la fosa. El* LITERATO *prosigue su discurso intentando disimular el dolor que siente)* ... que hacia el agua avanzaba vagaroso, ... *(el* DR. ORIOL *baja las escaleras)* ... de este país bajo el ardiente sol de lumbre huérfano, de este país, blandiendo en languidez su larga cola. Todos recordaremos por siempre su larga cola, su larga cola de cargos, como ex consejero, ... *(el* DR. ORIOL, *abriéndose paso a empujones, se sitúa al lado del* EXCELS) ..., ex alcalde, ex secretario general, ex procurador en Cortes por el Tercio familiar...

> *(El* LITERATO *se ve obligado a ir retrocediendo hasta acabar el último del grupo.)*

EXCELS.—*(A* ORIOL.) ... Y, desde que hago estas sesiones, paso malas noches. Sueño que soy el rey, que mato a la oposición y me levanto sudado y angustiado...

DR. ORIOL.—Oye, no te asustes. Es una reacción lógica. Te recetaré unos fármacos...

EXCELS.—Oye, me los tendrías que recetar aquí mismo, porque luego hemos de salir pitando.

DR. ORIOL.—... ¡Hombre!..., ¿aquí mismo...?

EXCELS.—Sí, «noi».

DR. ORIOL.—Bien, bien..., ahora mismo te hago la receta.

> *(El* DR. ORIOL *da su paraguas al* EXCELS, *saca un talonario de recetas del bolsillo de su chaqueta.)*

---

[121] Es la plaza porticada más grande de Cataluña. Siempre sale esta ciudad porque el actor de Els Joglars Jesús Agelet, que es de allí, deja caer alguna referencia en las improvisaciones.

LITERATO.—... ex menje de Montserrat, ex cruz de Sant Jordi, ex miembro del premio de honor, ex miembro de la Enciclopedia catalana, ex miembro de su mujer y también, para acabar, ex miembro fundador del semanario *Las cuatro barras*[122]. Descanse en paz, Miquel, amén.

TODOS.—Amén. *(Todos intentan cantar «Els Segadors», pero resulta que nadie se sabe la letra.)* Catalunya triomfant...[123].

EXCELS.—*(Apuntando la letra.)* Tornará a ser rica i plena.

TODOS.—Tornará a ser rica y plena.

(La multitud no sabe cómo continúa el tema.)

EXCELS.—*(Apuntando.)* Tan ufana i tan superba.

TODOS.—Tan ufana y tan superba.

(Una olla de grillos.)

EXCELS.—*(Irritado.)* ¡Basta!, ¡basta! Mañana mismo firmaré un decreto para que enseñen «Els Segadors» en las escuelas..., ¡no se lo sabe nadie! ¡Esto es un fracaso nacional! ¿Hay megafonía?

TODOS.—¡Megafonía!, ¡megafonía!

LITERATO.—¡Que pongan la megafonía!

(Suena «Els Segadors» por megafonía. Los congregados simulan cantar con la boca abierta.)

MEGAFONÍA.—Cataluña triomfant...

DR. ORIOL.—*(Al* EXCELS, *refiriéndose a las pastillas.)* ... Tres al día.

MEGAFONÍA.—... Tornará a ser rica y plena...

DR. ORIOL.—Si no, me llamas...

---

[122] Véase nota 11.

[123] La letra que sigue a continuación pertenece al himno nacional catalán «Els Segadors», el cual cuenta la lucha por la independencia de los campesinos catalanes que combatieron contra el ejército castellano de Felipe IV que, mandado por el conde-duque de Olivares, pretendía someter Cataluña, véase nota 118.

(La viuda pasa por delante del Dr. Oriol *y ocupa su lugar. El* Dr. Oriol *se ve obligado a retroceder, sin haber dado antes la receta al* Excels.)

Megafonia.—... Endarrere aquesta gent... *(La viuda lanza una rosa en la fosa.)* ... tan ufana i tan superba... *(El* Dr. Oriol *intenta darle la receta al* Excels. *No lo consigue.)* ... Bon cop de falç... Bon cop de falç, defensors de la terra... Bon cop de falç[124].

(Finalmente cuando sus manos coinciden la receta se escapa y acaba cayendo dentro de la fosa.)

(Deja de escucharse el himno.)

(Silencio.)

(El Excels *cierra el paraguas. Se inclina para rescatar la receta con la punta de su paraguas. Lo consigue. Todos siguen su acción. Se oye un golpe seco. La viuda grita. Lentamente, el* Excels *extrae el paraguas de la fosa. Efectivamente, en la punta del paraguas está la receta pero, con el impulso, el* Excels *también se ha llevado la cruz. Sorpresa de todos. El* Excels *guarda la compostura. Desclava la cruz y la ofrece a la viuda. Finalmente tiene la receta en sus manos. Le da el paraguas a su mujer y adopta una actitud de circunstancia, como si no hubiera sucedido nada.)*

Excels.—*(Grita con fuerza.)* ¡Visca Catalunya!
Todos.—*(Al unísono.)* ¡¡¡¡¡¡Visca!!!!!!

(Como consecuencia del impulso que la multitud ha puesto en el grito patriótico, el Excels *se tambalea y acaba cayendo dentro de la fosa.)*[125].

(Oscuro.)

---

[124] Versos de «Els Segadors»: ... «Cortemos el paso a esa gente... tan ufana y tan soberbia... Buen golpe de hoz... Buen golpe de hoz, defensores de la tierra... Buen golpe de hoz», véase nota 118.
[125] Caída simbólica que puede interpretarse como la muerte política de Pujol.

Segundo acto

Escena 6
SEGUNDA SESIÓN DE PSICODRAMA

Se abre el telón.
En los rellanos de la derecha y de la izquierda están situados los «mossos d'esquadra» 1 y 4 con sendos trombones. Tocan un compás de la sardana «l'Empordà»[126].
La MADRE UBÚ *está situada en el centro de la gran mesa.*
Los trombonistas terminan su pieza y desaparecen por el fondo. La MADRE UBÚ *empieza su monólogo de «Ubú rey».*

EXCELSA MADRE UBÚ.—Padre Ubú, que me oyes. Ya hace muchos días que no pasas por casa, ¿eh?..., pero es igual. Hoy estoy muy contenta porque son las fiestas de la coronación..., y me han dado mucho vodka para comer y mucho caviar para beber. O al revés. Y estoy muy contenta porque me han regalado muchas pulseras *(señala su cuello),* y muchos collares *(señala sus muñecas)...*, y ¿qué más?..., ¡ah sí!, y he bailado muchas «pollonesas» por los salones de palacio. He salido al balcón y todos, todos los polacos gritaban: ¡Viva la Madre Ubú! Y todos, señora presidenta por aquí, señora presidenta por allá...

---

[126] Sardana compuesta en 1908 por Enric Morera i Viura, compositor español (1865-1942), uno de los más destacados representantes del modernismo catalán, y Joan Maragall, poeta español (1860-1911), figura importante del modernismo literario catalán, que se encargó de la letra de la misma (1908).

DR. ORIOL.—*(Entra por la derecha con su bata de doctor colgada del brazo.)* Reina, Reina...

EXCELSA MADRE UBÚ.—*(Que lo ha tomado como un piropo.)* Chato.

DR. ORIOL.—¡Ah!, no, no.

EXCELSA.—¿No?

DR. ORIOL.—No. Sabes qué pasa, es que deberías decir Reina.

EXCELSA.—¡Ah!

DR. ORIOL.—Es que si no, él puede confundir la realidad con la ficción, ¿sabes?

EXCELSA MADRE UBÚ.—Y todos..., señora majestad por aquí, señora majestad por allá.

DR. ORIOL.—Perfecto, perfecto. *(Hace mutis por la izquierda.)*

EXCELSA MADRE UBÚ.—... Y tengo una jaqueca y un resacón..., que me han tenido que dar un Alkasezer, eh..., ¡oh!, ¡pero qué tonterías me toca hacer! Y me pican los ojos. Bueno, Oriol, ¿salís o no? Porque creo que las terapéuticas no son para mí. ¿Eh que no?[127]. ¡Padre Ubú, que vienes o no vienes![128]

EXCELS PADRE UBÚ.—*(Aparece por el rellano de la izquierda y se dirige hacia la gran mesa muy excitado.)* Sí, Madre Ubú, ¡déjate estar[129] de tonterías y vayamos a reinar!

EXCELSA MADRE UBÚ.—Sí, pero primero, ¿a quién quieres matar, hoy?

EXCELS PADRE UBÚ.—Vamos a ver...

EXCELSA MADRE UBÚ.—Has matado a la banca.

EXCELS PADRE UBÚ.—¡Bien!

EXCELSA MADRE UBÚ.—Has matado el comercio y la industria. Qué más quieres, bandarreta?[130].

EXCELS PADRE UBÚ.—*(Excitado.)* Quiero matar a la oposición.

EXCELSA MADRE UBÚ.—¿La oposición? ¡Pues que pase la «suposición»!

(Por la derecha entran los seis actores y el DR. ORIOL, todos ellos con máscaras.)

---

[127] Traducción literal.
[128] Traducción literal.
[129] Traducción literal.
[130] Diminutivo catalán: *bandidito.*

170

ACTORES.—*(Cantando.)* ¡Ubú, dimite, el pueblo no te admite!, ¡Ubú, dimite, el pueblo no te admite!...

EXCELS PADRE UBÚ.—¿Ustedes son los de SINTEL?[131].

ACTORES.—¡No! ¡Somos la oposición!

EXCELS PADRE UBÚ.—¿La oposición? *(Agarrando por el cuello al* ACTOR 1 *y estrangulándolo.)* ¡Pues muere, guarro, asqueroso, infame, fuera!

ACTOR 1.—*(Liberándose de la agresión y quitándose la máscara.)* ¡Oriol, oye, dile algo, aprieta de verdad!

EXCELS.—¿Qué pasa Oriol? ¿Por qué cortamos, ahora?

DR. ORIOL.—*(Al* EXCELS.*)* Oye, ten cuidado que esto es ficción, ¡nada de Stanislavsky[132], aquí!

EXCELS.—*(Excitado.)* ¡Venga, continuemos!

ACTOR 1.—*(Al* EXCELS, *poniéndose de nuevo la máscara.)* ¡Oiga, que a mí me pagan para actuar, no para que me estrangulen!

EXCELS.—¡Usted!..., calle, calle y... calle.

EXCELSA.—A ver chico. Deberías entender que estas terapéuticas nos cuestan una fortuna. Algún riesgo puedes correr.

EXCELS PADRE UBÚ.—*(Excitadísimo.)* ¡Va, venga, continuemos! ¡Que pase, que pase la suposición!

ACTORES.—*(Cantando.)* ¡Ubú, dimite, el pueblo no te admite!

EXCELS PADRE UBÚ.—¿Ustedes son los de SINTEL?[133].

ACTORES.—¡No! ¡Somos la oposición!

---

[131] El 30 de marzo de 1996, Telefónica vendió las acciones de SINTEL a la empresa Mastec, sin aviso previo a los sindicatos, que se enteraron por los medios de comunicación. Ello provocó la suspensión de pagos y que se desatara una crisis en la ex filial de Telefónica. El 20 de julio de 2001, los trabajadores acamparon en el Paseo de la Castellana de Madrid en 400 tiendas de campaña y chabolas construidas por ellos, en las que iban alojando a los operarios venidos de toda España. El campamento se denominó *Campamento de la esperanza.*

[132] Konstantin Stanislavsky: dramaturgo y director ruso (1863-1938) que desarrolló un sistema de formación dramática guiando a los actores con el fin de que reprodujeran en ellos el mundo emotivo de los personajes, con el objeto de que fuera proyectado al espectador de forma verídica. Su trabajo es conocido con el nombre de *El método.*

[133] Véase nota 131.

(El EXCELS *inten̄ta estrangular de nuevo al* ACTOR 1, *pero éste lo esquiva.)*

EXCELS PADRE UBÚ.—¿La oposición?, a pues muy bien. Pónganse aquí, que la Madre Ubú atenderá todas sus reclamaciones.

(Los actores hablan todos a la vez. Por la izquierda ha entrado JACQUELINE *con una larguísima escoba que ofrece al* EXCELS. *El* EXCELS *la toma.* JACQUELINE *hace mutis por la izquierda.)*

EXCELSA MADRE UBÚ.—A ver, señores, todos en fila. Uno a uno, vayan diciendo el partido y luego la reclamación. *(Los actores, que continúan hablando todos a la vez, forman una cola delante de la* MADRE UBÚ.) Muy bien, pues empezaremos por la cola. *(Al* DR. ORIOL, *que está en el último lugar de la fila.)* ¡A ver, usted!

DR. ORIOL MÁSCARA.—Ezquerra repuritana[134] de Polonia. Nosotros pensamos que... *(El* EXCELS, *usando su larga escoba, ensarta por detrás al doctor.)* ¡Aaaah!

EXCELSA MADRE UBÚ.—Siguiente.

ACTOR 1 MÁSCARA.—Izquierda «hundida»[135], nosotros creemos que... *(El* EXCELS *empuja la escoba para ensartar al* ACTOR 1, *que grita.)* ¡Aaaah!

EXCELSA MADRE UBÚ.—Otro.

ACTOR 2 MÁSCARA.—Coalición banana[136], nosotros pensamos que... *(El* EXCELS, *mediante un nuevo empujón, con su escoba, empala al* ACTOR 2.) ¡Huuuy!

EXCELSA MADRE UBÚ.—¡Usted!

---

[134] Alusión a Izquierda Republicana de Cataluña (ERC). Del 17 al 19 de marzo de 1931 se fundó este partido debido a la fusión de: el Estado catalán de Francesc Macià (1859-1933), el Partido Republicano Catalán de Lluís Companys (1882-1940) y el grupo La Opinión de Joan Lluhí (1897-1944).

[135] Referencia a Izquierda Unida (IU), que se formó como una coalición de diversas formaciones políticas en 1989. Su líder fue Julio Anguita (1941).

[136] Alusión humorística a Coalición Canaria, partido nacionalista que obtuvo grupo propio en el Congreso de los Diputados en las elecciones generales de 1993.

ACTOR 6 MÁSCARA.—Peligro popular[137]. Lo que usted me pide, no se lo voy a dar... ¡aaaah!

EXCELSA MADRE UBÚ.—... Y usted.

ACTOR 3 MÁSCARA.—Pepesoe[138]. Nosotros creemos que... *(También es ensartado como en un gigantesco pincho moruno.)* ¡Ahhh!

EXCELSA MADRE UBÚ.—... Y usted.

ACTRIZ 4 MÁSCARA.—Sindicato camisones horteras[139]... ¡Huyyy!

EXCELSA MADRE UBÚ.—Otro.

ACTRIZ 5 MÁSCARA.—Frente de liberación guay[140], porque nosotros... ¡Huuuuy!

> *(El* EXCELS *mueve suavemente la escoba en un vaivén acompasado, que parece dar un gran placer a los «ensartados».)*

EXCELSA MADRE UBÚ.—¿Qué?, ¿les ha gustado? ¡Basta! ¡Se acabó! ¡Fuera!

> *(El* EXCELS, *con un empujón, extrae el largo mango de la escoba y libera a los empalados. Pero éstos vuelven a ofrecerle sus culos para gozar de nuevo con otro «penetrante» escobazo.)*

EXCELS PADRE UBÚ.—¿Qué?, ¿les ha gustado? ¡Fuera de aquí, degenerados!, ¡cerdos!, ¡marranos!..., ¡fuera de aquí!

---

[137] Alusión al Partido Popular, en su origen llamado Alianza Popular y fundado por Fraga Iribarne (1922) en 1976. Después de su dimisión, la Junta Directiva Nacional en 1989, a propuesta de Fraga, designó candidato a las elecciones de ese mismo año a José María Aznar (1953). Ya en 1990 cambió el nombre al actual Partido Popular.

[138] Alusión al Partido Socialista Obrero Español (PSOE), fundado en el año 1879 por Pablo Iglesias (1850-1925).

[139] Alusión al sindicato Comisiones Obreras, que nació en 1963 cuando las huelgas de Asturias durante ese mismo año. Su líder más carismático fue Marcelino Camacho (1918).

[140] Alusión al Frente de Liberación Gay, creado en 1969 en Nueva York a raíz de la batida realizada por la policía en el *Stonewall Inn,* un bar de ambiente. Los homosexuales decidieron no huir y enfrentarse a la policía, que tuvo que retirarse. A la mañana siguiente, el barrio estaba lleno de pintadas: *Viva el poder gay.* En julio se creó el mencionado Frente, que se expandió por todo el mundo.

(Los actores desaparecen de escena huyendo de los escobazos que les propina el EXCELS. *Sin embargo el* DR. ORIOL *regresa tímidamente con su máscara.)*

DR. ORIOL MÁSCARA.—Perdone, soy Durán, el de Lérida. Como soy secretario de Sumisión Democrática[141]... *(Se levanta la bata y ofrece de nuevo su culo al* EXCELS*)*, que me podría poner un poco la puntita...

EXCELS PADRE UBÚ.—¡Fuera de aquí, masoquista pervertido!, ¡cerdo!, ¡guarro!, ¡vicioso!, ¡degenerado!...

(El EXCELS *da escobazos a diestro y siniestro. El* DR. ORIOL *sale por la izquierda corriendo. Presa de una gran excitación, el* EXCELS *propina un golpe con la escoba a la* EXCELSA, *que cae al suelo.)*

EXCELSA.—¡Imbécil! ¡Ya te estás pasando de la raya, eh! Y vigila..., vigila porque si no me respetas, diré todo lo que tú piensas de los moros y las maricas[142].

(La EXCELSA *sale por la izquierda.*
El EXCELS *se siente culpable y se quita la máscara.*
Por la derecha entra el DR. ORIOL *sin máscara.*
JACQUELINE *entra por la izquierda, retira la larga escoba y la máscara del* PADRE UBÚ *y hace mutis por la izquierda.)*

EXCELS.—¿Ves, Oriol?, estas cosas están muy bien, pero arreglan unas y estropean otras, ¿no?

DR. ORIOL.—Sí, mira..., no tiene ninguna importancia, ¿eh? Esto ha sido producto del subconsciente, de la reacción del momento. Hablaré con ella y lo entenderá enseguida. Oye, y tú, relájate, respira. Es que eres infatigable. Llevamos dos

---

[141] Unión Democrática de Cataluña: nace el 7 de noviembre de 1931. En ese momento, sus representantes más carismáticos eran Manuel Carrasco i Formiguera (1890-1939) y Jaume Aiguader (1882-1943). Actualmente lo es Josep Antoni Durán Lleida (1952).

[142] Así se decía en las funciones. El artículo femenino nos alerta del prejuicio de la Excelsa hacia los homosexuales.

174

horas..., estamos todos cansados... *(Sale por la izquierda.)* ¡Excelsa!, ¡Excelsa!

EXCELS.—*(El* EXCELS *recoge del suelo la máscara de la* MADRE UBÚ, *e imita la voz de su esposa.)* ¡Idiota!, ¡ya te estás pasando de la raya! Y vigila, vigila..., porque si no me respetas, volveré a hacer declaraciones polémicas. Y tengo una jaqueca, que me han tenido que dar un Alkazelser, ¿eh?...

(JACQUELINE *entra por el fondo izquierda y se dirige hacia el* EXCELS.)

JACQUELINE.—¿Excelso?, ¿quiere que lo relaje?

EXCELS.—¿Cómo dice?

JACQUELINE.—... Que si quiere que lo relaje.

EXCELS.—Ah, no, no, no..., ya estoy relajado, yo, señorita. Ya estoy relajado. Perdone, ¿dónde están los vestuarios?

JACQUELINE.—*(Señalando la derecha.)* Por allí...

EXCELS.—*(Yéndose por la izquierda hacia el fondo.)* Por allí. ¡Ah! Bien, bien...

JACQUELINE.—No, Excelso..., ¡por allí!

(JACQUELINE *lo sigue unos pasos pero regresa y se dirige hacia la derecha. Sale. Regresa a la escena inmediatamente, acompañada del Presidente de «La Caixa».)*

JACQUELINE.—... Un momento, que voy a buscar al Doctor Oriol...

DR. ORIOL.—*(Entrando por la izquierda y dirigiéndose al Presidente.)* Quería hablar urgentemente con usted, que es quien toma las decisiones más importantes en este país. Verá, los síntomas depresivos y paranoicos que sufre el Excels, siguen persistiendo de forma muy aguda. Yo creo que, al margen de la terapia, sería conveniente que él, en su vida política, tuviera la sensación de que continúa siendo una persona insustituible, imprescindible.

EULALIA.—... Es que últimamente todas las visitas piden hablar con Arturito Mas...

PRESIDENTE DE LA CAIXA.—Bien..., pero qué cree usted que debería hacerse exactamente.

175

DR. ORIOL.—... No sé. Tal vez sería conveniente que vinieran a visitarlo magnatarios[143] de gran carisma... ¡Qué sé yo!... El presidente de Alemania, o de Estados Unidos, la Reina de Inglaterra, jefes de estado..., para que él se sienta importante.

PRESIDENTE DE LA CAIXA.—Bien. Pero usted comprenderá que esto no es nada fácil. Estos señores no son artistas de cine que aparecen en cualquier lugar a cambio de una sustanciosa cantidad. Esto es otra cosa...

DR. ORIOL.—*(Cortándole.)* ... Precisamente, de algo parecido se trataría... *(Por la izquierda entra el «mosso d'esquadra» 4 con su trombón. Sube las escaleras de la izquierda y se sitúa en el primer rellano mientras el* DR. ORIOL *y el* PRESIDENTE DE «LA CAIXA» *hacen mutis por la derecha conversando privadamente.)* ... Mire, si me permite la sugerencia, yo había pensado la posibilidad de...

ESCENA 7
VISITA DE LA REINA DE INGLATERRA
Y DE LA REINA MADRE

El «mosso d'esquadra» 4 toca con su trombón un compás de la sardana «María de les trenes»[144].

Simultáneamente, por la derecha y por la izquierda, entran LADISLASO *y* DINAMITA*. Se sitúan, montando guardia, en los extremos izquierdo y derecho de la gran mesa.*

El «mosso» del trombón hace mutis por el fondo.

LADISLASO *y* DINAMITA*, discretamente, inician una conversación.*

DINAMITA.—*(A* LADISLASO*.)* Tú. Yo ya no sé qué hacer con estos niñatos de uniforme, que salen de la Academia y se creen los reyes del mambo. Llegan aquí y sólo quieren mandar, mandar y mandar. Treinta años que llevo de

---

[143] El término quiere jugar con el significado de «mangante» y «magnate».
[144] Sardana de Josep Saderra i Puigferrer (1893-1970), con letra de Ramón Ribera.

«mosso», pelándome los huevos en esta casa, y ni veteranía ni hostias.

LADISLASO.—Oh, y a mí me han dicho que los que saben de «Intermet», les pagan 137 euros más al mes que a nosotros.

DINAMITA.—¡Collons!

LADISLASO.—... Que en pesetas no sé cuanto es..., pero una morterada...

DINAMITA.—¡Seguro! Oh, y los que se cuidan del tráfico, que parecen el Mad Max[145] de la carretera.

LADISLASO.—Los Matriz de «Intermet»[146].

(Por la izquierda entran los EXCELSITOS *con sus maletines en la mano. Los «mossos» se cuadran ante ellos. Los* EXCELSITOS *hacen mutis por la derecha. Cuando han salido, los dos guardaespaldas retoman la conversación.)*

DINAMITA.—Eso mismo... Ahora que dices esto del tráfico, el mes pasado, que me paran, y yo, ni corto ni perezoso, les saco la chapa... ¡Eh colegas, que soy de la casa! ¡Ah!, ¡ni colegas ni hostias, tú! ¡Me hicieron soplar como a un capullo cualquiera! Esto, con la Guardia Civil, no pasaba, hombre... Aquéllos te veían la chapa y ¡pasa, pasa, camarada! Eran unos profesionales, hombre. En cambio estos niñatos son unos nazis. A ver, ¿qué me van a decir, a mí, que estoy aquí desde que esto era la Diputación del señor Samaranch?[147]

(Por la izquierda ha entrado PELAYO *con un revólver en la mano. Se acerca sigilosamente a* DINAMITA *y lo sorprende.)*

PELAYO.—¡Alto! ¡«piñau»!, ¡«piñau»!, ¡«piñau»!

DINAMITA.—¡Collons!..., ¡qué susto me has pegado!

---

[145] Película dirigida por el americano George Miller (1950) en 1979 y protagonizada por Mel Gibson, que interpreta a un policía que libra una persecución en carretera con los motoristas asesinos de su familia por las autopistas de una Australia postapocalíptica.

[146] Juego lingüístico que alude a la película *The Matrix* (1999), dirigida por los hermanos Andy y Larry Wachoswki (1965).

[147] Véase nota 51.

PELAYO.—*(Mostrando con orgullo su revólver.)* ¿Qué?

DINAMITA.—¿Hostia, qué pipa llevas, tú?

PELAYO.—¿Has visto?

DINAMITA.—A ver, déjamela...

PELAYO.—*(Dándole el revólver a* DINAMITA.*)* Cuidadín, cuidadín, que es nueva, ¿eh?

DINAMITA.—¡Vaya máquina de matar!

PELAYO.—... Es que sirve para eso..., la mía tenía el percutor muy mal y me la han cambiado por ésta.

(LADISLASO *compara su pistola con la de* PELAYO.)

DINAMITA.—Ésta..., ésta es igual que la que llevaba *Harry el sucio*[148], eh, puñetero...

(DINAMITA *devuelve la pistola a* PELAYO.)

PELAYO.—Igualita, igualita, igualita... (DINAMITA *saca su pistola de la sobaquera),* oye, ¿sabes lo que haría yo con esta pistola, si tuviera al Morales delante?

DINAMITA.—¡Vete a saber!

PELAYO.—¡Cojo el pistolón!, ¡se lo pongo en los huevecillos y hago «piñau», «piñau», «piñau»!

(PELAYO *apunta con su pistola a la entrepierna de* DINAMITA *y juega a disparar.* LADISLASO *y* DINAMITA *siguen el juego. Ríen. Por la derecha aparece* MORALES, *el jefe de los guardias de seguridad, acompañado de un joven «mosso», recién salido de la Academia. El chico lleva una bolsa en la mano.*
MORALES *observa muy serio el jueguecito en el que se hallan inmersos los tres guardias.)*

DINAMITA.—*(Percatándose de la presencia del «jefe», se cuadra y saluda militarmente apoyando la pistola en su sien.)* ... ¡A sus órdenes!

---

[148] Película dirigida por Don Siegel (1912-1991) en 1971 y protagonizada por Clint Eastwood (1930).

PELAYO.—*(Sin darse cuenta de nada, continúa disparando.)* ... ¡Piñau!, ¡piñau!, ¡piñau!...

(PELAYO, *finalmente, se da cuenta del error que está come-
tiendo y se cuadra rápidamente, colocándose también el revólver en la sien.)*

MORALES.—Guarden ese juguete, no vaya a ser que encima
se lastimen. *(Los «mossos» guardan las pistolas en sus sobaque-
ras.)* ¡Descansen!, ¡art! *(Los «mossos» adoptan la posición de
descanso.)* ¡Sentarse!, ¡art! *(Los «mossos» se sientan en el ángulo
izquierdo de la gran mesa. De izquierda a derecha: el «mosso»
joven,* PELAYO, DINAMITA *y* LADISLASO.) Últimas instrucciones para la visita de hoy. *(Extrae una libreta del bolsillo de su
americana y lee.)* Primera: la Reina de Inglaterra tiene setenta y tres años.
LADISLASO.—Bueno, ¿y qué?
MORALES.—Lo señalo, porque en las escaleras del salón Sant
Jordi, ya se nos escoñó la Diva Caballé[149], y nos jodió tres
escalones... ¡O sea que al loro!
DINAMITA.—No, si aún tendremos que llevarla en brazos
a ésta.
MORALES.—Segunda: si se dirige a ustedes, cosa que esta se-
ñora hace a menudo, le responden escuetamente, «zen-
quiú»[150].
TODOS.—¿Cómo?
MORALES.—*(Remarcando la palabra.)* ¡«Zenquiú»! ¡A ver!
TODOS.—*(Imitando a* MORALES.) ¡«Zenquiú»!
DINAMITA.—¿Qué quiere decir, esto?
MOSSO ACADEMIA.—Gracias.
DINAMITA.—¡«Collons»!, ¿también os enseñan francés en la
Academia?

---

[149] Montserrat Caballé: soprano lírica española (1933) y tótem catalán muy
querido por Pujol. La hipérbole que Morales dice a continuación alude al tamaño enorme de la cantante.
[150] Forma intencionadamente incorrecta por «Thank you», con el fin de ridiculizar al personaje.

LADISLASO.—Oiga Morales, ¿en qué idioma habla la Reina esa? Bueno, por si acaso se dirige a nosotros, ¿no?...

MORALES.—*(Empezando a perder la paciencia.)* ¡En chino!

(Todos ríen el chiste de MORALES.)

DINAMITA.—*(Riéndose.)* ¡En chino mandarín!

MORALES.—Último ensayo de simulacro de desplazamiento. *(A* PELAYO.) ¡Usted!, ¡el gracioso! ¡Haga el doble de la señora! (MORALES *anda hacia la izquierda. El «mosso» de la Academia extrae una pamela de su bolsa y la coloca en la cabeza de* PELAYO. *Extrae también una larga falda floreada sujeta a dos tirantes.* PELAYO *se pone la falda. Finalmente le da a* PELAYO *un bolso de señora.* PELAYO, *una vez disfrazado, realiza una imitación, exagerando la avanzada edad de la* REINA.) La Reina de Inglaterra entrará por el sector...

TODOS.—A.

MORALES.—... Y atravesará el sector...

TODOS.—*(Cada cual dice una letra distinta.)* A-B-F.

MORALES.—B.

TODOS.—B.

MORALES.—*(Anda hacia la derecha.)* ... Atravesará el sector B y se detendrá justo aquí. (PELAYO *va siguiendo a* MORALES *y cada vez exagera más la ancianidad de la* REINA.) ¡Usted! ¡Deje de hacer teatro! *(A los otros guardaespaldas.)* Y ustedes, ¡a tres metros de distancia de la comitiva, venga!

DINAMITA.—*(Separándose unos tres metros de* PELAYO.) Después pasa algo y... ¿tú, dónde estabas...?

MORALES.—Continuará su recorrido, y justamente aquí, en ese pequeño rincón del Patio de los naranjos, el Excels le hablará de las excelencias del carillón...[151]. *(Señala el techo.)* ¿Cuál será su puesto...?

LADISLASO.—La puerta de las escaleras.

MORALES.—... ¿Y el suyo?

MOSSO ACADEMIA.—La fuente.

---

[151] Se refiere al carillón del Palacio de la Generalitat.

MORALES.—... ¿Y el suyo?

DINAMITA.—Debajo de este naranjo.

MORALES.—Bien. *(Dando la orden a* PELAYO.) Y subirá las escaleras. (PELAYO *sube las escaleras rápidamente.)* ¡Tiene setenta y tres años!

DINAMITA.—¡Hombre, Morales!, ¡usted le ha dicho al chaval que no haga teatro!

> (PELAYO *baja las escaleras y las sube de nuevo, fingiendo una vejez extrema.)*

MORALES.—¡He dicho setenta y tres!, ¡no cuatrocientos! *(Sube las escaleras hasta llegar al pasillo de la derecha.)* Subirá las escaleras, hasta encontrase con el pasillo situado en el sector...

> (*Los guardias de seguridad suben las escaleras y se sitúan al lado de* MORALES.)

TODOS.—F.

MORALES.—¡Q!

TODOS.—¡Q!

MORALES.—Y entrará en el...

TODOS.—Salón.

MORALES.—De...

TODOS.—Sant Jordi.

MORALES.—... Entrará y hará un corto recorrido. (PELAYO *salta desde el pasillo al interior de la gran mesa y anda con pequeños pasitos dando círculos.) (A los guardias de seguridad.)* ¿Cuáles serán sus puestos? *(Los guardias se sitúan rápidamente en los puestos convenidos.) (A* PELAYO, *que continúa dando vueltecitas.)* ¡Usted!, ¡deje de dar vueltas como un tiovivo! (PELAYO *se para. Está mareado. Pierde el equilibrio y en un gesto de gran prosopopeya se coloca una mano en la frente.)* ¡Y no me haga la Nuria Espert![152]. (PELAYO *regresa al*

---

[152] Actriz y directora española de teatro (1935) parodiada aquí por su estilo trágico-tremendista.

pasillo.) Y después el Excels lo acompañará a la sala del Tàpies[153].

DINAMITA.—¿Qué tapia?

MORALES.—¿Está de cachondeo, verdad?

DINAMITA.—No, Morales, «collons», para saberlo...

MORALES.—*(Vocalizando exageradamente.)* La sala de la pintura moderna.

DINAMITA.—¡Ah, el cuarto del boniato[154], quiere decir!

(Andan todos hacia la izquierda.)

MORALES.—*(Bajando las escaleras de la izquierda.)* ¿Ha quedado bien entendido?

TODOS.—Sí.

MORALES.—¿Bien entendido?

TODOS.—Sí.

MORALES.—¿Seguro?

TODOS.—Sí.

(Se han situado todos en formación delante de la gran mesa.)

MORALES.—¿Saben todos cuáles serán sus puestos?

TODOS.—Afirmativo.

(Por la derecha entra el EXCELSITO *menor. Pasa por delante de los guardaespaldas. Todos le saludan militarmente. Silencio. Se diría que el chaval pasa revista. Se fija en* PELAYO, *que continúa disfrazado de mujer.)*

EXCELSITO –.—*(A* PELAYO.) ¡Marica!

---

[153] Véase nota 162 en *Daaalí*. La sala Tàpies de la Generalitat se llama así porque acoge un gran mural del pintor denominado *Mural de las cuatro crónicas* (1990), que evoca la historia de Cataluña a partir del libro *Dels Feyts,* de Jaime I (1207-1276); *El libro del Rey en pere,* de Bernat Desclot (1114-1285); de *La crónica,* de Ramón Muntaner (1207-1328), y *La crónica,* de Pedro el Ceremonioso (1299-1387).

[154] «Tubérculo comestible de la raíz de esa planta». Comentario sarcástico hacia la pintura de Tàpies.

(El EXCELSITO *hace mutis por la izquierda.*
DINAMITA *se ríe abiertamente.)*

MORALES.—¡Simpático el niño!, ¿eh?
PELAYO.—¡Simpático, el cabroncete!
DINAMITA.—*(Riéndose todavía.)* ¿Cómo lo ha adivinado?

(PELAYO *se quita el disfraz y lo introduce en la bolsa. Sin embargo la falda permanece en el suelo sin que nadie la recoja.)*

LADISLASO.—Oiga, Morales. ¿Cuál es el santo y seña de hoy?
MORALES.—*(Se acerca al grupo y susurra.)* Atención. Santo y seña para hoy: «Barcelona és bona si la bolsa sona»[155].
TODOS.—*(Gritando.)* «Barcelona es bona si la bolsa sona.»
MORALES.—*(Con un gesto para que se callen.)* Señores, son las diez y media. Pongan los relojes en hora. Dentro de «tres cuartos», ¡todos a sus puestos!... *(Suena el móvil de* MORALES.*)* ¡Señorita Eulalia!... ¡claro...!, sí... sí... Estábamos aquí, precisamente, preparando lo de la visita de la Reina... ¿qué?, ¿que ya ha llegado? ¡A sus órdenes señorita Eulalia!
MORALES.—¡Señores! ¡La Reina de Inglaterra acaba de llegar!
TODOS.—Que no Morales. Que no puede ser. Pero si todavía no es la hora. Faltan tres cuartos de hora...
LADISLASO.—Es matemáticamente imposible, Morales.
MORALES.—¡He dicho que acaba de llegar y acaba de llegar! ¡Firmes!
TODOS.—*(Al unísono, automáticamente.)* Barcelona és bona si la bolsa sona!
MORALES.—¡No! ¡Todos a sus puestos! ¡Art!

(Los guardaespaldas inician el mutis por la izquierda. MORALES *por la derecha. Antes de desaparecer,* DINAMITA *se dirige a* MORALES.*)*

DINAMITA.—Oiga, Morales (MORALES *se lleva la mano a la sobaquera en actitud amenazante)*, es que el mes pasado me hicieron soplar como a un capullo cualquiera y yo...

---

[155] Véase nota 40.

MORALES.—(MORALES *saca su pistola y apunta a la frente de* DI-
NAMITA.) ¡Consejo de guerra!

DINAMITA.—¡Hombre, Morales!

MORALES.—¡Consejo de guerra!

DINAMITA.—*(A sus compañeros.)* ... ¡Esperadme cabrones!

*(Se oye un fuerte ruido que procede de una aspiradora conec-
tada. Se trata de* FÁTIMA, *una emigrante marroquí que trabaja en la Institución como mujer de la limpieza. Viste una
bata azul, con una credencial en el pecho, y lleva puesto un
chador.*
MORALES *guarda su pistola en la sobaquera. Ordena a* FÁ-
TIMA *que se marche, pero el potente ruido de la aspiradora impide que se le escuche.* MORALES, *violentamente, le quita a la
magrebí la aspiradora y la desconecta.)*

MORALES.—*(Gritando.)* ... ¡Favor de marcharse de aquí! *(De-
volviéndole la aspiradora.)* ¡No quiero moros en la costa!
¡Venga!

FÁTIMA.—*(Hablando en árabe. Sólo se le entiende alguna palabra
en castellano.)* ... limpieza...

MORALES.—¡Fuera!

FÁTIMA.—... ¡Racista charnego[156]!...

MORALES.—Pero ¿qué coño le estoy diciendo? ¡Que se lar-
gue de aquí!...

*(FÁTIMA conecta de nuevo la aspiradora y continúa con su
trabajo.* MORALES *la echa fuera a empujones. Desaparecen
los dos por la derecha. El ruido de la aspiradora se va alejando. Por la izquierda entra el* EXCELS, *en pijama y batín
con la* REINA *de Inglaterra. Les acompaña un joven traductor. En la comitiva:* MORALES, DINAMITA, LADISLASO *y*
PELAYO.)*

EXCELS.—... Bueno y la voluntad de ser, al tener una cultura,
una lengua, una televisión propia, marca el hecho diferen-

---

[156] Llamados así principalmente los inmigrantes murcianos que vivían en
Cataluña. También se usó para gallegos y andaluces. Es despectivo.

cial, ¿eh? No somos del todo españoles, madama. Somos como Gibraltar, like Gibraltar. Come on, come on.

(El EXCELS tropieza con la falda del simulacro y la recoge alterado. Se la da a MORALES que, a su tiempo, la lanza a PELAYO. PELAYO la lanza entre cajas a la izquierda.)

REINA ISABEL.—Velázquez is my prefered painter.
EXCELS.—Come on, come on. This is Orange garden. Pati dels Tarongers[157].
REINA ISABEL.—¿Patio andaluz?

(LADISLASO se entretiene jugando con una naranja que ha caído al suelo.)

EXCELS.—No, no, patio andaluz no. No, no, no. Andalucía y Polonia... e... *(rectificando),* y Cataluña son distintas. *(Al traductor.)* Explíquele esto a la madama.

(Los guardaespaldas juegan al fútbol con la naranja que, en un descuido, va rodando hacia los pies de la REINA.)

TRADUCTOR.—Catalonia and Andalucía are very, very, very different lands. Always like two different countries.
REINA ISABEL.—*(Dándose cuenta de la naranja.)* Oh, look, an orange! *(El traductor la recoge y se la ofrece.)* Thank you. *(Hace botar la naranja como si fuese una pelota.)* It's plastic.
EXCELS.—Sí, sí, sí.
REINA ISABEL.—Are they all plastic oranges?
EXCELS.—Sí, sí, sí, sí. Ya le explicaré el por qué, ya se lo explicaré. Me las robaban, me las robaban. *(Coge la naranja.)* La gente se las quedaba como recuerdo, etcétera, etcétera... Y precisamente aquí, en este patio, se tenía que mantener la tradición de l'orange. Por eso hemos tenido que poner estas de decoración. Decoration!
REINA ISABEL.—Decoration.

---

[157] Véase nota 72.

EXCELS.—Well *(le devuelve la naranja)*, take a little souvenir for you madama. From Cataluña. *(Dirigiéndose a la derecha.)* Come on, come on... *(La REINA lanza al aire la naranja. La caza al vuelo el traductor y se la pasa a MORALES. MORALES la entrega a LADISLASO, que la guarda en el bolsillo de su chaqueta.)* This is a carillon[158]. The Big Ben catalán. *(Imitando el sonido de las campanas.)* Ding, ding, dong, dong..., etcétera, etcétera, etcétera. Y ahora un momento de silencio porque van a sonar las campanadas de un momento a otro, ya que es la hora exacta. Silence, please.

> *(Silencio.*
> *Las campanas no suenan.*
> *Por la derecha aparece la REINA MADRE de Inglaterra.)*

REINA ISABEL.—Mami! Mami!

(Desconcierto general.)

TRADUCTOR.—*(Muy nervioso, a MORALES.)* ¡Hostia, pero quién ha puesto a ésta!

MORALES.—No sé. Esto es cosa de Puig.

TRADUCTOR.—*(A MORALES.)* Fuera, fuera. ¡Que ésta está muerta!

EXCELS.—*(Dirigiéndose a la REINA MADRE.)* ¡Caramba, esto es una sorpresa inesperada! Señora, me perdonará, pero... no sé... es como si... vamos, es que... *(Discretamente, al traductor.)* ¿Pero, que no se había muerto esta señora?

TRADUCTOR.—¡Noooo! Excels. Usted la confunde quizás con... *(intentando salir del paso)*, la Reina Madre de Dinamarca...

EXCELS.—Tal vez sí. Tal vez sí. En fin, nada. Ha sido un lapsus. *(A la REINA MADRE.)* Señora la felicito porque se halla en perfecto estado de conservación. *(Cambiando de tema.)* Bueno, como veo que el carillón no suena, aquí te-

---

[158] Véase nota 151.

nemos una escultura de un gran artista catalán which name is Llimona[159].

REINA MADRE.—What?

EXCELS.—Limón.

REINA MADRE.—What?

EXCELS.—Citron.

REINA MADRE.—*(Al traductor.)* What is he saying?

TRADUCTOR.—This is a sculpture of a catalan artist. His name is Llimona. Like lemon in English.

REINA MADRE.—Oh, you mean the actor Jack Lemmon[160]. I personally prefer Antonio Banderas.

TRADUCTOR.—*(Al* EXCELS.*)* ... Dice que prefiere a Antonio Banderas.

EXCELS.—¡Ah!, ¡muy salada la madama!, ¡muy salada!

REINA MADRE.—*(Fijándose en* DINAMITA *y yendo hacia él.)* Oh, look! Oh, doesn't he look the spitting image of Antonio Banderas.

TRADUCTOR.—*(Al* EXCELS.*)* Dice que se parece a Antonio Banderas.

EXCELS.—¿Quién?, ¿éste? Esto debe ser humor inglés, ¿eh?, humor inglés.

REINA MADRE.—*(A* DINAMITA.*)* Excuse-me, my good man, do you speak English?

DINAMITA.—*(Cuadrándose.)* ¡Zenquiú!

REINA MADRE.—What is your name, good sir?

DINAMITA.—Barcelona és bona si la bolsa sona! ¡Zenquiú! *(*MORALES *lo funde con la mirada.)* ¡Zenquiú!

EXCELS.—*(Irónico.)* ¿El Banderas, eh, madama?

REINA MADRE.—*(Dirigiéndose al* EXCELS.*)* Oh, he's so intelligent, isn't he?

EXCELS.—Sí que lo es, sí que lo es. El Banderas también se fue a trabajar al extranjero. Se lo digo porque nosotros teníamos a uno mucho más, ¡mucho más mono que el Banderas! Con su flequillo, él, sus maneras muy finas, que se llamaba José

---

[159] Josep Llimona: escultor español (1864-1934), uno de los referentes del modernismo.

[160] Actor de cine americano (1925-2001).

María Flotats[161] y que se lo dimos todo y más, y también se fue a trabajar al extranjero. A Madrid, concretamente. Así nos lo pagó, el muy traidor. Well, come on, come on. *(El* EXCELS *sube las escaleras de la derecha hasta llegar al primer rellano.)* Ayuden a su Majestad a subir las escaleras... *(El traductor ayuda a subir las escaleras a la* REINA ISABEL. *Por el contrario la* REINA MADRE *no requiere la ayuda de nadie y sube las escaleras saltando como un gamo.)* Caray, caray, caray, caray. Está usted hecha un pimpollo. ¡Un pimpollo! *(Caminan por el pasillo con la intención de entrar en el Salón de Sant Jordi. La comitiva de guardaespaldas les sigue.)* ... Well, ¿Qué pasa? *(La* REINA ISABEL *se ha dirigido discretamente al traductor, para preguntarle dónde está el WC.)* Acompañen inmediatamente a su Majestad al water de mi despacho.

*(*PELAYO *acompaña a su Majestad. Ambos salen por el fondo derecha.)*

Oiga..., dígale que la taza está detrás de la cortina y que el agua cae automáticamente cuando se cierra la tapa. *(El* EXCELS *penetra en el centro de la gran mesa, convertida ahora en Salón de Sant Jordi. En estos mismos instantes aparece* FÁTIMA *por el rellano de la derecha y se encuentra, cara a cara, con la* REINA MADRE. *Lleva el aspirador en una mano y en la otra un trapo para el polvo.)* This is Sant George Salon[162]. Sant George Salon is a very nice place..., very nice place...

REINA MADRE.—*(A* FÁTIMA.*)* Oh, good afternoon, my dear. How are you?

FÁTIMA.—Fátima.

(El EXCELS *regresa al corredor.)*

EXCELS.—*(A* MORALES, *refiriéndose a* FÁTIMA.*)* ¿Qué hace esta mujer, aquí?

---

[161] Véase nota 129 en *La increíble historia del Dr. Floit & Mr. Pla.* Flotats, declarado adversario de Els Joglars, incluso ha dicho que el teatro de este grupo no le interesa.

[162] Dependencia del Palacio de la Generalitat que se utiliza para recepciones y actos institucionales. Es de los siglos XVI-XVII y está decorado con pinturas de 1928 que representan acontecimientos de la historia catalana.

(Morales *no sabe qué responderle.*)

Reina Madre.—*(Al* Excels.) She is very simpatic, isn't she?

Excels.—*(A la* Reina Madre.) Certanly, certanly. *(A* Fátima.) Excuse-me, I have a little question for you, for you. I want to know where are you from?

Fátima.—Señor sultán, si usted hablar a mí así, yo no comprender charnego catalán[163].

Excels.—Perdone, perdone. Bueno, usted es aquella señora que, si mal no recuerdo, su marido llegó en una patera al puerto de Empurias y se pegó un porrazo de padre y señor mío, ¿no?

> *(El* Excels *gesticula en exceso y propina un golpe a la* Reina Madre, *que pierde el equilibrio y está en un tris de caerse si no fuera porque* Fátima *la sostiene.)*

Fátima.—No, señor sultán. Yo llegar en camión ganado. Primero llegar marido, después llegar mujeres, después llegar hijos.

Excels.—La felicito. ¿Hijos?, la felicito.

Fátima.—Yo, Fátima.

Excels.—Haga, haga.

Fátima.—Papeles.

Excels.—Bueno, haga.

Fátima.—Integración.

Excels.—Haga, haga.

Reina Madre.—*(Dirigiéndose al centro de la gran mesa.)* Good bye my dear. See you.

> (Morales *empuja a* Fátima *hacia la derecha del corredor.*)

Excels.—*(A la* Reina Madre.) Esta elementa es una aborigen del norte de África, y como los Reyes Católicos, que eran españoles, los expulsaron a todos, pues nosotros los hemos vuelto a acoger. Cataluña es tierra de acogida[164].

---

[163] Véase nota 156.

[164] Repetición irónica de la frase, dicha por Pujol, que delata el rechazo del Excels hacia los inmigrantes.

REINA MADRE.—Aborigine?

EXCELS.—Exactly that! (FÁTIMA *conecta el aspirador en el corre-dor principal.* MORALES *lucha por apagarlo hasta que consigue dar con el botón.) (A* MORALES.) ¡Usted!, ¿ahora es momen-to de pasar la aspiradora?... (MORALES *le da el aspirador a* FÁTIMA *y la echa fuera por la derecha.) (Ya en el Salón de Sant Jordi, señalando el techo.)* Y esta pintura de aquí arriba repre-senta la Virgen de Montserrat. *(Su voz reverbera.)* The Black Virgin[165].

REINA MADRE.—Oh, from Africa?

EXCELS.—No, no..., no me asuste, madama. *(Al traductor.)* Ex-plíquele que es bien catalana, explíqueselo.

TRADUCTOR.—She's a very, very catalan black Virgin.

EXCELS.—Black Virgin.

TRADUCTOR.—... one of the few Black Virgin that's in a catholic tradition has in Europe...

EXCELS.—Europe.

TRADUCTOR.—... like in Polon and anothers countries.

EXCELS.—Anothers countries, anothers places. Y una de las características más importantes de este habitáculo, es que tiene una excellent acustic. Look. *(Da unas palmadas para hacer notar el efecto del eco.)* ¿Eh?, ¿eh?

REINA MADRE.—The echo!

EXCELS.—Ecoliquá[166].

REINA MADRE.—The echo.

EXCELS.—Ecoliquá.

(Silencio.)

REINA MADRE.—*(Canta el himno de la corona inglesa.)* God save our gracious Queen, God save our glorious Queen, God save the Queen.

(En una nota aguda, la anciana queda sin respiración.)

---

[165] La Moreneta, apodo popular con que se conoce a la Patrona de Barcelona debido al color oscuro de la talla, realizada en madera de ébano. Pujol ha dicho muchas veces que esta Virgen era un elemento básico de la Identidad Catalana.

[166] *Eso es.*

EXCELS.—Coja, coja a esta mujer..., que aún le va a dar un patatús. Señora, madama, me ha emocionado mucho esta canción escocesa, ¿eh? Una canción muy profunda. (MORALES *entra en el Salón con una cámara de fotos.*) *(Al traductor.)* ¿Qué pasa...?

TRADUCTOR.—*(Al* EXCELS.) Una foto...

EXCELS.—¡Ah, sí, mire! Ahora nos van a hacer una fotografía a usted y a mí...

REINA MADRE.—A photograph?

EXCELS.—¿Qué le parece?

REINA MADRE.—I love photos.

EXCELS.—... Para pasar a la posteridad.

REINA MADRE.—Wonderful!

EXCELS.—Bueno, hacemos buena pareja, usted y yo.

REINA MADRE.—Let's go!

EXCELS.—Vamos a ver esto cómo irá, caray. Vamos a ver esto. *(La* REINA MADRE *y el* EXCELS *se preparan para ser fotografiados.* MORALES *tira la fotografía y el flash se ilumina en el momento en que el* EXCELS *se disponía a ponerse las gafas.)* ¡No! Ahora no porque me pongo las gafas. ¡Ahora no! Otra. *(Se preparan para una segunda fotografía.)* Bueno, vamos a ver esto cómo irá. Vamos a ver esto... *(El flash se ilumina en el momento en que el* EXCELS *tose.)* ¡No! A ver, seríamos capaces de sacar bien una fotografía, ¿eh? Enfocar, ¿eh? Apretar el..., ¿eh?... mirar..., ¿sí o no?...

REINA MADRE.—Another one?

EXCELS.—Of course, of course...

REINA MADRE.—Excellent!

EXCELS.—Another one, another one... *(Se preparan para una tercera fotografía. Al* EXCELS *le aparecen los tics en la cara y se mueve descontroladamente.* MORALES *intenta seguirlo con la cámara. Dispara la fotografía justo en el momento en que el* EXCELS *se rasca la entrepierna.)* Dejémoslo estar, madama, no se pueden pedir peras al olmo. *(Volviendo al pasillo principal.)* Well, come on, come on, come on...

(La REINA MADRE *se queda sola con* MORALES *y éste puede realizar al fin su fotografía con normalidad.)*

REINA MADRE.—Cheese.

EXCELS.—Bueno, ahora pasaremos al salón Tàpies. Tàpies es un pintor catalán, que a ciencia cierta nadie sabe lo que pinta, pero es considerado el Velázquez catalán[167]. *(El* EXCELS *hace mutis por el fondo a la izquierda.)* Oh..., we also have the Goya[168] catalán, but the Goya catalán is very expensive...

REINA MADRE.—*(Mientras sigue al* EXCELS *encuentra a* DINAMITA.*)* Oh, he's my little Antonio Banderas, isn't he? Hello good man.

DINAMITA.—Zenquiú.

REINA MADRE.—Tell me, have you ever been to London?

(La REINA MADRE *baja las escaleras de la izquierda cogida del brazo de* DINAMITA.*)*

DINAMITA.—*(Haciendo mutis por la izquierda con la* REINA MADRE *y el traductor.)* ¡El mes pasado me hicieron soplar como a un capullo cualquiera!

REINA MADRE.—Why don't you come to see me some time? I can show you my collection of etchings and water colours.

MORALES.—*(Intenta avisar al* EXCELS.*)* ¡Excels!, ¡Excels!

EXCELS.—*(Volviendo del mutis y situándose enfrente de la gran mesa.)* ¿Dónde se ha metido, esta mujer, caray? ¿Dónde se han metido estas mujeres, por el amor de Dios? ¡Dónde están estas mujeres!

MORALES.—La Reina está en el sector C y la Reina Madre por el sector A, Excels.

EXCELS.—Somebody can explain me where is the women.

MORALES.—... To sector B and to sector A.

EXCELS.—¿What do you say?

MORALES.—... From sector B, to sector A.

EXCELS.—¿Pero por qué me habla en gallego ahora, usted?

MORALES.—Se han marchado en dirección al parking...

EXCELS.—*(Saliendo por la izquierda.)* Where are these fucking old ladies!

---

[167] Ironía de Boadella, ya que detesta el arte de este pintor contemporáneo.
[168] Francisco José de Goya y Lucientes: pintor español (1746-1828).

MORALES.—*(Siguiendo precipitadamente al* EXCELS *encuentra a* PELAYO.) ¡Usted tiene la culpa de todo!

LADISLASO.—Zenquiú.

(LADISLASO *y* PELAYO *hacen mutis por la izquierda con* MORALES. *Mientras,* FÁTIMA *ha estado siguiendo la situación desde el corredor principal. Baja las escaleras y también hace mutis por la izquierda.)*

MORALES.—*(Entrando de nuevo en escena y dando un empujón a* FÁTIMA.) ¡He dicho que no quiero moros en la costa!

(MORALES *vuelve a salir por la izquierda.* FÁTIMA *grita al estilo de las mujeres árabes.* EULALIA *entra por la derecha y sorprende a* FÁTIMA. *La mujer árabe deja de llorar y gritar.)*

EULALIA.—¿Qué, Fátima? ¿Ya volvemos a hacer de tribu? *(Refiriéndose al chador*[169]*.)* Además, ya te dije que esta mantilla que llevas, aquí no. Esto no es una mezquita. Ya te lo dije esto.

FÁTIMA.—Mahoma mandar el pañuelo cabeza.

EULALIA.—Mira que eres integrista, ¿eh? Además, tú no tienes que estar aquí. ¿No tienes clase de catalán?

FÁTIMA.—Mucho tiempo en trabajo, entonces poco dinero.

EULALIA.—Siempre estáis con exigencias, ¿eh? Mira que te hemos acogido igual que a las andaluzas, las extremeñas, las sevillanas, y ¡siempre queréis más!, ¡no sé qué pasa!

FÁTIMA.—Sultán bajito pijama estar mucho contento con mí.

EULALIA.—Con el sultán bajito, éste, que dices tú, ¡el del pijama!, no se habla, ¿eh? Que ya me he enterado del espectáculo que has dado en el Salón Sant Jordi. No.

---

[169] O velo islámico, es una prenda, generalmente de color negro, que cubre a las mujeres musulmanas de pies a cabeza dejando sólo al descubierto el óvalo de la cara y sus manos. El término se ha generalizado para designar al pañuelo que cubre la cabeza.

FÁTIMA.—Vosotros un trato no persona. Vosotros un trato peor animal.

EULALIA.—¿Cómo te trata tu marido?, ¿eh?, ¡a palos! Seguro que debe ser un manta. Todo el día con Alá, Alá, y entre la seca y la meca no debe hacer nada, éste.

FÁTIMA.—Mi marido, no papeles.

EULALIA.—Eso mismo, sin papeles. ¡Sin papeles y tú, pariendo como una coneja!

FÁTIMA.—A mí, faltar últimos papeles.

EULALIA.—Bueno, ¿tú quieres los papeles, no?..., ¿sabes lo que es el finiquito?

FÁTIMA.—No conocer calle.

EULALIA.—Pues son unos papeles que te vamos a dar el próximo día treinta, ¡cuando te facturemos para Tetuán!

FÁTIMA.—No Tetuán.

EULALIA.—*(Marchándose por la izquierda.)* ¿Ah, no quieres Tetuán?

FÁTIMA.—No, no.

EULALIA.—¡Pues a El Egido![170]

(EULALIA *hace mutis por la izquierda.*)

FÁTIMA.—No El Egido. Yo estar española. Yo ir estación Francia, Sarriá, número cinco, García Valdecasas...[171].

(FÁTIMA *está llorando arrodillada en el momento en que entra* DINAMITA. *Lleva a la* REINA MADRE *en brazos. Ambos van acompañados del traductor.*)

REINA MADRE.—Wonderful! My little Rambo! You make me feel like Melanie Griffith[172]. Now don't forget. At six o'clock sharp.

---

[170] Referencia a los acontecimientos xenófobos y racistas ocurridos en el año 2000 en la comarca de El Egido (Almería) en los que inmigrantes africanos, sobre todo magrebíes, fueron apaleados y sus casas y coches incendiados por los habitantes del pueblo. Hay que observar que, un poco más arriba, Eulalia pronuncia en catalán el dicho de «la seca a la meca», que en castellano seria de «la Ceca a la Meca».

[171] Julia García Valdecasas (1944), delegada del gobierno de Cataluña por el Partido Popular.

[172] Actriz americana (1957).

TRADUCTOR.—*(A* DINAMITA.*)* ... Acuérdese, a las seis en punto.

REINA MADRE.—At my Hotel Arts. In the Puerto Olímpico.

TRADUCTOR.—... En su Hotel Arts, en el Puerto Olímpico.

DINAMITA.—¡Allí estaré como un clavo!

TRADUCTOR.—He will be there, Majesty.

REINA MADRE.—Excellent, I'll see you there. And bring your twin brother.

TRADUCTOR.—... Dice que, a la vejez viruelas.

DINAMITA.—Zenquiú. Gracias eh, joven por lo que está haciendo, porque, es que como habla tan deprisa...

REINA MADRE.—*(Pellizcándole el trasero a* DINAMITA.*)* Whoopie![173]

DINAMITA.—¡Collons qué suerte tengo! ¡Esta pájara me va a jubilar! *(Sale por la derecha.)*

REINA MADRE.—Bye, bye, dear..., see you later. Bye, bye. You may leave as well, dear! Thank you.

TRADUCTOR.—But, Majesty, you can't stay alone.

REINA MADRE.—... ¡A la vejez viruelas!...

TRADUCTOR.—... Sorry your Majesty.

REINA MADRE.—Stupid Spanish!

REINA MADRE.—*(Dándose cuenta de* FÁTIMA.*)* Oh, hello aborigine.

FÁTIMA.—Salam.

REINA MADRE.—Hello. *(Dándose cuenta de que está llorando.)* What's the matter, dear? Are you crying? Oh, you tell me what's the matter.

FÁTIMA.—*(Sentada en la esquina izquierda de la gran mesa.)* Eulalia es persona racista. No papeles, no integración.

REINA MADRE.—Excuse-me, are you Pakistani?

FÁTIMA.—No. Yo soy Marruecos.

REINA MADRE.—Moroco! Oh, I love Moroco. That's all cous cous[174], belly dancing and... hashish... *(Se sienta al lado*

---

[173] Exclamación de júbilo: *¡Yupi!*

[174] Comida típica del norte de África que se elabora a partir del grano de trigo cocido al vapor que después de un proceso de secado y trituración queda con un aspecto parecido a la sémola. Se come acompañada de cordero o pollo, verduras y especias.

de FÁTIMA.) Now you dry your tears my dear, men are not with crying for. You'll put I have medecine. *(Saca de su bolso una petaca con licor.)*

FÁTIMA.—*(Oliendo el contenido de la petaca.)* ¡Oh, alcohol!

REINA MADRE.—Yes.

FÁTIMA.—No bueno.

REINA MADRE.—Have a drink.

FÁTIMA.—Yo comer para integración... *(Saca del bolsillo de su bata un «fuet» y un cuchillo.)* Yo comer cerdo.

REINA MADRE.—What's this?

FÁTIMA.—Cerdo catalán.

> (FÁTIMA *le ofrece un trozo de embutido pero la* REINA MADRE *lo rehúsa.)*

REINA MADRE.—Oh, thank you I only like liquid food. Cheer for Maroco. Down the huge. Chin, chin. *(La* REINA MADRE *bebe de su petaca, se levanta y saca literalmente fuego por la boca.* FÁTIMA *cae de rodillas al suelo.)* A trago a day keeps the blues Hawai. That my mother always said to me.

FÁTIMA.—*(Aterrorizada.)* Fuego. Fuego boca es castigo Alá. Alcohol no bueno. *(Confidencialmente.)* Yo..., yo... yo vender hachís.

REINA MADRE.—*(Con gran curiosidad.).* Did you say hachís? Do you have hachís? You give me hachís.

FÁTIMA.—Yo primero mirar moros en costa. *(Otea a izquierda y derecha.)*

REINA MADRE.—Moros. Costo... I understand.

FÁTIMA.—*(Saca una pieza de hachís de su chador.)* Barato. Yo vender niños sultán bajito pijama, mucho. Poco dinero.

> (FÁTIMA *le ofrece el hachís a la* REINA MADRE, *que lo guarda muy excitada en su bolso.)*

REINA MADRE.—Thank you, thank you.

FÁTIMA.—¡Cuidado!, ¡sultán pijama!

> *(El* EXCELS *cruza la escena de izquierda a derecha, por delante de las dos mujeres. Le siguen* MORALES, PELAYO *y* LADISLASO.)*

196

EXCELS.—... ¡Pero, a ver Morales!, ¿dónde se ha metido esta mujer?

MORALES.—*(Descubriendo a la* REINA MADRE.) ¡Aquí está una, Excels...!

REINA MADRE.—Thank you, my dear. Thank you, thank you.

(FÁTIMA, *a cambio del hachís, le pide a la* REINA MADRE *una joya que lleva en su pechera.)*

REINA MADRE.—Oh, World you like the crown's jew? *(Dándole la joya.)* Here you go my dear.

FÁTIMA.—¡Cuidado, guerreros sultán!

(Por la izquierda aparecen los «mossos» 5 y 1. Suben las escaleras de la izquierda con sus respectivos trombones y se sitúan en el rellano.)

EULALIA.—*(Entrando por la derecha, muy indignada y dirigiéndose a la* REINA MADRE.) A ti te estaba buscando. ¡Venga, no me metas más líos y lárgate discretamente! ¡Vaya la que has montado con la Moreneta Africana!

REINA MADRE.—*(Quitándose la pamela y la peluca.)* Para el carro tía que yo sólo he hecho lo que se me ha pedido. Y además, creo que lo he hecho muy bien.

EULALIA.—Bueno, bueno, pero ahora fuera inmediatamente. Ya se te pagará a través de la agencia.

(EULALIA *y la actriz que ha interpretado a la* REINA MADRE, *salen por la derecha.)*

FÁTIMA.—*(Estupefacta.)* Catalanes siempre engañar. Pobres moros. ¡Racistas!

EXCELSITO –.—*(Apareciendo por la izquierda, con gran nerviosismo.)* ¡Fátima!, ¡Fátima!

(El EXCELSITO *indica a* FÁTIMA, *con un gesto, que desea comprar hachís.)*

FÁTIMA.—Ah, bisnes[175].

(FÁTIMA *y el* EXCELSITO *salen por la izquierda.*)

ESCENA 8
EL DORMITORIO DE LOS EXCELSOS

Los «mossos» 5 y 1 tocan un compás de la canción tradicional cata-lana «El ball de la civada»[176]. Por la izquierda entra PAQUITA, *otra criada de los* EXCELSOS. *Lleva una sábana en sus manos. La tien-de sobre la gran mesa y se dispone a hacer la cama.*

Una vez terminados los compases musicales, los «mossos» desapa-recen por el fondo.

PAQUITA.—*(Cantando, mientras hace la cama.)* Pobre chica la que tiene que servir. Más valiera que se llegase a morir. Porque si es que no sabe por las mañanas brujulear, aunque mil años viva su paradero es el hospital[177]. *(Dejando de cantar y dirigiéndose a* MIRCA.) ¿Mirca?, ¿les pongo el edredón?

MIRCA.—*(Entre cajas, a la derecha.)* Espera que ahora voy...

PAQUITA.—*(Cantando de nuevo.)* Cuando yo vine aquí lo pri-mero que a hacer aprendí, fue a fregar, a barrer, a guisar, a planchar y a coser[178].

MIRCA.—*(Entrando por la izquierda.)* Déjalo así con las sábanas. *(Observando que* PAQUI *está angustiada.)* ¿Qué pasa, Paqui?

PAQUITA.—Es que, anoche, los niños me robaron el mone-dero.

MIRCA.—¿Otra vez? ¿Dónde habías dejado el monedero?

PAQUITA.—Debajo del colchón.

MIRCA.—Ya sabes que ellos conocen este sitio. ¿Sabes lo que tienes que hacer?, tienes que hablar en catalán. Aquí esta-mos en Cataluña.

---

[175] Intencionada forma incorrecta.
[176] Canción popular catalana.
[177] Letra correspondiente al tango «Doña Menegilda» de F. Pérez y Gon-zález, y música de Federico Chueca, compositor español (1846-1908). Este tango pertenece, a su vez, a la zarzuela *La Gran Vía* (1886).
[178] Idem.

(Por la izquierda entra el GUARDAESPALDAS 1. *Va en mangas de camisa, mostrando la sobaquera con la pistola. Lleva puestas unas gafas oscuras.)*

GUARDAESPALDAS 1.—*(Subiendo las escaleras hasta llegar al centro del pasillo principal.)* Hola Mirca.

MIRCA.—Hola, chiquillo.

GUARDAESPALDAS 1.—*(A* PAQUITA.*)* Hola, peoncilla[179].

MIRCA.—Te ha tocado el servicio nocturno, ¿eh?

GUARDAESPALDAS 1.—Sí. Hay que hacer servicio nocturno, sí.

MIRCA.—Pues prepárate porque los domingos se levantan tarde. Van a misa de doce.

GUARDAESPALDAS 1.—Bueno, bueno, bueno...

MIRCA.—*(Regañándole.)* Oye: ¿cuántos años llevas en Cataluña?

GUARDAESPALDAS 1.—Cuatro.

MIRCA.—Pues ya sería hora de que habláramos en catalán.

GUARDAESPALDAS 1.—¿... Y tú qué, guiri?

MIRCA.—*(Iniciando el mutis por la derecha.)* ¿Yo?, mira: setze jutges d'un jutjat, mengen fetge d'un penjat. Si el penjat es despengés, setze jutges sense res...[180] *(Sale.)*

PAQUITA.—*(Volviendo a cantar.)* Pero viendo que estas cosas no me hacían prosperar... *(Por la izquierda, entra el* EXCELS *y* PAQUITA *cambia rápidamente de canción.)* Treballem, treballem, que la civada, que la civada, treballem, treballem, que la civada guanyarem...[181]. Buenas noches Excelso. *(Sale por la izquierda.)*

EXCELS.—Buenas noches, Paquita, buenas noches. *(El* EXCELS *se mete en la cama y se cubre con la sábana. El guardaespaldas sube un peldaño y abriendo los brazos se sitúa en posición de Cristo.)* ¡Mamá...!

---

[179] Guiño privado y afectivo del actor a la compañera que hacía el papel de Paqui para dar a entender que está entrada en carnes.

[180] Trabalenguas catalán que significa: «Dieciséis jueces de un juzgado, comen hígado de un ahorcado. Si el ahorcado se descolgara, los dieciséis jueces se quedarían sin nada.»

[181] Canción popular catalana: «Trabajemos, trabajemos que la cebada ganaremos...»

OFF EXCELSA.—*(Entre cajas.)* ¿Sí?

EXCELS.—Que vienes.

OFF EXCELSA.—Enseguida.

EXCELS.—Mamá...

OFF EXCELSA.—Hmmm.

EXCELS.—... ¿Qué hago?... ¿El Prozac me lo tomo o no?

OFF EXCELSA.—¿Oriol qué te ha dicho?

EXCELS.—Que sí.

OFF EXCELSA.—Tómatelo.

> *(El* EXCELS *extrae una pastilla y se la pone como un supositorio.)*

EXCELS.—¡Ay! Mamá, que vienes.

OFF EXCELSA.—Oh..., ¿es que no me puedo lavar los dientes? *(Por la derecha entra la* EXCELSA *en camisón y se mete en la cama.)* Ya estoy. *(Oliendo algo desagradable.)* ¿Te has duchado?

EXCELS.—Es este supositorio que hace un olor muy fuerte.

EXCELS.—*(Sorprendida.)* ¿Pero, que no eran pastillas?

EXCELS.—*(Más sorprendido todavía.)* ¡Ah!..., ¿eran pastillas...?

EXCELSA.—Claro...

EXCELS.—Bueno, ¿cómo ha ido hoy, por la floristería?

EXCELSA.—Bien..., cuando me he ido, que era prontito, habíamos hecho unos mil quinientos euros y pico, de caja.

EXCELS.—¿Qué pico?

EXCELSA.—Veintisiete céntimos. Me rondaba alguna cosa, que tenía que comentarte... ¡Ah, sí!, Oriol. ¿Te ha confirmado el presupuesto?

EXCELS.—Sí.

EXCELSA.—¿Y..., a cuánto sube, finalmente?

EXCELS.—Noventa mil euros y pico, por las nueve sesiones.

EXCELSA.—¡Caray, qué pico! No..., si Oriol..., Oriol es muy amable, ¿eh?

EXCELS.—Sí.

EXCELSA.—Es una bellísima persona.

EXCELS.—Sí.

EXCELSA.—Ahora, un poco pesetero sí que encuentro que es, ¿eh?...

200

EXCELS.—Sí, mira. Todo sea para que el país me entienda, y me vea un poco más alegre, más alegre, ¿no?

EXCELSA.—Pero si..., hay momentos... que se te ve bien normal.

EXCELS.—Sí, sí. No me hubiera imaginado nunca que estas tonterías de terapias me ayudaran a arreglar los problemas. Precisamente, en la próxima sesión, Oriol me ha dicho que quiere que haga de Papa de Roma. Dice que llevo no sé qué, en el subconsciente. No, no..., estoy impaciente, estoy impaciente...

EXCELSA.—No, no, si todo esto te está yendo de perlas, eh... Ahora, lástima que no encuentres un momentito para cambiarte el pijama.

EXCELS.—Es que no encuentro un hueco, mamá, no encuentro un hueco.

EXCELSA.—Ahora bien, todo esto, papá, no lo tendrás que pagar todo tú. ¿Eh que no?

EXCELS.—Hombre..., hombre... Podríamos mirar que se hiciera cargo bienestar social...

EXCELSA.—Sí.

EXCELS.—... Bienestar social, porque de hecho es para el bienestar de la sociedad catalana, ¿no?

EXCELSA.—Mira, si no quieres que quede registrado, también lo puedes sacar de los bajos fondos.

EXCELS.—Pero ¿qué dices ahora de los bajos fondos? De los fondos reservados.

EXCELSA.—Eso.

EXCELS.—No. Esto no, porque una vez repartidos entre jueces, periodistas, el diario *Avui*[182] y Porcel[183], ya no queda nada de todo esto. Bueno, ¡hala!, buenas noches.

EXCELSA.—Buenas noches. Bueno, ¿qué?, ¿hoy también estás cansado...? *(El* EXCELS *ya está roncando.)* ¡Cataluña, país de abstinencia!

---

[182] Véase nota 9.

[183] Baltasar Porcel: escritor español (1937), colaborador en revistas y periódicos. Galardonado en 1999 con el Premio Bocaccio de Italia, con el Ciudad de Palma, de la Crítica catalana, el Josep Pla, el Prudenci Bertrana, el San Jordi y el de la Generalitat de Cataluña. Se ha caracterizado por sus encendidas defensas de Pujol, de ahí su mención por parte del Excels, que, también, insinúa que el escritor ha recibido alguna prebenda.

(La Excelsa, resignada, se duerme. El guardaespaldas, al comprobar que los Excelsos se han quedado dormidos, se marcha por la derecha del corredor principal.
El Excels sueña. Levanta los brazos como si quisiera tocar a alguien. En sus sueños ve a la gran Diva Montserrat. La insigne cantante de ópera aparece por la izquierda. Una luz potente ilumina el sueño del Excels.)

Excels.—*(Viéndola y levantándose de la cama.)* ¡Montserrat!, ¡Montserrat!, la voz de Cataluña. ¡Qué sueño más maravilloso! ¡Esto es una mujer! *(Refiriéndose a la Excelsa.)* ¡Y no aquello!

(El Excels y la Diva se sientan en el frontal de la cama. A una orden del Excels la diva canta «El Cant dels ocells»[184].)

Diva.—En veure despuntar
el major lluminar
en la nit més ditjosa...[185]
Excels.—Cataluña es un pueblo que canta. Cataluña canta.
Diva.—... els ocellets cantant,
a festejarlo van
amb sa veu melindrosa[186].
Excels.—*(Dando la entrada a la siguiente estrofa.)* Els ocellets cantant. ¡Vinga va!
Diva.—Els ocellets cantant... *(La Diva extrae de su brillante túnica una bandera catalana y la ofrece al Excels.)* ... a festejar-lo van...

(El Excels cuenta las cuatro barras de la bandera extasiado.)

... amb sa veu melindrosa...

(El Excels se tumba en la cama, abrazado a la bandera.)

---

[184] La canción más popular de Cataluña desde que Pau Casals la interpretara ante la ONU. La letra es del poeta español Jacint Verdaguer (1845-1902).
[185] Todos los versos que siguen pertenecen a la canción mencionada: *Cuando vieron despuntar / el mayor lucero / en la noche más dichosa...*
[186] *... los pajarillos cantando / a festejarlo van / con su voz melindrosa.*

... l'àliga imperial...[187]

(El EXCELS *se da un revolcón con la enseña cual si estuviera
haciendo el amor con ella.*)

... va pels aires volant,
... cantant la melodía...[188]

(El EXCELS *baja de la cama y baila con la bandera. Le da besos, sacando lascivamente la lengua.*)

... dient Jesús és nat
per treure'ns del pecat
i dar-nos alegria[189].

(El EXCELS *coge la bandera por un extremo y la arrastra
como un niño con su juguete. Se mete en la cama con el pulgar
en la boca y se queda dormido.*)

Dient, Jesús és nat..., per treure'ns del pecat..., i dar-nos
alegria.

(Montserrat, la DIVA, *desaparece por la izquierda asida a un
extremo de la bandera.*)

EXCELS.—¡Qué placer!, ¡qué gozo! Ven. Deja que te acaricie
   Montserrat. Ven Montserrat, ven Montserrat... (*El* EXCELS,
   *asido del otro extremo de la enseña, hace esfuerzos por recuperar a
   Montserrat. Pero ahora, quien entra es* PASCUAL MARAMÁGNUM *agarrado al vértice que sostenía la* DIVA.) ¡Ahhhh!, ¡el
   Maramágnum! (*Salta de la cama aterrado.*) ¡Largo de aquí!,
   ¡fuera!
MARAMÁGNUM.—(*Asido al extremo de la señera y con actitud prepotente.*) Oye, tú, siempre igual, ¿eh? Siempre has querido

---

[187] ... *el águila imperial...*
[188] ... *por los aires volando / canta su melodía...*
[189] ... *diciendo Jesús ha nacido / para librarnos del pecado / y darnos alegría.*

apropiarte de los símbolos de Cataluña, ¿no? Y los símbolos de nuestra patria, no son propiedad de nadie.

(Ambos forcejean agarrados a los extremos de la bandera.)

EXCELS.—¡Bueno!, pero mientras tanto los símbolos los guardaré yo a buen recaudo. A más a más, vosotros no tenéis ninguna solvencia. ¡Tú no has hecho nada por Cataluña!

MARAMÁGNUM.—¡Cómo que no!, oye que mi abuelo fue el autor de aquellos versos subversivos que decían: ... escucha España la voz de este hijo que te habla en lengua no castellana. En esta lengua, pocos te han hablado. Y en la otra, demasiados[150].

EXCELS.—¡Bah! Esto es poesía para solteronas bilingües. Yo, durante la dictadura, organicé veinte manifestaciones, sin estar presente en ninguna de ellas.

MARAMÁGNUM.—¡Bueno!..., pero yo he abierto Cataluña al mundo, Barcelona al mar, y además, si te acuerdas, organicé unas olimpiadas.

EXCELS.—¡Bueno!, pues yo he hecho Port Aventura, que es el Disneylandia catalán.

MARAMÁGNUM.—... Pues yo promocioné uno de los hechos empresariales más importantes de las últimas décadas.

EXCELS.—... ¿A ver?, ¿cuál?

MARAMÁGNUM.—¡Yo quemé el Liceo![151].

(Ambos siguen estirando y forcejeando para apropiarse de la enseña.)

---

[150] Versos compuestos por el poeta español Joan Maragall (1860-1911) en 1898 y que pertenecen al poema titulado *Oda a España*. En él, Maragall pide a España que reconozca la lengua y cultura catalanas y que no imponga una lengua única. Los copiamos, ya que Boadella ha suprimido alguno: «Escucha España la voz de un hijo que te habla en lengua no castellana. Te hablo en la lengua que me ha dado mi tierra áspera. En esta lengua te han hablado muy pocos. En la otra, demasiados.»

[151] Su artífice fue Josep Oriol i Esplugas (1815-1895) en 1847. Ardió en 1861 y se reconstruyó al año siguiente. El 31 de enero de 1994 se incendió, con lo cual ardió el símbolo de la burguesía catalana. En menos de tres horas, ciento cincuenta años de historia quedaron reducidos a cenizas, sólo se salvó la fachada.

EXCELS.—... Pues yo, en tres veranos, he quemado treinta mil trescientas treinta y ocho hectáreas, para recalificar terrenos.

MARAMÁGNUM.—*(Habla sin que se le entienda nada.)* ???? ???????????

EXCELS.—*(Le contesta algo absolutamente incomprensible.)* ????? ???????????

(Sin embargo, los dos rivales parece que comprenden este indescifrable lenguaje hecho de sonidos guturales y estrambóticos sonidos.)

MARAMÁGNUM.—Oye... ¡No te resistas más! *(Finalmente, de un fuerte tirón, se hace con la bandera.)* Que ahora las empresas están a mi lado.

EXCELS.—¿Qué quieres decir?, que ya no cobraré más las comisiones...

MARAMÁGNUM.—No. Ahora, las comisiones son para nosotros. *(El* EXCELS *llora desconsoladamente.)* ¡Venga no llores, hombre, no llores! Anda, vete a dormir. *(El* EXCELS *da un saltito y se mete en la cama. Vuelve a chuparse el dedo.)* Tú que has dormido a este país, ahora te toca dormir a ti. Y no te preocupes que te dejaré sueldo vitalicio, coche oficial, tres secretarias y ¡una cubana!

EXCELS.—Oye, te pido un último sacrificio, por Cataluña. ¡Tápame!

MARAMÁGNUM.—*(Mientras le tapa.)* Además, editaré un sello conmemorativo con tu cabeza de perfil, si es que cabe. *(Con la señera colgada de un hombro.)* Me voy a la meseta seca y árida a reformar la constitución, y de paso miraré si recupero los archivos de Salamanca.

*(*MARAMÁGNUM *sale por la derecha haciendo el grito de Tarzán. Su grito se confunde con el del* EXCELS, *que se despierta sobresaltado.)*

EXCELS.—¡Fuera!, ¡fuera de aquí, asqueroso!

EXCELSA.—¡Papá!, ¡papá!

EXCELS.—¿Qué pasa?

EXCELSA.—¿Estás soñando?

EXCELS.—¡Ay, mamá, qué sueño tan horroroso!

(La voz del EXCELS *se transforma en la voz del Padre Ubú.* EXCELS *y* EXCELSA *se cubren con la sábana. La* EXCELSA *desaparece por detrás de la gran mesa.)*

EXCELS PADRE UBÚ.—Ah, Madre Ubú...

EXCELSA MADRE UBÚ.—Pero ¿qué quieres?, ¿qué te pasa ahora?

EXCELS PADRE UBÚ.—¡Ven aquí, bandida!

(Nos encontramos de nuevo en la consulta del DR. ORIOL. *Continuación del psicodrama.)*

ESCENA 9
EL EXCELS ES EL PAPA DE ROMA

El EXCELS *está en pie sobre la gran mesa, con la máscara del Padre Ubú, la corona de rey y la gran sábana atada a su cuello como una inmensa túnica.*

EXCELS PADRE UBÚ.—... Después de reinar amorosa y pacíficamente he decidido abandonar los bienes polacos y las pompas terrenales, para dedicarme a la vida y gloria espirituales.

(Después de unos acordes de música sacra, suena «En el convent de Sant Francisco»[192]. Por la izquierda aparecen ocho cardenales con máscara y mitra. Se sitúan en actitud de oración detrás de la gran mesa mientras cantan el tema referido.)

CARDENALES.—En el convent de Sant Franciscu, mecagum d, mecagun d, mecagum c.

---

[192] Canción satírica catalana anticlerical. La letra la cantan los cardenales un poco más adelante.

(Los cardenales se sientan en el peldaño del pasillo central, con las manos juntas en actitud de oración.)

EXCELS PADRE UBÚ.—... Quiero decir que me propongo fusionar todas mis bancas con su banca, que a fin de cuentas es la banca más segura de todas las bancas que se hacen y se deshacen.

CARDENALES.—Va bene!, va bene!

EXCELS PADRE UBÚ.—Cardenales con o sin clave...

CARDENAL ACTOR 1.—Conclave. Qüesto é un conclave!

EXCELS PADRE UBÚ.—¡Eso, con llave, con llave! En mis sueños he tenido una revelación.

CARDENAL ACTOR 2.—Explicate, prego! Explicate la revelatione!

EXCELS PADRE UBÚ.—Me parece, me parece, que soy el sustituto natural del Papa Polaco.

CARDENAL ACTRIZ 4.—Ma, per què?

EXCELS PADRE UBÚ.—¿Por qué? Porque yo soy mucho más polaco que él[193].

MADRE UBÚ.—*(Cruzando la escena de izquierda a derecha.)* ... Además, él, es muy, muy bueno y honrado.

EXCELS PADRE UBÚ.—Y un rato bueno soy, y un rato bueno. He hecho hablar polaco a todos los polacos.

CARDENALES.—¡Ah!

MADRE UBÚ.—Ha sodomizado tutta la oposición.

CARDENALES.—¡Huy!

EXCELS PADRE UBÚ.—He impuesto mi propio régimen nacional.

CARDENALES.—¡Oh!

MADRE UBÚ.—Ha dejado sueltos a más de seis millones de cerdos, gorrineando por todos los campos de Polonia.

CARDENALES.—¡Bien!

EXCELS PADRE UBÚ.—¿Éstos no son méritos para ser un buen Papa?

---

[193] Juego de palabras en el que hay una referencia al papa Juan Pablo II, de nacionalidad polaca, así como al hecho de que a los catalanes se les denomina con ese apelativo.

CARDENALES.—*(Levantándose al unísono.)* E un Papa!

*(En un movimiento oscilante, de derecha a izquierda, cantu-
rrean la marcha de un paso de semana santa utilizando solamente la sílaba PA.)*

DR. ORIOL CARDENAL.—Habemus Papa!

(Los cardenales revolotean por toda la escena.)

CARDENAL ACTOR 6.—A tope la fumata bianca!
DR. ORIOL CARDENAL.—Abritte tutte le finestre vaticane!
CARDENAL ACTOR 3.—Finestre apertas!
DR. ORIOL CARDENAL.—Suonare le campane!
CARDENAL ACTOR 4.—Campane suonate!
DR. ORIOL CARDENAL.—Avisate prensa, radio e televisione!
EXCELS.—*(Levantándose momentáneamente la máscara.)*... ¡Y Te-
lestrés, Oriol, y Telestrés![194]
DR. ORIOL CARDENAL.—Anque Telestresata!
CARDENAL ACTOR 1.—Avisata!
DR. ORIOL CARDENAL.—Escalfate l'aqua de la piscina de
Castellgandolfo!
CARDENAL ACTRIZ 4.—Piscina escalfata!
DR. ORIOL CARDENAL.—Preparate l'Ubú movil![195].
CARDENAL ACTOR 3.—Movil preparato!
DR. ORIOL CARDENAL.—*(Canta.)* Comunicata a la chusma
la buona nova!
CARDENALES.—*(Cantando.)* Comunicata!

(Por la derecha aparece un monaguillo sosteniendo una tiara.)

DR. ORIOL CARDENAL.—Habemus Papa! E il suo nome é...
CARDENALES.—é... é... é...

---

[194] Véase nota 6.
[195] Como el «Papa móvil», coche blindado y con cristal a prueba de balas,
utilizado desde 1982 por Juan Pablo II. El primero fue construido por la firma
inglesa Leyland.

(Por la derecha y la izquierda aparecen los CARDENALES 1 *y* 2 *con dos plumeros papales. Se sitúan detrás de la gran mesa.)*

EXCELS PADRE UBÚ.—¡Jordi Bonsái[196] Primero!

(El EXCELS, PADRE UBÚ, *se arrodilla por delante de los plumeros.)*

DR. ORIOL CARDENAL.—Giorgio Arbolini il Primo.

(Suena música de órgano.)

MONAGUILLO.—*(Canta.)* Allá sota un salze... *(el* DR. ORIOL, *caracterizado de cardenal, sube a la gran mesa para coronar al Papa* EXCELS *con la tiara)* ..., damunt d'un pujol..., hi ha un mas que s'ensorra...[197].
CARDENALES.—¡Un mas!
MONAGUILLO.—... perquè ningú el vol.
CARDENALES.—Ai cony, recony, collons!

(Unos instantes antes de la coronación, el EXCELS *se quita la máscara.)*

EXCELS.—*(Refiriéndose a la tiara.)* ... Directamente sobre mi cabeza, Oriol. *(El* DR. ORIOL *corona Papa al* EXCELS. *Los actores-cardenales desaparecen por la derecha y por la izquierda.)* La música, nada que decir, pero la letra tiene mensaje, ¿eh?, tiene mensaje... *(El* DR. ORIOL *se quita la máscara y la guarda en el bolsillo de su bata.)* Oye Oriol, ¿no encuentras que hubiera hecho un buen Papa?
DR. ORIOL.—*(Divertido.)* ... Tal vez sí. ¿No?
EXCELS.—¡No! ¡Francamente!
DR. ORIOL.—Oye, ¿tal vez hubieras hecho mejor de Abad de Montserrat?

---

[196] Alusión a la pequeña estatura de Pujol.
[197] Adaptación de una canción catalana obscena: «Allí debajo de un sauce, sobre una colina... hay una masía que se derrumba... porque nadie la quiere.» Nótese que, casualmente, en la versión catalana aparecen los términos «pujol», que significa *colina*, y «mas», *masía*.

EXCELS.—No. Eso es calderilla. Papa, Papa de Roma. Así hubiera podido hablar a la humanidad entera desde el balcón de la plaza de San Pedro, en catalán..., y en latín.

(Ambos bajan de la gran mesa.)

DR. ORIOL.—Oye, eres el Excels, ¡relájate!
EXCELS.—Dominus vobiscum.
DR. ORIOL.—*(Iniciando el mutis por la izquierda.)* Muy, bien, ¿eh?, muy bien.
EXCELS.—¡Oriol! *(El DOCTOR se detiene.) (Exigiendo la respuesta.)* Dominus vobiscum!
DR. ORIOL.—Et cum spiritu tuo.
EXCELS.—*(Saliendo por la izquierda.)* Rosa, rosa, rosam, rosae, rosae, rosa.
DR. ORIOL.—*(Haciendo mutis por la izquierda.)* Relájate, respira...

(Por el rellano de la derecha ha aparecido el «mosso» 1 con su trombón.)

ESCENA 10
EL EXCELS Y LOS EMPRESARIOS

El «mosso» 1 toca un compás de «Ball de nans»[198] con su trombón.
El «mosso» 2 entra por la derecha con un gran retrato de ARTURITO MAS. Lo deja apoyado en el primer peldaño del pasillo central, detrás de la gran mesa. Sale por la derecha.
El EXCELS entra con decisión a escena y cruza el espacio de derecha a izquierda. Antes de salir, se percata del retrato de ARTURITO MAS y sufre un fuerte tirón muscular en una de sus piernas. Intenta recuperar la posición natural de su pierna. Finalmente lo consigue.

EXCELS.—¡Eulalia! ¿Qué hace el retrato de Arturito Mas, aquí?

---

[198] Véase nota 85.

EULALIA.—*(Entrando por la izquierda y señalando el retrato.)* Oh..., está en periodo de pruebas, Excels...

EXCELS.—¡Oiga!, ¡las pruebas que las vayan a hacer al circuito de Montmeló![199]. *(EULALIA da una orden al «mosso» 2.)* A ver si tendré que poner un letrero, como en el metro..., como el metro, que diga: dejen salir antes de entrar, ¿no? *(El «mosso» 2 entra por la izquierda y se dirige hacia donde está el retrato.)* ¡Este chico no tiene freno, caray!

(El «mosso» 2 gira al revés la fotografía de ARTURITO MAS, *para que el* EXCELS *no sufra otra convulsión. Se lo lleva por la derecha. Suena el teléfono.)*

EULALIA.—*(Figurando que sostiene un auricular.)* ¿Sí?, ah... sí, bueno, pues hágalos pasar. Tenemos visita, Excels...

EXCELS.—¡Hombre, por fin!, ¡la primera en dos semanas!

EULALIA.—La Confederación Catalana d'Empresarios de las Gomas y el Látex.

EXCELS.—Entreténgales un poco, que me voy a acicalar.

(El EXCELS *sube las escaleras de la derecha y desaparece por el fondo.)*

(Por la izquierda entran tres empresarios: el SR. GASPAR HUSA[200], *el* SR. TITÁN SATINADO[201] *y la* SRA. CATALINA VICHY[202].)*

---

[199] Construido en las afueras de Barcelona, en él se celebran campeonatos de Fórmula 1. Fue inaugurado en 1991 y ha sido, ininterrumpidamente, sede del Gran Premio de España de esa modalidad. Tiene un recorrido de 4.780 metros y es uno de los favoritos de todas las formaciones de F1 y F3 para realizar las pruebas.

[200] Husa: empresa catalana de hoteles cuyo Director General es Joan Gaspart Solves (1945), que heredó la empresa de su abuelo paterno, quien a su vez la creó al ganar mucho dinero con la explotación de todos los restaurantes, bares y hoteles que se hicieron para la Exposición Universal de 1929.

[201] Titán: empresa catalana de pintura, puesta en marcha en 1917 por Joaquín Folch. Es hoy la compañía líder del sector español de pinturas.

[202] Vichy: empresa catalana creada en 1903 y que comercializa agua mineral. Es la segunda empresa del mercado español de agua mineral. Su capital se reparte entre 20 familias.

GASPAR HUSA.—Buenas tardes.

EULALIA.—Buenas tardes.

GASPAR.—La señorita Eulalia, supongo. *(Haciendo las presentaciones.)* Gaspar Husa..., Titán Satinado y Catalina Vichy.

EULALIA.—¿No habían de traer alguna cosa?

GASPAR.—Sí, es que no cabía en el ascensor y lo están subiendo por la escalera.

EULALIA.—Les rogaría que fueran breves en la entrevista. El Excels tiene una agenda muy apretada estos días, ¿eh?

GASPAR.—Claro, ya lo suponemos. De hecho sólo será la entrega del presente. *(Se sitúan delante de la gran mesa.)* Bien, y si quiere comentar algún tema también estamos a su disposición, sólo faltaría.

EXCELS.—*(Bajando las escaleras de la derecha.)* *(A* EULALIA.*)* ¿Son allá? *(Dándole la mano al* SR. GASPAR HUSA.*)* ¿Qué tal?

GASPAR.—*(Muy extrañado al ver la indumentaria que viste el* EXCELS: *pijama, batín y zapatillas de andar por casa.)* Hola, ¿qué tal?

EXCELS.—Bueno, bueno, bueno. Confederación Catalana de Viajantes de Comercio. (GASPAR HUSA *quiere rectificar.)* Si ustedes me permiten, son los almogávares[203] actuales. Siempre a la conquista del mercado. (EULALIA *quiere rectificar el error del* EXCELS.*)* ¿Eh?... *(A* EULALIA.*)* ¿Qué pasa?

EULALIA.—Son de la Confederación Catalana de Empresarios de Gomas y Látex.

EXCELS.—Perdón, perdón, perdón... *(Dándoles nuevamente la mano.)*

GASPAR.—Gaspar Husa.

EXCELS.—Husa.

GASPAR.—Titán Satinado.

EXCELS.—Perdone...

---

[203] Tropas mercenarias usadas por Pedro III en sus conquistas sicilianas y que desempeñaron un papel importante en la Reconquista llevada a cabo por la Corona de Aragón. En la primera mitad del siglo XIV ayudaron en diversas campañas aragonesas impulsadas por el expansionismo comercial catalán. La palabra árabe «Almogavar», del vocablo «al-mugawar», significa «el que hace correrías».

GASPAR.—Catalina Vichy.

EXCELS.—*(Muy cordial.)* Bueno, bueno, perdonen. Si me permiten, ustedes son la columna vertebral de Cataluña. El palo del pajar. Esto lo dicen. *(A EULALIA.)* Oiga, ¿la lámpara del Gaudí, tendremos que esperar hasta el día del juicio final, para que la vengan a arreglar?

EULALIA.—No se puede encender la lámpara porque tiene los cables cruzados. Después de la entrevista con estos señores la vendrán a arreglar.

EXCELS.—*(A los empresarios.)* Bien, bien. Es que hoy en día, el obrero no tiene responsabilidad.

TITÁN SA.—Ha puesto el dedo en la llaga.

GASPAR.—Claro, claro...

EXCELS.—... Y si luego tengo tiempo les explicaré por qué.

TITÁN SA.—Cuando usted quiera.

(Por el fondo izquierda entran los «mossos» 1 y 2, transportando un gran globo terráqueo encajado en un soporte circular. Lo dejan encima de la gran mesa, en el ángulo interior izquierdo.)

(Saludan militarmente y hacen mutis por el fondo izquierda. El EXCELS se sitúa detrás de la gran mesa, muy cerca del globo.)

GASPAR.—Excels, nos hemos tomado la libertad de traerle un pequeño presente, como muestra de agradecimiento por los favores recibidos, de parte de toda la Confederación Catalana de Empresarios de Gomas y Látex Catalanes.

TITÁN SA.—En este globo terráqueo están señaladas con pequeñas banderas catalanas todos los lugares del mundo donde hay ubicadas empresas dedicadas a las gomas y látex catalanes. Como puede ver son numerosas en los cinco continentes. Se podría decir que gracias a la economía productiva catalana, en Cataluña nunca se pone el sol[204]. ¿Eh? *(Cordiales)*, ¿qué le parece? ¿Excels...?

---

[204] Frase que recuerda a la pronunciada por el monarca español Carlos I (1500-1558) para referirse a la vastedad de su Imperio: «Sobre mis dominios nunca se pone el sol.»

214

(El Excels *está absolutamente abstraído contemplando el globo terráqueo. Hay silencio y desconcierto.)*

Catalina.—*(Tímidamente.)* ¿Excels...?
Gaspar.—¿Excels...?

(Ante esta situación inesperada, Eulalia *decide echar fuera del despacho a los empresarios. Mientras la visita desaparece por la izquierda y* Eulalia *inicia el mutis por la derecha, suena el preámbulo del «Lohengrin» de Wagner[205].*
Lentamente baja la intensidad de la luz. El globo se ilumina de un color azul intenso. Entramos en la propia alucinación del Excels.
Detrás de la gran mesa aparecen unas manos que levantan el globo y lo separan del soporte. Se trata de una réplica del Propio Excels. *Es decir, el* Excels *se ve a sí mismo.*
Dicho doble carga sobre sus espaldas el gran globo terráqueo. Se sitúa ante la gran mesa y deja el globo en el suelo. Se apoya sobre él con prepotencia. Posteriormente lo lanza al aire y, con la mano, le dicta los movimientos que desea que realice. Sostiene en ambas palmas de su mano la esfera, cuando ésta desciende. Se encarama en la mesa y prepara el globo como si se tratara de una pelota de fútbol antes de ser chutada. Dobla una pierna de su pijama y debajo aparece un calcetín a rayas azul y grana[206]. Chuta. Rápidamente lo alcanza y lo deja suavemente sobre su soporte. El doble personaje desaparece lentamente detrás de la gran mesa.
El Excels *auténtico, que ha permanecido inmóvil durante toda esta acción, avanza hacia el globo e intenta abrazarlo. El globo explota con gran ruido y el* Excels *cae de espaldas sobre la gran mesa.*
Termina la música. La iluminación vuelve a ser la habitual del despacho del Excels.

---

[205] Véase nota 20 en *Daaalí.*
[206] Colores del Barça. El Barcelona fue fundado en 1899 por un deportista suizo llamado Joan Gamper (1877-1930), que permaneció en el club como jugador de 1899 a 1905. Escogió los colores mencionados en recuerdo a los del cantón suizo en el que nació.

Los guardaespaldas PELAYO *y* LADISLASO, *en mangas de camisa y pistola en mano, entran alarmados por el fondo izquierda.)*

PELAYO.—¿Qué pasa? ¿Qué cojones pasa, aquí?
EXCELS.—*(Con la voz del* PADRE UBÚ.*)* No pasa nada. Tranquilos, hombre, tranquilos.
LADISLASO.—Es que hemos oído como una explosión.
PELAYO.—Creíamos que era un atentado.
EXCELS.—Venga va. ¡Lárguense, que quiero estar solo!

*(*PELAYO *y* LADISLASO *desaparecen por el fondo izquierda llevándose consigo el soporte y los pedazos de globo que han quedado esparcidos por el suelo.)*

ESCENA 11
EL EXCELS CREE QUE ES DIOS

El técnico que ha venido a reparar la lámpara entra por la izquierda. Lleva un mono de trabajo azul, gorra y sostiene un walkie-talkie en su mano.

EXCELS.—*(Al técnico, conservando la voz del* PADRE UBÚ.*)* ¡Usted!, ¿qué hace?, ¿qué hace?
TÉCNICO LÁMPARA.—Excels, que yo venía a arreglar lo que es el tema de la lámpara del Gandhi[207].

(El EXCELS *baja de la gran mesa y da vueltas frenéticamente alrededor de ella.)*

EXCELS.—*(Enloquecido.)* Haga, haga, haga, haga...
TÉCNICO LÁMPARA.—*(Hablando a otro técnico desde su walkie-talkie.)* Oye, Pavón..., ¿eh?..., sí, que estoy en el despacho del Excels..., que cuando quieras puedes ir bajando la lámpara, ¿eh, campeón? Venga, estoy aquí esperando... *(El*

---

[207] Confusión humorística con el líder espiritual y político hindú Mahatma Gandhi (1869-1948).

Excels *se ha escondido detrás de la gran mesa.)* ¡Olé, ahí
baja!... *(La gran lámpara va descendiendo).* ¡Venga «pabajo»!
(El Excels *se alza detrás de la gran mesa con la máscara del*
Padre Ubú *puesta. El técnico grita asustado.)* ¡Hostia puta!

Excels Padre Ubú.—¿Qué?, ¿le he acojonado, eh?

Técnico lámpara.—¡Hombre, a usted qué le parece! ¡Otra
vez con el capirote!

Excels Padre Ubú.—Venga, ¡lárguese!, «¡mandao!», ¡más que
«mandao»!

Técnico lámpara.—Vale, vale, Excels, pero que conste que
yo venía para arreglar la lámpara esa de aquí, ¿eh?

Excels Padre Ubú.—¡Venga, largo!

*(La lámpara ha descendido hasta situarse a unos 50 cm por
encima de la gran mesa. Se trata de una lámpara modernista,
de estilo gaudiniano, en forma de columpio.)*

Técnico lámpara.—*(Saliendo por la izquierda.)* Vale, vale, usted es el jefe y si el jefe me dice que me vaya, yo me voy.

Excels Padre Ubú.—*(Muy excitado.)* ... Quiero estar solo,
quiero estar solo, quiero estar solo... ¡Eulalia!

Eulalia.—*(Entrando por la izquierda con un gran susto.)* Excels,
¿ya estamos otra vez con el capuchón?

Excels Padre Ubú.—Me voy al cielo.

(El Excels *sube a la gran mesa y empuja la lámpara hasta el
cuarto peldaño de la pirámide. Una vez allí se sienta sobre
ella, como si se tratara de un columpio.)*

Eulalia.—Vaya con cuidado, no se lastime aquí encima del
armario, ¿eh?

Excels Padre Ubú.—Soy Dios y quiero que me adoren.

Eulalia.—Bien. Están los consejeros de la institución, que se
están esperando.

Excels Padre Ubú.—Soy Dios omnipotente y padre de todos los catalanes.

Eulalia.—Es Dios omnipotente y padre de todos los catalanes. Muy bien. ¿Llamo al Doctor Oriol?

Excels Padre Ubú.—No, no, que está loco.

EULALIA.—Así, ¿qué hago con los consejeros?

EXCELS PADRE UBÚ.—Que pasen y que me adoren.

EULALIA.—*(Yéndose por la izquierda.)* Que pasen y que le adoren.

EXCELS PADRE UBÚ.—*(Columpiándose en la lámpara, por encima de la gran mesa.)* ¡Yuppiiiiiiiiiiiiii, ñauuuuuuu!

(Por la izquierda entran los Consejeros: BONET ARTURITO MAS, 2 CONSEJEROS, 2 CONSEJERAS, *el* EXCELSITO *menor y* EULALIA.

Se alarman al ver a alguien con máscara encaramado en la lámpara. Se distribuyen atentos a ambos lados de la gran mesa.)

BONET.—¡Caray!

ACCIONISTAS.—¿Pero qué hace este hombre, aquí? Haga el favor...

EXCELS PADRE UBÚ.—¿Qué?, no me conocéis, ¿eh?

ACCIONISTAS.—No.

EXCELS PADRE UBÚ.—No sabéis quién soy, ¿verdad?

ACCIONISTAS.—No. *(El* EXCELS *se quita la máscara y la tira al suelo. Uno de los Consejeros la esconde detrás de la gran mesa.)* ¡¡¡El Excels!!!

EXCELSITO.—¿Papá, qué te has fumado?

EXCELS.—Bien, escuchadme. Primero: sería conveniente que adoraseis a Dios vuestro señor, que soy yo concretamente. Y segundo: creo que delante del Señor tendríais que estar de rodillas. (ARTURITO MAS *explota en una sonora carcajada.)* ¿Le hace gracia a usted esto, Arturito Mas?

ARTURITO MAS.—*(Riéndose todavía.)* Hombre, ¿a usted qué le parece?, aquí colgado de la lámpara... arriba y abajo *(tocándose la sien)*, como si no...

EXCELS.—¿Lo encuentra gracioso, no?

ARTURITO MAS.—*(Riendo.)* Pues sí, la verdad es que sí...

EXCELS.—Pues si quiere tener una remota posibilidad de sustituirme, ¡venga a empujar a Dios nuestro señor, ahora mismo!

ARTURITO MAS.—*(Con la risa helada sube rápidamente las escaleras.)* ¡Voy, voy, voy...!

219

EXCELS.—Y a ustedes, ¿lo tendré que volver a repetir? ¡Venga, de rodillas! *(Los Consejeros se arrodillan.)* Ahora cantadme y glorificadme.

CONSEJERA 1.—¿A usted?

EXCELS.—Hombre, claro, mujer. ¿A quién, si no?... Bien, estoy esperando a que cantéis al señor, ¿eh?

ARTURITO MAS.—Venga Bonet, que tú habías cantado con el Orfeón Catalán, ¡va!

BONET.—*(Dirigiendo al improvisado Orfeón.)* Gloria a Cristo Señor...

CONSEJEROS.—*(Muy desafinado.)* ... cielos y tierra, bendecid al Señor. Honor y Gloria a ti, rey de la gloria...

(Por la izquierda aparece el DR. ORIOL. Los Consejeros dejan de cantar.)

DR. ORIOL.—*(Al EXCELS.)* ¡Oh, Padre omnipotente. Dios creador de cielos y tierra y benefactor de este gran país, gira tus ojos magnánimos hacia este valle de lágrimas! *(A los Consejeros.)* ¡Señores, ahora tienen que hacer de cojos, de tullidos, de lisiados...!

(Los Consejeros le obedecen.)

EXCELS.—Ya me piropean, ya me piropean. Seguro que quieren pedirme alguna cosa.

DR. ORIOL.—Envía tu gracia en forma de milagro. Señor, Señor, somos más de seis millones de esquizofrénicos bilingües.

EXCELS.—No sé qué hacer, no sé qué hacer.

DR. ORIOL.—¡Cura a tu pueblo!

CONSEJEROS.—¡Cúranos! ¡Cúranos!

EXCELS.—Bien. Está bien. Me pilláis de buen humor. Va, haré un milagro, haré un milagro. Laus tibi Christi, Omniam Curatem[208]. ¡Patim, patam, patum! ¡Curados! ¡Curados!

---

[208] Importa que la frase sólo suene a latín. Es secundario el hecho de que se usen términos no latinos o construcciones imposibles.

Dr. Oriol.—Gracias Señor.
Consejeros.—Gracias, gracias...

(Los Consejeros fingen ser curados y se dirigen hacia el mutis de la izquierda. El Dr. Oriol reemplaza a Arturito Mas en su tarea de columpiar al Excels.)

Excels.—¿Dónde vais?, ¿dónde vais pecadores? No os podéis marchar en pecado, ¿eh? Os tenéis que purificar, aquí, delante del Señor. ¡Venga! Confesad públicamente todos vuestros pecados y quizás seáis perdonados. ¡Bonet, empieza!
Bonet.—¿Yo, Excels? Pobre de mí, yo no he hecho nada...
Excels.—*(Sardónico.)* Hombre..., hombre..., cuenta aquello del Delta del Ebro, cuéntalo...
Bonet.—¡Caray! No..., que recalifiqué unos terrenos en el Delta del Ebro y me dejé regalar una finca.
Excels.—¿Lo sabe alguien?
Bonet.—No. Todo está a nombre de mi cuñada.
Excels.—Pues perdonado, Bonet. Perdonado. Si está a nombre de tu cuñada, perdonado. Escuchad, ya veis que Dios vuestro señor tiene una gran capacidad de comprensión, ya lo veis. ¡Venga!, ¡seguid el ejemplo de Bonet! ¡Confesad todos vuestros pecados! Sin miedo. ¡Venga!

(El Excelsito menor contabiliza los pecados de los honorables Consejeros en una pequeña calculadora.)

(Hablando todos al mismo tiempo.)

Arturito Mas.—Bueno, yo he hecho expropiar unos terrenos que ya estaban expropiados.
Consejera 1.—Yo me he quedado las subvenciones de la Unión Europea para los parados.
Consejero 1.—Yo he comprado 10.000 depuradoras obsoletas.
Consejero 2.—Yo me he quedado con las comisiones de casinos y bingos.
Consejera 2.—Yo he facturado una autovía que sólo tiene un carril.

BONET.—Yo he quemado los análisis de las aguas contaminadas y he cobrado de los ganaderos.

EXCELS.—Bueno, ya está bien, ¡basta! Ya me hago una idea. ¿Hay alguna cosilla más?

ARTURITO MAS.—Bueno, puestos a decir nimiedades, he de confesar que me he beneficiado a la esposa de Bonet.

BONET.—*(Muy agresivo.)* ¡Sujetadme, que lo mato!

ARTURITO MAS.—Bonet, pagando, ¿eh?, pagando.

BONET.—*(Calmado.)* ¡Ah!, así me callo...

EXCELS.—*(Al* EXCELSITO *menor.)* Niño, ¿a qué sube todo esto, más los cuernos de Bonet?

EXCELSITO.—Pues sube el doble de la deuda de la Institución.

EXCELS.—El doble... de la deuda... de la Institución. ¡Madre mía! Esto no es nada. Esto lo dejaremos en herencia a los socialistas. Ya se lo encontrarán, esto. Escuchad, supongo que de todo esto no hay papeles, ni documentos, ni comprobantes, ¿verdad?

CONSEJEROS.—No.

CONSEJERO 1.—Hombre, Excels, ¡qué son 21 años de práctica!

EXCELS.—Bueno, pues aquello que dicen: pecado ocultado, siempre perdonado.

CONSEJEROS.—¡Gracias!, ¡muchas gracias Excels!

BONET.—¿... Y ahora, qué hacemos?

EXCELS.—¿Que, qué hacéis? Lo de siempre, Bonet. Pero..., por Cataluña.

BONET.—*(A los Consejeros.)* Señores, vamos a saquear el país.

CONSEJEROS.—*(Salen todos por la izquierda.)* ¡Por Cataluña!

(El DR. ORIOL *deja de columpiar al* EXCELS *y baja las escaleras.* EULALIA *sigue la situación apoyada en un extremo de la gran mesa.)*

DR. ORIOL.—Excels, ya está..., ya hemos terminado.

EXCELS.—Voy a hacer más milagros. ¡Allí que ganen los conservadores!

DR. ORIOL.—¡Para!

EXCELS.—... En este cruce, un accidente. Dos heridos. Pero no ha pasado nada, no ha pasado nada.

Dr. Oriol.—¡Oye, esto está fuera de control! ¡Te digo que pares ahora mismo!

Excels.—Madrid Betis, un dos. Apago el fuego de la Costa Brava y lo traslado a los Cerros de Úbeda.

Dr. Oriol.—... ¡Oye, cuando yo te diga que Padres, para inmediatamente!

Excels.—Eclipse de sol en la Puerta del Sol.

Dr. Oriol.—Señorita Eulalia, encienda la lámpara.

Eulalia.—No. Esta lámpara tiene los cables cruzados, Doctor Oriol.

Dr. Oriol.—Precisamente, encienda. Así le aplicaremos un electroshock de urgencia.

Eulalia.—*(Dirigiéndose hacia la parte posterior de la gran mesa.)* Muy bien.

Excels.—Sucursal de Banca Catalana en Wall Street. ¡Toma ya!

Dr. Oriol.—*(A Eulalia.)* ¡Encienda!

(La señorita Eulalia enciende la lámpara y provoca un cortocircuito. El Excels sufre una fuerte descarga eléctrica.)

Excels.—*(Moviéndose compulsivamente.)* ¡Caray, caray, caray!

Dr. Oriol.—¡Apague!

(El Excels ha salido despedido hacia el proscenio. La lámpara sube hacia el techo en su posición anterior a esta escena.)

Excels.—*(Sin dejar de moverse.)* ¡Caray, cómo pica esto Oriol!, ¡cómo pica!

Dr. Oriol.—Excels, relájate.

Excels.—Pica, pica...

Dr. Oriol.—Ya pasa, ya está.

Excels.—*(Dando vueltas sobre sí mismo.)* No puedo parar, no puedo parar. No para, no para...

Dr. Oriol.—Respira profundamente.

Excels.—¡Ya vuelve!, ¡ya vuelve!

Dr. Oriol.—¿Pero, cómo que ya vuelve?

Excels.—*(Sale precipitadamente por el fondo derecha.)* Pica, no para. ¡Caray, caray...!

Dr. Oriol.—¡Excels!, ¡Excels!

EULALIA.—*(Iniciando un mutis lento por la derecha.)* Esto son los últimos días de Pompeya.

(Por izquierda y derecha han aparecido los «mossos d'esquadra» 1 y 2 con sus respectivos trombones.)

ESCENA 12
EL FINAL DE UNA ETAPA Y EL INICIO DE OTRA

Los «mossos» 1 y 2 inician con sus trombones «El Cant de la Senyera»[209].
Los «mossos» 4 y 5 entran por la izquierda arrastrando una carroza que recuerda parte de un palco de teatro de ópera.
Sobre ella, de pie, asida a una larga lanza, está colocada la diva Montserrat[210].
Los «mossos» 4 y 5 se detienen ante el centro de la gran mesa. La diva desciende de su carromato y sube a la gran mesa. Los «mossos» 4 y 5 desaparecen con la carroza por la derecha.
La diva Montserrat sube las escaleras centrales.
Los «mossos» 1 y 2 desaparecen por el fondo izquierdo y derecho.
Suena «El Cant de la Senyera».
Únicamente quedan iluminadas las escaleras centrales.

DIVA.—Oh bandera catalana!
      Nostre cor t'és ben Fidel.
      Volaràs com au galana
      Pel damunt del nostre anhel.
      Per mirar-te sobirana
      Alçarem els ulls al cel.
      Per mirar-te sobirana,
      Alçarem els ulls al cel![211].

---

[209] Compuesto por Lluís Millet Pagés (1867-1941), en donde manifiesta su nacionalismo musical, véase nota 11.

[210] Véase nota 149.

[211] Versos que corresponden a «El Cant de la Senyera». La traducción es la siguiente: «¡Oh bandera catalana / nuestro corazón te es absolutamente fiel / volarás como ave galana / por encima de nuestro anhelo / para mirarte soberana / alzaremos los ojos al cielo!»

(La diva deja de cantar.)

(Se ilumina la zona alta de la pirámide. En ella podemos ver al EXCELS *rodeado de micrófonos.)*

EXCELS.—*(Empezando un discurso.)* ... Polacos y polacas... *(mientras el* EXCELS *pronuncia su discurso aparecerán, en la penumbra, y se irán colocando en distintos niveles, Pau Casals*[212] *con su violoncelo, un futbolista del Barça, una «Pubilla catalana*[213]*», un monje de Montserrat, un monaguillo y un «caganer del pessebre»*[214]*),* ¡perdón!, ¡perdón!... *(la diva se separará del centro de las escaleras y en su lugar aparecerá la Virgen de Montserrat, en una copia a escala humana. A medida que el* EXCELS *va desarrollando su discurso, la Virgen moverá la cabeza negativamente, desaprobando sus palabras. Finalmente se dormirá),* quiero decir catalanes y catalanas. Perdonen, perdonen. Estamos aquí, entre estas montañas sagradas de Montserrat, en un acto de adhesión inquebrantable, no tan sólo a mi persona, sino a Cataluña entera... Señores conciudadanos, ¿qué hemos de hacer?, ¿qué hemos de hacer? Contra las campañas de desprestigio y de deformación de la imagen de Cataluña y de mi persona, lo subrayo, lo subrayo..., ¡mantenernos firmes y seguros!

(Los personajes típicos anteriormente señalados se arrodillan ante el EXCELS *en actitud devota.)*

EULALIA.—*(Entrando por la derecha.)* Excels, cuando usted quiera, todo está listo...

(Entra PASCUAL MARAMÁGNUM *por la derecha, conduciendo un patinete de última generación.)*

---

[212] Violonchelista, director de orquesta y compositor español (1876-1973).

[213] En Cataluña, es la hija mayor y heredera de todo si no hay varones.

[214] Figura popular del belén catalán y que aparece en otros con el nombre de «cagón». Actualmente, algunos famosos se convierten en esta figurita. En 2001 fue Bin Laden; en 2003, Letizia Ortiz y el príncipe Felipe; y en 2004, Zapatero y Carod Rovira.

226

EXCELS.—Porque yo, personalmente, y nuestro partido tenemos un punto, sólo un punto...

> (MARAMÁGNUM *se sitúa en el extremo de la izquierda, baja*
> *del patinete e interrumpe el discurso del* EXCELS, *utilizando*
> *para ello un mando a distancia.)*

MARAMÁGNUM.—*(Siguiendo el hilo del mismo discurso.)* ... Un
punto. Un punto que nos ha costado mucho conseguir,
pero que finalmente hemos logrado. Catalanes, ya estoy
aquí. Y vengo para deciros que mi socialismo os promete
casa, huerto y patinete. *(Le entrega el patinete a la señorita*
EULALIA, *que hace mutis por la derecha montada en él.)* Y es que
tal como decía Pujol... *(Habla de una manera absolutamente*
incomprensible.) ¿¿¿¿¿¿¿¿¿... ¡Por Cataluña! Vamos a poner
en marcha este país con modernidad del siglo XXI.

> (MARAMÁGNUM, *el nuevo Excels, acciona el mando a dis-*
> *tancia y suena una música de feria. Los personajes aún enca-*
> *ramados en la pirámide, se mueven como autómatas al ritmo*
> *simple de la música. Cada uno de ellos, incluido el Excels, ejecu-*
> *ta unos movimientos mecánicos acordes con su personalidad.)*

> *(La lámpara de Gaudí desciende del techo.*
> MARAMÁGNUM *se sienta sobre ella tal y como anteriormen-*
> *te había hecho el* EXCELS.)

(Dictando nuevos milagros.) Joan Gaspart, primer ministro.
¡Ale hop! *(Columpiándose en la lámpara.)* Madrid Betis un
dos. Quiero una Cataluña federal diseñada por Mariscal[215]. *(La lámpara empieza un movimiento ascendente y se lleva*
a MARAMÁGNUM *a las alturas.)* 2004[216], Fórum de las cultu-

---

[215] Javier Mariscal: diseñador gráfico español, ilustrador de cómics y pintor (1950). En 1989 su personaje «Cobi» fue elegido la mascota olímpica de
Barcelona 92.
[216] Referencia al Fórum Universal de las Culturas celebrado en Barcelona
el 9 de mayo de 2004. Pretendió ser un espacio de diálogo abierto a todas las
culturas del mundo. Fue muy criticado por parte de diferentes organizaciones,

ras oprimidas *(el espacio va oscureciéndose. Únicamente queda iluminada la «Moreneta»[217])*, invitaremos a Bin Laden, si es que lo encuentro. *(La «Moreneta» también desaprueba el discurso del nuevo Excels.)* Que resucite Gaudí y termine de una puñetera vez la Sagrada Familia. Las Torres Gemelas las quiero en el puerto olímpico.

(La «Moreneta», harta ya de tanta palabrería, lanza la bola que lleva en sus manos sobre la gran mesa. La caída de la bola produce un tremendo cataclismo.
Oscuro.)

FIN

intelectuales, políticos, artistas, estudiantes y ciudadanos y dio lugar a manifestaciones de rechazo porque se consideraba que era sólo una operación financiero-urbanística. Cerró con un déficit provisional de 400.000 euros.

[217] Véase nota 165.

La increíble historia
del Dr. Floit & Mr. Pla[1]

Estrenada el 15 de septiembre de 1997
en el Teatro Romea de Barcelona

---

[1] El título de esta obra mantiene la misma estructura que el de Stevenson: determinante-adjetivo-nombre-preposición-determinante-nombre-nombre propio-conjunción-nombre-nombre propio. Como cuenta Boadella en sus Memorias, la aparición del nombre «Floit» en el título dio lugar a una reunión del escritor con el entonces consejero de Cultura, señor Pujals, con el fin de convencer al director catalán de que no lo utilizara porque recordaba la loción facial creada por el industrial J. B. Cendrós. Boadella se negó a ello.

PERSONAJES

JORDI RICO:	Escritor. Baltasar Jornet.
MONTSE PUIG:	Hija del Escritor.
	Monaguillo 2.
MINNIE MARX:	Ulrike, esposa de Marull.
RAMÓN FONTSERÉ:	Ramón Marull i Ticó.
	Josep Pla.
XAVIER BOADA:	Delegado del Presidente.
	Campesino cencerro.
	Actor 1. Ferrer.
	Campesino Siset.
	Ferrer, encargado.
	Arquitecto.
	Abad.
	Cambó-Jordi Pujol.
	Borrás-Flotats.
	Dalí.
	Monje 1.
JESÚS AGELET:	Secretario de la Consejería de Industria.
	Campesino porrón.
	Actor 2.
	Mosén Bosch.
	Trabajador pintor.
	Capitán Vidal.
	Unamuno.
	Doble Marull.
	Monje 2.

DOLORS TUNEU:	Chica que sirve el cava.
	Campesina anciana.
	Actriz 3.
	Trabajadora inventario.
	Ayudante arquitecto.
	Obrera.
	García Lorca.
	M.ª Aurelia Capmany.
	Hija de Siset.
	Monaguillo 1.
PEP VILA:	Campesino vaca.
	Actor 4.
	Trabajador con caja de Expo Alimentaria.
	Trabajador cargado con cajas.
	Trabajador taladro.
	Empleado.
	Pau Casals.
	Notario.
JORDI COSTA:	Povedano-Hermós.

Introducción

ESCRITOR.—*(Con una linterna en la cabeza lee el final de la novela «Dr. Jekyll and Mr. Hyde»[2]. Fuma un cigarrillo...)* Therefore,
this is the last time that Dr. Jekyll can think his own
thoughts and is able to see his own body, so terribly altered.
«I cannot postpone the end of this script any longer,
because if I was to change it in any way, Hyde would des-
troy it. So, I bring this confession to an end. What might
happen after will not in any case affect Dr. Jekyll, but only
Mr. Hyde»[3]. *(Acaba de leer. Cierra el libro y lo guarda en el bol-
sillo de su bata.)* Sí, ya está, ya lo tengo: es esto. *(Hablando
al magnetófono.)* Apuntes para una versión actualizada de
Dr. Jekyll y Hyde.
HIJA.—*(Entrando de golpe. Su padre la ilumina con la linterna.)*
Papá, papá... ¿Qué estás haciendo, aquí, a oscuras?
ESCRITOR.—Venga, no me molestes: así me concentro mejor.
HIJA.—¿Y por qué?
ESCRITOR.—Va, déjalo correr.
HIJA.—Pero ¡por qué!
ESCRITOR.—Estoy escribiendo una obra sobre la esquizofre-
nia endémica del país. ¿Lo entiendes?

---

[2] Alusión a la novela del escritor escocés Robert Louis Stevenson (1850-1894)
El extraño caso del Dr. Jekyll y Señor Hyde (1893).
[3] *Por lo tanto, ésta es la última vez que el Dr. Jekyll puede reflexionar sobre sus pensamientos y ser capaz de ver su propio cuerpo tan terriblemente transformado. «Ya no
puedo postergar el fin de este relato por más tiempo porque si lo alterara, Hyde lo des-
truiría. Así que pongo punto final a esta confesión, lo que pueda suceder después en ningún caso afectará al Dr. Jekyll sino al Señor Hyde».*

HIJA.—Ah, vale, pero mamá dice que bajes a cenar.
ESCRITOR.—Pues dile que ahora voy.

(La HIJA *sale.)*

ESCRITOR.—Mira que los quiero, pero cuando estás en plena inspiración y vienen y te confunden..., es que los matarías. ¿Dónde estaba? Ah, sí, con Jekyll y Hyde. Composición de lugar: Un almacén y una mesa llena de «fast food».

(Se levanta y se ilumina un almacén.)

ESCRITOR.—¡Eso es! ¡Perfecto! Si la gente conociera mi poder de imaginación caerían rendidos a mis pies. A veces me doy miedo de mí mismo. De hecho mi amigo Antonio Baños[4] ya escribió en el *Periódico de Cataluña*[5] que yo soy el mejor escritor de este país. El mejor. *(Continúa hablando al magnetófono.)* Personajes: la señora Ulrike de Marull y dos supuestos funcionarios. *(En el extremo derecho han aparecido dos funcionarios y una mujer: la señora* ULRIKE.) Suena una música patriótica...

(La señora ULRIKE, *acompañada del* DELEGADO *del «President» y del* SECRETARIO *de Industria, espera al señor* MARULL.)

(Suena «El Cant de la Senyera»)[6].

(Por el fondo izquierda del almacén entra, conduciendo una silla de ruedas, el señor MARULL.)

(El ESCRITOR *ha salido por la izquierda.)*

---

[4] Periodista español free-lance, trabaja para diferentes medios de comunicación, incluido *El Periódico* de Cataluña, que se menciona a continuación. Cuando tuvo lugar la presentación del libro escrito por el actor de Els Joglars Ramón Fontseré, *Tres pies al gato,* el mencionado periodista afirmó que este actor no existía, que era una entelequia, un pelele en manos de su director Albert Boadella.

[5] Fundado en 1976.

[6] Véase nota 209 en *Ubú president o Los últimos días de Pompeya.*

Escena 1
CRUZ DE SANT JORDI[7]

MARULL *da una vuelta por el almacén. La música deja de sonar.*
MARULL *se para delante de la comitiva que le espera.*

DELEGADO.—*(Protocolariamente.)* Hola.

(Silencio.)

SECRETARIO.—Buenos días.
DELEGADO.—Bien, ya ve. Ya estamos aquí.
SECRETARIO.—Sí, ya... ya estamos aquí.
MARULL.—¿Qué pasa? ¿Quiénes son éstos? *(Dándose cuenta
   de que hay una mesa preparada para comer.)* ¿Qué es todo esto?
ULRIKE.—Ramón, son el Delegado del Presidente y el Secre-
   tario de la Consejería de Industria que te han venido a vi-
   sitar. Te vienen a dar una sorpresa.
MARULL.—Ahora no tengo tiempo... Tengo trabajo.

(Con la intención de irse.)

DELEGADO.—Señor Marull, ya que la montaña no viene a
   nosotros, nosotros vamos a la montaña[8].

(MARULL se gira hacia ellos.)

---

[7] Galardón instituido en 1981 por Jordi Pujol para «distinguir a las personas naturales o jurídicas que por sus méritos se hayan destacado por los servicios prestados a Cataluña en la labor de defensa de su identidad y de restauración de su personalidad en el plano cívico o cultural». Hecha en plata y co-
ral, es muy popular en Cataluña. El escudo de Barcelona la lleva y, también,
el del Fútbol Club Barcelona (Barça). Sant Jordi, juntamente con Nuestra Señora de Montserrat, es el patrón de Cataluña. Recordemos que el 16 de noviembre de 2004, Boadella la rechazó, al ofrecérsela Maragall, porque Pujol la
había devaluado al concederla de manera generalizada y partidista durante sus
mandatos. En esta obra observamos que, un poco más adelante, Josep Pla se
encuentra una en el suelo y la lanza con desprecio calificándola de *porquería.*
[8] Frase que recuerda a la pronunciada por el profeta árabe Mahoma
(570-632), fundador de la religión musulmana.

DELEGADO.—Oiga, ¿sabe que tiene... pero que muy buen aspecto?

SECRETARIO.—Y tanto, lo veo muy bien. Muy bien.

(MARULL *los rodea con la silla de ruedas.*)

DELEGADO.—*(A* ULRIKE.) Por su marido no pasan los años. *(A* MARULL.) Este hombre está espléndido, está fantástico.

MARULL.—Al grano.

DELEGADO.—Por supuesto. Sí, sí... Mire, tengo el honor de notificarle que le ha sido concedida la gran Cruz de Sant Jorge.

SECRETARIO.—La Cruz de Sant Jordi[9].

(El SECRETARIO *abre un estuche y deja ver el galardón.)*

ULRIKE.—¡Oh!

MARULL.—¿Y qué...?

DELEGADO.—Bueno... Traigo aquí el Boletín Oficial. *(Leyendo.)* Decreto 306-48 «A Ramón Marull y...

MARULL.—Ticó[10].

ULRIKE.—Ticó.

(MARULL *agarra el galardón y se lo pone.*)

DELEGADO.—... y Ticó por su insobornable fidelidad al país... (MARULL *coge el estuche y se lo da a* ULRIKE) ... en épocas de resistencia y por el generoso y discreto mecenazgo a la cultura catalana... (MARULL *los intimida con la silla de ruedas y se dirige hacia la mesa*) ... así como también por su per-

---

[9] Véase nota 7.

[10] Alusión a Espar Ticó, industrial nacido en Barcelona en 1907. En 1922 trabajará en la perfumería de su padre y creará su propia empresa comercializando Floit. Forma parte de la Lliga Regionalista. En 1934 se casa en Montserrat con la suiza Ulrike Jungfran. Llegará a ser propietario de 12 empresas de cosmética y alimentación. Financiará la revista montserratina *Serra catalana.* En 1960 fundó *Omnium Cultural Catalanista,* entidad que se opondrá a que Pla sea premiado. También participará en la creación de CIU. Marull recuerda no sólo a este empresario, sino a otros dos, Cendrós y Carulla, que se citan más adelante.

236

manente actitud cívica de servicio ejemplar al país. Bueno, ¿qué le parece? Los políticos nos acordamos de usted...

DELEGADO.—¿Qué le parece, señor Marull?

MARULL.—Sentarse. *(Siéntense.)*

(Se dirigen hacia la mesa para sentarse.)

ULRIKE.—Por favor, señores.

MARULL.—No, tú aquí no; ¡tú, aquí! *(A los otros.)* Tú, aquí, tampoco. Tú allá y tú aquí...

SECRETARIO.—Ah, ya, ya paso... Yo paso y ya paso[11].

(Se sientan.)

MARULL.—Ahora comerán y todo esto está fabricado por mis empresas. Irán al lavabo y el papel higiénico también, así como el jabón.

SECRETARIO.—Vaya, vaya.

MARULL.—¿Están casados, ustedes?

DELEGADO.—Sí.

MARULL.—Están casados, muy bien. Pues a sus esposas... cuando les venga aquello de... ¡la regla!, todo eso que se ponen ahí abajo... también es mío. Y quizá el piso en el que viven también fue construido por mis inmobiliarias. Pero ¿saben una cosa?, todo ello no supera la estima que le tengo a este producto. *(Enseña una botella de Floit[12], el masaje.)* ¿Saben qué es esto?

SECRETARIO.—Claro, es el Doctor Floit, el masaje. Su gran creación.

MARULL.—Exacto, Doctor Floit. Con esto empecé y con esto acabaré, porque le acabo de descubrir unas propiedades extraordinarias.

(Lo esnifa.)

---

[11] Repetición que indica que el personaje está nervioso y no sabe qué decir.

[12] Loción de afeitar fabricada por el empresario español Joan B. Cendrós i Carbonell (1916-1986), dueño de la editorial Aymà y mecenas de la cultura catalana. Su exhibicionismo nacionalista le hacía autoproclamarse «fascista catalán».

ULRIKE.—¡Ramón!

SECRETARIO.—Ah, no sabía que también...

DELEGADO.—Debe de ser bueno, debe de ser bueno.

ULRIKE.—Ramón, han venido expresamente a traerte el galardón.

SECRETARIO.—Déjelo, déjelo, no tiene importancia. Si también tiene mucho interés todo esto que nos cuenta.

(Por la derecha entra una chica con una botella de cava.)

MARULL.—Este cava también lo fabrico yo. Sirve, nena, sirve. No esperen de mí las gracias, ¿eh? Sólo puedo decirles esto: menos mal que alguien reconoce la deuda que tiene este país con algunos burgueses y empresarios leales. ¡Ya era hora! Porque ahora todo el mundo venera a artistas y escritores, sólo se habla de ellos. ¡Como si fueran ellos los que dan de comer a la gente!

SECRETARIO.—Tiene razón, tiene toda la razón. Ustedes los empresarios son las auténticas columnas de este país.

MARULL.—Bueno, no me haga la pelota, ahora. No me haga la pelota. Miren cómo he de verme. Llevo dos años viviendo aquí, sin salir para nada. Siempre al pie del cañón, por que si no, ¿en quién puedes confiar?

SECRETARIO.—Hombre, en la familia, ¿no?

MARULL.—¿En la familia? ¡Ja! La familia sólo espera a que estires la pata y devorar el festín. Ya me los conozco, yo, a éstos. ¡Vaya unos! *(A la chica dándole una palmada.)* Va, venga va, nena, brillo, brillo, brillo.

CHICA.—*(Saliendo por la derecha.)* ¡Ay!

DELEGADO.—Señor Marull, no dude de que estamos impresionados por esta actitud cívica de responsabilidad social que le honra. *(Levantándose para hacer un brindis.)* Y bien... Yo pienso, pues, que es el momento de proponer un brindis para celebrar...

SECRETARIO.—Ciertamente es admirable su actitud heroica.

ULRIKE.—¿Heroica? Lleva, aquí, dos años encerrado, comiendo y durmiendo en este almacén.

DELEGADO.—... Ah, pues un brindis con más razón...

MARULL.—¡¡Y trabajando, eh, querida!! Que no se te olvide esto. ¡Y trabajando!

DELEGADO.—Bueno, ahora, si me lo permiten, y en nombre del presidente, pues yo propondría...

SECRETARIO.—Un brindis, hombre, claro.

DELEGADO.—Eso, un brindis.

SECRETARIO.—Claro.

DELEGADO.—Veamos, tal vez, parafraseando nuestro glorioso himno: Al damunt de nuestros campos...[13].

MARULL.—Debidamente recalificados.

DELEGADO.—Sí, claro, claro... Levantem noves empreses..., que ens faràn més triunfantes.

SECRETARIO.—Muy bueno, muy bueno. Muy bien adaptado.

(Suena música.)

MARULL.—Paren, esto. No me gusta, esto. Paren, esto.

ULRIKE.—¡Ramón!...

MARULL.—No quiero. ¡He dicho que paren!

ULRIKE.—¡Ramón!

MARULL.—¡No quiero, no quiero!

ULRIKE.—¡Ramón!

MARULL.—Paren esta música...

ULRIKE.—¡Ramón!

MARULL.—¡No quiero, paren!

(Sin música.)

ULRIKE.—Ramón, estos señores han venido expresamente...

MARULL.—¡Cállate! ¿Qué quieres?, ¿montar una escena, ahora, delante de éstos, tú, ahora? Me casé con una alemana...

ULRIKE.—¡Suiza!

MARULL.—Bueno, con una suiza-alemana. Me casé porque de hecho estaba enamorado...

---

[13] A continuación se dan referencias alteradas satíricamente de el «El *Cant de la Senyera*», véase nota 6.

DELEGADO.—Es lógico.

MARULL.—... ¡De Suiza!

DELEGADO.—Ah.

MARULL.—Todo un ejemplo para un pequeño país como Cataluña. ¡Ah, Suiza! Una fábrica de dinero que respeta a los hombres de empresa y pone a los artistas en su sitio. Coman, coman... perdón que no los atienda como Dios manda, pero es que no doy abasto.

(Sale por la derecha. Transporta una caja.)

ULRIKE.—Tienen que hablarle del futuro, lleva muy malas intenciones con la herencia.

DELEGADO.—Sí, ahora intentaremos entrar en el tema.

SECRETARIO.—Sí, yo le seguiré.

ULRIKE.—Interpreten bien que para eso les pago.

DELEGADO.—Hacemos lo que podemos.

ESCRITOR.—*(Entrando por la derecha.)* El supuesto Secretario se come una oliva y el Delegado hace pelotillas. En este preciso momento entra el señor Marull.

MARULL.—*(Entrando por la derecha. Sale por la izquierda.)* Ya lo ven, siempre he de estar al pie del cañón porque si no esto no pita. Esta mujer es terca, terca, terca como una mula. No ha entendido nunca este país. Tus hijos nunca hablan catalán, ¡sólo castellano y suizo! *(Entra a escena por la izquierda.)*

ULRIKE.—Claro, porque Suiza es una nación organizada y vosotros sois un caos mediterráneo.

SECRETARIO.—Señora...

DELEGADO.—Cuidado.

SECRETARIO.—... tenemos un parlamento, ¿eh? *(Ríen.)*

MARULL.—No, no, no, no. Esto no tiene ni pizca de gracia. No sé dónde la ve, la gracia. No sé dónde la ve. Ya lo ven: es mi cruz, esto. Es mi cruz; esta mujer. Pero ¿por qué les decía todo esto? *(Al SECRETARIO.)* ¿Dónde estábamos? ¿Qué les estaba diciendo?

(Todos intentan recordar. Nadie acierta.)

SECRETARIO.—¿Cómo?

MARULL.—Antes, ¿qué les estaba diciendo?

DELEGADO.—¿Cuándo ha pasado?

MARULL.—Sí. ¿Qué explicaba, yo?

DELEGADO.—Usted hablaba de...

MARULL.—¿Qué explicaba?

SECRETARIO.—Ah, sí... yo...

MARULL.—¿Éste es el caso que me prestaban cuando habla-ba? ¡Qué explicaba!

SECRETARIO.—Pues...

MARULL.—*(Al* DELEGADO.) Tú, que haces cara de más inteli-gente[14], ¿qué decía?

DELEGADO.—Usted hablaba...

(Todos intentan recordar.)

MARULL.—Ah, sí...

SECRETARIO.—Eso, eso. Era eso.

DELEGADO.—Sí, eso.

MARULL.—¿Por qué regla de tres, los escritores nos han de dictar ahora la ética y la moral? ¿La historia de un país es la historia de sus artistas?

SECRETARIO.—Pero usted siempre ha sido un gran mecenas.

MARULL.—Mucho dinero he gastado yo en la cultura de este país. ¡Pero siempre para los leales de la patria! ¡Y no como aquel crápula del Ampurdán...!

ULRIKE.—El escritor Josep Pla[15].

MARULL.—Sí, el Pla, el Pla, el Pla...[16]. ¡Que se pasó media vida en la cama escribiendo y la otra media borracho![17]. Y ahora qué, una vez muerto; ¡honores y homenajes pós-

---

[14] Traducción literal que se conserva para definir al personaje.

[15] Escritor español (1897-1981) y protagonista de esta obra.

[16] Ya hemos comentado en la obra *Ubú president o Los últimos días de Pom-peya* que es habitual en el lenguaje coloquial el uso del artículo delante de nombre propios.

[17] Pla no tenía horarios. Normalmente se acostaba muy tarde y se levanta-ba a las 4 de la tarde. Bebía mucho y padeció cirrosis crónica. Del alcohol de-cía que le excitaban los reflejos mentales del mismo y sostenía que cada vez que bebía era porque tenía sed.

tumos! ¡Un patriota! Y los empresarios, ¿qué somos?, ¿los malos de la película?

SECRETARIO.—Ya habrá notado que nuestro gobierno tampoco se ha excedido en el reconocimiento al señor Pla, ¿eh?

MARULL.—¡Demasiado caso le han hecho! ¡Demasiado caso le han hecho! ¡Demasiado caso para mi gusto! Coman, coman, que es gratis, esto. Es gratis. Sin cumplidos que es gratis. ¿Qué?, ¿les gusta todo esto? Todo esto era, más o menos, el catering que envasamos para los ejércitos de Iraq y de Irán cuando estaban en guerra. Pero sin embutidos, claro. *(Ríe.)*

DELEGADO.—*(Al* SECRETARIO.*)* Ah, claro, hombre, lo dice por el Islam[18].

SECRETARIO.—Ah, el Islam, qué detalle.

(Todos ríen el chiste.)

MARULL.—También servimos lo mismo que les dimos a los serbios, a los bosnios y a los croatas. ¡Gran calidad por el precio! Al menos se mataban con la tripa llena.

SECRETARIO.—Claro, pobre gente.

MARULL.—¿Pobre gente? ¿Ha dicho pobre gente? Tampoco era mi responsabilidad dilucidar las razones de la carnicería, porque mi responsabilidad era tener preparadas cada mes mil setecientas nóminas. ¿Qué coño sabe de esto un jodido artista?

ULRIKE.—Está obsesionado con todo esto de los artistas y ahora enloquecido con la reposición de la obra del escritor Josep Pla.

MARULL.—¡Cállate! Shut up! *(Al* SECRETARIO.*)* Tú, ¿qué hace esto en el suelo? ¿No te gusta?

SECRETARIO.—*(Recogiendo unas salchichas que antes ha tirado.)* «Me se» ha caído.

MARULL.—Demasiada abundancia.

(Por el fondo de la derecha entra POVEDANO.*)*

---

[18] Los musulmanes tienen prohibido comer cerdo.

MARULL.—¡Ah!, hablando de abundancia. Miren a este hombre. ¡Tú, para! ¡Quieto! Este hombre, aquí donde lo ven, lleva media vida trabajando para mí. Está bien cebado, ¿me entienden? Es decir, que hambre no ha pasado. Los dos queremos que la empresa funcione, que el dinero corra, que ganemos él y yo. ¿No es verdad, Povedano?

POVEDANO.—Sí, claro, señor Ramón, claro. *(Con la intención de salir por el fondo izquierda.)*

MARULL.—¿Qué hubieras hecho tú, si no hubieras trabajado para mí? Nada, nada. Por cierto... ¡Povedano!... Ahora verán. *(Al* DELEGADO.*)* Tú, mira. *(A* POVEDANO.*)* Estás despedido.

POVEDANO.—Vale.

MARULL.—Soy así, yo. ¡Espera! ¿Adónde van estas cajas?

POVEDANO.—Bueno, éstas van a Boston.

MARULL.—Bueno, pues, ¿qué haces ahí parado como una momia? Venga, envíalas rápido y contra reembolso, ¿eh? Venga, alegría, alegría. Brillo, brillo, brillo.

(POVEDANO *sale por el fondo izquierda.*)

MARULL.—¡Yo me arriesgaba para construir el país! Bueno, y si ellos no hubieran cobrado a fin de mes...

DELEGADO.—No se fatigue tanto, no se fatigue tanto que usted ya ha trabajado, y quizás demasiado. ¿No cree que ha llegado el momento, no sé si, tal vez, de ir dejando el imperio en manos más jóvenes?

MARULL.—¿Qué?

DELEGADO.—Hombre, claro... Usted controlando siempre a distancia, como siempre, claro.

MARULL.—¿Pero, qué dice?

SECRETARIO.—Usted, ya ve, con cuatro hijos y una señora tan competente, no tiene problema. Pero claro, es ley de vida, ¿no?, no se puede hacer nada en contra de esto.

ULRIKE.—Ramón, tienen razón.

MARULL.—¿Que tienen razón? ¡Ya pueden largarse inmediatamente! ¡Desaparezcan de mi vista! Todos los políticos son iguales. Mentecatos, chupópteros...

SECRETARIO.—Música, música.

(Suena música.)

MARULL.—... Todos los políticos son iguales... ¡Povedano! *(Entra* POVEDANO *por el fondo izquierda.)* ¡Sácame de aquí a estos mentecatos! ¡Venga, fuera, fuera! ¡Largo de aquí, pasmarotes!

(El DELEGADO *y el* SECRETARIO *salen por la derecha cantando el himno.* POVEDANO *les sigue.)*

ULRIKE.—¡Fuera la música! ¡Fuera la música!... ¿Es que no te sientes suficientemente compensado con el máximo galardón de tu país? ¿Qué más quieres, tú?

MARULL.—*(Imitándola.)* Ña, ña, ña...

ULRIKE.—Ya sé lo que quieres. ¡¡Solamente estás obsesionado en beber este asqueroso líquido y dejarnos sin herencia!!

MARULL.—*(Con la botella de Floit en la mano.)* ¡Cállate!

ULRIKE.—¡Ramón deja de beber esta porquería!

MARULL.—*Raush, ausfidersehen.* Déjame en paz. Vete a hablar con tu querido padre.

ULRIKE.—Mi padre está muerto.

MARULL.—No, perdona, tu padre siempre fue un muerto.

ULRIKE.—No lo puedo soportar.

*(*ULRIKE *sale por la izquierda.)*

*(*MARULL *bebe de la botella de Floit. Suena una sardana «Per tu ploro»[19]. Cae un decorado del «Mas Pla»[20].* MARULL *desaparece bebiendo Floit por detrás del decorado.)*

---

[19] *Por ti lloro,* una de las sardanas preferidas por Dalí y Boadella, ya que es la primera música que recuerda de niño. Fue creada por el compositor español Josep Ventura (1817-1875). Pla escribió de la sardana que eran 15 minutos justos de voluptuosidad y compuso páginas de admiración al autor de esta sardana.

[20] Así llamada la masía de la familia del escritor en Llofriu, donde el autor pasó largas temporadas. Comenzó a usarla como vivienda en 1927 y en ella se instalará en torno a los años 50.

Escena 2
SARDANA-CROMO

CAMPESINO.—¡Abuela, el «porrón»!

(Por la puerta de la masía de PLA, aparece una anciana con un porrón en la mano. Se intercambian el porrón con el campesino.)

(Por la izquierda aparece otro campesino tirando de una cuerda.)

CAMPESINO 2.—¡Tira! ¡Tira, Sultana, mala puta!

(Se intercambian el porrón con la anciana. La anciana agarra la cuerda para que el campesino pueda beber mejor, pero la vaca, que se supone está sujeta a la cuerda, tira fuertemente de la cuerda y la anciana desaparece rápidamente por la izquierda. El CAMPESINO 2 sale en su ayuda. Reaparecen por la izquierda. Bailan los últimos pasos de la sardana que llega a su fin.)

(Por la puerta de la masía aparece el mismísimo PLA, hecho una furia.)

PLA.—¿Pero qué me han puesto aquí? ¿Qué caray es todo esto?... ¿Es que se han vuelto locos? ¡Vamos, largo! ¡Desháganme inmediatamente esta estampa regional! ¡No quiero pornografía campestre!... *(Al tercer Campesino que hace sonar un cencerro.)* Y usted, pare ya de escarnecer a un animal tan responsable y productivo como una vaca. No quiero teatro ni «collonades»[21]. ¡No me gusta el teatro! ¡Largo!

CAMPESINO 2.—Escuche, nosotros queríamos homenajearle con una ambientación campestre.

PLA.—Pero ¿qué se piensan que somos los campesinos?, ¿funcionarios de parques y jardines? *(Dando una patada al deco-*

---

[21] Típica expresión de Pla sinónima de *sandeces* y que alude directamente a los testículos.

rado.) ¡Quiten este trapo de una vez por todas!, ¿qué se piensan ustedes?, ... ¿que para nosotros siempre es domingo?..., ¡venga largo! Ni en el «mas» puedes estar tranquilo...

(Los payeses salen por la izquierda.)

(Sube el decorado del Mas Pla mientras en un segundo plano baja un decorado del pintor Gimeno)[22].

PLA.—Bueno, esto es otra cosa. Esto es un Gimeno, gran pintor. ¡Colosal! Pintaba toneladas de naturaleza en el sentido literal de la palabra. Sí, hombre, ¡caray! de Gimeno. Al menos pintaba cosas comprensibles, no aspiraba a la genialidad, es de agradecer.

ESCENA 3
PÁJAROS

Se oye el canto de un pájaro.

PLA.—Venga, señorita, venga. Sí, usted, usted, usted. No sea tan discreta. Me joroban las señoritas recatadas. *(Una trabajadora entra por la izquierda haciendo sonar el reclamo de un pájaro.)* Perdone, ¿qué pájaro pretende hacer cantar?
CHICA.—El jilguero.
PLA.—Dejémoslo estar. Esto que suena recordaría vagamente y poniendo buena voluntad al ruiseñor. *(La chica hace sonar el reclamo.)* Más o menos, más o menos. En la primera cosa que piensa este artista es en su propia alimentación, ¿sabe?, ... Sí, como los obreros, los banqueros, los poetas o los militares. Después canta y canta... *(La chica hace sonar el reclamo.)* Exacto... Sobre todo cuando dispone de un buen huerto de gusanos gordos y excelentes cerezas. Ahora bien, cuando canta, su canto siempre seduce, no me canso de escucharlos porque yo soy conservador, ¿sabe?, porque creo

---

[22] Francesc Gimeno: pintor español (1858-1927) que durante toda su vida mantuvo unas premisas estéticas idealistas. Pintará al margen de las modas de su tiempo. No conoció el éxito en vida. Siempre fascinó a Pla.

que la vida tiene tan pocas cosas agradables que menospreciar una sola es de un salvajismo absoluto y real. Pero usted ya lo sabe. ¡Qué le he de decir, pobre de mí!

(Un trabajador de la empresa hace sonar un reclamo de golondrina. Entra por la derecha. La chica se marcha por la izquierda.)

PLA.—Bueno, seguiremos la coña. Este hombre hace una golondrina. Las golondrinas escriben solfeo sobre los hilos de electricidad[23]. Es una cursilada, pero es así, qué le vamos a hacer.

(El trabajador se va por la derecha. Por la izquierda entra un segundo trabajador que hace sonar un mirlo.)

PLA.—Ah, esto pienso, pienso, pienso que es un mirlo.

TRABAJADOR 2.—No, no, perdóneme, es un carbonero.

PLA.—No, no... esto es un mirlo.

TRABAJADOR 2.—No, no, no. Aquí lo dice. Carbonero. A mí me lo han vendido como carbonero.

PLA.—Bueno, hoy en día la industria y el comercio hacen lo que les convenga para vender sus productos. Son tremendos. La gente quiere ser engañada. Esto es un carbonero.

TRABAJADOR 2.—Exacto.

PLA.—¡No!, es un mirlo. Usted dirá lo que le parezca... ¡Adorables mirlos! Los mirlos son como la vida, ¿no le parece?

(El trabajador hace sonar su reclamo.)

PLA.—Esta cosa impalpable que tiene la vida. En el momento de hacer el sublime do de pecho, se desinflan y acaban haciendo el ridículo. Cuando el amor llega a su temperatura ideal resulta que la señorita tiene jaqueca y no está para nada. No hay solución. Hay que dejarlo. Dejémoslo[24].

---

[23] Podría ser una greguería de Ramón Gómez de la Serna, escritor español (1888-1903).

[24] Pla sólo creía en la pasión física.

(Por la izquierda un tercer trabajador hace sonar un cuco.)

PLA.—Sí, hombre, sí. Esto ya lo sé. Esto es el cuco. Otro pájaro que anuncia la primavera, el elemento de vanguardia del guirigay universal, vegetal, animal y humano. Sí, humano, sí.

(Por la izquierda la chica trabajadora hace sonar otro reclamo.)

PLA.—Esto es el mochuelo. La señorita hace el mochuelo. Perdone, señorita, esto no quiere decir que lo sea.

(Por la derecha el segundo trabajador hace sonar el reclamo de un canario.)

PLA.—Este hombre hace el canario. *(Al* TRABAJADOR 3.) Usted, ¿de dónde son los canarios?
TRABAJADOR 3.—De Canarias.
PLA.—¡No! Los canarios son de Malta, exactamente. Los perros son de Canarias. Es una curiosidad, pero es así. *(El segundo trabajador hace sonar otro reclamo.)* ... Para acabar. Esto, grosso modo, ¡grosso modo!, serían los gorriones. Los gorriones son unos animalitos frívolos y alegres que se pasan la vida, usted me lo perdonará, señorita, fornicando ante los ojos del público. Son, tal vez, los seres más venéreos y genésicos de la creación. Los gorriones, ya lo ven, ... *(el trabajador hace fornicar a dos reclamos)* ... lo hacen breve, pero no les va de una vez. Bueno, esto ya está, ya está...
TRABAJADOR 3.—Gorrión que vuela, a la cazuela.
PLA.—¿Cómo dice?
TRABAJADOR 3.—Gorrión que vuela, a la cazuela.
PLA.—Perdón, ¿qué dice?
TRABAJADOR 3.—¡Gorrión que vuela, a la cazuela!
PLA.—Esto es un loro... Esto es un loro. Sí. Los loros son tremendos. El loro es el rentista más importante de la ornitología. Después de la guerra civil han desaparecido todos los loros y yo no encuentro uno ni por caridad. Se pueden encontrar comunistas, anarquistas, socialistas, fascistas, un

puritano, un vegetariano, un abstemio, un pesado, un fanático, un soplapollas descomunal, pero loros, no encuentro ni uno. Usted es el primer loro que encuentro en mucho tiempo. Le felicito. Bueno, esto ya está. Me voy.

(PLA *va a salir por la izquierda, todos le siguen haciendo sonar sus reclamos.* PLA *enciende un cigarrillo.*)

PLA.—... Dejémoslo estar... No sé si es tarde o es temprano. *(Los trabajadores hacen sonar sus reclamos.)* Considérense todos saludados. Adiós, adiós. Bueno, paren, hombre, paren, ¡paren con esta granja avícola! Han de aprender a escuchar[25]. Escuchar es un hábito que consiste en separarnos del jaleo que llevamos dentro. No solemos escuchar. No nos escuchamos más que a nosotros mismos. Perdonen, a nosotros mismos y al teléfono, exactamente. El resto apenas existe. Por eso los pájaros han de tener una cosa singular desde el momento que han conseguido hacerse escuchar. ¿No les parece?... Más o menos, más o menos.

TRABAJADOR 2.—*El cuaderno gris*[26], primer volumen de su obra completa.

PLA.—Bueno, he escrito tantos papeles que la memoria se me vuelve incierta.

TRABAJADOR 3.—Porque no es del *Cuaderno gris*. Esto está en *Últimos escritos*[27].

TRABAJADOR 1.—No. Son *Escritos Ampurdaneses*[28].

(*Discusión entre los trabajadores.* PLA *se va por la izquierda.*)

---

[25] Pla reflexionó mucho sobre la escucha en su obra *El cuaderno gris.*

[26] El autor inició con este libro la recopilación de su Obra Completa. Es un diario personal de los años 20 que el escritor reelaborará hasta que lo publique en 1966. Se llamaba así por el color de las tapas del primitivo borrador del texto. La narración se inicia el 8 de marzo de 1918, cuando Pla tenía veintiún años, y termina el 15 de noviembre de 1919.

[27] Obra de Pla recogida en el volumen 44 de las *Obras completas* (Destino).

[28] Esta obra se encuentra en el volumen 38 *(op. cit.).* Para Pla, los ampurdaneses encarnaban unos valores que eran la base de la convivencia: la sinceridad, la naturaleza y la franqueza.

PLA.—¡Paren, hombre, paren! ¡Por el amor de Dios! ¡Así no acabaremos nunca! Miren, ¿saben lo que son ustedes?

TRABAJADOR 3.—Sí. Somos unos planianos.

PLA.—... ¿Unos planianos?..., ¡unos pla-panatas! ¡Esto es lo que son! Me voy al «Mas» a pasar las cuentas[29]. Las cuentas de la leche, exactamente. Ustedes lo pasen bien...

> (PLA *sale por la izquierda. Los trabajadores lo siguen haciendo sonar sus reclamos. Detrás de ellos el* ESCRITOR *continúa dictando a su grabadora. Los trabajadores se mueven a cámara lenta.)*

ESCRITOR.—En esto, Pla, tenía razón. Cataluña está llena de «pla-panatas»: se trata de la gente que se identifica con el conservadurismo más aciago y agropecuario del país. Es la gente que cierra el paso a cualquier concepción de un catalanismo de izquierdas, que es el que yo comparto. Cierro el paréntesis. La señora Marull estaba muy insatisfecha de los resultados de su conjura. *(Por la derecha entra la señora* ULRIKE.*)* «¿Adónde van ustedes?...

ULRIKE.—... ¡Adónde van ustedes!

ESCRITOR.—... Así no funciona...

ULRIKE.—¡Así no funciona! ¿Cómo pueden expresar dudas ante él? ¡Háganme el favor de informarse mejor! Memoricen. ¡Memoricen! ¿Dónde se ha metido?

ESCRITOR.—Ha dicho que iba a la masía a pasar las cuentas de la leche.

ULRIKE.—¿A la masía? ¿Pero, qué masía?... *(Sale por la izquierda hablando en alemán.)*

ESCRITOR.—Me parece que éste es el momento de utilizar aquella idea que tuve en el ochenta y siete. Transcribir en texto el canon de Pachelbel[30]. Creo que esto funcionará muy bien. Es una solución vanguardista. *(Empieza a silbar las primeras notas del canon. Los trabajadores se mueven a cámara lenta.*

---

[29] Pla no gozó de una economía próspera y estuvo obsesionado en conseguir una situación financiera estable y mejor pagada.

[30] Johann Pachelbel: compositor alemán y organista (1653-1706). Su obra *Canon en re menor* (1680) es conocida popularmente como *Canon de Pachelbel.*

Cada uno de ellos extrae un libro del bolsillo de su bata y comienzan la memorización. El ESCRITOR *hace mutis por la derecha.)*

TRABAJADOR 3.—*(Con un volumen de la obra de* PLA *en la mano.)* «Nací el 8 de marzo de mil ochocientos noventa y siete en Palafrugell. Toda mi sangre es ampurdanesa.» «Mi padre se llamaba Antoni Pla y Vilar y mi madre María Casadevall»[31].

TRABAJADOR 1.—Escuchad, para memorizar no hace falta gritar tanto. *(Nadie le hace caso y memoriza.)* De la época de mi infancia no recuerdo absolutamente nada. Siempre he sido un escritor muy lento. He escrito mucho porque sólo he pensado en escribir[32]. Los resultados han sido insignificantes[33]. La única esperanza que tengo es el mañana. Yo no quiero nada, ni he pedido nunca nada a nadie, ni aspiro a nada[34]. Déjenme pasar los últimos días de mi vida en el olvido y la vaguedad de los semblantes de la luna.

(Los actores han construido un canon con el texto que recitan. PLA *entra por el fondo izquierda.)*

PLA.—*(Escribiendo en una pequeña libreta.)* Yo he sido un gandul[35] fracasado. Creo que es una posición respetable que no hace daño a nadie. El Mediterráneo es un lugar ideal para practicar la pereza. Toda mi vida ha sucedido en el siglo más siniestro, sanguinario y peligroso de la era cristiana. En el curso de la vida he podido observar muy pocas cosas. Yo no sé nada de nada. La vida ha sido un caminar a ciegas, un largo ejercicio de la propia ignorancia.

TRABAJADOR 1.—Yo no soy un producto de mi tiempo. Soy un producto contra mi tiempo.

PLA.—Hombre, no, ¡qué dice!, ¡insensato! Pare ya, con tanta metafísica recreativa.

---

[31] Los datos que se dan a continuación los confiesa Pla en *El cuaderno gris*.

[32] Escribir fue su vida. Sostenía, en este sentido, que el escritor tenía que estar dispuesto a perder la existencia por escribir.

[33] Fue muy modesto a la hora de valorar su obra.

[34] No era ambicioso.

[35] Palabras llenas de ironía, pues Pla fue un trabajador infatigable.

TRABAJADOR 1.—Perdone, pero es usted mismo quien lo dice.

PLA.—Ah.

TRABAJADOR 1.—... En el volumen número 32 de la obra completa.

PLA.—Ah, pues ahora el que se ha de preparar soy yo. Adiós. Considérense saludados. Váyanse.

(Los trabajadores se van por la izquierda.)

PLA.—Estoy cansado. La vejez me agota. El insomnio me fatiga enormemente y mirar el techo de la habitación aún me fatiga más. Tengo que prepararme...

(Hace una señal. Por el fondo derecha entra POVEDANO *llevando la silla de ruedas de* MARULL.)

ESCENA 4
FRAGMENTO-ENTREVISTA SOLER SERRANO[36]

PLA.—Tengo que prepararme, tengo que prepararme.

*(*PLA, *apoyado en la silla de ruedas, hace una señal.* POVEDANO *conecta un cassette. Suena una entrevista real de* SOLER SERRANO *con* JOSEP PLA. PLA-MARULL *intenta imitar la voz real de* PLA.)

SERRANO.—Para iniciar estas conversaciones con José Pla hemos venido hasta su propia casa, hasta su casa en los alrededores de Palafrugell. Es una vieja casa catalana, una casa típica, una antigua masía, un manso, como dicen aquí, o un mas. ¿Cómo está mejor dicho, don José?

PLA CASSETTE.—Un mas, un mas. En catalán un mas y en la traducción barroca fue manso.

---

[36] Joaquín Soler Serrano: periodista español (1919) que tuvo un programa muy popular en Televisión Española titulado *A fondo* por el desfilaron personajes importantes como Dalí, Octavio Paz, Borges, etc., y en él entrevistó durante una hora a Pla en 1976.

SERRANO.—¿Estamos, a cuántos kilómetros de Palafrugell, exactamente?

PLA.—(PLA-MARULL *imita la voz de* PLA *real.)* A uno y medio, exactamente.

SERRANO.—Está soplando una tramontana[37] feroz.

PLA.—*(Con el cassette apagado imitando la voz real de* PLA.*)* Espantosa.

(PLA-MARULL *da la orden a* POVEDANO *para que conecte de nuevo el cassette.)*

SERRANO.—Ya hace varios días que tienen ustedes esta tramontana.

(Se apaga el cassette.)

PLA.—(PLA-MARULL *imitando la voz de* PLA.*)* Sí, señor. Ya hace 48 horas que estamos enervados por el viento, por el vendaval.

(Se conecta cassette.)

PLA.—*(Sólo la voz del cassette.)* Sí, señor. Ya hace 48 horas que estamos enervados por el viento, por el vendaval.

SERRANO.—Éste es un viento que sin duda alguna ejerce una gran influencia sobre la manera de ser de la gente de esta comarca.

PLA.—*(Las dos voces.)* Sí, señor. A los dos o tres días nos volvemos todos locos a consecuencia de este viento feroz... (PLA-MARULL, *agotado, hace otra señal a* POVEDANO *y éste*

---

[37] Viento fuerte del nordeste que sopla en algunas zonas de Cataluña. Puede durar varios días con rachas de hasta 100 km por hora. Puede provocar estados nerviosos, aunque, parece, estimula el genio artístico. Una investigación llevada a cabo por la doctora Concha Rojo en el Ampurdán, puso de relieve que dos tercios de la población autóctona de esta zona modifica sus comportamientos cuando sopla tramontana. Pla afirma en *El cuaderno gris* que sin moverse de casa podía saber qué viento soplaba: «Sólo hace falta escuchar las campanas. Si el tintineo es fresco, preciso y cristalino, hace tramontana; si es opaco, cascado, deshilachado, el viento es de garbí.» Recordemos que Dalí también habló de la influencia de este viento.

apaga definitivamente el cassette. PLA-MARULL *se deja caer sobre la silla de ruedas)* ... e inútil y poco partidario de la providencia. Aunque prefiero esto que al nefasto garbí[38].

POVEDANO.—Señor Ramón, si no tomara esta loción se sentiría mejor. ¿Que no ve que esto le perjudica mucho? ¿Puede comprender lo que le digo?

PLA.—Hermós[39], si mañana hace sol iremos a su cabaña de Cadaqués a orillas del mar.

(POVEDANO *conduce a* PLA *hacia el fondo izquierda.)*

POVEDANO.—Ya le he dicho muchas veces que yo no soy el tal Hermoso. Soy Povedano.

MARULL.—¿Povedano?

POVEDANO.—Povedano.

MARULL.—¿Povedano? ¿Qué hace usted aquí? Usted debería estar en el almacén. ¡Está despedido, Povedano! ¡Está despedido!

(*Ambos salen por el fondo derecha.)*

ESCENA 5
ULRIKE-REPRIMENDA A LOS ACTORES

Entrando por la derecha.

ULRIKE.—*(A los actores que van entrando por la izquierda.)* Por este camino no vamos a conseguir los objetivos. Tienen que poner en práctica otros métodos: estímulo, respuesta inmediata. Vayan por delante de sus iniciativas.

ESCRITOR.—La señora Marull acostumbraba a dar las indicaciones con una energía que procedía directamente de la genética teutona. Ferrer le contestó tímidamente...

---

[38] Es un viento del sudoeste y que llega al atardecer. En general, provoca migraña y pesadez.

[39] Sebastián Puig, pescador amigo de Pla. Éste le apodó Herm s (Hermoso) debido a su fealdad; dice de él: «... presenta un aspecto de gorila impresionante». Con él mantuvo largas conversaciones e intentó viajar desde Palafrugell hasta Francia en una barca. Pla quería demostrar que hay una conexión entre el escritor y la razón primaria del hombre sin cultura, del hombre que no ha pasado por el filtro de la erudición.

FERRER.—Perdone, pero por mucho que nos preparemos este hombre siempre resulta imprevisible. Es que no sabemos nunca por dónde nos saldrá, ¿sabe?

ESCRITOR.—La señora Marull se adelantó dos pasos, aspiró largamente el cigarrillo y me echó el humo en la cara.

ULRIKE.—Ya sabían la clase de trabajo que les esperaba. Si no se encuentran capacitados no tenían por qué aceptarlo.

FERRER.—Joder con la tía.

TRABAJADOR.—Vaya mala leche.

CHICA.—Disculpe señora, nosotros no podemos estar las 24 horas pendientes de...

ULRIKE.—Lo tienen que seguir a la perfección y sobre todo con astucia.

ESCRITOR.—Ferrer, que no podía soportar que las mujeres lo mandasen, insistió.

FERRER.—Señora, es que son 44[40] volúmenes y es imposible preverlo todo.

ULRIKE.—¿Qué dice?

ESCRITOR.—Cortó despreciativa.

ULRIKE.—Con el dinero que me cuestan puedo exigirles que se los sepan de memoria.

ESCRITOR.—Hizo el gesto de marcharse y...

ULRIKE.—Y...

ESCRITOR.—Y...

ULRIKE.—*(Refiriéndose al* ESCRITOR.*)* Y...

ESCRITOR.—Y...

ULRIKE.—Y...

ESCRITOR.—Y..., ¡ah, sí!, aquí puedo hacer entrar a Marull.

(Van a salir, pero ULRIKE *ve que* MARULL *va a aparecer por el fondo derecha. Advierte de su llegada a los trabajadores y éstos se ponen a acarrear cajas.)*

ULRIKE.—¡Cuidado!

---

[40] Son 46 volúmenes en total.

ODIO DE MARULL A PLA

Por el fondo entra Marull. *Sobre su regazo lleva una caja con la obra completa de* Pla.

Marull.—Sí, ya pueden disimular, ya. Ya pueden disimular. Ya pueden hacer ver que trabajan, ya. A mí me las van a dar... Sí, disimulen, disimulen... *(Tira por el suelo toda la obra completa de* Pla *que lleva en una caja.)* Todo esto ya lo pueden coger y tirarlo directamente a la basura. Esto no tiene ningún valor. ¿Qué querían? ¿Mortificarme con todos estos papelotes, con toda esta bazofia? Pues no lo han conseguido. Para que se enteren. ¿Qué pretendían, ustedes? ¿Ofenderme con la obra de un renegado? Todo esto son kilos de sarcasmo destructivo escritos por un borracho y un grosero. Ya lo pueden destruir.

Trabajador 2.—¡Hombre, destruir libros!

Marull.—¡Cállese! Sólo les voy a decir una cosa por si no lo sabían. Una institución tan gloriosa, tan fundamental, tan importante para el país como es «Omnium Cultural»[41], no se la nombra ni una sola vez, ni una sola vez, en los 36.000 folios que ha escrito, llenos de plagios y repeticiones. Eso sí, aquí encontrarán todos los anarquistas, borrachos y bohemios de este rincón del Mediterráneo. Y, por supuesto, a mí tampoco me nombra. Y no me nombra porque yo he trabajado abnegadamente por este país. He dado de comer a muchos catalanes y «charnegos»[42]. De mis bolsillos han salido muchas pesetas para la cultura y la política de este país.

---

[41] Pla censuró la cursilería catalana que se proyectaba a través de este organismo, y en su libro *Notas para Silvia* confiesa que ha almorzado con algunos representantes de dicho organismo. Institución cultural fundada en 1960 por Lluís Carulla Canals (1904), empresario catalán, para promover la cultura catalana y defender la identidad nacional catalana. Patrocina el Premio de Honor de las Letras Catalanas.

[42] Véase nota 156 en *Ubú president* o *Los últimos días de Pompeya*. Pla utiliza el término en su obra *Notas para Silvia,* al hablar de un tal Lozano.

ULRIKE.—Ramón, no te excites.

MARULL.—¡Cállate! Él, dicen que ha publicado 45 volúmenes; yo tengo 48 empresas. Él, dicen que ha escrito 36.000 folios; yo he firmado más de 45.000 contratos de trabajo. Por supuesto, a mí tampoco me nombra. Y no me nombra porque yo estoy con los constructores del bienestar y él con los aprovechados. ¡Va, va, va! Quítenme esta porquería de mi vista, que no la puedo soportar. *(Los trabajadores recogen los libros.)* Ya lo pueden quemar todo. Ah, y no se preocupen, ya me enteraré quién ha sido el elemento que me ha infiltrado esta bazofia, esta porquería en mi casa. ¡Quedan advertidos! ¡Va, brillo, brillo! ¡Fuera!, ¡fuera!

(Los trabajadores recogen los libros y salen por la derecha. En el suelo ha quedado la «Cruz de Sant Jordi».)

(En escena MARULL *y* ULRIKE.)

MARULL.—Ulrike, ¿qué hace mi cruz de Sant Jordi en el suelo?

ULRIKE.—*(Mientras la recoge del suelo.)* Tú mismo la has tirado cuando estabas drogado por esta química.

MARULL.—Pero ¿qué estás diciendo?, ¿qué tonterías dices? Venga, va, trae esto, que es mío. *(Con la medalla en las manos.)* Es bien poca cosa. En esta tierra sólo pasan a la posteridad los gandules ilustrados. ¿Qué hora es?

ULRIKE.—Son las diez.

MARULL.—¿Las diez? ¿Y aún no tengo los índices de bolsa?

ULRIKE.—Ya los tengo aquí preparados, como siempre.

MARULL.—¡Pues venga, ya sabes cuál es tu obligación! Canta. Va.

ULRIKE.—Ya.

MARULL.—Va.

ULRIKE.—Telefónica. Sube dos puntos.

MARULL.—Ya bajarán.

ULRIKE.—BBV. Sube medio.

MARULL.—Y aún gracias.

ULRIKE.—Argentaria. Baja dos.

MARULL.—Ya lo sabía.

ULRIKE.—Tabacalera. Sube uno.

MARULL.—Vuelo gallináceo.

ULRIKE.—Dragados. Se mantiene.

MARULL.—Mañana caerá.

ULRIKE.—Catalana de gas. Baja medio.

MARULL.—Y aún bajarán más.

ULRIKE.—Repsol. Sube tres.

MARULL.—Nada.

ULRIKE.—Danone. Baja tres.

MARULL.—¡Bah!

ULRIKE.—Construcciones y contratas. Sube cuatro.

MARULL.—El crack del 29[43].

ULRIKE.—Pescanova. Sube dos.

MARULL.—Nada.

ULRIKE.—Gas Butano. Baja uno.

(Al oír los resultados bursátiles, MARULL *se ha ido excitando.)*

MARULL.—Para, para, para. A ver..., ¡Matesa![44].

ULRIKE.—¿Matesa?

MARULL.—Sí, Matesa, ¿qué?

ULRIKE.—*(Inventando el resultado.)* Cae... diez.

MARULL.—Ya lo sabía, estos... Ahora... ahora... ahora...

ULRIKE.—¿Ahora qué?

MARULL.—Ahora..., ahora..., las mías.

ULRIKE.—¿... Tus, qué?

MARULL.—¡Mis empresas!

ULRIKE.—Ramón, no te las voy a decir hasta que te hayas tranquilizado. Un día te va a dar un infarto. ¿Estás tranquilo?

---

[43] Se conoce con este nombre la quiebra de la Bolsa de Nueva York en 1929. El descenso bursátil fue seguido de la crisis económica más profunda de todos los tiempos.

[44] *Maquinaria textil del norte de España.* El 17 de julio 1969 estalló en España un gigantesco fraude financiero protagonizado por uno de los empresarios ejemplares de aquellos años, Juan Vilá Reyes, propietario de Matesa; en dicho fraude se vio implicado el Gobierno, el Opus (Matesa dio muchos millones para la Obra procedentes de créditos oficiales y varios miembros del Opus ocupaban altos cargos en Matesa). En 1972, Vilá Reyes fue condenado a 21 años de prisión.

MARULL.—Sí.

ULRIKE.—Bien, ahora, sí.

MARULL.—Paninis and Companies.

ULRIKE.—Sube medio.

MARULL.—Pizza Catalana Incorporation.

ULRIKE.—Se mantiene.

MARULL.—¿Se mantiene?

ULRIKE.—Se mantiene.

MARULL.—Alioli McGregor.

ULRIKE.—Baja dos.

MARULL.—Cavas Montpelat.

ULRIKE.—Cae cinco.

MARULL.—Ballena Blanca.

ULRIKE.—Cae ocho.

MARULL.—¡Floit!

ULRIKE.—Tu maldito Floit ha dejado de cotizar.

(MARULL *atacado saca del bolsillo del batín su botella de Floit e intenta beber.*)

ESCENA 7
ULRIKE Y MARULL

ULRIKE.—¡Ramón, qué haces!

(*La botella se le va de las manos y cae al suelo.* MARULL *al querer cogerla cae de la silla de ruedas.* ULRIKE *intenta levantar a su marido.*)

MARULL.—¡Déjame en paz! (ULRIKE *también cae.*) Ulrike, Ulrike, ¿qué haces? Que ya no tenemos quince años, mujer. Ahora ya estamos los dos en el suelo.

ULRIKE.—Te has caído porque te tomas esta porquería de Floit. *(Llorando.)* ¡Basta Ramón! Ramón, yo sufro tanto con esta enfermedad que te ha cogido, que aunque me hayas destrozado mi vida... todavía siento algo por ti.

262

MARULL.—Ulrike, a ver si lo entiendes; el Floit no me hace daño. El Floit me hace dormir y me hace olvidar mis penas.

ULRIKE.—*(Cortando su llanto en seco.)* ¿Penas? ¡Pero qué penas! ¡Penas, las mías! Ramón, lo mejor sería que dejaras las responsabilidades a otra gente. Tú estás enfermo. Mírate. Tú haces cosas tan extrañas.

MARULL.—Lo siento, yo soy así y mientras tenga fuerzas, estaré al pie del cañón. Olvídalo, olvídalo.

ULRIKE.—Podríamos pasar los últimos años que nos quedan de vida viajando, disfrutando de nuestra fortuna.

MARULL.—¿Viajando? ¡Pero cómo quieres que viajemos en una silla de ruedas, tal como estoy!

ULRIKE.—Ah, pero cuando estás drogado de esta química bien que te levantas. ¡Tú, nunca has estado paralítico! *(Señalándose la cabeza.)* ¡Está todo aquí!

MARULL.—Eres tú, que debes estar borracha y tienes fantasías sobre mi juventud.

ULRIKE.—Claro que sí, cómo no las voy a tener si los únicos días felices de mi vida fue la semana de viaje de novios en la Costa Brava.

MARULL.—Ya me acuerdo, ya me acuerdo de la semana de luna de miel en la Costa Brava. Bueno, me acuerdo que pinchamos las dos ruedas del coche y tuvimos que dormir bajo un olivo, sí. Ahora, bien mirado, tú, Ulrike, pesabas unos cuantos kilos menos, parecías un fideo rubio de cabello de ángel, con ojos azules.

ULRIKE.—Y tú, el típico torero español con aquel bigote.

MARULL.—¡Es que los extranjeros no decís más que tópicos! ¡Yo no soy torero, soy catalán! ¡Y los catalanes odiamos la corrida! Perdona, perdona... es verdad... tienes razón, tienes razón. Entre el trabajo y la patria no he tenido tiempo para ti. Hemos hablado poco, tú y yo. Hemos vivido como dos seres extraños, uno al lado del otro... Me sabe mal, Ulrike.

ULRIKE.—Es que tú sólo has pensado en este jodido dinero...

MARULL.—¿Qué querías?

ULRIKE.—... y en esta ¡puta Cataluña! ¿Quieres que te diga una cosa?

MARULL.—No, no, ya veo por dónde vas. Déjalo, déjalo.

ULRIKE.—¡Odio Cataluña! ¡Odio todo lo catalán! ¡Odio las cuatro barras[45], odio la cruz de «Sant Jordi», odio la paella, odio el aceite de oliva y, sobre todo, odio a estos malditos monjes de Montserrat que son como vampiros y que nos van a chupar toda la fortuna que tú les piensas dejar!

MARULL.—Ya me he dado cuenta, ¡ya!, del odio que le tienes a este país, con unos hijos que no hablan la lengua de su progenitor; ¡sólo hablan castellano y suizo, caray!

ULRIKE.—¿Suizo?

MARULL.—¡Sí, suizo!

ULRIKE.—¡Qué tienes que decir, tú, de Suiza! Gracias a la neutralidad de Suiza y gracias al dinero de mi padre pudiste hacer negocios con los comunistas y con los nazis.

MARULL.—¡Tu padre! ¡Tu padre! ¡No me hables de tu padre! ¡Tu padre era un usurero que bien que se lo cobró todo aquello que nos dejó...! ¡Tu padre...!

ULRIKE.—¿Mi padre?

MARULL.—¡Sí, tu padre!

(Por el fondo derecha entra POVEDANO.)

POVEDANO.—¡Eh, señor Ramón!

MARULL.—¡Qué pasa!

POVEDANO.—¿Necesita ayuda?

MARULL.—¡Fuera de aquí! ¡Sólo faltabas tú, ahora! ¡Gandul! ¡Parásito! ¡Holgazán! ¡Larva! ¡Comunista!

POVEDANO.—*(Mientras se va por el fondo izquierda.)* Vale, vale.

MARULL.—Va, va, va Ulrike... Siempre igual. Estoy harto, Ulrike, estoy harto. Siempre la misma historia. No aprenderemos nunca. Toda la vida igual. ¡Bah! Mira, mira cómo hemos de vernos, los dos, aquí, por los suelos. Parece que estemos bajo aquel olivo de la Costa Brava. De allí salió Jordi, ¿te acuerdas?

ULRIKE.—No me hables de aquel olivo. Yo tenía todo el culo lleno de hormigas, ¡estas putas hormigas catalanas del Mediterráneo!

---

[45] Nombre popular con el que se conoce a la bandera catalana.

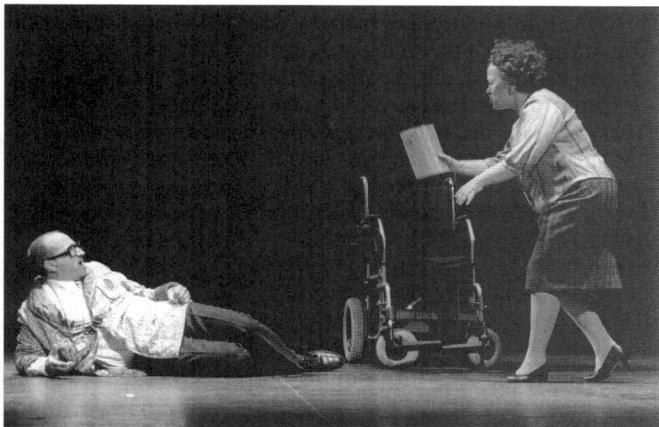

MARULL.—Es que no hay manera, ¿eh? ¡Me tienes que insultar aunque sea a través de las hormigas! ¡A santo de qué hubieras vivido así, allí en Suiza, con aquellas vacas tan locas e histéricas que tenéis, y con el frío que hace!

ULRIKE.—¡No, no, no! *(Levantándose y golpeando la espalda de* MARULL.*)* ¡Eres tú, siempre tú que tienes que meterte con mi padre y con mi patria!

MARULL.—*(Agarrándola del tobillo.)* Quieta... quieta. Ya te tengo.

ULRIKE.—¡Déjame!

MARULL.—¡Quieta potro! ¡Quieta! ¡Ya te he «domao»! ¡Quieta! *(Silencio.)* Ulrike...

ULRIKE.—Sí.

MARULL.—... ¿Por qué no me haces aquello que me hiciste aquel día que ibas un poquito piripi? Aquel pase de mis productos tan picante. Va.

ULRIKE.—No, Ramón, no, estoy demasiado vieja para estos juegos.

MARULL.—Es igual, yo también estoy viejo, ¿y qué? Va, va, va que cuando nos tiramos los platos por la cabeza me excito, soy como un volcán, me pongo lascivo. Va, te prometo que cambiaré. Viajaremos. Haremos un crucero. Va.

ULRIKE.—Una última vez. ¿Eh?... *(Va a salir por la izquierda.)*

MARULL.—Va, va, va.

ULRIKE.—Ramón, es que me siento tan ridícula.

MARULL.—¡Venga, coño!... (ULRIKE *sale por la izquierda.)* Ya tendrías que haber empezado. ¿Estás a punto?

ULRIKE.—*(Entrecajas.)* Sí.

MARULL.—A ver cómo lo haces, esto. A ver... ¡Paninis and Companies!

(ULRIKE *aparece por la izquierda con una caja. Se la refriega por todo el cuerpo.)*

MARULL.—Yo no miro, yo no miro. Sorpréndeme, sorpréndeme. Así, así, muy bien. Refriégate, así. Puta, guarra, mamona, cerda, pelandrusca[46], mala mujer, mujerzuela, ¡feminista!

---

[46] Forma intencionadamente incorrecta por *pelandusca* que define al personaje.

(ULRIKE *se ha ido por la derecha hasta desaparecer.*)

MARULL.—Pizza Catalana Incorporation.

(ULRIKE *aparece de nuevo con otra caja. Cruza por delante de* MARULL *hacia la izquierda hasta desaparecer.*)

MARULL.—¡Ah, lo necesitabas, eh! Así, así. Dale, dale. Perra, chocho loco, mesalina[47], chicholina[48], ¡Gilda más que Gilda![49].
MARULL.—¡Ballena Blanca!

(ULRIKE *aparece por la izquierda con una caja mayor. Se dirige hacia la derecha hasta desaparecer.*)

MARULL.—¡Ah, te gustan grandes!, ¿eh? No te la acabarás, no. ¡Vigila, no me adulteres los productos, que los tendré que vender más baratos! ¡Va, dale, dale! ¡Para, para, para! ¡Por el culo, por el culo que me gusta más! ¡Por el culo, por el culo! ¡Así, sigue, sigue...!
MARULL.—¡Alioli McGregor!

(ULRIKE *aparece por la derecha con una pequeña caja.*)

MARULL.—Eso es. Menéate, menea el alioli. Menéalo bien. Así, así, bien meneada. Así, así. Pon cara de guarra, de vicio. Así, así... Muy bien. ¡Guiri! ¡Charnega![50]. ¡Puta bur-

---

[47] Cuando el emperador romano Claudio tenía cincuenta años decidió desposarse con Mesalina, que contaba a la sazón quince. Ésta mantuvo relaciones extramatrimoniales con muchos de los súbditos y fue famosa porque compitió con una prostituta, a la que ganó, ya que logró hacer el amor 25 veces en 24 horas.

[48] Nombre propio, usado como adjetivo, que corresponde al de la actriz porno italiana que se presentó a las elecciones en su país de origen en 1987.

[49] Película protagonizada por Rita Hayworth dirigida por Charles Vidor (1900-1959) y estrenada en 1946. El eslogan que encabezaba el cartel publicitario de la película presagiaba el impacto sobre la audiencia: «Nunca hubo una mujer como Gilda.» En España se creyó que la escena en la que la acrtiz se despoja de uno de sus guantes era el prolegómeno de un desnudo integral, debido a lo cual la escena fue censurada y suprimida.

[50] Véase nota 42.

guesa! ¡Suiza puerca! Tan limpio que lo tenéis todo, allí, en Suiza y lo guarra que has salido tú, madre mía. ¡Povedano, Povedano!

(MARULL *saca la botella de Floit de su batín. Bebe.*)

ULRIKE.—¡No!
MARULL.—¡Cállate!
ULRIKE.—¡Ramón, basta!
MARULL.—¡Cállate!
ULRIKE.—¡Basta con este asqueroso líquido!
MARULL.—¡Cállate!

(*Música. Por el fondo izquierda aparece* POVEDANO *que ayuda a* MARULL *a vestirse de* PLA *durante la transformación.*)

ESCENA 8
PASEO POR EL AMPURDÁN

PLA.—(*Transformado en* PLA *y fijándose en que lleva puesta la* «*Cruz de Sant Jordi*».) Caray, ¿qué es esto? Bueno, ¡la medalla del enano[51]! Hagan el favor de evitarme toda gloria, grande o pequeña. (*Tirando la medalla hacia la derecha.*) Se pueden meter los homenajes donde les quepan. ¡Bah!
ULRIKE.—¡Lo ves como eres tú quien siempre la tira!
PLA.—Aurora[52]... Aurora... Aquellas piernas tan saludables y golosas siempre me obsesionaron, caray.
ULRIKE.—¡No me toques!... (*Habla en alemán.*)
PLA.—Adi... ¡Adi Enberg![53], la noruega. La noruega, Adi Enberg. Adi, no te enfades, no te enfades porque te aban-

---

[51] Nueva alusión a la estatura de Pujol, véase nota 7.
[52] La gran pasión en la vida de Pla. Mantuvieron una relación amorosa que se terminó cuando Aurora se marchó a Buenos Aires, en donde se casó. Pla habla de ella en sus diarios, y viajó hasta la capital de Argentina para visitarla. Él tenía setenta años y ella cincuenta.
[53] Hija del cónsul de Dinamarca en Barcelona. Adi nació en Barcelona (1901-1989), hablaba perfectamente catalán y frecuentaba las tertulias de los es-

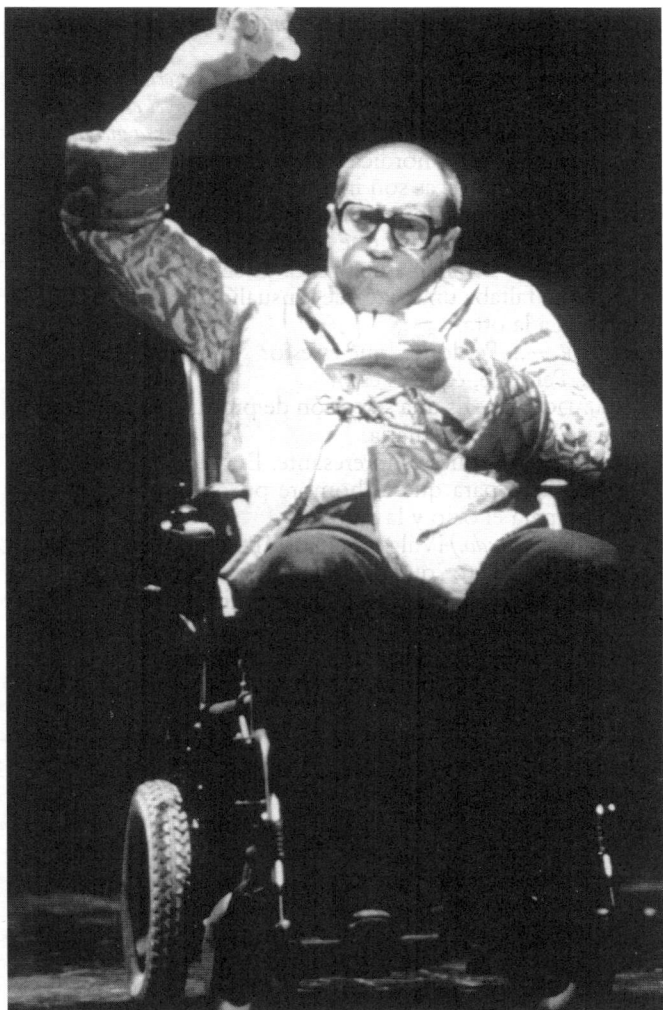

donara por Aurora... (ULRIKE *se marcha por la izquierda hablando alemán.*)

ESCRITOR.—*(Aparece por el fondo derecha y va escribiendo. El personaje de* PLA *va repitiendo exactamente lo que él escribe. Por el fondo izquierda aparece el* TRABAJADOR 2 *con una gran caja en sus manos.)* ... Estas nórdicas son incorruptibles.

PLA.—... Estas nórdicas son incorruptibles...

ESCRITOR.—... Por esto me tuve que separar, ¿sabe?...

PLA.—... Por esto me tuve que separar, ¿sabe?...

ESCRITOR.—... Le faltaba una pizca de sensualidad...

PLA.—... Le faltaba una pizca de sensualidad..., todo lo que le sobraba a la otra.

ESCRITOR.—... Perdone, ¿qué es esto?

PLA.—... Perdone, ¿qué es esto?

TRABAJADOR 2.—Es una selección de productos de la empresa para Expo Alimentaria.

ESCRITOR.—Ah, pues es interesante. Esta cocina es un avance científico para que el hombre pueda disponer de más tiempo para el ocio y la cultura.

PLA.—*(Fisgoneando.)* ¡Válgame Dios! ¡Pero no pretenderá...

ESCRITOR.—... Pero ¿qué dice?, ¡qué dice!

PLA.—... que alguien se trague esta química infecta!

ESCRITOR.—Pero ¿qué dice?

TRABAJADOR 2.—... Yo soy un «mandao», ¿eh?

ESCRITOR.—... Estos platos son los que pondrán fin al hambre en el mundo.

PLA.—... Estos platos se han de reservar a las personas que se dedican a alguna forma de heroísmo.

ESCRITOR.—¡No, no, no!

PLA.—... Como, por ejemplo, los astronautas.

ESCRITOR.—Éste es el tipo de cocina que puede emancipar definitivamente a la mujer.

PLA.—*(Va tirando por el suelo todos los productos alimenticios que le vienen a mano.)* ¡Todo esto es tan insípido como un discurso socialista!

---

pañoles en París, en donde conoció a Pla en torno a 1924. La atracción fue mutua. Convivieron durante quince años, hasta que rompieron y Adi se casó con Antoni Fuster i Valiente.

ESCRITOR.—Situación fuera de control. El personaje se me rebela.

PLA.—... Al paso que vamos, con la inconsistencia de los alimentos, llegaremos a la mandíbula de herbívoro, de conejo[54], ¡caray!

ESCRITOR.—¡Basta! Este viejo reaccionario se está haciendo dueño de mi obra. Alguien tiene que pararle los pies.

(Arrebata la caja al trabajador y se sitúa delante de PLA. *El trabajador desaparece dando vueltas sobre sí mismo por la derecha.)*

ESCRITOR.—Sí, pero esto es lo que comemos tres cuartas partes de humanidad.

PLA.—Perdone, si no es indiscreción..., ¿quién coño es usted?

ESCRITOR.—Soy Baltasar Jornet[55].

PLA.—Y debe ser de izquierdas, supongo.

ESCRITOR.—Efectivamente, soy un escritor comprometido con la vanguardia y la modernidad.

PLA.—¿Y qué caray hace, aquí?

ESCRITOR.—Le he hecho aparecer a usted como contrapunto de un empresario nacionalista. Y ahora, no sé por qué, se me rebela como personaje.

PLA.—Por lo que veo, con esta situación tan cursi que acaba de crear, usted pretende ser un aspirante a Pirandello[56] de pacotilla. No, no, no hay nada más que hablar, joven. No

---

[54] Pla criticó la negativa evolución del gusto gastronómico en Cataluña porque se olvidaba la tradición culinaria.

[55] Doble referencia a José María Benet i Jornet: premiado dramaturgo español (1940), colaborador de TV3, profesor del Instituto del Teatro de Barcelona, y al escritor español Baltasar Porcel (véase nota 183 en *Ubú president o Los últimos días de Pompeya).*

[56] Luigi Pirandello: dramaturgo italiano (1867-1936), Premio Nobel de Literatura en 1934. Este autor se caracterizó por la envergadura que otorgó a los temas que trató, así como por el dominio de la arquitectura escénica. El escritor catalán admiraba su teatro y decía de él que era un realista glacial. Pirandello, Proust y Joyce eran para Pla los tres grandes fenómenos literarios de su tiempo.

se justifique. Todos estos pensamientos y todas estas ideas son consecuencia de esta alimentación. La cocina de las prisas[57]. *(El* ESCRITOR *le aproxima su grabadora.)* ¡Quíteme de delante esta bazofia del progreso! Las prisas han matado la calidad *(va tirando por el suelo todo el contenido de la caja)*, han matado la artesanía, han matado, en fin, todas las artes. Nada, hombre, nada. La buena cocina siempre es localista. Téngalo presente esto. Perdone, ¿tiene prisa, usted?

ESCRITOR.—Sí. Tengo la cena en la mesa y he de continuar escribiendo...

(Deja la caja en el suelo.)

PLA.—Claro. No sé por qué se lo he preguntado. Mire, ahora iremos a comer todos juntos con mi amigo Hermós y ya verá que se le van a alegrar las pajaritas[58]. Ya me lo contará, ya verá. *(Llamándole.)* ¡Hermós!... *(Al* ESCRITOR.) ... Ya verá. ¡Hermós!...

POVEDANO.—*(Entrando por el fondo izquierda.)* Povedano.

PLA.—Exacto, Hermós. Le presento a un joven escritor subversivo, pero con un paladar de hormigón, pobre hombre. Ahora, si le parece bien, nos podemos acercar hasta su cabaña de Cadaqués cerca del mar, y así podríamos divagar en torno a una sinfonía colosal de arroz negro[59]. ¿Qué le parece?

POVEDANO.—Mire, a mí, este señor Pla me parece muy bien, pero, para trabajar, qué quiere que le diga, yo prefiero al señor Marull. Todo funciona mejor. *(Grita como si* PLA *fuese sordo.)* ¡Todo va mucho mejor!

PLA.—*(Al* ESCRITOR.) ¿A quién se refiere?

---

[57] Efectivamente, Pla se opuso siempre a la moda de la cocina rápida. En *Notas para Silvia* dice: «La cocina requiere en cada plato el tiempo indispensable. Esa necesidad elemental se ha roto...» Y en otro momento sostiene: «La prisa ha destruido la calidad. Ha destruido al artesano.» Incluso, en *Notas del crepúsculo*, recuerda que la palabra *artista* significó durante años *hombre calmoso, meditativo, cauto, lento.*

[58] Significa *hacerle a uno mucha ilusión algo, entusiasmarse.*

[59] Decía Pla que el arroz negro producía tal fascinación en muchas personas que éstas harían sin pensárselo dos horas de camino para comerlo.

ESCRITOR.—Debe de ser Ramón Marull i Ticó, el empresario.

PLA.—¡Gran fanfarrón! Empresario patriota nacionalista[60] cuyo lema era: si quieres hacerte rico trabaja para los pobres. Sí, caray, sí, hombre, sí. *(A POVEDANO.)* ¡Vaya, hombre, vaya! *(Al ESCRITOR.)* Éste, el Hermós, es un tipo interesante, pero a veces es un contradictorio oceánico.

POVEDANO.—Tengo que servir un pedido para Bilbao. Ahora bien, usted manda.

PLA.—¡Que he de mandar yo, pobre de mí! ¡Que se esperen los de Bilbao, hombre! ¡Que se esperen! ¿Qué se le ha perdido con aquellos vascos? Usted, Hermós, tiene una cabezota desmesurada...[61].

POVEDANO.—Ya empezamos, ya.

PLA.—... las facciones son borbónicas, el pecho y el vientre potente... mas, para sostener todo esto, no le acompañan las piernas. De hecho, es la totalidad del cuerpo que desafina. Usted Hermós es un analfabeto aparatoso, pero rebosante de sentido común. Usted no es un primario, es un hombre arcaico, antiguo. De estos hombres ya no quedan porque hoy sólo nacen burócratas y funcionarios. Es un mundo que se acaba porque todo es ineluctablemente engullido por la tierra. Malo, ... malo ... malo. Por eso, cuando se muera, y Dios quiera que no tenga prisa, haré escribir sobre una roca del mar de Cadaqués, esto: Entre 1917 y... bueno, cuando corresponda, vivió en estas soledades apartado de los hombres y las mujeres, Sebastià Puig, conocido por el Hermós, analfabeto, hombre feliz, hospitalario, pescador, marinero, cazador, gran cocinero, ¡tremendo cocinero! El que pase tiene que saber que si no ha vuelto es porque no ha podido, o porque lo han engañado como a un chino[62]. *(Al ESCRITOR.)* ¿No le parece?

POVEDANO.—Y podría añadir también: tenía una paciencia de santo.

PLA.—Exacto, ¡ésta es la palabra! También lo pondremos, esto. Puestos a escribir, no viene de una palabra. No hay

---

[60] Véase nota 10.
[61] Véase nota 39.
[62] Palabras de Pla.

que pagar contribución de momento, gracias a Dios. Vamos a caminar, joven. *(Empieza un recorrido por el perímetro del espacio escénico a partir del fondo derecha.)* Yo he caminado mucho a lo largo de la vida porque he hecho una literatura caminada, sí. *(Pegando una patada a un producto alimenticio.)* ¡Química infecta! ¡Me enerva, esto, me enerva! (POVEDANO *recoge los alimentos del suelo y los pone en la caja. Guarda la caja.)* Bueno, yo he caminado mucho a lo largo de mi vida. Yo no me he dedicado nunca ni a la imaginación, ni a la invención, ni a la retórica. He hecho una literatura de observación, de visión, de materialización de alguna forma de conocimiento, de realismo transparente con una punta de poesía[63]. Nada, no tiene la menor importancia lo que he hecho. Bueno, si usted quiere escribir, lo primero que ha de hacer es escribir lo que ve y tratar de encontrar el adjetivo exacto que hay que poner detrás de un sustantivo[64].

ESCRITOR.—Madre mía, pero si esto es de manual.

PLA.—Bueno, raras veces se encuentra esto, joven. No lo dude. Yo, por eso fumo, ¿sabe?, para buscar adjetivos. Sí. No sé, por ejemplo: El hombre...

ESCRITOR.—Metafísico.

PLA.—Bueno, pero no me lleve el agua a su molino. No, no, no. Otro. ¿La señorita?

ESCRITOR.—Lasciva.

PLA.—Ahora me hace terapia con la literatura. No es eso, caray, no es eso..., la señorita...

ESCRITOR.—... Sexual.

PLA.—Demasiado explícito. Sensual. Pero vamos a dejarlo... *(Han llegado al frontal izquierdo.)* ¡Hermós! ¡Hermós! ¡Hermós!

POVEDANO.—Sí.

---

[63] Lo que le interesaba era captar la realidad en sus justos términos y en toda su amplitud. Pla hizo una crónica colosal de todo lo que vio. Escribe en *Notas dispersas:* «El estado natural del hombre no es la atención: es la dispersión, [...], por eso observar es más difícil que pensar» (pág. 613).

[64] Como cuenta Pla en *El cuaderno gris,* cuando Alexandre Plana le fue a ver a Girona hablaron mucho sobre el estilo y, a raíz de esa conversación, Pla cambió de registro. Le preocupó siempre la exactitud del adjetivo, obsesión que aparece en muchas de sus páginas. Es una adjetivación, la suya, acumulativa, insólita y sensual.

PLA.—Ya debía estar preparando una trampa para alguna liebre, este hombre.

(POVEDANO *sigue al* ESCRITOR *y a* PLA.)

(Por la derecha aparece la chica del almacén contabilizando unas cajas.)

¡Ah!, aquélla debe ser Adela[65]; la nena del faro de Cadaqués.
ESCRITOR.—Sí, ya lo he leído en *El cuaderno gris,* pero no me interesó demasiado.
PLA.—Bueno, no nos acerquemos demasiado. No nos acerquemos demasiado porque el interés de las mujeres no está en la belleza, ni en su manera de vestir ni de hablar. *(A* POVEDANO.*)* ¿No le parece?...

(La chica cruza la escena por delante de ellos hasta llegar al extremo izquierdo.)

POVEDANO.—Sí, sí... pero me están esperando los del camión para Bilbao.
PLA.—... ni en las cualidades del cuerpo y del espíritu. Bueno, en definitiva, creo que ese interés depende de la adecuación del paisaje sobre el que la mujer se mueve. Bueno, hay mujeres que no armonizan con nada; no le quepa duda.
ESCRITOR.—¡Ya ha hablado el misógino![66]
PLA.—Ahora bien, cuando el encaje se produce, la fascinación es infalible, excelsa.
ESCRITOR.—*(Hablando al magnetófono.)* Especulaciones sobre la hembra. Esto es literatura barata, señor Pla.
PLA.—¡Vaya «collonada» que acaba de decir, joven! Tenga presente que por el hecho de que una mujer sea gratuita, no quiere decir que no cueste nada.

---

[65] Niña de trece años del faro de San Sebastiá a la que deseó en su adolescencia. Habla de ella, efectivamente, en *El cuaderno gris:* «En la carretera encuentro a Adela, la niña del faro. Esta pequeña, llena y deliciosa...»
[66] Pla hizo polémicas declaraciones en torno a las mujeres y señaló que sólo la cocina les permitía demostrar su inteligencia, de ahí el adjetivo que se le aplica.

(La trabajadora pasa por delante de PLA. *Está quitándose la bata de trabajo cuando* POVEDANO *la llama.)*

POVEDANO.—*(A la trabajadora.)* ¡Eh!, antes de irte, pásame el inventario de los Paninis.

(La trabajadora se da la vuelta y muestra su ropa interior. Le entrega el inventario a POVEDANO.)

TRABAJADORA.—Ya lo he terminado.

(POVEDANO *revisa el inventario.)*

ESCRITOR.—... Ésta no es Adela, ¿eh?

PLA.—¿Quién?... *(La ve.)* ¡Ah!... ¡Coño! Debe de ser francesa. Las francesas parecen putas. En Francia parecen putas incluso las que no lo son.

(La TRABAJADORA *ha hecho mutis por la izquierda. Por el fondo izquierda aparece otro trabajador con una pequeña caja en sus manos.)*

ESCRITOR.—¿Y los franceses?

PLA.—¡Ah, bueno! Los franceses funcionan a vela y a vapor. Siempre dicen Oh là là, oh là là... Usted ya me entiende. Pero bueno, esto no lo ponga, esto...

ESCRITOR.—No, no pienso poner nada de todo esto.

PLA.—Es demasiado frívolo. Demasiado fuerte. Vamos a dejarlo, vamos a dejarlo. Vamos a caminar, joven... *(En el frontal derecho.)* ¡Ah, mire!, por ahí viene mosén Bosch[67]. *(Un trabajador cruza la escena por el fondo desde la izquierda.)* Este reverendo me gusta. ¿Sabe por qué?

ESCRITOR.—No.

PLA.—Caray, porque va vestido siempre con la sotana. Esta tendencia de los curas a vestirse como los economistas me resulta muy extraña, sí. Dios le guarde, mosén.

---

[67] Pla fue amigo de muchos mosenes.

MOSÉN.—Dios les guarde, señor Pla.

PLA.—Bueno, mire. Le presento a un joven escritor subversivo y quizás ateo.

MOSÉN.—Caray.

PLA.—Aquel hombrón es mi amigo Hermós.

MOSÉN.—Ah, sí, Sebastián.

PLA.—¿Cómo tenemos la clientela?

MOSÉN.—Son pocos, pero bien avenidos.

PLA.—Usted será un cura mucho más apreciado después de su muerte.

MOSÉN.—Ay, no sé, no sé.

PLA.—¡Seguro! Este hombre hace un trabajo heroico en estos momentos porque según aquella frase presocrática: cuando la moral baja, las pasiones suben. *(Al cura.)* Y usted, puñetero, trabaja en lo contrario; en subir la moral y reprimir las pasiones. Más o menos, más o menos.

MOSÉN.—Bueno, ya me perdonarán, pero tengo que llevar las extremaunciones a Palamós[68].

PLA.—Vaya, vaya.

MOSÉN.—Hasta la próxima, señor Pla, y compañía. *(Va a salir por el fondo derecha.)*

PLA.—Vaya, hombre, vaya. Vaya antes de que se le muera el cliente.

MOSÉN.—Por cierto, señor Pla, hace años que no lo veo por la iglesia.

PLA.—Bueno, es que cuando las religiones maduran conducen al escepticismo. Usted ya lo sabe, esto. Usted ya lo sabe...

(El MOSÉN *desaparece por el fondo derecha.)*

PLA.—*(Caminando hacia la izquierda y dirigiéndose al* MOSÉN.*)* ... Qué le he de contar, yo, pobre de mí. *(Tropezando con unas cajas en el centro izquierda.)* ¡Caray me han puesto aquí!

---

[68] Pueblo tranquilo de la provincia de Girona y perteneciente a la comarca del Bajo Ampurdán. Se encuentra a 120 km de Barcelona y en pleno centro de la Costa Brava.

Ah, ahora subiremos al mirador de Pals[69]. Joven, subamos. Desde este montículo podremos contemplar una panorámica del país francamente colosal, ¡memorable!

(Subiendo por una caja.)

POVEDANO.—Vigile, vigile no se lastime que esto son cajas.
PLA.—*(A* POVEDANO.*)* ¡Qué han de ser cajas, esto, Hermós! ¿Ya llevamos media tajada tan de mañana? Madre mía, madre mía. *(Al* ESCRITOR.*)* Ayúdeme a subir. *(Subiendo. A* HERMÓS *y al* ESCRITOR, *que le ayudan.)* Las piernas, la vejez... Es un fastidio. Vamos a ver, subamos, subamos. Aguante, aguante. Deje, deje. ¡No, «collons», aguante! ¡No, si haremos, aquí, un desastre! Será una catástrofe, esto va a ser la caída de la república. *(Subido en la caja más grande se dirige al* ESCRITOR, *que se ha situado a su lado.)* Bueno, bueno, ya hemos subido. Menos mal, menos mal. Bueno. Ah, Hermós toma un atajo porque quiere llegar primero a Cadaqués. Cosas suyas, qué le vamos a hacer. Bueno. *(Al* ESCRITOR.*)* ¿Qué hace? *(El* ESCRITOR *escribe sin criterio.)* Mire antes de escribir. Parece un periodista de los de hoy, caray. Mire esto, mire. ¡Pura maravilla! Mire estas masías, estos cipreses tan elegantes, aquellos campos tan bien dibujados. Todo este paisaje tan agradable, ¡todo esto!, lo ha hecho el notario de Figueras, exactamente[70]. En 360 grados a la redonda no encontrará ni una hipoteca. Yo delante de esto me quito la boina. Pienso que los paisajes los construyen los notarios y los decoran los payeses. ¿No le parece? Ah, hablando de payeses, mire, mire allí abajo... Siset. Siset...[71].

(Por la derecha ha entrado un trabajador, que agachado, contabiliza algo dentro de una caja. PLA *lo confunde con un cam-*

---

[69] A Pla le gustaba subir a este mirador, actualmente denominado Josep Pla, para contemplar el magnífico panorama del Ampurdán pequeño, a 40 km de Girona.
[70] Pla tenía la teoría de que la existencia del heredero en la familia hacía que no se dividieran las tierras, gracias a lo cual el paisaje estaba protegido y así permanecía igual.
[71] Siset fue masovero de Pla.

pesino, SISET. *Hablan a gritos, porque se supone que están a mucha distancia, pero con un acento tan cerrado que no se entiende en absoluto nada de lo que se dicen.)*

PLA.—??????
CAMPESINO.—¿¿¿¿¿¿
PLA.—iiiiiiii
CAMPESINO.—!!!!... tomates... !!!!!
PLA.—*(Al* ESCRITOR.) Perdone, ¿qué dice este hombre?
ESCRITOR.—No sé. Como habla un catalán tan cerrado, no me he enterado de nada.
PLA.—*(Se despide de* SISET.)
CAMPESINO.—¡Venga!

(SISET *sale por el fondo izquierda.)*

PLA.—¡Venga! *(Al* ESCRITOR.) Bueno, los payeses viven de las propinas de la naturaleza. Buena gente, hombre, buena gente. Que Dios nos los conserve.
ESCRITOR.—*(Escribiendo.)* En esta nación, el campesino no tiene ningún tipo de incidencia cultural.

(Por la derecha entra un trabajador cargado con varias cajas.)

PLA.—¿Nación? Perdone, ¿debe ser nacionalista[72], usted?
ESCRITOR.—Hombre, en este contexto histórico el nacionalismo es la única forma de progresismo y civismo ético.
PLA.—No, no, no, no, tiene todo el derecho, tiene todo el derecho. Ahora bien, en mi modesto entender, el nacionalismo es como un pedo que sólo gusta al que se lo tira. Bueno, esto, mejor no diga que se lo he dicho yo, porque ya bastante que me han puteao, ¿sabe? *(Fijándose en* POVEDANO.) ¡Ah, ve, ya se lo decía yo que Hermós llegaría antes a Cadaqués! (POVEDANO *está situado a la izquierda de la caja.* PLA *intenta bajar.* POVEDANO *lo ayuda.)* Vamos a ver, Her-

---

[72] Pla era partidario de un nacionalismo basado en las ideas de Cambó, de quien fue colaborador.

mós, no hagamos un desastre, aquí. Aguante, aguante. Las piernas, las piernas; es un fastidio. No quiera ser viejo, joven; es un fastidio. ¡Aguante, hombre, aguante! ¡Deje, deje! ¡No «collons», aguante! Pero ¡qué vamos a hacer aquí! ¡La pierna, hombre, la pierna! ¿No se lo decía yo? ¡La pierna! ... ¡La pierna! *(Ya en el suelo.)* Bueno, muy amable, muy amable. Vamos a caminar, joven, vamos a caminar...

(ULRIKE *entra por la izquierda.)*

ULRIKE.—¡Povedano, cómo permites que suban sobre las cajas! ¡No ves que me destrozan el contenido! *(Habla en alemán.)* Muss ich mich denn immer um alles selber kümern in diesem haus verdammt nochmal![73].

PLA.—Ya lo ve, turistas... Los turistas son todos los primarios juntos de este nuevo capitalismo socialista. Nada, hombre, nada.

ULRIKE.—*(Habla alemán.)* Du hältst dich da raus[74].

PLA.—El turismo consiste en traspasar fronteras con el viaje organizado para degradar el territorio y convertirnos, a los pobres aborígenes, en piezas etnológicas.

ULRIKE.—*(Hablando en alemán a* PLA-MARULL. *Se dirige hacia el fondo derecha.)* Bist immer noch auf deinem floït-trip und überläss mir...[75] todo el trabajo en el almacén. *(Desaparece.)*

PLA.—*(Al* ESCRITOR.) Ya que usted es un joven tan amable y simpático le diré que el único viaje organizado que aceptaré será el viaje al cementerio de mi pueblo. Punto y final.

PLA.—*(Un pintor ha entrado por la derecha.)* Le presento al gran pintor Gimeno. Qué tal, Gimeno, ¿viene de pintar las calas de Cadaqués?[76].

PINTOR.—¿Cadaqués? No. Yo lo que pinto tanto da que lo haga en Cadaqués como dentro de un almacén.

PLA.—¿Me dirá que aún ha de pintar paredes para ganarse la vida? ¡Es una lástima, este hombre, es una lástima!

---

[73] *Debo vigilarlo todo continuamente, condenada para siempre en esta casa.*
[74] *No te metas en esto.*
[75] *Tú siempre estás colocado con tu Floït y me dejas...*
[76] Véase nota 22.

PINTOR.—No, no. Ahora me gano muy bien la vida en esta empresa.

PLA.—¿Cómo? ¿Pintando calas de Cadaqués y paisajes del Ampurdán?

PINTOR.—¡Qué va, qué va!

PLA.—¿Me puede enseñar el paisaje que está pintando?

PINTOR.—¿Paisaje?

PINTOR.—Claro, usted es el gran Gimeno, ¡el mejor pintor realista de este país! Tremendo, tremendo.

PINTOR.—*(Diciéndole su nombre.)* Montes, Montes.

PLA.—Es igual, es igual, ¡aunque sean montes!⁷⁷. ¿Me puede enseñar el paisaje que está pintando?

(El pintor le enseña unas pruebas de pintura.)

PLA.—¡Válgame Dios; la reoca!

(El pintor da la vuelta a la prueba porque la había enseñado al revés.)

PLA.—¡...«Collons» ha de ser Gimeno, usted! ¡En todo caso usted debe ser un Jiménez cualquiera!

PINTOR.—Montes, Montes.

ESCRITOR.—Hombre, es una propuesta interesante. Es la libertad de creación, sin limitaciones académicas y reaccionarias.

PLA.—Vaya, hombre, vaya; ¡no diga sandeces que ya es bastante mayorcito para decir estas vulgaridades! Con el pretexto de la modernidad, ustedes han intentado imponernos auténticas insignificancias⁷⁸, ¡caray!

PINTOR.—Yo sólo experimentaba unos materiales. Así me gano la vida así, yo.

PLA.—El arte no es ninguna perversión. Y no me levante la camisa que aún hemos de comer con estos señores.

PINTOR.—Pero bueno, aún querrá que pinte las estanterías con pintura al óleo.

---

⁷⁷ Confusión humorística.
⁷⁸ Boadella en La Trilogía lanza críticas contra el arte contemporáneo. Pla, también, abominaba del arte vanguardista.

PLA.—¡Largo!

PINTOR.—¡Ja! Retrógrados...

PLA.—¡Largo!

PINTOR.—... ¡Que ya hemos pasado el 2000, hombre! *(Saliendo por la izquierda.)*

PLA.—¡Fuera!

PINTOR.—¡Anda y que te zurzan!

PLA.—¡Largo! Este hombre amenaza con ser un genio; es un peligro. Si los tontos volaran... ¡Iconoclasta!

POVEDANO.—Es que se trata de José Montes, el de mantenimiento. Mon-tes.

PLA.—Qué más quisiera que pintar montañas.

(Por la izquierda entra contabilizando unas cajas otro trabajador.)

PLA.—¡Ah! Gepet[79], el contrabandista.

POVEDANO.—¿Ferrer, el encargado, hace contrabando?

PLA.—Seguro. Bueno, el contrabando es un asunto serio. ¿Sabe por qué?

ESCRITOR.—No.

PLA.—Caray, porque es el precursor del libre comercio, exactamente. Joven, joven, joven. Ahora nos vamos a esconder detrás de este roble para no comprometerlo.

(Se esconden detrás de la mole de POVEDANO. *El trabajador cruza el escenario y sale por la derecha.)*

PLA.—*(Asomando la cabeza y saliendo del escondite.)* Bueno, ya está, esto ya ha pasado, esto es historia. ¡Ah!, después del lunes viene el martes. *(Por el fondo izquierda aparece otro trabajador con una taladradora.)* La policía... *(Al trabajador.)* Por allí resopla.

TRABAJADOR.—*(Volviendo sobre sus pasos.)* ¡La madre que lo parió! Pues no me ha «guindao» una broca. ¡Como lo pille! ¡Ferrer!, ¡Ferrer!

---

[79] Pla habla de él pero no como contrabandista. Es un personaje de Palafrugell.

PLA.—Bueno, esto ya está, también. ¿Sabe qué pasa, Hermós? Los contrabandistas son la gente antigua del país, la mejor. Se los tiene que ayudar, aunque sólo sea por el ejercicio higiénico de burlar, de cuando en cuando, al gobierno de turno. Esto tonifica más que la tramontana que tenemos, aquí, en el Ampurdán, ¿no le parece?

POVEDANO.—Perdone, pero tendría que ir a servir el pedido para Bilbao.

PLA.—¡Otra vez con Bilbao! ¡Qué se le ha perdido con aquellos primarios! Que no se encuentra bien, aquí, en el Ampurdán.

POVEDANO.—*(Mirando a su alrededor.)* ¿El Ampurdán, esto? ¡Qué le vamos a hacer!

ESCRITOR.—*(Viendo la Cruz de Sant Jordi que ha tirado* PLA *al principio de la escena.)* Señor Pla, a usted nunca le dieron la Cruz de Sant Jordi.

PLA.—Mire, mire: desde la implantación generalizada del automóvil, en estas montañas se puede encontrar cualquier porquería[80]. Nada, hombre, nada, joven. *(Dándose cuenta de que el* ESCRITOR *se ha puesto la medalla.)* Ah, bueno, ya lo veo. Usted, joven, con lo bien que le sienta, será un escritor que podrá escribir a costa del contribuyente, exactamente. ¡Que Dios nos coja confesados! Vamos a caminar, hombre. Vamos a caminar un poco. Por aquí, por aquí. *(Refiriéndose a una caja que hay en el suelo.)* Ah, mire, allí abajo, aquella masía.

ESCRITOR.—¿Masía?

PLA.—Sí, es la casa de doña Rosa Barris, la madre del señor Vergés[81], mi editor... *(Suena un piano.)* Escuche.

---

[80] Véase nota 7.

[81] Josep Vergés: editor español (1910-2001), creador en 1944 del Premio Nadal. Decidió en 1966 publicar la Obra Completa de Pla. Éste aceptó. Parece ser que la relación entre ambos fue difícil, debido, sobre todo, al intrusismo y obsesión de Vergés por controlar la obra del escritor. Se comenta que manipuló muchos de los escritos de Pla, que escribió algunos textos firmándolos como J. Pla, que censuró sus Diarios porque consideraba que algunas páginas eran de un alto contenido erótico, e impidió que muchos investigadores accedieran a los manuscritos del autor. El contrato firmado por Pla era leonino y Vergés nunca le pagó bien. Sin embargo, representó una forma de estabilidad para el escritor. Como dato más que curioso, recordemos que el ex presidente José M.ª Aznar le impuso en 1997 la Gran Cruz de Alfonso X el Sabio.

ESCRITOR.—¿El qué?

PLA.—¿No lo oye?

ESCRITOR.—No.

PLA.—Un piano que toca «La Dama d'Aragó»[82].

(PLA *continúa la caminata llorando. El sonido del piano va perdiéndose hasta desaparecer.*)

ESCRITOR.—Señor Pla, no creía que un escéptico como usted se dejara llevar por el sentimentalismo.

(PLA *le hace un corte de mangas.*)

PLA.—Bueno, ya hemos llegado. (*A* POVEDANO.) Hermós, vaya a encender el fuego para hacer el arroz.

POVEDANO.—(*Saliendo por el fondo izquierda.*) Vale, por fin. Por fin podré servir el pedido para Bilbao. He perdido mucho tiempo hoy, aquí.

PLA.—(*Al* ESCRITOR.) Mire este paisaje, mire estos pinos, este cielo, este mar tan azul. Les anuncio que mi única aspiración es morirme delante del Mediterráneo o en cualquier rincón cercano a este mar[83].

(PLA *camina hacia el fondo. Baja un decorado de una pintura de Cézanne*[84]. *El decorado cubre a* PLA *hasta hacerlo desaparecer.*)

ESCRITOR.—Ahora me desaparece detrás de un paisaje de Cézanne.

MARULL OFF.—(*Tras el telón.*) ¡Povedano! ¡Povedano!

ESCRITOR.—Aquí todo el mundo hace lo que le da la gana. Apenas he podido escribir dos páginas. Tengo que reconducir la situación. Entra la señora Ulrike obsesionada en continuar su conjura, y ajustándose frenéticamente el sostén, signo inequívoco de su malhumor. Me dijo...

---

[82] Canción popular catalana creada por los compositores españoles Manuel García Morante (1937) y Lluís Millet (1867-1941).

[83] Palabras de Pla. En estas líneas aparece uno de los temas planianos: la naturaleza en la que encuentra fuente de regocijo.

[84] Paul Cézanne: pintor francés (1839-1906). La inclusión del cuadro de Cézanne es posible que sea debido a que respira mediterraneidad.

ULRIKE.—*(Entra por la derecha y se dirige hacia el* ESCRITOR. *Da una orden para que suba el decorado. Y llama a un actor que está entre cajas a la derecha.)* ¡Usted, venga!

(Por la derecha entra FERRER, *un actor.)*

(El ESCRITOR *sale por la izquierda.* ULRIKE *queda sola en escena.)*

ESCENA 9
ULRIKE ESCOGE ARQUITECTO

FERRER.—*(El actor figura ser un arquitecto.)* Bueno, he realizado un proyecto racional y respetuoso con su entorno natural que trate de sintetizar la filosofía del cliente poniendo de relieve, a través de los materiales más innovadores, una... ¿cómo le diría?... una nueva dimensión entre el hombre y su espacio, ¿me explico?

ULRIKE.—Poco creíble, lo encuentro falso.

(Por la izquierda entra una actriz.)

ACTRIZ.—El nuestro es un proyecto austero si tenemos en consideración los objetivos que en un primer momento intuimos que serían los necesarios para llevar a cabo...

ULRIKE.—Más que un arquitecto parece una prostituta con este perfume barato.

(Entra otro actor por la izquierda.)

ACTOR 2.—Bien, yo estoy por una arquitectura vanguardista, pero sin dejar de lado el clasicismo...

ULRIKE.—Bien, ¡muy bien!, pero ¡lleva las uñas sucias!

(Un nuevo actor entra por la izquierda.)

ACTOR 3.—Espacio, territorio, urbanismo, clima...

ULRIKE.—Por favor, me recuerda usted a un cura.

(Todos se irán probando diferentes ropas y pelucas e irán interpretando nuevos personajes frente a ULRIKE.)

FERRER.—¿Y si hiciéramos una cosa sencillita, o sea, sin utilizar materiales nobles?...

ULRIKE.—No mezcle la arquitectura con sus tendencias sexuales. ¡Fuera el anillo y el pendiente!

ACTRIZ.—La luz tendría que ser...

ULRIKE.—Cámbiese el peinado.

ACTOR 2.—Bueno, los volúmenes que pondríamos, o sea, estarían...

ULRIKE.—Oiga, ¿es usted vasco?

ACTOR 3.—No.

ULRIKE.—Entonces, ¿adónde va con este anorak?

ACTOR 3.—En cuanto a la configuración de los objetos del interior mi propuesta...

ULRIKE.—Esta americana no funciona.

FERRER.—Será de vidrio y que entrara la luz...

ULRIKE.—La corbata.

ACTRIZ.—Si el mármol fuera blanco...

ULRIKE.—Demasiado tacón.

ACTOR 2.—Los materiales...

ULRIKE.—Calvo, no me gusta.

ACTOR 3.—*(Con una voz forzada.)*

ULRIKE.—No me gusta esta voz.

FERRER.—El ladrillo, que se pone mucho...

ULRIKE.—La bragueta abierta.

ACTRIZ.—En síntesis...

ULRIKE.—No.

ACTRIZ.—*(Propone otra voz.)*

ULRIKE.—No.

ACTOR 2.—El volumen...

ULRIKE.—Tampoco.

ACTOR 3.—De todos modos...

ULRIKE.—Fatal.

FERRER.—*(Prueba otra voz.)*

ULRIKE.—Fuera.

ACTRIZ.—*(Prueba otra voz.)*

ULRIKE.—¡Basta!

ACTOR 3.—Pero... ¿quién?...

ULRIKE.—¡Basta! ¡Qué mal lo hacen! Los actores catalanes, hagan lo que hagan, siempre parecen *Els pasto-*

rets[85]. Me quejaré a la asociación de actores y directores. Usted y usted. Traten de seducirlo y convencerlo con su proyecto. Tienen que darle la seguridad de que se va a construir. No puede albergar ninguna sospecha.

(ULRIKE *ha preferido a* FERRER *y a la actriz.*)

(Entre los actores se organizan, uno para salir y llevarse la caja con vestidos y los otros tres para formar, con tres gomas elásticas que bajan del telar, las tres aristas de una pirámide triangular.)

(*El* ACTOR 2 *sale de escena.*)

ESCENA 10
ARQUITECTO-CRIPTA

FERRER.—*(Con la voz del personaje arquitecto.)* Hola, señor Marull. ¿Qué tal? Buenos días. ¿Cómo se encuentra? *(Imitando la voz de* MARULL.) No muy bien, no muy bien. *(Con la voz de arquitecto.)* Pues yo a usted le veo con muy buen aspecto. *(Voz* MARULL.) No lo crea, me encuentro muy angustiado. Vivimos en una sociedad que sólo valora los artistas y los escritores. *(Voz arquitecto.)* Ah, pero usted no debe preocuparse, porque tenga la seguridad de que va a pasar a la posteridad con el proyecto que nos ha encargado. *(Voz* MARULL.) No sé si creerme yo...

(Entrando por el fondo derecha.)

ULRIKE.—Un momento. No le permito que haga ninguna broma sobre ¡el imbécil de mi marido! Usted es un estúpido, un frívolo. No ha entendido nada.
FERRER.—Oiga señora, yo estaba ensayando, previniendo sus respuestas.

---

[85] Referencia a la obra de teatro del escritor español Josep Maria Folch i Torres (1880-1950), compuesta en 1916. Se representa tradicionalmente en Cataluña en Navidad para celebrar el nacimiento del Niño Jesús.

ULRIKE.—No me venga con historias. Siga.

(ULRIKE *sale por el fondo derecha.*)

ARQUITECTO.—Señor Marull, estoy en disposición de presentarle el proyecto de su cripta... *(Se sitúa en el ángulo derecho de la pirámide. La actriz en el izquierdo y con una vara irá indicando las partes que enunciará su compañero. Suena música. MARULL entra por el fondo derecha y se coloca en el centro de la pirámide.)* Señor Marull, aquí tiene un símil de lo que será su cripta en el monasterio de Montserrat[86].

MARULL.—¡Usted no es el arquitecto Bonet![87]. ¡A usted lo tengo visto!

ARQUITECTO.—No, Bonet está en Sidney. Yo soy su socio Ricardito Perfil[88]. Señor Marull, estoy en disposición de presentarle el proyecto de su cripta. Los rasgos fundamentales de su vida los he reflejado en los triángulos de esta pirámide: la industria, el comercio, Dios y la Patria. Se trata de la síntesis de aquella frase memorable de nuestro «president»[89]: Cataluña será cristiana o no será[90].

MARULL.—¡Gran metáfora! ¡Gran metáfora!

(POVEDANO *entra por el fondo derecha y se sitúa en el centro de la pirámide.*)

MARULL.—Povedano, ¿qué haces?, ¿no ves que estás pasando por en medio de mi cripta? ¿Adónde van estas cajas?

POVEDANO.—Bueno, éstas van a Estrasburgo, ¿eh?

---

[86] Sierra catalana de escarpadas rocas que alberga un monasterio benedictino y cuna del nacionalcatolicismo catalán. Aquí se venera a la Virgen del mismo nombre, patrona de Cataluña. La estatua de la Virgen del XII, tallada en madera de ébano, es conocida popularmente como La Moreneta.

[87] Jordi Bonet i Armengold (1925), arquitecto español responsable de las obras del emblemático templo de Gaudí la Sagrada Familia.

[88] Diminutivo irónico que alude al arquitecto y urbanista español Ricardo Bofill (1939).

[89] Alusión a Jordi Pujol.

[90] Definición dada por Josep Torras i Bages (1846-1916), que fue obispo de Vic y padre espiritual del catalanismo católico de finales del siglo XIX.

MARULL.—Pues venga, va, envíalas rápido porque Pompidou[91] es un hombre del que no nos podemos fiar.

POVEDANO.—¿Pompidou?

MARULL.—Sí, Pompidou. Nos meterá una bajada de aranceles que estiraremos todos la pata. Venga, va, trabaja, trabaja. Brillo, brillo, brillo.

(POVEDANO *marcha por el fondo izquierda.*)

ARQUITECTO.—O sea, que la cripta estaría situada en el centro de la explanada y la parte visible al exterior formaría, obviamente, una pirámide que recordaría, modestia aparte, la del Louvre en París. A través del vidrio, los visitantes de Montserrat podrían ver el interior de la cripta.

MARULL.—Vidrio, vidrio, vidrio. Quiero cristaleras de Murano[92].

ARQUITECTO.—Ah, pues se le tendrá en cuenta. En el centro estaría situada la tumba, en la cual, cada once de septiembre, fiesta nacional, está perfectamente calculado que a las doce del mediodía un rayo de sol ilumine el centro de la lápida.

MARULL.—¿Y las paredes serán lisas? ¿Quién las pintará?

ARQUITECTO.—Sí. De la pared de la derecha, vista desde la posición del cadáver, o sea, la pared de la industria y del comercio, se encargará Tàpies[93], a quien lógicamente, le va mucho el tema. La pared situada a los pies del fiambre...

MARULL.—¿Fiambre? Pero ¿es que me toma usted por una mortadela?

ARQUITECTO.—Disculpe usted... A los pies del difunto. Es la pared que corresponde a Dios y estaría pintada con una alegoría mística de Barceló. Y la pared de la izquierda, siempre desde el punto de vista del finado, o sea, la pared

---

[91] Georges Pompidou: político francés (1911-1974), que fue el colaborador más próximo de Charles de Gaulle. Fue su primer ministro durante seis años y le sucedió en la presidencia de la República. Exaltó los valores de la rectitud, el trabajo y el respeto a los valores del espíritu.

[92] Lugar de Italia famoso por la excelente calidad de su cristal.

[93] Véase nota 162 en *Daaalí.*

de Cataluña, tendrá un bajorrelieve de Subirachs[94], que ya le tiene cogido el tranquillo al asunto.

(POVEDANO *ha entrado de nuevo por el fondo izquierda y se ha situado en el centro de la pirámide.*)

MARULL.—Povedano, ¿ya ha enviado las cajas al Congo Belga?
POVEDANO.—Sí señor.
MARULL.—Venga, va, rápido, brío, brío.

(POVEDANO *sale por el fondo derecha.*)

MARULL.—Muy bien, muy bien, de acuerdo, pero me temo que todo resulte una mezcla de manchas y borrones. Quizás hubiera preferido unas alegorías más realistas. Si Tàpies pudiera hacer un esfuerzo de concreción...[95].
ARQUITECTO.—Bueno, ya se lo diremos, pero tenga en cuenta que le he buscado tres firmas de gran prestigio pensando incluso en la futura cotización de la cripta Marull. Ah, también hay que precisar que todo este conjunto artístico funerario estaría ambientado, día y noche, por un hilo musical con melodías genuinamente catalanas.

(*Suena música.*)

(MARULL *se sitúa en el centro de la pirámide, se cruza de brazos como si estuviera muerto. Los actores recogen las gomas elásticas y salen.* MARULL *duerme, sueña.*)

---

[94] Josep Maria Subirachs: escultor español (1927) que realizó los grupos esculturales de *La Pasión* de la fachada de la Sagrada Familia.
[95] Nueva ironía en torno a la pintura del artista catalán.

Escena 11
EL PASADO

MARULL *sueña. Los personajes del sueño irán entrando y saliendo por la derecha e izquierda e irán envolviendo a* MARULL.

MARULL.—Padre abad.

ABAD.—Hace seis años que acabó la guerra civil y quizá ya sería el momento de celebrar en el monasterio de Montserrat una jornada de reconciliación entre todos los catalanes.

MARULL.—Sí, ya lo sé, quieren que hable con el General para el permiso. Capitán Vidal, supongo que ya ha recibido usted la comisión...

MILITAR.—Pues no. Desde hace dos meses no recibimos nada. Y sepa usted que el Coronel me está presionando.

EMPLEADO.—Señor Ramón, necesito la fórmula de los nuevos concentrados de caldo.

MARULL.—Apunte: harina de huesos, vísceras, materia orgánica, aceite de colza.

OBRERA.—La condena de muerte ha sido confirmada y como usted conoce gente influyente.

MARULL.—Tengo muy buenas referencias de su trabajo en mi empresa, pero ya le adelanto que no puedo hacer nada. Es triste, es muy triste, una ejecución siempre es lamentable, pero no puedo hacer nada. Lo siento, lo siento. Padre abad.

MONJE.—En catalán, sólo se haría la homilía y se cantaría la Salve montserratina[96]. Si nos pudiera hacer esta gestión con el General.

MARULL.—Con él sólo tengo algunos negocios de importación, pero no hablamos nunca de política.

(Se oyen los disparos de un fusilamiento.)

MONJE.—¿Son los fuegos artificiales de alguna verbena, quizá?

---

[96] Creada por el compositor español Tomás Bretón (1850-1923).

MARULL.—No, hombre, no. Es el problema de tener una fábrica cercana al paredón del castillo de Montjuïc[97] en estos tiempos de fusilamientos.

ABAD.—Que Dios les perdone.

MILITAR.—Le voy a dar un consejo Marull, no me escaquee el dinero porque le puedo buscar ruina.

OBRERA.—Sólo nos quedan unas horas, a mi marido lo fusilarán esta madrugada y él no ha hecho daño a nadie.

MARULL.—Pero no me dirá que no había dado nunca un «paseíllo»[98].

OBRERA.—No.

MARULL.—Capitán Vidal, qué raro porque yo el dinero ya se lo remití la semana pasada.

MILITAR.—Los catalanes y los judíos en cuestiones de dinero siempre te acaban jodiendo. No me falle Marull, no me falle.

MARULL.—No se preocupe.

MILITAR.—¡Arriba España!

TODOS.—¡Arriba España!

EMPLEADO.—¿Y qué más pongo?

MARULL.—Antioxidantes, sales litínicas, minio, achicoria. ¡Ojo, las doce!

TODOS.—*(Cantando.)* Y no te vuelvo a ver.
    Formaré junto a mis compañeros,
    que hacen guardia sobre los luceros[99].

MONJE.—Invitaremos también al Ministro del Interior porque es el presidente del Patronato de la Santa Montaña de Montserrat.

MARULL.—¡Madre mía!

OBRERA.—Por favor, se lo suplico.

---

[97] Castillo de trágico recuerdo, ya que en él tuvieron lugar muchos fusilamientos franquistas. Es propiedad de la ciudad de Barcelona desde 1960. Pla era muy aficionado a pasear por esta montaña cuando era estudiante en la Ciudad Condal.

[98] Expresión que significaba que a iban a fusilar a alguien.

[99] Versos del himno de la Falange española titulado «Cara al sol». Fue cantado oficialmente el 2 de febrero de 1936. La música es de Juan Tellería (1895-1949) y la letra fue fruto de una reunión a la que asistieron: Agustín de Foxá, Alfaro, Dionisio Ridruejo, Michelena, Agustín Aznar, Rafael Sánchez Mazas, Luis Aguilar y José Antonio Primo de Rivera, que la había convocado.

MARULL.—No se preocupe porque le conservaré el puesto de trabajo. Y para su consuelo le diré que un fusilamiento es mucho más rápido que aquella salvajada del degollamiento con el garrote[100].

OBRERA.—Muchas gracias, pero si pudiera darle trabajo a mi hijo de doce años...

MILITAR.—El dinero me lo remite como siempre: «Aportación para mutilados de guerra.»

OBRERA.—Por favor...

MARULL.—Todos hemos sufrido mucho, a nosotros nos fusilaron a muchos patriotas catalanistas que no eran precisamente extremistas.

OBRERO.—¿Me ha dicho aceite de colza y antioxidantes?

MARULL.—Y minio.

OBRERA.—Pero mi marido sólo era conserje de la CNT[101].

MARULL.—Sí, pero entre unos y otros nos han destruido Cataluña.

MONJE.—Claro que si viniera el Generalísimo[102] nos tendríamos que resignar a llevarlo bajo palio[103].

MARULL.—¡Qué remedio!

TODOS.—Feliz aniversario señor Marull.

MARULL.—Gracias.

OBRERO.—¿Qué quiere que toque mi hijo?

MARULL.—Que toque «La Dama d'Aragó»[104].

---

[100] Pena de muerte usada desde principios del siglo XVIII. Era un instrumento de estrangulación de tal crudeza que el pueblo se refería a él como *garrote vil*. Consistía en un aro sujeto a un soporte fijo que al girarse quebraba la cervical del reo al que se amarraba, una vez sentado y encapuchado. Hay que recordar que Salvador Puig Antich y Heinz Chez fueron los últimos ejecutados por este sistema en 1974 en Tarragona. Tres años más tarde, Els Joglars, en clara alusión a estas ejecuciones, estrenó *La torna,* obra que será desautorizada; Boadella fue procesado y encarcelado con el resto de los actores en la cárcel Modelo de Barcelona.

[101] Sindicato anarquista fundado en Barcelona en 1910. Pasó a la clandestinidad durante la Dictadura de Primo de Rivera.

[102] Así se hacía llamar el dictador Francisco Franco Bahamonde (1892-1975), que asumió, con el título de Caudillo de España, todos los poderes como Generalísimo de los ejércitos.

[103] Privilegio concedido por la Santa Sede a Franco para que entrara así en las iglesias españolas.

[104] Véase nota 82.

(Suena «La Dama d'Aragó».)

MILITAR.—¡Este chaval, le pone cojones, al piano!

MARULL.—Muy bien, muy bien. Este niño toca muy bien.

OBRERO.—Es gracias a usted. Sin el dinero de la beca que le concedió no hubiéramos podido darle estos estudios.

MARULL.—¡Que insinúa que no se gana bien la vida en mi empresa!

(Los personajes desaparecen por los extremos del escenario. Por detrás aparece ULRIKE, *que despierta a* MARULL.*)*

ESCENA 12
EL ESCULTOR

ULRIKE.—Ramón... Ramón... ¡Ramón!

MARULL.—¡Qué pasa! ¡Qué quieres! ¡Qué tripa se te ha roto, ahora!

ULRIKE.—Ha llegado el escultor. Viene a presentarte su proyecto.

MARULL.—Ahora voy. Venga, va, lárgate. Déjame en paz, venga, fuera...

*(*ULRIKE *sale de escena.)*

(Baja un decorado de una hornacina que ocupará el extremo izquierdo.)

MARULL.—*(Mientras espera al escultor.)* ... Ah, ya tenía ganas de hablar con este cantamañanas. Le voy a poner los puntos sobre las íes.

(Por la izquierda entra el ESCULTOR. *Se sitúa delante de la hornacina.)*

ESCULTOR.—Hola, buenos días.

MARULL.—Pase, pollo, pase. De entrada he de decirle que los proyectos que nos ha «mandao» no me gustan ni poco ni mucho.

ESCULTOR.—Por eso he venido con un modelo, para que sea usted quien me oriente sobre la creación.

(El modelo se sitúa delante del decorado y será la escultura que irá componiendo el ESCULTOR.*)*

MARULL.—Sí, pero yo no soy escultor, ¿eh?

ESCULTOR.—Sí, claro, evidentemente. Bueno, antes de nada quisiera situarle. Aquí delante tenemos la explanada del monasterio de Montserrat...

MARULL.—Con la pirámide de mi cripta en el centro geográfico.

ESCULTOR.—Sí, ahí está. Esto corresponde a la parte derecha de la fachada y le recuerdo que aquí a la izquierda tenemos el bajorrelieve que se hizo esculpir la señora Tecla Sala[105]

MARULL.—¡Gran industrial, también, doña Tecla!

ESCULTOR.—Sí, claro, por supuesto. Bueno, la forma que había pensado se podría resumir con estas características.

MARULL.—Vamos a ver.

ESCULTOR.—Energía y voluntad.

MARULL.—Sí.

ESCULTOR.—Amor a la tierra; porque iría descalzo.

MARULL.—Bueno.

ESCULTOR.—Y el puño cerrado simbolizando la fuerza del trabajo.

MARULL.—¿Sabe qué pasa? Esto del puño cerrado hace un tufo bolchevique que no me acaba de gustar.

ESCULTOR.—Ay, ay... perdone, perdone.

MARULL.—Mire, yo le voy a recitar el epitafio que tengo pensado para mi cripta y seguro que le inspirará alguna cosa. Mire, dice así:
Yo, para mi recuerdo, no pido más
que el pueblo me tenga en su memoria.
Volar después a la gran paz del mar
y por el ancho azul del cielo navegar
turgentes las velas de un viento de gloria.

---

[105] Acaudalada viuda con grandes negocios textiles, dueña de la finca El Llorà, comprada por Els Joglars y sede actual de trabajo del grupo.

ESCULTOR.—Viento de gloria... Ya está. *(Muestra la escultura que ha diseñado con el modelo.)*

MARULL.—Borre esto... bórrelo. Esto tiene un aire flamenco.

ESCULTOR.—¿Flamenco? ¿Flamenco? ¡Sin duda le recuerda algún personaje de la pintura flamenca!

MARULL.—No, no, flamenco de charnegos, caray.

ESCULTOR.—*(Al modelo.)* ¡Fuera! ¡Fuera!

MARULL.—Yo quiero una cosa entre Rodin[106], Maillol[107] y Praxíteles[108].

ESCULTOR.—Ah, sí, ya los conozco. Ya veo, ya veo lo que quiere. Mire, mire.

(El ESCULTOR *modela una figura arrogante con los puños en las caderas.)*

MARULL.—¡Adónde va! Esto no tiene ninguna espiritualidad. Parece Benito Mussolini[109] haciendo aguas menores.

ESCULTOR.—Perdone usted, pero yo necesitaría una pequeña orientación. ¿Usted qué prefiere que mire hacia París o hacia Roma?

MARULL.—Ni a un sitio ni a otro. Yo he trabajado toda mi vida en Barcelona.

ESCULTOR.—Barcelona, muy fácil. *(Pone al modelo de espaldas.)* Claro que así nos quedará de espaldas.

MARULL.—No. Pero ¿qué hace?

ESCULTOR.—De todas maneras tendría una cierta originalidad. Sería como la fuerza indestructible de un roble plantado en medio de la adversidad.

MARULL.—No me venga con moderneces, ahora.

ESCULTOR.—Demasiado moderno, demasiado moderno. ¡Ya! Ahora... Ya me sube, ya me sube, ya me sube.

MARULL.—Ya sube, ya sube, ¿qué coño sube?

---

[106] Auguste Rodin: escultor francés (1840-1917). Veremos que más adelante en lugar de mencionar correctamente la escultura *El pensador,* dirá *El pescador.*

[107] Aristide Maillol: escultor, pintor y diseñador de tapices francés (1861-1944).

[108] Escultor griego del siglo IV a.C.

[109] Véase nota 243 en *Daaalí.*

ESCULTOR.—Una idea, una inspiración. Sí, bueno...

(Modela a un hombre arrodillado y pensativo.)

MARULL.—Pues va, que se note, que para eso le pago. No. Fatal.
Horroroso. No nos entendemos. Vamos de mal en peor. ¡No!
Esto parece un apóstol. Esto parece el pescador... de Rodin.

ESCULTOR.—¿Rodin? Bueno, también se podría aprovechar
para hacer un homenaje al gran Rodin.

MARULL.—¡Ah, sí hombre! Está de coña, usted. Vaya, vaya.
Es a mí a quien tienen que hacer el homenaje, que bastan-
tes pelas ya me cuesta. Vaya, hombre, vaya. ¡Vaya jeta! Va,
va... traiga esto que usted no entiende nada. *(Coge la varilla
que sirve al ESCULTOR para dirigir.)* A ver, tú, pollo. Ahora
mando yo. A ver, tú, a ver. Esta pierna un poco más a la derecha. La mano en el corazón. Más abajo, más abajo. No
tan abajo. Más arriba. La mano en el corazón. Ahora las
cuatro barras. Quiero cuatro barras... *(al ESCULTOR)*, explíqueselo usted. La mano, cuatro barras, aquí en el «costao»,
en el corazón. Cuatro barras. No... la otra mano. Vamos a
ver, pero ¿es tan difícil poner cuatro dedos aquí en el «costao», en el corazón? Vamos a ver, usted es burro, es memo,
es inútil, es de Madrid. ¡Coño es usted! ¡Largo de aquí!
¡Largo de aquí! ¡Fuera! *(El modelo sale por la izquierda muy
dignamente.)* Tú, artista, ven aquí. Ponte aquí.

ESCULTOR.—Yo no soy modelo.

MARULL.—Es igual.

(El ESCULTOR ocupa el lugar del modelo.)

MARULL.—Detrás quiero un bajorrelieve de mi fábrica. Con
esta mano aguante la chimenea. El escudo de mi patria; las
cuatro barras rojas en el corazón. Cuatro barras, cuatro barras. ¡He dicho cuatro, no cinco! ¡Que no tiemblen! La cabeza arriba, ¡con orgullo! Cuarenta y cinco grados a la izquierda. ¡45! ¡Quieto! No respire. Caray hombre, lo tengo
que hacer todo yo. *(Recita.)*
Yo, para mi recuerdo, no pido más
que el pueblo me tenga en su memoria.
Volar después a la gran paz del mar

y por el ancho azul del cielo navegar
turgentes las velas de un viento de gloria.

(MARULL *saca excitado del batín su botella de Floit y bebe de*
ella. Suena música. El decorado de la hornacina desaparece.
El ESCULTOR *huye por la izquierda.* MARULL *se sitúa con la*
silla en el fondo del almacén. MARULL *se transforma en* PLA.
El decorado de Cézanne vuelve a aparecer por el fondo. Por la
derecha entra el ESCRITOR, *que coloca la boina a un*
MARULL *ya transformado en* PLA. *Se vuelve en el tiempo*
donde PLA *y el* ESCRITOR *se habían quedado; a punto de co-*
merse un buen arroz, en la cabaña de l'Hermós.)

ESCENA 13
TERTULIA

PLA.—*(Buscando al* ESCRITOR.) ¡Eh!, ¡eh! ¿Dónde está aquel
aprendiz de subversivo literario?
ESCRITOR.—*(Entrando por la derecha.)* Estoy aquí, señor Pla.
PLA.—¿... Dónde estábamos?
ESCRITOR.—Sí, aquello de: miren estos pinos, este cielo...
PLA.—¡Exacto! Este mar tan azul. Les anuncio que mi única
aspiración es morirme delante del Mediterráneo o en cual-
quier rincón cercano a este mar.
ESCRITOR.—Esto ya me lo había dicho antes. Precisamente
pienso que su defecto literario siempre ha sido el de repe-
tirse un poco.
PLA.—Bueno, bueno, dejemos estas consideraciones para los
críticos. Yo le decía esto porque contemplar un paisaje en-
marcado produce más placer que verlo en libertad. ¿No le
parece? ¡Hermós! ¡Hermós!
POVEDANO.—*(Off.)* Vooooooy.
PLA.—Venga que ya debería estar listo este arroz negro.
¿Que dormimos?

(POVEDANO *irá entrando y saliendo por el fondo izquierda e*
irá montando una cocina con las cajas. Luego cocinará el
arroz negro.)

PLA.—Es triste constatar que si no se come bien no se puede ser inteligente, caray. ¿Usted me había dicho que quería ser escritor?

ESCRITOR.—Pues mire yo pensaba que para estimular la inteligencia era mejor ayunar un poco.

PLA.—Pues vaya a predicar al desierto. Allí podrá ayunar tanto como quiera.

ESCRITOR.—No, no, mire, soy escritor, y muy popular, y practico el realismo poético.

PLA.—¿Realismo poético? Déjelo estar. *(A POVEDANO.)* No, hombre, no. Hermós, ya tiene la costilla, la sal, la cebolla, el tomate, el aceite, el ajo...

POVEDANO.—Todo, todo, todo...

PLA.—Sí, sí, ya lo veo. *(Al ESCRITOR.)* Perdone, ¿qué ha dicho? ¿Realismo poético?

ESCRITOR.—Exacto.

PLA.—¡Nada, hombre, nada! *(A POVEDANO.)* ¿Costilla de cerdo?

POVEDANO.—Sí, todo, todo.

PLA.—Mire, si quiere sacar algún provecho de este oficio amargo, mire a su alrededor y trate de encontrar el adjetivo justo sobre lo que ve, y déjese de «collonades» poéticas, joven. Hermós, vigile que se haga a fuego lento. *(Al ESCRITOR.)* Dígame qué ve. *(A POVEDANO.)* Sobre todo, la cebolla cortada bien fina con un poco de ajo. Creo que se hace así. *(Al ESCRITOR.)* ¡Dígame qué ve!

ESCRITOR.—A usted.

PLA.—No, hombre, no, caray. Yo no cuento. Nada. Soy el hombre más insignificante del planeta, por Dios. Déjelo, déjelo. *(Al ESCRITOR porque hace ver que está sentado doblando las rodillas.)* Bueno, qué manera más rara de sentarse tienen los presuntos intelectuales. Siéntese, hombre, siéntese como Dios manda y no se complique la vida. *(Le da una caja para que se siente sobre ella.)* *(A POVEDANO.)* Hermós, paciencia. No me cocine con prisas. No me cocine como los malditos restaurantes. *(Al ESCRITOR.)* Dígame qué ve.

ESCRITOR.—No sé... al público.

PLA.—¿Al público?

ESCRITOR.—Sí.

PLA.—... ¡Y dale con Pirandello![110]. ¡Usted es un revoluciona-rio! *(A* POVEDANO.) ¡Este hombre quiere hacer la revolu-ción, Hermós! ¡Válgame Dios! Mire, lo único positivo que consiguen las revoluciones es que acaben mandando los antirrevolucionarios. No ve, hombre, que el día que la mier-da valga dinero, los obreros nacerán sin culo. Seamos realis-tas. *(A* POVEDANO.) ¿De dónde es esta costilla de cerdo?

HERMÓS.—Bueno, ésta es de Vic[111] como todos los cerdos.

PLA.—Ay, caray, ¿no me estará echando aceite de girasol, aquí?

HERMÓS.—No.

PLA.—Bueno, bueno, qué sé yo. Como las mujeres lo usan para todo. Usted me entiende. *(Al* ESCRITOR.) ¿Qué ve?

ESCRITOR.—A la señora Ulrike.

PLA.—Muy bien. Descríbame a esta señora.

ESCRITOR.—Es una mujer morcillona... que desprende una mirada de mala baba germánica...

PLA.—Exacto. Morcillas. Hermós, échele morcillas. *(Al* ESCRI-TOR.) Si me permite una vaga crítica... *(El* ESCRITOR *le ha puesto el magnetófono en la boca.)* ¡Sáqueme de delante este pro-ducto del progreso!... Es una mujer de formas comprimidas, de piel rosada con ojos que refulgen energía prusiana[112].

ESCRITOR.—De piernas obesas...

PLA.—No... De piernas bien asentadas en el territorio.

ESCRITOR.—... rechonchas...

PLA.—Paquidérmicas.

ESCRITOR.—Con piernas de hormigón.

PLA.—Graníticas.

ESCRITOR.—... Como un buzón de correos.

PLA.—¡Qué dice! Usted es un hiperbólico olímpico. Con piernas bien fundamentadas. ¿Y dónde está? Descríbame el paisaje.

ESCRITOR.—Está en un rincón del almacén.

PLA.—¡Y dale! ¡Paisaje socialista! Ya lo sabía que vendríamos a parar aquí, ya lo sabía. No hay manera. *(A* POVEDANO.)

---

[110] Véase nota 56.
[111] Comarca catalana famosa por sus embutidos.
[112] Se trata de que el texto suene al estilo de Pla.

Hermós, ¿dónde va con tanto tomate? El sofrito no quiere tanto tomate. Para el sofrito una lágrima de tomate y aún gracias. De nada demasiado. *(Al* ESCRITOR.) No pare. Continúe.

ESCRITOR.—Está urdiendo una trama con unos empleados para impedir que se le esfume la herencia.

PLA.—¿La herencia? No, no, no. Demasiada fantasía. No empiece por la novela. Sea más modesto y trate de escribir sobre este arroz negro que nos vamos a comer.

ESCRITOR.—Sabe qué pasa, que yo soy de los que dan más importancia, no sé, a las rosas que decoran una mesa que a la comida en sí.

PLA.—Poesía recreativa, o sea, tocada de violón. Lo único que les falta a las rosas para ser perfectas es que sean comestibles. *(A* POVEDANO.) ¿No le parece?

POVEDANO.—Yo no me las zamparía.

PLA.—Yo tampoco. Esto ya marcha, esto ya marcha. *(Al* ESCRITOR.) Venga, joven, si quiere invitar a alguien, ya lo sabe, es cuestión de un poco más de agua y unas cuantas tazas más de arroz.

ESCRITOR.—En aquella tertulia campestre aparecieron...

(Por la izquierda entra UNAMUNO.)

UNAMUNO.—Señor Pla, buenas tardes.

PLA.—¿Pero, quién me ha puesto ahora, aquí?

UNAMUNO.—Soy don Miguel de Unamuno[113].

PLA.—Ah, don Miguel, mucho gusto en saludarle. Veo que está usted en perfecto estado de conservación.

UNAMUNO.—Mire usted, señor Pla, mi conversación no tiene la finalidad de esclarecer sino de oscurecer.

PLA.—¡Vamos bien! Mire don Miguel, puede liberarse del abrigo porque aquí, en estos parajes del Mediterráneo, te-

---

[113] Escritor español (1864-1936) perteneciente a la generación del 98. Pla le frecuentó y le visitó regularmente en Salamanca. En *El cuaderno gris,* Pla dijo de él: «¡Qué delirante galimatías es este hombre y este país! [...] ha sido siempre para mí un enorme confusionario: es un liberal saturado de ideas inglesas que tiene que navegar en el ambiente prácticamente feudal de Castilla» *(El cuaderno gris,* Barcelona, Destino, 1975, pág. 338).

nemos una temperatura mucho más soportable; nada que ver con aquel frigorífico de su querida Salamanca ... *(A Po-vedano.)* ¡Hermós!, ¿qué es aquel plástico rojo?

POVEDANO.—¿Esto? ¿No lo reconoce?

PLA.—No.

POVEDANO.—Hombre, esto es ketchup Marull i Ticó.

PLA.—Ya puede tirar esta químeis infecta al quinto pino. No la quiero ni ver esta bazofia.

POVEDANO.—¿Ahora no lo quiere?

PLA.—No.

POVEDANO.—Con los millones que ha vendido.

(Esconde el ketchup.)

PLA.—Hermós, cada día le conozco menos. Parece mentira... Don Miguel, perdone, si quiere puede compartir un plato de arroz negro con nosotros.

UNAMUNO.—Perdone usted, pero yo soy más bien parco en el yantar.

PLA.—¡Caray de castellanos!

UNAMUNO.—Oiga, que yo soy vasco.

PLA.—Vasco, luego castellano. No lo dude.

UNAMUNO.—*(Gritando.)* ¡Venceréis, pero no convenceréis![114].

PLA.—*(Yendo hacia el Escritor.)* No, hombre, no. Pero, qué tópicos. Pero, qué escribe. Borre, borre esto. Apunte, ya verá: Los fascistas vencieron y convencieron durante 40 años. Porque, a más a más, estos subversivos no hicieron nada de nada porque el general Franco se murió en la cama. Escuche: que a ustedes no les guste la realidad no quiere decir que tengan que falsearla. Además, este tipo no tiene nada que ver con Unamuno. ¡Ni caspa, tiene! ¡Borre esto! Hermós, no se olvide de la sal.

POVEDANO.—No.

---

[114] Respuesta dada por Unamuno en 1936 cuando Millán Astray en el Paraninfo de la Universidad de Salamanca, en donde se celebraba el Descubrimiento de América, gritó: «¡Viva la muerte! ¡Muera la inteligencia!» La reacción del escritor vasco supuso que fuera destituído de su cargo de Rector y condenado a permanecer confinado en su domicilio.

PLA.—Oh, ¿qué pasó el día de la Virgen de Agosto?[115].

ESCRITOR.—También fue invitado el político don Francisco Cambó[116].

(Aparece CAMBÓ *por detrás del telón.)*

CAMBÓ.—*(Habla con el registro de Jordi Pujol.)* Oiga, perdone, pero nosotros tenemos más credibilidad. Nosotros pensamos que esto es importante para Cataluña y para España. Y también denunciamos la poca sensibilidad en la financiación. Los catalanes hacemos un gran esfuerzo...

*(*PLA *arruga el papel en el que estaba escribiendo el joven* ESCRITOR *y* CAMBÓ *desaparece.)*

PLA.—Caray, hombre, deje descansar en paz a don Francisco Cambó que era un burgués auténtico y un político remarcable y deje en paz a este milhombres que entiende de todo, y a más a más[117], lo paga usted.

ESCRITOR.—Pero la libertad de fabulación que posee la literatura me permite que los personajes sean atemporales. ¿Me entiende?

PLA.—*(A* POVEDANO.*)* ¿Qué le parece?

POVEDANO.—¿Quiere decir que no está un poco majara, éste?

PLA.—Qué le vamos a hacer, es una promesa intelectual. Dejémoslo estar.

(Por la izquierda cruza la escena LORCA[118]. *Desaparece por la derecha.)*

---

[115] Pla hace la pregunta para advertir a Povedano que se concentre en lo que está haciendo, no vaya a ocurrirle con el arroz lo mismo que el 15 de agosto: que se le quemó, le salió mal...

[116] Político español (1876-1947), presidente de la Lliga Regionalista, a la que se adhirió el propio Pla, fue, también, ministro de Fomento en 1918 y de Finanzas en 1921 bajo el gobierno presidido por Maura. Pla elogió del político su personalidad y escribió una biografía del dirigente.

[117] Traducción literal del catalán que se mantiene con el fin de dar más autenticidad al personaje.

[118] Escritor español (1898-1936).

Lorca.—Las navajas del viento, cabalgando juntas...[119].

Pla.—Ahora me ha puesto a Federico García Lorca.

Lorca.—... sobre el verde olivar de Andalucía, estallan en mil trocitos de luna llena[120].

Lorca/Escritor.—Gitano, gitanito, gitanero[121].

Pla.—A ver, joven. ¿A usted le han dado alguna vez por el culo?[122].

Escritor.—*(Actitud ambigua.)*

Pla.—Pues pare ya de jugar con jeroglíficos poéticos de invertidos, ¡hombre!

Escritor.—Perdone, pero esto que dice es una consideración homofóbica.

Pla.—¿Homofóbica?

Escritor.—Sí.

Pla.—¿Usted sabe lo que le pasaba a André Gide?[123].

Escritor.—No.

Pla.—Pues que destruía el culo a las criaturas pensando que era la punta de la vanguardia.

Povedano.—¿Ah, sí?, ¿hay putas en la Vanguardia?[124].

Pla.—¡Hermós!, deje de decir sandeces y remueva el arroz.

(Por detrás del decorado aparece Pablo Casals[125] *tocando la viola.)*

Pla.—¿Éste, Pablo Casals?... *(Refiriéndose al violín.)* ¿Con esto?

Escritor.—Es una metáfora surrealista.

Pla.—¡Y dale con el surrealismo! Mire, con el pretexto del surrealismo tenemos que asistir a todas las demencias de la

---

[119] Versos de inspiración lorquiana.

[120] *Ídem.*

[121] *Ídem.*

[122] Posible referencia a la homosexualidad de Lorca y de Gide, al que se cita más tarde.

[123] Escritor francés (1869-1951) que mostró claramente su condición de homosexual en su obra *Corydon* (1924). En *Notas dispersas*, Pla dice de él: «... para mi gusto, en la literatura de Gide, hay un gran defecto: lo patético [...] un patetismo verbal de temperatura ficticia [...] y me he preguntado a menudo si Gide, leído en frío (sin subrayar lo patético), tiene algún interés.»

[124] Véase nota 90 en *Ubú president o Los últimos días de Pompeya.*

[125] Violonchelista español (1876-1973).

modernidad. Un camelo, joven, un camelo. Éste no será jamás Pablo Casals.

ACTOR.—¡Cómo que no! Oiga, que me he estudiado muy bien la partitura.

PLA.—No me incordie.

ACTOR.—Pero ¿qué se cree, que el señor Casals no sabía tocar el violín? Tampoco hay tanta diferencia con un violonchelo. Es como conducir un Fiat o una furgoneta. Todo se lleva con el mismo carnet.

PLA.—¡No me hable de automóviles! Ya debe ser de Barcelona, usted.

ACTOR.—No. De Torroella de Montgrí[126].

PLA.—¡Es igual, pues es un maldito usurpador!

ACTOR.—Y usted también. Usted tampoco es el señor Pla.

PLA.—¿Cómo que no?

ACTOR.—No. Usted es el señor Ramón Ma...

(ULRIKE *ha aparecido a tiempo y se ha llevado por la izquierda al actor.*)

(PLA, *con la excitación, empieza a perder facultades y a convertirse en* MARULL. POVEDANO *le da Floit.* PLA *bebe hasta recuperarse.*)

PLA.—Yo soy más Pla, más Pla, Pla... Yo soy Pla. Soy más Pla que Pla. Povedano, ¿dónde van estas cajas?... Soy Pla. Soy más Pla que Pla. ¿No le parece? *(Riega el arroz con Floit.)* Vamos a echarle un buen chorro, un buen chorro.

(*Por la derecha aparece una trabajadora transportando una gran caja.*)

PLA.—... ¿Quién es este exabrupto de la naturaleza?

ESCRITOR.—Hombre, yo quería colocar unos instantes de lírica y por eso he puesto a la gran diva Montserrat Caballé[127].

---

[126] Lugar famoso por sus productos hortícolas, situado en la Costa Brava, en la provincia de Girona, y que veía Pla desde su masía cuando se despertaba.

[127] Véase nota 149 en *Ubú president o Los últimos días de Pompeya*.

PLA.—¡Pero si no es de mi época esta anatomía desbordada!
CABALLÉ.—¡Misógino! *(Sale por la izquierda.)*
PLA.—Con mujeres como usted no hay más remedio. ¿Pero qué me ha puesto?
ESCRITOR.—Bien, bien, bien, se la cambio por la gran actriz catalana, Margarita Xirgu[128].
PLA.—No, no, no. Déjelo estar...

(Por detrás del decorado aparece un actor.)

ACTOR.—*(Recita amanerado.)* Yo que hice un gran Cyrano[129], reconocido y notorio, y un Teatro Nacional[130] al lado de un tanatorio, ahora estoy exiliado con mi arte, triste y sola, porque perdí los favores de Madama Ferrusola[131].
PLA.—Este hombre es un fracaso biológico. *(Tirándole tomates.)* ¡Amanerado! ¡Engolado! ¡Pedante! *(El actor se va, pero vuelve y saluda.)* Ya vuelve. ¡Fantoche político! ¡Funcionario![132].
FLOTATS.—Ignorante. *(Se va.)*
PLA.—¡Fuera de aquí esta «madame» de importación! ¡Contaminador! ¡Degenerado! ¡Putrefacto![133]. Déjelo estar esto del teatro, joven, déjelo estar. El teatro es hoy en día una

---

[128] Actriz española (1888-1969) preferida por García Lorca para que interpretara los papeles femeninos de sus obras.

[129] Obra del escritor francés Edmond Rostand (1868-1918), *Cyrano de Bergerac,* y que el actor catalán José María Flotats ha representado.

[130] El actor mencionado en la nota anterior, fue fundador y director del Teatro Nacional de Cataluña. Boadella piensa que Flotats mantuvo una actitud sectaria y personalista y opina de esta manera: «El Teatro Nacional de Cataluña es una barraca de lujo que se ha construido para un señor y sus megalomanías. Me parece una desfachatez y, aún más, cuando no ha tenido ni la cortesía de invitar a la compañía que más obras catalanas ha hecho de propia creación, además de ser la más antigua. Y no lo ha hecho porque es un vasallo nato y ha creído que el señor Pujol quería que fuese así» *(Tiempo,* 2-II-1998, pág. 124).

[131] Marta Ferrusola: mujer del ex presidente de la Generalitat, Jordi Pujol, ridiculizada con el popular *Madama,* fue la gran valedora de Flotats, pero cuando ocurrió la crisis del Teatro Nacional de Cataluña y se apartó al mencionado actor, ni Ferrusola le apoyó.

[132] Alusión al servilismo de Flotats. Boadella piensa que el arte no puede hacerse con la mentalidad de un funcionario, ya que éste no puede ser libre, como tiene que serlo un artista. Véase nota 130.

[133] Véase nota 80 en *Daaalí.*

pura sordidez intelectual y moralística. Nada, hombre, nada. Prefiero la buena cocina, caray.

(DALÍ, *por la derecha, atraviesa el escenario en patinete. Desaparece por la izquierda.*)

POVEDANO.—Hostia, ¡Dalí![134].

PLA.—¡Dalí! ¡Basta de tópicos! Pero ¿a quién me ha puesto, ahora?

ESCRITOR.—Xirinacs[135].

PLA.—No. ¡Éste no es el Gandhi[136] del Mediterráneo! Éste es mosén Bosch que viene de dar la extremaunción en Palamós.

MOSÉN.—*(Entrando por la derecha.)* Dios les guarde.

PLA.—Dios le guarde, mosén. Si se espera un poco quizá vea salir de aquí un arroz negro colosal.

MOSÉN.—No lo dudo, pero he de administrar otra extremaunción en Girona.

PLA.—¿Ahora en Girona? Usted se obstina en las tareas pastorales...

MOSÉN.—Oh, es lo mío.

PLA.—... pero de hecho reconozca que es un viajante de comercio frustrado.

MOSÉN.—Hombre, si hay enfermos y me llaman pues hay que ir.

PLA.—Quédese, hombre, quédese.

MOSÉN.—Mire, no le digo ni que sí ni que no.

ESCRITOR.—*(Continuando con la escritura.)* En aquella quintaesencia mediterranística bucólica y pastoril, también fue-

---

[134] Señalemos que desde que Pla y Dalí se conocieron en Barcelona en 1928, mantuvieron una estrecha amistad, apoyándose mutuamente: Dalí realizó dibujos para algún libro de Pla y éste escribió sobre el pintor, aunque criticó su afán crematístico.

[135] Lluís Maria i Damians Xirinacs: sacerdote español (1932) que ha tenido muchos conflictos con las autoridades eclesiásticas por su actividad política y social. Ha luchado por la autodeterminación de Cataluña.

[136] Véase nota 207 en *Ubú president o Los últimos días de Pompeya.*

ron invitados Meyerhol[137], Botto Strauss[138], Kandinsky[139], Belbel[140], Pina Baush[141]...

PLA.—Joven, pare de escribir que me ha puesto la cabeza, exactamente, como un bombo. Es usted más peligroso con una pluma que un militar borracho con un sable.

MOSÉN.—Sobre lo que se desconoce siempre es posible hablar largo y tendido.

PLA.—Exacto. Escuche lo que ha dicho el reverendo. Es muy importante, esto. Muy importante.

MOSÉN.—*(A* POVEDANO.*)* Qué Hermós, ¿preparando una paellita?

POVEDANO.—¡Que no ve que es un arroz negro!

PLA.—Un arroz negro.

MOSÉN.—¿Un arroz negro? Pues yo no veo la tinta de calamar.

POVEDANO.—Es que no se le pone tinta. *(En aparte al* MOSÉN.*)* ¿Pero tú de qué vas?, ¿que también te chutas Floit, o qué?

MOSÉN.—¡Calla, que te va a oír!

POVEDANO.—... La tinta, para escribir y aún gracias.

MOSÉN.—Pues en Palamós lo hacen negro con la tinta.

PLA.—Y qué sabrán los de Palamós.

POVEDANO.—Se pone negro con el sofrito.

MOSÉN.—¡Pero si sólo hay cebolla!

POVEDANO.—Y un poco de ajo, ¡hostias!

MOSÉN.—Oh, ¡pero falta tomate!

PLA.—No. Tomate, tomate, una lagrimita y aún gracias. El tomate ha desgraciado todos los arroces a lo largo y ancho de este país. ¿No le parece?

ESCRITOR.—Ah, no, no, no. Yo no tengo ni idea. De hecho, soy vegetariano, yo.

---

[137] Vsevolod Emilievich Meyerhold: actor y director ruso (1874-1942), que sistematizó su idea del teatro en diferentes escritos. Cayó en desgracia a partir de 1937 al oponerse a Stalin.

[138] Escritor alemán (1944).

[139] Véase nota 155 en *Daaalí*.

[140] Sergi Belbel: dramaturgo y director español (1963), muy premiado.

[141] Actriz, bailarina y coreógrafa alemana (1940), que fue directora de la ópera de Wuppertal y musa progresista.

TODOS.—¡Ep!

MOSÉN.—¡Caray!

PLA.—Joven escritor, subversivo, ateo y ¡filovegetariano! ¡El acabose!

MOSÉN.—Todavía es joven.

POVEDANO.—Mira, tú, vegetarianos y mariquitas ya se las pueden pirar.

PLA.—Bueno, bueno. Tampoco es eso, tampoco es eso.

MOSÉN.—Oiga, este pollo está crudo, ¿eh?

TODOS.—Es conejo.

(Por el fondo derecha entra el campesino SISET acompañado de su hija, arrastra una silla de ruedas con tres grandes cajas.)

SISET.—... Eh, señor Pla...

MOSÉN.—Hola, Siset, ¿adónde vas con la tartana tan cargado?

SISET.—*(Habla casi sin vocalizar.)* ... piano... la música en Girona...

PLA.—Joven, apunte, apunte que aquí hay tema.

SISET.—¿Que es notario?

PLA.—No, es un joven escritor...

ESCRITOR.—... subversivo, ateo...

PLA.—... Y ¡vegetariano!

SISET.—Collons, collons.

PLA.—Descanse un rato con nosotros que pondremos un poco más de arroz.

SISET.—De acuerdo.

PLA.—¿Qué cuenta? ¿Qué cuenta?

SISET.—*(Dirigiéndose hacia el arroz negro.)* La cocina es un paisaje cultivado en una cazuela[142].

PLA.—Me suena.

SISET.—Esto no es mío, ¿eh? Esto lo saqué de un libro suyo que encontré en un vertedero. Siempre encuentro cosas curiosas.

MOSÉN.—Bueno, Siset, ahora hablando en serio, ¿de verdad quieres que tu moza sea artista? ¿Artista? ¡Por el amor de Dios!

---

[142] La frase es de Pla.

SISET.—Bueno, estudia para eminencia de piano. ¡Ep!, que cuando toca, uno no tiene tiempo de seguirle los dedos, ¿eh? Que no hay forma de seguirlos, me cago en Déu.

MOSÉN.—Siset, esa boca.

PLA.—Siset, las ínfulas de esta juventud acabarán con el campo, Siset. ¿No ve que si se vuelve demasiado distinguida no querrá darle de comer a las gallinas?

SISET.—No, ¡en casa es muy trabajadora! Ah, y limpia. ¡Es limpia como una patena![143].

PLA.—Es muy importante, esto, muy importante.

MOSÉN.—Eso es bueno.

(SISET *huele el arroz poniendo la cara muy cerca de la cazuela.*)

(*Mientras tanto entre el* ESCRITOR *y la niña montan con las cajas un piano. Lo sitúan a la derecha.*)

POVEDANO.—*(A* SISET.) ¡A ver si aún le va a meter los morros aquí dentro!

SISET.—El arroz negro se hace con costillas de cerdo, no con conejo.

POVEDANO.—Ah, pues nosotros le ponemos conejo.

SISET.—Oh, ¡y aquí faltan mejillones!

POVEDANO.—¿Mejillones? Hoy no hay. Mejillones no hay.

MOSÉN.—Oh, es que tampoco le pone tinta, ni limón, ni tomate, ni nada.

SISET.—¡Claro, y falta limón!

POVEDANO.—¡O se callan o me voy a cagar!, porque con el trabajo que tengo..., tener que estar aquí haciendo esta comedia...

SISET.—¡No se enfade! Nena, toca alguna cosa para el señor Pla.

(*La niña toca Beethoven.*)

PLA.—¡Basta! Siset dígale que pare. ¡Basta!

---

[143] Pla valoraba, especialmente, en las mujeres la limpieza y la habilidad para realizar las labores domésticas.

(La niña deja de tocar.)

NENA.—Pero si es Beethoven.

PLA.—Ya me gusta, bonita, pero este estrépito asustará los pájaros y aquel hombrón. Que toque algo más suave, hombre.

SISET.—Toca más suave, «collons». ¡Venga, va!

PLA.—Bueno, quizá, cuando sea acariciada por las turbulencias del amor dejará de desbravarse con el piano. Ahora bien, con este alboroto, las gallinas cluecas no deben poder empollar tranquilas allí en su masía.

SISET.—No pase cuidado, las tenemos en el servicio. La mujer las mete en la bañera, que es el sitio más tranquilo de la casa.

MOSÉN.—¿Pero, y eso? ¿Que no utilizáis el cuarto de baño?

SISET.—No. Gracias a Dios en casa estamos todos muy sanos y aún no lo hemos tenido que usar. Mira éste. ¡El Déu que el va parir!

PLA.—Yo tampoco, porque los viejos, con esto de la próstata, necesitamos constantemente ir a orinar, allí donde nos pille, como ahora mismo me sucede. Es un fastidio. Les anuncio que me voy a aliviar detrás de aquel pino de Cézanne.

TODOS.—Vaya, vaya.

(PLA se va hacia detrás del telón de Cézanne por la izquierda.)

(Por la izquierda entra rápida, ULRIKE.)

ULRIKE.—Pásale esta partitura.

(ULRIKE desaparece. Todos se pasan rápidamente la partitura hasta que llega a la niña. Por detrás del decorado entra de nuevo PLA.)

SISET.—Nena, ¿que no has oído al señor Pla?... ¡Toca, «collons»!

PLA.—No, no. Déjelo estar, Siset. Ya estamos bien. Bueno, no hay manera.

313

(La niña toca. Mientras se oye el piano se conversa alrededor del arroz negro.)

PLA.—*(Que de golpe escucha atentamente el piano.)* Siset, ¿qué es esto?

SISET.—¿Esto que toca? Esto me parece que es una cosa de unos melenudos.

PLA.—Hay tantos de melenudos.

MOSÉN.—Cada día más, señor Pla.

PLA.—Es una invasión.

MOSÉN.—Yo pensaba que era un himno de colores.

PLA.—*(Recita.)*
> Grato es ver hoy en verdad
> cuál comercio, industria y artes
> florecen por todas partes
> y auguran prosperidad[144].

SISET.—¡Viva España!

PLA.—Viva España... más o menos, Siset, más o menos.

(La música de fondo hace adormecer, alrededor del arroz, a los contertulianos.)

(Hablan sobre el arroz y se duermen.)

MOSÉN.—Hace un chup-chup que parece que la música lo acompañe.

SISET.—Póngale más tomate. Con más tomate quedará mejor. En casa, la mujer le pone tomate y queda mucho mejor.

(El ESCRITOR acaricia el trasero de la niña, que no deja de tocar el piano.)

(MOSÉN BOSCH se despierta y percatándose de las caricias del ESCRITOR despierta a SISET.)

MOSÉN.—Siset... Siset... Mira, mira la artista. Ya te lo decía, yo.

---

[144] Versos ripiosos que usa el personaje por eso mismo.

(SISET *se dirige a gatas hacia el* ESCRITOR *y se levanta hecho una furia.*)

SISET.—¡Eh! Las manos quietas, eh, que sólo tiene diez años, ¡cago 'n Deus! ¡Diez años!

MOSÉN.—¡Estos de Barcelona!

PLA.—Joven, no sea infanticida. Ya le recomendaré alguna casa de señoritas para que pueda aliviar sus pasiones.

MOSÉN.—... ¡Tampoco se trata de eso, señor Pla!

ESCRITOR.—Pero ¿en qué época viven? Los niños tienen derecho a escoger su propia libertad sexual.

SISET.—¿Qué coño quiere decir, éste?

NENA.—Papá, si sólo me ayudaba a pasar las páginas.

SISET.—¿Las páginas? ¡Cuando lleguemos a casa te cruzaré la cara! ¡Y a este vegetariano de los cojones!

ESCRITOR.—*(Defendiéndose desvía los acontecimientos.)* En aquel preciso instante un estrato-cúmulo cargado de pedrisco se acercaba a las tierras de Siset.

MOSÉN.—¡Por Dios, vamos a tener una buena tormenta!

SISET.—*(En catalán, a gritos, y casi sin que se le entienda.)* ¿Tormenta? Hostia, ... però què veig? Però si és una calamarsada! ¡Però, mira que té collon, i¿eh?!¹⁴⁵. ¡Cada día igual!... ¡Mecagum la puta que ho va parir!... ¡Mecagum la puta que ho va parir!...

MOSÉN.—¡Dios mío! Este hombre, ¡qué boca! ¡Parece un estercolero!

SISET.—... ¡Hòstia, però si me la fotrà en mig de les pomeres! ¡Ai l'Hòstia consagrada! ¡Mecagum Déu, no es pot estar tranquil! ¡Mecagum la puta mare que ho va parir! ¡Mecagum San Pere, i Sant Marc, i Santa Barbara, i Sant Guiu, i Sant Feliu, i Sant Cugat i Sant Cagat i la puta mare que els ha parit a tots!

NENA.—*(Recriminándole.)* Papá.

SISET.—Papá, ¡huevos!

---

¹⁴⁵ *¿Pero qué veo? ¡Pero si es una granizada! ¡Pero mira que tiene cojones!, ¿eh?...*

(La niña toca Beethoven para que nadie pueda oír las blasfemias de su padre. Deja de tocar de golpe. A su padre ya no le queda ningún santo más en quien cagarse.)

SISET.—... ¡¡¡¡Diossss!!!!

PLA.—Siset, no te desbordes que no son nubes; es tu vecino que quema los rastrojos.

SISET.—¡Me cago en los huevos del santo padre! Pero si este hombre me calará fuego. Señor Pla, hasta más ver. Gracias por el arroz, pero se me amontona la faena y tengo que irme.

PLA.—Vaya, vaya.

SISET.—¡Venga, moza, para casa!

PLA.—Vaya, hombre, vaya, vaya.

(La cajas que conformaban el piano se han colocado de nuevo en la silla de ruedas. SISET la agarra con la intención de irse por la izquierda.)

SISET.—¡Joder con el Beethoven, cómo pesa! *(Se van. Desaparecen.)*

PLA.—Este hombre exhala un tufo literalmente rupestre, caray.

ESCRITOR.—¡Qué irracionalidad rural, Madre mía!

PLA.—Bueno, no me haga el señorito, ahora. Ya lo ha visto. La blasfemia es inseparable del clima imperante y, como aquí, en Cataluña, tenemos este clima tan inestable, la blasfemia se convierte en la música de los payeses. Qué le vamos a hacer.

ESCRITOR.—Sandeces. Ahora ya lo tengo...

(ULRIKE acompaña a un actor que hace de MARULL, en la silla de ruedas.)

ESCRITOR.—... Volveré a coger las riendas de esta obra caótica. La señora Ulrike seguía obstinadamente con su plan.

PLA.—¿Quién es este impedido?

DOBLE.—Soy Marull i Ticó.

ULRIKE.—Y yo soy su esposa. ¿No lo conoce? Míreselo bien.

(Sube el telón.)

PLA.—Considérense saludados.

ULRIKE.—Es una de las fortunas más importantes de este país.

PLA.—Bueno, y qué me importa a mí. Pero no padezca, porque el dinero no se lo llevará a la tumba. Perdonen, ¿tienen hijos?

ULRIKE.—Cuatro hijos, tiene.

PLA.—Exacto, pues los hijos acabarán con toda su fortuna. Ya puede dar por descontado que se la van a pulir en un santiamén.

DOBLE.—No, no. Explícaselo, explícaselo.

ULRIKE.—No se lo crea. Mis hijos no tendrán nada porque el canalla de mi marido quiere dejarlo todo al monasterio de Montserrat para su gloria personal.

DOBLE.—Montserrat representa el espíritu y la fe del pueblo catalán.

PLA.—Muy bien, pero no les deje el dinero, porque la fe con un poco de hambre se hace más sólida.

ULRIKE.—Exactamente.

PLA.—Y todos estos templos bruñidos de oro y de sustancias brillantes no son más que meras vitrinas de la fanfarronería regionalista.

ULRIKE.—Yo se lo digo siempre.

PLA.—Si quiere invertir su fortuna en cosas del espíritu, hágalo en Poblet[146].

DOBLE.—¿Poblet? Montserrat ilumina la catalana tierra.

PLA.—Ah, ya lo veo, usted no quiere invertir a fondo perdido. Váyase exactamente a la mierda.

ULRIKE.—Estoy completamente de acuerdo.

DOBLE.—Qué me va a contar, a mí, un vil escritor rural y localista.

PLA.—Los fanfarrones como usted han promocionado una literatura de folletín patriótico.

---

[146] Lugar famoso por su monasterio y una de las más importantes muestras de arquitectura religiosa catalana. Fue fundado por Ramón Berenguer IV (1113-1162) y habitado por monjes cistercienses.

317

DOBLE.—Usted es un fabricante de escepticismo destructivo.

PLA.—Perdone, ¿ha dejado ya de fabricar bazofias comestibles?

ESCRITOR.—El falso Marull le contestó indignado: usted es un anarquista...

DOBLE.—... disfrazado de campesino.

PLA.—... El dinero no le sirve ni para encubrir su ignorancia cósmica.

DOBLE.—Usted es un españolista que ha colaborado con...

ESCRITOR.—... los enemigos de la patria[147].

PLA.—La gente como usted se ha fabricado una Cataluña en miniatura para poder jugar los fines de semana.

DOBLE.—¡Bah! ¡Qué puede explicar un alcohólico adicto a los prostíbulos[148], que por esto no ha tenido descendencia!

ESCRITOR.—La señora Marull hacía rato que se ajustaba frenéticamente el sostén. De repente, tronó...

ULRIKE.—¡Los dos sois iguales! ¡Sois iguales porque sois paridos por la misma tierra!

ESCRITOR.—¡Fascista!

DOBLE.—¡Fascista!

PLA.—¡Los prepotentes como usted me dan un asco tremendo!

DOBLE.—Mientras yo viva, nunca tendrá el premio de honor de las letras catalanas.

PLA.—Y tampoco podría ser de otra manera porque la historia ya está escrita así. Mire, yo soy un perdedor y la historia oficial la escriben los vencedores como usted. Lo siento, lo siento.

(Al ESCRITOR.) Y usted, joven, es un judas. Ya me parecía, a mí, que detrás de este caparazón de profesional de la solidaridad sólo se podía esconder un ambicioso enciclopédico.

---

[147] Alusión a las actividades de Pla en contra de la República. Se dice que fue espía del servicio de espionaje franquista (SIFNE) y que colaboró en otras tareas a favor de Franco. Se comenta, también, que Pla contribuyó con el alarmismo que transmitía en las crónicas que escribía sobre el gobierno de Azaña a suministrar argumentos a la derecha que responsabilizó al gobierno de los desórdenes sociales.

[148] Afirmación cierta.

DOBLE.—Hombre, Josep Pla, en el siglo XXI no es más que un residuo del pasado. Un anacronismo.

PLA.—Bueno, quizá sí, pero usted por más que ensucie el territorio con seriales de sobremesa, no será otra cosa que una boñiga literaria y vegetariana. Eso sí, del siglo XXI. *(Inicia el mutis pero el efecto del Floit empieza a decaer. El personaje recupera la voz y formas de* MARULL.*)* ¡Esto no va a quedar así...! ¡En esta casa nadie da golpe...! *(Recuperando momentáneamente la voz de* PLA.*)* Me voy al «Mas» que tengo una cita con el amigo Martinell[149].

> *(El doble de* PLA *sale por la izquierda.* POVEDANO *durante la conversación ha ido desmontando las cajas y la cocina, se ha llevado, también, la silla de ruedas del doble. El* ESCRITOR *también se ha marchado por la izquierda. En escena sólo* ULRIKE, *que mira hacia la derecha y hace una señal.)*

ESCENA 14
LA FIRMA

Una mesa de cajas en la izquierda.

ULRIKE.—Usted, venga ya, no tengo todo el día.

> *(Entra un monje de Montserrat.)*

ULRIKE.—Póngase unas gafas que todavía lo podría reconocer.

MONJE.—*(Poniéndose unas gafas.)* Sí, mire, aquí tiene los documentos. *(Se los da.)*

ULRIKE.—*(Los lee.)* Muy bien, muy bien. Perfecto. Parecen auténticos.

MONJE.—*(Refiriéndose a las gafas.)* ¿Qué le parece así?

---

[149] Josep Martinell: pintor español (1913-2001), amigo y biógrafo de Pla. Escribió el libro *Josep Pla visto por un amigo de Palafrugell.* Pla habla de él en su *Dietario.*

ULRIKE.—Perfecto. A ver esta voz.

MONJE 1.—*(Lee.)* El 33 por ciento de los beneficios derivados...

ULRIKE.—Más...

MONJE 1.—*(Intentando cambiar la voz para parecerse más a un monje.)* ... de las empresas cedidas por Ramón Marull i Ticó...

ULRIKE.—Más...

MONJE 1.—... al Patronato de la Santa Montaña de Montserrat, será exclusivamente destinado al mantenimiento y mejora de la cripta y otras alegorías póstumas, detalladas en el párrafo tercero.

ULRIKE.—Suficiente. Muy bien, perfecto. Ahora sí que me recuerda a aquellos curas.

NOTARIO.—*(Entrando por la izquierda.)* Señora Marull, el notario.

ULRIKE.—Dígame algo.

NOTARIO.—Doy fe.

ULRIKE.—Muy bien.

(Por la izquierda entra el MONJE 2.*)*

MONJE 1.—Hola, hermano.

MONJE 2.—Hola, padre.

ULRIKE.—*(Recriminando el excesivo amaneramiento del* MONJE 2.*)* Pero, ¿qué es esto?

MONJE 2.—Alabado sea Dios. Soy el Secretario General del Patronato de la Santa Montaña de Montserrat.

ULRIKE.—¡No tan afectado!

MONJE 2.—Vale, vale, vale. Alabado sea Dios. Soy el Secretario General del Patronato de la Santa Montaña de Montserrat.

ULRIKE.—Mucho mejor... Posiciones, plano, música.

(Baja un decorado del plano de la pirámide que MARULL *quiere hacerse construir en Montserrat.)*

(Todos esperan a MARULL. *Se dirigen hacia el fondo derecha. Suena el «Virolai»)*[150].

---

[150] Referencia al «Virolai» de la Virgen de Montserrat compuesto en 1880, con letra de Jacinto Verdaguer (1845-1902) y Josep Rodoreda (1851-1922). «Virolai» es un poema destinado a ser cantado y cuya primera estrofa es el estribillo.

ULRIKE.—Ramón... Cariño. *(Se gira hacia atrás y ve que es* PLA *quien ha entrado, sin que nadie se diera cuenta, por la izquierda.)*
ULRIKE.—Oh, no, *chaise!*[151].

(Todos vuelven hacia atrás disimulando.)

MONJE 1.—Hola.
MONJE 2.—Dios le guarde.
NOTARIO.—Buenas.
PLA.—*(Mirando el plano.)* Dejémoslo estar, dejémoslo estar.

(El ESCRITOR *entra por la izquierda.* PLA *se acerca a él y le quita el magnetófono.)*

PLA.—Ya me parecía que un joven escritor subversivo, ateo, vegetariano, nacionalista y quizás invertido, sólo podía acabar en Montserrat. Dejémoslo estar, dejémoslo estar. *(Marcha por el fondo derecha.)*
ESCRITOR.—Situación fuera de control. Una vez más el personaje se me rebela. *(Sale por donde ha entrado.)*
ULRIKE.—¡Povedano! ¡Povedano! ¿Dónde se ha metido este inútil? ¡Povedano!
POVEDANO.—*(Entrando por la izquierda.)* Sí.
ULRIKE.—¿Qué ha pasado?
POVEDANO.—Se ha bebido cuatro gotas que le quedaban en una botella de Floit.
ULRIKE.—¡No te había dicho que desapareciera todo el Floit!
POVEDANO.—Yo no puedo estar pendiente, todo el día, de este hombre. *(Se va enfurecido por el fondo izquierda.)*
ULRIKE.—Ya hemos terminado. No ha funcionado. Tendremos que esperar otra ocasión... *(Van a salir por la derecha, pero* ULRIKE *se da cuenta de que* MARULL *está a punto de entrar.)* ¡Cuidado! ¡Música!

(Todos vuelven a colocarse en su sitio, al lado de la mesa. Por el fondo derecha entra en su silla de ruedas MARULL.)*

---

[151] Expresión alemana que se escribe *scheisse* y se pronuncia como está escrito. Significa: *¡mierda!*

MARULL.—¡Ulrike, qué hace mi Cruz de Sant Jordi en el suelo!

ULRIKE.—Lo de siempre.

MARULL.—Dame esto que es mío. Va dámelo.

ULRIKE.—Ramón, mira. *(Le muestra el plano.)*

MARULL.—¿Qué he de mirar?

ULRIKE.—Mira.

MARULL.—Ah, ya lo veo. No, no, no me gusta. Aquí, alrededor de la cripta quiero césped y un lago con peces de colores. Y esta estatua es demasiado raquítica, casi no se ve que soy yo.

ULRIKE.—Mira lo que te han regalado.

(Le muestra el detalle de su cara esculpida en la montaña, junto a otras personalidades.)

MARULL.—*(De espaldas sin verlo.)* Ya lo he visto y no me gusta. No me gusta. *(Viéndolo.)* ¡Caramba, esto son palabras mayores!

MONJE 2.—Bien, y esto sólo es un proyecto.

MARULL.—¿Y tú quién eres?

MONJE 2.—Soy el padre Surroca...

ULRIKE.—¡No tan afectado!

MONJE 2.—... El Secretario General del Patronato de la Santa Montaña.

MONJE 1.—Yo soy el padre Freixa, responsable del patrimonio.

MARULL.—Y tú, ¡quién eres!

NOTARIO.—El notario Antonio Provechoso[152], para servirle.

(Acercándose a la mesa.)

MARULL.—Ulrike, ¡quiero a mi notario!

ULRIKE.—Ramón, han traído el notario del Patronato para esta ocasión, y además se hacen cargo, ellos, de los gastos notariales.

---

[152] Apellido irónico.

MARULL.—Así bueno. ¿Y el padre Abad no ha venido?

MONJE 1.—Bien, es que está viajando.

MARULL.—¿Viajando en una ocasión como ésta? Mucho viajar y poco trabajar. Bueno, vayamos al grano que no puedo perder tiempo. El tiempo es oro. Y de momento el dinero no lo regalan. ¿Verdad que no, tú?

NOTARIO.—No, a mí, no.

MARULL.—Venga, al grano.

MONJE 2.—El documento está finalmente redactado en los términos que acordamos en un principio. Hemos rectificado el párrafo sexto, tal como usted indicó, y le hemos añadido una cláusula adicional.

MARULL.—Léala.

MONJE 1.—La totalidad del patrimonio del donante se hará efectiva al Patronato después de los tres meses siguientes a su fallecimiento, siempre y cuando las condiciones estipuladas en los proyectos arquitectónicos y escultóricos se hayan respetado en su totalidad.

MARULL.—Faltaría más.

MONJE 1.—Estas condiciones también se hacen extensibles al funeral que anualmente se celebrará en memoria del finado *(el actor monje se anima y canta el texto como si se tratara de la letra de un canto gregoriano),* con la intervención de la escolanía...

MARULL.—He dicho que lea, no que me cante un responsorio.

MONJE 1.—... *(recuperando la prosa.)* ... y bajo las indicaciones ceremoniales detalladas en el párrafo siete.

MARULL.—Muy bien, pero la misa que sea en el altar mayor, no allí en el lateral que es aquello de paso y no te he visto.

NOTARIO.—Les recuerdo que el incumplimiento de esta cláusula dejaría sin efecto el presente contrato...

MARULL.—¡Brillo!, ¡brillo!...

NOTARIO.—... *(Muy deprisa.)...* entrando automáticamente en funcionamiento los derechos testamentarios familiares que estuviesen en vigencia en aquel momento... del susodicho.

MARULL.—De acuerdo.

MONJE 2.—Bien, pues vayamos a la firma. Un gran día, hoy. *(Firmando.)* Dom Olaguer Surroca i Vicens.

NOTARIO.—*(A* MARULL *para que firme.)* Si es tan amable...

(El NOTARIO *lee y ve que la firma no es correcta. La da a leer a los monjes.)*

MONJE 2.—¡Hostia!

MONJE 1.—*(Recriminándole.)* ¡Padre!

MONJE 2.—*(Salvando la situación.)* ... ¡Hostia Santa e Inmaculada...!

NOTARIO.—Perdone usted, pero es que, aquí, ha firmado Josep Pla.

MARULL.—¡¡¡¡Josep Pla!!!! ¡¡¡¡Yo no he sido!!!! No me hagan estas bromas. ¡¡¡Si me buscan, me encontrarán!!! ¡¡¡Gasto malas pulgas, yo!!!

NOTARIO.—No se sulfure usted, no hay ningún problema. Me firma usted la copia legalizada y todo queda igualmente legal.

(Se la da.)

MARULL.—¿Aquí?

TODOS.—Sí.

MARULL.—*(Firma.)* Ramón Marull...

TODOS.—... y Ticó.

(Cruzándose en el proceso de intercambio de documentos.)

NOTARIO.—Pase usted Padre.

MONJE 1.—*(Muy amanerado.)* No, no, señor notario yo ya pasaré por allá.

NOTARIO.—Como guste.

(Pasa por allá haciendo un uso desmedido de un amariconamiento monjil indescriptible. ULRIKE *ha de intervenir para frenar la sobreactuación.)*

(Se firma.)

MARULL.—Por cierto, ¿no me han traído aquello?

(Silencio.)

MONJE 2.—¿Aquello? Ah, sí, claro. Después de su generosidad cómo podríamos negarnos a satisfacer una petición tan modesta. *(Al* MONJE 1.) ...Aquello.

MONJE 1.—*(Dirigiéndose hacia la derecha.)* Ya podéis pasar...

MONJE 2.—... Son los mejores ruiseñores de nuestra escolanía...[153].

> *(Por la derecha aparecen dos monaguillos cantores del coro de Montserrat.* MARULL *mira a los monaguillos y firma. Indica a los demás que quiere quedarse a solas con los niños. Los monjes y el* NOTARIO *se marchan.)*

MARULL.—*(Firmando.)* Ramón Marull i Ticó.

MONJE 2.—*(Saliendo por la izquierda.)* A pasarlo bien.

NOTARIO.—A mandar.

MONJE 1.—Que Dios le bendiga por su generosidad.

> *(*MARULL *se acerca a los monaguillos.)*

MARULL.—*(Indica a los monaguillos que se sitúen a su derecha y a su izquierda, respectivamente).* Tú, aquí, ... y tú aquí. *(A* ULRIKE.) Y tú, fuera. *(*ULRIKE *se va.) (A uno de los monaguillos.)* ¿Cómo te llamas, guapo?

MONAGUILLO 1.—Oriol Morales y Serrano.

MARULL.—¿Serrano?, bueno, no se puede tener todo. *(Dirigiéndose al otro monaguillo.)* ¿... Y tú?

MONAGUILLO 2.—Efrahim Mohamed Puig.

MARULL.—Vamos de mal en peor... Ya podéis empezar.

MONAGUILLOS.—*(Cantando el «Virolai».)* Rosa d'abril, morena de la serra... de Montserrat estel. Il.lumineu...[154].

MARULL.—*(Llorando.)* ...la catalana terra...

MONAGUILLOS.—... guieu-nos cap al cel...[155].

MARULL.—... guieu-nos cap al cel!...

MONAGUILLOS.—... guieu-nos cap al cel.

---

[153] En el monasterio de Montserrat, además de los monjes, viven los Escolans, el coro de niños cantores más antiguo de Europa. Todos los días cantan el «Virolai» y «La salve».

[154] *Rosa de abril, morena de la sierra... de Montserrat estrella, iluminad...*

[155] *... guiadnos al cielo...*

(MARULL *besa al monaguillo* EFRAHIM. *El monaguillo*
MORALES, *ante la expectativa de otro beso, huye del lugar.*
MARULL *retiene a* EFRAHIM, *que también quería escapar.*)
*(El monaguillo se resiste a quedarse lanzando imprecaciones
en árabe.)*

MARULL.—*(Emocionado.)* Cuando te miro y veo estos ojos negros y puros, me doy cuenta de que Cataluña no morirá jamás. Oír a un «morito» cantando el «Virolai», enciende aún
más la pasión por esta patria nuestra.

(MARULL *señala su mejilla y el monaguillo le da un beso.*)

MARULL.—Siéntate, siéntate, «morito»... *(El niño se sienta en su
regazo.)* Ahora iremos a dar una vuelta por el almacén.
ESCOLANET.—*(Saliendo.)* Dels catalans sempre sereu princesa...
MARULL.—*(Cantando también.)* Dels catalans sempre sereu
princesa...
MONAGUILLO.—... dels espanyols l'estrella d'orient.
MARULL.—*(Saliendo.)* No, dels espanyols, no «maco».
MARULL.—Povedano, trae un vaso de sidral para este niño
tan bonito, que ha cantado muy bien.

(Desaparecen por el fondo derecha mientras POVEDANO *retira las cajas.)*

*(Los actores que han participado en la farsa, entran por la iz-
quierda.)*

ULRIKE.—*(Entrando por la derecha.)* Bueno, señores, misión
cumplida. *(Los actores le entregan los documentos firmados.)* Les
pagaré el resto de lo acordado dentro de dos años para que
quede garantizada su discreción. *(Rompe lo firmado.)*
ACTOR 1.—Sí, bueno, sí, pero qué hay del segundo pago.
ULRIKE.—Mañana mismo lo tendrán ingresado en su cuenta.
Estoy muy contenta con su trabajo. Y para él también será
un descanso creer que se van a cumplir sus delirios. Al menos morirá tranquilo y nos dejará vivir a los demás.
ACTOR 2.—Sí, claro, ya lo entendemos, ya.

ULRIKE.—*(Autoritaria.)* Ustedes no entienden nada ni les importa, y basta. ¡Esfúmense!

(Todos pasan por delante para salir por la izquierda. El Es-CRITOR está sentado en una caja.)

ESCENA 15
FINAL

ESCRITOR.—*(Hablando al magnetófono.)* Y usted también se esfumará porque no la quiero más en este drama.

(ULRIKE desaparece gritando por el fondo izquierda.)

ESCRITOR.—Apareció Pla y dijo: morir es fácil, lo que cuesta es toda la comedia.

(Aparece MARULL por el fondo izquierda. Va conectado a un gota a gota. Lleva colgada del pecho la Cruz de Sant Jordi.)

MARULL.—¿Qué hace usted aquí? ¡Venga a su trabajo! ¡A trabajar!
ESCRITOR.—¿Y usted qué hace aquí? A usted no lo necesito. Necesito a Pla. Le tengo que hacer unas preguntas.
MARULL.—Pla, Pla... No quiero oír hablar nunca más de Pla. Venga, lárguese. Avisaré a Povedano. ¡Povedano! ¡Povedano!

(Persecución.)

ESCRITOR.—No se moleste, ya lo he suprimido. Necesito al señor Pla, usted no me sirve. Traiga aquí el brazo.
MARULL.—¿Qué pretende? A mí nadie me da órdenes. ¡Ahora no quiero de esto!
ESCRITOR.—A ver, traiga el brazo, ¡sé que le gusta el Floit!
MARULL.—Tengo ochenta y tres años. Estoy enfermo. ¡Déjeme en paz!
ESCRITOR.—Traiga el brazo. Soy pacifista. No me obligue a utilizar la violencia. ¡Traiga el brazo!

MARULL.—Avisaré a la Guardia Civil.

ESCRITOR.—Se lo digo por última vez. Traiga el brazo que tengo que acabar de escribir.

MARULL.—¡Usted no sabe con quién está hablando!

ESCRITOR.—Traiga el brazo.

MARULL.—¡Déjeme! ¡Déjeme!

(El ESCRITOR ha conectado el Floit en el gotero y MARULL sufre la transformación.)

ESCRITOR.—Señor Pla, he de hacerle unas preguntas. Acabaremos enseguida. Será un momento.

PLA.—Déjeme acabar en paz. Tengo ochenta y tres años y soy yo quien tiene que decidir cuándo me he de morir.

ESCRITOR.—Señor Pla, sólo quiero preguntarle...

PLA.—Lléveme a la masía... *(se va transformando en MARULL)* que no quiero acabar en un almacén.

MARULL.—Quiero ir a mi cripta de Montserrat. Lléveme a mi cripta de Montserrat.

(El ESCRITOR le da una dosis más fuerte de Floit.)

PLA.—Lléveme a mi masía.

ESCRITOR.—Ahora le llevo, pero dígame..., usted que ha sido tan conservador y era tan partidario de la moneda fuerte y de los valores familiares, ¿por qué no ha tenido descendencia?

PLA.—He realizado una literatura seguramente demasiado extensa, sin ninguna pretensión, sin gritar ni lagrimear, sin ninguna demagogia literaria. Yo sólo he contribuido a conservar una lengua...[156].

---

[156] Se refiere al catalán. Pla escribió al respecto: «Yo formo parte de determinada tribu. Esta tribu ocupa una determinada área geográfica, tiene una visión del mundo, absolutamente personal, habla una lengua determinada, pobre, poco trabajada, mísera [...]. Desde un punto de vista histórico [...] esta área lingüística [...] sufrió muchísimo [...] En la situación en la que está nuestra lengua, la primera obligación del escritor es procurar que el pueblo se interese por ella y, dentro de la mayor dignidad, hacer que sea cómoda, fácil, [...] nos hallamos ante un pueblo bilingüe [...], ante su lengua, el catalán tiende a inhibirse y a sentir una sensación de impotencia» *(Notas dispersas,* ed. cit., pág. 888.)

ESCRITOR.—Señor Pla, usted nunca se ha comprometido por Cataluña. ¿Realmente ha amado este país?

PLA.—... conservar una lengua. He sido uno de los escritores más atacados de mi tierra. Me es indiferente. Mucho más me he despreciado yo a mí mismo...

ESCRITOR.—Señor Pla, ¿usted fue espía de Franco?[157].

PLA.—... Mucho más me he despreciado yo a mí mismo. He cometido muchos errores y no he tenido más ambición que escribir. Yo no quiero nada, ni he pedido, nunca, nada a nadie, ni aspiro a nada. Déjenme pasar los últimos momentos de la vida entre el olvido y la vaguedad de los semblantes de la luna.

ESCRITOR.—Señor Pla, le voy a hacer una última pregunta.

PLA.—Lléveme al «Mas», que no quiero acabar en este maldito hospital.

ESCRITOR.—Pero si aquí le tratan muy bien.

PLA.—Malas putas, malas putas de enfermeras que me han ultrajado lavándome como si fuera un recién nacido. ¡Lléveme al «Mas»!

ESCRITOR.—Bueno, ahora le voy a llevar. (PLA *susurra algo al oído del* ESCRITOR.)

PLA.—*(Muy flojo.)* No. Aquello... de los melenudos.

ESCRITOR.—¿Cómo dice?

PLA.—Aquello de... me... le... nu... dos[158].

ESCRITOR.—¿Eso quiere escuchar?

PLA.—Seguro. No lo dude.

ESCRITOR.—Muy bien. Ahora se lo pongo. *(Al magnetófono.)* Suena música...

(Suena «Yesterday»[159]. PLA *pide un cigarrillo al* ESCRITOR. PLA *llora. El* ESCRITOR *enjuga sus lágrimas.)*

---

[157] Véase nota 147.
[158] Así eran llamados The Beatles, grupo musical inglés que surge en 1960.
[159] Canción compuesta por Paul McCartney (1942), miembro del grupo mencionado; la alusión tiene mucho de metáfora de la nostalgia de un mundo que se va, a la vez que la reacción inesperada del genio.

PLA.—¿Qué es esta oscuridad? Encienda la luz de la mesita de noche. ¡Qué son estas tinieblas, esta jodida oscuridad!

ESCRITOR.—Señor Pla, usted tiene una caja repleta de divisas escondidas[160] en algún rincón secreto de la masía por si le hacía falta huir de los comunistas. Dígame dónde están, para que no se pierdan. Dígamelo, dígamelo.

(PLA *hace un corte de mangas y muere. Antes de exhalar se arranca con fuerza la Cruz de Sant Jordi y la tira al suelo*[161]. *La iluminación es tal como al principio: la linterna del* ESCRITOR.)

(*Por la derecha entra la hija del* ESCRITOR.)

HIJA.—Papá, mamá dice que la cena se enfriará...

ESCRITOR.—... Ya voy.

HIJA.—Pero ¿qué haces, aquí, tanto rato?

ESCRITOR.—... Es que estaba pensando en unas cosas mías...

(*El* ESCRITOR *se dispone a continuar escribiendo. Comprueba con la linterna si* PLA *todavía está a su lado. No es así. Termina el tema* «*Yesterday*».)

(*Telón.*)

FIN

---

[160] Se dice que Pla murió con una caja de cartón colocada bajo la cama. En ella guardaba moneda extranjera por si estallaba una revolución y tenía que salir del país.

[161] Nuevo desprecio de Boadella hacia el premio instituido por Pujol.

Daaalí [1]

Estrenada el 10 de septiembre de 1999
en el Teatro Jardí de Figueres (Girona)

---

[1] De esta manera se recuerda el énfasis con que el pintor pronunciaba su propio nombre.

PERSONAJES

(Por orden alfabético.)

JESÚS AGELET: Trabajador de mudanzas 1.
Periodista 2 (RAI).
Marioneta soldado ruso.
Papa Inocencio X.
Tapioles.
Periodista perro.
Soldado nazi 2.
Marchante 4.
Bufón. Jugador ajedrez.
Cirujano 1.
Especulador 2.

XEVI BOADA: Pichot.
Periodista 1 (New York Times).
Marioneta soldado alemán 2.
Periodista Juez 1.
Torero 1.
Kandinsky.
Soldado nazi 1.
Marchante 1.
Velázquez.
Cirujano 2.
Especulador 5.

SÍLVIA BROSSA: Enfermera.
RAMÓN FONTSERÉ: Dalí.

332

MINNIE MARX:	Nodriza.
	Periodista 5 (Der Spiegel).
	Marioneta soldado alemán 1.
	Periodista juez 2.
	Mondrian.
	Hitler.
	Nana Maribárbola.
	Especulador 3.
MONTSE PUIG:	Dalí niño.
	Miró niña.
	Monja enana.
DOLORS TUNEU:	Gala.
	Lorca.
	Menina.
JORDI RICO:	Fotógrafo, paparazzi.
	Periodista 2 (Le Monde).
	Marioneta soldado inglés.
	Torero 2.
	Falsificador.
	Europa.
	Marchante 2.
	Sepulturero 1 (Paco).
	Espadachín.
	Especulador 4.
PEP VILA:	Trabajador de mudanzas 2.
	Periodista 4 (Abc).
	Marioneta soldado francés.
	Periodista 6.
	Torero 3.
	Pollock.
	Accionista mayoritario.
	Mussolini.
	Marchante 3.
	Sepulturero 2 (Antonio).
	Tullido. Limpiabotas.
	Especulador 1.

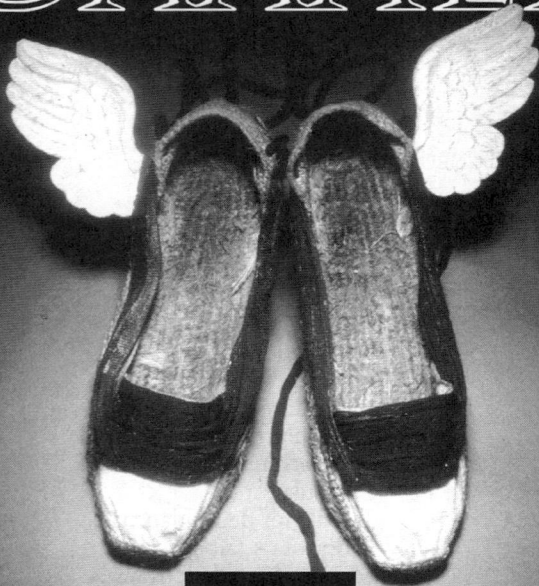

Escenografía
De la complejidad a la simplicidad[2]

En el centro de la escena un gran piano de cola, ligeramente inclinado, para dar la impresión de que su tapa está levantada.

El teclado está a la derecha del espectador.

Aparentemente un piano de cola normal. Las notas graves se hallan a la izquierda y las agudas a la derecha.

Pero la caja de resonancia mantiene la misma forma que un piano con el teclado a la izquierda.

Es un piano de cola con el teclado a la izquierda visto a través de un espejo.

Un piano imposible, surrealista.

Un piano daliniano[3].

---

[2] Esta frase, alterada, recuerda la escrita por Dalí en su ideario estético que tituló, hitlerianamente, *Mi lucha* y que dice así: «Contra la simplicidad por la complejidad.»

[3] El piano de cola en la cosmología daliniana es fundamental. Evoca los conciertos al aire libre que organizaba la familia Pichot y a los que Dalí asistía siendo niño. Su hermana Ana María recuerda que los Pichot colocaban el piano en una barca. También este instrumento musical alude al hecho de que Dalí culpaba a su padre de su impotencia, ya que éste colocó sobre el piano de la casa familiar un libro sobre enfermedades venéreas con repelentes dibujos de genitales femeninos que impresionaron vivamente a Dalí niño.

Un suelo rojizo, plano.

Un suelo de pizarra rojiza.

A la derecha se puede apreciar cómo la pata delantera del piano es un relieve de láminas de pizarra, que se degradan del rojo al marrón.

Si concretamos nuestra mirada, percibimos que el piano es la continuación de este relieve. Un piano que comienza con una rugosidad orgánica y acaba con una textura lisa y brillante del acabado de los pianos de cola.

Del suelo nace un piano de cola petrificado. Un capricho de la naturaleza que pretende reflejar las rocas del Cap de Creus tan cercanas a los recuerdos dalinianos[4].

El entorno del piano es oscuro. Detrás, y al fondo, una gran tela negra.

Aparentemente opaca.

Detrás de ella, una gran pantalla electrónica de cuatro metros por tres, que conectada a un ordenador, permite reproducir cuadros, fotografías e imágenes virtuales.

Sorprendentemente, la tela negra transparenta las imágenes que se reproducen en la pantalla, a pesar de la intensidad de luz que pueda existir sobre la escena.

Entre el piano y la tela negra sólo hay un paso.

En este espacio vacío hay un elevador, que, instalado a la parte derecha de detrás del piano, permite hacer aparecer y desaparecer a un actor.

Si un actor está de pie en este espacio, el piano le llega a la altura de la cintura.

Un actor situado sobre la plataforma del elevador tendrá que agacharse para no ser visto y estirarse o replegarse a medida que aparezca o desaparezca de escena, conservando su verticalidad para hacer creer que el actor siempre ha estado de pie, o lo que es lo mismo, que dé la sensación de que el actor sale de una trampilla del suelo del teatro.

---

[4] Indudable referencia a las caprichosas formas del paisaje de Creus que tanto influyeron en el pintor. El suelo de pizarra rojiza alude, también, al paisaje ampurdanés.

Una escenografía ilustrativa que esconde otra realidad.
Una escenografía que propone una doble imagen[5].
La verdadera forma se halla detrás de lo aparente.

---

[5] También llamada «imagen múltiple» y «anamorfosis». Dalí experimentó con los juegos ópticos y la percepción visual. El artista con sus deslizamientos visuales conseguía que una cosa se transformara en otra. La doble imagen le atraía especialmente. No hay que olvidar la influencia del teatro óptico del profesor Traiter que Dalí conoció siendo niño y que fue uno de los orígenes de su fascinación por la visión estereoscópica. Otra fuente se remonta a los años 20, cuando Dalí lee a Freud, quien, en su ensayo *Un recuerdo de infancia de Leonardo da Vinci,* analiza el cuadro *Santa Ana, la Virgen y el Niño* y descubre en los pliegues del vestido de la Virgen la imagen de un buitre.

DALÍ AGONIZANDO

Oscuro.

Bip característico de los impulsos del corazón escuchados a través de un monitor.

Se levanta el telón.

Un punto verde se mueve por el espacio oscuro de izquierda a derecha.

El movimiento es continuo y oscilante.

Un rayo de luz ilumina a DALÍ, *recortándolo en un rectángulo.*

DALÍ *agoniza en la cama de la Torre Galatea de Figueres[6]. Su mano tiembla debido al Parkinson[7].*

Una gran sábana le cubre.

El movimiento oscilante del punto verde nos indica que los ritmos del latido del corazón del paciente son estables.

Alrededor de la cama todo es penumbra y oscuridad.

Desde la cabecera de la cama, ANTONI PICHOT[8] *controla los movimientos de su amigo* SALVADOR.

---

[6] En 1984, Dalí se trasladó a la Torre Galatea, después del incendio del castillo de Púbol en donde residía. Parece ser que aquí fue trasladado desde el hospital de Figueres, en donde murió el 23 de enero de 1989, para ser embalsamado como Gala.

[7] El pintor desarrolló esta enfermedad. Gibson sugiere que los antidepresivos proporcionados sin control por Gala, agudizaron los temblores.

[8] El pintor Antoni Pichot Soler, hijo del violonchelista Ricard Pichot Gironés, nació en Figueres en 1924. Identificado con sus raíces, adoptó la forma catalana de su apellido «Pitxot». Conoció a Dalí en 1970 cuando éste visitó su taller atraído al enterarse de que hacía cuadros con las rocas de Creus. Llegó a ser una de las figuras clave del entorno Dalí, hombre de confianza y amigo.

DALÍ, *ansioso, emite unos sonidos incomprensibles*[9].

PICHOT, *la única persona que puede llegar a descifrar el balbuceo que* DALÍ *pronuncia, camina por delante de la cama y se dirige hacia la derecha de la habitación en busca de ayuda.*

Una enfermera sale a su encuentro. Hablan. Ambos se dirigen hacia la cama.

La enfermera va vestida de blanco. Comprueba el estado del enfermo y se va por donde ha venido a buscar un medicamento y un vaso de agua.

PICHOT *continúa al lado de su amigo e intenta descifrar lo que dice.*

En primer término, desde un pasillo de luz, se puede ver lo que imaginamos transcurre en el exterior: mientras DALÍ *agoniza, un trabajador de una empresa de mudanzas con bata azul transporta el cuadro «Dalí de espaldas pintando a Gala de espaldas»*[10]. *El trabajador entra por la derecha y desaparece por la izquierda.*

La enfermera vuelve a entrar y se dirige hacia el enfermo.

DALÍ.—*(A* PICHOT, *sin que se le entienda del todo.)* Tinc calor... tinc calor[11].

> *(Por la izquierda, un segundo trabajador transporta el cuadro «Galarina»*[12]. *Desaparece por la derecha.)*

DALÍ.—*(Insiste.)* Tinc calor... tinc calor.

> *(Cuando la enfermera llega al lado del enfermo,* PICHOT *le comenta que sería conveniente quitarle la sábana. La enfermera lo hace.)*

---

[9] Al final de sus días, el pintor presentaba graves problemas de pronunciación y expresión, por lo cual se le entendía muy mal.

[10] El título completo es: ... *eternizada por seis córneas virtuales, provisionalmente reflejadas en seis verdaderos espejos.* Cuadro pintado en 1972-1973. Señalemos que la maquinaria especulativa sobre la obra de Dalí no se detuvo ni en los últimos instantes de su muerte.

[11] *Tengo calor... tengo calor.*

[12] Pintado en 1944-1945.

(DALÍ *va vestido con una túnica blanca. Lleva el pelo largo y su característico bigote de largas puntas levantadas y engominadas*)[13].

(*La enfermera le quiere dar un vaso de agua, pero no lo consigue porque* DALÍ *vuelve a hablar.*)

DALÍ.—(*Sin que se le entienda del todo.*) Les espardenyes... les espardenyes...[14].

(*La enfermera recoge el vaso y le pone a* DALÍ *unas alpargatas. No las ata.*)

(*Por la derecha, el segundo trabajador transporta un nuevo cuadro: «Construcción blanda con judías hervidas-premonición de la guerra civil»*[15]. *Desaparece por la derecha cruzándose un «paparazzi», vestido como si fuese de cacería*)[16].

(*El «paparazzi», sin escrúpulos, hace una fotografía con flash*)[17].

(PICHOT, *al darse cuenta, va hacia él y, molesto, le invita a marcharse.*)

(*Por la izquierda el primer trabajador atraviesa el espacio en primer término y se marcha por la derecha. Va a buscar un nuevo cuadro para cargar.*)

---

[13] Dalí convirtió su bigote en un icono con mucha carga simbólica, como señala Laia Rosa Armengol. Incluso lo utilizó como pincel, como se ve en una de las fotos realizadas en 1954 por Philippe Halsman para el libro *Dalí's mustache.*

[14] *Las alpargatas... las alpargatas.* A Dalí le gustaba calzar alpargatas para mantener el contacto con la tierra.

[15] Pintado en 1936 y terminado seis meses antes de la guerra civil española.

[16] No hay duda de que la forma de vestir de los periodistas proyecta una carga satírica y caricaturesca sobre la prensa que estuvo a la caza y captura de la última instantánea de los Dalí. No hay que olvidar, por otro lado, que el pintor sostuvo una relación de necesidad con los medios de comunicación y que contribuyó a crear el mito públicamente conocido de genio histriónico y provocador.

[17] Gómez de Liaño cuenta en su libro *El camino de Dalí (Diario personal 1978-1989)* (Madrid, Siruela, 2003) que, a veces, los fotógrafos saltaban los muros del jardín de la casa de Dalí y esperaban agazapados a ver si salía el pintor para hacerle una foto.

(El paparazzi tiene la intención de irse, pero antes hace una segunda fotografía.)

(PICHOT, indignado, le obliga a marcharse. Lo hace por la derecha.)

(La enfermera una vez ha terminado de ponerle las alpargatas a DALÍ, le da a beber del vaso. DALÍ bebe.)

(La enfermera se dirige hacia PICHOT. Se encuentran a medio camino. PICHOT le da una caja de pastillas y se va por la izquierda. La enfermera vuelve al lado del enfermo.)

(El primer trabajador atraviesa el espacio con dos cuadros: «El gran masturbador»[18] y «Fuente necrofílica manando de un piano de cola»)[19].

(DALÍ comienza a delirar.)

(La enfermera se dirige hacia la derecha por delante del enfermo. Lleva en la mano un vaso de agua y en la otra una pequeña botella con cuentagotas.)

(DALÍ, en su delirio, alarga su brazo como si quisiera coger alguna cosa. Emite un ligero grito agónico prolongado mientras se va incorporando.)

(El bip para.
La enfermera congela su acción y se detiene completamente en la mitad de un paso a medio realizar.
El tiempo parece suspendido.
Se oyen los primeros compases del preludio de «Lohengrin» de Wagner[20].
DALÍ intenta asir algo etéreo con su mano.

---

[18] Pintado en 1929, poco antes de conocer a Gala.

[19] Pintado en 1933, variación del tema realizado en 1932-1933, *Las misteriosas fuentes de la armonía*.

[20] Richard Wagner: compositor alemán (1813-1883); *Lohengrin* (1850), ópera romántica en tres actos.

*En el fondo, tras la horizontal del piano aparece la cabeza de
un chiquillo. Es el propio* DALÍ, *cuando era niño.*
DALÍ *quiere atrapar la visión.*
Es un delirio viviente.
Silencio.)

CUADRO 2
SALVADOR DALÍ, ESPECTADOR
DE UN RECUERDO DE INFANCIA

DALÍ NIÑO *lanza una pelota al aire.*

La coge, y, jugando, la desliza por el teclado del piano.

*A medida que la pelota corre por el teclado, se va iluminando len-
tamente la escena.*

*Un piano de cola petrificado se hace presente. Su teclado está a la
derecha.*

La luz nos deja ver a DALÍ NIÑO *vestido con una chaqueta marinera, y a la enfermera, a la izquierda del piano, caminando tan lentamente que no se puede percibir su movimiento*[21].

Un tiempo real, concretado en un DALÍ *agonizante en la cama y
en una enfermera que avanza imperceptiblemente, y a la vez, un
tiempo de ficción, el de las situaciones que* DALÍ *irá evocando durante su agonía.*

*El tiempo real, la atmósfera ingrávida, y el tiempo de las imágenes
delirantes; onírico, surreal.*

DALÍ *se levanta de la cama, al fondo izquierdo del piano, y se sitúa
en el centro, adoptando una actitud teatral, singularmente daliniana.*

*Se observa a sí mismo, convirtiéndose en espectador de un re-
cuerdo de su infancia. Tiene a su lado un bastón inglés con el puño
de plata*[22].

---

[21] Como explica Boadella, esta solución dramatúrgica permite entrar en el
delirio agónico de Dalí y elaborar desde este bucle temporal, que en realidad
se produciría en décimas de segundo, todo el contenido narrativo de la obra.
La presencia de la enfermera, con su acción casi imperceptible, nos está señalando el tiempo real como límite del tiempo teatral.

[22] Es conocida la fascinación que Dalí sentía por los bastones. Los usó
muy tempranamente y su imagen pública está asociada a ellos. Los periodistas
insistían en la variedad y rareza de los múltiples bastones que utilizaba. Se
convirtieron en un objeto de significado ritual. Para Laia Rosa Armengol, son
una metáfora del cetro.

Antes de que la pelota caiga sobre el teclado, DALÍ NIÑO *la coge e, impulsivamente, la aprieta contra su pecho. La palpa. Es blanda como un pecho.*

Por alguna razón, lo que acaba de hacer lo relaciona con alguien.

Mira hacia la izquierda imaginando que este alguien entrará por allí, y sin poder contener el placer que le provoca este imaginario, se coloca la pelota por dentro de la chaqueta y fantasea tocar el pecho de una mujer. La estruja con fuerza.

De golpe, como iluminado, saca la pelota de la marinera y comienza a maquinar la mejor manera para satisfacer un placer clandestino sin errores.

Prepara su estrategia meticulosamente. Mira nuevamente hacia la izquierda y corre con la pelota hacia allí. La deja en el suelo en el punto que cree exacto. Mira a izquierda y a derecha para corroborar que la distancia es la adecuada y se dirige hacia el teclado. Se esconde debajo de él y comprueba si desde su escondite ve la pelota con claridad. No lo cree así. Se levanta y, meticuloso, calcula los pasos que hay entre el teclado y la pelota: uno, dos, tres... Coloca la pelota un paso hacia atrás y mira hacia el escondite. Considera que, ahora, la pelota ya está en el lugar preciso. La coge y se abre de piernas. Orina en el punto exacto en el que se hallaba la pelota. Su pipí es una larga cinta amarilla que cae con fluidez desde su bragueta. No deja de mirar hacia la izquierda, no le fuesen a sorprender antes de acabar la tarea. Camina hacia la izquierda y, ahora sí, teniéndolo todo preparado empieza a poner en práctica lo que ha estado cavilando. Corre hacia el teclado, saltando el charco de pipí, y con la pelota en la mano toca el piano. Toca el «Adagio Cantábile» de Beethoven[23]. Pero no teniendo una visibilidad precisa, se sube encima del teclado y toca con los pies.

Por la izquierda, al oír la música, entra la NODRIZA[24] *de* DALÍ NIÑO; *una mujer bien entrada en años que camina cojeando. Lleva un vestido con un gran escote que deja entrever un par de grandes pechos muy apretados. Se para sobre la meada sin darse cuenta. Riñe a*

---

[23] Beethoven: compositor alemán (1770-1827).
[24] Llamada Llúcia y que fascinó al pintor debido a su gran tamaño. Hay que tener en cuenta que la figura de la nodriza aparece en algunos cuadros como motivo secundario.

344

DALÍ NIÑO, *que salta del piano y se agazapa en su escondite para ejercer de «voyeur»*[25].

La música no deja de oírse, aunque nadie toque el piano.

Cuando la NODRIZA *quiere marcharse, se percata de que está pisando el pipí. Enfadada, sale por donde ha venido.*

DALÍ NIÑO *se ríe. Todo funciona como él había previsto. Se coloca la pelota en el pecho y la manosea.*

La NODRIZA *vuelve con un cubo y una bayeta. Se agacha. Se coloca bien los pechos y limpia el pipí. Es el momento que* DALÍ NIÑO *estaba esperando. La* NODRIZA *limpia el suelo con fuerza y eso provoca que sus grandes pechos se muevan al unísono con ritmo.* DALÍ *se acerca a la* NODRIZA *andando a gatas, intentando no ser descubierto, para poder verle mejor los pechos. Mueve la pelota con placer como si fuese uno de los pechos de la* NODRIZA. *Ésta acaba de limpiar el pipí.*

Introduce la bayeta dentro del cubo, se coloca bien los pechos, se levanta y se marcha por la izquierda.

Comienza para DALÍ *el momento más esperado: el de poder representar lo que ha visto. Se dirige hacia la izquierda con la pelota en el pecho. Entra cojo como si llevase un cubo, se agacha, se coloca bien la pelota y frota. Mueve la pelota con placer recordando los pechos de la* NODRIZA *y excitado, se acaricia frenéticamente el cuerpo con ella. Vuelve a frotar y a refregarse para acabar colocando la pelota en el suelo y su cuerpo encima de ella. Impulsivo, y apoyando las manos en el suelo, simula un coito. Exaltado, se levanta de golpe.*

DALÍ NIÑO.—*(Satisfecho, lanzando la pelota al aire y cogiéndola de nuevo.)* ¡Kikiriquííííí...!

DALÍ.—¡Kikiriquí, kiriquííííí...!

> *(Por detrás del piano se oye el graznido de unos cuervos confundiéndose con los kikiriquís.)*

> (DALÍ NIÑO *se marcha asustado por la izquierda.*)

---

[25] Muchos estudiosos han señalado la importancia del *voyeurismo* en la sexualidad del artista como única manera de llegar al orgasmo. Parece ser que uno de los actos preferidos del pintor en las fiestas que organizaba, era dirigir las actitudes de los implicados en las orgías eróticas. Disfrutaba mirando y observándolos en el momento previo al coito.

CUADRO 3
EL GREMIO DE LA COLIFLOR

El graznido de los cuervos se hace cada vez más presente.
    Un HERMANO DE LA SALLE[26] *aparece por detrás del piano otea la situación y se esconde de nuevo. Antes de desaparecer, mira instintivamente a la derecha y a la izquierda. Su gestualidad y su voz es como la de un cuervo. Un segundo* HERMANO DE LA SALLE *imita al primero. Y un tercero imita a los otros dos.*
    A los ojos de DALÍ, *estos cuervos no son nada más que periodistas vestidos de* HERMANOS DE LA SALLE[27].

PERIODISTA HERMANO 3.—*(Mientras sale de detrás del piano para volverse a esconder.)* RAI, RAI[28].

PERIODISTA HERMANO 1.—*(Saliendo de detrás del piano con un micrófono de jirafa y sin esconderse.)* New York Times[29].

PERIODISTA HERMANO 2.—*(Con un micrófono verde.)* Le Monde[30].

PERIODISTA HERMANO 4.—*(Con un micrófono verde.)* ABC.

PERIODISTA HERMANO 3.—*(Con una cámara de televisión de madera.)* RAI, RAI.

PERIODISTA HERMANO 5.—*(Con un micrófono verde.)* Der Spiegel[31].

---

[26] En los años de infancia (1910), Dalí estudió en el colegio de La Salle.
[27] Boadella también aprovecha las posibilidades de la doble imagen daliniana.
[28] Acrónimo de Radio Televisión Italiana, fundada el 3 de enero de 1954.
[29] Periódico americano fundado en 1851 por Henry Raymond y Georges Jones.
[30] Quizás el periódico francés más internacional. Fundado por Hubert Beuve-Mèry (1902-1989).
[31] Semanario alemán fundado por Rudolf Augstein (1924-2002) y que surge en la posguerra (1947) como versión alemana de los magazines norteamericanos. Este semanario es conocido por su periodismo de investigación y crítica.

(Todos los periodistas hacen una pregunta a DALÍ *a la vez.* DALÍ *no responde. Los periodistas repiten la misma pregunta con rapidez, pero sin atropellarse.)*

PERIODISTA HERMANO 4.—Maestro, ¿la muerte es para usted como un pájaro negro o como un reloj blando?[32].

PERIODISTA HERMANO 1.—Does Dalí love money or does money love Dalí?

PERIODISTA HERMANO 2.—Quelle est la différence entre Picasso et Dalí?

PERIODISTA HERMANO 3.—Maestro, voi si considera ancora un surrealista?

PERIODISTA HERMANO 5.—Sind alle genies impotent?[33].

PERIODISTA HERMANO 4.—¿Su relación con García Lorca fue más allá de la amistad?[34].

PERIODISTA HERMANO 1.—Mr. Dalí, are you afraid of death?[35].

PERIODISTA HERMANO 2.—Dalí et folie, c'est la même chose?

PERIODISTA HERMANO 3.—El divino Dalí si torna místico?[36].

PERIODISTA HERMANO 5.—Her Dalí, was ware Dali ohne Gala?[37].

---

[32] Los mencionados relojes harán su debut en el cuadro *La persistencia de la memoria* (1931). Dalí ha contado que la creación de los famosos relojes tuvo que ver con la ingestión de un trozo de queso Camembert, especialmente fuerte. Pronto proliferaron en su obra y tendrían un gran impacto filosófico y estético dentro del surrealismo, ya que se relacionaban con dos conceptos: la relatividad temporal y la estética de lo blando y de lo duro.

[33] *¿Todos los genios son impotentes?*, véanse notas 3 y 25.

[34] Alusión a la posible relación homosexual con el poeta granadino.

[35] *¿Le teme a la muerte?* Efectivamente, Dalí le tenía pánico. No hay que olvidar que el artista nació al poco tiempo de la traumática muerte de su primer hermano.

[36] Influido por la explosión de la bomba atómica en 1945, Dalí publicó su *Manifiesto místico* (1951), en el que explica cómo puede volverse místico un artista y en qué consiste esa nueva manera de pintar.

[37] *¿Qué sería de Dalí sin Gala?*

DALÍ.—*(Al* PERIODISTA 5.) Usted, áteme las espardenyes, porque sin mi esposa Gala soy un auténtico desastre.

(El PERIODISTA 5 *se acerca a* DALÍ *y le ata rápidamente las alpargatas. Los* PERIODISTAS 2 *y* 3 *corren hacia delante del piano para tener también el privilegio de atar las alpargatas a* DALÍ, *pero no lo consiguen porque cuando llegan, las alpargatas ya están atadas. Esto hace que los dos se enzarcen en una disputa con el* PERIODISTA 5. *Graznan)*[38].

DALÍ.—*(Efusivo.)* ¡Muy bien! ¡Perfecto! *(Poniéndose de pie sobre el piano, y jugando siempre con su bastón, respondiendo a una pregunta que ningún periodista le ha hecho.* DALÍ, *a menudo, fracciona las palabras, se recrea en alguna sílaba, alargando letras haciendo eco.)* Good mooorning! Bon jourrr! Today start again probably and miraculously... *(Baja del piano. Los periodistas le siguen con los micrófonos.)* I sheaf one master piece in three or four next hours... *(alargando la ese)* sssss...[39].

(Con un cambio de ritmo muy teatral, DALÍ *provoca a los periodistas dirigiéndose hacia ellos. Los periodistas se alejan para protegerse de las reacciones impulsivas e imprevistas de un* DALÍ *con un bastón en la mano.* DALÍ *continúa la frase. El* PERIODISTA 3, *sin miedo, sortea a sus colegas y se acerca a* DALÍ *con la cámara de televisión. Esta maniobra no gusta al resto de periodistas.)*

DALÍ.—... sss of time... immm... imm. Butterfly... iiiiiiiiiiiiii![40].

---

[38] Nueva carga satírico-animalizadora contra la prensa que no respetó ni los últimos momentos del pintor.

[39] Dalí tenía una especial y teatral manera de hablar, lo cual formaba parte de su representación cuando aparecía en público. No respetaba las normas académicas cuando escribía. Le gustaba mezclar diferentes idiomas y usaba una entonación particular, enfatizando el sonido de determinados fonemas, alargando el de algunas letras y pronunciando exageradamente la división silábica.

[40] Véase nota anterior.

(DALÍ *se dirige hacia el piano. Todos los periodistas quieren la exclusiva, pero en lugar de avanzar se enzarzan en una pelea. Graznan. La pelea va a más. Un montón de plumas surge del alborotado grupo de periodistas.*

DALÍ *se dirige hacia ellos, pero nadie le hace el más mínimo caso. Se vuelve a dirigir hacia el piano y, para llamar la atención, toca el himno nacional español. Pero no surte efecto.* DALÍ, *que no soporta no ser el protagonista, prueba otra táctica para hacerse notar.)*

DALÍ.—*(Frotándose los ojos con las manos para provocar una nueva visión.)* ¡Federico! ¡Fe-de-ri-co![41].

(DALÍ *se quita las manos de los ojos. Por la derecha entra* FEDERICO GARCÍA LORCA.

Silencio.

La visión que DALÍ *tiene de* LORCA *es la de su mujer.* GALA *vestida con una larga capa de guardia civil y tricornio[42].*

Todos los periodistas observan desconcertados al ambiguo personaje.

LORCA-GALA, *con autoridad, señala las plumas que hay en el suelo y obliga con un gesto a que las recojan. Lo hacen.* LORCA-GALA *se dispone a marchar. El* PERIODISTA 1 *le sigue con el largo micrófono de jirafa con protección verde.)*

PERIODISTA HERMANO 1.—*(Con acento mexicano.)* Oiga usted, señor Lorca, ¿es cierto que se defeca cuando te fusilan?...[43]. *(Ante una pregunta tan provocadora,* LORCA-GALA *se*

---

[41] Referencia al escritor Federico García Lorca (1898-1936), que aparecerá obsesivamente en muchos cuadros de Dalí en torno a 1925.

[42] Boadella aprovecha la idea de la imagen doble y se produce una asociación surrealista por metonimia con la Guardia Civil, cuerpo odiado por el poeta granadino, con Gala y el escritor. Dalí definió así la imagen doble: «La representación de un objeto que sin la menor modificación figurativa o anatómica, es al mismo tiempo la representación de otro objeto absolutamente diferente.» Boadella usará profusamente este recurso en esta obra.

[43] García Lorca fue asesinado en los primeros momentos del Alzamiento Nacional y de la rebelión militar, véase nota 41.

vuelve contenido hacia él con la intención de intimidarlo pero no lo consigue.) Y dígame usted, ¿cómo se puede ser víctima y verdugo a la vez?

(LORCA-GALA, *arrogante, y encontrándose con el micrófono de jirafa delante de su boca, opta por responderle mordiendo la protección verde del micrófono, arrancándola y escupiéndola en el suelo.)*

PERIODISTA HERMANO 1.—*(Recogiendo la protección.)* ¡Qué mala leche tiene la señora Dalí![44]

(Los otros periodistas le dan la razón.)

LORCA.—*(Aproximándose a* DALÍ. *Con voz muy dulce, ocultando la agresividad de* GALA.)

¡Oh Salvador Dalí
de frente aceitunada,
voz de clavel varonil,
pincel de alma cortada,
zapatos color corinto
y medallones de marfil![45]

DALÍ.—*(Sobre el piano con complacencia.)* ¡Qué ja-po-ne-si-to[46] cho-co-la-te Suchard y agua de Lanjarón que eras, Fe-de-riiiii-co!

(LORCA-GALA *se marcha por la derecha.)*

PERIODISTA HERMANO 1.—*(Refiriéndose a una* GALA *vestida de guardia civil y tratada como si fuese* LORCA.) Oiga Maestro, no entendí... *(Los otros periodistas, que se encuentran embelesados, reaccionan ante la pregunta de su compañero y corren hacia* DALÍ

---

[44] Son muchos los testimonios que hablan del mal genio de Gala.

[45] Este poema recuerda la «Oda a Salvador Dalí», compuesta por Lorca en 1926. El primer verso del original dice: «¡Oh Salvador Dalí, de voz aceitunada!» Los versos 3, 5 y 6 pertenecen a la composición lorquiana «Muerte de Antonio el Camborio», contenida en el *Romancero gitano* (1924-1927).

[46] Lorca y Dalí usaban entre ellos el diminutivo afectivo.

con los «micros» en la mano.) ... ¿Cómo se explica usted esta fusión de contrarios?

DALÍ.—(Clarividente.) ¡Aaaaah! Pero eso es el síndrome de Granada que alguns afrancesats, naturalment snobs, anomenen el síndrome de Estocolmo, que quiere decir e-xac-tamente la forma como Federico García Lorca se funde to-tal-men-te en la personalidad de sus verdugos en un acto de amor ho-mo-ne-crò-fí-li-co. Además, aquí en España hay una copla muy bonita que explica perfectamente esta patología, que dice... (Canta desafinando.) «Soy el noooooovio de la muerte-e-e-ee-ee-eeee»[47], que es una de las cosas más carpetovetónicas y más trajanas de la península Ibérica.

PERIODISTA HERMANO 4.—Perdoni Mestre, però és cert que vostè baveja[48] de plaer quan pinta?

DALÍ.—(Bajando del piano de un salto, y dirigiéndose hacia los periodistas, hace que éstos caminen en grupo y de espaldas, manteniendo los micrófonos cerca de DALÍ para no perderse nada de lo que dice.) ¡No só-lo ba-be-o[49]....... (DALÍ hace una pequeña pausa antes de continuar su explicación. En esta espera los periodistas sienten una gran excitación que manifiestan sacando la lengua como perros que esperan la comida de su amo) ... sino que cuando las moscas acuden a libar mi baba, siento un placer hipersibarítico, por eso siempre digo, naturalmente, lo de Jesucristo, que era divino[50] como yo: Dejad que las moscas se acerquen a mí[51].

---

[47] Referencia al himno necrofílico de La Legión.

[48] *Oiga, maestro, ¿es cierto que usted babea de placer cuando pinta?*

[49] Afirmación sostenida por Dalí. En su libro *Diario de un genio* (Barcelona, Tusquets, 2004) escribió: «Sí, durmiendo y pintando babeo de placer.» Hay que matizar que las babas para el pintor no constituyen algo viscoso, sino que tienen una connotación positiva, consecuencia de una satisfacción.

[50] Dalí exigía ser llamado así por su corte de seguidores, ya que estaba convencido de su capacidad mesiánica y de haber salvado al mundo con su pintura.

[51] Clara ruptura de sentido de la frase de Jesucristo: *Dejad que los niños se acerquen a mí.* La alusión a las moscas es importante, pues constituyen, como sostiene Laia Rosa Armengol, un elemento orgánico capaz de suscitar curiosas y originales ideas, siempre ligado a la capacidad creativa del artista. De hecho, hay una fotografía realizada en 1954 por Philippe Halsman en la que se ve una mosca atrapada en el bigote de Dalí impregnado de miel. La idea es

Periodista Hermano 3.—Il divino Dalí crede en qüalcuna cosa?

Dalí.—Todo el mundo sabe que soy... abro paréntesis... *(los periodistas esperan la respuesta que tarda en llegar. Esto provoca una segunda excitación)* ... apostolic... *(Los periodistas escriben rápido la respuesta utilizando su cuello de* Hermanos de la Salle *como un bloc de notas.)* ... Roman catholic monarchist[52] and half Rumanian[53] y por ello mi *única* deseo es dialogar fanáticamente con el Papa.

Periodista Hermano 2.—De quel Pape parlez vous?

Dalí.—Concrètement avec le Pape... *(Pausa larga.* Dalí *se hace esperar. Impaciencia del grupo de periodistas. Placer y excitación máxima.)* Spécifiquement avec le Pape Inocencio Dix[54], parce que il a été le Pape de meilleur qualité du monde. *(La respuesta de* Dalí *no ha gustado a los periodistas, que decepcionados por la ocurrencia poco ingeniosa por incoherente de* Dalí, *ríen disimuladamente.)* Bueno, como veo que estoy rodeado de gente estúpida e ignorante, incapaces de comprender diré... *(los periodistas se sienten molestos por los insultos y, no queriendo saber nada más de* Dalí, *se dirigen en grupo hacia la izquierda con la intención de marcharse.* Dalí, *sin hacer mucho caso a la reacción de los periodistas, se sienta sobre el piano, al lado del teclado, y continúa su discurso)* ... para concluir diré, que ese Papa es el Papa de mayor calidad que existe ya que fue inmortalizado por el pintor de pintores don Diego de Silva Velázquez. Els deixo amb la seva ig-

---

que las moscas se sentirían atraídas *ante la posibilidad de libar en el mostacho del artista.*

[52] Dalí llegó a sentir adoración por la monarquía. Dos reyes le subyugaron especialmente: Felipe IV, por sus bigotes, y Luis II de Baviera, por sus excesos eróticos. Gibson cuenta que la visita que realizó Alfonso XIII a la Escuela Especial de Pintura, Escultura y Grabado en la que estudiaba Dalí causó a éste un profundo impacto, debido al desenfado del monarca. El 23 de marzo de 1923 marcará el comienzo de la paulatina conversión del artista a la causa monárquica. A los nacionalistas catalanes esto les disgustaba.

[53] Dalí se inventó una ascendencia exótica a partir de sus rasgos físicos. Jugó con los dos adjetivos «rumano» y «romano» en el sentido católico.

[54] Papa pintado por Velázquez (1599-1660) con tal perfección que se dice que el pontífice al verlo exclamó: «Tropo vero.»

norància i el meu despreci legítim[55]. *(Los periodistas se sienten excesivamente provocados, y todos, como si tuviesen un trozo de limón entre la lengua y el paladar, se detienen de golpe y se unen formando una piña indestructible.)* ¡Ah, sí! ¡Sí! ¡Sí, sí! ¡Quietos! Don't move! *(Resaltando que todos los periodistas están comprimidos como una coliflor.)* Es la imagen que me gusta más del mundo; es la coliflor sublime[56] que representa la indivisibilidad gremial de las chinches periodísticas y putrefactas, cuya contemplació em fa trempar com un bacó[57]. *(Ante la provocación no hay ninguna reacción de los periodistas.)* Bueno, tampoco se lo tienen que tomar de esa manera porque mis declaraciones son apolíticas y paranoicas. ¡Totalment! O sea que, bonjour. *(No hay ninguna respuesta de los periodistas.)* ¡Bonjour rrr rrrrr rrrrrrr![58] t.t.t.t.t.t.t. *(DALÍ, al comprobar que el grupo de periodistas se ha cerrado en banda y lo ignora, intenta destruirlo. DALÍ se esfuerza por excluir del grupo al PERIODISTA 3. Lo consigue estirándolo del brazo con el que sostiene la cámara. El periodista se queja. DALÍ aprovecha la ocasión para exhibirse y mira por el objetivo de la cámara. Por la pantalla negra del fondo se puede ver cómo el objetivo de la cámara sigue el ojo y la cara de DALÍ. Cuando considera acabado el juego da un empujón al periodista y lo separa completamente del grupo. El periodista da vueltas buscando a sus compañeros. Llora. Se siente perdido sin la protección de los demás. DALÍ coge al PERIODISTA 4 y habla en su micrófono. Impulsivo.)* ¡El surrealismo soy yo![59]. *(Da un empujón al PERIODISTA 4 y lo deja llorando, solo, mientras busca la protección de los demás.*

---

[55] «Les dejo con su ignorancia y mi desprecio legítimo.» Dalí despreció profundamente la incultura de los periodistas.

[56] Referido a la imagen surrealista que forman el conjunto de micrófonos que puede parecer una coliflor y que tiene que ver con la imagen doble. Dalí declaró que en la coliflor había encontrado, juntamente con el cuerno de rinoceronte, que tenía la curva «más tirante de las creaciones cósmicas [...] Cada floración de coliflor conlleva centenares de cuernos de rinocerontes. Es la apoteosis del poder paranoico que se encuentra en la coliflor» (Ri͟͟rd Mas, *La vida pública de Salvador Dalí a través de sus mejores entrevistas*, Barc͟͟na, Parsifal, 2004, pág. 127).

[57] *Me la pone dura.*

[58] Véase nota 39.

[59] *Boutade* pronunciada por Dalí cuando fue expulsado del movimiento surrealista en 1934.

Hace lo mismo con el PERIODISTA 2. *Grandilocuente.)* ¡Bretón[60],
cabrón!... *(Repite la misma acción con el* PERIODISTA 5.) Soy im-
poteeeeeenteeeeeeee. *(Colocándose debajo del «micro» de jirafa del*
PERIODISTA 1, *entra en tránsito.)* Una polla xica, pica, pallarica,
cama torta i bacarica va tenir sis polls xics, pics, pallarics, cama
torts i bacarics. Si la polla no hagués tingut sis polls xics, pics,
pallarics...[61]. *(Mientras* DALÍ *dice el trabalenguas, los periodistas se
buscan, llorando, hasta que se encuentran y se reagrupan de nuevo.)*
Bueno, tampoco pretendía la destrucción de la coliflor gremial. *(Los periodistas continúan en silencio ignorando a* DALÍ, *que
para hacerlos reaccionar, canta.)* Jo te l'encendré lo tiu tiu fresc.
Jo te l'encendré lo tio de paper. Tu me l'encendràs...[62].

> (DALÍ *observa a la enfermera, que durante todo este tiempo ha
> llegado a avanzar hasta el teclado del piano.
> Al verla, la visión de* DALÍ *se desvanece.
> La escena se va oscureciendo.
> Da la sensación de que se regresará a la realidad de la Torre
> Galatea.
> La enfermera se da la vuelta y dirige la mirada hacia la cama
> de* DALÍ, *al fondo a la izquierda del piano. Ella, únicamente
> ella, le ve agonizando.
> Desde la pantalla negra se puede ver el punto verde del moni-
> tor. Se oye su bip.)*

---

[60] André Breton: escritor francés (1896-1966) creador del surrealismo en 1924.
Dalí ingresó en el movimiento en un momento de crisis de esta vanguardia y Breton estimó el entusiasmo fanático del pintor hacia esta tendencia. La posterior evolución ideológica del artista y determinadas actitudes los distanciaron
—en 1952 es obvio—, hasta el punto de que Dalí fue expulsado. En 1939, Gala
confesaba mezquindades de Breton porque (lo cuenta Gómez de Liaño), no les
devolvió una carpeta llena de maravillosos dibujos que confiaron a su tutela
cuando se marcharon a América y que Breton fue vendiendo.
[61] Trabalenguas catalán que cuenta cómo una gallina transmite sus defectos y virtudes a los polluelos que engendra. Dalí lo consideraba como una primera formulación de la herencia genética.
[62] En la Cataluña francesa, con motivo del Carnaval, se realiza un baile popular en el que se canta esta estrofa acompañada de un ritual pagano. Parece
ser que se trata de una celebración del Año Nuevo según el calendario romano. El «tio» es un trozo de papel, a veces una rama, que el personaje principal
del ritual lleva atado al trasero.

DALÍ.—*(Rememorando un momento a su madre. Su voz reverbera, transportándonos nuevamente a la nostalgia de su infancia.)* Reiet... què vols per berenar?... Pa amb pipí i xocolata[63]. *(De golpe canta la salve, alargando lentamente las vocales.)* Salve Regina.

(Mientras dura este canto, DALÍ inicia otro episodio de su infancia.
El bip y el sonido que lo acompaña desaparecen.
La enfermera retoma su trayecto hacia la salida de la derecha. De nuevo parece inmóvil.
DALÍ NIÑO aparece por la izquierda y continúa cantando la Salve en donde DALÍ la ha dejado.
Los periodistas le acercan sus «micros» mientras sacan la lengua como perros.)

DALÍ NIÑO.—... Mater misericordiae,
        Vita, dulcedo, et spes nostra, salve.
        Ad te clamamus gementes et flentes.
        Ad te suspiramus in hac lacrymarum valle[64].

(Mientras DALÍ NIÑO canta, el PERIODISTA 2 le ofrece la mano para que la bese[65].
DALÍ NIÑO no lo hace, y el PERIODISTA 2 se marcha por la izquierda.
El PERIODISTA 4 también le ofrece la mano. DALÍ NIÑO también se la niega. El PERIODISTA 4 se sienta con el micrófono al extremo izquierdo del piano. Cuando el PERIODISTA 3 le ofrece la mano, éste coge la cabeza de DALÍ NIÑO y refriega sus labios contra ella, obligándole a besarla. Después se sienta a la derecha del PERIODISTA 4.
Mientras, los PERIODISTAS 1 y 5 han subido encima del piano y se han situado al fondo de éste.

---

[63] *¿Qué quieres para merendar? Pan con pipí y chocolate.* No se olvide la importancia que tendrá en Dalí lo escatológico y que es en 1929 cuando sus cuadros comienzan a poblarse de este tipo de elementos de una forma generalizada.

[64] *... Madre misericordiosa, vida, dulzura y esperanza nuestra, salve. A ti clamamos gimiendo y llorando. A ti suspiramos en este valle de lágrimas.*

[65] Se trata del besamanos. Fórmula de reverencia hacia los religiosos actualmente en desuso.

El PERIODISTA 5 *se ha levantado la sotana y enseña las piernas. En la rodilla izquierda lleva una venda sangrienta.*

Detrás de él se ha situado el PERIODISTA 1, *que estira los brazos a lo largo del micrófono de jirafa.*

El PERIODISTA 5 *ha cogido, de detrás del piano, el cuadro del «Ángelus» de Millet*[66] *y, sin que se le vean las manos, se lo ha puesto por delante de la cara.*

Los dos periodistas han conformado una sola figura, la de Jesucristo crucificado.

DALÍ, *que se ha ido situando en el extremo derecho del piano, ve ahora a los periodistas como* HERMANOS DE LA SALLE, *y a él mismo, de niño, en la escuela a punto de pasar un examen-interrogatorio.)*

CUADRO 4
EL ÁNGELUS DE MILLET EN EL COLEGIO[67]

HERMANO 4.—*(Sentado en la izquierda del piano.)* ¡Ave María purísima!

DALÍ NIÑO.—Sin pescado corrompida[68].

HERMANO 3.—*(Sentándose a la derecha del* HERMANO 4.) Gloria in excelsis Deo.

DALÍ NIÑO.—Alambrado sea Dios.

HERMANO 4.—Díganos, ¿cuál es la velocidad de la luz?

DALÍ NIÑO.—El tiempo que tardó Claude Monet[69] en pintar los cuatro cuadros de la catedral de Rouen.

---

[66] Referencia al cuadro del pintor francés Jean François Millet (1814-1875) *El Ángelus* (1859), que suscitó en Dalí, como señala Gibson, *una oscura angustia*, tan aguda que el recuerdo de las dos siluetas le perseguiría durante años. En 1929, al ver otra reproducción del mismo cuadro, le produjo la misma inquietud. Dalí exploró esta tela en múltiples obras. La primera referencia pictórica aparece en *Monumento imperial a la mujer niña* (1929). Escribió el ensayo *Interpretación paranoico-crítica de la imagen obsesiva del Ángelus de Millet*. Y *El mito trágico del Ángelus de Millet* (1963).

[67] Fue en el colegio de La Salle de Figueres en donde vio por primera vez una reproducción del cuadro.

[68] Toda la letanía que sigue está basada en el juego, la ruptura de sentido y en la provocación, con el fin de acentuar el juego surrealista.

[69] Claude Monet: pintor impresionista francés (1840-1926). El cuadro *La catedral de Rouen* (1891-1895) tiene que ver con el periodo en el que el artista pintaba el mismo tema en distintos momentos del día.

HERMANO 3.—¡Impertinente!

HERMANO 4.—¿Por qué decimos que la Virgen María es inmaculada?

DALÍ NIÑO.—Se llama así desde que la pintó Murillo[70].

HERMANO 3.—¡Zoquete!

HERMANO 4.—¿El Papa es infalible?

DALÍ NIÑO.—*(Dirigiéndose hacia el piano.)* Sí, perquè el meu
papà és notari[71].

> *(DALÍ NIÑO sube encima del piano y se acerca a la imagen de*
> *Cristo crucificado.)*

HERMANOS 3 y 4.—¡Qué burro es Dalí!

> *(Silencio.*
> DALÍ NIÑO *observa el cuadro y acaricia, queriendo saber, por*
> *lo que tiene de inquietante, de qué está hecho aquello que le ha*
> *llamado tanto la atención.*
> *Mientras, los dos hermanos acarician el micrófono como si se*
> *tratase de un enorme falo. Se miran y se insinúan.*
> *De golpe,* DALÍ NIÑO *se fija en alguna cosa que está escrita en*
> *la parte derecha del cuadro.)*

DALÍ NIÑO.—*(Leyendo la firma del cuadro.)* El Án-ge-lus. Millet.
(Haciendo un descubrimiento.) ¡Millet!

> *(DALÍ NIÑO se fija ahora en la rodilla sangrante de Cristo. Le*
> *toca delicadamente.)*

CRISTO.—*(Antes* PERIODISTA 1.) Salvador, ¡de rodillas!

> *(La voz de Cristo retumba.*
> DALÍ NIÑO *al sentirse descubierto, se asusta y baja corriendo*
> *del piano. Se sitúa de rodillas ante los* HERMANOS DE LA
> SALLE, *que aún acarician el micrófono.)*

---

[70] Pintor español (1617 o 1618-1682). El cuadro es *La Ascensión de la Virgen Inmaculada.*

[71] Juego de palabras: *Sí, porque mi papá es notario.* Efectivamente lo era.

CRISTO.—¿Dalí cree en mí... *(imita el eco)* mí... mí...?

DALÍ NIÑO.—*(Imitando el eco.)* Sí... sí... sí...

HERMANO 3.—*(Continuando el examen.)* ¿Cuáles son los afluentes del Duero, por la derecha?

HERMANO 4.—¿Cuántos decámetros son un kilómetro?

(Los HERMANOS se agachan despacio deslizándose por el piano. Se colocan en posición de defecar.)

HERMANO 3.—*(Empujando con fuerza.)* ¿Has sentido la llamada del Señor?

HERMANO 4.—*(Empujando con fuerza.)* ¿Qué es la eternidad?

DALÍ NIÑO.—Leonardo[72].

HERMANO 3.—¿Qué es la Nada?

(Los HERMANOS, sentados, han defecado y sienten un gran placer.)

DALÍ NIÑO.—Rafael[73].

HERMANO 4.—¿Con qué limita el imperio Austro-Húngaro?

DALÍ NIÑO.—Ribera[74].

(El HERMANO 4 camina a gatas.)

HERMANO 3.—¿Quién fue el padre de nuestro monarca Alfonso XIII?[75].

DALÍ NIÑO.—El Bosco[76].

(El HERMANO 3 camina a gatas.)

---

[72] Leonardo da Vinci: polifacético pintor florentino (1452-1519). Todas las respuestas que siguen resumen las preferencias estéticas de Dalí y del propio Boadella.

[73] Raffaello Sanzio: pintor y arquitecto italiano (1483-1520).

[74] José Ribera: pintor español (1591-1652).

[75] Monarca español de la dinastía borbónica (1886-1941). Se exilió poco antes de la llegada de la Segunda República española.

[76] Hyeronymus Bosch: pintor flamenco (1450-1516) famoso por las representaciones alegóricas de textos bíblicos. Véase nota 312.

HERMANO 2.—¿Qué pesa más, un kilo de paja o un kilo de plomo?
DALÍ NIÑO.—Ingres[77].

(Los dos HERMANOS, *cuando no preguntan al niño, gruñen como dos cerdos.)*

HERMANO 1.—¿De qué color es la piel de Dios?[78].
DALÍ NIÑO.—¡Veermer![79].
HERMANO 2.—¿Cuántos gusanos contiene un burro putrefacto?[80].
DALÍ NIÑO.—¡Fortuny![81].

(Los dos HERMANOS *se colocan patas arriba y formulan preguntas que sólo pueden ser entendidas por el* HERMANO *que las realiza.)*

HERMANO 1.—¿Quientos lampantes diman en Balaguer?[82].
DALÍ NIÑO.—*(Con un largo grito que no deja entender las preguntas de los* HERMANOS.) ¡Velázquez![83].

---

[77] Jean Auguste Dominique: pintor francés (1780-1867) y famoso retratista que pasó mucho tiempo en Italia. Fue muy criticado por sus distorsiones góticas.

[78] A principios de los años 70, en plena efervescencia del movimiento hippie, se hizo muy famosa una canción del grupo «Viva la gente», que llevaba este título. Decía así: «De qué color es la piel de Dios. / Dije: negra, amarilla, roja, blanca es. / Todos son iguales a los ojos de Dios.»

[79] Johannes Veermer: pintor holandés (1632-1675) que en vida dejó poca huella. Curiosamente, estaba interesado en la óptica.

[80] Dalí y sus amigos de la Residencia de Estudiantes aplicaban el término «putrefacto», en torno a 1927, a lo decadente, lo caduco, lo que se oponía a la vanguardia y lo convencional. El primer burro putrefacto aparece en el cuadro *La miel es más dulce que la sangre* (1927). Como dato, señalemos que Lorca y Dalí planearon escribir entre 1925 y 1926 un libro titulado *Libro de los putrefactos* que nunca vio la luz. Pero el pintor escribió un texto titulado *L'âne pourri (El asno podrido)*, publicado en *Le surréalisme au service de la Révolution*, núm. 1, julio de 1930.

[81] Pintor catalán (1838-1874) de escenas costumbristas ambientadas en el siglo XVIII.

[82] Ciudad catalana que fue capital de condado medieval de Urgell, véase nota 121 en *Ubú president o Los últimos días de Pompeya*.

[83] Pintor español (1599-1660) por el que Dalí sentía absoluta admiración.

Hermano 2.—A, ante, bajo, cabe, con, contra, de, desde, en.
Hermano 1.—¡Dígame la mesta dil pistilo!⁸⁴.
Dalí niño.—*(Gritando para liberarse de la presión.)* ¡Kikirikíííííí!
Dalí.—*(Como si fuese el eco de* Dalí niño.) ¡Kikirikíííííí!...
Los cuatro Hermanos.—*(Increpando a* Dalí niño.) ¡Salvador!... ¡Salvador!... ¡Salvador!...

(Dalí niño *llora, y abrumado, se tapa los oídos. Los* Hermanos *insisten gritando a* Salvador, *pero ahora* Dalí niño *no les oye. Las bocas de los* Hermanos *se mueven gritando su nombre.)*

Hermanos.—*(Sin voz.)* ¡Salvador!... ¡Salvador!

(Dalí niño *vuelve a destaparse los oídos y las voces impertinentes de los* Hermanos *se vuelven a oír. Angustiado, se lleva las manos a la cabeza y se arrodilla ante el piano. Quiere hacer desaparecer, como sea, el estado paranoico al que está sometido. De espaldas a todo el mundo, intenta ocultar el martilleo de las voces que perforan su oído. Pero no lo consigue. Busca otra manera de deshacerse de ellas y se frota los ojos como si quisiera que todo desapareciese de su vista.*
Dalí, *desde el extremo derecho, también lo hace.*
Después aprieta sus ojos hasta comprimirlos.
Por la pantalla negra se puede ver el efecto luminoso que ve Dalí niño *en su retina mientras está presionando sus ojos; una serie de luminosos puntos blancos aparecen y desaparecen de la tela negra. Son lo que se llaman fosfenos*⁸⁵. *Esta nueva visión permite que los* Hermanos *desaparezcan del imaginario de* Dalí niño. *Es así como los* Hermanos *se mar-*

---

⁸⁴ Frase surrealista que recuerda, de forma onomatopéyica, las preguntas típicas que realizaban los hermanos de La Salle a los alumnos.
⁸⁵ Muchas veces Dalí se provocaba visiones presionando fuertemente sus ojos con las manos. Lo explica en su libro *Confesiones inconfesables* (Barcelona, Bruguera, 1975): «Acabo de levantarme de mi siesta. He jugado a producirme fosfenos apretando los dedos contra mis párpados y creando una sensación de imágenes fascinantes, alucinógenas.»

chan por la izquierda dando vueltas sobre sí mismos mientras sus voces se van oscureciendo hasta que ya no se oyen; como si se tratase de una grabación en una cinta escuchada a poca velocidad.

DALÍ *también les echa dando golpes en el aire con su bastón.*

DALÍ NIÑO *deja de presionarse los ojos.)*

DALÍ NIÑO.—*(Por el descubrimiento que acaba de hacer.)* ¡Eureka!

(DALÍ NIÑO *vuelve a comprimirse los ojos e inmediatamente los relaja. Ahora ve unas formas luminosas, imágenes hipnagónicas, que se transforman en imágenes de lo que serán los próximos temas de sus pinturas: relojes blandos, personajes del Ángelus de Millet, el retrato de su padre*[86]*, el Cristo crucificado*[87]*, rinocerontes*[88]*...)*

DALÍ NIÑO.—*(Con los ojos cerrados, mientras intenta alcanzar las imágenes que va viendo en tres dimensiones.)* ¡Guah!... ¡Hala!... ¡Viva!... ¡Olé!.. ¡Huyyy!... Voilà!

(*Cuando ha relajado los ojos, las imágenes van desapareciendo de la tela negra.*
Silencio.
DALÍ *se apoya en el centro del piano.*
DALÍ *se sienta sobre el piano, a su izquierda.*
DALÍ *volverá a revivir una nueva situación.*
La enfermera, que ha llegado a la salida de la derecha, desaparecerá siguiendo el paso ralentizado.)

---

[86] Dalí mantuvo una compleja relación con su padre, al que representó metafóricamente en el cuadro *Guillermo Tell* (1930), personaje que nos remite al repudio paterno, sobre todo, a raíz del cuadro titulado *Parfois je crache par plaisir sur le protrait de ma mère (A veces escupo por placer sobre el retrato de mi madre)* y de su relación con Gala.

[87] Posible alusión al cuadro *El Cristo de San Juan de la Cruz* (1950).

[88] A este animal, frecuentemente representado en la obra de Dalí, le atribuía el pintor un carácter fálico. Le fascinaba el hecho de que se tomara una hora y media para el coito, tuviera fijación anal y estudiara sus propios excrementos, como Dalí. Llegó a identificarse con este animal, del que también admiraba su energía y fuerza natural.

TÍTERES DE CACHIPORRA[89]

DALÍ *abre tanto los ojos que parece que se introduzca en otra realidad. Es una nueva visión, otro recuerdo, un juego elocuente.*

DALÍ.—Dalí. Dedo[90] de Dalí. (DALÍ NIÑO *enseña el dedo índice.*) Dedal. (DALÍ NIÑO *enseña el dedal y se lo pone en el dedo.*) Dos dedos de Dalí. (DALÍ NIÑO *enseña el dedo índice de la otra mano. Juega con los dos dedos a la guerra.*) Disparos. Deutschland. Deutschand. Daustrohúngaros. Destrucción. Danubio. Dinamita. Drincheras. Düsseldorf. Dormund. Dijôn. Desesperación. Darmisticio... ¡Divertido... como la Pri-me-ra Gue-rra Mundial!

> *(Por el fondo de la derecha, y dando vueltas, entra* GARCÍA LORCA *tal y como* DALÍ *lo recuerda:* GALA *vestida con capa y tricornio de la guardia civil. Se dirige hacia el piano y toca un Ragtime[91]: «Original Rags» de Scott Joplin)[92].*

> *(Al mismo tiempo, por la pantalla negra se visualiza el marco de un teatro de juguete.*
> *Se abre el telón.*
> *Por detrás del piano, una mano deja en el centro de la embocadura del escenario un soporte con dos banderas: la alemana y la francesa de la Primera Guerra Mundial. Es la frontera entre las dos naciones.*
> *Comienza un espectáculo de marionetas en el que se representará una versión para niños de la Primera Guerra Mundial.*

---

[89] Alusión a la obra de García Lorca, escrita en 1931.

[90] Hay que recordar que en los cuadros de Dalí aparecen dedos fálicos y que el índice representa un pene erecto.

[91] Palabra compuesta que significa «tiempo variado». En este ritmo se encuentra la génesis del jazz. Aunque podía tocarse con todos los instrumentos, se convirtió en especialidad de los pianistas.

[92] Compositor y pianista americano (1861-1917) y una de las figuras más importantes del ragtime. Publicó *Original Rags* en 1899.

DALÍ NIÑO *se divierte. Seguirá con interés el desarrollo de la historia y realizará comentarios sobre lo que irá observando.*

Por la izquierda del teatrillo aparece, de golpe, una marioneta que representa a un alemán armado con un bastón. Hace guardia defendiendo su frontera. Se esconde bajo el piano, desapareciendo.

Por la derecha del teatrillo aparece otra marioneta, un francés también armado con un bastón. Defiende su frontera. Se esconde debajo del piano, desapareciendo. Aburrido, se agacha, coge una botella de Champagne y bebe hasta que la termina.)

DALÍ NIÑO.—¡Gavatxo[93] borratxo!

(Por la izquierda vuelve a aparecer el soldado alemán, que al percatarse de que el francés estaba bebiendo y no vigila la retaguardia, se aprovecha de la situación y va retirando la frontera, ganando así territorio francés para Alemania.

Al dejar de beber, el francés se da cuenta de que le han arrebatado su territorio. El francés vuelve a dejar la frontera en su sitio. Pero el alemán vuelve a recuperar el territorio perdido cuando observa que el francés está desprevenido.

El francés se percata de que la posición de la frontera ha cambiado de nuevo y la vuelve a dejar en su sitio, pero el alemán se lo impide. Empieza una pelea por la recuperación del territorio. Los dos al mismo tiempo arrastran la frontera a izquierda y a derecha.

Por la izquierda se une un segundo soldado alemán. Muy alto y fuerte, que vale por dos.

Al sentirse solo, el francés pide refuerzos. Por su lado aparecen dos aliados: un inglés y un ruso. Son tres contra dos.

En una prueba de fuerzas, se empujan hacia la derecha y hacia la izquierda. Las fuerzas parecen equilibradas.

---

[93] Apodo de connotaciones peyorativas que reciben los franceses en España. Covarrubias dice que el término designa a los habitantes de una zona francesa que vienen a España y ocupan «servicios bajos y viles». La voz se identificó con «tosco» y «hablar en gabacho llegó a ser sinónimo de hablar francés».

El primer alemán quiere poner a prueba su nuevo armamento y aparece con un embudo atado a una larga manguera. La coloca en el culo del segundo alemán. El primer alemán muerde un desatascador como si se tratase de una máscara antigás. Los aliados van cayendo mareados por la peste. Gases nauseabundos. Desaparecen.)

DALÍ NIÑO.—S'ha tirat un pet![94].

(Los aliados vuelven al campo de batalla provistos de desatascadores. El francés arremete a bastonazos contra el alemán hasta que le hace desaparecer con el embudo y la manguera. Comienza ahora la lucha encarnizada a golpes de bastón.)

DALÍ NIÑO.—Pega'l! Pega'l! Mateu-vos! Més fort!...[95].

(Todos quedan maltrechos. Desaparecen.)

(Una bandera blanca sale por detrás del piano.)

(DALÍ NIÑO sube encima del piano y se acerca a las marionetas.)

*(El soldado francés reaparece de nuevo. Camina apoyándose en una horca a modo de muleta[96].
Es el final de la guerra.)*

*(El soldado francés sitúa la frontera en su sitio.
El segundo alemán aparece por la izquierda. También utiliza una muleta para caminar. Da la mano al francés. Se abrazan. Es el armisticio.*

---

[94] *¡Se ha tirado un pedo!*, en relación con el gas mostaza usado por primera vez en la Primera Guerra Mundial.

[95] *¡Pégale! ¡Pégale! ¡Mataos! ¡Más fuerte!*

[96] Uno de los emblemas iconográficos más importantes en Dalí y de constante aparición en su obra pictórica. Es el punto de apoyo de todos los elementos blandos. Como señala Laia Rosa Armengol: «...actúa como soporte del propio artista y su imagen.» Pero la muleta, también, puede ser bastón y cetro. El pintor usa a menudo la horca que utilizan los campesinos en las labores agrícolas para sostener materias blandas y expresa como constata Gómez de Liaño, el misterio de la bifurcación y el símbolo de la muerte y la resurrección. Precisamente en *El Ángelus* de Millet se ve una de estas horcas.

Dalí niño *quita la muleta al alemán.*

El segundo alemán aparece por la izquierda. También utiliza una horca de madera. Da la mano al francés. Se abrazan. Es el armisticio.

Dalí niño *coge la muleta al alemán. Eso provoca que el alemán se caiga y desaparezca de la escena.*

Dalí niño *va a buscar la muleta del francés. El francés se aleja de él, pero* Dalí niño *puede cogerla sin ninguna dificultad. El francés se cae. Desaparece.*

Dalí niño *anda con muletas por el piano. Salta al suelo y se va yendo hacia la salida de la izquierda.*

Una mano se lleva la frontera.

El telón se va cerrando poco a poco.

La imagen del teatrillo se va difuminando lentamente.

Dalí *se estira sobre el piano y dando vueltas se sitúa en el espacio que corresponde a la cama del hospital. Agoniza.*

La música se acaba.

Lorca *se marcha dando vueltas por el fondo a la derecha.*

El punto verde del monitor vuelve a verse en la tela negra.

El bip vuelve a oírse.

La enfermera, que durante la representación de las marionetas ha entrado y ha avanzado lentamente hacia el piano, camina ahora, a paso normal, hacia Dalí. *Lleva una bandeja con los utensilios necesarios para poner una inyección.*

Dalí niño *se ha marchado por la izquierda.*

La representación de marionetas ha acabado.

Dalí *agoniza en la habitación de la Torre Galatea.)*

Cuadro 6
EL DESEO DE DALÍ

El bip y el punto verde del monitor señalan que los ritmos cardíacos son constantes.

La enfermera seca el sudor de Dalí.

Dalí.—¡Santidad! ¡Santidad! Quiero hablar con el Papa que pintó Velázquez... Inocencio X... *(La enfermera prepara una inyección. Frota el brazo de* Dalí *con un algodón con alcohol.)* ... Santidad... Santidad... ¿No es verdad, Santidad, que los genios no deberíamos morir nunca por el progreso de la humanidad?... (DALÍ *quiere incorporarse. La enfermera no se lo permite.*) Santidad... Santidad... Velázquez... ¡Velázquez! *(Las constantes de* DALÍ *se alteran y el punto verde acelera su ritmo, moviéndose irregularmente por toda la tela negra. El sonido de las constantes se altera.)* ¡Quiero fuerzas para poder copiar tu pintura! (DALÍ *se incorpora.*) ¡Velázquez! *(El punto verde y el bip se descontrolan.)* ¡Contéstame Santidad! *(El punto verde se mueve de abajo a arriba. A su paso se va dibujando el retrato de* INOCENCIO X *de Velázquez.)* Sólo te falta el don de la palabra... ¡Velázquez, sublime pincel!

> *(El tiempo está a punto de detenerse.*
> *Todas las acciones pasan simultáneamente.*
> *El* PAPA INOCENCIO X *sube por el elevador y rueda por el piano. No puede reconocerse porque va envuelto con la tela roja de una capa.*
> DALÍ *también rueda al mismo tiempo que el* PAPA INOCENCIO X.
> *Cuando el* PAPA *llega abajo del todo del piano, se sienta.*
> DALÍ *le recibe de rodillas.*
> *El tiempo se detiene.*
> *La enfermera ralentiza la acción de poner la inyección a* DALÍ.
> *La reproducción del cuadro de* INOCENCIO X *de Velázquez que puede observarse en la tela negra, corresponde exactamente en posición, vestuario y colores al* INOCENCIO X *que* DALÍ *tiene ante sus ojos.*
> *La entrevista deseada de* DALÍ *con el* PAPA *se ve realizada en el imaginario de* DALÍ.)

GENIALIDAD CON HUEVOS,
SIN BACON Y SIN PLATO[97]

DALÍ.—*(Arrodillado ante* INOCENCIO X *al mismo tiempo que se ha sentado.)* Santidad, gracias por concederme esta audiencia.

(Por debajo del piano aparece el PERIODISTA 4, *vestido de* HERMANO DE LA SALLE *y con soporte lleno de micrófonos.)*

PERIODISTA 4.—*(Acercando los micrófonos a* DALÍ.) Señor Dalí, ¿qué sentido tiene hoy pintar un cuadro que ya está pintado?

DALÍ.—Si el burócrata de Bacon[98] osó hacer una versión del maestro Velázquez, Dalí, por el mismo precio, hará una genialidad, pero ¡con huevos, sin bacon y sin plato! Y ahora, ¡lárguese!

(El periodista se esconde debajo del piano.)

(La reproducción de INOCENCIO X *empieza a deformarse.)*

(Por la izquierda entra LORCA, *como siempre, con la apariencia física de* GALA, *vestido con capa de guardia civil y tricornio. Da a* DALÍ *un pincel pequeño y otro largo, y se queda con el bastón.*
DALÍ *comienza a pintar a* INOCENCIO X. *Conforme* DALÍ *vaya moviendo el pincel,* INOCENCIO X *irá cambiando de posición, dando así la sensación de que le va pintando.*

---

[97] Se dice que sólo por los títulos de los cuadros de Dalí ya merecía la pena tener uno. Dalí confiesa en su *Vida secreta* que la visión más impresionante es la de un par de huevos fritos en la sartén, sin la sartén. En 1932 pintó cinco cuadros con el mismo motivo: unos huevos fritos blandos. El cuadro mencionado en el texto recuerda uno de Bacon, al que cita más adelante, llamado *Autorretrato con bacon frito* (1941).

[98] Francis Bacon: pintor británico, de origen irlandés (1909-1992), cuya obra ejerce un fuerte impacto emocional debido a las figuras desesperadas. Admirador de Velázquez, realizó en 1950 un retrato del papa Inocencio X que se basa en uno de Velázquez del mismo nombre.

Simultáneamente, LORCA, *mientras* DALÍ *pinta, da una vuelta sobre sí mismo. Al hacerlo, sacará de debajo de la capa unos cuernos blancos con forma de media luna. Querrá cornear a* DALÍ *por detrás[99], pero se reprimirá y se marchará por la izquierda.)*

DALÍ.—*(A* INOCENCIO X *mientras le empieza a pintar.)* Quiero aprovechar esta ocasión única para expresarle mis temores ante la posibilidad inminente de putrefacción de mi cuerpo genial, porque creo que los genios no deberíamos morir nunca por el progreso de la humanidad.

*(*DALÍ *deja de pintar.)*

PAPA INOCENCIO X.—Ma, qué diche, insensato! Io, he estato Summo Pontífice, e sabete le anni que sono morto?

*(*DALÍ *vuelve a pintar.)*

(La reproducción de INOCENCIO X *en la tela negra irá adquiriendo la forma de un cerdo. Parecerá más un Bacon que un Velázquez.)*

DALÍ.—¡Cómo no! Exactamente 351 años, desde que Velázquez le dio una vida superior a través de este cuadro genial. O sea... *(*DALÍ *pinta con el mismo ritmo que va desapareciendo la reproducción. Mueve el pincel como una espada.* INOCENCIO X *se mueve descontroladamente)* ... que está más vivo hoy que cuando sentaba sus rosadas y santísimas nalgas[100] en la silla de San Pedro.

(La reproducción ha desaparecido de la tela negra.)

PAPA INOCENCIO X.—¡Iconoclasta!

---

[99] Referencia al tema de la tauromaquia presente en el poeta y, también, a su supuesta relación homosexual con el pintor, que éste negó siempre.
[100] En su libro *La vida secreta de Salvador Dalí* (Barcelona, Empúries, 1984), el artista insiste en que lo que más le fascinaba del estudiante Butchaques eran sus nalgas. Sintió fijación por esta parte del cuerpo.

(Por la izquierda entra LORCA *con una gran paleta de pintor.)*

DALÍ.—Yo no tengo ni esa posibilidad inmortalizadora, porque mi época es una época de pintores mediocres, y sin un Velázquez que me hiberne, estoy condenado a la putrefacción.

LORCA.—*(Insinuándose a* DALÍ.) ¡Ay, polisón de nardos![101].

DALÍ.—¡Negro torito de charol!

(Por la derecha entra el fotógrafo.)

FOTÓGRAFO.—*(Con salacot y bandolera de cartuchos.)* ¡Eh... parejita!

> (DALÍ, *detrás de* LORCA, *se coge a su cintura y se preparan para ser fotografiados.*
> *El fotógrafo hace una foto. Flash de la cámara.*
> *Flash a la tela negra y reproducción de la fotografía real de* LORCA *y* DALÍ *tomada en Cadaqués durante el verano de 1927.)*

FOTÓGRAFO.—¡Gracias!

> *(El fotógrafo se marcha por la derecha.*
> LORCA *se marcha por la izquierda.)*
> (DALÍ *coge de la mano de* INOCENCIO X *el papel que siempre ha tenido agarrado con los dedos de la mano derecha.)*
> *(Dedicatoria que el pintor Velázquez hizo al pontífice.)*

DALÍ.—Disculpe. O sea, estoy completamente aterrorizado ante la muerte, que además, se me acerca siempre vestida de blanco y en forma de putas enfermeras[102].

---

[101] Alusión a un verso de García Lorca tomado del «Romance de la luna, luna», incluido en el *Romancero gitano* (1924-1927). Exactamente dice así: «La luna vino a la fragua / con su polisón de nardos.»

[102] Dalí las odiaba. Gómez de Liaño, que frecuentó al pintor, ha dejado el siguiente testimonio de 1981: «En la cocina vimos [...] a la mula de la enfermera, una francesa llamada Marianne, que cobra treinta mil pesetas al día y parece salida de

(DALÍ *va pintando sobre el papel mientras lo va escupiendo.*)

PAPA INOCENCIO X.—Qüesto non é un problema si veramente credete en la vida eterna...

DALÍ.—Sí, pero tengo algunas dudas sobre la localización exacta del cielo.

PAPA INOCENCIO X.—Ma qué dicce! Il chelo é lá, supra la nostra testa!

DALÍ.—Con todos mis respetos, Santidad, pero yo creo que el cielo no se encuentra ni arriba ni abajo, ni a la derecha ni a la izquierda...

(*Por la izquierda entra un periodista con peluca de juez inglés. Lleva un micrófono en la mano.*)

PERIODISTA JUEZ 1.—¿Es cierto que usted ha firmado telas en blanco?[103].

DALÍ.—(*Grandilocuente cogiendo el micro.*) Escarxofes! Escarxofes tendres i maques![104].

PERIODISTA JUEZ 1.—(*Incisivo.*) ¡Es cierto que usted ha firmado telas en blanco!

DALÍ.—(*Seguro. Mirándole directamente a los ojos.*) Absolutamente cierto, porque Dalí, ahora lo verá, es más importante que el mismísimo Director del Banco de España.

(*Enseña lo que está pintando. Un billete de 10 dólares. El periodista juez se marcha indignado por la izquierda.*)

---

un sanatorio de locos furiosos» (*op. cit.*, pág. 169). Otro: «... la enfermera española /.../ tiene aspecto de Frankenstein» (*op. cit.*, pág. 236). En el año 1982, García de Liaño habla de otra enfermera que pusieron a Dalí en estos términos: «[...] es una especie de putilla [...] Delante de mí se puso a decirle a Dalí cosas tan intolerables sobre su trabajo [...] que me vi obligado a decirle que esas cosas no tenía por qué escucharlas Dalí» (*op. cit.*, pág. 277).

[103] Dalí firmó miles de hojas en blanco, comenzó a hacerlo en torno a 1965, lo cual favorecía las falsificaciones. Dos datos para que el lector se haga una idea: en 1985, la venta de falsos Dalí en Estados Unidos se valoró en 118 mil millones de pesetas, y en 1990, en Barcelona, se descubrieron 1.000 falsificaciones.

[104] *¡Alcachofas! ¡Alcachofas, tiernas y bonitas!*

DALÍ.—*(Dando el billete a* INOCENCIO X.) Tenga, quédese con el cambio. Según este humilde y orgulloso servidor que soy, el cielo se encuentra exactamente en el epicentro del pecho del hombre que tiene fe.

PAPA INOCENCIO X.—Qüesto é materia sumarial per il Santo Ofichio.

DALÍ.—Ah, perfecto, perfecto, porque la Inquisición es fuente de vida y originalidad.

(Por la derecha entra el fotógrafo.)

FOTÓGRAFO.—¡Señor Ávida Dollars![105].

*(*DALÍ *coge el billete de la mano de* INOCENCIO X *y se prepara para ser fotografiado.*
Flash de la cámara.
Flash en la tela negra y fotografía de primer plano de DALÍ *auténtico con un dólar en la mano.*
La fotografía se difumina hasta desaparecer.)

FOTÓGRAFO.—*(Marchándose por la derecha.)* Thank you!

DALÍ.—*(Volviendo a poner el billete en la mano de* INOCENCIO X *y volviendo a pintar con el largo pincel.)* De hecho, yo mismo, yo mismo, para pintar este cuadro genial, me he puesto piedras en mis es-par-de-nyes, para que este dolor in-qui-si-to-riaaaal me obligue a extraer las más sublimes esencias de mi paranoia[106].

---

[105] Anagrama creado por Breton para criticar la avidez monetaria del pintor. No le afectó, al contrario, como cuenta en su *Diario de un genio*, el anagrama constituyó un talismán que le rindió *generosa, dulce y monótonamente un manantial de dólares*. Por otro lado, Dalí no dudó en dejarse fotografiar por Halsman como *Ávida Dollars* con un primer plano de su rostro en el que su bigote formaba el símbolo del dólar atravesado por dos pinceles. Incluso, a mediados de los 60, pintó un cuadro titulado *La apoteosis del dólar* (1965).

[106] En 1930, Dalí inventa el *pensamiento paranoico-crítico*, en el que la imagen doble desempeña un papel fundamental. Según este método, se deben cultivar auténticas visiones engañosas, como ocurre con la paranoia clínica, pero sin dejar de ser consciente de que se ha interrumpido deliberadamente el control de la razón y de la voluntad. Precedentes de la estética paranoica se encuentran en la lectura que hizo de *El tratado de pintura de Leonardo da*

Papa Inocencio X.—Non si debe comparare la pintura con
la religione!

> *(Por la izquierda vuelve a entrar* Lorca. *Con una mano su-*
> *jeta la paleta de pintor y con la otra los cuernos blancos en for-*
> *ma de media luna. Se los pone sobre el tricornio como un*
> *buey.)*

Dalí.—Santidad, cada cuadro que pinta Daaalí, es una misa
donde yo entrego... *(mientras continúa hablando, la visión se*
desvanece.) ... la hooostiaaaa deeee miiii sabeeeeeeeer. ¡Salvador! ¡Salvadoooor! ¡Vadoooor!

> *(La escena se va oscureciendo.*
> *Se vuelve a la realidad de la habitación de la Torre.*
> Inocencio X *y* Lorca *parece que se funden.*
> *El punto de las pulsaciones del corazón vuelve a verse por la*
> *tela negra. El bip es insistente.*
> *La enfermera se dirige hacia la derecha, por delante del piano,*
> *y desaparece. Va a buscar pastillas.*
> *A* Dalí *se le aparecen visiones de la infancia.* Dalí niño *en-*
> *tra de espalda por la derecha con un ratón cogido por la cola.*
> *La enfermera vuelve a entrar por la derecha.*
> *Cuando la enfermera llegue a la cama, todo volverá a ser*
> *como antes.*
> *El punto verde desaparecerá, el bip dejará de oírse,* Dalí
> niño *se irá por la derecha y* Lorca, Dalí *e* Inocen-
> cio X *volverán a comportarse como si nada hubiese pa-*
> *sado.)*

Dalí.—*(A* Inocencio X, *reanudando el torneo dialéctico.)*
... De mi saber. *(A* Lorca *mientras moja el pincel de pintura en*
la paleta que le ofrece el poeta.)

Vinci. En él, el artista analiza las imágenes que pueden surgir al contemplar
una mancha en la pared o en las nubes. Otro precedente es el descubrimiento de las metamorfosis rocosas del cabo de Creus.

Dame verde que lo quiero verde,
verde manto, verde Gala,
benemérita la mar,
y sublime la montaña[107].

PAPA INOCENCIO X.—In qüesto instante sólo tengo una obsesione; is vedere il vostro corpo herético consumato per le fiame de una pira en la piazza pública!

(LORCA, *aprovechando que* DALÍ *le da la espalda porque está pintando, intenta sodomizarlo con el cuerno blanco. Instintivamente* DALÍ *se gira y le descubre. Se aparta rápido de* LORCA *y le coge el cuerno. Por poco le cornea.*)

DALÍ.—¡Aaaaayyyyy! El torito Lorca, siempre a punto de corneaaaar-me.

(DALÍ *da el cuerno de media luna a* INOCENCIO X. *Le pinta con el cuerno.*
LORCA *se marcha por la izquierda.*)

PAPA INOCENCIO X.—¡Satánico!
DALÍ.—O sea, infernal. Me tienta, me tienta el fuego. El infierno es un estado de fiesta perpetua.
PAPA INOCENCIO X.—*(Refiriéndose a que le está pintando con la media luna en las manos.)* Acaso credete que sono el separatista Papa Luna?[108].
DALÍ.—¡Quieto, el modelo no se mueve! Como le decía, la moral no existe en el infierno. Las posibilidades de fornicación entre hermanos y hermanas son ilimitadas. La sodomía es exquisita.

---

[107] Composición que recuerda el poema lorquiano «Romance sonámbulo», incluido en el *Romancero gitano* (1924-1927).

[108] Pedro Martínez de Luna: Papa aragonés (1328-1424) elegido por los cardenales de Avignon bajo el nombre de Benedicto XIII. El traslado del papa Gregorio X, de nacionalidad francesa (1331-1378), desde Aviñón a Roma, dio lugar al Gran Cisma de Occidente por la oposición del clero francés a dicho traslado. El Papa Luna no fue reconocido como tal en los diferentes concilios que se sucedieron, y acabó sus días aislado y refugiado en el castillo de Peñíscola, declarado hereje y excomulgado por el papa italiano Martín V (1368-1431).

PAPA INOCENCIO X.—Pagliaso. Ma voi veramente credete en Dío?

DALÍ.—Creo en Dios pero no tengo la fe. Y eso es terrible, terrible, terrible...

(El PERIODISTA 4 *vuelve a salir por debajo del piano con su micrófono.)*

PERIODISTA 4.—Señor Dalí, soy Muñoz Molina. Dígame, ¿es usted un reaccionario?[109].

DALÍ.—*(Dándole el billete de 10 dólares.)* Tenga mercenario. No me moleste y lárguese. Foti el camp!

(El PERIODISTA 4 *vuelve a desaparecer indiferente por debajo del piano. Debe ser tan cretino que ignora que un dólar pintado por* DALÍ *vale mucho más que un dólar real.)*

DALÍ.—*(A* INOCENCIO X *mientras le va pintando el brazo derecho.)* O sea, según las matemáticas y las ciencias particulares, estoy completamente seguro, completamente seguro... de que... *(Percatándose de que el brazo lo ha acabado con un puño.)* ... Perdone, perdone, perdone... *(Rectifica la mano. Le abre el puño y pinta la mano extendida.* INOCENCIO X *está haciendo un saludo fascista.)* ... de que todo lo de nuestra religión es absolutamente verdadero, pero me falta aún esa gracia que es una gracia de Dios.

(Un segundo periodista juez ha ido avanzando por detrás del piano hasta llegar al centro del teclado.)

PERIODISTA JUEZ 2.—*(Con peluca de juez inglés y un rodillo de pintar paredes que utiliza como un micrófono.)* Mr. Dalí, the people acuse you of being an excentric![110].

DALÍ.—Ah! I keep you perdon. Yes, it's true. I'm excentric but in the same time, I'm con-cen-tric.

---

[109] Escritor español (1956). Su aparición en esta obra se debe al artículo que publicó en el periódico *El País,* Madrid, 5-IX-1999, titulado «Políticamente correcto», en el que criticaba a Boadella por la visión que da de Dalí.

[110] Siempre se acusó al artista de ser un excéntrico.

375

Periodista Juez 2.—Thank you, very much!

(El Periodista Juez 2 *se marcha por donde ha venido.)*

Dalí.—De res. *(A* Inocencio X *que le pintará como si los cuernos fuesen un bigote y luego, rectificará para convertirlos en un arco.)* Y hablando de Dios, que precisamente no era ningún coloso tal y como lo pintó el pompier[111] de Miguel Ángel[112], en el techo de vuestra casa, sino que se trata de un señor de una belleza sublime y que mide exactamente un metro, como... como Picasso[113], como Picasso, y que no puede llevar de ninguna manera... ¡una barba ra-di-cal so-cia-lista!
Papa Inocencio X.—Ah, desgrachiato, sei un loco!
Dalí.—¡Loco! ¡Loco!

(Dalí *golpea fuertemente el piano para que lo oiga el* Periodista 4.
El Periodista 4 *sale con un ramo de micrófonos.)*

Dalí.—*(Al* Periodista 4.) Attendez, gusano! L'unique différence entre Dalí et un fou, c'est que je ne suis pas fou. Mais, quand même, je suis fou du chocolat Lanvin[114].

(Por la tela negra aparece un «spot» publicitario de tres segundos, del chocolate francés Lanvin.)

---

[111] Término peyorativo aplicado al arte académico francés y, particularmente, a la pintura histórica pretenciosa de finales del siglo XIX. Se dice que este nombre deriva de la costumbre de los modelos de posar desnudos con cascos de bombero que sustituían a los antiguos yelmos. *Pompier* significa *bombero*. Dalí pensaba, a pesar de su admiración por Miguel Ángel, que había algo de exageración en su pintura.

[112] Michelangelo Buonaroti: escultor, pintor, arquitecto, dibujante y poeta florentino (1475-1564) y una de las mayores figuras del Renacimiento.

[113] Pintor español (1881-1973), verdadera obsesión para Dalí y al que siempre admiró; aunque, con el tiempo, llegó a percibirle como rival, ello no impedía que Dalí se jactara de que eran amigos. En 1926, el pintor malagueño dio su beneplácito a la obra de Dalí.

[114] *¡Espere, gusano! La única diferencia entre Dalí y un loco es que yo no estoy loco. Pero, sí es verdad, que el chocolate Lanvin me enloquece.* Dalí protagonizó un anuncio publicitario para la firma Lanvin en la televisión francesa. Le pagaron 10.000 dólares.

Papa Inocencio X.—Sei un bufone, un brighella, sei un ar-
lecchino, un pantalone, sei un «tartaglia», un zanni, un polichinela... (Dalí *le cierra la boca, pintándosela hasta que ya no
puede pronunciar la palabra polichinela*) ... polichinela, polichinela, polichi... ne... laaa... aa... a...[115].

Dalí.—Santidad, haberlo conocido personalmente, me ratifica
la genialidad de Velázquez, ya que, efectivamente, efectiva-
ment, tal y como refleja el maravilloso retrato, es usted un
déspota mezquino del género je-su-í-ti-co, morros de cony[116].
O sea, que es mucho mejor ¡disfrutarlo en pintura!, que pa-
decerlo al natural y de cuerpo presente. Pero, Dalí, generoso,
ya era hora, para dignificar su mediocridad, le va a pintar una
barretina catalana[117], que es lo más legítimo para bailar la sardana[118], nuestra danza local, porque tal como dice Josep
Pla[119], lo ultralocal es lo más universal... Voilà!

(Dalí *hace caer la cabeza de* Inocencio X *de una pincelada.
Silencio.
La enfermera, en la cama, ha dado la pastilla a* Dalí *y cami-
na lentamente hacia delante del piano.*)

Cuadro 8
GALA; LA VIRGEN INMACULADA DE MURILLO

Dalí *fija su mirada en el birrete rojo del* Papa. *Y es así como el rojo
del birrete se asocia con el rojo de una barretina. Y asociando el birrete a una barretina es como se llega a oír el ritmo característico de una
sardana.*

---

[115] *Sois un bufón, un «brighella», sois un arlequín, un «pantalone», sois un tarta-
mudo, un «zanni», un «polichinela»:* «brighella» es el criado intrigante, que apa-
renta dignidad, tiene alta estima de sí mismo, pero es poco honrado; «pantalone» suele representarse como un avaro comerciante; «zanni» es el sirviente
de maneras y ademanes muy exagerados; un «polichinela» es un criado con
modos de rufián. Todos son personajes de la *commedia dell'arte* italiana.

[116] *Fatuo y harto de sí mismo.*

[117] Tipo de gorro del folclore catalán y que Dalí adoptó en su atuendo.

[118] Composición musical catalana ejecutada por una cobla de músicos.

[119] Escritor español (1897-1981).

378

Por el fondo izquierdo alguien marca el ritmo. DALÍ *le sigue con la cabeza.*

Y ese un, dos, tres... un, dos, tres, que DALÍ *oye, le lleva a recordar a su* NODRIZA *haciendo un «all i oli»*[120].

Por el fondo a la izquierda aparece la NODRIZA *haciendo un «all i oli» al ritmo de una sardana.*

Y todo esto es lo que conduce a DALÍ *a revivir una fechoría de su infancia.*

Por la derecha aparece DALÍ NIÑO. *Lleva, cogida por la cola, una gran rata gris. Avanza hacia la* NODRIZA.

El ritmo evoca a DALÍ *la sardana «Record de Calella»*[121] *y la música de la cobla se hace presente en su delirio.*

Suena «Record de Calella».

La NODRIZA, *cautivada por la música, baila sola la sardana, y animada, abre los brazos como si estuviese en un círculo de personas.*

Con su mano izquierda sujeta el mortero de madera y con la derecha, el mango.

Sus grandes pechos siguen también el rítmico un, dos, tres...

DALÍ NIÑO *ha llegado al lado de la* NODRIZA, *que no le ve porque está concentrada en no descontarse en el punteo de la danza*[122].

Así de fácil lo tiene DALÍ NIÑO *para meter la rata dentro del mortero.*

Lo hace y después, para disimular, mira cómo le bailan los pechos. Los sigue con la cabeza.

La NODRIZA *deja de saltar y, volviendo a hacer el «all i oli», ahora con la rata dentro, se marcha por la izquierda sin perder el compás.*

Es ahora cuando DALÍ, *inspirado, sin perder el ritmo con el largo pincel, comienza una nueva pintura.*

Pinta a INOCENCIO X *echado sobre el piano y sobre su capa de seda roja.*

Al mismo tiempo, por el elevador, aparece GALA *con la paleta de pintor. Lleva la capa verde de guardia civil, pero no el tricornio. Su*

---

[120] Salsa típica de la gastronomía mediterránea que se realiza con ajo y aceite de oliva ligados en un mortero.

[121] Célebre sardana de 1953, letra de Antoni Vives Batlle y música de Vicenç Bou (1885-1962), uno de los autores de sardanas más famoso.

[122] Para bailar la sardana correctamente hay que contar la tirada de los punteos largos y cortos. Esto lo indica el propio tema musical.

peinado, con rulo hacia atrás sujetado con un lazo de terciopelo negro, tiene la misma textura del charol brillante del tricornio.

Cuando el elevador ha dejado a GALA *encima del piano, ésta avanza hasta situarse detrás del* PAPA INOCENCIO X.

Se agacha, escondiendo a INOCENCIO X *con la capa verde.*

DALÍ *coge la paleta y pinta a* DALÍ NIÑO, *que todavía está observando cómo se marcha la* NODRIZA. *Le hace girar con el pincel en dirección a* GALA, *después le obliga a arrodillarse y finalmente, con el pincel pequeño, le une las manos.* DALÍ NIÑO *se encuentra en actitud de rezar.*

Continúa la pintura con GALA. *La levanta con las manos unidas. Al estar de pie, los cuernos de media luna salen por los extremos de la capa.* GALA *en medio de los cuernos parece una virgen ingrávida que pisa la cabeza de Satán.* DALÍ *le retoca, con el pincel pequeño, las manos, y con el largo, la cara.*

Y cuando ya tiene la composición hecha y equilibrada, aprovecha el último compás de la sardana para acabar el cuadro. Realiza tres movimientos en el aire en dirección a la tela negra. En los dos primeros movimientos hace aparecer en los extremos derecho e izquierdo de la tela negra a dos angelitos de Murillo, iluminados como estrellas. Y en el tercero, para dar profundidad a su pintura, DALÍ *se arrodilla, y con fuerza, hace aparecer, como fondo, una pintura suya. Port Lligat[123] en la puesta de sol.*

La sardana ha acabado y el cuadro está concluido.

Silencio.

DALÍ *se queda inmóvil, arrodillado a la derecha del piano. Mira absorto su obra.*

GALA *parece una Virgen[124].*

DALÍ NIÑO *contempla embelesado su belleza.*

DALÍ NIÑO.—¡Qué guapa! *(Seducido al verla como un símbolo sexual.)* ¡Qué guapa!

---

[123] Localidad costera del Alto Ampurdán en donde Dalí pasó temporadas en su infancia y adolescencia y en la que estableció su residencia.

[124] El primer cuadro religioso que pintó Dalí para congraciarse con la Iglesia católica y el Estado fue *La Madona de Port Lligat* (1949). El rostro de la Madona es el de Gala. El pintor había decidido convertir a ésta en una especie de Santa María del Mar Mediterráneo e incluyó el rostro de su amada en *El descubrimiento de América por Cristóbal Colón* (1958-1959). La musa aparece en el estandarte como la Inmaculada Concepción.

(DALÍ NIÑO *se esconde la mano derecha en la bragueta de su pantalón para sacar, a continuación, su dedo índice. Lo hace muy lentamente y sin dejar de mirar a la Virgen, que se ha convertido en una imagen sexual. Cuando ya tiene el dedo a cierta altura, lo masturba[125] con la mano izquierda.*
La Virgen gira la cabeza mirando al niño.
Éste deja de masturbarse. La Virgen vuelve a su posición inicial. DALÍ NIÑO *no sabe si la mirada de la Virgen ha sido real o producto de su fantasía sexual.*

DALÍ NIÑO *se masturba de nuevo. La Virgen vuelve a mirarlo, pero ahora, su cuerpo se inclina hacia él. Al dejar de masturbarse, la Virgen vuelve a su posición normal.*

DALÍ NIÑO *masturba su dedo frenéticamente y mueve la pelvis convulsivamente.*
La Virgen se le acerca, pero la música de un pasodoble estropea su placer.
Suena «En er mundo»[126].
Tres toreros aparecen detrás del piano por la parte izquierda. Llevan tres panes[127] dalinianos que usan como sombreros. Saludan con los sombreros a la presidencia.

INOCENCIO X *se levanta del piano y, poniéndose los cuernos blancos como un toro, embiste a* DALÍ NIÑO. *Le persigue como si se tratase del mismo diablo. Después lo hace con* DALÍ, *que se levanta, y con los pinceles y la paleta de pintor, se marcha por la derecha.*

DALÍ NIÑO *aprovecha ese momento para coger la capa roja de* INOCENCIO X, *que se encuentra sobre el piano, y la utiliza de capote. Se marcha por la izquierda toreando a* INO-

---

[125] Éste será uno de los temas centrales de su pintura y le obsesionará sexualmente. Gibson señala que el pintor, a los quince años, era un onanista compulsivo y ello le producía mucha angustia.
[126] Boadella ha señalado su preferencia por este pasodoble, cuya letra es de Jesús Fernández Lorenzo y la música de Juan Quintero.
[127] La imagen del pan obsesionó al artista. Cuando se trasladó a la Torre Galatea en Figueres, no dudó en hacer colocar sobre la fachada principal entre 1.500 y 2.000 panes dorados. En 1958, se presentó para dar una conferencia en París llevando un pan de 12 metros sobre unas muletas. Además, utilizó el pan como sombrero y se retrató con uno de tres picos, apareciendo con otro, en una corrida de toros, a guisa de gorro.

CENCIO X. *Los dos desaparecen por la izquierda. Al mismo tiempo, la enfermera camina rápidamente hacia la derecha para llevarse la bandeja.*
El fondo de la pintura desaparece y se transforma en un cielo estrellado.
DALÍ entra por la derecha, sube encima del piano, y cogiendo a GALA, bailan un pasodoble. Otro recuerdo.
La enfermera parece detenida al lado del teclado.)

CUADRO 9
GALA-DALÍ: EL REENCUENTRO
DE DOS DESCONOCIDOS QUE YA SE CONOCEN

GALA *y* DALÍ *bailan un pasodoble.*
Los toreros, siempre por detrás del piano y haciendo los tres las mismas acciones, seguirán el ritmo de la música en una coreografía que les hará desplazar, desaparecer y subir y bajar escaleras inexistentes.

DALÍ.—Discúlpeme madame, pero creo que la tengo vista en alguna parte[128].

GALA.—*(Con acento francés.)* A mí también me lo parece, pero no le recuerdo.

DALÍ.—Yo paso mucho tiempo en la Costa Brava y, concretamente, en Port Lligat.

GALA.—C'est curioso, c'est extraordinaire, c'est magnifique. ¡Yo viví muchos años en Port Lligat, pero no le recuerdo!

DALÍ.—¿No la habré visto por la playa de Port Lligat con los pechos al aire[129] y acompañada de un poeta cornudo?[130].

---

[128] Como en otras ocasiones, Boadella ha preferido mantener en castellano la especial manera de hablar de Dalí. Todo el diálogo que sigue es una parodia del texto de E. Ionesco, dramaturgo francés de origen rumano (1909-1994), *La cantante calva* (1948), concretamente de la escena IV.

[129] Hay testimonios orales y fotográficos que así lo confirman.

[130] Referencia al poeta francés Paul Éluard, cuyo verdadero nombre era Eugène Émile Paul Grindel (1895-1952), que estuvo casado con Gala y fue cofundador del surrealismo con Breton.

GALA.—C'est curioso, c'est extraordinaire, c'est magnifique. Yo estuve casada con el cornudo de Paul Éluard[131], pero no le recuerdo.

DALÍ.—Yo compré una barraca de pescadores[132] frente a la bahía de Port Lligat.

GALA.—C'est curioso, c'est extraordinaire, c'est magnifique. Yo viví muchos años con un pintor en una casa enfrente de la bahía de Port Lligat, pero a usted no lo vi jamás por allí.

DALÍ.—Pues entonces, entonces, entonces, quizás nos hayamos visto en esa casa, estimada madama.

GALA.—Ah, es muy posible, estimado señor, pero yo no le recuerdo.

(DALÍ y GALA *bailan el pasodoble sin cogerse.*)

DALÍ.—Mi dormitorio está situado en la parte superior de la casa, donde cada mañana recibo el primer rayo de sol de España, que me viene directamente del cap de Creus[133].

GALA.—C'est curioso, c'est extraordinaire, c'est magnifique! Yo era la segunda persona que recibía el primer rayo de sol de España porque dormía en una cama que se encontraba a la izquierda de la del pintor, pero no le recuerdo.

DALÍ.—*(Echándose sobre el piano.)* Pues mi esposa murió en una cama que está a la izquierda de la mía en la parte superior de la casa donde toca el primer rayo de sol de España.

GALA.—C'est curioso, c'est extraordinaire, c'est magnifique. Yo, también, fallecí en una cama que se encontraba a la izquierda de la del pintor, en la parte superior de la casa desde donde recibía el primer rayo de sol de España, pero no le recuerdo.

---

[131] Véase nota anterior.

[132] Efectivamente, y la irá ampliando.

[133] Epicentro del universo daliniano y cuyas metamorfosis inspiraron, como hemos señalado, la técnica de la imagen doble. Dalí llegó a decir que él era la encarnación humana del cabo. También, le gustaba señalar que se trataba del punto más oriental de la Península Ibérica y que la isla, que se encontraba frente al cabo, recibía los primeros rayos del sol que llegaban a España.

DALÍ.—Cuando mi esposa murió, fue trasladada a su castillo de Púbol[134] y enterrada en la cripta.

GALA.—C'est curioso, c'est extraordinaire, c'est magnifique! Yo también fui enterrada en la cripta del castillo de Púbol, donde a mi derecha tengo una tumba vacía que está esperando a mi marido. Pero no le recuerdo.

DALÍ.—Dígame exactamente cuál es la inscripción que figura en su tumba, estimada madama.

GALA.—Elena Dimitrievna Diakonova[135] mil ochocientos noventa y cuatro, mil nueve cientos ochenta y dos.

DALÍ.—Pues, entonces, entonces, entonces tú eres mi generalísima esposa Gala.

GALA.—*(Dirigiéndose, sin dejar de bailar, hacia el fondo derecho del piano y poniéndose sobre la plataforma del elevador.)* Pues entonces, entonces, entonces tú eres mi divino Dalí, al que estoy esperando en la tumba vacía de mi derecha.

DALÍ.—¡Gala!

GALA.—*(Descendiendo por el elevador.)* ¡Salvador!

(Los tres toreros y las estrellas de la tela negra también van desapareciendo al mismo tiempo que GALA.*)*

DALÍ.—¡Gala!

GALA.—*(Desapareciendo de la escena.)* ¡Salvador!

(La voz de GALA *se confunde con la de la* NODRIZA.*)*

NODRIZA.—¡Salvador!

(La NODRIZA *entra por el fondo izquierdo. Está muy enfadada. Lleva un mortero de madera en su mano derecha. La rata triturada está dentro. Se sitúa delante del piano.*
DALÍ se ha tumbado, inmóvil, en el extremo izquierdo del fondo del piano.)

---

[134] Dalí regaló a Gala en 1969 este castillo y, efectivamente, en su cripta reposan los restos de la musa. Fue el nido de amor de Gala con sus jóvenes amantes. El pintor sólo podía ir al castillo si recibía una invitación escrita y firmada por su esposa.

[135] Se llamaba Helena Ivanovna Diakonova (1894-1982).

Cuadro 10
PUTREFACCIÓN[136]

La enfermera se marcha por la derecha.
    Acto seguido, aparece DALÍ NIÑO.
    La realidad da paso a otra visión.
    DALÍ *se ve a sí mismo, con una mirada viva, chispeante.*
    DALÍ NIÑO *ve a la* NODRIZA *con el mortero en la mano y se acerca a ella, sabiendo lo que le espera. Camina con la cabeza agachada, simulando arrepentimiento. Lleva una horca de madera de dos púas que arrastra por el suelo.*
    Cuando llega al lado de la NODRIZA, *ésta le enseña la carnicería que hay dentro del mortero y le pide explicaciones.* DALÍ NIÑO *calla.*
    La NODRIZA *acerca la cara del niño al mortero para castigarle.*
    DALÍ NIÑO *forcejea con ella, y, en un pronto, se separa de la* NODRIZA *llevándose el mortero.*
    La NODRIZA *se marcha refunfuñando por la izquierda.*
    DALÍ NIÑO *con el mortero en la mano izquierda mira dentro.*
    En la tela negra puede verse lo que DALÍ NIÑO *ve: un mortero que se acerca y donde hay una rata triturada.*
    DALÍ NIÑO *mueve el mortero. Imagina. Algo trae entre manos.*
    Deja de mirar y coloca el mortero en el suelo. Las imágenes reproducidas en la pantalla negra desaparecen.
    Con una de las puntas de la horca machaca con fuerza el interior del mortero.

DALÍ NIÑO.—*(Mientras va machacando.)* Una polla xica, pica, pallarica, cama torrrrrta i bacarica va tenir sis polls xics, pics, pallarics, cama torts i bacarics[137].

    (Saca la horca del mortero, y en estado febril, olfatea la punta y la deja en el suelo. Fuerte olor de putrefacción. Se coge a las dos puntas y, poniéndose encima de ella, simula un coito. Ríe.

---

[136] Ya hemos aclarado este concepto. Recordemos sólo que la idea de lo podrido aparece en su obra a partir de 1927.
[137] Véase nota 61.

Su risa es histérica. Rueda por el suelo cogido a la horca y, sin dejar de reír, se levanta poniendo el mango en contacto con el sexo. Aprieta fuertemente las piernas. Cuando saca la horca, el mango le acaricia el sexo. Se excita. Cuando la horca queda libre, impulsivamente coloca el extremo del mango dentro del mortero y tritura con violencia las vísceras de la rata[138].

Después, cuidadosamente, coge el mortero por las dos puntas de la horca y se lo acerca a los ojos. En la tela negra puede observarse lo que queda de la rata.

DALÍ NIÑO *mueve el mortero por el mango de la horca. En la tela negra se muestra lo que* DALÍ *está viendo. Las formas de vísceras y carne triturada estimulan la imaginación de* DALÍ NIÑO. *Poco a poco este revoltijo va convirtiéndose en la pintura «El asno podrido»[139].*

DALÍ NIÑO.—*(Satisfecho de su visión.)* ¡Eureka! *(Marchándose por la izquierda sin dejar de mirar el mortero.)* ¡Hala! ¡Guau! ¡Fiu! ¡Olé! ¡Kikirikí!

(En la tela negra vuelve a observarse el punto verde.
El bip vuelve a oírse.
DALÍ *continúa agonizando en la habitación de la Torre Galatea. La enfermera, que ya había entrado de nuevo y se dirigía a paso lento hacia* DALÍ, *anda rápidamente hacia la cama. Lleva un estetoscopio.)*

CUADRO 11
UNA FIRMA DE ÚLTIMA HORA

DALÍ *tararea una canción popular catalana.*

DALÍ.—Bona nit, bona nit de roses cobert...[140].

---

[138] Desde muy joven, Dalí se sintió atraído por el aspecto visual de lo podrido y sanguinolento, llegando a convertirse en una obsesión. Mantuvo un sentimiento de atracción y repulsión provocado por el hecho de que, siendo niño, encontró un murciélago muerto cubierto de hormigas.

[139] Pintura de 1928.

[140] *Buenas noches, buenas noches de rosas cubierto...* Tema de Brahms que ha pasado a la tradición catalana.

(La enfermera le seca el sudor, después le auscultará.
Por la derecha aparece un hombre. Lleva unos documentos. Se
acerca a DALÍ *y le coloca una pluma en la mano.*
La mano de DALÍ *tiembla por el Parkinson.*
El hombre abre la carpeta e indica a DALÍ *el lugar del docu-*
mento en el que tiene que firmar.
DALÍ *no tiene fuerzas.*
El hombre le coge la mano y la conduce hacia el documento.
DALÍ *es incapaz de firmar. Le resbala la mano por el docu-*
mento y la deja caer.
El hombre lo intenta nuevamente, pero la mano vuelve a caer.
Lo intenta por tercera vez, pero PICHOT *ha entrado por la de-*
recha y le sorprende.
PICHOT *le amonesta.*
El hombre intenta justificarse enseñando a PICHOT *unos do-*
cumentos que se tienen que firmar urgentemente.
PICHOT *le echa.*
El hombre cierra la carpeta de los documentos y quiere coger la
pluma, pero contradictoriamente, DALÍ *la tiene fuertemente*
cogida y el hombre no puede quitársela de la mano.
El hombre se marcha por la derecha. PICHOT *le sigue.*
DALÍ *deja caer la pluma, que rueda por el piano y cae al*
suelo.
El hombre vuelve atrás y coge la pluma. Se marcha por la de-
recha seguido de PICHOT.
La enfermera se pone el estetoscopio en el cuello y se dirige ha-
cia la derecha por delante del piano. Lleva un vaso en la
mano derecha y la botella con el cuentagotas en la otra.
DALÍ *vuelve a delirar)*[141]

DALÍ.—Gala... Gala, Galutxa, olivera...[142].

---

[141] Durante la agonía del artista, todos querían aprovecharse de su herencia. Gómez de Liaño señala que no hay que olvidar que Gala era rusa que tenía un hermano que vivía en la antigua Unión Soviética, lo cual significaba
que a los rusos, también, les hubiera gustado beneficiarse, lo cual hubiera sido
posible si Dalí hubiera muerto antes que Gala.

[142] Dalí bautizó a Gala con múltiples nombres. «Galutxa» era el antece-
dente que se inventó el pintor en la niña «Galuchka»; «Olivera», «Oliva» y
«Oliveta» fueron apodos debidos a la forma y al color de la cara de la musa.

(El punto verde deja de verse.
El bip deja de oírse.
La enfermera se detiene a medio paso por delante del piano y
en el centro de la escena.)

CUADRO 12
SINFONÍA DE PEDOS[143]

En la tela negra, en el ángulo derecho inferior comienza a verse la for-
ma daliniana de un culo[144] tratado como un panecillo de Viena. Un
panecillo de Viena metafísico. Atravesará en diagonal la tela negra
hasta desaparecer. Por el elevador y al mismo tiempo aparece GALA.

DALÍ.—*(Llamando a* GALA *por los diferentes nombres con los que la*
llamaba.) ... Leda, sol y boboleta. Esquirol, petit negus[145].

(GALA *llega por encima del piano hasta* DALÍ *y lo obliga a le-*
vantarse.)

GALA.—Allez!... Allez! Lève- toi, mon petit cochon![146].
DALÍ.—*(Incorporándose y poniéndose de rodillas al comprobar que*
su visión se ha hecho realidad.) ¡Gala!...Oui, oui et oui. Je suis
un grand cochon. Ahora el divino Dalí duda, como el
memo de Hamlet, si se encuentra o no ante Gala, su legítima y generalísima esposa. Sólo con la prueba pericial de su

---

[143] Todo lo escatológico atraía a Dalí. El pedo era para él una metáfora sonora. Laia Rosa Armengol señala la influencia del libro *Tratado sobre el pedo* del
conde de la Trompette. Los excrementos fueron una obsesión pictórica y, en
torno a 1982, Dalí seguía sosteniendo que el acto de cagar era el más sublime
de todos y que por eso se decía: *Me cago en Déu.*
[144] Dalí se declaraba «culómano». Sostenía que era la parte del cuerpo que
más le interesaba.
[145] Más nombres con los que llamaba a Gala: «Leda», porque según el mito
ésta es seducida por Zeus convertido en cisne; «petit negus», en alusión a
Tafari Makonnen (1892-1975), coronado en 1930 emperador *(negus)* de Etio-
pía con el nombre de Haile Selassie. Recordemos que Dalí llamaba también a
Gala *Generalísima*, como leemos más adelante.
[146] *¡Levántate, mi cerdito!*

culo, tipo panet de Viena, rugiendo como el león de la Metro y expulsando exquisitas ventosidades, que eran como armonías wagnerianas, sólo así, obtendré la certeza de su presencia corpore in sepulto. Voy a comprobarlo.

(GALA *se ciñe la capa.* DALÍ *coge a* GALA *por las caderas y acerca la oreja al culo.* GALA *se agacha. Se oye la obertura de la ópera «Tannhaüser» de Wagner)*[147].

DALÍ.—¡Eureka!... ¡Gala!... ¡Eres tú!... (GALA *camina por el piano agachándose a cada impulso musical.*) No eres el producto de mi especie de locura a lo Calderón de la Barca[148]. Gala, dame una prueba de tu amor. ¡Escúpeme! (GALA *lo hace.*) ¡Ah!... Esto es lava que purifica mi cuerpo mediocre y putrefacto. (GALA *ha bajado del piano y se dirige a la derecha para irse.*) Gala... Gala, Gala, Gala... les espardenyes, les espardenyes.

(DALÍ *encima del piano levanta la pierna derecha. Se inmoviliza.*
GALA *le ata la alpargata.*
Por la izquierda entra DALÍ NIÑO.)

DALÍ NIÑO.—*(A* GALA, *levantando la pierna izquierda.)* Mare, corda-me-la[149].

(GALA *va hacia* DALÍ NIÑO *y le ata el zapato amorosamente. Le acaricia la cabeza.*
DALÍ NIÑO *le da un beso rápido en los labios. Se miran. Una mirada cómplice.* DALÍ NIÑO *se marcha corriendo por la izquierda.*
GALA *vuelve hacia* DALÍ *y acaba de abrocharle la alpargata. Se sitúa enfrente.*

---

[147] Ópera compuesta en 1845. Véase nota 20.
[148] Dramaturgo español (1600-1681).
[149] *Mamá, átamelas.*

El panecillo de Viena de la tela negra se va difuminando len-
tamente hasta desaparecer.)

DALÍ.—Meri, Gala. Sin ti viviría en una barraca y estaría cubierto de piojos y sería uno más de los cinco mil millones
de esclavos que habitan el planeta. Tú eres el equilibrio clásico de mi vida[150].

(Por la izquierda entra el fotógrafo.)

FOTÓGRAFO.—¡Marqués![151].

(El «paparazzi» hace una fotografía. Flash.
Por la tela negra se reproduce el flash e inmediatamente después
puede observarse una fotografía de DALÍ *y* GALA *auténticos.)*

FOTÓGRAFO.—*(Marchándose por la izquierda.)* Merçi.

(La fotografía se difumina hasta desaparecer. Al mismo tiem-
po, la música deja de oírse.)

DALÍ.—Siempre... siempre mi verdadera recompensa. *(Im-*
pulsivamente DALÍ *coge por el cuello a* GALA, *ahogándola)*[152].
¡Gala! ¡Enséñame tu preciosa lengua, que es como si Dalí
volviera a nacer de las entrañas de su madre! (GALA, *sin res-*
piración, va sacando la lengua.) Allez, allez, sortez, sortez
mon petit Dalí, sortez sans traumatisme...[153] *(enloquecido, si-*
mula coger la lengua con dos dedos y deja a GALA, *que cae al sue-*
lo) ... sans traumatisme whith any kline of traumatisme,
I believe on papillon. ¡Gala, dame música!
GALA.—*(Aún en el suelo.)* Oui, oui mon petit cochon...
DALÍ.—Oui, oui et oui je suis un cochon, ¡plus ultra!

---

[150] Dalí dependía emocionalmente de Gala. Muchos críticos sostienen que
sin ella no hubiera hecho tanto dinero, ni alcanzado un éxito artístico tan rápido.
[151] Fue nombrado marqués de Púbol el 10 de julio de 1982.
[152] Parece ser que en los últimos años de la vida de Gala, Dalí intentó aho-
garla.
[153] *Venga, venga, salid, salid mi pequeño Dalí, salid sin traumatismo...*

(GALA *se levanta y se ajusta la capa. Se marcha por la dere-*
cha agachándose para soltar ventosidades musicales. Suena el
tema «Canzona. Music for the funeral of queen Mary» de
Henry Purcell)[154].

DALÍ.—*(Detrás de* GALA.) Give me music, Gala! One more
time, please!...

(Mientras GALA *se va marchando, por la izquierda entra un*
nuevo personaje. Silba fuerte para llamar la atención. Lleva
una nariz roja de payaso y gafas de leer. Va vestido con unos
pantalones azules que le llegan a la pantorrilla, una chaqueta
muy ancha a cuadros blancos y negros cerrada con un gran
botón rojo, calcetines gruesos rojos, unos zapatos enormes y un
sombrero estilo Napoleón que lleva grabada la inicial de su
nombre: una K de Kandinsky[155]. *Es el pintor ruso vestido de*
payaso. Lleva en sus manos una gran madera con un papel
sujetado con unas pinzas.)

DALÍ.—*(Dirigiéndose hacia* KANDINSKY *y moviendo rápidamente*
las manos como si quisiera borrar la visión que ha estado vivien-
do hasta ahora y volver a empezar una nueva.) ... More, more
music, Gala! More, music, Gala!...

*(*GALA *se ha ido por la derecha.*
La enfermera se halla al lado del teclado del piano.
DALÍ *ha llegado al lado de* KANDINSKY. *Cruza los brazos*
y se acerca las muñecas al cuello. Se mantiene inmóvil y abs-
traído.

---

[154] Músico inglés (1659-1695) que fue nombrado compositor de violi-
nes del rey. Se encargó de la restauración de los instrumentos de la corte,
así como de la composición de numerosas obras de carácter religioso. Dedicó cantatas a los monarcas para los que trabajó: Carlos II, Jacobo II y la reina María.
[155] Pintor ruso (1866-1944), pionero del arte abstracto. Dalí tenía una opinión negativa de la obra de este artista y afirmó: «Nunca podrá existir un pintor ruso.»

La música deja de oírse.
DALÍ *ha provocado otra situación.)*

CUADRO 13
UNA MASTER CLASS

KANDINSKY.—*(A* DALÍ.*)* ¡Ya estoy aquí! *(No hay respuesta.)*
¿No me conoce?... ¡Ah!, ¿no me reconoce? Oiga, pero si yo
salgo en todos los libros de arte y estoy en todos los museos[156].
¡Pero míreme bien, hombre, míreme bien! ¡Que no ve que
soy el gran pintor ruso Ka...

DALÍ.—Ka.

KANDINSKY.—Ka...

DALÍ.—Ka.

KANDINSKY.—Ka...

DALÍ.—Ca-ca.

KANDINSKY.—¡No, no, no, no, no! Kaka, no, ¿eh? ¡Kan-dins-ky!

(DALÍ *se mete las manos en el bolsillo de la túnica y saca un
papel.)*

DALÍ.—Ka-Ka-Ka... andinsky.

KANDINSKY.—Sí.

DALÍ.—Es una quimera.

KANDINSKY.—Y ¿por qué?

DALÍ.—Porque, naturalmente, no podrá existir nunca un pintor ruso[157].

KANDINSKY.—¡Uy, uy, uy, uy, uy!

DALÍ.—¡Eh! No se queje, no se queje, porque siempre hay alguien peor. En este caso concreto me refiero al mamarracho de Mondrian.

---

[156] Este cuadro será una ridiculización de determinado tipo de pintura realizada por un determinado grupo de pintores. Una referencia a la fama del
pintor por parte de los partidarios de las abstracciones.

[157] Véase nota 155.

(Por la derecha entra el pintor MONDRIAN[158]. *También lleva una nariz roja de payaso*[159] *y unas gafas. Viste pantalón rojo muy ancho y una bata de colegio con un gran cuello blanco donde lleva atado un lazo. Lleva puesta una gran boina estilo pintor parisino. Tiene las dos cejas maquilladas como un payaso sabio. Como* KANDINSKY, *también va provisto de una madera con un papel blanco sujetado con unas pinzas.)*

MONDRIAN.—¡Piet![160].
DALÍ.—¡Niet!
MONDRIAN.—¡Piet!
DALÍ.—¡Niet!
MONDRIAN.—¡Piet!
DALÍ.—¡Niet!
MONDRIAN.—¡Piet Mondrian!
DALÍ.—¡Pet Mondrian!...[161]. ¡A la fila!
KANDINSKY.—*(A* MONDRIAN.) Sí, ponte detrás, guapo.

(MONDRIAN *no se coloca detrás de* KANDINSKY *sino delante.)*

(Por la derecha entra TAPIOLES[162] *con una nariz roja de payaso y unas grandes gafas de pasta negra. Viste con un ceñido vestido rojo que le llega hasta los tobillos. De un imperdible le cuelga una medalla, que no es más que la tapa de una lata de conservas. Lleva unos calcetines con los colores del Barça que*

---

[158] Piet Mondrian: pintor holandés (1872-1944), representante de un tipo de pintura rigurosamente geométrica. En *Los cornudos del viejo arte moderno* (Barcelona, Tusquets, 1990), Dalí se refiere a Mondrian de este modo: «*¡Pues bien!, Piet, soy yo, Salvador, quien te lo dice: con una i menos sólo habrías sido un pet* (un pedo).» Además, Dalí expresó en una carta a Breton que estaba en contra de artistas como: Utrillo, Mondrian, Vlaminck, Derain, Chagall, Matisse y Ozenfant.

[159] El hecho de que Boadella disfrace a estos pintores de payasos es una clara referencia al desprecio que a él, también, le producen.

[160] Véase nota 158.

[161] Véase nota 158.

[162] Boadella ha caricaturizado el nombre del pintor informalista catalán Antoni Tàpies (1923), que realizó duras declaraciones sobre Dalí en los momentos en que éste agonizaba. Más adelante, Pollock acentuará la ridiculización llamándole *Tapiolas*.

le sirven de zapatos. También, como los otros, lleva una madera con un papel blanco con unas pinzas. Anda y se tropieza. Está a punto de caerse.)

DALÍ.—Nunca en mi vida había visto a un prototipo de payaso más malo que usted.

TAPIOLES.—*(Presentándose.)* Tapioles. Antonio Tapioles...

DALÍ.—*(Consultando el papel.)* Es tan insignificante, que ni tan siquiera aparece en la lista.

TAPIOLES.—Es que estoy matriculado a distancia.

DALÍ.—¡Mucho mejor! ¡Perfecto! ¡Cuánta más distancia, años luz, entre usted y yo, pues mucho mejor! ¡A la fila!

KANDINSKY.—*(A* MONDRIAN *porque no quiere que sea el primero de la fila.)* Ponte detrás.

MONDRIAN.—No.

TAPIOLES.—*(Que piensa que se lo dice a él.)* No, aquí me gusta más.

(Se coloca en la fila de pintores por delante de KANDINSKY *y detrás de* MONDRIAN.)

DALÍ.—Vamos a ver... *(Pasa lista.)* ¡Paul Klee![163].

KANDINSKY.—Tiene paperas.

DALÍ.—¡Matisse![164].

MONDRIAN.—¡Está en el lavabo!

DALÍ.—¡Rothko![165].

TAPIOLES.—Se ha quedado en blanco.

DALÍ.—¡Henry Moore![166].

KANDINSKY.—Se le ha caído una piedra en la cabeza y está en la mutua.

DALÍ.—¡Alexandre Calder![167].

MONDRIAN.—Se ha desequilibrado y está con el psicólogo.

DALÍ.—¡Vasarely![168].

---

[163] Paul Klee: prolífico pintor y artista gráfico suizo (1879-1940).
[164] Henri Matisse: pintor y escultor francés (1869-1954).
[165] Mark Rothko: pintor americano nacido en Rusia (1903-1970).
[166] Escultor inglés (1898-1986).
[167] Escultor y pintor americano (1898-1976).
[168] Victor Vasarely: pintor nacido en Hungría (1908).

TAPIOLES.—Se ha pinchado un ojo con el compás y se lo han llevado a la enfermería, al pobre.

DALÍ.—¡Chillida![169].

KANDINSKY.—Ete etá en el zulo.

DALÍ.—¡Kokoschka![170].

MONDRIAN.—Está en el pil-pil.

DALÍ.—¡Jackson Pollock![171].

MONDRIAN.—Tiene piojos[172].

POLLOCK.—*(Entrando por el fondo de la derecha.)* ¡No, no, no, no! Ya estoy curado. Mire, ¡me han pelado!

> *(POLLOCK lleva una nariz de payaso roja. Va vestido con un pantalón ancho de cuadros vivos, sujetados con unos tirantes. Viste una levita y una corbata ancha sobre el cuerpo desnudo. Lleva un sombrero de fieltro negro con cinta blanca. También porta una madera con un papel blanco sujeto con pinzas.)*

DALÍ.—Pues póngase a la fila piojo con patas.

> *(POLLOCK corre nervioso hacia la fila y se sitúa detrás de KANDINSKY.)*

DALÍ.—Queridos desastres, queridos desastres, como hoy estoy de muy buen humor, de muy buen humor, les he reunido aquí para impartirles una lección magistral, que será corta pero comprimida. Para ello, naturalmente, van a per-

---

[169] Escultor español (1924-2002).

[170] Oskar Kokoschka: pintor nacido en Austria y nacionalizado británico en 1947 (1886-1980).

[171] Jackson Pollock: pintor americano (1912-1956).

[172] Los comentarios de los pintores a la lista que pronuncia Dalí tienen que ver con la estética o la vida de los artistas mencionados. Pondremos dos ejemplos para ilustrar lo que acabamos de decir: cuando se dice que Rothko se ha quedado en blanco, Boadella se refiere, cínicamente, al hecho de que los cuadros de este pintor representan grandes espacios rectangulares de color blanco, aunque después utilizó otros colores; Vasarely: *se ha pinchado un ojo con el compás,* indudablemente que es una manera irónica de referirse a la exploración que hizo este artista, con las formas geométricas, de los medios de crear una impresión alucinatoria de movimiento a través de la ambigüedad visual, o el juego fónico del apellido de Kokoschka por su similitud con «cocochas» al pil-pil.

mitirme que me ponga mi uniforme de comandante invicto del ejército de las artes.

(*Por la derecha ha entrado* GALA. *Va vestida ahora con una gran capa amarilla de terciopelo. Lleva un traje de payaso sabio de color azul con lentejuelas.*)

TODOS.—¡Bueno!

(*Ayudado por* GALA, DALÍ *se pone el traje de payaso sabio por encima de la túnica blanca.*)

DALÍ.—Bueno, pues, como ustedes saben yo me llamo, yo me llamo... ¿Cómo me llamo? ¿Cómo me llamo? Yo ya sé cómo me llamo, pero ahora voy a reflexionar un poco porque soy un poco teatral. ¿Cómo me llamo? ¿Cómo me llamo? ¡Cómo me llamo!

TODOS.—¡Salvador!

DALÍ.—¿Cómo?

TODOS.—¡Salvador!

DALÍ.—¡Salvador! ¡Perfecto! Y tal y como indica mi nombre, he nacido para salvar a la pintura moderna y al arte contemporáneo de la pereza y del caos[173].

(*Los cuatro pintores dejan caer las maderas al suelo. Ríen de lo que han oído. Mientras, se van dando golpecitos de amigos, pero los golpes acaban convirtiéndose en una pelea de empujones.*

DALÍ, *vestido de payaso sabio, toca una campanilla. La pelea se detiene. Escuchan al maestro.*

GALA *va a buscar el bastón inglés de* DALÍ *detrás del piano.*)

DALÍ.—La primera lección consistirá en copiar, escrupulosamente, aquello que tengan ante sus ojos, que en esta ocasión tienen el honor de que sea mi esposa Gala.

(GALA *da el bastón inglés a* DALÍ.)

---

[173] Así lo sostuvo Dalí.

MONDRIAN.—*(Impertinente.)* Maestro, ¿copiar o pintar?

TODOS.—*(Aprobando a* MONDRIAN.) ¡Bien!

(GALA *se dirige al ángulo derecho del fondo del piano. Se sienta de espaldas.*)

DALÍ.—Voy a responder de una manera magistral, sin embargo lapidaria. O sea, cuando Dalí hace una copia, sale un Dalí. Cuando la hace un tonto como usted, sale una tontería y... acabará suicidándose por el bien de la humanidad y de sus papás.

(MONDRIAN *se avergüenza.*)

TODOS.—*(Aprobando a* DALÍ *y traicionando a* MONDRIAN.) ¡Bien!

DALÍ.—¡Gala!

(GALA, *sentada, se quita la capa y deja ver su torso desnudo. Todos los pintores, excepto* TAPIOLES, *se excitan. Corren hacia* GALA. *La corbata de* POLLOCK *se levanta como si estuviese en erección.*)

POLLOCK.—¡Hala!

KANDINSKY.—¡Hostia!... ¡Hostia, pero si está desnuda!

POLLOCK.—¡Eh, Tapiolas!, ¿no te excita la chavala?

MONDRIAN.—*(Esperando respuesta.)* ¿Eh?

TAPIOLES.—¡Soy omnipotente!

TODOS.—*(Sorprendidos.)* ¿Eh?

TAPIOLES.—Pictóricamente.

TODOS.—*(Reconfortados.)* ¡Ah!

(Sin que los pintores se den cuenta, GALA *se cubre el cuerpo con la capa.*)

POLLOCK.—*(Percatándose de que* GALA *tiene nuevamente la capa puesta.)* Qué, qué, qué... ¿qué ha pasado?

KANDINSKY.—¡Coño, claro! Que se ha acabado el tiempo de peep-show[174]. ¡Que hay que echar más monedas!

POLLOCK.—¿Y dónde está la ranura de la cabina?

KANDINSKY.—¡Y yo qué sé dónde está la ranura! ¡Pero hay que buscar la ranura!

(Todos la buscan por donde menos se espera.)

POLLOCK.—¡Hay que buscar la ranura! ¡Hay que buscar la ranura!

KANDINSKY.—¿Ranura, dónde estás?

POLLOCK.—¡Hay que buscar la ranura!

MONDRIAN.—¡Hay que buscar la ranura!

KANDINSKY.—¿Ranura?

POLLOCK.—¡Hay que buscar la ranura!

TAPIOLES.—Aquí. *(Doblándose el vestido y haciendo un bolsillo improvisado.)* Aquí está la ranura. ¡Aquí está la ranura!

KANDINSKY.—*(A* MONDRIAN.*)* ¿Tienes una moneda?

MONDRIAN.—*(Metiendo una moneda en el falso bolsillo de* TA-PIOLES.*)* ¡Toma!

(Todos miran hacia GALA *para ver si se ha quitado la capa roja. No es así.)*

TAPIOLES.—¡Más! ¡Más monedas, más!

KANDINSKY.—¿Más monedas?

POLLOCK.—Mira, yo tengo una aquí. Mira.

*(*POLLOCK *mete la moneda en el bolsillo de* TAPIOLES. *Comprueban. Ningún cambio en* GALA.*)*

TAPIOLES.—¡Otra, otra!

KANDINSKY.—Espera, espera que yo tengo una grandota, grandota, dentro de este bolsillo. Mira, mira, mira. Toma.

---

[174] Tipo de cabina de los sex-shops en la que el espectador introduce monedas para ver sexo en vivo durante un espacio de tiempo determinado.

(KANDINSKY *mete la moneda en el falso bolsillo.* GALA *continúa con la capa puesta.*)

TAPIOLES.—¡Más!
KANDINSKY.—*(Desconfiado.)* ¿Otra? ¿Hay que echar más monedas?

(TAPIOLES *lo aprueba diciendo que sí con la cabeza.*)

MONDRIAN.—¡No! ¡No funciona! ¡Hay que cambiar de Sex-Shop!
KANDINSKY.—¡Espera, a ver si encuentro...!
POLLOCK.—Yo tengo una, aquí, muuy pequeña...

(KANDINSKY *y* POLLOCK *buscan en los bolsillos de sus pantalones. Mientras* TAPIOLES, *disimuladamente, se va marchando de espaldas sin que nadie se dé cuenta. Cuando* KANDINSKY *y* POLLOCK *han encontrado la moneda y la quieren meter en el bolsillo de* TAPIOLES, *se dan cuenta de que éste se dirige de puntillas hacia la salida de la izquierda.*)

KANDINSKY.—¡Caramba, tú, el Tapiolas se las queda todas!
TODOS.—¿Adónde vas, Tapiolas?
TAPIOLES.—*(Con un fuerte acento catalán.)* Hombre, es que... es que me pensaba que era para mi fundación[175].
POLLOCK.—¡Sí, hombre, eres un marrano!

(Pelea verbal. Insultos y amenazas. DALÍ *detiene la pelea tocando la campanilla.*
Silencio.)

DALÍ.—Tal y como suponía, son ustedes unos charcuteros pornográficos del arte. Unos viles bricoleurs del sexo pictórico. En definitiva un cony de berros que han empestifat tot l'art del segle vint...[176].

---

[175] En 1984 crea en Barcelona la Fundación Tàpies con el fin de difundir el arte contemporáneo, así como para exponer y conservar su propia obra.
[176] *Unos cerdos sementales que han apestado el arte del siglo XX.*

(Los pintores van a recoger las maderas con el papel blanco que todavía están en el suelo. Lloran y se castigan autoflagelándose al ver que DALÍ tiene razón en lo que dice.)

DALÍ.—... Todo buen pintor ha de saber copiar exactamente una espalda perfecta, en medio de la rapiña y de la insurrección del arte actual. Aprendan de Dalí. Supuestos pintores... ¡A pintar!

(DALÍ toca nuevamente la campanilla.
Comienza el ejercicio.
Los pintores se han situado con las maderas con el papel blanco delante del piano. Al lado del teclado está MONDRIAN, a su izquierda POLLOCK, después KANDISNKY y al otro extremo del piano, TAPIOLES.
GALA se quita la capa roja.
Todos se excitan nuevamente al ver la espalda desnuda de GALA.
GALA se cubre las nalgas con una sábana blanca.
Lo que está pintando es el cuadro de DALÍ «Gala desnuda de espaldas»[177].
Todos se disponen a pintarla.)

MONDRIAN.—*(Inspirado.)* Voy a romper mi interior metafísico para que salga todo el mal rollo que lleva mi alma.

KANDINSKY.—*(Poseído.)* ¡Eh! ¡Eh, eh, eh! ¡Tú, tú, tú, tú, tú! ¡Mira lo que hago, mira! ¡Mira lo que pinto! ¡Mira, mira, mira! *(Dibuja en el papel blanco una línea curva y un círculo.)* ¡Toma!

POLLOCK.—¿Qué estás haciendo, ruso?

KANDINSKY.—¡Coño! Que estoy proyectando cromáticamente las relaciones centrífugas que me salen de... *(tocándose la bragueta)* ... de los Urales.

POLLOCK.—*(Buscando un estímulo para inspirarse.)* Kandinsky... ¡Písame!...

---

[177] El título completo del cuadro es: *Gala desnuda de espaldas mirando un espejo invisible* (1960).

KANDINSKY.—¡No! ¡No, no, no que te puedo hacer daño!

POLLOCK.—¡Me da igual, tú, písame!

KANDINSKY.—¡No, hombre! ¡Que no ves que con estos zapatones tan grandes te puedo hacer mucho daño!

(TAPIOLES *anima a* KANDINSKY *para que pise a* POLLOCK.)

POLLOCK.—Ruso, tú piensas demasiado.

KANDINSKY.—*(A* TAPIOLES.*)* ¡Yo no pien...

MONDRIAN.—*(Pisando con fuerza a* POLLOCK *y cogiéndolo desprevenido.)* ¡Toma!

POLLOCK.—¡Hostia! ¡Hostia! ¡Aaaaaaay! ¡Ya siento toda la animalidad en mí! *(Se pellizca los pezones.)* ¡Ahora sí que puedo pintar! ¡Se van a enterar los críticos y los museos de arte contemporáneo! *(Hace garabatos, sin parar, en el papel en blanco.)* ¡Vas bien, Pollock! Tú, ahora vas bien. ¡Ahora vas lanzao! ¡No te pares que ahora vas lanzao!

TAPIOLES.—Pues yo voy a ???????? *(explica, intelectualmente, lo que quiere pintar. Es tan profundo lo que dice que parece que hable para sí mismo, de manera que sólo puede entenderse el final de la frase)* ????? nuevos materiales ???????? Salvador Espriu[178] ??????? magma solidario ????? para pintores sin fronteras.

KANDINSKY.—Pero, qué bueno, ¡qué bueno que es el Tapiolas!

POLLOCK.—¡Pero qué bueno que eres Tapioles!

MONDRIAN.—¡Eres un boniato!

POLLOCK.—¡Es tan... es tan... tan humanamente humano que!... O sea, ahora yo... Yo creo que voy a...

MONDRIAN.—Sí, yo también.

POLLOCK.—Yo, ahora... ¡Viva la solidaridad!

(Irán excitándose y acabarán diciendo lo primero que les pasa por la cabeza)[179].

---

[178] Salvador Espriu: escritor español (1913-1985).

[179] Todo lo que sigue a continuación podría ser una parodia de los grandes tópicos utilizados hoy por el mundo progresista.

KANDINSKY.—¡Vivan las ONG!

MONDRIAN.—¡Viva la madre Teresa de Calcuta!

POLLOCK.—¡Y los indios maricones!

MONDRIAN.—¿Qué?

POLLOCK.—¡No! ¡Los mohicones! ¡Mohicones, mo-hi-co-nes!

KANDINSKY.—¡Y vivan Greenpeace y Mendiluce[180] y la OTAN!

POLLOCK.—¡Y la guerra!

MONDRIAN.—¡Y el exterminio!

POLLOCK.—¡Y la limpieza étnica!

KANDINSKY.—¡Y la silla eléctrica!

MONDRIAN.—Y...

KANDINSKY.—Y...

POLLOCK.—Y...

MONDRIAN.—Y...

POLLOCK.—¡Y viva el coitus interruptus!

TAPIOLES.—¡Y vivan las nuevas texturas catalanas!

(Todos miran a TAPIOLES *y fruncen la nariz.)*

DALÍ.—*(Dando por iniciado el ejercicio.)* ¡Gala, Gala, Gala...!

POLLOCK.—*(A* GALA *advirtiendo que los modelos no tienen que moverse.)* ¡Chavala, ni se te me muevas![181].

(DALÍ, *con un largo pincel, se dispone a pintar la espalda de* GALA *por encima de la tela negra. A medida que vaya moviendo el pincel se irá reproduciendo aquello que* DALÍ *pinta. En primer lugar, y dibujando una línea continua negra, hará el contorno de la figura de* GALA, *después pintará los vacíos y el fondo.*

---

[180] José María Mendiluce: escritor español (1951) que ha sido responsable de varias operaciones humanitarias en Angola, Centroamérica y los Balcanes. Fue candidato de Los Verdes-Izquierda de Madrid a la alcaldía de Madrid y diputado del Parlamento europeo. Su inclusión es irónica.

[181] Incorrección consciente.

Suena «L'inverno. Largo» de «Le quatro stagioni» de Vi-
valdi)[182].

KANDINSKY.—*(Porque la música que se oye es demasiado clásica para él.)* ¡Vaya mierda de hilo musical!
POLLOCK.—Esto es música para domingueros.
KANDINSKY.—Esto, esto es una mierda. Escucha, escucha.

(Cantan en falsete «Las cuatro estaciones».)

POLLOCK.—La la lalá...

(Todos cantan mientras pintan.)

TAPIOLES.—Nyigo nyí nyigo nyí nyigo...

(TAPIOLES pinta de espaldas a todo el mundo para que nadie vea lo que hace; MONDRIAN ha cuadriculado el papel en blanco con unas líneas gruesas; KANDINSKY continúa su composición de puntos y líneas, y POLLOCK no para de hacer garabatos.
DALÍ empieza a pintar la sábana y el cabello de GALA.)

TAPIOLES.—*(A KANDINSKY.)* Tú, vamos a mirar las proporciones, hombre.
KANDINSKY.—Sí, sí. Vamos a mirar las proporciones.

(Todos corren hacia GALA y a una cierta distancia toman las proporciones utilizando la técnica del dedo.)

TAPIOLES.—Alto, ancho. Alto, ancho. ¡Ya'stà! *(Se excita.)* ¡Nyaca, nyaca!

(Todos, menos POLLOCK, vuelven a su sitio.)

---

[182] Antonio Lucio Vivaldi: compositor y violinista italiano (1678-1741). *Las cuatro estaciones* son los cuatro primeros conciertos de los doce que constituyen *Il cimento dell'armonia e dell'invenzione*. No se sabe con exactitud la fecha de composición, pero la dedicatoria al Conde Marzin es de 1725.

POLLOCK.—*(Al lado de* GALA *intentando ponerle la mano sobre la espalda.)* Eh, mira. Mira, mira, mira. Ay, ay, ay, ay, ay. Mira, mira, mira. Mira. Hala, hostia. Mira, mira, mira. Huy, huy, huy... Mira, hala.

MONDRIAN.—*(Advirtiendo a* POLLOCK *que tenga cuidado.)* Ay, ay, ay, ay...

(GALA *le propina a* POLLOCK *una fuerte bofetada que le deja sin sentido.)*

POLLOCK.—¡Hostia!

(POLLOCK *vuelve rápido a su sitio de trabajo con la mano en la mejilla.)*

MONDRIAN.—*(Irónico.)* Ahora se te ha movido la chavala, ¿eh?

TAPIOLES.—*(Refiriéndose al sonido de la bofetada.)* ¿Qué ha sido esto, Manlleu?

KANDINSKY.—Esto ha sido un bofetón de la Tuneu.

TAPIOLES.—Mare de Déu![183].

(POLLOCK *mira lo que* MONDRIAN *está pintando.)*

MONDRIAN.—Pollock, ¡no me copies!

KANDINSKY.—*(Mirando lo que* POLLOCK *ha pintado y dando consejos.)* Ta bien, sí. Pero si le pones un poco de azul...

POLLOCK.—*(A* DALÍ.) Profe, ¡el ruso me está copiando!

KANDINSKY.—¡Uy, sí! ¡Qué miedo, mira! ¡Estoy temblando! ¡Yankee soplón!

---

[183] Este pequeño diálogo, que rompe con lo anterior, se incorporó improvisadamente durante una representación. Debido al alto volumen de la música y a que la atención dramática la conducía Pollock, los actores Jesús Agelet y Xavier Boada mantenían, al margen de la acción, este diálogo rimado. No hubiera sido así si la actriz que interpretaba a Gala no se hubiera apellidado Tuneu y si el actor Xavier Boada no hubiera nacido en Manlleu. Los actores aprovecharon la coincidencia para hacerse un guiño. Esta licencia se ha mantenido hasta la última representación.

*(«Las cuatro estaciones» está llegando al final.
Uno a uno, y en voz alta, firman los cuadros.)*

MONDRIAN.—Mon-dri-an.
POLLOCK.—Po-llock.
KANDINSKY.—Kan-dins-ky.
TAPIOLES.—Ta-pio-les.
DALÍ.—Ga-la, Salvador Dalí.
TAPIOLES.—Ja estic[184].
TODOS.—Yo también.

(La música concluye.)

TODOS.—*(Mostrando cada uno su cuadro.)* ¡Mireeeee!

*(Todos, de espaldas al cuadro de DALÍ, van mostrando su
obra. MONDRIAN ha hecho una composición con colores rojos y azules que se equilibran con el blanco. O sea, una cua-
drícula colorada, típica de la última etapa de MONDRIAN;
una especie de «rellena y colorea». POLLOCK ha llenado de garabatos negros la superficie en blanco y ha acabado realizan-
do una composición típica del expresionismo abstracto. KAN-
DINSKY ha realizado, dentro de su estilo, una composición de
puntos y líneas. TAPIOLES ha agujereado el papel, ha pintado
la cruz característica en muchos de sus cuadros y una letra B.
Todos están satisfechos de la interpretación que han hecho de la
espalda de GALA.)*

DALÍ.—Y yo, también.

(Todos se giran para ver el cuadro de DALÍ.)

*(El acabado de DALÍ, de un realismo casi fotográfico, con-
trasta con diferencia con las abstracciones de los otros pintores.)*

(Al ver el cuadro opinan sarcásticamente.)

---

[184] *Ya estoy.*

POLLOCK.—¡Esto es viejo!

KANDINSKY.—¡Esto es antiguo!

TAPIOLES.—¡Y anacrónico!

MONDRIAN.—¡Y de derechas!

POLLOCK.—¡Esto, hasta incluso diré, que esto, es reaccionario!

KANDINSKY.—¡Y pasado de moda!

TAPIOLES.—¡Y decadente!

MONDRIAN.—¡Y relamido!

TODOS.—¡Fuera! ¡Fuera!...

(DALÍ los hace callar tocando la campanilla. Los pintores aguantarán contenidos la bronca de DALÍ.)

DALÍ.—Queridos sujetos, con todos mis respetos, son ustedes unos payasos, en el peor sentido de la palabra, que han convertido el arte en manualidades de frenopático. El poco talento que tienen se...

(A la enfermera, que se encuentra cerca de la salida de la derecha, se le cae al suelo una caja metálica con pastillas. El ruido detiene la situación. Tanto DALÍ como los demás pintores se quedan inmóviles mirando el lugar donde ha caído la caja. La enfermera la recoge lentamente del suelo y anda otra vez hacia la cama. Lo hace lentamente. El delirio de DALÍ continúa en el punto donde se había interrumpido.)

DALÍ.—... Como decía, el poco talento que tienen se les debe haber malgastado todo, en utopías de libertad y en semen.

TODOS.—*(Imaginándose que pueden perder una gotita de semen.)* ¡Uy!

DALÍ.—En cambio, en cambio, en cambio, el divino Dalí, si por casualidad una gota de líquido espermático se pierde[185], necesita al instante una diarrea de dólares para taponar el derrame.

TODOS.—*(Nadie ha entendido absolutamente nada.)* ¿Qué, qué, qué, qué, qué?

---

[185] El artista comparaba su semen con el oro.

(Todos intentan dar sentido a lo que DALÍ *ha dicho.)*

TAPIOLES.—Pienso ?????... *(hace el gesto de una masturbación)* ... magma experimental postmoderno ????? sobre el cuadro.

KANDINSKY.—Sí, hombre, claro. Ahora lo he entendido todo. Mira, mira. Tú vas allí y pones todo, ¿no? Después te vas acercando poco a poco. Sacas el titol[186] y haces... *(Imita el gesto de una masturbación que acaba en eyaculación.)* Fuuu, fuuu... Y ya se hace solo.

POLLOCK.—¡Ah, sí, claro! Es muy fácil, sí. O sea, tú coges y pones, pones, pones. Bien liso, bien liso, bien liso. Que no, que no... que no... ¡No! ¡Liso! ¡Pinzas! *(Imita el gesto de una masturbación con el sexo muy pequeño que acaba con un pequeño orgasmo y una débil eyaculación.)* Cri cri cri cri cri. Uy, uy, uy, uy... Y chap, chap, chap. Ya está.

MONDRIAN.—*(Directo al grano.)* ¡Una paja!

POLLOCK.—*(A* MONDRIAN.*)* Sí. Pero, cuidado..., una paja mental.

DALÍ.—Con mi permiso voy a proceder a una desinfección inmediata. *(Rompiendo los papeles pintados.)* Con mi permiso, con mi permiso, con mi permiso, con mi permiso...

(Todos los pintores lloran.)

DALÍ.—Lloran como niños, por lo que no han sabido defender como pintores[187]. ¡Limítense inquisitorialmente a copiar al maestro!

(Los pintores obedecen a DALÍ. *Intentarán pintar en la otra cara de la madera.)*

---

[186] *Pene.*

[187] Frase que recuerda a la pronunciada por la madre del último rey nazarí de Granada, Boabdil (1459-1528), cuando entregó esa ciudad a los Reyes Católicos el 2 de enero de 1492. Según la leyenda, cuando este rey salía de Granada camino de su destierro y dirigió la última mirada a la ciudad rompió a llorar desconsoladamente. Fue entonces cuando su madre le reprochó que hubiera capitulado diciendo: «Llora como una mujer lo que no has sabido defender como un hombre.»

TAPIOLES.—Bueno, si això està «xupat», home[188].

KANDINSKY.—Esto es fácil.

MONDRIAN.—Es fácil.

(POLLOCK *intenta poner el pie encima del piano para apoyar la madera sobre la cama, pero por mucho que lo intenta, no puede.*)

TAPIOLES.—*(A* KANDINSKY.*)* Yo la voy a hacer sin mirar, tú. ¡Con dos cojones!

KANDINSKY.—*(A* TAPIOLES.*)* Mira, con una mano que lo voy a hacer. ¡Toma!

(*Todos hablan pero nadie pinta. No saben cómo hacerlo.*)

TAPIOLES.—*(A* KANDINSKY.*)* Oye, ¿tú que pones?

KANDINSKY.—*(A* TAPIOLES.*)* No sé, no sé... pero, claro, es que me falta un color, ¿eh?

TAPIOLES.—Yo es que, ahora mismo no encuentro ni el yin ni el yan. A ver si al menos encuentro el yen.

KANDINSKY.—¿Sabes qué pasa?

TAPIOLES.—¡Qué!

KANDINSKY.—Que no me sale. *(Llora.)*

TAPIOLES.—¡A mí... a mí... a mí tampoco me sale! *(Llora.)*

MONDRIAN.—¡No me sale! *(Llora.)*

(*Todos lloran.*)

POLLOCK.—*(Cogiendo del suelo un trozo de su pintura que* DALÍ *ha roto.)* Esto. ¡Esto sí que era bueno! ¿Por qué? Porque era moderno. *(Exaltado.)* ¡Viva la modernidad!

(*Todos, menos* TAPIOLES, *cogen su trozo roto.*
TAPIOLES, *en su lugar de trabajo, se coloca de espaldas a todo el mundo y trabaja su pintura rota.*)

---

[188] *Eso está chupado, hombre.*

410

MONDRIAN.—¡Viva lo abstracto!

KANDINSKY.—¡Viva el informalismo![189].

POLLOCK.—¡Vivan todos los ismos![190].

MONDRIAN.—¡Viva la vanguardia!

KANDINSKY.—¡Viva Bilbao y el Guggenheim![191].

POLLOCK.—¡Y una mierda seca, pegada en un cuadro!

TAPIOLES.—*(De espaldas mientras va trabajando.)* Y, ¡viva la Cataluña vanguardista!

(Silencio.)

POLLOCK.—*(Percatándose de que en su cuadro roto falta un trocito muy pequeño.)* ¡Uy! ¡Ay, ay, ay, ay, ay! Me falta un trocito.

MONDRIAN.—Y a mí.

KANDINSKY.—A mí también. Un trocito pequeñito, aquí en la puntita.

POLLOCK.—Sí.

KANDINSKY.—Coño, ¿dónde estará?

POLLOCK.—Ay, ay, ay, ay, ay.

KANDINSKY.—Ah, sí, sí, claro. Esto es que se nos habrá caído por el suelito.

(Buscan el trozo que les falta.)

POLLOCK.—*(Llamando al trozo de papel.)* Trocito.

KANDINSKY.—Papelito...

MONDRIAN.—Trocito.

---

[189] Término acuñado por el crítico francés Michel Tapié, en su libro *Un art autre* (1952), para describir un tipo de pintura abstracta espontánea, vigente entre los artistas europeos de la década de 1940 y 1950. Tapié inventó el término «informel», que se puede traducir por «sin forma».

[190] Los ismos son vanguardias artísticas (expresionismo, dadaísmo, futurismo, cubismo, surrealismo...) que surgen en torno a 1900 y se oponen a la estética anterior. Proponen con manifiestos nuevas concepciones del arte.

[191] Referencia al museo diseñado por el arquitecto norteamericano de origen canadiense Frank O. Gehry (1929) en Bilbao y que se abrió al público en 1997. Para Boadella, este museo es: «Un intento de ciencia-ficción al estilo de la factoría Walt Disney [...], un parque temático.»

KANDINSKY.—¡Coño, pero si los tiene todos el Tapioles!

(TAPIOLES *muestra su nueva pintura. Ha utilizado parte de
su cuadro anterior y ha añadido los trozos de las pinturas
de los demás.*)

TAPIOLES.—Éste es mi collage que se titula: «Homenaje se-
miótico al Tercer Mundo.»
KANDINSKY.—¡Qué bueno que es el Tapioles!
MONDRIAN.—Sí, muy bueno.
KANDINSKY.—Pero, ¡devuélvenos nuestros trocitos! ¡Venga!
TAPIOLES.—*(Colocándose la madera en la cabeza para que nadie la
pueda coger.)* No. Esto no puede ser, de ninguna manera.
KANDINSKY.—Y, ¡por qué no!
TAPIOLES.—Porque son para las víctimas de mi fundación[192].

(GALA *propina un fuerte golpe a la madera de* TAPIOLES *con
el bastón que le ha cogido a* DALÍ.)

GALA.—Foutez-le-camp avec votre merde![193].

(*Todos cogen las maderas para protegerse de los golpes de bastón de* GALA. *Intentan marcharse.*)

POLLOCK.—Joder, la tía está buena, pero tiene una mala
leche.
KANDINSKY.—¡Hostia! Parece un guardia civil.
GALA.—Allez vous faire enculer par touts les marchants amé-
ricains![194].

(GALA *pierde el control dando golpes a diestro y siniestro.*)

DALÍ.—*(Amenazado por un golpe de bastón.)* ¡Soy el divino, Gala!

---

[192] Efectivamente existe una asociación de damnificados por *la obra demasiado perecedera* de Tàpies, como dice Boadella.
[193] *¡Iros al carajo con vuestra mierda!*
[194] *¡Que os den por el culo todos los marchantes americanos!*

412

(Los pintores se marchan por la izquierda.)

GALA.—*(Saltando del piano y persiguiendo a los pintores.)* Allez, sortez! Sortez. Bande de cochons! Salauds! Crétins! Pedés! Putains! Maqueraux![195].

DALÍ.—Aaaaah, estos jóvenes pintores modernos no creen en nada; y es obvio que cuando no se cree en nada, se acaba pintando apenas nada. Nada. Nothing!

(Por la derecha entra el fotógrafo.)

FOTÓGRAFO.—¡Maestro!

(DALÍ se prepara para ser retratado. El fotógrafo dispara. Flash. En la tela negra se reproduce el flash e, inmediatamente después, se puede observar el primer plano de DALÍ auténtico vestido de payaso sabio)[196].

FOTÓGRAFO.—*(Marchándose por la derecha.)* ¡Gracias!

(La fotografía desaparece lentamente.)

DALÍ.—Suerte que mi benemérita esposa Gala les está aplicando implacablemente el garrote vil.

*(Por la izquierda entra una niña con trenzas saltando a la cuerda. Es MIRÓ[197], a los ojos de DALÍ.
La enfermera aún está al lado del teclado en dirección a la cama de DALÍ.)*

---

[195] *¡Venga, fuera, banda de cerdos, guarros, cretinos, maricas, putas, chulos!*
[196] A Dalí le encantaba disfrazarse.
[197] Antoni Miró: pintor catalán (1893-1983). Conoció a Dalí en Figueres en 1927. La presencia de elementos explícitamente sexuales en la obra de Miró produjo en Dalí, como confirman muchos expertos, un efecto liberalizador. Alabó la pintura de Dalí, le presentó a marchantes y desempeñó un importante papel en la promoción del pintor en París, ya que le introdujo en la alta sociedad parisina. Para Dalí, la mayor parte del arte catalán era putrefacto, salvó el de Miró, al que consideraba *uno de los valores más puros de nuestra época*. Más tarde diría que los cuadros de Miró eran *grafitos paleolíticos*. Su aparición como una niña se debe a varias causas: buscar una intención surrealista y fundir el carácter frágil del pintor y su pintura infantil de formas femeninas.

CUADRO 14
DALÍ-MIRÓ

MIRÓ NIÑA.—¡Hola, Dalí!

DALÍ.—¿Quién me llama?

MIRÓ NIÑA.—Yo.

DALÍ.—¡¡¡Miró!!! ¿Qué me cuentas, Miró? *(Baja del piano.)* ¿Qué me cuentas? Yo te abrazo. ¡Siéntate! Siéntate hombre, siéntate. ¿Qué me cuentas? ¿Qué me cuentas?

MIRÓ.—Pues nada. Como siempre... jugando.

(DALÍ se sienta en el piano. MIRÓ, impaciente, se queda de pie.)

DALÍ.—Es que tú, Miró, siempre has sido muy lúdica y muy juguetona.

MIRÓ NIÑA.—¿Por qué siempre vas vestido tan raro?

DALÍ.—Bueno, voy vestido con mi uniforme oficial de Dalí, ya sabes... cosas mías, cosas mías.

MIRÓ NIÑA.—Es que la gente dice que estás un poco loco.

(MIRÓ, imparable, no deja de jugar con la cuerda.)

DALÍ.—Mira, Miró. La única diferencia entre Dalí y un *locu* es que yo no estoy *locu*[198]. Que es una diferencia mínima, pero muy sustancial. Bueno, home, bueno. Cuéntame cómo te va la vida. ¿Cómo te va? Comment ça va tout?

MIRÓ NIÑA.—Pues nada, ahora salgo con Calder... y me gusta mucho porque hace unos móviles[199] fantásticos.

(MIRÓ, infatigable, corre hacia el piano y hace sonar el teclado sin orden ni concierto.)

---

[198] Así lo sostuvo Dalí.

[199] Véase nota 167. Calder inventó el móvil: construcciones que se movían manualmente o con motor eléctrico. Fue uno de los primeros que incorporó el movimiento real a la escultura. Estos móviles se cuentan entre los precursores del arte cinético.

DALÍ.—¿Calder? ¿Has dicho móviles? Dile a Calder que lo mínimo que se le puede pedir a una escultura es que se esté quieta[200]. ¡Y tú también estate quieta y para de tocar el piano, recony![201].

(MIRÓ *deja de tocar el piano.*)

MIRÓ NIÑA.—*(Sabionda y reivindicativa.)* Es de Hindemith[202].
DALÍ.—¡Peor para él! Todo el mundo sabe que tengo horror a los animales, sobre todo a los niños pequeños y a los seres que se mueven en exceso. Oye, oye, cambiando de tema. ¿Has visto a Bretón-tón?

(MIRÓ, *enfadada, deja el teclado y se sienta cerca de* DALÍ. *Incapaz de estarse quieta, no para de mover las piernas.*)

MIRÓ NIÑA.—No. Ya no me hablo con él porque era una marimandona. Siempre quería ser el jefe de la banda surrealista.
DALÍ.—Exacto. Sí, sí, sí, sí senyor, tienes toda la razón. Yo rompí con él, porque le parecía mal que en un cuadro mío saliera un señor con los cal-zon-ci-llos ¡ca-ga-dos![203]. (MIRÓ *se ríe, tapándose la boca.*) Imagínate parecido sujeto burócrata burgués pretendía ser el jefe de los surrealistas. El surrealisme c'est moi![204].
MIRÓ NIÑA.—*(Con pudor.)* Es que tú, Dalí, siempre has sido un poco marrano.
DALÍ.—Tu también pones algunas titoles y algunos sexos en tus pinturas.

---

[200] Frase dicha por Dalí.
[201] *¡Coño!*
[202] Paul Hindemith: compositor y violinista alemán, nacionalizado americano (1895-1963).
[203] Alusión al cuadro de Dalí *El juego lúgubre* (1929). Muchos surrealistas pensaban que Dalí era coprófago. La referencia tiene que ver con un suceso real: un día, el padre del pintor llegó a casa gritando y riéndose porque se había cagado encima. El hecho de que su padre hiciera esta exhibición y no ocultara lo ocurrido impresionó sobremanera a Dalí.
[204] *¡El surrealismo soy yo!,* véase nota 59.

MIRÓ NIÑA.—Sí, pongo algún chichi y alguna pilila... *(enfadada al sentirse descubierta)* ... Pero yo digo que son pajaritos.
DALÍ.—¡Qué punyetera[205] que eres, Miró! Escucha, escucha, y de Paul Éluard, de Paul Éluard, ¿sabes alguna cosa de él?

(MIRÓ, *incansable, juega al infernáculo*)[206].

MIRÓ NIÑA.—*(Mientras va saltando.)* ¡No!, porque desde que tú le robaste la novia, se pasa el día ligando con todas.
DALÍ.—Cro-no-ló-gicamente la cosa pasa así. Jo tenía ventedòs[207] años y estaba completamente histérico porque hacía mucho tiempo que no me masturbaba, no me la pelaba. Llevaba una cantidad de retraso de esperma incalculable y entonces aparece... *(evocando)* Gaaaala con los peeechos al aaaire[208] y me enamoró automáticamente. ¡Y estate quieta, coño!

(MIRÓ *deja de jugar. Pone morros. Lloriquea. Silencio.*)

DALÍ.—No, no. Puedes seguir jugando con tus infantilismos enternecedores. Pero antes, dime, ¿cómo te va la pintura?

(De golpe a MIRÓ *se le pasa el mal humor.)*

MIRÓ NIÑA.—*(Contenta y avispada.)* Bien. Ahora he ganado un concurso... *(al oído para que no se entere nadie)* ... para una Caja de Ahorros[209].
DALÍ.—*(Levantándose como si hubiese visto a Dios.)* ¡Caja de Aaaaahooooorrrrrooooosssss!
MIRÓ NIÑA.—¡Xisss!

---

[205] *Lista.*
[206] Juego infantil que se realiza sobre unas casillas trazadas en el suelo.
[207] Así lo pronunciaba Dalí.
[208] Nueva alusión a esa costumbre de Gala.
[209] La Caixa encargó, en 1978, a Miró un tapiz para presidir una nueva sede en Barcelona. Este tapiz contenía, entre otros motivos, la estrella azul y dos circulitos en rojo, que fueron elegidos como logotipo de la entidad financiera.

(Silencio. DALÍ *vuelve a sentarse.)*

MIRÓ NIÑA.—*(Al oído.)* Y es una estrellita con dos tomatitos: uno rojo ya maduro y otro amarillo por madurar. Y les ha gustado mucho. Y dicen que lo pondrán, hasta en los cheques.

DALÍ.—¡Cheques! Cuando oigo esta palabra, tengo palpitaciones[210].

*(*MIRÓ NIÑA *salta a la cuerda haciendo florituras.)*

DALÍ.—Es que tú, Miró, haciendo la puta i la ramoneta[211] te lo has sabido montar muy bien, todo eso, ¿eh?

MIRÓ NIÑA.—Yo soy amiga de todos.

DALÍ.—¡Ah, pues yo digo siempre mi lema favorito!, ¡que se hable de mí, aunque sea para bien![212].

(Por la izquierda entra el fotógrafo.)

FOTÓGRAFO.—¡Amigos!

*(*MIRÓ NIÑA *corre hacia su amigo* DALÍ. DALÍ *se agacha para ponerse a la misma altura que* MIRÓ NIÑA *y ella aprovecha para hacerles unas orejas de burro sin que* DALÍ *se dé cuenta. El fotógrafo hace una foto. Flash. Flash reproducido en la tela negra e inmediatamente después un fotomontaje de los auténticos* DALÍ *y* MIRÓ, *juntos, donde* MIRÓ *pone los dos dedos detrás de la cabeza de* DALÍ.*)*

FOTÓGRAFO.—*(Marchándose por la izquierda.)* ¡Gracias!

(La fotografía desaparece lentamente.)

DALÍ.—*(A* MIRÓ NIÑA *haciendo que se separe de él.)* ¡Venga castiza!

---

[210] De nuevo, la obsesión de Dalí por el dinero.
[211] *Como quien no quiere la cosa.*
[212] Frase dicha por Dalí.

MIRÓ NIÑA.—¿Y ahora tú qué pintas?

DALÍ.—Nada, nada. Estoy elaborando unos estudios a partir del Ángelus de Mi·llet[213].

MIRÓ NIÑA.—¡Hosti, cómo te lías!

DALÍ.—No te creas, no te creas.

MIRÓ NIÑA.—*(Delante de* DALÍ *y dibujando en el aire.)* Yo cojo y miro el cielo azul. *(En la pantalla se reproduce un fondo azul.)* Aquí pongo una niña... que va corriendo... *(por la pantalla se va reproduciendo, con una pincelada muy gruesa, lo que* MIRÓ NIÑA *va dibujando en el aire. Primero un círculo negro como si fuese la cabeza, después una línea vertical que quiere parecer un cuerpo. Delante del círculo negro, un triángulo, y por detrás de la línea, otra paralela al suelo, que quiere significar una pierna y un pie. Entre el círculo y la línea vertical hace otra dando a entender que es el brazo de alguien)* ... con una falda amarilla. *(Pinta el triángulo de amarillo.)* Después le pongo las mejillas rojas como un tomate. *(Pinta el interior del círculo negro de color rojo.)* Aquí, una pelota... *(en el ángulo inferior izquierdo pinta una gran mancha roja)* ... y dos caquitas de perrito. *(Al lado de la mancha pinta dos círculos negros.)* Detrás, la luna. *(En el ángulo superior derecho pinta una luna como lo haría un niño de cuatro años.)*

DALÍ.—¡Qué chica más sensible que eres, Miró!

MIRÓ NIÑA.—¡Espera! Y aquí delante una estrellita... *(en el ángulo superior izquierdo dibuja cuatro líneas que se cruzan)* ... y después pongo un pájaro que vuela detrás de la niña... *(debajo de la luna dibuja un círculo negro y a continuación, una gruesa línea que sale del círculo y que va a parar detrás del triángulo)* ... y dos caquitas del pajarito. *(Debajo del pájaro dibuja dos círculos negros.)* Y ya está[214]. En un plis-plas.

DALÍ.—O sea Miró, que tú eres de aquellos que... *(dibujando en el aire)* ... con un seis y con un cuatro, aquí tienes tu retrato.

MIRÓ NIÑA.—*(Colérica.)* Pero bueno, lo borro para que no me lo copies.

---

[213] Véase nota 66.

[214] Este cuadro no corresponde a ninguno de Miró. Es una composición inspirada en su estilo.

(Miró niña lo borra con la mano. La reproducción va desapareciendo de la pantalla a medida que Miró niña la va borrando.)

Dalí.—¡Ah, no, no! A mí, el paleolítico no me ha interesado nunca. A mí me interessa[215] el arte a partir del Renacimiento[216].

Miró niña.—*(Marchándose por la derecha mientras canta.)* Les nenes maques al dematí...[217].

*(Se oye el ladrido de un perro.
Miró niña se asusta y corre hacia Dalí.)*

Dalí.—¿Qué pasa? ¿Qué pasa, Mironet?

Miró niña.—Los chicos de la prensa. No digas nada y no te comprometas. Hazme caso.

Dalí.—¡Voy a seguir tus consejos sin rechistar! ¡Bonjour, bonita! See you later! Adéu!

(Miró niña se va corriendo por la izquierda.)

(Por la derecha entran dos hombres. Uno sujeta al otro con una cadena unida a un gran collar de perro. Son dos periodistas. La enfermera ha avanzado hasta el centro del piano.)

Cuadro 15
DALÍ ES ENTREVISTADO POR UN PERRO

Los periodistas se acercan a Dalí.

Periodista perro.—*(Con un micrófono verde y pronunciando cada palabra como si estuviese ladrando.)* ¿Por qué se ha pasado toda la vida haciendo el payaso?

---

[215] Véase nota 39.
[216] Dalí manifestó su admiración por el Renacimiento. De hecho, se inspiró y copió diferentes elementos de pintores de este periodo.
[217] *Las niñas bonitas por la mañana...* Canción popular catalana.

420

DALÍ.—*(Con la sensación de poseer la verdad.)* El payaso no soy yo. El payaso es usted; es el señor que provoca la risa cada vez que hace una pregunta. ¡Olé! ¡Bravo! Eso ha quedado muy bien. Un aplauso. ¡Bravo!

PERIODISTA PERRO.—*(A su amo y sin ladrar.)* Señor accionista mayoritario, ¿qué le pregunto?

ACCIONISTA MAYORITARIO.—*(Con un sombrero fuerte.)* ¡No me descubra, coño! Y no se quede ahí parado como un perro bobo. ¡Venga, busca!

PERIODISTA PERRO.—*(Como si ladrase.)* ¡Pero usted afirma su condición de payaso!

DALÍ.—No, no, no, no. El payaso no sólo soy yo en esta sociedad monstruosamente cínica y tan ingenuamente inconsciente que juega el juego de la seriedad para esconder mejor su locura[218].

(Por la izquierda entra el fotógrafo.)

FOTÓGRAFO.—¡Aquí, divino!

(El PERIODISTA PERRO se acerca a DALÍ para salir también en la foto, en cambio el accionista intenta evitarla.
El fotógrafo dispara. Flash.
En la pantalla se reproduce el flash y aparece la fotografía de DALÍ auténtico al lado de un perro auténtico.)

FOTÓGRAFO.—¡Gracias!

(El periodista se marcha por la izquierda.
La fotografía de la pantalla se difumina hasta desaparecer.)

PERIODISTA PERRO.—Pero tiene que admitir que como payaso no es tan genial como Chaplin[219].

DALÍ.—¡E-fectivamente![220]. El querido Chaplin era un payaso eminente, pero yo creo que si Chaplin, además de ser un

---

[218] Palabras sostenidas por el pintor.
[219] Charles Chaplin: actor y director de cine inglés (1889-1977).
[220] Véase nota 39.

payaso genial, tal y como lo demuestra en la maravillosa escena del barbero de «El gran Dictador»[221], si además de ello, pintara como Salvador Dalí, entonces, por el mismo precio, sería dos veces genial, como es ¡ec-sac-ta-men-te mi ca-so[222], y en este momento histórico hago la demostración! *(Echando al* PERIODISTA PERRO *de una patada.)* ¡Largo de aquí mequetrefe! *(Al accionista.)* ¡¡Usted, ser humano, sit down!! *(El accionista se sienta en el extremo izquierdo del piano.)* Gala, mon amour!

(Por la izquierda entra GALA *con los utensilios de afeitar, una paleta y un largo pincel.)*

(La enfermera avanza lentamente.)

(Suena «La danza húngara n.º 5» de Brahms)[223].

CUADRO 16
SALVADOR DALÍ, CHAPLIN Y EL MITO TRÁGICO DEL ÁNGELUS DE MILLET[224]

DALÍ, *doblemente genio, hará dos tareas al mismo tiempo al ritmo de «La danza húngara»: pintará e imitará afeitando al accionista mayoritario como lo hace Chaplin en la escena del barbero de la película «El gran Dictador».*

El accionista, sentado encima del piano, se pone un peinador de barbero que saca del bolsillo del pantalón. DALÍ *le quita el sombrero y se lo pone.* GALA *ha dado a* DALÍ *una jabonera y una brocha. Se marcha por la izquierda a buscar más utensilios de trabajo.*

DALÍ *anda como Charlot mientras va mojando la brocha en la jabonera. Después, pone crema en la cara del accionista y le hace un pequeño masaje en la cabeza.*

---

[221] Primera película sonora escrita, dirigida e interpretada por Chaplin en 1940. Es una crítica al fascismo y, concretamente, a Adolf Hitler.

[222] Véase nota 39.

[223] Johannes Brahms: compositor alemán (1833-1897). Recuérdese que en la película *El gran Dictador,* el barbero rasura a su cliente al compás de esta danza.

[224] Véase nota 66.

GALA *entra por la izquierda con una gran paleta de pintor y un largo pincel.*

DALÍ *da a* GALA *la jabonera con la brocha y coge el largo pincel. Coloca de nuevo el sombrero en la cabeza del accionista y se sube encima del piano.*

Por el fondo de la derecha ha entrado un HERMANO DE LA SALLE. *Lleva consigo el cuadro del Ángelus de Millet que* DALÍ NIÑO *había visto en el colegio. Se sitúa al lado del teclado y coloca el cuadro delante de su cara.* DALÍ *irá observando la obra de Millet y pintará, en la tela negra, su interpretación: «El atavismo del crepúsculo»*[225].

La enfermera se encuentra entre el accionista mayoritario y el teclado. Está poniendo unas gotas dentro del vaso de agua.

DALÍ *moja el pincel de pintura en la paleta que le ofrece* GALA *y, al ritmo de danza húngara, pinta sobre la tela negra y con cortas pinceladas, la madre del Ángelus con actitud expectante y manos cruzadas bajo la barbilla. Moja nuevamente el pincel de pintura y después de observar el Millet, pinta el segundo personaje del Ángelus, un hombre con actitud vulnerable, con un sombrero entre las manos. Pero* DALÍ *no le ha pintado la cara.*

Cuando acaba, lanza el pincel hacia GALA, *que lo recoge.* GALA *ofrece a* DALÍ *una navaja de afeitar.*

DALÍ *se vuelve a colocar el sombrero del accionista y le afeita. Mientras lo hace, aprovecha la ocasión para vaciarse*[226] *el bigote de pelo. Cuando considera que ha acabado el trabajo, vuelve a colocar el sombrero en la cabeza del accionista, entrega la navaja a* GALA *y coge de nuevo el pincel para pintar, con largas pinceladas, el fondo de su visión del Ángelus. Comprueba su obra e, inspirándose otra vez en Millet, pinta una horca que sale de la espalda de la mujer y una carretilla con sus brazos llegando a la cabeza del hombre.*

DALÍ *lanza de nuevo el pincel a* GALA *y coge un frasco de loción para después del afeitado que* GALA *le da. Sin perder el compás de la música, se coloca otra vez el sombrero del accionista y, poniéndose colonia en las manos, le hace un masaje en la cara. Cuando ha llegado, vuelve a poner el sombrero al accionista, entrega la botella a* GALA *y le coge otra vez el largo pincel. Continúa su obra.*

---

[225] Pintado en 1933-1934.
[226] En el sentido de hacerse un vaciado de pelo para reducir el volumen de su bigote.

DALÍ *observa la cara de la enfermera y, asociándola con la muerte, se dirige hacia su cuadro, a medio acabar, y pinta una calavera en lo que tendría que ser la cara del hombre.*

Su interpretación del Ángelus de Millet está acabada.

DALÍ *lanza el pincel a* GALA, *baja del piano, vuelve a coger el sombrero y se lo pone, saca el peinador de barbero y pone la mano para que el accionista le pague sus servicios. El accionista paga y se marcha por la izquierda.*

«La danza húngara» ha finalizado.

El HERMANO DE LA SALLE *se ha ido por el fondo a la derecha.
Silencio.*

El accionista vuelve a entrar por la izquierda, caminando de espaldas. Se ha olvidado el sombrero. DALÍ *se lo pone y el accionista se va.*

GALA *se marcha por la izquierda con la paleta, el pincel y los utensilios de barbero.*

DALÍ *está en la izquierda del piano.*

CUADRO 17
EL VERDADERO ROSTRO DE LA MUERTE

El cuadro «El atavismo del crepúsculo» reflejado en la tela negra se distorsiona en una espiral.

GALA *entra por la derecha y ayuda a* DALÍ *a quitarse el traje de payaso sabio.*

La enfermera avanza imperceptiblemente hacia DALÍ.

DALÍ.—*(A la enfermera, que ve como la muerte.)*
> Ven, muerte tan escondida,
> que no te sienta venir,
> porque el placer de morir
> me pudiera dar la vida.
> Así sea tu venida,
> sino, desde aquí me obligo,
> que el gozo que habré contigo,
> me dará de nuevo vida...[227]

---

[227] Versos de Santa Teresa de Jesús, monja carmelita y escritora mística española (1515-1582) que habla de la muerte en términos paradójicos. Recordemos la obsesión que el pintor tenía por la muerte.

(Silencio.)

(GALA *se marcha con el traje de payaso sabio por la izquierda. Del cuadro «El atavismo del crepúsculo», sólo queda el hombre con cara de calavera y la carretilla en la cabeza. Por el fondo a la izquierda aparece* DALÍ NIÑO. *Lleva una horca de madera con dos púas. Deja la horca apoyada en la espalda de* DALÍ. *Se acerca sonriente a la enfermera y se dispone a jugar con ella. Cuenta hasta tres y al girarse, si sorprende a la enfermera moviéndose, ésta volverá al punto de partida y así el juego no acabará nunca. Es una manera de retrasar la llegada de la muerte.* DALÍ NIÑO *se dirige hacia* DALÍ *y comienza el juego.)*

DALÍ.—*(Mientras* DALÍ NIÑO *golpea su pecho.)* Un, dos, tres, sin mover los pies[228].

(DALÍ NIÑO *mira rápidamente a la enfermera para pillarla moviéndose, pero la enfermera parece detenida a punto de dar un paso adelante.)*

DALÍ NIÑO.—*(Golpeando nuevamente el pecho de* DALÍ.) Un, dos, tres, chocolate inglés[229].

(DALÍ NIÑO *mira nuevamente a la enfermera, que ha movido su pie imperceptiblemente.)*

DALÍ NIÑO.—Un, dos, tres, butifarra de pagès[230].

---

[228] Juego infantil que consiste en avanzar hacia el jugador que está cantando el estribillo de cara a la pared, sin que descubra el movimiento del resto del grupo al volver la cabeza al terminar el estribillo. Si alguno es sorprendido moviéndose, debe volver atrás y empezar de nuevo. El que consiga llegar hasta el lugar en el que está el jugador que canta será el ganador. Este juego tenía muchas variantes en función de la zona geográfica.

[229] Una variante del mismo juego.

[230] Otra transformación. La butifarra es un embutido típico catalán, aunque, también, la expresión se usa en tono de burla.

(DALÍ NIÑO *se percata de que la enfermera ha avanzado, pero no puede conseguir sorprenderla moviéndose. Su pie está a punto de tocar el suelo.*

DALÍ NIÑO *se acerca a ella y coloca la mano en el suelo, debajo de la zapatilla blanca de la enfermera.*

El pie de la enfermera se mueve lentamente hasta pisar la mano de DALÍ NIÑO, *que la quita rápidamente.*)

DALÍ.—*(Sintiendo el dolor del pisotón.)* ¡Ayyy!

(DALÍ NIÑO, *aunque haciendo trampa, ha visto el movimiento de la enfermera, y creyéndose en el derecho de haber ganado el juego, la coge por la cintura y, en bloque, la lleva hacia el teclado, alejándola de* DALÍ *y dejándola otra vez en el suelo. Simultáneamente, la imagen del hombre reproducida en la tela negra avanza hacia la derecha.*

Pero irremediablemente la enfermera camina rápidamente hacia el lugar en el que se encontraba anteriormente. La muerte avanza. Al mismo tiempo, la imagen del hombre reproducida en la pantalla también vuelve a su sitio. La carretilla ha desaparecido.

DALÍ NIÑO *quiere detener, sea como sea, el caminar de la enfermera*[231] *y, dirigiéndose hacia* DALÍ, *coge la horca que se encuentra apoyada en su espalda.*

DALÍ NIÑO *coloca la horca en el cuello de la enfermera. Simultáneamente, por la derecha de la tela negra aparece una horca que detiene el caminar del hombre.*

DALÍ NIÑO *forcejea con la enfermera, pero la muerte tiene mucha más fuerza que él y acaba dando un paso.* DALÍ NIÑO *suelta la horca y la enfermera avanza hacia la cama de la Torre Galatea.*

La imagen del hombre reproducida sobre la tela negra desaparece para dar paso al punto verde que marca los impulsos del corazón.

DALÍ NIÑO *se marcha por la izquierda.*

---

[231] La enfermera representa metafóricamente la muerte que avanza inexorablemente, por eso, a pesar de los esfuerzos de Dalí por detenerla, no lo consigue.

426

Al mismo tiempo, DALÍ *ha subido al piano, y tumbado, rueda hasta el espacio de la cama. La enfermera y* DALÍ *llegan al mismo tiempo.*
Estamos nuevamente en la Torre Galatea.
Se oye el bip característico.)

CUADRO 18
UNA SEGUNDA FIRMA

Habitación de la Torre.
DALÍ *agoniza.*
La enfermera da a DALÍ *el vaso de agua con las gotas.* DALÍ *lo rechaza.*

DALÍ.—*(A la enfermera, que la imagina como la muerte.)* ¡Déjame, puta sádica![232] No alargues más la comedia. *(La enfermera le seca el sudor.)* Búscate a otro. Quiero... quiero dibujar las esferas de plomo que penetraron en el cuerpo de Federico García Lorca...[233].

> *(La enfermera avanza hacia el piano y se dirige hacia la derecha. Se detiene. Hace entrar a* PICHOT, *que con un bloc de dibujo camina hacia* DALÍ. *La enfermera le sigue.*
> PICHOT *le da una pluma al anciano.* DALÍ *la coge. La mano le tiembla por el Parkinson.)*

DALÍ.—... Quiero dibujar las heridas abiertas en la carne tibia de Federico...

> *(*PICHOT *conduce la mano de* DALÍ *hacia la hoja del bloc de dibujo. Intenta hacerle firmar un dibujo.* DALÍ *no tiene fuerzas. La mano le resbala por el papel y cae sobre el piano.)*

DALÍ.—... Las heridas abiertas... en la carne tibia... las heridas abiertas...

---

[232] Ya hemos señalado la antipatía que mostró Dalí hacia las enfermeras.
[233] Referencia al asesinato de García Lorca en 1936. Parece ser que el recuerdo del poeta persiguió al pintor durante toda su vida.

(Pichot *lo intenta de nuevo.* Dalí *firma. La mano vuelve a caer sobre el piano.*)

Dalí.—... las heridas abiertas... las heridas...

(Pichot *tiene la intención de irse por la derecha. Quiere recuperar la pluma, pero* Dalí *la coge fuerte y no se lo permite.* Pichot *decide irse.*)

Dalí.—Federico... Japonesito... Chocolate Suchard...

(Dalí *deja la pluma, que rueda sobre el piano y cae al suelo.* Pichot *la recoge y sale por la derecha.*
La enfermera hace un pequeño masaje en la cabeza de Dalí.
Dalí *se va desprendiendo de la enfermera cuando es sorprendido por una nueva visión.*)

Dalí.—... Federico... Federico... Fe-de-ri-co.

(Lorca *aparece por detrás del piano. Va vestido con la capa y el tricornio de guardia civil. Continúa manteniendo la misma fisonomía de* Gala. *Camina hacia el teclado. Una sombra de color verde, reproducida en la tela negra, le sigue.*
Lorca *se detiene al lado del teclado.*
La enfermera también ralentiza sus movimientos. Después de los masajes le dará a beber agua y volverá a marcharse hacia la salida de la derecha por delante del piano.
El tiempo queda suspendido.)

Cuadro 19
FEDERICO GARCÍA LORCA

Lorca *deja un papel en blanco encima del piano.*
Por la tela negra se reproduce el papel.
Lorca *irá escribiendo una carta dirigida a* Dalí. *Simultáneamente la carta se reproducirá sobre la tela negra a medida que* Lorca *la vaya redactando.*

Lorca.—Salvadorito querido:
El día que yo me muera,

que se enteren las palomas,
pon telegramas alados
que crucen mares y lomas.
Escribe mi alma en tus cuadros,
juegos de luna y de sombras,
y que se inclinen las frentes,
tibias, de rojo amapola[234].

(LORCA *firma «Federico» en la carta y después, en el ángulo
superior derecho, dibuja una caricatura de* DALÍ *con la mano
encima de un corazón.*
LORCA *quiere dar la carta a* DALÍ.
DALÍ *quiere cogerla pero cuando ya la tiene cerca de la mano,
la carta se cae al suelo.*
LORCA *se dirige hacia el teclado. Toca «Con el Vito»*[235].
*Por lugares diferentes, entran dando vueltas sobre sí mismas,
tres manolas*[236]. *Van vestidas de negro, con faldas anchas que
les llegan hasta los pies. Llevan la típica peineta y, recogida
con un clavel rojo, una mantilla que les tapa la cara. Las tres
llevan un crucifijo en las manos.*
*Las tres manolas se detienen a la izquierda del piano. Al mis-
mo tiempo giran, y mirando la carta reproducida en la tela negra, cogen el crucifijo como si fuese una pistola y disparan.*
Doce tiros perforan la carta de LORCA.
*A medida que se dispara, cada agujero de bala hace desa-
parecer una parte de la carta. Su lugar es sustituido por una
parte de la pintura del telón de fondo de «Café de Chinitas»*[237]. *Una mujer con el cuerpo de guitarra española cruci-
ficada en la fachada de una casa. La sangre de sus brazos
gotea por la pared.*
*Las tres manolas se van por donde han venido, dando vueltas
sobre sí mismas.*

---

[234] El autor de la carta no es Lorca. Se trata de un texto que imita el estilo
lorquiano y que fue compuesto durante los ensayos de la obra.
[235] Canción popular española recopilada por Federico García Lorca.
[236] Mujeres del folclore español ataviadas con faldas largas, mantilla y
peineta.
[237] En torno a los 40, Dalí creó numerosos decorados y vestuarios para ballet, *El café de Chinitas* (1944) fue uno de ellos.

Lorca *ha dejado de tocar el piano. Se marcha dando vueltas sobre sí mismo por el fondo a la derecha. Silencio.)*

Dalí.—¡Olé!...[238].

(Dalí *rueda hacia delante del piano.)*

(El *«Café de Chinitas» irá desapareciendo, engullido por una espiral.)*

Dalí.—... Con esta exclamación, típicamente española, recibí en París la noticia de la muerte de Lorca, el mejor amigo de mi adolescencia agitada[239]. Entonces, cada vez que desde el fondo de mi soledad consigo hacer emerger de mi cerebro una idea genial, oigo la voz ronca y suavemente sofocada de Lorca gritándome también: ¡Olé!

(Por *debajo del piano aparecen un montón de micrófonos.* Dalí, *esquizofrénico, se hará una autoentrevista.)*

Dalí.—*(Imitando la voz de un periodista.)* Maestro, ¿cuál fue su participación en la Guerra Civil Española?...[240]. (Dalí, *dirigiéndose a los micrófonos.)* Absolutamente ninguna. *(Periodista.)* ¿Y en la Segunda Guerra Mundial?... (Dalí.) Cuando el mundo entraba en guerra, yo me encerraba en mi estudio porque soy de naturaleza cobarde, aunque seguía fascinado por las caderas blandas y rollizas de Hitler...[241].

---

[238] Exclamación pronunciada por el pintor cuando se enteró del asesinato de Lorca. A pesar de que sentó muy mal, Gibson señala que Dalí usó el término en el sentido que se da en el toreo para elogiar un pase brillante: «Lorca obsesionado por la muerte, había realizado su destino a la perfección» *(La vida desaforada de Salvador Dalí,* Barcelona, Anagrama, 1997, pág. 463).

[239] Boadella transcribe las palabras escritas por Dalí en *Diario de un genio.*

[240] Dalí mantuvo con el franquismo una polémica y contradictoria actitud. Fue acusado de franquista por sus adversarios y, ciertamente, protagonizó encendidos elogios a Franco, pero hay que decir que la desmesura hiperbólica de los mismos puede ser interpretada, también, como una inducción al sarcasmo.

[241] Se dice que Dalí sentía fascinación por Hitler, de hecho incorporó, en numerosas ocasiones, una foto del mismo mediante la técnica de collage. En *Confesiones inconfesables* (ed. cit.) dice: «Hitler se me aparecía siempre en mi fantasía

431

*(Simultáneamente a la autoentrevista, por el fondo a la dere-
cha entra HITLER acompañado de dos soldados de las SS.
Los soldados saludan al Führer con el fascista gesto de levantar el brazo. Van vestidos con chaqueta negra y correaje, falda negra hasta los pies y zapatos de tacón alto. HITLER ordena a uno de ellos tocar el piano. Obedece. El SOLDADO
NAZI 1 toca el «Claro de luna». Adagio sostenuto n.º 8 de
Beethoven[242].
El otro, el SOLDADO NAZI 2, que lleva una bandeja con tres
copas y tres pinceles dentro de ellas, como si fuesen dos pajas
para sorber la bebida, espera al lado de HITLER.)*

DALÍ.—... La carne rosada del Führer, que me la imaginaba
como la más divina carne de mujer de cutis blanquísimo,
me tenía verdaderamente fascinado. *(Imitando la voz del periodista.)* Entonces, ¿usted se sentía nazi? (DALÍ, *a los micrófonos.)* ¡No! ¡Cómo podía ser nazi! Si Hitler conquistaba
Europa, aprovecharía la oportunidad... *(por la izquierda aparece* MUSSOLINI[243]) ... para mandar al otro mundo a todos
los histéricos de mi especie. (HITLER *va a recibir a* MUSSO-
LINI. *Le sigue el* SOLDADO NAZI 2.) Bonjour! Me voy a New
York[244], porque aquí pintan bastos...[245].

*(Los micrófonos desaparecen por debajo del piano. DALÍ ca-
mina sigilosamente para no ser visto, hacia la parte de atrás
del piano.
MUSSOLINI y HITLER se saludan levantando el brazo.*

---

transformado en una mujer [...], aquella carne hitleriana, comprimida bajo la
guerrera militar suscitaba en mí tal estado de éxtasis gustativo, lechoso...» Palabras muy semejantes a las que escribe más adelante Boadella y que justifican
que el personaje que hace de Fürher sea una actriz.

[242] Véase nota 23.

[243] Benito Mussolini: dictador italiano (1883-1945) fundador del fascismo,
se acercó a Hitle, con quien formó el eje Roma-Berlín en 1936.

[244] El 7 de diciembre de 1936, los Dalí llegan a Nueva York. De ahí viajan
a Europa y permanecerán largo tiempo en París. A comienzos de 1940 vuelven a Nueva York, en donde residirán durante ocho años.

[245] Esta expresión se utiliza en momentos en que la situación se pone fea.
Podría sustituirse por *corren malos tiempos.*

El SOLDADO NAZI 2 *reparte una copa a cada uno, deja la bandeja con la tercera copa encima del piano y se marcha hacia el teclado.*
Los dos soldados tocarán el «Claro de luna» a dos manos.
DALÍ *ha dado paso a su visión de la Segunda Guerra Mundial.)*

CUADRO 20
LA SEGUNDA GUERRA MUNDIAL

MUSSOLINI.—Adolfo! Fa un fredo della madonna putana, qüi a Berlino![246].

> *(De golpe, aparece por la izquierda, como si alguien le hubiese propinado un fuerte empujón, un hombre desnudo.*
> HITLER *y* MUSSOLINI *se repartirán su cuerpo como si se repartiesen Europa.*
> *El hombre ha caído entre* HITLER *y* MUSSOLINI. *Se levanta.*
> HITLER *moja el pincel en la copa y pintando de rojo el pecho del hombre explica a* MUSSOLINI *la estrategia de guerra y los países que irá invadiendo y ocupando.)*

HITLER.—Protokoll beiseite. Mein lieber Mussolini. Ich kann es kaum erwarten, Dir meine Pläne auszubreiten. Zuerst werde ich in Österreich einmarschieren und meine Heimat heim ins Reich holen. Der Reichsführer-SS Himmler wird jede Opposition liquidieren[247].

> *(El hombre desnudo sangra. Su cuerpo se estremece. Es un grito sin sonido.)*

MUSSOLINI.—*(Pintando un recorrido de sangre a lo largo de la cama.)* Io con cinqüe divisioni invadiró Abisinia, ma non

---

[246] *¡Adolfo! Aquí en Berlín hace un frío de la puta virgen.*

[247] *Dejemos de lado el protocolo. Mi querido Mussolini. Estoy ansioso por contarte mis planes. Primero, invadiré Austria, mi Patria, y se la devolveré al Reich. Himmler, el jefe de las SS, liquidará a toda la oposición.*

restare en qüesta posizione, no! Continueró avanzando, come sempre, avanzando, avanzando...[248].

(Por detrás del piano ha aparecido DALÍ. Ha dejado un pequeño caballete con una tela y pinta. «Reminiscencia arqueológica del Ángelus de Millet»[249]. Por la tela negra se va reproduciendo lo que DALÍ va pintando. GALA, cerca de él, le presenta el cuadro original del Ángelus de Millet.)

HITLER.—Dann werde ich hier entlang der ganzen Grenze das Sudetenland in Besitz nehmen und von allen Seiten in die Tschechoslowakei eindringen und die Flugzeuggeschwader vom dicken Göring[250] werden Prag, diese dekadente Stadt, wenn nötig, dem Erdboden gleichmachen[251].

MUSSOLINI.—Io entreró da Trieste alhora con le forze coloniali, invadiró Albania, arriberó fino al mare e faró del mare Adriático, il mare del fascio[252].

(MUSSOLINI se ríe.)

(El hombre desnudo se coloca de espaldas a ellos.)

HITLER.—*(Riendo mientras pinta en la espalda del hombre desnudo una estrella de David.)* Als nächstes werde ich Westpreussen und die freie Stadt Danzig wieder ins Deutsche Reich eingliedern. Und dann, weisst du, was ich dann mache? Dann

---

[248] *Yo con cinco divisiones, invadiré Abisinia, pero no me contentaré con eso, y seguiré, como siempre, avanzando, avanzando...*

[249] Cuadro pintado en 1935. Ya hemos hecho referencia a la huella que dejó en Dalí el cuadro de Millet.

[250] Hermann Wilhem Göring o Goering: militar, político, dirigente de la Alemania nazi y fundador de la Gestapo (1893-1946). Hitler le nombró jefe de gobierno de Prusia y ministro de Aviación. Fue juzgado y condenado por crímenes de guerra en los juicios de Núremberg.

[251] *Después, una vez pasada la frontera, ocuparé el país de los sudetes y, al mismo tiempo, invadiré Checoslovaquia por todos los frentes. Las baterías y aviones del gordo Göring aplastarán y arrasarán Praga, esa ciudad tan decadente.*

[252] *Yo entraré desde Trieste y con las fuerzas coloniales invadiré Albania, llegaré hasta el mar y convertiré el mar Adriático en el mar del fascio.*

434

überfalle ich Polonien und werde im Zentrum von War-
schau ein Judenghetto einrichten[253].

MUSSOLINI.—*(Pintando de rojo el brazo derecho.)* A mi, siccome
tanto freddo non mi conviene, faró una incursione verso la
Grecia. Si mi aiuti con il tuo «panzzers»[254], arriberó fino in
Turquia... la Yugoslavia la lascio per te[255].

HITLER.—*(Pintando de rojo el brazo izquierdo.)* Nachdem ich im
Norden Dänemark und Norwegen besetzt habe, marschiere
ich gen Westen und überrenne mit 5000 Panzern Neder-
land, Belgicum und Luxemburg und marschiere siegreich
von Norden und Osten in France ein[256].

MUSSOLINI.—Alhora, caro Adolfo, ci troberemo a Parigi e,
sensa espiritu de volta, ti prepareró degli Spagheti alla putanesca, ma no in quencona rasa, no, nel Maxim's[257].

HITLER.—Dazu werden wir leider keine Zeit haben, weil meine Genérale in die Union Sowjet einmarschieren müssen.
Komm![258]

(HITLER *y* MUSSOLINI *se marchan hacia el teclado. Escuchan Beethoven. Brindan haciendo sonar las copas.)*

MUSSOLINI.—Salute!
¡Salud!

---

[253] *Lo próximo que haré será anexionar al III Reich el oeste de Prusia y la libre ciudad de Danzig. Y ¿sabes lo que haré después? Atacaré Polonia y construiré un gueto judío
en el centro de Varsovia.*

[254] Vehículo militar destructivo y de camuflaje.

[255] *Yo, puesto que no me conviene tanto frío, haré una incursión en Grecia. Si me
ayudas con tus panzers, llegaré hasta Turquía... Yugoslavia la dejo para ti.*

[256] *Una vez ocupadas Dinamarca y Noruega, en el Norte, seguiré hacia el Oeste y
arrasaré con cinco mil panzers Holanda, Bélgica y Luxemburgo. Posteriormente entraré glorioso en Francia desde el Norte y desde el Oeste.*

[257] *Entonces, querido Adolfo, nos encontraremos en París y, sin ánimo de revancha,
prepararé unos espaguetis a la putanesca, pero no en cualquier lugar, no, en Maxim's.*
(Maxim's es un restaurante parisino *art nouveau*, construido y diseñado por el
arquitecto Louis Marnez y el pintor Léon Sonnier. Desde su inauguración estuvo frecuentado por gente adinerada. Será en 1900, con la Exposición Universal, cuando el lugar se consagre internacionalmente y entre en la literatura
y en la música.)

[258] *Desgraciadamente, no creo que dispongamos del tiempo necesario, puesto que
mis generales deben invadir Rusia, ¡venga!*

HITLER.—Prost![259]

> *(Sorben los pinceles como si bebiesen con una pajita.*
> *Escuchan el concierto de piano.)*

HITLER.—*(Confundiendo al autor de la música.)* Sehr schön, Wagner![260]

MILITAR NAZI 1.—*(Dejando de tocar el piano y corrigiendo a* HITLER.*)* Mein Führer, das ist Beethoven...[261]

> *(Sin querer aceptar su equivocación,* HITLER *riñe al* SOLDA-
> DO NAZI 1, *que corre hacia el teclado. Para disimular toca*
> *con su compañero el «Original Rags» de Scott Joplin[262].*
> *Mientras van tocando se van agachando como si quisiesen de-*
> *saparecer de la furia de un* HITLER *que propina fuertes puñe-*
> *tazos contra el piano.)*

HITLER.—*(*HITLER *argumenta a gritos que el autor de la partitura*
es Wagner y no Beethoven.) Wie bitte, Sie unterstehen sich,
dem Führer zu widersprechen? Sie sind wohl vom dicken
Affen gebissen worden? Der Führer hat immer Recht,
schreiben Sie sich das hinter die Löffel! Und wenn der Führer
sagt, es ist Wagner, dann ist es Wagner! Wagner! Wagner!
(A MUSSOLINI.*)* Wagner!!!!![263].

> *(*HITLER *se dirige hacia el hombre desnudo.*
> *Los soldados, reconfortados, vuelven a tocar «Claro de luna».)*

MUSSOLINI.—*(A los soldados, y no muy alto, para que* HITLER *no*
lo oiga.) Ma Rossini e milliore...[264].

---

[259] *¡Salud!*

[260] *¡Ah, muy bonito!, ¡Wagner!,* véase nota 20. (Era el compositor favorito de Hitler.)

[261] *Mi Führer, esto es Beethoven,* véase nota 23.

[262] Véase nota 92.

[263] *¿Pero, qué dices? ¿Te atreves a hablar en contra del Führer? ¿Has perdido la ra-*
zón? ¡Que te quede bien grabado, imbécil! ¡Y si el Führer dice que es Wagner, pues es
Wagner! ¡Wagner! ¡Wagner! ¡Wagner!

[264] Giacomo Rossini: compositor italiano (1792-1868).

(HITLER y MUSSOLINI *han llegado al lado del hombre des-*
nudo. Agresivos, manchan a la vez su cuerpo de sangre.)

MUSSOLINI.—Io sbarcheró nel Cairo con diechi milioni di
marineri toscani[265].

HITLER.—Dann greife ich England an, aus der Luft und vom
Meer, und ich werde London so lange bombardieren, bis
die Themse und der Big Ben von der Landkarte gewischt
sind[266].

MUSSOLINI.—El mio ejercito violará tutte le donne francesi
de Niza, Tulone e anche le marsigliesi[267].

> (HITLER *da órdenes para que cese la música.*
> *El piano calla.*
> HITLER, *de un golpe, tira al hombre desnudo al suelo.*
> MUSSOLINI *deja su copa en la bandeja y después se sitúa al*
> *lado de* HITLER. *Se cruza de brazos.*
> *Silencio.*)

HITLER.—(*Marcando de sangre, en la espalda del hombre desnudo,*
los lugares en donde se instalarán campos de concentración.)
Dann werde ich in Dachau, Auschwitz, Treblinka, Bergen-
Belsen und Mauthausen Arbeitslager zur Förderung der
deutschen Konzentration einrichten[268].

> (HITLER *deja su copa en la bandeja.*)

MUSSOLINI.—(*Haciendo un discurso.*) Io instaureró un nuovo
imperio romano e il papa mi proclamerá Imperatore
d'Italia e delle sue province[269].

---

[265] *Yo desembarcaré en El Cairo con diez millones de marineros toscanos.*

[266] *Después atacaré Inglaterra desde el aire y desde el mar, y bombardearé Londres*
hasta que el Támesis y el Big Ben sean borrados del mapa.

[267] *Mi ejército violará a todas las mujeres francesas de Niza, Toulone e, incluso, a*
las marsellesas.

[268] *Después construiré campos de trabajo en Dachau, Auschwitz, Treblinka,*
Bergen-Belsen y Mauthausen para avanzar la concentración del pueblo alemán.

[269] *Yo instauraré un nuevo imperio romano y el Papa me proclamará Emperador*
de Italia y sus provincias.

(HITLER *se ha situado al lado de* MUSSOLINI.
Silencio.)

HITLER.—*(Haciendo el saludo fascista, como si una multitud le
alentase.)* Sieg Heil![270].

MUSSOLINI.—*(Haciendo el saludo fascista, como si una multitud
le alentase.)* Duce!

HITLER Y MUSSOLINI.—*(Alternando.)* Sieg Heil! Duce! Sieg
Heil! Duce!

*(Los dos soldados nazis han cogido de debajo del piano un
gramófono y un violín.
Se sitúan al extremo derecho.
El* SOLDADO NAZI 2 *se sienta en el piano con el gramófono
sobre las piernas.
El* SOLDADO NAZI 1 *se dispone a tocar el violín.
El* SOLDADO NAZI 2 *da cuerda al micrófono y hace sonar
un disco.
Suena el vals «Die Fledermaus: Ouvertüre» de Johanm
Strauss)*[271].

MUSSOLINI.—Mio caro Adolfo, sono piu nazi que te[272].

HITLER.—Mein lieber Duce[273].

*(*MUSSOLINI *muy amigable, da golpecitos en la espalda de
HITLER. Los golpecitos son cada vez más cordiales.)*

MUSSOLINI.—Sei forto, eh? É un homo forto, Adolfo! *(Abra-
zándolo.)* Sei verdaderamente forto![274].

(Finalmente, y de una forma brusca, MUSSOLINI *coge a
HITLER de la mano y los dos bailan el vals.*

---

[270] *¡Ave, Führer!*

[271] Johann Strauss: compositor austriaco (1825-1899) llamado el Joven. Su
opereta *Die Fledermaus* se estrenó en Viena en 1874.

[272] *Querido Adolfo, soy más nazi que tú.*

[273] *Mi querido Duce.*

[274] *Eres fuerte, ¿eh? ¡Un hombre fuerte, Adolfo! ¡Eres verdaderamente fuerte!*

438

Mientras, el SOLDADO NAZI 1 *va tocando el violín. Lo utiliza al mismo tiempo de ametralladora. Dispara hacia todos
lados.
De golpe,* MUSSOLINI *deja de bailar.)*

MUSSOLINI.—Adolfo, sonno molto eccitato. Sento una ver-
tíggine infrenábile. Io ti voglio. Ti voglio adesso, tutto per
me, Adolfo. Ti voglio[275].

(MUSSOLINI *excitado y a una cierta distancia, se desabrocha
el cinturón.)*

HITLER.—Benito... Ja, ja, ja...

(HITLER *se desabrocha el abrigo militar y enseña lo que* MUS-
SOLINI *no puede esperar ver nunca: dos grandes pechos de
mujer.)*

HITLER.—*(Riéndose.)* Auf in den Kampf![276].

MUSSOLINI.—*(Defraudado y con los pantalones bajados.)* Mama
mia, porca puttana! Ma questo non é possibile! Mondo di
Merda! Dio cane! Madonna che inculata! *(Se restriega los genitales con el piano.)* Io son un lanzafiama que a bisoño de
descargare tote el fuoco de la mia pasione pénica. Bisoño...
(Girándose y fijándose en el hombre desnudo.) Europa... nombre
de ragazza! Vene aquí![277].

(MUSSOLINI *coge al hombre desnudo por la cintura y lo cornea.
Se marchan por la izquierda.)*

HITLER.—Benito, Verräter! Europa gehört mir! *(A los dos soldados nazis.)* Raus!... Raus!... Raus![278]. *(Los dos soldados no reaccio-*

---

[275] *Adolfo, estoy muy excitado. Siento un vértigo irrefrenable. Te quiero. Ahora,
todo para mí. Adolfo. Te quiero.*
[276] *¡Al ataque!*
[277] *¡Madre mía! ¡La puta! Pero esto no es posible. ¡Mierda! ¡Cagüendiós! Soy un
lanzallamas que tiene necesidad de descargar todo el fuego de mi pasión pénica. Necesito... Europa... ¡nombre de jovencita! ¡Ven aquí!*
[278] *Benito, ¡traidor! ¡Europa es mía! ¡Fuera!... ¡Fuera!... ¡Fuera!*

nan. HITLER *se oprime fuertemente los pechos y los utiliza de ame-*
tralladora. Dispara.) Ra, ta, ta, ta, ta, ta, ta...!!!

> *(El Vals deja de oírse.*
> *Los dos soldados se marchan por la derecha. Se llevan el gra-*
> *mófono y el violín.*
> GALA *se ha marchado con el Ángelus por el fondo a la de-*
> *recha.*
> DALÍ *se ha escondido detrás del piano con el caballete.*
> *La pintura «Reminiscencia arqueológica del Ángelus de*
> *Millet» está acabada.*
> HITLER *se queda sólo en escena. Mira hacia la pintura.*
> *Suena un discurso grabado de* HITLER.)

CUADRO 21
RELOJES BLANDOS[279]

DALÍ *sale por detrás del piano.*
La pintura se difumina lentamente.
DALÍ *llega al lado de* HITLER. *Deja su bastón inglés apoyado en*
el piano y le quita el abrigo militar que lanza sobre el piano. La es-
palda desnuda de HITLER *queda al descubierto.*
HITLER *lleva una pulsera roja con la cruz gamada.*
DALÍ *se concentra en la espalda, y cogiendo la tercera copa, moja*
el pincel y se dispone a pintar un reloj sobre la espalda de HITLER.
Primero dibuja, en negro, una circunferencia, después el botón
para dar cuerda y finalmente marca las horas.

DALÍ.—La blandura de aquella carne hitleriana, comprimida
bajo la guerrera militar, suscitaba en mí tal estado de éxtasis gustativo-lechoso-nutritivo y wagneriano, que hacía pal-
pitar violentamente mi corazón. Emoción tan rara en mí,
que ni tan sólo me ocurría en la práctica de la masturbación[280]. Yo había previsto el fin de Hitler con dos años de

---

[279] Véase nota 32.
[280] Véase nota 241.

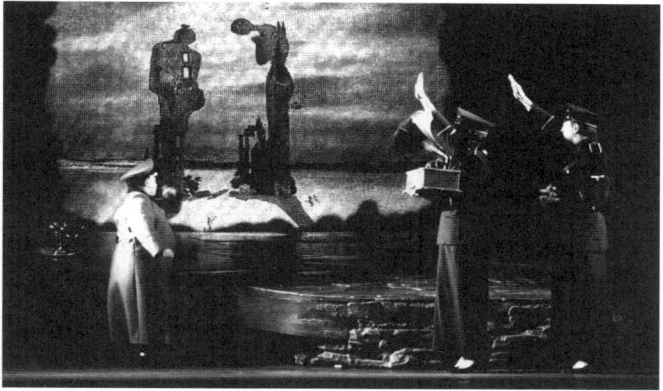

antelación. Sería ec-sac-ta-men-te[281] un día de primavera a las veintitrés horas, catorce minutos...[282] *(pintando la hora exacta)* ... de la noche!

(DALÍ deja la copa de pintura negra en la bandeja. Mira obsesivamente el reloj pintado, y moviendo las manos, consigue que la espalda de HITLER se mueva a su capricho.
HITLER mueve la espalda y el reloj se deforma.
Con los movimientos que DALÍ hace con las manos, la pintura difuminada sobre la tela negra se va transformando en la pintura «La persistencia de la memoria o los relojes blandos»[283].
Al mismo tiempo, HITLER se va marchando por encima del piano hasta desaparecer.)

DALÍ.—¡Gala, Gala! Venez!

(GALA aparece por la derecha.)

DALÍ.—Dépêche toi! Gala! Vite! Dépêche toi! Gala! Venez! Regardez!

(DALÍ la coloca de espaldas a la pintura y le tapa los ojos. Después quita las manos y GALA, aunque de espaldas a la pintura, la contempla. DALÍ oye lo que se imaginaba escuchar.)

GALA.—Ça, c'est extraordinaire! Quien vea esta pintura no podrá olvidarla jamás[284]. ¡Ni el mismísimo Picasso ha sido capaz de crear una imagen así para ser recordada!
DALÍ.—La ha hecho tu pequeño Dalí. Repetez, s'il vous plait.
GALA.—*(Mientras coge el abrigo militar de HITLER.)* Ni el mismísimo Picasso ha sido capaz crear una imagen así para ser recordada.

---

[281] Véase nota 39.
[282] Alusión al cuadro *El enigma de Hitler* (1939).
[283] Véase nota 32. Este tema será recurrente en su obra y es una alegoría de la subjetividad del tiempo.
[284] Palabras dichas por Gala.

DALÍ.—Repetez encore une fois, ma chérie!

GALA.—*(Marchándose por la derecha con el abrigo.)* ¡No me da la gana!

DALÍ.—Ah, merci, Gala! *(Provocándose una nueva visión.)* ¡Picasso! ¡Picasso! Ya te veo... ya te veo. Metro, metro veinte[285], como Dios, ¡como Dios! Encima de tu pedestal de príncipe de los gitanos pintores... ¡Picaaassooo!

> *(Por el fondo izquierdo entran cuatro hombres vestidos de negro manipulando un muñeco de medio metro con pantalón safari y camiseta de rayas azules; es* PICASSO *manejado por sus marchantes.)*

¡Genio de la pintura picaresca!...

CUADRO 22
PICASSO

Los cuatro marchantes se acercan a DALÍ.
El MARCHANTE 2 *lleva a* PICASSO *sobre los hombros.*

DALÍ.—... Te has dignado bajar rodeado de tus ladillas intelectuales a las catacumbas delirantes de esta mi exposición.

MARCHANTE 1.—*(Acento inglés.)* Es que el maestro está muy agotado, ¿eh?, porque acaba de inaugurar una exposition con veinte mil setecientos cuadros[286].

MARCHANTE 2.—*(Acento francés.)* Todos vendidos en el *vernissage*[287].

DALÍ.—Bah, pues permíteme que desvíe por unos instantes tu suprema indiferencia mostrándote mis relojes blandos convertidos en persistencia de la memoria.

MARCHANTE 3.—*(Después de haber escuchado a* PICASSO.)* El maestro le anima a seguir pintando y le reconoce también como el más grande bromista de la pintura moderna.

---

[285] Picasso no era muy alto.
[286] Hipérbole caricaturesca.
[287] Vocablo francés que designa la inauguración de una exposición de arte.

DALÍ.—Yes, of course... Yes... yes...

MARCHANTE 4.—*(Muy amanerado.)* Aunque el maestro encuentra también aceptable que la pintura tenga una función terapéutica para desequilibrados.

DALÍ.—¡Tú!, ladilla del huevo del lado derecho de Picasso.

MARCHANTE 4.—¿Yo?

DALÍ.—Yes!... Pregúntame qué diferencia hay entre Picasso y Dalí.

MARCHANTE 4.—¡Ah, eso!

DALÍ.—Ah, pues me gusta mucho que me haga esa pregunta, ya era hora, porque yo en cierta ocasión respondí aquello de que... Picasso es español, yo también. Picasso es un pintor, yo también. Picasso es un genio, yo también. Picasso es comunista, yo tampoco[288].

(PICASSO *se molesta.*)

MARCHANTE 2.—El maestro prefiere no hablar de política con Dalí.

DALÍ.—*(A* PICASSO.) Ah, pues, admirado marqués d'épater le bourgeois[289], dos puntos, te ruego encarecidamente que me sigas por los laberintos de mi paranoia crítica. Allez, venez, allez!

(DALÍ *camina hacia el centro. Todos le siguen.*
Se detienen. Se disponen a ver la exposición de DALÍ.
DALÍ *golpea con el pie fuertemente en el suelo y da una vuelta*
sobre sí mismo. En la tela negra aparece, de golpe, un cuadro
de DALÍ.)

DALÍ.—*(Diciendo el título del cuadro.)* ¡Galarina![290].

---

[288] Palabras pronunciadas por Dalí en la conferencia titulada *Picasso y yo,* celebrada en 1951 en el teatro María Guerrero de Madrid. Dijo concretamente: «Picasso es español, yo también; Picasso es pintor, yo también; Picasso es un genio, yo también; Picasso es comunista, yo tampoco.»

[289] Quiere decir: *de escandalizar, sorprender a la gente burguesa.*

[290] *Retrato de Gala* (1944-1945). El título de este cuadro, como comentó Dalí, se lo debía al de Rafael Sanzio (1483-1520), su pintor favorito, *La fornarina* (1518-1519).

(Los marchantes y PICASSO *observan escépticos el cuadro.* DALÍ *irá enseñando sus cuadros usando el mismo procedimiento.)*

DALÍ.—*¡Premonición de la Guerra Civil Española!*[291].

(Lo miran sin interés.)

DALÍ.—*¡Buñuel de Calanda!*[292], naturalmente.

(Tomándoselo a broma.)

DALÍ.—*¡El gran masturbador!*[293].

(Sonríen.)

DALÍ.—*¡Dalí de espaldas pintando a su Gala, de espaldas!*[294].

(Ironizan.)

DALÍ.—*¡Velázquez con un personaje!*[295].

(Ríen sarcásticos.)

DALÍ.—*¡Fuente necrofílica manando de un piano de cola!*[296]. Aquí se ve el piano.

(Desternillándose de risa.)

---

[291] Este cuadro de 1936 se llamó *Primera construcción blanda con judías hervidas* y, oportunamente, lo rebautizó con el nombre de *Premonición de la Guerra Civil Española.*

[292] Referencia al cuadro que hizo Dalí en 1924 del cineasta Luis Buñuel, natural de Calanda (1900-1983). El pintor colaboró con el director en los guiones de *Un perro andaluz* (1928) y *La edad de oro* (1930).

[293] Cuadro de 1929.

[294] Véase nota 10.

[295] Dalí consagró muchas obras a Velázquez, como: *Velázquez pintando a la infanta Margarita con las luces y sombras de su propia gloria* (1958); *Las Meninas* (1960); *Retrato de Juan Pareja reparando una cuerda de su mandolina* (1960).

[296] Véase nota 19.

DALÍ.—*¡El espectro del sex-appeal!*[297], con el pequeño Dalí en el ángulo inferior derecho. Sí, éste soy yo, el pequeño Dalí, el pequeño Dalí.

(Riendo sin parar.)

DALÍ.—Y, *¡El enigma de Hitler!*[298].

(El cuadro «El enigma de Hitler» queda fijo en la tela negra. Lentamente irá oscureciendo hasta desaparecer.)

TODOS.—¡Muy gracioso!... ¡Muy bueno!

DALÍ.—Bueno, bueno, bueno, bueno. Como veo que están ustedes de muy buen humor y con ganas de cachondeo, les ruego que le pidan a Picasso que me muestre la última martin-gala nacida de su genio juguetón.

(Los marchantes consultan con PICASSO.
El MARCHANTE 3 *desenrolla ayudado por el* MARCHANTE 4 *una tela que llevaba escondida. Se la enseñan a* DALÍ. *Es un apunte de lo que será el «Guernica»)*[299].

MARCHANTE 1.—*(Refiriéndose al «Guernica».)* My God!... Is the sublimation of modern art. It's a master peace. The best of the best. It's fantastic[300].

MARCHANTE 2.—*(Con la vanidad del crítico.)* Ça c'est la tragédie authentique de Guernika. On peut même écouter les cris des victimes[301]. Ici está todo: cubismo, dadaísmo[302], esteticismo, rocambolismo...

---

[297] Cuadro de 1934 en el que, efectivamente, aparece Dalí niño con blusa de marinero observando la imagen de una mujer enorme.

[298] Véase nota 282.

[299] Uno de los cuadros más famosos de Picasso, que alude al bombardeo de las tropas franquistas en la ciudad de Guernica. Lo pintó en 1937.

[300] *¡Dios mío!... Es la sublimación del arte moderno. Es una obra maestra. Lo mejor de lo mejor. Es fantástica.*

[301] *Ésta es la auténtica tragedia de Guernica. Incluso se pueden escuchar los gritos de las víctimas.*

[302] Vanguardia estética que surgió en Suiza en 1916. Su promotor fue Tristan Tzara, seudónimo del escritor rumano Samy Rosenstock (1896-1963).

DALÍ.—¡Mi li-bi-do me impele a una masturbación!

TODOS.—*(Con repugnancia.)* ¡No!

DALÍ.—No teman, no lo haré. Antes diré: ¡Eeeuuureeeekaaa! *(Propinando a la tela un golpe con el bastón.)* ¡Es la sublimación del graaaffiiitiii! ¡Está dentro de la más genuina y ancestral tradición decorativa de los lavabos públicos de caballeros!, y, concretamente, los de la estación de Perpignan[303].

(Los marchantes están realmente enfadados.)

MARCHANTE 4.—Cuidado porque el maestro no está de muy buen humor y, además, tiene prisa.

DALÍ.—Ah, pues antes de que se marche. ¿Qué le apetece al maestro? ¿Qué le apetece?

MARCHANTE 2.—*(Intelectual.)* Es que en este momento, el maestro, está obsesionado en asistir a una corrida de toros, follarse a la mujer del picador para luego poder plasmar su coño inmenso en una tela de tres por cuatro.

(Por la derecha entra GALA. *Lleva una bandeja con erizos de mar que ofrece a* PICASSO. *Se arrodilla delante del muñeco.)*

DALÍ.—¡Ah, pues antes que pique unos erizos de mar[304], ¡limpísimos!, de Port Lligat que le ofrece, naturalmente, mi esposa Gala.

MARCHANTE 1.—Señora, es que el maestro, entre comida y comida, no pica nada.

DALÍ.—*(Haciendo levantar a* GALA.) Gala, no disturb al genius. «Non please, non please.» (GALA *se va a ir por la derecha.)* Gala!, regardez-moi amoureusement, Gala. Look at me with love with your eyes, please. No t'emprenyis, Galuxca[305]. (GALA *se detiene.)* Give me lava[306], now, please!

---

[303] Debido a una serie de teorías científicas, Dalí proclamó que esta estación era el centro del mundo y el lugar en el que se le ocurrían las ideas más geniales. Como homenaje al lugar pintó, en 1965, *La estación de Perpignan.*

[304] Para el pintor, este animal era el más angélico que existía. Así lo afirmó en 1954. Su familia lo consideraba un manjar exquisito y lo degustaban en ocasiones especiales.

[305] *Gala, no molestes al genio. No, por favor. No, por favor. ¡Gala! Mírame amorosamente, Gala. Mírame con amor, con tus ojos, por favor. No te cabrees, Galuxca.*

[306] En el sentido de «lava volcánica».

(DALÍ *se arrodilla.* GALA *se acerca a él y le escupe en la cara.*)

GALA.—Mon petit cochon!

(GALA *se marcha por la derecha.*)

DALÍ.—Ouiiiiiii, je suis un cochon sublime!
TODOS.—*(Refiriéndose al «Guernica».)* ¡Eso!... ¡Sublime!

(*Los* MARCHANTES 3 *y* 4 *enrollan nuevamente la tela.*)

DALÍ.—Como que me considero, no como pintor, pero como cosmólogo, un genio, auguro... *(cogiendo el «Guernica»)* ... ¡que es la única pintura, que sin tener nada que ver con la pintura, ocupará el lugar prominente en todos los habitáculos de aspirantes a esclavos leninistas y maoístas!
MARCHANTE 2.—Por eso se harán cuarenta millones de reproducciones.
DALÍ.—¿Ah, síííí?
MARCHANTE 2.—¡Sí!
DALÍ.—Pues como soy un loco catalán, con mucho sentido comercial, yo me pregunto: ¿quién cobrará los derechos de las reproducciones[307] de marras?
MARCHANTE 4.—Está claro, ¡el Maestro!
DALÍ.—¡Pues no está tan claro, querida ladilla!
MARCHANTE 2.—¿Ah, no?
DALÍ.—No. Porque el auténtico autor de la performance de Guernica, es el señor de las caderas blandas y rollizas.
MARCHANTE 3.—¿Quién?
MARCHANTE 1.—¿Hitler?
DALÍ.—¡Hitler! En verdad, en verdad os digo, que es a él a quien le pertenecen los derechos de autorrrr, por su rrrrrevolucionario concepto de urrrrrbanismo rrrrradical[308].

(*Risas.*)

---

[307] Dalí obtuvo mucho dinero con las reproducciones de sus obras.
[308] Véase nota 39.

MARCHANTE 1.—Pablo, Pablo no te preocupes porque voy ahora *misma* a registrar *esas derechas*[309] de autor.

(*El* MARCHANTE 1 *corre hacia la derecha. Desaparece.*)

MARCHANTE 4.—Maestro, tendríamos que retirarnos, que nos espera una visita de los Rothschild[310] que quieren comprarte mil ciento veintiocho cuadros de tu época verde.

(*El* MARCHANTE 2 *hace andar a* PICASSO *hacia la salida de la derecha. Los otros le siguen.*)

DALÍ.—¡Espera! (*Por la derecha entra* GALA *con una larga trompeta.*) Antes de marchar, mi esposa Gala, a imagen y semejanza de San Agustín[311], que era el mayor «pétomane» de la Historia, te va a ofrecer una exquisita ventosidad tipo Jeronimus el Bosco...[312].

(GALA *se ajusta la capa roja y se agacha.* DALÍ *le introduce la trompeta en el culo.*)

GALA.—(*Al sentir el contacto con la trompeta.*) Oh là là!
DALÍ.—... nacida de su portentoso culo. ¡Gala!

(PICASSO *pone el oído en la trompeta.*
GALA *hace sonar «La Internacional»*[313] *en forma de ventosidades musicales.*
PICASSO, *debido al mal olor, se cae desmayado al suelo.*
Los marchantes hacen el saludo comunista.*

---

[309] Confusión consciente y alusión a la evolución ideológica de Dalí. También Boadella establece una ironía referida a la militancia comunista del pintor y a su monetarismo.

[310] Alusión a esta familia de banqueros judíos de origen alemán, cuya inmensa fortuna les permitió reunir una de las colecciones de arte más importantes del mundo.

[311] Filósofo español (354-430).

[312] Apelativo del pintor holandés (1450-1516), cuyo verdadero nombre era Jeroen van Aeken. Latinizó su nombre convirtiéndolo en «Hieronymus» y eligió de apellido el nombre de su ciudad natal «S'Hertogenbosch», simplificándolo en «Bosch», nombre que en España derivó a El Bosco.

[313] Himno del movimiento obrero comunista y socialista. La letra original, escrita en 1871, era de Eugène Pottier (París, 1816-1887); la música, de Pierre Degeyter (1848-1932).

GALA se va marchando hacia la derecha sujetándose la trompeta y sin dejar de proporcionar placer musical.)

DALÍ.—¡Gala, Gala, Gala! My bodyguard, my Dulcinea, my Cap de Creus. Gala, I love you forever! ¡Gala, Gala...!

(Los marchantes han sentado a PICASSO sobre el piano e intentan recuperarlo.)

MARCHANTE 2.—No te lo tomes a mal, Pablo. Ya sabes cómo es Dalí... le gusta montar el número, jugar a la provocación. Por eso le llaman «Ávida Dollars»[314].

DALÍ.—¿No le ha gustado?

MARCHANTE 2.—¡No!

DALÍ.—*(Colérico.)* ¡Cállate, ladilla literaria y gelatinosa de la «nouvelle vague»![315]. *(Coge de un manotazo a PICASSO.)* ¡No me castigues más con tu indiferencia, Picasso! ¡Pídeme lo que quieras! ¡No me castigues más! *(Los marchantes recuperan con esfuerzos al muñeco.)* Te concedo la exclusiva de mi propia sodomización. ¡Sodomízame!

(DALÍ se coloca de espalda y ofrece su culo a PICASSO.)

MARCHANTE 3.—*(Al MARCHANTE 4.)* Ahora sólo le faltaba proponernos un acto contra natura.

MARCHANTE 4.—El escándalo siempre ha sido muy rentable.

(Los marchantes se dirigen hacia la salida de la derecha. El MARCHANTE 3 hace andar a PICASSO.)

DALÍ.—Ah, pues puesto que eres el gran semental de las artes plásticas, sodomiza a mi esposa Gala. ¡Gala, Gala, Gala, ponte a punto sodomización, s'il vous plait! *(Por la derecha*

---

[314] Véase nota 105.

[315] Movimiento cinematográfico francés que tendía a un naturalismo expresivo alejado de la comercialidad. La *Revue du Cinéma* (1947), llamada después *Cahiers du Cinéma* (1951), fue decisiva. Algunos de sus integrantes fueron E. Rohmer, Jean-Luc Godard, F. Truffaut...

entra GALA.) Posa el bacallà en remull[316]. (GALA *ofrece su culo. Se levanta lentamente la capa roja.)* Así de paso, por el mismo precio, hago un poco de voyeur, porque el divino no funciona como los demás.

(Los marchantes pasan de largo.)

MARCHANTE 2.—*(Al lado del teclado y hablando al culo de* GALA.) Excuse moi, madame. Mais le maître, par le trou du cul, le da un peu de repelús[317].

GALA.—*(A punto de propinar una bofetada.)* ¡Desagradecido! *(Los marchantes protegen a* PICASSO.) Te hemos ofrecido el genio de Dalí, mis erizos, nuestros culos, mis pedos, ¡tu himno! ¿Qué más quieres, ingrato? *(Fuera de sí.)* ¡Monstruo egoísta! ¡Que te folle un toró!

MARCHANTE 4.—Madame, no sé si se da cuenta de que está hablando con el gran genio del siglo XX.

GALA.—¿Genio?... ¡Atila![318].

TODOS.—¿Atila?

GALA.—*(Cogiendo a* PICASSO *de la camiseta a rayas.)* ¡Eres el Atila del siglo XX, porque por donde has pasado no ha vuelto a crecer nunca más buena pintura![319]. *(Soltando a* PICASSO *violentamente.)* Ah, la pinture actuelle, quelle merde!

(GALA escupe en la cara de los marchantes. Empuja al MAR-CHANTE 2 *para abrirse paso y poder salir. El* MARCHAN-TE 2 *pierde el equilibrio y cae sobre el teclado. El piano suena estrepitosamente.)*

DALÍ.—Tengo el honor de comunicar a mis contemporáneos, que Gala es el mal genio del siglo XX. Picasso, Picasso, Picasso, Picasso... ¡No te ofendas! *(Se estira en el suelo, situán-*

---

[316] Dicho catalán para indicar a alguien que se prepare para alguna situación o momento.

[317] *Pero al maestro por el agujero del culo, le da un poco de repelús.*

[318] Rey de los hunos (395?-453) que mató a su hermano para ejercer el poder en solitario.

[319] Frase que recuerda la aplicada al caballo de Atila que sostenía que por donde había pasado no había vuelto a crecer la hierba.

dose al mismo nivel que PICASSO.) Gala quiere decir que eres
un genial embaucador de revolucionarios virtuales.
MARCHANTE 4.—¡Franquista![320].
DALÍ.—Naturalmente. Por la gracia de Dios[321], porque la política es la anécdota de la Historia, y a mí tan sólo me interesa la Historia. Bonjour! *(Dando la tela del «Guernica» en-
rollada.)* Toma, no te olvides el salvavidas para flotar sobre
este magma maravilloso y amoniacal de cretinos ilustrados
y supergelatinosos.

> *(Los marchantes se han ido con* PICASSO *por la derecha.*
> DALÍ, *agónico, se echa sobre la parte anterior del piano.*
> *La enfermera, que durante todo este tiempo ha llegado al te-*
> *clado, se da cuenta de que* DALÍ *se ha desplazado de la cama.*
> *Nos hallamos de nuevo en la Torre Galatea.)*

CUADRO 23
EL ÚLTIMO DESEO

La enfermera se gira para atender a DALÍ *y darle un vaso de agua.*

DALÍ.—*(Sin querer beber. Agonizando.)* ¡Espera, puta!... Dame
tan sólo un instante para que mi último pensamiento sea
para el pintor de pintores, don Diego de Silva Velázquez[322].

> *(La enfermera se dirige hacia la cama.*
> *Un hombre entra sigilosamente por la derecha. Lleva unas ti-*
> *jeras en las manos. Sube encima del piano, y aprovechando*
> *que nadie vigila a* DALÍ, *intenta hacer negocio, cortándole el*
> *bigote.*
> *La enfermera se dirige de nuevo hacia* DALÍ *con una jeringa.*
> *El hombre, para no ser descubierto, se marcha sin poder lle-*
> *varse su trofeo.)*

---

[320] Véase nota 240.
[321] Franco hizo acuñar en las monedas su efigie y el lema: *Caudillo de España por la gracia de Dios.*
[322] Véase nota 83.

DALÍ.—*(Provocándose nuevamente otra visión.)* Velázquez, Velázquez...

> (DALÍ *quiere controlar su fatídico destino para poder revivir una*
> *situación imposible; la de poder conversar con* VELÁZQUEZ.
> *Es por esta razón que intenta, mediante una nueva estrategia, re-*
> *trasar la llegada de la enfermera, la muerte, engañándola. Así*
> *pues, en un nuevo delirio, hace aparecer por la derecha a* DALÍ
> NIÑO, *que sujetando una percha con la misma túnica con la que*
> DALÍ *va vestido, la pasea por delante de la enfermera y la deja*
> *extendida encima de la cama. La enfermera ha sido engañada y*
> *tiene la visión de que* DALÍ *vuelve a la cama y sigue la túnica.*
> *Llegará a la cama para ponerle una inyección.* DALÍ *ha podido*
> *esquivar a la muerte.*
> DALÍ NIÑO *se esconde detrás del piano.*
> DALÍ *dispone de un momento para satisfacer su deseo antes de*
> *morir.*
> *El punto verde reproducido sobre la tela negra y el bip desapa-*
> *recen.*
> DALÍ *puede satisfacer su deseo. Llama a* VELÁZQUEZ.)

CUADRO 24
VELÁZQUEZ; EL MAESTRO DE LOS MAESTROS

DALÍ.—*(Levantándose del piano y produciendo la visión de* VE-
LÁZQUEZ.) Velázquez, Velázquez... *(Con fuerza para que apa-*
rezca de inmediato.) ¡Velázquez!

> *(De golpe, por la izquierda entra* VELÁZQUEZ *vestido con*
> *una capa verde.)*

VELÁZQUEZ.—*(En castellano y con acento de Sevilla.)* ¡Ele, maese!
Heme aquí, presto y diligente, pa serville en to aquello que
vos mandáredes o quisiéredes...[323].

---

[323] Boadella sugiere, con un casticismo, el español del XVII, al mismo tiempo que el acento sevillano por la estancia de Velázquez en Sevilla.

DALÍ.—*(Constatando.)* ¿Don Diego de Silva Velázquez?
VELÁZQUEZ.—¡Pardiez!, el mismo que viste y calza.

(La imagen que DALÍ *tiene de* VELÁZQUEZ *no se corresponde con el personaje que ha aparecido y borra su visión, moviendo las manos en el aire.* VELÁZQUEZ *desaparece por la
izquierda.)*

DALÍ.—*(Concentrado para poder ver el* VELÁZQUEZ *que él siempre
ha imaginado.)* Velázquez... Velázquez... *(Golpeando el suelo
con el bastón.)* ¡Velázquez!

(Un nuevo VELÁZQUEZ *entra por la izquierda. Lleva un
bastón idéntico al de* DALÍ *y va vestido con la misma túnica,
pero con el distintivo de la cruz de Caballero de Santiago*[324].
DALÍ *camina hacia* VELÁZQUEZ *y al mismo tiempo* VE-
LÁZQUEZ *se acerca a* DALÍ. *La visión que* DALÍ *tiene de*
VELÁZQUEZ *es la que tendría él mismo si se mirase a un espejo. Es la doble imagen de* DALÍ[325].
DALÍ *y* VELÁZQUEZ *se encuentran.* DALÍ *y* VELÁZQUEZ
golpean, al mismo tiempo, el suelo con el bastón.)

DALÍ.—¿Don Diego de Silva Velázquez?
VELÁZQUEZ.—*(Como si fuese el mismo* DALÍ *quien hablase.)*
¿Don Diego de Silva Velázquez?... Heme aquí presto y diligente pa serville en todo aquello que vos mandáredesss o
quisiéredesss[326].

---

[324] Distinción de la que gozó Velázquez en 1659, poco antes de su
muerte.
[325] Dalí trató de parecerse físicamente al pintor sevillano. Prueba de ello
fue el fotomontaje que hizo en 1958 titulado *De Velázquez al hippie Dalí*, en el
que éste superpuso una fotografía suya sobre otra del autorretrato pictórico de
Velázquez. El resultado es la fusión de los rostros de los dos pintores. Abun-
dando en esta idea, hay que recordar el grabado *Velázquez (Autorretrato de
Dalí)*, y Laia Rosa Armegol cuenta que Dalí encargó al peluquero Llongueras
algunas pelucas «a lo Velázquez».
[326] Es tal la identificación que siente Dalí por el autor de *Las Meninas* que
Boadella contagia a Velázquez del hábito fonético de Dalí.

(DALÍ, *con precaución, intenta tocar a* VELÁZQUEZ *para asegurarse de que realmente se halla ante el maestro.*
Al comprobar que realmente se trata de VELÁZQUEZ, DALÍ *deja de representarse a él mismo y se muestra abiertamente tal y como es él, sin máscaras, sin ningún aparente rastro de histrionismo.)*

DALÍ.—*(Humilde.)* Maestro, tiemblo como un flan ante tu presencia...

(VELÁZQUEZ *se sienta en el piano, al lado del teclado, y adopta una postura claramente daliniana.)*

DALÍ.—... Quisiera saber, cómo se consigue pintar algo tan etéreo y tan intangible como el aire, y concretamente, el aire contenido en *Las Meninas,* que, para mí, es el aire de mayor calidad que existe en el mundo.

(DALÍ *se sienta a la derecha de* VELÁZQUEZ. *Coloca el bastón entre las piernas.)*

VELÁZQUEZ.—*(Cambiando de postura y poniendo el bastón entre las piernas.)* ¡Ah! La pintura, lo mesmo que el amor, entra por los ojos y se cuela por los pelos del pincel.
DALÍ.—*(Mientras* DALÍ *habla,* VELÁZQUEZ *irá adoptando posturas dalinianas.)* Tú has conseguido ser un genio sin necesidad de convertirte en un hombre anuncio de sí mismo. Has tenido el privilegio de trabajar bajo el silencio monacal de la corte de los Austrias pintando a príncipes, papas y reyes. Yo ni tan siquiera he pasado del suburbio de la pintura.

(DALÍ *da la palabra a* VELÁZQUEZ *moviendo el bastón.)*

VELÁZQUEZ.—*(Levantándose.)* ¡No, no e nooooo! *(Mientras* VELÁZQUEZ *habla,* DALÍ, *sentado, irá moviendo el bastón y* VELÁZQUEZ *reproducirá los mismos movimientos dando la sensación de que* DALÍ *se ve reflejado en un espejo.)* Yo anuncio para estupor del vulgo que para pintar he habido de preparalle

456

la mesa al rey, lisonjear a cortesanos y cortesanas, guardarme de las intrigas de la corte. En suma, he habido de dedicarme a tan hartos menesteres que en verdad puedo deciros que para pintar bien hay que pensar siempre en otra cosa.

(DALÍ *se levanta y vuelve a sentarse.* VELÁZQUEZ *obedece como si hubiese recibido una orden.*)

DALÍ.—¡Enséñame, sólo por un instante, una muestra de tu *bravura di tocco*[327], nacida de tu sublime pincel!

VELÁZQUEZ.—Cosas veredes que te farán no deseallas. ¡Sea pues! ¡Tráigame vuesa merced los pinceles, la paleta y una espada!

(VELÁZQUEZ *da su bastón a* DALÍ, *que se marcha por la derecha a buscar los utensilios de trabajo que* VELÁZQUEZ *le ha pedido.*
DALÍ *evoca «La danza húngara n.º 5» de Brahms*[328], *la misma que él utilizó para demostrar su doble genialidad: pintar al mismo tiempo que afeitaba en una imitación de Chaplin.*
Por la izquierda aparece la nana Maribárbola[329], *del cuadro «Las Meninas».* VELÁZQUEZ *la ayuda a subir al piano.*
DALÍ *entra por la derecha con una paleta de pintor, un largo pincel y una espada. Da el pincel a* VELÁZQUEZ, *que lo moja de pintura, y utilizando de modelo a la enana Maribárbola, pinta sobre la tela negra una espiral que acaba convirtiéndose en un círculo azul.*
VELÁZQUEZ *y los personajes que vayan apareciendo se moverán al ritmo de la música como si se tratase de una armónica coreografía. Un caos armónico.*

---

[327] En una entrevista realizada por Pilar Chamorro en los 70 a Dalí, éste, para referirse a la genialidad de Velázquez con el pincel, utilizó esta expresión. Podría traducirse por «pincelada magistral». En una entrevista recogida por Ricard Mas, dice Dalí: «Fíjese en cómo empuña Velázquez el pincel. Es el secreto de toda su nobleza» *(op. cit.*, pág. 77).

[328] Véase nota 223.

[329] Una de las enanas que aparecen en el cuadro *Las Meninas*. Se llamaba María Bárbola, era macrocéfala, tenía veinte años y procedía de Alemania. Antes había servido a la Condesa de Villarbal y Walter. Cuando se preguntó a Dalí qué cuadro se llevaría si el Museo del Prado se incendiara, respondió que el aire contenido en *Las Meninas*.

La modelo asedia sin cesar a VELÁZQUEZ *que, para poder continuar pintando, lo tiene que hacer con la mano izquierda mientras con la derecha sujeta la cara de la enana para mantenerla a distancia.*

Por la izquierda ha entrado un espadachín. VELÁZQUEZ *cambia el pincel por la espada, baja del piano y lucha con él. Al mismo tiempo entra por la derecha un jorobado vestido de bufón. Deja un tablero de ajedrez encima del piano y se sienta.* VELÁZQUEZ *echa al espadachín con un golpe de espada y se sienta delante del jorobado a jugar una partida de ajedrez. El espadachín le provoca de nuevo y* VELÁZQUEZ *lucha con él mientras juega la partida. Mientras, por la derecha aparece un tullido que desplazándose sobre una plataforma con ruedas, avanza empujándose con las manos. Se sitúa delante de* VELÁZQUEZ *y le abrillanta los zapatos.* DALÍ *intenta detener al espadachín utilizando la paleta de pintor como coraza. Pero, de vez en cuando, el espadachín encuentra un espacio para continuar la lucha. Finalmente* DALÍ *echa de un golpe al espadachín y cambia a* VELÁZQUEZ *la espada por el pincel. El tullido acaba su tarea y se marcha.* DALÍ *le ayuda a desaparecer empujándolo por la espalda. Las ruedas de la plataforma hacen que el tullido salga a gran velocidad por la izquierda.*

VELÁZQUEZ *vuelve a pintar. Ahora llena media superficie con diferentes tonalidades de azules. Deja de pintar, devuelve el pincel a* DALÍ *y continúa la partida de ajedrez.*

Por el fondo izquierdo aparece una menina. Lleva en la mano un retrato suyo que no es más que una pintura de PICASSO. *Pide explicaciones a* VELÁZQUEZ *que, disculpándose, le comenta que no ha sido él el responsable de semejante abominación, y que no puede entender quién ha podido ver en su persona similar monstruo para inmortalizarlo sobre una tela. La menina, indignada, le da con desprecio el cuadro y se marcha por donde ha venido.*

Por la derecha aparece una monja enana y VELÁZQUEZ *no sabiendo qué puede hacer con la pintura de tan mal gusto en las manos, opta por dársela a la monja como si estuviese haciendo una obra de caridad. La monja se marcha por la izquierda estupefacta al contemplar similar inmundicia.* DALÍ *también ayuda a la monja enana a marchar rápidamente propinándole un puntapié en la espalda que la obliga a desaparecer dando una voltereta.*

VELÁZQUEZ *se dispone nuevamente a pintar, pero el espadachín le sorprende por la derecha y el pintor se ve obligado a luchar para ganar la pelea si quiere acabar a tiempo su pintura. Lo consigue dando al espadachín un fuerte golpe en la cabeza. El espadachín se marcha rebotado por la derecha.*

VELÁZQUEZ *coge el pincel que le ofrece* DALÍ *y, ahora sí, acaba el fondo azul que tenía a medias, pero, claro, teniendo al lado a la enana Maribárbola que no para de molestarle. Lo consigue. El cuadro está acabado, un primerísimo plano de la enana. La enana se coloca encima del elevador y desaparece lentamente.*

VELÁZQUEZ *lanza el pincel a* DALÍ *y quiere bajar del piano, pero se percata de que la partida de ajedrez está aún sin acabar, y el jorobado le reclama.* VELÁZQUEZ *baja del piano, piensa la jugada y hace el jaque mate. Ha ganado la partida. El jorobado se marcha malhumorado.*

VELÁZQUEZ *presenta a* DALÍ *el cuadro acabado. La imagen del primerísimo plano de la enana se va alejando hasta llegar a concretarse en el cuadro definitivo: «Las Meninas».*

La música ha acabado. VELÁZQUEZ *le ha demostrado a* DALÍ *que con mayores impedimentos que los suyos ha sido capaz de pintar «Las Meninas».*

Silencio.

DALÍ *se arrodilla ante* VELÁZQUEZ.)

DALÍ.—«Gran Velázquez... (DALÍ *sube encima del piano. A medida que avanza, el cuadro de «Las Meninas» se acerca hacia el espejo de la pintura.* DALÍ *se refleja en él)*
... diestro cuanto ingenioso,
con las manchas distantes
que son verdad en ti,
no semejantes»[330].

---

[330] Versos del poeta español Francisco Quevedo (1580-1645) pertenecientes al poema titulado «Silva al pincel». Boadella se toma sus libertades y altera el texto, como en otras ocasiones, que en el original es: «Y por ti el Gran Velázquez ha po-

DALÍ.—*(Girándose hacia* VELÁZQUEZ *y bajando del piano.)* ¡Velázquez, maravilla rara! ¡Sublime pincel! ¡Maestro de maestros! (DALÍ *y* VELÁZQUEZ *se hallan uno delante del otro. Una doble imagen paranoica.)* ¡Deja que te abrace!

> (DALÍ *mira hacia el espejo y se da cuenta de que* VELÁZQUEZ *no sale reflejado. Se aleja del campo de visión y vuelve a entrar para cerciorarse de si realmente* VELÁZQUEZ *existe. Le toca y comprueba que no es más que un producto de su delirio.*
> DALÍ *se frota los ojos. La visión comienza a desaparecer.*
> VELÁZQUEZ *se marcha caminando de espaldas hacia la derecha.*
> *El espejo se va desintegrando lentamente.)*

DALÍ.—*(Agónico.)* Velázquez... Maestro... Maestro...

> *(Por la izquierda entra* DALÍ NIÑO. *Lleva una olla en las manos.*
> *Se oye gritar a la* NODRIZA.)

VOZ EN OFF.—¡Salvador!... ¡Salvador!...

> *(DALÍ NIÑO *se esconde bajo el teclado.*
> *Por el fondo de la izquierda entra la* NODRIZA *con una cuchara de madera en las manos.*
> DALÍ NIÑO *ha robado la olla que la* NODRIZA *tenía en el fuego.*
> DALÍ *ha ido estirándose delante del piano.*
> *La* NODRIZA *se marcha por el fondo izquierdo.)*

NODRIZA.—¡Salvador! ¡Salvador!

> *(DALÍ NIÑO, *con el camino libre, se dirige hacia la izquierda y se sienta muy cerca de* DALÍ. *Coloca la olla a su lado y mira al interior.*
> *Empieza el último delirio de* DALÍ.)*

---

dido / diestro, cuanto ingenioso / ansí animar lo hermoso / ansí dar a lo mórbido sentido / con las manchas distantes / que son verdad en él, no semejantes» (Francisco de Quevedo, *Obra completa*, ed. José Manuel Blecua, Madrid, Castalia, 1969-1981, vol. 2, págs. 403-404).

Cuadro 25
DURO-BLANDO

DALÍ.—Ya desde mi más tierna infancia...

> (DALÍ NIÑO *saca una langosta de la olla. La observa meti-culosamente y la acaricia.*)

... llegué a la conclusión de que Dios se equivocó al construir al hombre y lo hizo al revés: blando por fuera y duro por dentro...

> (DALÍ NIÑO *chupa la langosta.*)

... Por eso Daaalí ha sentido siempre pasión por los mariscos...

> (DALÍ NIÑO *se revuelca por el suelo abrazado a la langosta.*)

... porque son lo más directamente opuesto a nosotros: duros por fuera en virtud de su armadura, y blandos y exquisitos por dentro.

> (DALÍ NIÑO *saca un bogavante de la olla.*)

... De esta forma, ¡Gala!, hubiera vivido eternamente, petrificada como un crustáceo, sin que la putrefacción destruyera su bellísima corteza...[331].

> (*Por el elevador va apareciendo* GALA, *muerta, completamente desnuda y con los brazos cruzados sobre sus pechos. Por la derecha entran dos sepultureros. Suben encima del piano y se dirigen hacia* GALA.)

... Hoy sería su propia escultura funeraria, y ¡Dalí!...

> (*Los sepultureros sitúan a* GALA, *como si desplazasen un bloque de hielo, hacia el primer término del piano.*)

---

[331] Teoría sostenida por Dalí.

... necrófilo como Juana la Loca[332], pasearía su cuerpo en exposición antológica[333].

> (DALÍ NIÑO *juega con la langosta y el bogavante como si se tratase de un hombre y una mujer haciendo el amor.*
> *El* SEPULTURERO 1 *observa a* GALA, *que lleva la argolla de una armadura dorada al cuello.)*

SEPULTURERO 1.—¡Lástima que esté tan fría!

> (El SEPULTURERO 2 *baja del piano y se marcha por la derecha.)*

SEPULTURERO 2.—Paco, no empieces con tus cosas.
SEPULTURERO 1.—Antonio, ¡trae el lampante!...[334].

> (El SEPULTURERO 2 *vuelve a entrar cargado con las piezas de una armadura dorada. Las deja cerca del elevador.*
> *El* SEPULTURERO 1 *coge la pierna de la armadura dorada —quijote[335] y rodillera unidas—.)*

SEPULTURERO 1.—Le pongo la pierna... *(Inclina a* GALA *hacia el* SEPULTURERO 2.) Tira pa ti, ¿eh?... *(El* SEPULTURERO 2 *coge el bloque gélido de* GALA *para que no se caiga.)* Venga.

> (El SEPULTURERO 1 *coloca la pieza de la armadura que corresponde en la pierna derecha de* GALA. *La ata con correas por detrás de la pierna.)*

---

[332] Reina de Castilla (1479-1555); cuando murió a los veintiocho años su marido el archiduque Felipe el Hermoso, cumplió el deseo de éste de ser enterrado en Granada e inició un peregrinaje, con el féretro, que duró tres años (1506-1509). El apelativo se debió a la enajenación mental en que se sumió cuando se quedó viuda.

[333] A Dalí, también, le afectó profundamente la muerte de Gala. Gómez de Liaño señala que sin ella el pintor era un espectro de sí mismo.

[334] Así se decía en las funciones. Aquí tiene un sentido surrealista, ya que el significado no lo comprendía nadie.

[335] Parte del arnés destinada a cubrir el muslo.

SEPULTURERO 2.—Cuidao ahí, ¿eh, Paco? No fuerces demasiao que puedes desfigurar.

(*El* SEPULTURERO 2 *empuja con delicadeza a* GALA *hacia el* SEPULTURERO 1, *para ponerla de pie nuevamente.*)

SEPULTURERO 1.—(*Recogiendo a* GALA.) Venga, aquí está... (*El* SEPULTURERO 2 *se marcha nuevamente por la derecha.*) Antonio, y a ver si te acuerdas de traer el lampante.
SEPULTURERO 2.—Sí.
SEPULTURERO 1.—(*Sin creérselo.*) Sí.

(*El* SEPULTURERO 2 *vuelve con más partes de la armadura y las deja encima del teclado.*)

SEPULTURERO 1.—La tiro pa mí, ¿eh? (*El* SEPULTURERO 1 *coge a* GALA *y la inclina para que su compañero pueda poner la pieza de la armadura correspondiente a la pierna izquierda. La ata con correas por detrás de la pierna.*) Me han dicho que ésta se lo hacía con todos y el tío de los bigotes, tan tranquilo, mirándoselo.
SEPULTURERO 2.—Los artistas, ya se sabe, son tos unos pervertíos. A estos sólo les gustan las cosas raras, Paco.

(*El* SEPULTURERO 1 *ha ido al fondo del piano y ha cogido una falda dorada como si se tratase de la cota de malla de la armadura.*)

DALÍ.—(*Agónico.*) Gala, tú no morirás nunca porque sólo existías en el pensamiento de Salvador Daaalííí.

(GALA *tiene puesta la falda dorada.*)

SEPULTURERO 1.—Está fría, fría, ¿eh?
SEPULTURERO 2.—Venga Paco, venga, venga, venga...

(*El* SEPULTURERO 2 *sube encima del piano y pone el cuerpo delantero de la armadura —el peto que acaba con un faldón—, mientras que el* SEPULTURERO 1 *pone el posterior. Los unen atándolos con correas.*)

SEPULTURERO 1.—Coño, ¡Manolo! Manolo me ha dicho que ésta gastaba una mala leche de cojones, que si te echaba una mirada[336], que te cagabas.

SEPULTURERO 2.—Claro, porque ésta era polaca. No, ¡peor! Ésta era rusa, Paco, ¡rusa!

SEPULTURERO 1.—Mira que modosita y tiesa se ha quedado la tía.

DALÍ.—Gala, si tú mueres, ¿quién atará mis espardenyes? ¡Gala!

(El SEPULTURERO *2 pone el brazo izquierdo de la armadura —espaldar, brazal, codera y antebrazo de una sola pieza—. Lo ata.)*

SEPULTURERO 1.—Y yo me pregunto, ¿tanta guita, tanta guita[337], sí, pa qué?

(El SEPULTURERO *1 pone el brazo derecho de la armadura.)*

SEPULTURERO 2.—¡Pa na! Si al final tos tenemos una muerte comunista. Tos acabamos igualitos. Igualitos, ... litos, ... litos.

SEPULTURERO 1.—Se ve que ésta, cuando llegó aquí a España, se paseaba por las playas de aquí enseñándolo to, la muy guarra.

(El SEPULTURERO *1 pone la manopla en la mano derecha.)*

SEPULTURERO 2.—Mira Paco, cualquier cosa que te cuenten de estos dos, lo doblas, le sumas uno, y vas a tener la mitad. ¡No ves que esta gente no trabajaba ni na! Éstos se pasaban to el día haciendo... extravagancias.

(El SEPULTURERO *2 pone la manopla en la mano izquierda.)*

---

[336] Hay muchas referencias a los penetrantes ojos de Gala. Max Ernst los fotografió en 1925 impresionado por su mirada.

[337] Término coloquial que significa «dinero».

464

DALÍ.—Como mi amado Lorca, proclamo:
    ¡No!
    Que no quiero verla.
    Que no quiero ver
    los pechos de Gala
    cubiertos de tierra[338].

(Los dos sepultureros ponen el yelmo, con vista y babera[339], a GALA. *Por encima del yelmo sobresale un postizo de charol del peinado con lazo que siempre lleva* GALA.)

SEPULTURERO 1.—¿Lo tienes ahí, Paco?

(GALA *ha quedado completamente amortajada con una armadura dorada.*
El SEPULTURERO 2 *baja del piano.*)

SEPULTURERO 2.—*(Marchándose por la derecha.)* ¡Venga! Oye, yo voy a ir cargando la furgoneta. Tú cuando acabes te subes arriba y le dices al encargao que ya hemos terminao. Oye, y que te firme el albarán.

(El SEPULTURERO 1 *junta las manoplas de la armadura y da el trabajo por finalizado. Mira a* GALA *con recelo. Una fantasía sexual asalta su mente.*
Silencio.
El SEPULTURERO 1, *al no sentirse observado, se atreve, en un acto necrofílico, a poner la mano sobre el pecho frío de* GALA. *Lo hace lentamente, inquieto. Al sentir el hielo de la muerte aparta la mano instintivamente.*)

SEPULTURERO 1.—¡Guarra!

(El SEPULTURERO 1 *baja del piano y se marcha por la derecha. La enfermera sube lentamente al piano desde donde se encuentra la cama.*

---

[338] Composición que recuerda a la escrita por García Lorca titulada «Llanto por Ignacio Sánchez Mejías» (1935).

[339] Pieza de la armadura antigua que cubría la boca, barba y quijada.

Por la izquierda aparece la NODRIZA. *Lleva una escoba. Se dirige hacia* DALÍ NIÑO, *que todavía juega con la langosta y el bogavante y le propina tres golpes con la escoba.)*

DALÍ.—*(Quejándose de los escobazos.)* ¡Ah! ¡Ah! ¡Ah!

(DALÍ NIÑO *llora.*
La NODRIZA *coge la langosta que* DALÍ NIÑO *tiene aún en las manos y la mete dentro de la olla. Le pide el bogavante, pero* DALÍ NIÑO *no se lo quiere dar. La* NODRIZA *le propina otro escobazo a* DALÍ NIÑO.)

DALÍ.—*(Quejándose del golpe.)* ¡Ah!

(La NODRIZA *coge el bogavante.* DALÍ NIÑO *no se lo deja quitar. Luchan. La* NODRIZA *se lo arranca de las manos y* DALÍ NIÑO *se queda sólo con las largas antenas del crustáceo.* DALÍ NIÑO *se arrodilla llorando.*
La NODRIZA *le propina otro escobazo.)*

DALÍ.—*(Quejándose.)* ¡Ah!

(La NODRIZA *mete el bogavante dentro de la olla y se marcha por la izquierda olvidándose de la escoba.)*

DALÍ NIÑO.—*(A la* NODRIZA *llorando de rabia.)* Puta.

(La enfermera ha llegado al lado de DALÍ. *Le coge de la mano para obligarle a subir encima del piano.)*

DALÍ.—*(Haciendo un pulso con la enfermera, que* DALÍ *ve como la llegada de la muerte.)* Apreciadas chinches mediáticas y periodísticas, les concedo la exclusiva de mi epitafio. Apunten, s'il vous plaît:
Como Don Quijote
tuvo a todo el mundo en poco,
fue el espantajo y el coco
del mundo, en tal coyuntura

que acreditó su ventura
morir cuerdo y vivir loco[340].

> *(La enfermera consigue hacer subir a DALÍ con un golpe de fuerza.)*

DALÍ.—*(Mientras sube alarga la vocal «i», entre el lamento agónico y la excentricidad del personaje DALÍ.)* Iiiiiiiiiiiiiiiiiiiiiiiiiiiiiiiiiiii iiiiiiiiiiiiiiii

> *(Por la izquierda aparecen dos cirujanos. Van cargados con piezas de una armadura dorada. Ayudados por la enfermera, irán, sobre la túnica blanca, amortajando a DALÍ con la armadura.)*

DALÍ.—¿Qué hay más mío, que mi muerte? ¡No me la robes, puta, para poder bailar tu danza amanerada! ¡Ah! Ya merodean los buitres burócratas organizando organigramas, para saciarse con el festín de mis obras[341]. ¡KIKIRIKÍ, KIRIÍ, KIRIKÍ!... Una Gala langosta y un Dalí bogavante, hubiéramos hecho el amor diez veces al día. El ruido frenético de nuestras cáscaras sería la más suave melodía para nuestro sublime «pas de deux». La vida es aspirar, respirar y expirar.

> *(El punto verde de las constantes vitales de DALÍ se reproduce en la tela negra. Ya no es un movimiento oscilante, sino plano. DALÍ ha muerto.*
> *Los cirujanos han acabado su trabajo. Se marchan por la izquierda.*
> *Suena el «Pas de deux» del ballet «The nutcracker», «El cascanueces de Tchaikovsky)*[342]

---

[340] Versos extraídos de la novela de Cervantes *Don Quijote de la Mancha*, y que Sansón Carrasco escribió como epitafio (ed. Martín de Riquer, Barcelona, Juventud, 1968, II parte, cap. LXXIV, pág. 1067).
[341] Dalí dejó como heredero universal al Estado español y no a la Generalitat de Cataluña, a pesar de los intentos de Pujol, por el que, por cierto, Dalí no tenía demasiada simpatía.
[342] Piotr Ilich Tchaikovsky: compositor ruso (1840-1893), autor del mencionado ballet, realizado entre 1891 y 1892.

La enfermera pone el yelmo a DALÍ. *De él salen, dorados, dos largos bigotes en punta.* DALÍ *permanece inmóvil vestido con la armadura.*

Al mismo tiempo DALÍ NIÑO *se pone las antenas del bogavante como si fuesen bigotes dalinianos, y siguiendo el ritmo de la música, utiliza la escoba como pincel. Pinta de arriba abajo como la actitud histriónica de* DALÍ.

DALÍ NIÑO *se marcha con actitudes dalinianas por el fondo izquierdo.*

Sobre el piano, DALÍ *y* GALA *amortajados con armaduras doradas, inmóviles, muertos. Duros por fuera, blandos por dentro. Helados. Dos guerreros. Dos crustáceos.*

La enfermera se deja llevar por la música y baila. La muerte baila, y dirigiéndose hacia DALÍ *le electriza y le da vida. Aire penetrante en su cuerpo.* DALÍ *camina acompañado por la música hacia* GALA.

La enfermera coge, con el puño, la muerte de GALA *y la devuelve a la vida.* GALA *respira y camina hacia* DALÍ.

La enfermera les deja solos, mientras bailando, camina por el teclado del piano. Se despide de ellos. Lleva en las manos un vaso con agua y una jeringa.

DALÍ *y* GALA *bailan el «Pas de deux». Resurrección coreografiada. Afectos. Abrazos. Amor con total ausencia de contacto físico. Frialdad. Realismo de una alucinación. Coreografía del subconsciente. Fluidez. Imagen de un sueño que puede ser real. Todo actúa sobre la capacidad que tenemos para imaginar.*

Por la derecha y la izquierda dos hombres llevan cada uno una pintura de DALÍ. *Se cruzan. Se fijan en las pinturas que llevan en las manos. Las dos son idénticas. Falsificación*[343]. *Se marchan decepcionados.*

Por la izquierda entra un especulador con el cuadro «El gran masturbador[344]». *Un segundo especulador entra por la derecha. Lleva un fajo de billetes. El* ESPECULADOR 1 *enseña el documento de autenticidad del cuadro. Una mujer, la tercera*

---

[343] Véase nota 103.
[344] Véase nota 18.

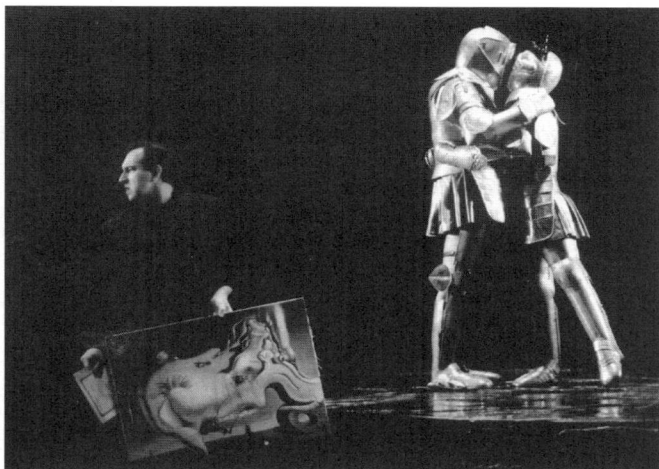

especuladora, entra por la derecha y provoca un conflicto sobre la venta del cuadro. No se ponen de acuerdo. Todos se quieren apropiar de la pintura.

Un cuarto especulador con la paleta de pintor de DALÍ *hace negocios con un quinto especulador. No se ponen de acuerdo con el precio.*

Lucha de todos los especuladores. Nadie vende nada y todos se marchan por donde han venido.

El ESPECULADOR 5 *entra por la derecha llevando consigo el traje de payaso sabio de* DALÍ.

Por la izquierda, el ESPECULADOR 2 *negocia con el* ESPE-CULADOR 4 *la venta de dos bastones de* DALÍ. *Al ver el vestido de payaso sabio, corren hacia el* ESPECULADOR 5 *y hacen un intercambio. Se marchan por la izquierda.*

La ESPECULADORA 3 *ha dejado un ordenador sobre el piano. Lo enciende. En la tela negra se reproduce la base de datos de los beneficios que se obtienen del negocio «Dalí». Se especula sin escrúpulos intentando sacar la máxima rentabilidad posible sobre todo lo que rodea a* DALÍ: *partida de ingresos obtenidos de la sílaba DA, ingresos obtenidos de la sílaba LÍ, tasa imagen ciudadanos con bigote, tasa imitadores* DALÍ, *ingresos sobre Dalimanías, ingresos sobre Galamanías, beneficios sobre falsificaciones legales, impuestos paranoicos críticos, tasa protector anti-Descharnes. Todos los especuladores rodean el ordenador y cada vez que la especuladora pulsa una tecla, la ventana del ordenador cambia y el aumento de los beneficios de cada partida se triplica. Se mueven miles de millones. La muerte es un negocio muy rentable. El aumento de valor de cada partida excita a los especuladores, que se comportan como verdaderos energúmenos.*

Los ESPECULADORES 1 *y* 5 *se fijan en* DALÍ *y* GALA, *que continúan bailando el «Pas de deux», y corren hacia* GALA, *separándola de* DALÍ. *Se la llevan por la derecha. También de ella obtendrán algún beneficio.*

DALÍ *solo reclama a* GALA.

Los especuladores vuelven. Se detiene el ordenador y todos suben encima del piano. Intimidan a DALÍ, *le echan en el suelo y comienza una fiesta caníbal. Los especuladores rodean a* DALÍ, *y feroces, lo trocean como alimañas de carroña. Cada uno de ellos coge un trozo de armadura que roen insaciablemente como si comiesen marisco. El placer de la hiena. Putrefacción. Cuando han acabado su alimento humano, sintiéndose aún insatisfechos, quieren comer los restos que les han sobrado a los demás. La gula del parásito depredador.*

Cuando han acabado el festín, saltan del piano y se marchan chupando las sobras.

DALÍ permanece muerto en el centro del piano con su túnica blanca.

El ESPECULADOR 4 aparece nuevamente por la izquierda. No ve a nadie. Aprovecha la ocasión y le roba las alpargatas. Ríe. Las muestra como un trofeo. Sale por la izquierda.

El «Pas de deux» de «El cascanueces» de Tchaikovsky[345] se acaba. Un rayo de luz ilumina a DALÍ.

De golpe, oscuro.)

FIN

---

[345] Véase nota 342.